Doris Riedel

Julie

Roman aus dem Dreißigjährigen Krieg

AF208590

Doris Riedel

Julie

Roman aus dem Dreißigjährigen Krieg

3. Auflage 1999

TRIGA – Der Verlag

Bibliografische Information der Deutschen Nationalbibliothek
Die Deutsche Nationalbibliothek verzeichnet diese Publikation in der
Deutschen Nationalbibliografie;
detaillierte bibliografische Daten sind im Internet über
http://dnb.d-nb.de abrufbar.

3. Auflage 1999
© Copyright 1997 TRIGA – Der Verlag
Leipziger Straße 2, 63571 Gelnhausen-Roth
www.triga-der-verlag.de
Alle Rechte vorbehalten
Printed in Germany
ISBN 978-3-89774-036-5

Mit besonderem Dank an
Uwe Treutlein, Marion Riedel, Helmut Riedel,
die mir bei den Vorbereitungen zu diesem Buch
eine wertvolle Hilfe waren.

*I*n jener Zeit brachen Maria und Josef auf, um von Nazareth nach Bethlehem zu gehen und sich schätzen zu lassen ..." Der Pfarrer von Ernstkirchen stockte, zog die Luft ein und hielt den Atem an. Sogleich ließen die Schmerzen nach, und er konnte weiterpredigen. In der sechsten Reihe von hinten saß eine Frau, deren Alter man schlecht schätzen konnte, denn wie alle anderen Frauen hatte sie sich so in ihre Röcke und den dicken Umhang vergraben, daß man kaum etwas von ihr sah außer einer großen braunen Kugel. Hin und wieder kam eine Hand zum Vorschein und streichelte sanft eine kleinere Kugel, die dicht gepreßt neben ihr saß. Der Stoff teilte sich, und ein kleines rotes Gesicht lugte heraus, das teils neugierig, teils gelangweilt seine Umgebung beobachtete.

Die Frau hörte der Geschichte der Herbergssuche nicht recht zu, sie musterte statt dessen besorgt den Pfarrer und stellte fest, es würde wohl seine letzte Christmette sein. Abgemagert und gebeugt sah er aus, als würde er jeden Moment umfallen. Male, die Haushälterin des Bauern Fox, fühlte nach den Händen des Kindes an ihrer Seite. Sie waren warm genug, und so kehrte sie zu ihren Gedanken zurück.

Zwölf Jahre lebte sie jetzt schon im Kahlgrund. Geboren wurde sie im fernen Elsaß. Die Landschaft war ähnlich wie hier, doch dort wuchs an den Hängen Wein. Sie hatten zwar nur ein kleines, mit Stroh gedecktes Häuschen gehabt, und ihre Mutter war eine einfache Kräuterfrau gewesen, aber für Male waren die ersten Jahre ihrer Kindheit die glücklichste Zeit. Ihre Mutter Josephine kam einst mit durchziehenden Soldaten aus dem Süden Frankreichs und blieb in dem elsässischen Dorf hängen. Sie half den Bauern, wenn das Vieh krank wurde, den Frauen beim Gebären der Kinder und auch sonst, wenn Not war. Von ihrem Vater wußte Male nichts. Vielleicht war er ein Soldat? Sie hatte nie einen Vater vermißt. Im Sommer half sie ihrer Mutter beim Kräutersammeln und -trocknen. Im Winter sortierten sie alles, legten manches in Alkohol, den sie vom Bauern Fox bekamen, oder machten aus Talg und Fett Salben für Kranke. Oft, wenn Josephine ein Tier gesund gemacht oder einem Kind glücklich auf die Welt geholfen hatte, erhielten sie eine Extrafuhre Holz, eine Gans zu Martini oder an Weihnachten einen Schinken.

Einmal am Neujahrstag war es bitterkalt. Ausgerechnet da erkrankte die beste Kuh vom Bauern Fox. Josephine wurde gerufen und flößte ihr einen beruhigenden Trank ein. Was danach geschah, wußte niemand. Als der Bauer wieder in den Stall kam, lag Josephine neben der Kuh, eine Hand auf den Leib gepreßt, ächzend, mit schweißnassem Gesicht. Man brachte sie ins Haus und legte sie auf die Ofenbank. Sie stöhnte, und es wurde immer schlimmer mit ihr. Der Bauer wußte sich keinen Rat. Was sollte er machen? Seit fünf Jahren schon war er Witwer. Er hatte drei Söhne und eine Tochter, und ausgerechnet die befand sich zur Zeit in der Stadt bei ihrer Tante. Die alte Magd, die seit dem Tod seiner Frau den Haushalt führte, war für solche Hilfeleistungen völlig unbrauchbar. Als es an die Tür klopfte, bekreuzigte sie sich und flehte den Bauern an, nicht zu öffnen. Es seien die Rauhnächte und böse Geister gingen um. Bestimmt sei einer in die Kräuterfrau gefahren und habe sie behext.

Der Bauer öffnete trotzdem. Vor der Tür stand Male. Stunde um Stunde hatte sie auf ihre Mutter gewartet. Der Schnee fiel in dichten Flocken vom Himmel, und es wurde früh dunkel, aber die Mutter kam nicht zurück. Male schlang sich ein dickes Tuch um die Schultern, zog die schweren Holzschuhe an und arbeitete sich durch die hohen Schneewehen zum Hof hin. Er war gar nicht weit weg, normalerweise hätte sie es in ein paar Minuten schaffen können. In dieser Nacht jedoch brauchte sie mehr als eine Stunde. Sie wollte schon aufgeben und dachte, sie hätte sich verlaufen, da hörte sie Hundegebell vom Hof und merkte, daß sie im Kreis gegangen war. Sie folgte dem Gebell und stand gleich darauf vor dem Haus. Wie ein weißer Wirbelwind warf sie sich gegen die Tür, bis die sich endlich vor ihr auftat.

Male war damals zehn Jahre alt. In dieser Nacht wurde sie erwachsen. Oft schon hatte sie ihre Mutter begleitet und geholfen, wenn ein Kind zur Welt kam, so erkannte sie gleich, was los war: Ihre Mutter lag in den Wehen. Sofort nahm Male alles in die Hand, ließ heißes Wasser bereiten und legte warme Tücher zurecht. Doch dieses Mal war alles ganz anders. Josephine wand sich vor Schmerzen, immer wieder verlor sie das Bewußtsein. Die Nacht ging vorüber, und die nackte Angst kroch in Male hoch, was konnte sie tun? Der schmerzlindernde Tee half nicht mehr. Sie sah den Bauern mit rotgeweinten Augen an, doch auch er konnte nicht helfen. Immer wieder legte er Holz aufs Feuer, so daß es unerträglich warm im Raum wurde. Beide waren übernächtigt und erschöpft. Die Frau auf ihrem Schmerzenslager war völlig entkräftet, und wenn kein Wunder geschah, war sie verloren.

Durch die zugefrorenen Fenster schimmerte das erste Tageslicht. Draußen klapperte ein Knecht mit der Milchkanne, da erblickte endlich ein kleiner Junge, den der Bauer und Male Emil nannten, das Licht der Welt. Er war sehr klein, selbst in den Händen der Zehnjährigen wirkte er wie eine Puppe. Sie wusch ihn, und als er gewickelt war, legte sie ihn ihrer bewußtlosen Mutter in die Arme. Male war so müde, daß sie kaum merkte, wie der Bauer sie in die Kammer trug und in ein Bett legte.

Am folgenden Tag brachten der Bauer und ein Knecht Mutter und Kinder in ihr Häuschen. Male war nun das Oberhaupt der kleinen Familie. Auch wenn der

Bauer oft nach ihnen sah und in allem half, trug doch sie die Hauptlast. Wochenlang lag Josephine krank im Bett, und niemand glaubte, daß sie und der kleine Emil überleben würden. Trotzdem kamen Mutter und Kind wieder zu Kräften. Josephine bekam jedoch nie wieder ihre alte Energie zurück, sie blieb schwach und kränklich.

Als Male älter wurde, fragte sie sich oft, wer wohl Emils Vater war und wieso damals niemand merkte, daß ihre Mutter schwanger war. Ob der alte Fox etwas damit zu tun hatte? Josephine starb nach fünf Jahren und nahm ihr Geheimnis mit ins Grab. Danach lebten Male und Emil nicht mehr lange im Elsaß.

Eines Morgens, sie war gerade sechzehn Jahre alt geworden, rief sie der Bauer zu einer Unterredung. „Wir gehen fort, Male. Wenn du mitkommen willst, soll es mir recht sein. Hier können wir uns nicht mehr halten, doch weiter nördlich gibt es riesige Wälder, die der Mainzer Bischof besiedeln will. Du weißt ja, mein Ältester, Albert, hilft mir auf dem Hof, Ludwig und Ernst arbeiten in einer Glashütte. Wenn nur nicht alles so aussichtslos wäre. Sie haben hier keine Zukunft. Alle Familien haben zu viele Kinder, und nur eines kann den Hof übernehmen. Es gibt bei uns immer mehr Menschen, und die Höfe werden immer kleiner. Viele Leute gehen nach Rußland oder Ungarn. So weit werden wir nicht ziehen. Bis zum Spessart ist es weit genug. Albert sollte eigentlich hierbleiben, doch er will nicht, deshalb habe ich den Hof verkauft. Ende April ziehen wir. Überleg es dir, ich warte auf deine Antwort." Eine lange Rede, die der Fox-Bauer da gehalten hatte, er war ganz außer Atem und mußte gleich mit Most nachspülen. Bestimmt war es ihm nicht leicht gefallen, den schönen großen Hof, der seit Generationen in der Familie war, aufzugeben.

Male hatte nicht viel zu verlassen, ein einsames Grab, eine armselige Hütte, die nicht einmal ihr Eigentum war. Aus purem Mitleid nahm sie der Bauer bestimmt nicht mit. Sie wußte, er brauchte sie. Auf einer langen

Fahrt gab es auch Kranke, ein neuer Anfang war schwer, arme Leute und einfache Bauern hatten keinen Arzt, ihnen blieb nur die Kräuterfrau, und das war Male. Sie hatte die Arbeit und die Kenntnisse von ihrer Mutter übernommen, so wie die Liebe zu allen Kreaturen Gottes. Noch einen Grund hatte sie, das Angebot des Bauern anzunehmen: Ein junger Mann aus dem Nachbardorf, Johann Schönborn, machte ihr schöne Augen, und sie war in ihn verliebt. Er hatte öfters mit ihr gesprochen, und so wußte sie, daß auch seine Familie mit auf die große Fahrt ging. Johann war ein großgewachsener blonder Mann mit blauen Augen. Sie wären ein stattliches Paar, denn Male hatte das rassige Aussehen ihrer Mutter geerbt. Die schwarzen Haare standen in reizvollem Kontrast zu ihrem hellen Teint, und ihr beschwingtes Gehen ließ manchen Mann den Kopf wenden, um ihr nachzusehen. Sie hatte allen Grund, die Zukunft in einem rosigen Licht zu sehen.

Der Aufbruch war Anfang Mai. Der Bauer hatte noch zwei Pferde gekauft, und so konnten sie zwei Wagen bespannen. Nur das Notwendigste nahmen sie mit. Für Male bedeutete das: Kräuter, selbstgemachte Arznei und ein paar Decken für sich und Emil.

Die Fahrt stand unter einem schlechten Stern. Sie begann an einem naßkalten Maitag und die ersten Wochen regnete es immerzu. Solange sich die Trecks noch im Elsaß befanden, waren die Straßen einigermaßen gut befahrbar. Doch je weiter sie nach Norden kamen, um so schlimmer wurde es. Am Rhein stießen andere zu ihnen. Der Zug war nun fertig, und sie fuhren rumpelnd und mühselig dem Main entgegen. Die beiden Fox-Wagen waren die vierten und fünften von hinten. Vor ihnen fuhr der Schönborn-Wagen, und Male hatte oft Gelegenheit, mit Johann einen Blick zu tauschen. Die Schönborns waren nur zu dritt. Brigitte, die Schwester Johanns, war im gleichen Alter wie Regine, die Tochter von Fox. Sie hatte ihre liebe Not mit dem senilen Großvater, der immer wieder nach

Hause wollte, weil er sich in der Nachbarschaft glaubte. Bei Male holte Brigitte sich Beruhigungstee für den alten Mann, und so freundeten die jungen Frauen sich an.

Brigitte war so ganz anders als die beiden Mädchen. Schlagfertig und kokett, blieb sie niemand eine Antwort schuldig. War sie mit Male und Regine zusammen, brauchte niemand sonst zu reden. Brigitte führte das große Wort, und so war keine von den beiden traurig, als sie einen jungen Mann fand, der ihre meiste Zeit für sich in Anspruch nahm.

Male und Regine schliefen jede Nacht zusammen mit Emil in einem Wagen. Obwohl Regine zwei Jahre älter als Male war, vertraute sie der ihre ganzen Kümmernisse an: Damals, in den schicksalhaften Tagen, als Male um ihre Mutter bangte, war Regine in der Stadt und hatte dort ein furchtbares Erlebnis. Ihr Onkel hatte sie zwischen Weihnachten und Neujahr mit einer Kutsche abgeholt. Er führte ein hochherrschaftliches Haus mit vielen Bediensteten und war im Rat der Stadt. Die junge Regine genoß diesen Luxus aus vollem Herzen. An Geld mangelte es den Verwandten nicht. Sie hatten nur einen Sohn, Roland, und der war die meiste Zeit nicht da. War er doch einmal im Haus, nahm er Regine einfach nicht zur Kenntnis. Sie war in seinen Augen ein Bauerntrampel. Die Tante war lieb und gut zu dem Mädchen. Sie war die einzige Schwester von Regines verstorbener Mutter und sah in ihr die Tochter, die sie selbst nie hatte. Leicht hatte die Tante es nicht, mit diesem herrischen Mann und dem Sohn, der ihr über den Kopf gewachsen war.

Eines Tages, als Roland nach Hause kam, war er plötzlich außergewöhnlich freundlich zu Regine und lud sie zu einem Stadtbummel ein. Da sich die Tante nach einem Streit mit dem Onkel eingeschlossen hatte, war Regine den ganzen Tag allein gewesen. Sie zog ein hübsches Kleid an, nahm den Umhang mit der Pelzkapuze und verließ frohgestimmt mit Roland das Haus. Sie streiften durch die schmalen Gassen mit den hochgiebeligen Fachwerkhäusern. Die kleinen Fenster mit den bunten Fensterläden blinkten in der kalten Wintersonne. Rechts und links der Straßen lagen hochgekehrte Schneehügel. Oft rutschten die beiden mehr, als sie gehen konnten, und manchmal fielen sie übermütig in den Schnee. Sie lachten viel, Roland zeigte sich von seiner besten Seite, und Regine war glücklich. Endlich hatte sie einen Freund in ihrem Vetter gefunden. Langsam wurde es dunkel. Hinter den zugefrorenen Fenstern sah man die ersten Kerzen leuchten. Regine und Roland kamen an einen großen Platz, auf dem viele Leute herumstanden. Verwundert schaute sich Regine um. Die Menschen waren vermummt, Mütze und Schal hatten sie über den Kopf gezogen. Sie trampelten mit den Füßen, denn seit die Sonne untergegangen war, wurde es immer kälter. Das Mädchen sah Roland fragend an, der legte den Finger auf den Mund und zog sie mit sich. Sie drückten und schoben sich durch die Menschen bis in die Mitte des Platzes. An einem großen Balken standen zwei Frauen mit geschorenen Köpfen und nackten Füßen. In ihren schmutzigen Hemden boten sie ein Bild des Jammers. Reisighaufen wurden zu Füßen der Frauen aufgeschichtet und angezündet. Hoch loderte das Feuer, ein furchtbarer Schrei gellte über die schweigenden Menschen hinweg. Dieser Schrei hatte nichts Menschliches mehr an sich. Regine stand wie erstarrt, sie konnte ihren Blick nicht von dem Feuer abwenden. Als der Schrei verklang, merkte sie, daß die Menschen gar nicht schweigsam waren. Sie redeten durcheinander, viele lachten und machten ihre Scherze über die armen Frauen. Am Rathaus stand ihr Onkel und gab einem anderen Mann die Hand, als wäre nichts geschehen. Sie hatten nur ihre Arbeit getan. Plötzlich hörte sie ihren Vetter lachend sagen: „Die haben es gut, die haben wenigstens warme Füße."

Erschrocken ob dieser Roheit sah sie ihn an. Nun wußte sie, warum er so freundlich gewesen war. Er hatte alles geplant und sie in dem Moment zu dem Scheiterhaufen geführt, als die Hinrichtung begann. Entsetzen überkam sie. Die Menschen zur Seite stoßend, floh sie vor dem grauenvollen Geschehen. Sie lief durch unbekannte Gassen. Tränen rannen ihr übers Gesicht, und zurückblickend sah sie die vom Feuerschein erhellte Stadt. Regine wußte nicht, wie lange sie durch die dunklen Straßen geirrt war, und als sie taumelnd um eine Ecke bog, fing sie ein junger Mann in seinen Armen auf. „Hallo schönes Kind! Wohin so eilig? Ihr seid ja halb erfroren." Er nahm sie am Arm und führte sie über die Straße. Es war dunkel, nur der Schnee leuchtete in einem trüben Grau. Vor ihnen ging eine Tür auf, ein Betrunkener torkelte heraus und fiel in den Schnee. Der junge Mann zog das teilnahmslose Mädchen hinter sich her durch die Tür.

Helles Licht, Geruch von verschüttetem Wein, Rauchschwaden unter der niedrigen Decke, Männer und Frauen, die dicht gedrängt an blankgescheuerten Tischen saßen und durcheinanderredeten, daß man kein Wort verstand, das alles kam Regine wie ein böser Traum vor. Ein dichter Vorhang trennte den großen Raum von einer Nische. In diese zog der Fremde das verstörte Mädchen und bestellte heißen Wein. Unaufhörlich redete er auf sie ein, aber an ihr rauschte alles vorüber. Der Mann gab sich redliche Mühe, erzählte Lustiges und Trauriges aus seinem abenteuerlichen Leben. Er wollte dieses kleine, halberfrorene Mädchen unbedingt wieder zum Leben erwecken. Er rieb ihre kalten Hände und blies sie warm, er neckte sie, doch es kam keine Reaktion. Erst als er während seiner Erzählung plötzlich ausrief: „Das Leben ist wunderbar", und dazu noch vergnügt lachte, zuckte sie zusammen, als hätte er sie geschlagen. „Was sagt Ihr, das Leben ist wunderbar? Das Leben ist grausam." Große Tränen liefen ihr über das Gesicht.

Betroffen sah sie der junge Mann an. „Was habt Ihr, was ist mit Euch?"

Nach langem Hin und Her gestand sie ihm, daß sie einen Hexenbrand gesehen hatte.

Tröstend meinte er: „Aber meine Kleine, das ist doch ganz normal, es gibt nun mal viele Hexen, große, kleine, männliche und weibliche. Schau, das kann man doch nicht einreißen lassen, man muß sie verfolgen und ausrotten. Ich war in vielen Städten und Dörfern, überall habe ich Scheiterhaufen gesehen. Diese Hexen verbreiten soviel Übel auf der Welt."

Regine hatte sich etwas beruhigt. Sie hörte ihm aufmerksam zu, doch dann wandte sie ein: „Sie sahen so unschuldig aus."

„Das ist ja ihre Hexenkunst. Du müßtest sie einmal sehen, wenn sie auf dem Blocksberg mit dem Teufel tanzen."

Naiv meinte sie: „Ihr habt das gesehen?"

Er lachte und machte ein geheimnisvolles Gesicht. An diesem Abend erzählte er ihr alles über Hexen und Zauberer. In ihrem Kopf drehte es sich, als sie zu später Stunde die Schenke verließen. Es hatte wieder zu schneien begonnen. Bis auf die Laterne, die vor dem Eingang hing, war es stockdunkel. Der junge Mann brachte Regine zur Straße ihres Onkels. Am folgenden Tag fuhr der Onkel sie wieder nach Hause, diesmal mit einem Schlitten, denn es war viel Schnee gefallen.

„Jetzt weißt du, woher meine Alpträume kommen."

„Es ist so lange her", versuchte Male sie zu trösten. Aber Regine wußte, daß dieses Geschehen sie immer verfolgen würde. Deshalb war sie auch sofort einverstanden gewesen, woanders ein neues Leben anzufangen.

Seit Tagen fuhren sie nun schon durch den Regen, und obwohl die Schuhe von der Nässe aufgeweicht, die Röcke schwer und schwerer wurden, war Regine zufrieden. Nie hatte sie in den letzten Jahren so gut geschlafen wie auf dem harten Wagen mit der nassen Plane über sich. Neben ihr lagen Male und der Junge aneinandergeschmiegt.

Male dachte öfter, Regine wäre die glücklichste und zufriedenste auf der langen Fahrt. Emil war und blieb Males Sorgenkind. Immer kränklich und zart, sah er mit seinen sechs Jahren wie ein Vierjähriger aus. Sie wunderte sich, trotz des schlechten Wetters hatte sich der Junge gut gehalten. Jeden Tag fuhr er in einem anderen Wagen mit, und jeden Abend mußte sie ihn suchen, damit er zur Ruhe kam. Wieder war so ein Abend, die Wagen standen still, der Regen tropfte in Eimer und Schüsseln und verursachte ein klapperndes Geräusch. Male, auf der Suche nach ihrem Bruder, schritt unter tropfenden Bäumen dahin. Im Zwielicht sah sie etwas aufleuchten, sie erschrak, ihr Körper erstarrte. An einen Baum gelehnt stand Johann Schönborn, mit Regine im Arm. Sie konnte nicht glauben, was sie da sah: ihr Johann? Emil war vergessen, sie wußte nicht mehr, wie sie zu ihrem Wagen zurückkam. Wie ein verwundetes Tier verkroch sie sich unter der Pferdedecke.

Kurz vor der Abfahrt am nächsten Morgen wurde Emil von einem Fremden zurückgebracht. Verdreckt und naß wie er war, fing er sofort an zu husten. Male verfluchte sich, weil sie in der Situation am Abend vorher den Kopf verloren hatte. Gänsefett und Fliedertee halfen Emil nicht viel. Wenn das Wetter nicht bald umschlagen und etwas trockener würde, sah sie schwarz für den Jungen. Das Herz tat ihr weh bei seinem Anblick, nie würde sie es sich verzeihen, geschähe dem Kind etwas. Zwanzigmal am Tag legte sie die Hände auf seine Stirn und war glücklich, wenn er kein Fieber hatte. Sie lief wieder hinter dem Wagen her, ein paar Tränen mischten sich mit dem Regen, der über ihr Gesicht floß. Wer war schon Johann Schönborn, dachte sie trotzig.

Die Männer hatten sich Säcke wie Kapuzen über die Köpfe gezogen. Nach jedem Schritt mußten sie ihre

Stiefel mit einem schmatzenden Geräusch aus dem Schlamm ziehen. Blieben die Wagen in einem Wasserloch stecken, dauerte es Stunden, bis sie weiterfahren konnten. An den Abenden hielt der Treck unter Bäumen oder auf einer Waldlichtung. Es wurde immer mühsamer, ein Feuer zu entfachen, denn selbst das mitgeführte Holz war feucht und qualmte. Die Suppe enthielt alles, was sie noch hatten: Erbsen, eingelegtes Kraut, gepökeltes Fleisch. Nur das Brot war verschimmelt. Doch niemand störte sich daran. Langsam wurde das Wetter besser, die Sonne kam öfter heraus und begann das Land zu trocknen. Es wurde Frühling. Die Reisenden freuten sich, zogen die schweren Stiefel aus und legten die dunklen Kleider ab. Die Vögel zwitscherten im Grün der Zweige, und mit den Tagen, die nun länger wurden, stieg in den Menschen die Hoffnung und Zuversicht. Abends an den Lagerfeuern sangen die Männer Lieder aus der verlassenen Heimat.

Male war zufrieden, die Reise ging jetzt schneller voran, der Junge bekam wieder Farbe ins Gesicht, er schien seine Krankheit überwunden zu haben. Doch es kamen neue Schrecken. War die Straße vorher mit Schlamm bedeckt, so war sie es nun mit Staub. Die Wagen fuhren in riesigen grauen Wolken dahin und konnten dadurch Straßenräuber auf sich aufmerksam machen. Deswegen fuhren sie enger zusammen, die Männer bewaffneten sich, und die Stimmung wurde immer gedrückter. Man hatte Angst. Am Abend kamen fremde Männer an die Lagerplätze und erzählten grausige Geschichten von Überfällen. Natürlich beruhte nicht alles auf Wahrheit.

Emil spitzte die Ohren, und wer die tollsten Geschichten erzählen konnte, war von da an sein Freund. Für Male wurde es nicht leichter, sie hatte am Abend Mühe, ihn irgendwo aufzustöbern, er kannte jeden Wagen und hatte überall Freunde. Emil war ein richtiger Lausbub geworden, die Leute mochten ihn, und oftmals bekam er die besten Bissen zugesteckt. Wenn es nach ihm gegangen wäre, hätte die Fahrt ewig dauern können.

Die Straßenräuber blieben aus, dafür fielen die Stechmücken über die Reisenden her, je näher sie an den Main kamen. Nachts wurden sie unerträglich, niemand blieb von ihren Stichen verschont. Male, die ihre Kräuter und Salben im Wagen hatte, fing an zu verkaufen. Das gute Geschäft, das sie dabei machte, empfand sie als ausgleichende Gerechtigkeit für die persönliche Kränkung.

In Frankfurt machten sie ein paar Tage Rast. Regine und Johann wurden getraut, und auch Brigitte wollte nicht mehr länger warten. Male wünschte beiden Paaren von Herzen Glück. Was sie selbst betraf: Man griff nicht nach den Sternen. Sie hatte eine Weile geträumt, der Traum war vorbei, die Realität hatte sie wieder.

Den Main verlassend, fuhren sie ein fruchtbares Tal hinauf. Es war wie mit grünem Samt ausgeschlagen. Der Bach, den sie überqueren mußten, hüpfte und sprudelte wie ein junges Zicklein. Veilchen schmückten den Rand des Waldes, und der Kuckuck stieß seinen leichtfertigen Ruf aus, er kündigte den Sommer an. Rechts und links auf den Bergen wechselte Wald mit überwachsenen Burgruinen ab. Die Dörfer am Weg waren verwüstet und leer. Die wenigen Menschen, die die Elsässer trafen, waren mißtrauisch gegen die Fremden, die nicht ihre Sprache und Gebräuche kannten und ganz andere Kleidung trugen. Schweren Herzens zogen die Auswanderer an der Kahl entlang Richtung Norden. Der Bach wurde schmäler und hörte ganz auf. Sie waren an seiner Quelle angekommen. Der weite Weg war zu Ende, vor ihnen breitete sich der urwaldähnliche Spessart aus. Hier blieben sie, das war ihre zukünftige Heimat.

Das kleine Dorf bestand aus sechs halbverfallenen Hütten, von denen nur zwei bewohnt waren. Noch war es Sommer, aber der nächste Winter würde zeigen, ob sie in der neuen Heimat lebensfähig waren.

Es kamen gute und schlechte Zeiten. Brigitte gebar Zwillinge, Regine und Johann warteten noch auf Nachwuchs. Eines Tages kam ein Fremder ins Dorf. Er übernachtete bei Brigitte und Alex und zog am nächsten Morgen weiter. Zwei Tage später erkrankten die Zwillinge schwer. Auch Male konnte ihnen nicht mehr helfen, beide starben und wurden am Waldrand begraben. Es waren die ersten Gräber der Elsässer. Ein paar Tage danach wurde Albert, der älteste Fox-Sohn, krank. Auch er starb in derselben Woche. Der alte Großvater der Schönborns zitterte noch herum und wurde Brigitte eine immer größere Last. Ein Jahr später gab es wieder Kindersegen an der Kahlquelle. Brigitte bekam ihren Sohn Christian in der Weihnachtszeit, und auch Regine war endlich guter Hoffnung. Sie sang und tanzte durchs Haus und steckte sooft sie konnte mit Brigitte zusammen, damit sie alles von ihr erfuhr, was sie wissen mußte.

Das ganze Frühjahr war regnerisch und kalt. Zuerst erkrankten die Tiere an einer Seuche. Und anschließend kam eine schwere Grippe. Keiner der Leute aus dem kleinen Dorf wurde verschont. Bei der Geburt hatte Male Regine helfen können, doch bei dieser Grippe war sie machtlos. Der geschwächte Körper hatte nichts zuzusetzen. Zwei Tage nach der Entbindung starb Regine. Das Fieber hatte sie einfach aufgezehrt. Danach erwischte es Male. Viele Tage war sie bewußtlos, und als sie wieder zu sich kam, hatte sich ihre Welt verändert. Johann und Alex waren, nachdem sie Regine begraben hatten, einfach davongegangen. Auch Emil, der nun zwölf Jahre zählte, war fort. Niemand hatte sich in dem allgemeinen Durcheinander um ihn gekümmert. Der alte Bauer Fox war in diesen Tagen weiß geworden. Nur der Großvater Schönborn hatte auch die Grippe ohne Schaden überstanden und wollte wie immer endlich nach Hause.

Die Tür zur Kirche wurde geöffnet, und Male wendete den Kopf. Ein kalter Windstoß brachte einen Schneewirbel herein und ließ die Kerzen aufflackern. Die kalte Luft holte Male wieder aus der Vergangenheit zurück. Die Leute sangen ein Weihnachtslied und weckten damit manchen Schläfer auf. Male streckte sich und gähnte heimlich. Sie betete noch schnell für den Eremiten, der damals vom Berg stieg und das Dorf rettete. Er versorgte Menschen und Tiere und half der kleinen Tochter Regines, Julie, am Leben zu bleiben. Oben im Kirchturm reckte erschreckt eine Eule den Kopf hin und her. Der viele Krach mitten in der Nacht ließ sie ängstlich mit den Flügeln schlagen. Sie war das alles nicht gewohnt, denn die meiste Zeit herrschte hier Ruhe. Die Kirche stand auf einem Hügel, umgeben von einem kleinen Friedhof, an welchen Äcker und Wiesen grenzten. Sie war die Mutterkirche des oberen Kahlgrundes. Unterhalb vom Kirchhügel kreuzten sich die Straßen, und jede führte in ein anderes Dorf. Neben der Kirche stand ein kleines Pfarrhaus, das von dem Pfarrer und seiner Haushälterin bewohnt wurde. Lene Riebach war allgemein beliebt. Sie war es auch, die die Mette vorzeitig verließ, um die Steine zu drehen, die sie im Pfarrhaus auf dem Kamin deponiert hatte. Bevor die Kirchgänger die Heimfahrt antraten, wurden die heißen Steine in die Schlitten gelegt. Niemand, mit so einem Stein an den Füßen, würde frieren müssen. Lene Riebach beeilte sich, nahm noch schnell den Besen und kehrte eine schmale Spur vom Pfarrhaus zur Kirchtreppe. Weiter kam sie nicht, die ersten Gottesdienstbesucher polterten schon heraus und ersparten ihr die Arbeit, in den schweren Holzschuhen die hohe Treppe zu säubern. Im Turm schüttelte die Eule ihr Gefieder. Langsam wurde es ruhig. Sie sah, wie die letzten Schlitten abfuhren und in Richtung Schöllkrippen verschwanden. Sie hörte, wie die Haushälterin die Kirche abschloß und ihre Fackel im Schnee löschte. Vorsichtig schritt Lene Riebach die verschneite Kirchentreppe hinunter, die Holzstiege war glatt vom festgetrampelten Schnee. Längst war die schmale Spur, die sie gekehrt hatte, verschwunden. Zurück blieben die vielen Pferdeäpfel, die teilweise noch dampften, die Schlittenspuren, die sich kreuzten, und an einem Baum ziemlich hoch oben eine rote Mütze, von mutwilligen Kindern hinaufgeworfen. Eigentlich konnte sie zufrieden sein. Der Tisch bog sich von den Gaben der Gläubigen. Morgen würde sie das meiste ins Armenhaus nach Schöllkrippen bringen. Früher war das anders, der Pfarrer war ein guter Esser und verschmähte auch einen guten Tropfen nicht. Aber die Krankheit hatte den Geistlichen Herrn verändert. Schon lange konnte er keinen guten Tropfen mehr trinken, und mit dem Essen wurde es auch immer weniger. Es war nichts zu machen. Sie klopfte ihre Schuhe ab und schloß die Haustür. Leise fiel der Schnee. Er setzte dem Kirchturm eine weiße Haube auf, legte ein weißes Tuch über Gräber, Wiesen und Äcker, er füllte die Schlittenspuren und Fußstapfen großer und kleiner Leute. Die rote Mütze auf dem Apfelbaum bekam weiße Tupfen, bevor sie ganz zuschneite. Die Eule im Turm steckte ihren Kopf unter das Gefieder und fing an zu schlafen. Frieden auf Erden, Weihnachten im Jahr des Herrn 1620.

Die Pferde trabten durch die Nacht. Durch den frisch gefallenen Schnee war der Schlitten nicht schwer zu ziehen, zur Freude für die Pferde, die tagelang im Stall gestanden hatten. Wilhelm Fox saß auf dem Bock, neben ihm sein Sohn Ernst, der seinen Namen zu Recht trug. Ob er sich wohl auch so freuen konnte wie die Gäule? dachte der Alte. Es ist schon ein Kreuz mit diesem Ernst. Schon als Kind war er eigenbrötlerisch und in sich gekehrt. Vielleicht ist er doch ein wenig zurückgeblieben? Ernst machte seine Arbeit, da konnte man nichts sagen; aber er, der Vater, würde wohl nie dahinterkommen, was dieser junge Mann dachte und fühlte. Leider sah er auch keine Frau an. Der Bauer war überzeugt, Ernst wäre ein guter Familienvater geworden. Auch mit Ludwig war in dieser

Beziehung nichts los, er ließ zwar nichts anbrennen, aber er war schon in einem Alter, in dem man langsam vernünftig werden konnte. Vielleicht war es aber auch Brigittes Schuld, sie hatte es den Männern schon immer leicht gemacht. Zuerst Albert, seinem Ältesten. Natürlich gab es keinerlei Beweise, aber starb er nicht an derselben Krankheit wie Brigittes Kinder? Daß sie damals noch mit einem anderen Mann verheiratet war, hatte Brigitte bestimmt nicht gestört. Bauer Fox schüttelte den Kopf, wohin verstiegen sich seine Gedanken in dieser Weihnachtsnacht? Albert war tot. Wenn sich Ludwig mit Brigitte verstand, so war das deren Sache, schließlich war er alt genug. Es wäre halt schön gewesen, wenn Ludwig endlich geheiratet hätte, schließlich wurde auch er älter und lebte nicht ewig. Alex, Brigittes Mann, trieb sich immer noch mit Schönborn in der Welt herum. Vielleicht waren sie beide schon tot. Hier an die Kahlquelle war jedoch noch keine Todesnachricht gekommen, und solange das nicht der Fall war, galt die Frau als verheiratet. Da war nur noch die Müllerin, doch die würde Wilhelm Fox auch nicht als Schwiegertochter wollen, wo die dem armen Müller keinen guten Tag, geschweige denn eine ruhige Nacht gegönnt hatte. Nein, nein, Brigitte wäre schon besser für Ludwig. Sie konnte ja nichts dazu, wenn sie nicht nach seinem Geschmack war. Er, der Vater, mochte diese Art Frauen nun mal nicht. Blond und rosig, mit einem breiten, fast immer lachenden Gesicht und einem ansehnlichen Hintern unter den Röcken, der eine Männerhand geradezu einlud, darauf zu klatschen. Er mochte die schlanken lieber.

Wilhelm Fox seufzte tief. Seit vielen, vielen Jahren war er nun schon Witwer. Es war so lange her, daß er sich kaum noch an das Gesicht seiner Frau erinnern konnte. Dagegen Josephine, die Frau, die er wirklich geliebt hatte – oder von der er es wenigstens glaubte – war ihm dank Male immer gegenwärtig. Wilhelm Fox kam ins Träumen. Josephine, seine zauberhafte, geheimnisvolle Französin. Nicht einmal ihren vollen Namen hatte er gekannt. Er war überzeugt, daß sie aus gutem Hause stammte, leider hatte er sie immer so schlecht verstanden, außerdem hatte sie nie über ihre Vergangenheit sprechen wollen. Er wollte sie damals gar nicht auf dem Hof haben, seiner Frau Maria hatte sie es zu verdanken, daß sie das kleine Häuschen bewohnen durfte. Maria hatte das Kind leid getan. Sie hatte gleich gesehen, daß diese Französin keine Landstreicherin war, die mit den Soldaten herumzog. Sie hatte das Besondere bemerkt, das Josephine an sich hatte und das auch Male hatte, obwohl sie es mit ihren schwarzen Kleidern und Kopftüchern zu verbergen suchte.

Ja, Josephine und er, sie hatten sich geliebt. Wie gern hätte er sie damals zu seiner Frau gemacht, doch sie hatte immer abgelehnt. „Sorge für meine Kinder", waren ihre letzten Worte gewesen, keine Andeutung davon, daß Emil sein Sohn war. Stolz war sie, genau wie Male, und doch waren Mutter und Tochter so verschieden wie Wasser und Wein. Nur das gute Aussehen und den Stolz hatte Male von ihrer Mutter geerbt. Damals auf der Fahrt hatte er Male gesehen. Sie hatte einen Schock und verkroch sich im Wagen. Am nächsten Tag war sie völlig verändert. Wo sie früher mehr tanzte als lief, hatte sie seit diesem Tag einen schleppenden Gang, so als würde sie die ganze Last der Welt auf ihren Schultern tragen. Das wunderschöne, tiefschwarze Haar hatte sie straff zurückgekämmt, selbst die dunklen Tücher, die sie seit dieser Zeit um den Kopf gebunden trug, hatte sie nie mehr abgelegt. Er sah als einziger die Wehmut in Johanns Gesicht. Male ging ihm aus dem Weg, und wenn sich ihre Blicke kreuzten, schaute sie durch ihn hindurch, als wäre er aus Glas. Johann Schönborn liebte Male und heiratete Regine Fox. O ja, er, Wilhelm, hätte einschreiten können, er hätte seiner Tochter die Augen öffnen können, doch was hätte es genützt? Er kannte Male. Niemals wäre sie nach dieser Sache die Frau von Johann geworden. Für sie war die Sache erledigt. Er war ganz froh, daß Regine einen Mann gefunden hatte, schließlich hatte er noch die drei ledigen Jungen. Später, als dann Julie auf die Welt kam und Regine starb, gab es für Male nur noch dieses Kind. Es war ihr Kind, und sie ließ es nicht einen Moment aus den Augen. Obwohl sie es nicht mit Zärtlichkeit überschüttete, dazu war Male nicht mehr fähig, galt das erste Mama von Julie ihr, Male.

Julie liebte hauptsächlich Menschen, deren Gunst ihr nicht in den Schoß fiel, dazu gehörte Ernst, der erstaunt dieses kleine Wesen betrachtete. Auch Ludwig konnte zuerst nicht viel mit ihm anfangen und wurde jedesmal verlegen, wenn es seine mageren Ärmchen nach ihm ausstreckte. Males Liebe und Fürsorge spürte Julie, seit sie geboren wurde. Es wunderte den Bauern aber, daß Julie Male nur brauchte, wenn sie müde oder krank war. Das Kind streckte dann stumm seine Hände aus, Male nahm es auf und brachte es ins Bett. Ihm tat die junge Frau leid, die sich durch ihre Zurückhaltung jede Freude und Zärtlichkeit verdarb. Dabei wurde sie immer dünner, ja fast mager und sah zehn Jahre älter aus. Aber das war Male, niemand wollte und konnte sie ändern. Man mußte sie so nehmen, wie sie war.

*M*ainz, die Stadt am Rhein, war in winterliche Pracht gekleidet. Wurde es an Weihnachten auf den Dörfern ruhig und still, so war in der Stadt das Gegenteil der Fall. Die Leute liefen herum, besuchten sich gegenseitig, standen beieinander und tratschten. Kirchenglocken läuteten. Kinder spielten auf den Straßen, und Tauben suchten nach Futter. Schnell wurde der weiße Schnee grau und schmutzig, fing an zu tauen. Dies alles beobachtete ein Junge von elf Jahren aus einem Fenster der Kurfürstlichen Internatsschule. Hans Geipel ließ seine Blicke über die weißen Dächer schweifen, bis zum Horizont, wo man den Rhein ahnen konnte. Fröstelnd zog er die Schultern hoch. Das kleine Feuer im Kamin des großen hohen Zimmers hatte nicht viel Kraft. Es war nur zu merken, wenn man ganz nahe davorstand. So wechselte er alle halbe Stunde seinen Platz, vom Kamin zum Fenster und umgekehrt. Das Heimweh quälte ihn. Alle Schüler, die nicht weit nach Hause hatten, waren über Weihnachten fort. Nur er war allein dageblieben. Es hätte sich nicht gelohnt heimzufahren. Eine Woche Fahrt mit der Postkutsche, bei diesem Wetter und den schlechten Straßen, das war unmöglich. Heute morgen nach der Messe hatte ihn sein Onkel zu sich gerufen. Er war ein hoher Herr hier in Mainz. Der persönliche Berater des kurfürstlichen Erzbischofs. Sogleich hatte er dem Knaben erklärt, was für eine hohe Auszeichnung es bedeute, in diese Schule zu gehen. Eine Schule, die nur für den höchsten Adel zugelassen war. Er befinde sich in den erlauchtesten Kreisen, und er, der Onkel, hoffe, daß seine Anstrengungen nicht umsonst seien. Er wolle, daß sich Hans für den geistlichen Weg entscheide. Es sei eine große Ehre für einen Knaben der heutigen

Zeit, hundert Jahre nach Martin Luthers Kirchen-
spaltung für Christus den Herrn zu streiten.
Hans dachte, Streiten und Kämpfen, das wollte er
schon. Auch Lesen und Schreiben fielen ihm leicht, er
hatte eine Begabung dafür, doch Priester wollte er
nicht werden. Diese hohen Häuser und Kirchen, die
dicken Mauern mit den kleinen Fenstern bescherten
ihm Atemnot, wenn er nur daran dachte. Natürlich
gefielen ihm die kostbaren Gewänder der Geistlichen,
auch die Hochachtung, mit der man ihnen begegnete.
Aber er war kein Stadtmensch. Hans Geipel brauchte
den Wald, genau wie sein Vater konnte er nur frei
atmen in Wald und Feld. Wolfsjäger nannten die Bauern den Vater. Genau das, was auch er wollte. Er war
sehr stolz auf sein Wappen, auch wenn ihn seine Kameraden hier zum untersten Adel einstuften. Einst
würde er durch die Wälder des Spessarts streifen und
die Bäume aussuchen, die gefällt werden durften. Im
Februar würde er Wölfe jagen und den Bauern zuwei-
sen, was sie roden durften und was nicht. Er schaute
aus dem Fenster. Unten in der Gasse hatte jemand
Wasser verschüttet, und Kinder in seinem Alter
rutschten nun die gefrorene Schleifspur entlang. Natürlich hätte er auch gern mitgetobt, doch das konnte
und wollte er sich nicht eingestehen. Im Kamin brach
das Holz mit einem zischenden Laut zusammen. Hans
legte neue Scheite auf die Glut, und sogleich flackerte
das Feuer auf. Vor zwei Jahren im Herbst, als er noch
zu Hause gewesen war, nahm ihn sein Vater mit in
den Wald. Einen ganzen Tag lang waren sie unterwegs. Die Nacht verbrachten sie bei einem Köhler. Am
folgenden Tag gingen sie zu Fuß weiter.
„Ich zeige dir einen besonderen Wald, mein Junge",
hatte sein Vater damals gesagt. „Noch nie hat ein
Mensch dieses Stück Natur betreten. Es ist sehr alt."
Ehrfurchtsvoll sah Hans seinen Vater an. „Tausend
Jahre, Vater?"
Der Vater nahm seine Hand. „Ich glaube, noch viel
älter. Für mich ist der Wald etwas ganz Besonderes,

26

und ich habe mich immer gescheut, ihn zu betreten. Ich wollte auch, daß du dabei bist. Jetzt freue ich mich, daß ich so lange gewartet habe und wir dieses Erlebnis zusammen haben werden."

Hans war sehr stolz gewesen und hatte sich vorgenommen, keine Angst zu haben, was auch passieren würde. So wie die Bäume vor Jahren umgefallen waren, so lagen sie noch, wie tote Riesen kreuz und quer, und andere waren darübergewachsen. Vater und Sohn hatten Mühe, einen Weg durch dieses Labyrinth zu finden. Hier gab es seltene Pflanzen und riesige Eichen, die sie nicht einmal zu zweit umfassen konnten. Bären lebten noch in diesem Wald, und die Wölfe hatten hier ihren Sommeraufenthalt. Gleich würde eine Fee hinter den Bäumen hervortreten, dachte Hans, doch nichts geschah, alles blieb ruhig. Nur die Vögel zwitscherten in den Bäumen, der Bär hielt schon seinen Winterschlaf, und die Wölfe waren noch nicht hungrig genug. Über ihnen rauschten die undurchdringlichen Kronen der Buchen und Eichen, unter ihnen raschelten die dürren Blätter und knackte das morsche Holz. Die Nacht verbrachten sie wieder in der Köhlerhütte. Am Tag darauf ritten sie einen Weg entlang, in den die Holzfuhrwerke tiefe Rillen gegraben hatten. Seit dem Morgen waren sie unterwegs durch den Spessart. Am Abend kamen sie nach Lohr am Main. Und hier lagen die riesigen Baumstämme, so weit man sehen konnte. Auf dem Fluß befanden sich Flöße aus leichtem Holz, auf die Stämme geladen wurden.

„Wohin gehen diese Baumstämme?" fragte er seinen Vater.

„Die fahren weit weg in ein anderes Land. Zuerst schwimmen sie vom Main zum Rhein, dann geht es flußab bis ans Meer. Das Land, das unsere Bäume braucht, heißt Niederlande. Bei denen wachsen keine so starken Bäume wie bei uns hier im Spessart. Sie brauchen sie für Windmühlen und Schiffe. Wir bekommen dafür blanke Taler, und das alles nennt man ein Geschäft. Der Handel muß blühen, wenn es den Menschen gutgehen soll. Doch eines merke dir, vergiß nicht dabei, den Wald zu beschützen, er braucht unseren Schutz, er kann es nicht allein. Nur wenn der Wald gesund ist und leben kann, wirst auch du leben und zufrieden sein. Du bist mein einziger Sohn, mein Blut fließt in deinen Adern, sorge dafür, daß dein Sohn, den du vielleicht einmal haben wirst, so denkt wie du und ich. Genauso haben mein Vater und mein Großvater gedacht. Denn der Wald ist ein Stück von Gottes Natur. Er ist uns nicht geschenkt worden, er ist uns nur geliehen."

Es war dunkel geworden und das Feuer endgültig verloschen. Durch sein Träumen hatte Hans die Vesper vergessen. Draußen auf dem Gang klirrte der Beschließer mit dem Schlüsselbund, öffnete die Tür und streckte den Kopf herein. „Na, mein Junge, bist du eingeschlafen? Es ist Zeit für die Andacht. Komm, nimm deinen Umhang, es ist kühl in den Gängen." Die Gegenwart hatte ihn nun endgültig wieder. Zwei oder drei Jahre würde er noch hier verbringen, dann mußte er sich entscheiden. Bis dahin war er ein Mann, so lange würde er seinen Onkel hinhalten und sich dann für ein freies Leben entscheiden.

Durch die winterliche Schneelandschaft ritt der Gutsherr vom Reuschberg, Hans Konrad Geipel. Der Himmel war so blau wie sonst kaum im Sommer. Trotz der Sonne, die all ihre Kraft verschwendete, war es sehr kalt. Die kahlen Bäume warfen violette Schatten über den sauberen Schnee. Zwischen Weihnachten und Neujahr war es Brauch, daß der Gutsherr all seine Höfe aufsuchte. Besonders liebte er den Ritt in das kleine Dorf an der Kahlquelle. Wilhelm Fox war für ihn mehr als ein Zinsbauer, man konnte sagen, er war sein Freund. Er mochte diesen grauhaarigen Mann mit dem wettergegerbten Gesicht. Ja, er war stolz auf diese Freundschaft. Er sah Fox vor zehn

Jahren zum erstenmal, auf einem brachliegenden Acker, wie er sich Erde durch die Finger rieseln ließ, und wußte sofort, das war ein Mann nach seinem Herzen. Ein echter Landmann, der die Erde liebte. Der sie nicht ausnutzen würde wie viele vor ihm, die der Erzbischof von Mainz geschickt hatte. Zehn Jahre waren seitdem ins Land gegangen, und er hatte recht behalten. Kein Hof wurde so in Ordnung gehalten, keine Äcker so gerade gepflügt, nirgends stand das Wintergetreide so gut wie hier. Hans Konrad Geipel freute sich auf das Gespräch mit dem Bauern und natürlich auch auf das gute Essen von Male. Auf dem Hof wurde er schon erwartet, Fox stand mit einer Flasche an der Tür.

„Herzlich willkommen!" rief er ihm entgegen.

Dankend hob der Gutsherr die Hand und winkte den Leuten zu, die aus allen Ecken kamen und auf ihn zuliefen. Er warf Ernst die Zügel zu und hob die kleine Julie in die Höhe. „Na, meine kleine Schönheit, immer schön artig gewesen?"

Zwei graugrüne Augen strahlten ihn an, und ein Nikken mit dem Kopf war die Antwort. Ein Griff in die Tasche, und er holte ein Beutelchen heraus, das er lächelnd dem Mädchen hinhielt. Mit einem überraschten Oh nahm sie das Beutelchen in Empfang und trug es sofort in die Küche, wo Male am Herd stand und das Essen zubereitete. Julie nahm zwei kleine Schüsseln, in denen sie die Süßigkeiten genau aufteilte. Ein Plätzchen blieb übrig, und sie überlegte lange, in welche Schüssel sie es geben sollte. Ein Ziehen an ihrer Schürze ließ Male aufsehen. Julie stand vor ihr und überreichte ihr großmütig das Plätzchen. Gerührt nahm Male es an und streichelte das wirre Haar ihres Lieblings. Julie deckte ihre Schüsseln ab, damit die Katze nicht drangehen konnte, und verschwand in Richtung Stube, wo sie die Stimmen der Männer hörte. Durch den Qualm der Pfeifenraucher ging sie zu ihrem Großvater und lehnte sich gegen sein Knie. Die Wintersonne schien durch die kleinen

Fenster, und in ihren Strahlen tanzten winzige Staubflocken. Im Kamin knisterte das Feuer, und die ruhigen Stimmen der Männer machten das Kind schläfrig. Plötzlich durchbrach ein lauter, schriller Pfiff die gemütliche Stimmung.

„Lauf", meinte der Großvater, „dein Freund Christian wartet."

Wie ein Wirbelwind war sie draußen und verschwand mit den beiden Schüsseln und Christian in der Scheune.

„Aber nicht vor dem Essen", rief Male den beiden noch hinterher.

*E*s war ein schöner Sommer, die farbenprächtigen Blumen leuchteten millionenfach aus der Kahlwiese im grünen Wiesengrund. Am Waldrand nickten die blauen Glockenblumen, umschwirrt von Bienen und Hummeln. Der Wind fuhr den alten, ehrwürdigen Buchen und Eichen durch die grünen Blätter, über die beiden Quellen, die schon viele Jahre von bemoosten Steinen eingefaßt waren, und durch einen Schleier aus Efeu, das natürliche Versteck der beiden Kinder, die sich über das Wasser beugten, um einer Forelle aufzulauern. Sie hatte sich ängstlich unter einem Stein versteckt. Julie dachte nicht im Traum daran, diesen Fisch zu fangen, doch das konnte sie Christian nicht sagen, der hätte sie bestimmt ausgelacht. Das Mädchen konnte keinem Geschöpf etwas zuleide tun, und Male stöhnte über die Tiersammlung, die sich Julie mit der Zeit zugelegt hatte. Verletzte Tiere, die sie mit Hilfe von Ernst wieder gesundgepflegt hatte, waren ihre besten Freunde: streunende Katzen und Hunde, flügellahme Vögel, einmal sogar ein junger Igel. Leider gab er nach ein paar Tagen Fersengeld und verschwand.

Julie liebte ihre bewaldete Heimat, das kleine Dorf an der Kahlquelle, die Menschen und Tiere. Sie liebte die Nachmittage im Sommer. Wenn alles über die Hitze stöhnte und sich verkroch, streifte sie mit Christian durch den Hochwald, der kühl und unnahbar über ihren Köpfen rauschte und eine geheimnisvolle Melodie sang. Zur Zeit mußten sie Gänse hüten und aufpassen, damit diese nicht die Wäsche, die zum Bleichen auf der Wiese lag, beschmutzten. Früher, als sie noch klein waren, machte es Julie und Christian großen Spaß, selbst mit schmutzigen Füßen über die saubere Wäsche zu laufen. Großvater Fox legte sie

dann beide übers Knie. Sie erinnerten sich nicht gern an den Nachmittag, an dem sie die verschmutzte Wäsche wieder auswaschen mußten, bis der letzte Fleck entfernt war. Da merkten sie erst, wie schwer die Arbeit war, wie sich die Frauen ein Leben lang abplagen mußten. Das war eine gute Lehre, und trotz des Abstechers an die Kahlquelle waren sie achtsam. Das kleine Haus, das Julie mit ihrer Familie bewohnte, war gut aufgeteilt. Links lagen die Räume der Männer, rechts die gute Stube mit dem offenen Kamin, in dem im Winter Tag und Nacht ein Feuer brannte. In einer Ecke waren die Holzscheite sauber aufgeschichtet. Zwischen den kleinen Fenstern stand eine wurmstichige Kommode, die noch von ihren Vorgängern stammte und deren mittlere Schublade Julie als Kinderbett gedient hatte, an der Türseite eine lange Bank, davor ein Tisch, an dem das tägliche Essen eingenommen wurde. Hinter der großen Stube war eine kleine Kammer, die sich Male mit Julie teilte. Zwischen den beiden Räumen gab es ein Loch in der Wand, damit die Wärme in den kleinen Raum entweichen konnte. Von klein auf lauschte Julie den Geschichten, die durch das Loch in ihre Kammer drangen. Natürlich spitzte sie die Ohren, mußte sie doch am nächsten Tag Christian alles erzählen: Da war die Fahrt aus dem Elsaß. Die arme Regine, das war ihre Mutter, und der große Johann war ihr Vater. Warum ihre Mutter die Arme und ihr Vater der Große genannt wurden, konnte sie nie so recht verstehen. Einmal fragte sie Male: „Wie groß war eigentlich mein Vater?" Male schaute sie ganz komisch an, dann meinte sie: „Etwa so groß wie Ernst."
Julie grübelte, Ernst war nicht größer als Großvater und Onkel Ludwig. War ihre Mutter arm? Sie war doch nur tot und im Himmel. Auch Christian wußte darauf keine Antwort, er meinte nur, man solle auf das Geschwätz der Erwachsenen nicht allzuviel geben.

Doch am liebsten mochte Julie die Geschichten von Werwölfen, Räubern und dem wilden Jäger, der Freitagnacht mit seiner Horde den Wald durchstreifte – und wehe, man begegnete ihm! Auch Geschichten von Zauberern und Hexen machten die Runde. Meist wiegte sie das leise Gemurmel und das Spinnen der Räder in den Schlaf. Manchmal kam ein Wanderer des Weges und kehrte bei ihnen ein. Er setzte sich auf die Ofenbank und erzählte, was es draußen in der Welt Neues gab. Er sprach von Krieg und Plünderungen, von großen und kleinen Hexenbränden, von Krankheiten wie der schwarzen Pest und den Pocken. Julie lag in ihrem Bett mit dem hoch aufgeschütteten Strohsack und gruselte sich. Sie liebte es, sich zu gruseln. Es war schön, im warmen Bett zu liegen und von dem Unheil der Welt zu hören, das einen ja nie erreichen würde. Es war beinah so schön wie die Wölfe, die in den kalten Winternächten ums Haus schlichen. Oft hatte sie schon an den zugefrorenen Fensterscheiben gekratzt und hinausgesehen. Vielleicht entdeckte sie doch einmal einen Werwolf, der sich in einen Menschen verwandelte. Doch was sie sah, waren meist nur Schatten, und sie wußte nie genau, ob es ein Wolf oder nur ein Hofhund war, der ums Haus schlich. Aber jetzt war noch Sommer, und Christian wartete am Kirschbaum auf sie. Heute hatten sie etwas Besonderes vor. In der einen Hand ein Stück Brot, in der anderen den Schlüssel zum Dachboden, lief sie aus dem Haus. Im hinteren Teil des Gartens, an einem dicken Baumstamm sah sie den blonden Schopf ihres Spielkameraden aufblitzen. Christian, dem immer eine Haarsträhne über das linke Auge fiel, war ihr treuergebener Kamerad. Sie waren Nachbarn und die einzigen Kinder im ganzen Dorf. Wenn sie keine Arbeiten verrichten mußten, waren sie unterwegs. Julie sorgte stets dafür, daß sie sich nicht langweilten. Sie hatte die tollsten Einfälle, und Christian, der ruhiger und schwerfälliger war, machte mit und war immer zur Stelle, wenn es etwas anzustellen gab. Der Dachboden war eine geheime Leidenschaft der Kinder, barg er doch ungeahnte Schätze. Da standen Kisten und Kästen, alte verstaubte Kleider und Schuhe, da lagen noch Sachen von der großen Fahrt aus dem Elsaß, die Male nicht wegwerfen konnte. Christian schlug gerade mit einem verrosteten Schürhaken auf einen unsichtbaren Feind ein, als Julie einen Schrei ausstieß. In der Hand hielt sie ein kleines, mit Perlen verziertes Kästchen. Es war verschlossen und nur mit Gewalt zu öffnen. Christian versuchte es mit einem alten Messer und hatte Glück, ein Teil brach ab und der Deckel ging auf. In einem vergilbten Taschentuch mit Monogramm lag ein ovaler Stein. Andächtig nahm Julie ihn heraus und hielt ihn in einen Sonnenstrahl, der die Ritzen des Gebälks durchdrang. Sie bekam große Augen. In dem Stein war eine Fliege zu sehen. Der Junge drehte den Stein hin und her, die Fliege fing an zu schwimmen und sich zu bewegen. Ein verzauberter Stein, dachte Julie, ein Honigstein. „Er hat dieselbe Farbe wie dein Haar", sagte der Junge. „Wir müssen ihn verstecken, niemand darf unser Geheimnis erfahren."

Unten scheuchte Male zum drittenmal die Hühner aus dem Gemüsegarten. Leise schlichen die Kinder über den Hof zur Scheune. Durch das frische Heu, das hier aufgestapelt auf den Winter wartete, erreichten sie die Dachbalken. Dahinter versteckten sie das Kästchen mit dem Stein. Es war ein gutes Versteck, niemand würde es hier finden. Später lagen sie auf der Wiese und träumten von dem verzauberten Honigstein. Ob die Fliege eine verwunschene Prinzessin sei, fragte Christian. Julie war sich ganz sicher: Wer diesen Stein besaß, dem würden alle Wünsche in Erfüllung gehen. Bis zu diesem Tag hatte sie immer gedacht, sie würde einmal Christian heiraten, doch das war jetzt anders. Mit diesem Stein bekäme sie bestimmt einmal einen Prinzen und würde eine große

Dame mit Kutsche und Pferden. Oder sollte sie doch lieber Räuberhauptmann werden? Das war vielleicht nicht so langweilig.

Der Ruf von Male unterbrach ihre Träume. Die Kinder erhoben sich. Es war Mittagszeit, und die Sonne stand hoch am Himmel. Der Hunger und der Ruf trieben sie zum Haus. Christian war zum Essen meistens dabei, weil seine Mutter, Brigitte, auf dem Foxhof als Tagelöhnerin arbeitete.

Am Nachmittag wurden sie zur Mühle geschickt, um Mehl zu holen. Sie gingen am Bachrand entlang und überlegten sich, ob sie unter den Weiden im Bach laufen sollten. Es war ein altes Spiel, aber auf jeden Fall kühler als auf dem sonnigen Weg. Julie entschied sich trotz der sommerlichen Temperatur für den Weg. Ihre Abenteuerlust für heute war gestillt. Wenn sie sich beeilen würden und der Mülleronkel guter Laune war, ließ er sie vielleicht im gestauten Mühlbach schwimmen. Die Mühle am Bach war ein riesiges, graues altes Holzhaus. Davor verlief der Weg mit steinigen Furchen im Gras. Mehrere zerbrochene Mahlsteine standen an der Hauswand und zeugten von vergangenen Zeiten. Onkel Ludwig von der Mühle war ein Mann wie alle Fox', doch sah man an seinen vielen Fältchen um die Augen, daß er gern lachte. Der Schalk saß ihm im Nacken, und es machte ihm viel Spaß, die Kinder zu necken. Die Müllerin war eine große hagere Frau, die immer nur schimpfte. Früher war Julie gekränkt über die Barschheit und Unfreundlichkeit dieser Frau nach Hause gekommen. Der Großvater hatte ihr dann einmal erklärt, daß das Leben dieser Frau nichts geschenkt hatte. Fünf Kinder hatte sie geboren, doch jedes verloren, bevor es zehn Jahre alt geworden war. Ihr Mann hatte das Trinken angefangen und sie geschlagen. So war das Leben an ihr vorübergegangen und hatte sie verbittert und böse auf alles, was jung und gesund war, zurückgelassen. Der Mülleronkel war nicht mit ihr verheiratet. Sie lebten nebeneinander her, ruhig und schweigsam, jeder in seiner Welt. Nachdem Julie wußte, was mit dieser Frau los war, machte es ihr weniger aus, wenn sie von ihr als Taugenichts beschimpft wurde.

Jeden ersten Freitag im Monat steckte Male schon in aller Frühe den Backofen an. Alle Leute aus dem Dorf konnten darin ihr Brot backen. Die Kinder schleppten riesige Reisigbündel herbei, und mit dem Qualm verbreitete sich der Duft frischen Brotes über die niedrigen Dächer der Kahlquelle. Am nächsten Morgen gingen Christian und Julie, jeder mit einem Korb voll frischem Brot, über den Berg. Zwischen Western und dem Dorf Laudenbach, oben auf der Höhe, stand die Kapelle zum Heiligen Kreuz. Der Eremit, Pater Anton, hielt sie instand, schmückte sie im Sommer mit Blumen und im Winter mit Tannengrün. Auf dem Weg über die Wiesen und bergauf wurden die Kinder müde und hungrig. Sie waren dann dankbar für Pater Antons frisch aufgebrühten Tee oder den Krug mit dem geheimnisvollen Getränk, das Eremitenbier genannt wurde. Pater Anton war ein freundlicher Mann, mit den klarsten Augen, die Julie je gesehen hatte. Am Anfang, als sie ihn kennenlernte, wußte sie nie, lachte er oder weinte er. Er war schon merkwürdig, dieser Pater. So ganz anders als die Menschen, die die Kinder sonst kannten. Saßen sie an einem Tisch, mit frisch aufgeschnittenem Brot, den Blick vertrauensvoll auf ihn gerichtet, war er glücklich. Er konnte wunderbare Geschichten erzählen. Nicht einmal der alte Fox kannte Pater Antons Lebensgeschichte, die hatte er tief in sich verschlossen, doch wenn er allein war, überkamen ihn die Gedanken an seine Vergangenheit.

Als zweitältester Sohn eines Grafen war es seine Bestimmung, sich dem Kriegshandwerk zu widmen. Doch diese Tätigkeit lag ihm ganz und gar nicht. Viel lieber wäre er Maler geworden. Er konnte und wollte nicht töten. Er war ein schlechter Soldat. Seine Kameraden verspotteten ihn als Versager und Weichling. Das Schicksal meinte es gut mit ihm, als er seine Frau kennenlernte. Sie war keine Adlige, paßte seinem Bruder nicht, und deshalb wurden sie im Schloß nicht geduldet. Er war keineswegs traurig darüber, zog er doch das abgelegene Gartenhaus den hohen, kalten Räumen des Schlosses vor. Doch eines Tages war seine Frau verschwunden. Nach langem Suchen fand er sie. Sie war in einen tiefen Graben gestürzt und hatte sich dabei schwer verletzt. Niemand half ihm, seine Frau zu bergen. Sein Bruder hatte es den Bediensteten verboten. Es war ein kalter Wintertag, und als er zu Ende ging, war auch ihr Leben zu Ende. Sie starb in seinen Armen, und mit ihrem letzten Atemzug schwor er Rache. Tag und Nacht überlegte er sich einen Plan, um seinen Bruder zu vernichten. Er hetzte die leibeigenen Bauern auf, die Ärmsten der Armen, die ihr ganzes Leben lang unterdrückt und ausgebeutet wurden und nur für ein paar Brosamen schufteten. Die Bauern horchten auf. Plötzlich war da jemand, der zu ihnen stand, dieser Mann, ein Adliger, der Sohn ihres Herrn. In einer mondlosen Nacht überfielen sie das Schloß, plünderten es und steckten alles in Brand. Seinen Bruder und dessen Familie schlugen sie tot. Ein paar Tage später kamen die Dragoner des Kaisers. Diese hängten die Bauern auf und zündeten die Dörfer an. Die Überlebenden verfluchten ihn, den späteren Pater Anton, niemand wollte mehr etwas von ihm wissen. Verzweifelt und einsam ging er auf Wanderschaft. Hier am oberen Kahlgrund fand er seinen Frieden wieder und einen Weg zu Gott. Ein paar Ziegen, Wurzeln und Kräuter und das Brot, das ihm der alte Fox bringen ließ, reichten ihm zum Leben. Sein größtes Glück waren die Kinder. Ihnen Lesen und Schreiben beizubringen, das war sein nächster Plan.

Das Wetter war noch schön, deshalb ging er mit ihnen auf die Wiese, und sie holten Körbe voll Blumen, die sie zu Kränzen und Girlanden banden. Morgen war Sonntag, und sonntags kamen die Menschen aus den umliegenden Dörfern und bestaunten die Blumenwunder des Eremiten. Langsam ging die Sonne hinter den Baumwipfeln unter. Ihre letzten Strahlen trafen die Kirche oben auf dem Berg und ließen ihr Kreuz hell aufblinken. Die Kinder mußten sich auf den Heimweg machen. Tief unten lag das stille Kahltal im geheimnisvollen Abendschatten. Ihr Weg führte sie am Hof des Leinwebers vorbei, mit dem sie auf Kriegsfuß standen. Sie konnten nicht vorübergehen, ohne den Mann zu ärgern. In der abendlichen Spinnstube hatten sie einen Reim aufgeschnappt, den sie unbedingt loswerden mußten. Sie warteten hinter einem Knüppelzaun, bis der Leinweber in den Stall ging, um das Vieh zu füttern. Dann legten sie los:

> „Leinweber, Stubenfeger,
> hält das Tuch fest genug,
> zieht er's runter, geht es unter,
> läßt er's los, wird es groß,
> macht er's klein ..."

Ein fürchterliches Getöse war die Antwort. Der Leinweber erschien mit einer Mistgabel und rannte in großen Sprüngen auf die erschrockenen Kinder zu. Dabei fluchte er ganz fürchterlich. Die beiden Schwerenöter waren sich einig, tot würde er sie schlagen, wenn sie nicht rasch genug verschwanden, und so liefen sie so schnell sie konnten auf das Dorf zu. Dabei verlor Julie ihren Holzschuh, doch keine zehn Pferde hätten sie noch einmal zurückgebracht. Sie schlichen nach Hause, und Male wunderte sich darüber, wie ruhig Julie war. Meistens stand ihr Mund keinen Augenblick still. Sie würde doch nicht krank werden? Male legte ihre Hand auf Julies Stirn. Fieber hatte sie nicht. Aber was hatte sie sonst?

Am Morgen darauf hing der Schuh am Gartentor. Julie war überzeugt, nur ein Zwerg oder die Waldfee hatte ihr aus der Patsche geholfen.

So verging der Sommer, und der Herbst kam, die Kinder wußten zum Glück nicht, daß dies ihr letzter gemeinsamer Sommer sein würde. Im Herbst mußten sie helfen, die Ernte einzubringen. Der Wald mit seinen reifen Beeren lockte, und das Holz für den Kamin mußte aufgeschichtet werden. Kurz vor Weihnachten wurde das über den Sommer gemästete Schwein geschlachtet, und Christian und Julie mußten tüchtig zupacken. Nach dem Weihnachtsfest trat endlich etwas Ruhe ein. Julie konnte sich nun mehr den Büchern widmen, die sie von Pater Anton hatte.

War der Dezember und der Anfang des neuen Jahres noch milde, so wurde es Ende Januar immer kälter. Die Kahl fror zu, und an den Quellen hingen dicke Eiszapfen in grotesken Formen. Mittags, wenn die Sonne schien, machten sich die Kinder den Spaß, über das Eis zu schlittern. Aber nicht lange, bald zog es sie wieder in die warme Stube zurück. Das Stroh, das Male jede Woche frisch auf den Fußboden legte, um die Kälte abzuhalten, raschelte unter den Füßen. Großvater rauchte seine Pfeife, und dicke Dunstschwaden durchzogen den niedrigen Raum, die sich mit dem Essensgeruch vermischten. Draußen tobte ein eiskalter Wind. Irgendwo auf dem Berg heulte ein Wolf, nach einer Weile fielen andere in das Gejaule ein. Die Hunde am Kamin winselten, und die Menschen im Dorf hoben die Köpfe und horchten. Doch niemand war ernsthaft beunruhigt, man wußte, immer mit dem Frühjahr kamen die Wölfe. Der viele Schnee führte das Rotwild aus den tiefen Wäldern, und die Wölfe waren ihm auf den Fersen. Oft kamen sie in der Nacht ins Dorf, um nach etwas Freßbarem zu suchen. Die Bauern hatten jedoch vorgesorgt. Dikke Balken verschlossen die Ställe und Häuser. Nur das unruhige Brüllen der Kühe und morgens die frischen Spuren im Schnee zeigten, daß ein „Schwarzer" im Dorf gewesen war. Es würde nun nicht mehr lange dauern, bis die Wolfsjäger kamen und ihre Treibjagd abhielten. Das Dorf würde aus seinem Winterschlaf erwachen. Vor zwei Jahren war eine Verordnung zum Abschuß der Wölfe erschienen, die sich seit der Jahrhundertwende sehr vermehrt hatten. Jedem Jäger war die Zahl der abzuschießenden Wölfe vorgeschrieben. Er erhielt pro Wolf eine Prämie von eineinhalb Talern, doch für jedes nicht abgeschossene Tier seiner Sollzahl hatte er den gleichen Betrag zu entrichten. Dieses Jahr durfte Christian zum erstenmal als Treiber an der Jagd teilnehmen. Er war sehr stolz und fühlte sich nun als Mann. Er trug hohe schwarze Lederstiefel, die sich seine Mutter vom Munde abgespart hatte und die am Morgen, bevor die Jagd losging, mit Schweinefett eingeschmiert wurden. Während der Wald lebendig wurde, durch das schlagende Geräusch der Treiber, hörte man Schüsse weit über das Tal hallen.

Die Frauen hatten in der Zwischenzeit alle Hände voll zu tun. Seit Tagen kochten und buken sie für die große Tafel in der Scheune des Bauern Fox. Das ganze Dorf war daran beteiligt, und es war ein ständiges Hin und Her. Am späten Nachmittag, es fing schon langsam an dunkel zu werden, kam endlich der Wagen mit der Beute. Die riesigen Wölfe, die quer über einem zweirädrigen Karren lagen, mit ihren heraushängenden Zungen und den halboffenen Augen, faszinierten die Leute immer wieder. Auch den Musketen, die am Scheunentor abgestellt waren, gehörte allgemeine Bewunderung. Zu gern hätten die anderen auch einmal so ein Ding in den Händen gehalten.

Im Hof brannte ein großes Feuer und wurde vom Jungknecht bewacht. Die Männer saßen in ihren dikken Pelzen und Lederjacken an der Tafel, die von frischgeschlachteten Hühnern und Gänsen, von Brot und Kuchen zu bersten schien. Vom Krieg, den man einmal den Dreißigjährigen nennen würde, merkten die Menschen im Kahlgrund noch nichts. Sie hatten letztes Jahr eine gute Ernte, und der Gutsherr vom Reuschberg hielt schützend die Hand über sie. Oh, er stand gut mit dem kurfürstlichen Erzbischof von

Mainz. Auch wenn man ab und zu von Kriegsgreuel-
taten in anderen Provinzen hörte, es war alles weit
weg, ob es auf Wahrheit beruhte, wer konnte das wissen. Sie jedenfalls ließen es sich schmecken. Rauhe
Scherzworte flogen von einem zum anderen, daß Male
sich genötigt sah, Julie in die Küche zu schicken. Das
war nichts für die Ohren eines jungen Mädchens,
schließlich wußte sie, was sich gehörte. Julie war
darüber böse und enttäuscht. Maulend fügte sie sich
in das Unvermeidliche. Ausgerechnet jetzt, wo es
spannend wurde, schickte man sie weg. Dieser junge
Mann mit den dunklen Augen, fasziniert hatte er sie
angestarrt. Sie wußte, er war der Sohn des Wolfsjägers. Wie groß und schön er war, wie gut seine Ma-
nieren waren, man merkte sofort, daß er aus gutem
Haus stammte, dachte sie altklug. Alle anderen warfen die abgenagten Knochen in der Gegend herum,
zur Freude der Hunde, die sich jaulend darauf stürzten, nur er warf sie als einziger in den dafür hinge-
stellten Eimer. Wenn er lachte, bekam Julie Herzklopfen. Seine Zähne blitzten mit seinen Augen um
die Wette. Zum erstenmal beneidete sie Christian, der
neben ihm sitzen durfte. Zu gern hätte sie das
schwarze Wolltuch von ihren Schultern genommen,
damit er auch sah, was für eine hübsche Figur sie
hatte. Doch Male machte ihr einen Strich durch die
Rechnung. Brummelnd ging Julie zur Küche.
Christian genoß das Fest. Hatte er doch mitgeholfen,
die Wölfe zu erlegen. Er barst fast vor Stolz, als der
Wolfsjäger die Hand auf seine Schulter legte und ihn
lobte. Später sah er seine Mutter im Gespräch mit
dem Gutsherrn, und da wußte er, daß er die längste
Zeit hier gewesen war. Man wollte ihn als Jungknecht
auf dem Reuschberg, und für Christian gab es nichts
Schöneres auf der Welt. Eilig rannte er nach Hause,
packte sein Bündel, und ohne sich noch einmal um-
zudrehen, verschwand er mit den Wolfsjägern in der
Nacht.

*D*as Hofgut Reuschberg lag eine Stunde von der Kahlquelle südlich und eine gute halbe Stunde nordöstlich von Schöllkrippen, hundert Meter über dem Kahltal, auf halber Berghöhe zur alten Burg. Schon im frühesten Mittelalter bestand dort eine große Hofanlage. Später kam es zum Staufischen Machtbereich der Pfalz Gelnhausen. Nach 1250 gehörte es dem Grafen Rieneck als Nachfolger der Staufenmacht. Mit dem Zusammenbruch der Rieneckischen Macht an der Kahl kam der Hof mit dem Dorf Schöllkrippen in der ersten Hälfte des 14. Jahrhunderts an das Kurfürstentum Mainz. Mainzer Kurfürsten vergaben den Hof an ihre Amtsträger. Nun gehörte er seit zwei Generationen den Geipels, die aus einem stolzen Förstergeschlecht hervorgegangen waren. Der Hof lag wie ein Nest eingebettet in uralte Eichen und Blutbuchen, so versteckt, daß man ihn vom Tal aus nicht sehen konnte. Wahrscheinlich wurde er deshalb nie ausgeraubt und geplündert. Hans Konrad Geipel war stolz auf seinen Hof und seinen Namen. Sein einziger Erbe ging in Mainz zur Schule, und wenn er in den Ferien nach Hause kam, brachte er öfter einen der Adelssöhne als Gast mit. Nicht allen adligen Söhnen ging es gut im deutschen Kaiserreich. Viele nagten am Hungertuch, und ihre Väter hatten Mühe, das teure Schulgeld zu bezahlen. Der Kaiser führte Krieg. Er verlangte seinen Vasallen alles ab. Meistens auch noch den Blutzoll. Was konnte man noch geben? Die Fürsten zogen in den Krieg, und mit ihnen ihre Bauern. Zurück blieben die Frauen und Kinder und das unbestellte Land. Wurde es nicht verwüstet, lag es brach.

Für Christian tat sich eine neue Welt auf. Nie hätte er gedacht, daß der Gutshof so groß war: das viele Vieh und in der Mitte der großen viereckigen Anlage ein riesiger Misthaufen, der Tag und Nacht dampfte. Ein Torbogen trennte den Wirtschaftshof von den Wohngebäuden und dem Park. In der Remise standen zwei große Reisekutschen und fünf kleinere Wagen. Es gab neun Reitpferde und fünf Pferde, die für die Felder gebraucht wurden. Hier bei den Pferden hatte er seine Arbeit. Er striegelte sie, bis ihr Fell wie Seide glänzte, putzte Reitstiefel, Sättel und brachte das Geschirr auf Hochglanz.

Einmal schlenderte er auf dem Hof herum, sah in den Pferdestall und kam dann am Torbogen vorbei, als die Hausherrin Gäste empfing. Die junge Dame, die aus einer mit Wappen verzierten Kutsche stieg, wurde gerade von dem jungen Herrn mit Handkuß begrüßt. Vor Staunen blieb Christian der Mund offenstehen. Die Dame war schön und elegant, und ihre Kleider schillerten in allen Farben. Diese Haare, wie konnte man Haare so frisieren? Er kannte nur die Bauersfrauen, die unter ihren Kopftüchern oder Hauben einen einfachen Knoten trugen. Julies rotes Haar hielt meistens eine Stunde, dann machte es sich selbständig. Er blieb auf seinem Beobachtungsposten. Das nächste Mal, wenn er nach Hause kam, hatte er allerhand zu erzählen. Er freute sich schon auf Julies große Augen. Wenn er an sie dachte, bekam er Heimweh. Sie fehlte ihm. Vielleicht war es auch nur die schöne Kindheit an der Kahlquelle. Auch hier gab es Kinder, aber die mußten schon früh mithelfen und arbeiten. In seinem Innersten war er Wilhelm Fox dankbar für die unbeschwerte Kindheit, auch wenn der ihn immer Taugenichts geschimpft hatte, so war er doch sein Großvater.

Den ganzen Sommer über hatte Christian auf dem Reuschberg schwer arbeiten müssen und war erst dreimal zu Hause gewesen.

Julie hatte sich verändert, sie war gewachsen und dabei dünner geworden. Kein Kind mehr und doch noch keine Frau. Ein neuer Winter kam und ging seinem Ende zu, und wieder war eine Treibjagd angesagt. Doch Male paßte auf und ließ das Mädchen nicht zu den Männern. Es gehörte sich nicht. Mit sehnsüchtigen Augen und Groll im Herzen sah Julie von der Küche aus dem Treiben zu, alles Bitten und Betteln half nichts. Male blieb hart, und Julie mußte sich fügen. Am Tag darauf durfte sie alles saubermachen und aufräumen, was ihre schlechte Stimmung nicht besserte. Sie war an einem Punkt angelangt, wo ihr alles zuwider war. Manchmal hatte sie das Gefühl, die Berge links und rechts würden sie erdrücken. Sie haßte das enge, gleichförmige Leben, das sie führen mußte. Die Haube, die sie aufsetzen mußte, machte ihr Haar stumpf und glanzlos, und die Holzschuhe waren schwer und drückten an den Zehen. Ja, selbst der Sommer, den sie nun allein verbringen mußte, lag endlos vor ihr. Glücklich war sie nur in ihren Tagträumen, wo sie sich das Leben so ausmalte, daß es einem Märchen gleichkam.

Christian hingegen führte ein besseres Leben. Der junge Hans Geipel war von der Schule abgegangen, und oft durfte er ihn auf seinen Streifzügen durch den Wald begleiten. Wie an diesem Wintertag. Am Morgen, in aller Frühe, waren sie aufgebrochen, doch bis Mittag hatten sie noch kein Wild gesehen. Schweigend schritten sie immer tiefer in den verschneiten Wald hinein. Ringsum war Grabesstille, nur ab und zu gestört von einem berstenden Ast, der die Last des Schnees nicht mehr tragen konnte. Zwischen den Bäumen lugte ein Stück grauer Himmel hervor. Lautlos fing es wieder an zu schneien.

„Wir müssen umkehren, bevor der Schnee unsere Spuren verwischt", meinte Hans besorgt, und Christian mußte dem zustimmen. Das Schneetreiben wurde immer dichter, außerdem dunkelte es bereits. „Es hat keinen Zweck, hier muß irgendwo eine Hütte sein, halte die Augen offen, sie liegt versteckt zwischen den Bäumen." Ein Seufzer ließ Hans zurückschauen. „Was gibt's?"

„Nichts", murmelte Christian stumpf vor Erschöpfung. Vor dem harten Blick, den der junge Wolfsjäger ihm zuwandte, fand der arme Junge nicht den Mut einzugestehen, daß seine Füße wie aus Blei waren. Dieser Mann, nicht viel älter als er selbst, war der einzige Mensch, der ihn aus der Fassung bringen konnte, und zugleich konnte er, Christian, nicht anders, er mußte ihn bewundern, wie er dort vor den dunklen Bäumen stand, lauschend in die Stille hinein. Gleichgültig gegen die Schwierigkeiten des Schnees setzte sich Hans wieder in Bewegung. Er überwand sie dank der Reflexe seines in Jahren gestählten Körpers, während seine Augen den Wald nach der Hütte absuchten. In einer Senke mußte er anhalten, und Christian nutzte die Gelegenheit, um Atem zu schöpfen und sich den Schweiß von der Stirn zu wischen. Endlich standen sie vor der kleinen Jagdhütte. Christian wunderte sich, er wäre todsicher an ihr vorübergegangen.

Sie machten Feuer, und bald durchzog wohlige Wärme den Raum. Die einfache Hütte war aus rohen Balken gezimmert, zwei Pritschen mit Pferdedecken, ein Tisch, an den Wänden ein paar Haken waren die ganze Ausstattung. Christian packte verlegen den mitgebrachten Beutel aus und legte das Essen auf den Tisch. Er wußte nicht, wie er sich seinem jungen Herrn gegenüber verhalten sollte. Von Natur aus schwerfällig und schüchtern, versank er wie immer in solchen Augenblicken in Schweigen. Hans aber wollte sich unterhalten, die Nacht war lang und er noch nicht müde. Der junge blonde Mann interessierte ihn. Wahrscheinlich half der mitgebrachte Branntwein seine Zunge zu lösen, denn in dieser Nacht erfuhr Hans Geipel die einfache Lebensgeschichte Christians von der Kahlquelle. In diesen Erzählungen tauchte immer wieder das rothaarige Mädchen Julie auf. Eine andere Welt wie die seine tat sich vor Hans auf, und er beneidete den Jungen um dessen ungetrübte Kindheit. Er, Hans, der immer in einem großen Haus gelebt hatte, mit Dienern um sich, die ihm jeden Wunsch von den Augen ablasen, sehnte sich plötzlich nach dem einfachen Leben. Er verglich seine Kindheit und seine Schulzeit mit der von Christian, seine strenge Erziehung, immer mit der Zukunft als Herr des Hofes vor Augen. War er etwa ein besserer Mensch als dieser Junge, nur weil er in einem Herrenhaus geboren wurde und in Mainz zur Schule ging? Er tat sich selbst leid, wenn er an die kalten hohen Räume der Mainzer Schule dachte, in die er als Kind, unter Kindern, die auch nichts anderes kannten, als zu lernen und sich zu kasteien, ging, um dann nach Haus zu kommen in die riesigen, unpersönlichen alten Burgen, wo es keine Liebe und Geborgenheit gab. Geborgenheit? Hatte die nicht jedes arme Bauernkind in der kleinsten Hütte? Was nützte ihnen, den jungen Adligen, das Wissen, das in den Büchern stand? Konnte man damit die Welt verändern?

Christian war eingeschlafen, und Hans lauschte dem Pfeifen des Windes, dem Knacken der Balken und den anderen unbekannten Geräusche eines zur Nacht aufwachenden Waldes. Endlich sank auch er in den Schlaf.

Der Morgen kam geräuschlos. Das Tageslicht sickerte grau in den Raum, denn der Schnee versperrte die Sicht durch das winzige Fenster. Doch sobald die beiden jungen Männer die Tür geöffnet hatten, erschien ihnen ein glorioser Wintertag aus Perlmutt und Gold. Die Natur erstrahlte im Glanz einer fast jungfräulichen Schönheit.

Diese Nacht wurde der Beginn einer wunderbaren Freundschaft zwischen Hans und Christian, die bis zu ihrem Tod halten sollte. Zwar wunderten sich die Leute auf dem Gutshof darüber: ein Bauernsohn und der junge Herr, wenn das nur gut geht. Die beiden störte das Gerede nicht. Solange Hans zu Hause war, befreite er seinen Freund von der Arbeit. Er lehrte ihn Reiten, und als er merkte, wie gut Christian mit Pferden umgehen konnte, machte er ihn zum ersten Reitknecht. Doch die meiste Zeit durchstreiften sie den Wald. Hans Geipel war der Sohn des Wolfsjägers, und genau wie sein Vater liebte er den Wald und die Jagd.

Für Julie war diese Zeit nicht so schön. Male wurde alt, so mußte sie tüchtig zupacken. Viel Zeit zum Träumen blieb ihr nicht mehr, und abends fiel sie todmüde ins Bett. Im Morgengrauen stand sie in der Küche und kochte die Morgensuppe. Im Sommer war sie mittags auf dem Feld oder wusch die Wäsche am Bach. Im Winter wurde gesponnen oder gewebt. Nur sonntags, am Tag des Herrn, hatte sie ein paar freie Stunden für sich. Ihr einziger Lichtblick war der Eremit. Sie freute sich, wenn sie mit dem Korb losgehen konnte, auch der stets zu Scherzen aufgelegte Mülleronkel war ihr ein Trost in der Einsamkeit. Wenn sie vom Berg kam, machte sie jedesmal einen Abstecher in die Mühle.

Die Zeiten wurden schlimmer. Immer mehr Gesindel trieb sich im Kahlgrund herum. Der Krieg jagte sie wie ein Sturmwind vor sich her, abgerissene Männer und Frauen, Lumpenpack und Strauchdiebe. Oft kamen sie von der Birkenhainer Straße ab und durchzogen das Freigericht und die umliegenden Täler. Es war wie zur Zeit der Raubritter. Nicht mal die Wäsche konnte man über Nacht auf der Leine lassen. Am Morgen war alles fort, denn nichts war vor den Dieben und Räubern sicher. Wo waren die Zeiten, als sich höchstens mal ein Wolf im Tal verirrte?

Großvater Fox hatte Angst um Julie, wenn sie den weiten Weg zur Kreuzkapelle ging, und hatte keine Ruhe, bis sie wieder da war. Heute wollte er sie begleiten. Es war ein wunderschöner Augusttag, die Vögel sangen um die Wette, und der Himmel stand wie eine blaue Kuppel über dem Tal. Die meiste Zeit gingen sie unter schattigen Bäumen und unterhielten sich. Der alte Mann genoß diese Wanderung sehr, denn allzu oft kam er nicht mehr von zu Hause fort. Der Eremit freute sich sehr, als er seinen Freund begrüßen konnte, sie hatten sich lange nicht gesehen. Er tischte ihm gleich seinen berühmten Kräuterschnaps auf. Während sie alle Neuigkeiten von nah und fern besprachen, wurde Julie müde. Die Bank vor dem Haus, auf dem die schwarzweiße Katze lag, kam ihr gerade recht. Das leise Gemurmel der Männer, das aus dem angelehnten Fenster drang, wiegte sie in den Schlaf. Plötzlich wurde sie wach, die Stimmen, die vorher sanft in ihr Unterbewußtsein eingedrungen waren, wurden laut und heftig.

„Unten im Freigericht, in Hörstein, haben sie einen Müller mit seiner Frau ins Feuer geschickt."

„Es fängt wieder an", entgegnete der Eremit. „Genau wie im Jahr 1605. Zweiunddreißig Menschen waren es damals."

„Seid froh, daß Ihr hier oben lebt, hier ist es noch ruhig. Ich habe gehört, daß sie im Elsaß in letzter Zeit dreitausend Menschen hingerichtet haben."

Julie sprang auf. Mit einem Satz verschwand die Katze hinter einem Holzstoß, wo der in der Sonne dösende Hund erschrocken auffuhr und loskläffte. Schlagartig verstummten die Männer. Von diesen Greueltaten sprach man nicht, wenn ein junges Mädchen dabei war.

Es war Zeit für die Heimkehr. Julie lief vor dem Großvater her, er ging ihr einfach zu langsam. Aufgewühlt bis ins Blut, hatte sie nur einen Gedanken: Sie mußte noch einmal zur Mühle und unbedingt mit dem Müller reden. Noch nie hatte sie so etwas Grausames gehört. Dagegen waren Males Geschichten Kindermärchen. Ihr Vorsprung wurde immer größer. Schwerelos schritt sie dahin, als würde sie sich von der Erde lösen und mit dem flirrenden Dunst verschmelzen. Die Sonne wanderte gen Westen. Die Luft nahm eine dichte bläuliche Tönung an.

Der Alte sah ihr nach, aber in diesem Augenblick schien die immer kleiner werdende Gestalt nur dazu zu dienen, die Weite des Landes zu ermessen. Es war ein Tag wie dieser gewesen, als er vor vielen Jahren hier neu anfing. Als er die ersten Bäume schlug, dieser Gedanke war ihm im Moment gegenwärtiger als die Wirklichkeit: die Schläge der Axt, der Duft des Holzes und der frisch geschälten Rinde; der Pflug in seinen Händen, als er die ersten Furchen zog; die ersten Samenkörner, die er in die Erde legte. Seine Erde, sein Land. Um dort zu leben nach dem Gesetz des Kaisers oder der Kurfürsten? Nein, nach dem Gesetz der Natur. Daß sein Herz müde war, wußte er. Es machte ihm keine Angst zu wissen, daß er jeden Augenblick sterben konnte. Die Krankheit in seiner Brust war nicht sein Feind, er hatte gelernt, mit ihr zu leben.

Julie war in einer Mulde verschwunden. Baumwipfel schoben sich hervor, die Linie eines Giebels. Über dem Kamin kräuselte sich Rauch. Wilhelm Fox hatte es geschafft, das Tal hatte ihn wieder: seine Äcker, seine Wiesen. Er kam an der Pferdekoppel vorüber. Letztes Jahr weideten hier noch zwei Pferde, er hatte sie der Armee übergeben müssen. Das einzige, was es hier zu holen gegeben hatte. Die beiden Ochsen hatte er rechtzeitig an den Wolfsjäger verkauft, sie standen nur leihweise bei ihm im Stall. Damit hatte er den Kaiserlichen ein Schnippchen geschlagen. Auch junge Männer gab es nicht zu holen. Zum Glück war Christian auf dem Reuschberg gut aufgehoben. Die Worte Pater Antons machten ihn unruhig. Wenn der Krieg hierherkäme, was würde dann aus Julie? Als sie geboren wurde, war ein schlimmer Sommer. Dem alten Fox wurde heiß, sobald er daran dachte: die kranken Menschen im Dorf, das Neugeborene ohne Mutter, die Tiere im Stall, die vor Schmerz schrien, weil niemand sich aufraffen konnte, sie zu melken. Da kam Pater Anton als rettender Engel. Nie würde er das vergessen, solange er, Wilhelm Fox, lebte. Stolz war er auf seine Enkeltochter. Die einzige im Dorf, die lesen und schreiben konnte, gerade gewachsen und gut anzuschauen. Er verstand etwas von Frauen. Ein Rasseweib würde sie einmal werden, nur den richtigen Mann mußte sie bekommen. Ach, gäbe es doch diese Bedrohung durch den Krieg nicht, und wäre er nicht so alt, dann würde er in die Dörfer gehen und ihr einen tüchtigen Burschen suchen. Aber die meisten jungen Männer waren fort. Die Kriegswerber hatten gute Arbeit geleistet. Es war schon eine böse Zeit, und nach dem Land fragte niemand. Wenn die Alten die Äcker nicht mehr bestellen konnten, blieben sie brach liegen. Ein Land ohne Bauern, von was sollten die Menschen leben? Die Erde muß bearbeitet werden, soll sie Früchte tragen.

Der Alte dachte zornig an die Fürsten im deutschen Land, die jeder für sich und in die eigene Tasche kämpften, anstatt zusammenzuhalten. Aber was verstand ein einfacher Bauer von den Machenschaften der Großen? Er blickte sowieso nicht durch, genau wie die meisten Landsknechte und einfachen Soldaten. Papistisch oder protestantisch, was lag ihm schon daran. Ein einfacher Jude war ihm genauso lieb. Waren sie nicht alle Menschen? Selbst die Steuereintreiber taten nur ihre Pflicht. Wenn es so weiterging, gab es auch für sie nichts mehr zu holen. Zum Glück hatten die Bauern und einfachen Leute noch den Wald, er war seit jeher der Schutz der Armen. Wenn es ganz schlimm kommt, konnte man immer noch im Wald verschwinden.

Hier irrte der Alte, er konnte nicht wissen, daß gerade vom Spessartwald das Unheil und die Vernichtung hereinbrechen würden.

Julie hatte die Mühle erreicht. Blutrot ging die Sonne unter, der Hund riß wütend an seiner Kette. Die Müllerin spähte durch das Küchenfenster und verschwand hastig, als sie Julie erkannte. Onkel Ludwig hatte sie schon erwartet und wunderte sich, weil sie so aufgeregt war.

„Was ist los mit dir?"

Stockend erzählte sie ihm das Gehörte. Der Müller drehte sich um, nahm einen Krug und schenkte ihr erst einmal einen Selbstgebrannten ein. Hustend und spuckend kam sie langsam wieder zu sich. Noch nie hatte sie so etwas Scheußliches getrunken. Doch ihr wurde besser, und eine wohlige Wärme breitete sich in ihrem Magen aus.

„Ja, es ist wahr, das mit den Hexenbränden habe ich auch gehört. Schau, es gibt immer dumme und abergläubische Menschen und andere, die dafür büßen müssen. Damit müssen wir leben, damit haben wir schon immer gelebt, und solange es Menschen gibt, wird sich daran nichts ändern."

Hilflos hob Julie die Hände. „Aber hier doch nicht, Onkel Ludwig, nicht hier bei uns."

Sinnend sagte der Müller, während er sich am Kopf kratzte: „Schau die alte Mühle an, wäre das nicht ein schönes Hexennest? Schau mich an, hast du schon einen komischeren alten Kerl gesehen? Und die Hexe, die ist auch nicht weit. Hast du nicht gesehen, wie sie hinter dem Fenster herausschaut und Verwünschungen flucht? Und du, eine rothaarige kleine Hexe. Angenommen, dich sieht jemand im Wald, ein anderer aber zur gleichen Zeit einen roten Kuhschwanz hinter der Hecke, weil die Kuh die Fliegen verjagt, und doch würden beide schwören, dich zur gleichen Zeit gesehen zu haben. Es kann also nur Zauberei gewesen sein, oder?"

Julie sah den Müller an, und sie lachten zusammen los. Tränen stiegen ihr in die Augen.

„Hör auf", lachte der Müller, „wenn jemand vorbeigeht, sind wir verloren." Nachdem sie sich beruhigt hatten, meinte er: „Weißt du, wer in unserer Runde noch fehlt? Males Bruder Emil."

Male hatte einen Bruder? Julie war erstaunt, wieso hatte sie nie darüber gesprochen?

Der Müller machte ein verschmitztes Gesicht. „Alles hast du also doch nicht mitbekommen, wenn du in deinem Bett die Ohren gespitzt hast."

„Woher weißt du das, Onkel Ludwig?"

„Oh, ich kenn dich genau und weiß, wie neugierig du bist. Ich werde dir alles erzählen: Er kam mit uns aus dem Elsaß. Er war noch ein Junge, ein hübscher Bengel, wir konnten ihn alle gut leiden. Doch er war nicht gesund. Male überwachte ihn wie eine Glucke ihr Küken, er hatte irgend etwas mit den Knochen. Ich kann mich noch gut an ihn erinnern. Ein aufgewecktes Bürschchen. Doch eines Tages war er fort, einfach verschwunden, genau wie dein Vater und in derselben Zeit. Male hat das nie so ganz verwunden. Ich glaube, deshalb wollte sie auch nie darüber sprechen. Weißt du was, Julie, hätte er ein Wort zu mir gesagt, wäre ich mit ihm gegangen. Vielleicht wäre ich heute ein reicher, angesehener Mann – oder schon tot."

Schweigen senkte sich auf die alte Mühle, jeder der beiden hing seinen Gedanken nach. Der Müller räusperte sich. „Ich habe ihn gesehen."

„Wo?"

„In Gelnhausen, er arbeitet in einer Schenke im Hafen."

„Wie sah er aus? Und meinen Vater, hast du den auch gesehen?"

„Nein, deinen Vater habe ich nicht gesehen, tut mir leid", meinte er tröstend, als er das enttäuschte Gesicht des Mädchens sah.

„Aber Emil, mein Gott, fast hätte ich ihn nicht erkannt. Er geht gebückt und hat einen riesigen Buckel. Nur eine Katze darauf fehlt ihm noch."

„Hast du das Male erzählt?"

„Nein, nein, er wollte es nicht, er hat mich darum gebeten. Was soll man eine alte Frau noch damit belasten. Du kennst sie ja, sie wäre imstande und ginge ihn suchen. Nein, Julie, man muß seinen Willen respektieren. Es ist das beste so."

„Ich muß gehen, Onkel Ludwig."
„Ja mein Kind, und mach dir nicht so viele unnütze Gedanken, sie helfen nicht, du nützt dir nur das Gehirn ab."
Julie mußte lachen, dieser Onkel mit seinen Sprüchen. Sie trat aus dem Haus und sah in den Sternenhimmel. Viel war auf sie eingestürzt seit dem Mittag. Vielleicht schaute irgendwo ihr Vater ebenfalls zum Himmel, wenn er noch lebte. Ob er einmal an das Kind gedacht hatte, das er einfach so zurückgelassen hatte? Sie hatte wenig Menschen, die zu ihr gehörten.

Zu Hause hatte Male eine Neuigkeit für Julie. Christian war da, doch hatte er nicht viel Zeit und mußte gleich wieder fort. Aber am Sonntag würde er wiederkommen und sie abholen. Auf dem Reuschberg feierten sie ein Fest, und Julie wäre eingeladen. Ein Fest, ein richtiges Fest? Das Mädchen war sprachlos. Noch nie war sie auf einem Fest gewesen. Die Zeit bis Sonntag war ab sofort mit so vielen Dingen ausgefüllt, daß sie Julie einfach zu kurz vorkam. Vor Aufregung konnte sie schlecht schlafen, die Gedanken schwirrten in ihrem Kopf herum wie ein Bienenschwarm. Am Sonntag sprang Julie früh aus dem Bett und öffnete das Fenster. Die Sonne erwärmte die feuchten Wiesen. Im Morgennebel konnte man die glitzernde Kahl ahnen. Male half Julie beim Ankleiden. Vor Wochen, als hätte sie es geahnt, hatte Male einen Ballen hellgrünen Musselin bei einem durchziehenden Händler gekauft. Christians Mutter hatte Julie ein Kleid davon geschneidert. Julie mußte lächeln, wenn sie an den Kampf dachte, der um den Ausschnitt ging. Aber sie hatte den Sieg davongetragen, das Kleid bekam einen großen Halsausschnitt. Sie drehte sich nach allen Seiten, wobei sie das Fenster als Spiegel benutzte. Ja, sie konnte mit ihrem Aussehen zufrieden sein.

Mit Wagen und Pferd holte Christian sie ab. In der Sonne glänzte das Land. Heuwagen, so hoch beladen, daß sie umzukippen drohten, fuhren auf die Höfe zurück und verloren unterwegs ganze Bündel, deren Duft in dem Kleid des jungen Mädchens haften blieb.

„Warum fahren sie heute am Sonntag heim?" wollte Julie von Christian wissen.

„Das Wetter wird schlechter, morgen wird es regnen."

„Woher willst du das wissen?"

„Die Bauern haben ein Gespür dafür."

„Ja, ja, ich weiß", lachte Julie, „das Rheuma im großen Zeh. Du glaubst doch nicht wirklich diese Märchen, oder?"

„Wir haben einen alten Mann auf dem Hof, der hat sich noch nie geirrt, irgend etwas muß dran sein."

Schon bevor sie auf den Hof fuhren, hörten sie die lauten Stimmen und das Gelächter fröhlicher Menschen. Im Nu waren sie von jungen Leuten umringt. Scherzworte flogen von einem zum anderen, und Julie hatte überhaupt keine Zeit, sich fremd zu fühlen. Ein junger Mann nahm sie am Arm und führte sie in die Scheune. An einer langen Tafel saßen die Bediensteten des Hofgutes und feierten. Mit Hallo wurde sie begrüßt und zum Essen und Trinken eingeladen. Ein paar Musikanten spielten zum Tanz auf, und je später es wurde, um so lauter und übermütiger wurde die Gesellschaft. Julie ließ ihre Blicke immer wieder über die ausgelassene Menge schweifen. Wo war er? Doch der Mann, den sie suchte, war nicht hier. Die ganze Zeit konnte sie nur an ihn denken und hoffte, daß er doch noch erscheinen würde. Draußen fiel die Dämmerung herein. Ein herrlicher Sommertag ging zu Ende.

Enttäuscht löste sie sich nach einem Tanz aus den Armen eines jungen Mannes und verschwand durch die Hintertür ins Freie. Die frische Luft tat ihr gut, sie blieb eine ganze Weile an einem Zaun stehen, der den Hühnerhof vom Stall trennte. Sie beobachtete ein Huhn, das sich mit Gewalt durch einen engen Spalt drängte, um in den Stall zu kommen. Armes Huhn, dachte sie, dir geht es wohl genau wie mir, hast dir von deiner Freiheit auch mehr versprochen. Ich werde Christian suchen, er soll mich nach Hause bringen. In dem Moment, als sie die Scheune wieder betrat, durchfuhr es sie wie ein Blitz: Da stand er. An der großen Tafel und war mit Christian in ein Gespräch vertieft. Die vielen Menschen, schmatzend und trinkend, die Blicke, die sie teils neugierig, teils gleichgültig musterten, versanken wie in einem Nebel. Die laute Musik und das Stampfen der Füße verwirrten ihre Sinne. Sie wußte nicht mehr, was sie aß und was sie trank. Mitgezogen in den Wirbel der Tanzenden, merkte sie nicht einmal, wie der Saum ihres Kleides riß. Im Vorbeitanzen sah sie den Wolfsjäger zusammen mit einer Frau, doch immer wieder suchten ihre Augen seine Gestalt im verschwommenen Licht der Laternen. Ihre Blicke kreuzten sich, und seine erstaunten Augen waren Balsam für ihre wunde Seele. Längst hatten sich die Herrschaften zurückgezogen, doch das Fest ging weiter. Immer toller trieben es die Knechte und Mägde des Hofes, und es war kein Zufall, daß sich mancher Rock hob und dralle feste Schenkel zum Vorschein kamen.

In Julies Kopf drehte sich ein Rad. Sie hatte die Tür geöffnet, laue Nachtluft schlug ihr entgegen. Wenn sie die Augen schloß, sah sie die in Schweiß gebadeten Gesichter vor sich, die aufgerissenen lachenden Münder, und sie hatte das Gefühl, sie stürzten sich auf sie, um sie zu verschlingen. Sie ging ein paar Schritte in die Dunkelheit. Rechts war die Luke eines Heubodens, den man mit einer Leiter erreichen konnte. Ein Stöhnen und leises Lachen ließ sie zurücktaumeln. Ein Arm legte sich um sie und führte sie fort. Sie fühlte den weichen Stoff einer Samtjacke und wußte sich sofort in Sicherheit. Er brachte sie in den Park. Sie schwebte, und es war wie in einem Traum, als sie sich auf einer Bank wiederfand. Von fern hörten sie die Musik und das Gelächter der Tanzenden. Sie fühlte sich so sicher bei ihm, daß sie fast eingeschlafen wäre. Die suchenden, tastenden Hände des Mannes brachten sie zur Besinnung und ließen sie gleichzeitig die Luft anhalten. Sein Mund wanderte über ihren Hals hinunter in das geöffnete Kleid und liebkoste ihre Brust. Er hob den Kopf und sah sie an. Sie legte ihre Arme ohne Scheu um seinen Hals. In diesem Moment wußte sie, daß er untrennbar mit ihr verbunden war. Sie liebte ihn, sie hatte ihn schon geliebt, als er noch ein Knabe war. Doch jetzt war er ein Mann. Sie wehrte nicht seine suchenden Hände und nicht seinen küssenden Mund. Sie gehörte ihm. Vielleicht wußte er es nicht. Sie war sich ganz sicher, der Zauberstein hatte sie nicht betrogen.

Es war Christian, der alles verdarb. Plötzlich stand er vor ihnen und forderte sie auf, mit ihm nach Hause zu fahren. Grollend erhob sie sich und knöpfte ohne Scham ihr Kleid zu. Ohne viel Worte zerrte Christian sie aus dem Park und setzte sie wie eine leblose Puppe auf den Wagen. Sie konnte sich nicht einmal verabschieden, da fuhren sie schon in nördlicher Richtung davon. Christian schlug mit der Peitsche auf die Pferde ein, als wäre der Leibhaftige hinter ihnen her. Als der Wagen etwas langsamer fuhr, schrie ihn Julie an: „Du bist der gemeinste Mensch, den ich kenne, ich hasse dich."

„Und du bist die dümmste Gans, die ich kenne", konterte er. „Sich dem erstbesten an den Hals zu werfen wie eine streunende Katze. Schämst du dich denn kein bißchen?"

„Warum sollte ich mich schämen", fauchte sie zurück, „er ist der Mann, den ich liebe, und ich werde ihn heiraten."

„O heiliger Pankraz steh mir bei, wie kommst du denn auf die Idee? Hans Geipel ist mit Anne von Seeheim verlobt. Du kannst dich darauf verlassen, daß er dich in diesem Moment schon vergessen hat."

Julie horchte erschreckt auf. „Wer ist Anne von Seeheim?"

„Sie ist seine Base, eine wunderschöne Frau, sie wird einmal viel Geld erben und hat eine erstklassige Erziehung genossen, auf jeden Fall eine bessere wie du. Sie würde sich nicht mit einem Mann im Garten herumdrücken."

„Aber er liebt sie nicht, wie kann er sich mit einer Base verloben?"

„Anne ist eine wunderbare Frau, und sie hat den schönsten Busen der Welt."

„Woher willst du das alles wissen?"

„Von Hans natürlich. Glaubst du, er würde die Katze im Sack kaufen? Was du heute erlebt hast, Julie, ist doch jedes Jahr dasselbe. Glaube mir, jeder findet sich am Ende der Nacht in irgendwelchen Armen wieder. Das hat nichts mit Liebe zu tun, es bedeutet nichts. Es war alles meine Schuld, ich hätte eben besser auf dich aufpassen müssen. Hans Geipel zieht morgen in den Krieg, und du siehst ihn nie wieder, wenn doch, ist er mit Anne verheiratet. Also schlag ihn dir aus dem Kopf."

„Was wird mit mir?" fragte sie verzagt.

„Ich werde dich heiraten, wenn du mir versprichst, keine Dummheiten mehr zu machen."

„Du und ich, du hast sie wohl nicht alle, du bist mit mir verwandt, und ich liebe dich nicht."

„Ach was, deinen Prinzen bekommst du nie. Greif nicht nach den Sternen, Julie, denn sie sind unerreichbar für uns einfache Leute. Was hast du gegen mich, ich bin dir treu, und auf mich kannst du dich immer verlassen. Wir werden beide den Hof bewirtschaften, genau wie Großvater Fox."

Vielleicht hatte Christian recht, und er war wirklich der Beste für sie. Sie war todmüde und unglücklich dazu, sie wollte in dieser Nacht nicht mehr darüber nachdenken.

Im Osten ging die Sonne auf, und im Westen hingen dicke Regenwolken über dem Berg.

„Siehst du, es gibt Regen", grinste Christian.

„Ach, geh zum Teufel, du mit deinen Voraussagungen", murmelte sie müde.

So trennten sie sich, Hans und Julie. Es sollten zwei Jahre vergehen, bis sie sich wiedersahen. In puncto Hans Geipel irrte Christian. Lange nachdem der Wagen abgefahren war, stand dieser Hans am Torbogen und schaute in die Ferne. Irgend etwas war mit ihm geschehen. Er fühlte sich wie ausgeleert und hohl, so als hätte man ihm etwas genommen. Wie konnte dieses kleine Mädchen so einen Aufruhr in seinem Herzen verursachen? Es war ein Gefühl, das er nicht kannte. Er schüttelte über sich den Kopf und starrte in den Nachthimmel. Er war versucht, hinüber in den Stall zu gehen, sich auf ein Pferd zu schwingen und hinaus in die Dunkelheit zu reiten, ohne Ziel, nur fort von diesem Haus. Sich irgendwo im Gras ausstrekken, schlafen, im Traum die Geräusche des Pferdes hören und mit Tau auf den Lippen erwachen.

*A*uf den Trubel des Festes folgten wieder Arbeit, Mühe und Plage. Ende des Sommers nahm Julie einen Korb aus der Küche und ging in den Wald, um Brombeeren zu pflücken. Sie sang leise vor sich hin. Von einer Tränke am Bach hörte man das Brüllen der Kühe. Sie ging den Pfad zur Quelle hinunter. Mit Wohlgefallen betrachtete sie im klaren Wasser ihre frischen Wangen und ihre entblößten Schultern. Sie lächelte ihrem Spiegelbild zu, als sie bemerkte, daß sie nicht allein war. Erschrokken sprang sie auf. Sie hatte nichts gesehen, und doch merkte sie ganz deutlich, daß jemand da war. Irgend etwas Ungewöhnliches war im Wald. Sie nahm ihren Korb und eilte in großen Schritten dem Dorf zu. Es war kindisch, doch sie konnte das Zittern in ihren Gliedern nicht unterdrücken. Ein merkwürdiges Gefühl beschlich sie, es war, als ob eine große bedrohliche Wolke über dem Kahltal hinge. Ach, Unsinn, versuchte sie sich selbst zu beruhigen. Morgen würde sie Pater Anton besuchen, der würde ihr die Flausen schon vertreiben. Aus der Scheune holte sie das Kästchen, sie würde den Stein mitnehmen. Pater Anton verstand etwas von Steinen. Gerührt betrachtete sie ihren Kinderschatz. Wie lange war das schon alles her! Sie hielt den Honigstein in die Sonne und besah sich die kleine Fliege in ihrem Sarg. Der Stein sollte ihr einen Prinzen bescheren. Na ja, sie mußte lachen, wenn sie an Christian dachte. Warte auf mich, hatte er zum Abschied gesagt. Was konnte ein Mädchen schon tun als warten. Weit und breit gab es keinen anderen jungen Mann, der in Frage käme.

Am folgenden Tag, in aller Frühe, ging sie los. Der Regen, der leise fiel, konnte sie nicht zur Umkehr bewegen. Wie lange hatte sie den Eremiten schon nicht mehr gesehen? Sie hatte ihm so viel zu erzählen: Vom Sommer, von dem Fest, von der Angst gestern an der Quelle. Pater Anton würde sie verstehen. Voller Freude machte sie größere Schritte. Die Holderbüsche am Wegrand hatten dieses Jahr eine schwere Last zu tragen. Hier und da fuhr der Wind durch die Baumwipfel. Julie bekam dann jedesmal einen Schwall Wasser von oben ab. Nach einer Stunde Weg sah sie das Kreuz auf der Kapelle. Der Eremit winkte ihr von weitem zu. Sein kleiner Mischlingshund kam ihr kläffend entgegen und sprang, vor Freude außer sich, immer wieder an ihren nassen Röcken hoch. Im Haus brannte ein Feuer. Ihr Haar, das sie mit einem Tuch trocknete, stand vom Kopf ab wie eine Krone.

Pater Anton lächelte und ließ das frische Geplapper des Mädchens über sich ergehen. Sie erzählte ihm alles, nur ihre neueste Erfahrung in Sachen Liebe verschwieg sie. Sie schämte sich und wußte nicht, wie er es aufnehmen würde. Für eine ausführliche Beichte war sie noch nicht bereit. Aber Pater Anton hörte auch das heraus, was sie vorsichtig verschwieg, und konnte sich einen Reim darauf machen. Den ganzen Tag verbrachten sie zusammen, und bevor es dunkel wurde, brach Julie auf.

Graue Wolken zogen von Osten nach Westen. Sie mußte sich beeilen, denn heute würde es früh Nacht werden. Dichte Nebelschwaden hingen über dem Kahltal. Verdutzt blieb Julie stehen. Unter den Regenwolken breitete sich eine zarte Abendröte aus. Etwas war merkwürdig, Unruhe überfiel sie, und sie begann den Berg hinabzulaufen. Unten angekommen, mußte sie erst einmal tief durchatmen. Ein Geräusch von Pferdehufen machte sie vorsichtig. Im letzten Moment warf sie sich in ein Gebüsch. Ihr Herz klopfte zum Zerspringen. Ein Reiter mit einem komischen hellen Hut trabte an ihr vorüber. Julie riß die Augen weit auf! Das konnte doch nicht wahr sein. Er hatte ihr hübsches neues Musselinkleid in zwei Teile zerrissen, die eine Hälfte hatte er um seinen Hut geschlungen, und die andere trug er als Fahne an seiner Pike. Acht grölende betrunkene Männer folgten ihm. Nachdem alle vorbeigeritten waren, kroch sie hinter dem Strauch hervor, naß und schmutzig, und wischte ihre Hände an der Schürze ab. Wie kam dieser Mann zu ihrem Kleid? Vom Hohlweg aus sah sie, daß die Mühle in hellen Flammen stand. Sie rannte los, merkte jedoch bald, da war nichts mehr zu machen. Hoffentlich hatte sich der Müller gerettet. Da!!! Julie erstarrte: kein Haus in ihrem Dorf, keine Scheune, die nicht brannte. Aus dem Stall des Webers drang entsetzliches Gebrüll. Die eingeschlossenen Tiere waren wahnsinnig vor Angst. Julie lief dorthin, doch in ihrer Erregung konnte sie das schwere Eisenschloß nicht gleich öffnen. Eine Harke, die sie neben einer Regentonne fand, benutzte sie als Stemmeisen. Mit einem Knall ging die Tür auf. Im Beiseitespringen sah Julie die Tiere wie eine wilde Horde vorbeistampfen und bemerkte erleichtert einen Mann durch den Rauch auf sie zukommen. Sie glaubte, es wäre jemand aus dem Dorf, und rief: „Hier, hier." Zu spät entdeckte sie, der Mann war ein Feind.

Er packte sie am Arm, Fuselatem streifte ihr Gesicht. Mit einem Ruck machte sie sich los, blieb stehen voll Angst und wich langsam zurück. Der Mann kam näher, ein schreckliches Grinsen auf dem Gesicht. Julie riß die Harke hoch und wich noch weiter zurück, er umspannte ihr Handgelenk und drehte es langsam herum. Sie stöhnte dumpf vor Schmerz, ihre Finger lösten sich langsam vom Griff der Harke. Er hätte sie ihr ebensogut aus der Hand schlagen können, aber er zog es offensichtlich vor, ihr die Harke auf diese grausame Weise zu nehmen. In seinen Augen spiegelten sich die brennenden Gebäude. Julie öffnete den Mund und wollte um Hilfe rufen, aber die grobe, nach Schweiß und Schnaps riechende Hand des Mannes preßte sich auf ihr Gesicht. Wie toll kratzte sie und grub ihre Fingernägel in seine Handgelenke, aber er

hielt mit Gewalt ihre beiden Arme fest. „Kein Ton, oder ich brech dir das Genick, verstanden!" Die schwere Faust fuhr hoch und umspannte ihren Hals. Voller Grauen starrte Julie ihn an. Der seinem Mund entströmende Alkoholdunst drehte ihr fast den Magen um, als er sich über sie beugte. Sein schweißiges Gesicht glänzte, seine Augen stierten blutunterlaufen, er schwankte, als er sie jetzt vor sich hielt, und grunzte ekelhaft: „Haben mich einfach zurückgelassen, verfluchte Bande, bin hingeschlagen, jawohl, und die Saukerle nahmen meine Muskete und ließen mich am Bachrand liegen." Er kicherte, und seine Augen glänzten irr, als er Julie schüttelte. „Aber so schnell bin ich nicht kleinzukriegen, und jetzt habe ich sogar mehr als sie alle zusammen. Ich habe dich, und teilen brauche ich auch mit keinem. Haha."
Ihre Augen weiteten sich vor Schreck.
Sein verschwitztes Gesicht verzog sich zu einem Grinsen. Julie machte sich ganz steif, schnellte plötzlich vor und versuchte noch einmal, seinem Griff zu entkommen.
„Ha, gefällt dir wohl nicht, die neue Lage, was?" Er wippte auf den Absätzen. „Oh, ich weiß, seit einem Jahr sind wir schon unterwegs, mit Lumpen und zerfetzten Stiefeln an den Füßen. Jetzt rümpfst du die Nase über uns, über unseren Geruch, über unsere Hadern. Ja, so ist es und nicht anders. Wir dürfen unsere Köpfe hinhalten in diesem Saukrieg, und als Dank hetzt ihr eure Hunde auf uns."
Krachend stürzte eine Scheune zusammen.
„Die Pferde", murmelte er, „wo sind die Pferde?"
„Ich weiß es nicht, wir haben keine mehr."
„Lüge nicht, du Dirne, es müssen welche da sein." Er schlug ihr ins Gesicht. „Los, du verdammtes Aas, raus mit der Sprache."
„Ich weiß es nicht", keuchte sie.
Wieder rüttelte er sie, so daß ihr Kopf hin und her flog. „Ich bringe dich schon zum Reden, du verdammter Dreckfink."

Ein zweiter wütender Schlag traf ihr Gesicht. Sie taumelte zurück, fast wäre sie den Händen des Betrunkenen entkommen. Plötzlich änderte sich der Ausdruck seiner Augen. Der Schlag in ihr Gesicht hatte eine tierische Gier in ihm geweckt. Er lachte rauh und betrachtete aufmerksam seine Hand, als wäre er ganz überrascht, welch eigentümliche Kraft sie auf einmal hatte.

„So, nun werden wir sehen, wer dich berühren darf und wer nicht, bist schon nicht zu schade für einen wie mich." Seine Hand fuhr nach oben und riß ihre Bluse und das Mieder auf bis zur Taille. Er grinste niederträchtig, dann lockerte er etwas den Griff, um sie zu küssen ...

Mit einem Ruck stieß Julie seine Hand fort. In seinem Gürtel steckte ein langes Messer, sie griff danach, war aber nicht schnell genug. Klirrend fiel es zu Boden und stieß gegen die Harke. Der Mann blickte nieder. Diese Sekunde genügte dem Mädchen, um sich rasch zu bücken und noch vor ihm den Dolch zu greifen. Die Waffe in der Rechten, duckte sie sich und beobachtete den Mann, der jetzt zum Angriff überging. Toll vor Begierde stürzte er auf sie zu und schlug ihr abermals ins Gesicht. Der Schlag warf sie zu Boden, wo sie atemlos liegenblieb. Sekundenlang starrte der Betrunkene auf sie nieder, dann sackte er in die Knie, suchte schwankend mit einer Hand Halt auf dem Boden und rutschte langsam auf Julie zu. Sie ließ ihn ganz dicht herankommen, dann drehte sie sich blitzschnell zur Seite, wobei sie den Dolch fest umklammert hielt. Er sah, was sie vorhatte, doch die Begierde nahm ihm die Sinne. Sein Blick war verschwommen, als er losstürzte, um die Hand mit dem Dolch zu packen und den halbentblößten Leib zu umschlingen. Da stieß sie zu. Die Klinge bohrte sich in seine Kehle und drang bis zum Heft in seinen starken Hals. Er verdrehte die Augen, aber noch hatte sein Körper Kraft. Er griff sich an die Kehle, packte Julies Handgelenk und riß es mitsamt dem Dolch zurück. Ein breiter Blutstrahl ergoß sich über das Mädchen, tränkte Bluse und Mieder. Der im Schmerz aufgerissene Mund des Betrunkenen, in dem das letzte Röcheln erstarb, füllte sich mit rotem Schaum. Ein Zucken ging durch den schweren Körper, ein letztes Aufbäumen, und der tote Leib brach schwer auf Julie nieder. Grauen packte sie, sie stemmte beide Hände gegen den Toten und wälzte sich zur Seite. Mühsam erhob sie sich, wankte und taumelte. Da lag der Unglückliche, das Gesicht nach oben gewandt, die Augen aufgerissen. Neben der klaffenden Wunde lag der Dolch, dessen kostbarer Silbergriff im Licht des Feuers aufblitzte. Julie zitterte am ganzen Körper. Ihr Atem ging keuchend, sie griff sich an die Brust und griff in Blut. Blutfeucht der Hals und der Busen, naß die herabhängenden Kleiderfetzen. Sie wagte nicht hinzusehen. Mechanisch betasteten ihre Hände den Körper. Ihr Gesicht brannte noch von den Schlägen, die er ihr gegeben hatte. Ihr war sterbenselend zumute. Übelkeit und Angst bekämpfend, dachte sie nur: Wo waren all die anderen, warum ist mir niemand zu Hilfe gekommen? Sie taumelte durch die brennende Glut. Als sie um eine Ecke bog, sah sie an der Scheune die Leichen mit verrenkten Gliedern liegen. „Mein Gott", jammerte sie, „sie können doch nicht alle erschlagen haben." In der Hoffnung, einer könnte noch leben, lief sie von Leiche zu Leiche und drehte sie herum. Doch sie hoffte vergeblich: Male, Großvater, der Onkel und Christians Mutter Brigitte, der alte Weber und seine Frau, alle waren tot.

Julie ging herum wie in einem Alptraum, überall stieß sie auf Tote, zusammengeschlagen und viele halb verbrannt. Sie wußte nicht, wieviel Zeit sie in dem brennenden Dorf verbrachte. Die Häuser fielen in sich zusammen, von den Wiesen hörte sie das Blöken und Muhen der unruhigen Tiere. Die Schwärze der Nacht fiel über das Kahltal. Der Wind fegte durch die verbrannten Balken, und immer wieder stäubten Funken auf, die wie Goldregen auf die Ruinen niedersanken. Julie empfand nichts mehr, sie war genauso ausgebrannt wie die Häuser. Mit starren Augen blickte sie auf die leblosen Körper, die verstreut herumlagen und von einem Hund beschnuppert wurden. Beißender Qualm erfüllte die Luft. Regen hatte wieder eingesetzt und wusch Julie das Blut aus den Kleidern. Sie lief den Berg hinauf, und der Hund trottete hinter ihr her. Pater Anton, das war der einzige Gedanke, zu dem sie überhaupt noch fähig war.

Die Männer, die an der Kahlquelle so gemeuchelt hatten, waren Soldaten und Landsknechte des Hanauers, Graf Philipp Moritz. Sie kamen aus dem Kriegsgebiet und hatten gegen die Schweden gekämpft. Von hundertdreißig Mann waren noch siebenundzwanzig übrig, als sie in den Spessart einritten. Die große Birkenhainer Straße sollte sie nach Hanau führen. Durch Hunger und Krankheit verloren sie immer mehr Männer. Sie verließen die Straße und ritten quer durch den Wald, auf der Suche nach Bauern, die ihnen etwas zu essen und eine Scheune zum Ausruhen überließen. Doch die Bauern waren gewarnt. Allzu oft waren sie schon ausgeplündert worden, jetzt war das Maß voll. Sie empfingen die Soldaten mit Sensen, Dreschflegeln und Hunden. Wieder verloren die geschwächten Krieger ein paar Männer. Voller Wut und Zorn auf die Bauern, die auf ihren fetten Fleischtöpfen saßen, während sie ihr Leben und ihre Gesundheit auf den Schlachtfeldern verloren, griffen sie das nächste Dorf an. Es war das Dorf an der Kahlquelle. Diese Leute wehrten sich nicht, sie wurden überrascht und niedergemacht. Die Landsknechte plünderten und steckten alles in Brand. Als sie weiterzogen, hatte nicht einer von ihnen ein schlechtes Gewissen. Was war schon ein kleines Dorf mit alten Leuten! Zwei Männer hatten sie dabei wieder verloren, und keiner wußte, was mit ihnen geschehen war. Sie mußten auf die große Straße zurück. Oben auf dem Berg stand eine Kapelle. Ein kleiner Hund kam ihnen kläffend entgegen. Ein kräftiger Tritt, und der Hund flog ins Gebüsch. Aus der Tür trat ein Mann und rief den Hund. Verdammt, einen Zeugen konnten sie nicht brauchen, warum blieb der Alte nicht in seiner Hütte? Mit der Pike, an der noch Julies Kleid hing, stach der Anführer der Meute zu. Tödlich verwundet fiel der Eremit auf das Gesicht und blieb liegen. Lange Zeit danach, als alles ruhig war, kroch er auf allen vieren in seine Hütte.

So fand ihn Julie.

Abgestumpft und unter Schock stehend, fast mechanisch handelnd, verband sie ihren väterlichen Freund und half ihm auf sein Lager. Den Rest der Nacht saß sie auf einem Hocker und hielt die Hand des Sterbenden. Gegen Morgen, als das erste Licht durch die kleinen Fenster drang, kam er noch einmal zu sich. Seine wasserblauen Augen waren trübe. Er nahm all seine Kraft zusammen und versuchte zu sprechen. Julie verstand nicht, was er sagen wollte. Er röchelte, Blut floß aus seinem Mund, doch dann hörte sie: „Geh, geh nach Krombach."

Es waren seine letzten Worte. Ein Blutschwall ergoß sich auf sein Hemd. Sein Kopf fiel auf die Seite. Zaghaft schloß Julie seine gebrochenen Augen. Lange saß sie noch an seinem Lager und hielt seine kalte Hand. Sie konnte und wollte nicht glauben, daß auch er von ihr gegangen war.

Eine feuchte Hundeschnauze stieß sie auf einmal in die Seite und holte sie zurück zu den Lebenden. Sie stand auf, der Hund hatte Hunger. Was verstand so ein Tier schon vom Schmerz eines Mädchens, das in einer Nacht alles verloren hatte. Sie gab ihm zu fressen, den Rest legte sie in einen Korb. Sie nahm sich den Regenmantel des Eremiten, er würde sie vorm gröbsten schützen. Einsam schritt sie einen Pfad entlang, der sie nach Krombach bringen würde. Eine junge Frau und ein struppiger Hund, mutterseelenallein auf einem schmalen Pfad im verregneten Wald des Vorspessarts. Was würde ihnen die Zukunft bringen?

*A*n einem regnerischen Herbstmorgen machte sich Ernst Fox auf, um in den Wald zu gehen. Zwei Stunden von seinem Dorf entfernt lag ein Wiesental, so paradiesisch schön, daß es ihn immer wieder dort hinzog, sobald er freikam. Die Ernte war eingefahren, und er hatte Male am vergangenen Tag beim Brotbacken geholfen. Nun würde sie zwei oder drei Tage ohne ihn auskommen. Eine alte Pferdedecke und etwas Proviant genügten ihm. Durch die Wiese plätscherte ein Bach, Forellen gab es im Überfluß, und am Waldrand wuchsen Beeren. Die drei freien Tage vergingen wie im Flug, und er hatte es nicht eilig auf seinem Heimweg. Er durchschritt den Wald auf einem anderen Weg, weil er nach wilden Bienen Ausschau hielt, und kam östlich bei den Viehgattern heraus. Er wunderte sich, daß keine Kühe auf der Weide waren. Erschrocken blieb er stehen und entdeckte das verwüstete Dorf. Kein Mensch, kein Tier war zu sehen, außer ein paar schwarzen Krähen, die um die verbrannten Häuser flogen. Er hielt alle Bewohner für tot. Der Schock ließ ihn erzittern. Seine ganze Familie ausgelöscht. Er war allein. Stundenlang saß er da, unfähig, einen klaren Gedanken zu fassen. Es wurde dunkel, zitternd wickelte er sich in eine alte Decke und versuchte zu schlafen. Vielleicht war alles nur ein Traum. Er schaute in den Himmel, kein Stern war zu sehen. Erschöpft fiel er in einen unruhigen Schlaf. In der Nacht fing es wieder an zu regnen. Es war noch dunkel, als er aufwachte. Hunger und Durst quälten ihn. Sowie es hell wurde, ging er durch die zerstörten Häuser, las alles auf, was er vielleicht einmal brauchen konnte, und wickelte es in seine alte Decke. Sein Blick blieb an einem Dolch mit Silbergriff hängen. Merkwürdig, diesen Gegenstand hatte er vorher noch nie gesehen. Er schritt zum Bach, um den Schmutz abzuwaschen. Ein Wappen mit zwei gekreuzten Schwertern auf der einen Seite und mit einem Namen auf der anderen kam zum Vorschein, doch da Ernst nicht lesen konnte, steckte er den Dolch gleichgültig ein. Nach einem kurzen Gebet verschwand er wieder im Wald. Es war nicht wichtig, welche Richtung er einschlug, er hatte kein Ziel.

Ernst war der dritte Junge des Bauern Wilhelm Fox. Als er geboren wurde und man sah, daß es statt der ersehnten Tochter wieder ein Junge war, wurde nicht viel Aufhebens davon gemacht. Wilhelm Fox dachte damals, es wäre gar nicht schlecht, Buben zu haben. Ernst konnte die Kleidung seiner Brüder auftragen, und später war er eine Arbeitskraft mehr. Noch im gleichen Jahr kam dann die heißgeliebte Tochter Regine zur Welt. Nun war die Prinzessin da, auf die Maria Fox so lange gehofft hatte. Durch sie kam der kleine Junge, der nicht einmal ein Jahr älter war, ins Hintertreffen. Er war noch zu klein, um etwas zu merken. Die meiste Zeit verbrachte er bei einer Magd im Stall. Oft schlief er auf einem Ballen Heu ein, und wenn er aufwachte, war es dunkel und unheimlich, denn der Stall hatte nur ein kleines Fenster und wurde nur von einer schmutzigen Laterne erhellt. Irgendwann kam dann Margot, die Magd, angeschlurft, nahm ihn in die Arme, drückte seinen Kopf an ihre weiche Brust und küßte seine nassen Bäckchen. Er lernte laufen, doch niemand hielt ihm fürsorglich die Arme auf. Einmal wäre er fast im Bach, der hinter dem Haus plätscherte, ertrunken. Es war Frühjahr, und wie immer um diese Zeit führte der Bach Hochwasser. Zum Glück kam im entscheidenden Moment Ludwig vorbei und konnte den kleinen Kerl gerade noch zurückreißen. Bei der Abendsuppe erzählte er groß und breit von seiner Heldentat und hoffte auf Lob von seinen Eltern. Erschrocken sah ihn seine Mutter an, als wäre sie in diesem Moment aufgewacht. Sie ging in die Küche, wo der kleine Ernst selbstvergessen an der Holzkiste mit Klötzchen spielte. Vorsichtig nahm sie ihn auf den Schoß und drückte ihn an sich. Es war seit langer Zeit das erste Mal, daß sich ihre mütterlichen Arme um das Kind schlossen. Doch kein Lächeln erhellte das Kindergesicht. Ängstlich rückte er von ihr weg und sah hilfesuchend zur Magd.

Der kleine Ernst wurde älter. Er liebte die Frau, die ihm öfters die Haare aus dem Gesicht strich und zärtlich seine Wangen tätschelte. Er liebte ihr sauberes Gewand, ihr glänzendes Haar. Sie war seine Mutter, doch er konnte es ihr nicht zeigen. Er hatte Angst vor seinen Brüdern und vor seinem Vater. Es gab ein Wort in seiner Familie, das er mit drei Jahren das erste Mal hörte und das ihn sein halbes Leben begleiten sollte, es war das Wort Idiot. Was will der Idiot, sagten die Brüder, oder wo ist der Idiot, sein Vater. Ernst wußte, daß er anders war als die anderen, aber er liebte die Einsamkeit und war oft tagelang verschwunden.

Eines Tages wurde die Mutter sehr krank, und als sie starb, war er gerade sechs Jahre alt. Von da an nahm ihn sein Vater in die Zucht und er lernte arbeiten. Mit zehn Jahren arbeitete er auf dem Hof wie jeder andere, und man konnte dadurch einen Knecht einsparen. Seine Brüder, die sonntags eine Schenke besuchten, achteten kaum auf ihn. Er war sich selbst überlassen, und so träumte er in den Tag hinein, solange ihm die Arbeit Zeit dazu ließ. Er liebte die Bienen und beobachtete ihr Treiben an den Stöcken. Stundenlang konnte er den Forellen am Bach auflauern oder des Nachts in den Himmel schauen. Die Sterne, der Mond, ja das ganze Universum beschäftigten ihn. Da er nicht lesen konnte und niemand da war, der seine Wißbegierde stillte, war alles ein Wunder für ihn. Er litt nicht, so wie die anderen, am Verlust der Heimat, er verließ keine Freunde, die hatte er nie besessen. Schmetterlinge und Hummeln gab es auch woanders, und der Sternenhimmel begleitete ihn. Die neue Heimat nahm er so auf, wie er die alte verließ. Es gab einen Bach mit Forellen, Wiesen und einen großen Wald, Störche und Fischreiher im Sumpf, hoch am Himmel die großen und kleinen Vögel. In den Wäldern wilde Bienen, die er genauso wie im Elsaß umsiedeln und kultivieren konnte. Er half den Hof aufbauen und bewirtschaften. Manchmal arbeitete er auch bei Schönborn in der Glashütte mit. Wenn er nicht arbeiten mußte, verdrückte er sich in den Wald. Regine heiratete, und Male übernahm die Hauswirtschaft. Der Sommer kam, und alles veränderte sich. Zuerst starb sein Bruder Albert an einer rätselhaften Kinderkrankheit, dann Regine kurz nach der Geburt ihres Kindes. Alex und Johann gingen auf und davon, und Ludwig übernahm die Mühle am Dorfrand. Nun war er allein mit seinem Vater, und die Arbeit wurde immer mehr. Zwar halfen die Frauen bei der Ernte, doch Stall und Hof waren Männersache. Das neue Menschenkind Julie interessierte ihn so wenig wie ein Wurf junger Katzen.

Nur einer erkannte, daß Ernst Fox kein Idiot war, das war Pater Anton. Doch dieser hütete sich, ihn aufzuwecken, er merkte, wie sensibel und unschuldig der Junge war. Lange dachte er darüber nach, um zu dem Entschluß zu kommen, Ernst in Frieden zu lassen. Er würde nur unglücklich werden, und seine verlorene Kindheit konnte ihm keiner mehr zurückgeben. Zu viele Fehler waren gemacht worden, doch für eine Wiedergutmachung war es jetzt zu spät.

Eines Tages geschah für Ernst ein Wunder, jedenfalls sah er es als Wunder an. Julie war gerade zwei Jahre alt geworden und in der Küche mit einem Rest Teig beschäftigt, den sie in ihren kleinen Händen hin und her warf, wie sie es bei Male gesehen hatte. Ernst kam in die Küche gepoltert, stolperte über ein junges Kätzchen, das empört aufschrie, und warf einen vollen Milchkrug zu Boden, der für das Abendessen auf dem Kamin stand. In all dem Durcheinander schaute

Wilhelm Fox zur Tür herein, sah die Bescherung, schüttelte den Kopf und murmelte: „Dieser Idiot."
Julie sah, wie Ernst zusammenfuhr und den Kopf senkte. Sie ließ den Teig fallen, ging zu Ernst und legte ihr Köpfchen auf seine schwieligen Hände. Ein jäher Schmerz durchfuhr den Mann. Verstört wollte er das Kind von sich wegschieben. Doch Julies mehlige Hände hatten sich in seinen Wanst verkrallt, und ihre kleine Zunge fuhr über seine unrasierte Wange, wie sie es bei ihren Katzen beobachtet hatte. Von diesem Tag an waren sie Freunde. Male konnte das Kind laufen lassen, wohin es wollte, Ernst war immer in seiner Nähe.

Nun war alles vorbei, sie waren alle tot. Merkwürdig, als hätten sie nie gelebt: Male, Julie, sein Vater und die anderen. Der Wald nahm Ernst auf und er folgte einem Pfad, auf dem das Gras überall durch die Schicht der toten Blätter drang. Zwar zarte Hälmchen noch, deren biegsamer Kraft aber das Gewicht des Humus nichts anhaben konnte.

$\mathcal{D}$er Wind hatte den Regen abgelöst, eisig und schneidend fuhr er durch die herbstlichen Baumkronen. Zwei Tage, nachdem das Dorf dem Erdboden gleichgemacht worden war, Julie und Ernst jeder einen anderen Weg in die Wälder eingeschlagen hatten, stand ein Mann an der heiligen Kreuzkapelle: Hans Geipel. Er hatte sein Pferd an der Hütte des Eremiten angebunden.

Was hatte sich alles in den letzten Wochen ereignet. Sein ganzes Leben hatte sich verändert, nachdem das Fest auf dem Reuschberg so merkwürdig geendet hatte. Anne, seine zukünftige Frau, war beleidigt, weil er mit dem rothaarigen Mädchen im Park verschwunden war. Mit Julie kannte er sich überhaupt nicht aus, ohne ein Wort des Abschieds war sie davongefahren. Am Morgen darauf waren er und Christian nach Alzenau geritten, von dort konnte er eine Kutsche nehmen und Christian mit den Pferden nach Hause reiten. In dem kleinen Ort Alzenau, der vor ein paar Jahren noch Wilmundsheim hieß, übernachteten sie in einer Herberge. Sie lag ziemlich nahe an der Burg, die hoch und trotzig über das untere Kahltal wachte. Beide Freunde waren am Abend in der Burgschenke hängengeblieben, wo sie ihren Abschied feierten. Einheimische Bauern kamen an den Tisch. Deftige Scherzworte flogen von einem zum anderen. Manches Glas wurde geleert und wieder gefüllt. Das Wirtstöchterlein hatte alle Hände voll zu tun. Die begehrlichen Blicke gefielen ihr, und die Hände, die über ihr rundliches Hinterteil fuhren, wehrte sie nur zum Schein entrüstet ab. Am Morgen verabschiedeten sich die beiden Freunde voneinander. Hans Geipel wußte, wie gern ihn der Junge begleitet hätte, aber er mußte ihn zurückschicken. Er wußte ihn lieber auf dem Reusch-

75

berg. Es würden schlechte Zeiten kommen, sein Vater war nicht mehr der Jüngste, und auf Christian war Verlaß.

Hans' Gepäck verstaute Christian auf dem Dach der Kutsche. Dann stand er mit einem traurigen Gesicht am Straßenrand und schaute der Kutsche nach, die in einer großen Staubwolke verschwand. Hans Geipel war der 7. Rotte der 2. Corporalschaft zugeteilt. Am Morgen würde er Soldat werden und nach einer kurzen Ausbildung kämpfen und sterben, wenn es sein mußte. Der Erzbischof von Mainz hatte zwar alles versucht, um ihn vom Kriegsdienst zu befreien (es war wieder einmal, wie so oft, ein Scharmützel zwischen den beiden hohen Herren gewesen), aber diesmal hatte der Hanauer gewonnen. Es machte Hans nichts aus, er war ein guter Jäger und Schütze, er würde auch ein guter Soldat werden. Links kam der Main in Sicht, langsam und träge floß er dahin. Die Sonne brannte auf das Dach der Kutsche, und die Frau, die neben Hans saß, hielt keine Minute ihren Mund. An einer Kreuzung stieg ein Mann zu, der sich als André d'Urville vorstellte. Sein südländisches Aussehen ließ auf einen Italiener oder Franzosen schließen. Wieder hielt die Kutsche. Eine junge Frau, mit einem Kind auf dem Arm, redete hastig auf den Kutscher ein, der nach langem Zögern die Tür öffnete. Hans wechselte den Platz, damit die beiden Frauen und das Kind auf einer Seite sitzen konnten. Die alte Frau murmelte etwas von Unverschämtheit bei dieser Hitze, dann ging es weiter. Der Wein am Abend, die Schwüle des Herbsttages und das Schaukeln der Kutsche machten die Menschen müde. Als die Frau endlich ihren Mund hielt, fielen alle in einen leichten Schlaf, der aber brutal unterbrochen wurde. Ein dicker Mann mit hochrotem Kopf riß die Kutschentür auf und zerrte die junge Frau mit dem Kind auf die Straße. Die Frau wehrte sich verzweifelt. Das Kind, aus dem Schlaf gerissen, fing jämmerlich an zu weinen. Drei uniformierte Soldaten kamen hinzu und wollten die Frau wegschleppen. In Hans Geipel explodierte etwas. Zur gleichen Zeit sprangen er und der Ausländer aus der Kutsche und fielen über die Soldaten her. Hans schlug einem die Muskete aus der Hand. Ein anderer flog in die Luft, zwei Schüsse gingen in den Himmel und auf den Boden, ohne jemanden zu treffen. Er sah, wie der Fremde die Köpfe zweier Soldaten so heftig zusammenstieß, daß sie ohnmächtig zu Boden fielen. Hans hatte alle Hände voll zu tun, um dem Rotgesichtigen auszuweichen. Plötzlich hatte dieser ein großes Messer in der Hand. Hans war ein Wolfsjäger, und in diesem Mann sah er ein wildes Tier, das ihn anfiel. Mit einem Satz sprang er ihn an, seine Hände umfaßten den dicken Hals, und beide fielen in den Staub. Plötzlich fing der Dicke an zu röcheln und Blut sprudelte aus seinem Mund. Hans ließ von ihm ab. Das Geräusch der davonfahrenden Kutsche lenkte die beiden Männer von dem Kampf ab. Im Staub der Straße lagen vier Männer, einer davon war tot. Die junge Frau am Wegrand hatte einen Weinkrampf. Hans Geipel war total verwirrt, aber zum Glück war der Fremde kaltblütiger. Er sammelte die Schußwaffen ein, nahm den ohnmächtigen Soldaten die Pulverhörner ab und wickelte alles in eine Jacke, die er einem der Soldaten ausgezogen hatte.

„Los, ihr beiden, gebt mir das Kind und holt die Pferde, wir müssen sofort hier verschwinden!"

Ganz davon in Anspruch genommen, sein Pferd sicher auf dem steilen Pfad zu halten, konnte Hans immer noch nicht fassen, daß er nicht mehr in der Kutsche saß. Was war geschehen? Er hatte einen Mann umgebracht. Er kannte ihn nicht, hatte ihn vorher noch nie gesehen. Aus dem Gestammel der jungen Frau war er nicht klug geworden. Er saß hier auf einem fremden Pferd und folgte einem Mann, der sie immer wieder vorwärtstrieb. Der Pfad, auf dem sie sich jetzt befanden, war mit trockenem, von der Sonnenglut fast rosig gebleichtem Gras bewachsen. Links unten leuchteten die Häuser von Rodenbach, und der Wind, der über die Höhen strich, trug den Geruch von Rauch mit sich. Der Boden war wieder felsiger geworden, zerrissen von bloßliegendem Gestein, auf dem die Hufe der Pferde klirrten. Am Abend brach die Kühle auf eine jähe, fast unerwartete Art herein und ließ schon die Nähe des Winters ahnen. Aber es gab noch keine gelb verfärbten Blätter.

Den ganzen Tag waren sie durch die Bulau geritten, immer nach Norden, die befahrenen Straßen meidend, deshalb kamen sie nur langsam voran. An einem freien Platz machten sie Rast. Sie durften kein Feuer machen, denn die Straße war nah, und sie mußten damit rechnen, gesucht zu werden. Die junge Frau knöpfte ihre Bluse auf und holte eine pralle Brust hervor, an die sie das Kind legte. Voller Genuß schmatzte der Kleine, und die Männer sahen sich verlegen an.

„Ich hätte nicht fortreiten dürfen", sagte Hans in die Stille hinein.

„Nun, was glaubt Ihr, hätten sie mit Euch gemacht? In Hanau hätten sie Euch gehängt, darauf könnt Ihr Euch verlassen. Glaubt mir, sie sind durch die Kriegsgefahr nervös geworden, da wird nicht lange gefackelt, da wird erst gehängt und dann gefragt."

Hans stand auf. „Dieser Mann ist in sein eigenes Messer gefallen."

„Und wie wollt Ihr das beweisen?" meinte der Fremde spöttisch und zu der jungen Frau gewandt: „Was wollten die von Euch?"

Sie sah die Männer lange an, dann schaute sie auf das Kind, das an ihrer Brust eingeschlafen war. „Sie haben mich verfolgt, ich bin eine Hexe."

„Eine was???"

„Das ist eine lange Geschichte", meinte sie gleichmütig.

„Erzählt."

„Geboren bin ich in Somborn, mein Name ist Maria Graf. Ich war noch ein Kind, als sie meine Mutter zum

Scheiterhaufen führten. Das war vor zwanzig Jahren. Sie zwangen mich zuzuschauen, bis alles zu Ende war. Dann gaben sie mich zu einer Bauersfrau, ach, es ist alles schon so lange her und ich war noch so klein. Ehrlich gesagt, ich kann mich überhaupt nicht mehr daran erinnern. Doch sie ließen mir keine Ruhe. Jeden Tag wurde ich darauf aufmerksam gemacht, damit ich ja nichts vergessen sollte. Ich lebte wie eine Gefangene, nicht einmal in den Stall durfte ich gehen, schließlich war ich die Tochter einer Hexe und könnte die Milch verderben. Immer mußte ich arbeiten, ich war zufrieden, denn ich kannte nichts anderes. Vielleicht wäre alles gut gegangen, wenn nicht der Bruder des Bauern auf den Hof gekommen wäre. Er war desertiert, und sie mußten ihn verstecken. Da er sich nicht sehen lassen durfte, wurde ihm bald langweilig. Er ließ mir keine Ruhe. Jeden Tag wurde es schlimmer, er war wie verrückt nach mir, und dann ist es passiert. Er wollte nicht zugeben, daß der Junge von ihm war, und so redete er den Leuten ein, daß es der Teufel gewesen wäre, der mich geschwängert hätte, und da ich die Tochter einer Hexe bin, hat es ihm jeder sofort geglaubt. Das Kind kam zur Welt, trotz der vielen Tränklein, die mir die Bauersfrau zu trinken gab. Das Kind war gezeichnet ..." Mit weit aufgerissenen Augen sah sie die beiden Männer an. „Da, seht ..." Sie schlug mit einem Ruck das schwarze Tuch zurück, in das sie das Kind eingepackt hatte. Der Kleine verzog das Mündchen zum Weinen, überlegte es sich anders und schlief weiter.
Die beiden Männer konnten nichts Verdächtiges bemerken.
„Seht Ihr nicht? Das Kind hat rotes Haar, das Zeichen des Satans." Ihre Stimme wurde leiser, als sie fortfuhr: „Am Abend kam der Schultheiß, er war der Vetter des Bauern und der Mann, der in sein Messer gefallen ist. Sie wollten mich am nächsten Morgen abholen. In der Nacht bin ich mit dem Kind auf und davon. Ein Bauer ließ mich auf seinem Wagen mitfahren,

dann bin ich gelaufen, immer weiter, egal wohin, nur weg, dachte ich. Zum Schluß hat mich der Schultheiß doch eingeholt. Aber jetzt ist er tot, und ich bin froh, daß er tot ist. Er soll in der Hölle braten."

Erschöpft hielt sie inne, wickelte sich in ihre Röcke, legte das Kind auf das Moos, das sie vorher noch von kleinen Ästen gesäubert hatte, und war gleich darauf eingeschlafen. Die beiden Männer waren erschüttert. In was für einer Welt lebten sie. Rote Haare und vom Teufel gezeichnet! Hans Geipel sah Julie vor sich, ihr lachendes Gesicht, das wunderschöne Haar. Wie konnten Menschen nur so dumm sein. Für die Blindheit, die aus Gewohnheit und Eigennutz besteht, schien es keine Grenzen zu geben. Er schüttelte den Kopf und sah sein Gegenüber an. „Wenn wir schon bei Bekenntnissen sind, wer seid Ihr, André d'Urville?"

Der Fremde hob lächelnd sein Gesicht. „Ein Franzose natürlich, hört man das nicht an meiner Sprache?"

„Und was macht Ihr in Deutschland während des Krieges?"

„Ein Spion bin ich nicht, das habt Ihr doch im stillen gedacht, oder irre ich mich?" Ohne auf Antwort zu warten, fuhr er fort: „Ich habe überall Freunde, in Frankreich und in Deutschland. Lange Zeit lebte ich in Paris. Dort lernte ich einen Professor und seine Tochter kennen, übrigens ein sehr schönes Mädchen, sie waren aus Würzburg, und da habe ich sie besucht. Mein nächstes Ziel war Aschaffenburg, wo ich auch drei Wochen verbrachte. Nun war ich auf dem Weg nach Hanau zu meinen Verwandten, doch das ist jetzt vorbei. Wie Ihr seht, hat das Schicksal etwas anderes mit mir vor. Vielleicht zu meinem Glück, wer weiß das schon. Und jetzt seid Ihr an der Reihe, Hans Geipel, habt Ihr Verwandte in Würzburg? Euer Name kommt mir sehr bekannt vor."

„Ja, es stimmt, ein Vetter meines Vaters wohnt in Würzburg."

Hans erzählte ihm seine Geschichte, es war dunkel, als er fertig wurde, und es war ihnen, als ob sie sich schon lange kennen würden. Sie legten sich beide unter die Bäume zur Ruhe. Hans schlief schlecht in dieser Nacht, da er jeden Augenblick Schüsse zu hören glaubte und auf eine geräuschvolle Invasion der Verfolger wartete. Im Morgengrauen erwachte er durch Stimmengemurmel. Am Rande der Lichtung unterhielt sich die Frau mit André. Als er zu ihnen ging, berichteten sie ihm, wohin sie gehen würden. Nicht weit von ihnen lag ein Gut, der Hof Trages. Seit Jahren wurde er der Pesthof genannt und von der Umgebung gemieden. Alle Bewohner waren damals an Pest gestorben. Im Volk hieß es, ein Gespenst gehe in den Gemäuern um.

„Das richtige Haus für uns", meinte Hans. „Ihr habt keine Angst vor dem Pesthof?" Fragend sah er die Frau an. Sie schüttelte den Kopf. „Und Ihr, Herr Franzose?"

„Ich kämpfe mit dem Teufel, und wenn es sein muß, auch mit Gespenstern", meinte der lachend. „Übrigens, mein Name ist André", er streckte Hans die Hand hin, „gegen die Pest und Geister kämpfe ich nur mit Freunden."

„Ich danke dir, auf gute Freundschaft", entgegnete Hans. Wehmütig dachte er an Christian. Er würde den Jungen zu sich holen, dann waren sie zu dritt, er brauchte ihn jetzt notwendiger als sein Vater.

Sie brachen auf. Es war noch kalt am frühen Morgen. Ein irisierender Nebel hüllte die Umgebung ein und ließ auf drei Schritte Entfernung nichts erkennen. Wasser perlte auf den schweren Draperien des Laubwerks und tropfte von den Zweigen zu Boden. Einer hinter dem anderen verließen sie, die Pferde an den Zügeln führend, die Lichtung und drangen in feuchtes Dickicht ein. Der Tau regnete auf sie herab. Eine geheimnisvolle Atmosphäre umgab ihren gedämpften Marsch. Nach und nach wurde der Nebel etwas lichter und die Sonne erschien, eine verschwimmende fahlgelbe Scheibe, und es dauerte nur wenige Minuten, bis seine Schwaden sich gänzlich zerstreuten und die frischgewaschene Landschaft enthüllten. Danach überquerten sie offenes, leicht abfallendes Gelände, und Maria gab Anweisung, so schnell wie möglich die Deckung des ein wenig tiefer gelegenen Wäldchens zu erreichen. Dort angelangt, machten sie eine kurze Rast. Unter dem tiefvioletten, fast schwarzen Laubdach der großen stämmigen Eichen nahm die Wärme allmählich zu. Leise, ohne zu sprechen, stillte die junge Frau ihr Kind, während die beiden Männer die Umgebung erforschten. Maria war fertig, knöpfte ihr Mieder zu, wickelte mit ein paar Handgriffen ihr Kind und ging den Männern nach.

„Es kann nicht mehr weit sein, wir müssen auf den Berg."

Oben angekommen, durchbrachen sie hintereinander das Gebüsch. Da lag es vor ihnen, ein großes altes Haus, einstmals ein Herrenhaus mit Stallungen und Scheunen. Jetzt vergessen, von Efeu überzogen, die Fenster und Türen mit Brettern zugenagelt. Ein verwunschenes Schloß mitten im Wald, und es brauchte nicht viel Phantasie, um sich Geister darin vorzustellen. Sie machten sich sofort an die Arbeit und mußten äußerst wachsam sein, denn die große Birkenhainer Straße führte nahe vorbei und war in diesen Tagen sehr belebt. Sie säuberten das Haus, doch die Fenster ließen sie zugenagelt, dadurch wirkte es von außen immer noch unbewohnt. Vorsicht war geboten, nicht umsonst war alles unberührt. Das Haus war nicht geplündert, die Angst vor der Krankheit war in den Menschen verwurzelt von alters her, und die Pest war ein Wort, das manchen Wanderer einen Umweg gehen ließ.

Drei Nächte schliefen sie in der Scheune. Unter der Anleitung von André, der in diesen Sachen die meiste Erfahrung hatte, räucherten sie das Haus aus. Doch das konnte nur nachts geschehen, der Qualm wäre meilenweit zu sehen gewesen und hätte sie verraten.

Tags darauf ging Hans in den Wald, er hatte ein paar
Schlingen ausgelegt, denn zu schießen traute er sich
nicht. Zwei Schlingen waren leer, doch bei der dritten
hatte er Glück. Heute abend würde es Kaninchen-
braten geben. Wenig später saßen sie zum erstenmal
im Haus, der Kamin brannte, und ein brodelnder Topf
hing über dem Feuer. Eins mußte man Maria Graf
zugestehen: vom Kochen verstand sie etwas. Der
Wind stöhnte und ächzte um das Haus, das Kind lag
zufrieden in einer Wiege und schlief, nur die Männer
waren unruhig und überlegten, wie es weitergehen
sollte.
„Es wird Winter, Holz ist genug da, aber das Korn,
das wir gefunden haben, ist von Maden und Würmern
verdorben. Wir brauchen Mehl und müssen Brot bak-
ken. Außerdem brauchen wir etwas Milch für den
Kleinen", meinte Maria, „immer kann ich nicht stillen."
„Morgen gehe ich nach Somborn", sagte André.
Erschrocken wandte sich Maria ihm zu. „Ihr werdet
uns verraten!"
„Nein, warum sollte ich? Ich werde mich als Wanderer
tarnen."
„Geh am Abend", meinte Hans, „in einer Schenke er-
fährt man immer etwas."
Am nächsten Abend sattelte André sein Pferd, füllte
einen Sack mit alten Kleidern und ritt über die Straße
Richtung Somborn. Das Dorf lag tief unten im Tal,
von bewaldeten Bergen eingeschlossen. Die kalten
Winde jagten über das Tal hinweg und zerzausten die
Bäume, die ihre Kronen unwillig schüttelten. Die
Bauernhöfe waren behäbig um die kleine Kirche
gruppiert. Wo eine Kirche steht, ist die Dorfschenke
nicht weit, dachte André. Fünf fressende Pferde, unruhig mit den Hufen scharrend, standen davor. Auf
den kleinen Butzenscheiben leuchtete die Abendsonne, die glühendrot hinter den Bäumen unterging. Der
Schankraum war so niedrig, daß André sich bücken
mußte, um nicht irgendwo anzustoßen. Die dicken

Balken an der Decke, die klobigen Tische und Stühle vermittelten einen gemütlichen Eindruck. Die Bauern saßen um einen Tisch, in ein Kartenspiel vertieft, das André unbekannt war. Der Qualm aus ihren Pfeifen verursachte sofort einen Hustenanfall bei ihm. Neugierig fragten sie ihn aus, woher er komme und wohin er wolle. Geschickt drehte er sofort den Spieß herum und fragte die Bauern nach allem, was er wissen wollte. Ein einzelner älterer Mann schlurfte vorbei und hinkte davon. Schnell bezahlte André. „Es tut mir leid, ich muß weiter", erklärte er. Den Bauern spendierte er noch eine Runde, und sie begleiteten ihn mit grölenden Abschiedsworten zur Tür. Draußen war es dunkel geworden, der dünne Lichtschein, der aus dem Fenster fiel, zog nur ein paar streunende Katzen an, die sich um die Abfälle balgten. Eben sah André den Hinkenden um die Ecke biegen, mit ein paar schnellen Schritten holte er ihn ein und sprach ihn an: „Heda! Warum so eilig? Ich habe Euch in der Schenke gesehen und eine Weile beobachtet, warum setzt Ihr Euch nicht an den Tisch zu den anderen?"
Der hinkende Mann blieb stehen, voller Verachtung spuckte er auf den Boden. „Die sind mir nicht recht, ich kann meinen Wein auch allein trinken und allein bezahlen. Laßt mich in Ruhe, was geht Euch das an?" meinte er mürrisch.
André konnte nicht sehen, wie der Hinkende in sich hineingrinste. Er konnte nicht wissen, daß ihn diesmal seine Menschenkenntnisse im Stich ließen. Jakob Stein war nicht der alte Außenseiter, für den André ihn hielt. Er hatte nur allein am Nebentisch gesessen, weil ein Bauer, mit dem er Geschäfte machen wollte, nicht gekommen war. Er hatte den Franzosen eine Zeitlang beobachtet und gemerkt, daß dieser die Bauern aushorchen wollte. Genau meine Taktik, dachte der Hinkende, wenn er mir jetzt noch folgen sollte, habe ich ihn da, wo ich ihn haben wollte. Er hörte André sagen: „Ich bin kein Wanderer, wie Ihr vielleicht denkt, ich wohne oben auf dem Hof Trages."

Eine lange Zeit sagten beide nichts. Sie schauten sich nur an und wirkten dabei wie zwei Hunde, die sich gegenseitig beschnüffeln.

„Hm, auf dem Pesthof", murmelte der Alte. Sie gingen weiter bis zum Ende des Dorfes, vor einer kleinen strohbedeckten Hütte blieben sie stehen.

„Komm herein, ich habe noch irgendwo eine Flasche Kornschnaps", sagte der ältere Mann und hinkte vor André her, die morsche Holzstiege hinauf. Durch eine niedrige Tür traten sie in einen dunklen muffigen Raum. Der Alte zündete einen Kienspan an und steckte ihn in ein Loch des grobbehauenen Holztisches. Eine Pritsche mit Pferdedecke, zwei Hocker, ein alter rußiger Kamin, in dem noch ein paar Holzscheite glühten, waren die ganze Einrichtung in dieser Behausung. André setzte sich. Der Alte stellte zwei verbeulte Becher auf den Tisch und schenkte aus einem Krug ein. „Na, dann", meinte er, hob den Becher und schüttete das Zeug in einem Zug hinunter. André wollte es ihm gleichtun, hob den Becher, trank und hatte im gleichen Moment das Gefühl, etwas in ihm würde zerspringen. Niemals zuvor hatte er so etwas Scharfes getrunken. Er sprang auf, rang nach Luft, hustete und spuckte. „Pfui Teufel", brachte er unter Stöhnen hervor.

Vor Lachen haute sich der Alte auf die Schenkel, „Haha, das ist ein Stoff, was?"

André schüttelte sich. Wie konnte man nur so ein Gift trinken?

„Also gut", begann der Alte, „kommen wir zur Sache. Ihr braucht mich, und Ihr seid nicht allein. Ihr werdet mir jetzt die Wahrheit erzählen, sonst werde ich Euch nicht helfen."

André berichtete nur das Notwendigste, denn noch wußte er nicht, ob er dem Alten trauen konnte. Doch hatte er überhaupt eine andere Wahl?

„Wir brauchen Mehl für uns und Hafer für die Pferde, und wir müssen wissen, was man sich im Dorf so erzählt."

Der Alte blinzelte. „Mehl und Hafer kosten Geld", sagte er, dabei rieb er die Hände aneinander, „der Spion ist umsonst."

„Wir werden Euch bezahlen." André gab ihm einen Beutel mit Geldstücken, es war sein letztes, aber das ging den Alten nichts an. „Wie ist Euer Name?" fragte er.

„Ich bin Jakob Stein, mehr braucht Ihr nicht zu wissen. Entweder Ihr vertraut mir, oder wir lassen den Handel bleiben."

„Also gut, bis morgen Abend, wir werden auf Euch warten, Jakob Stein."

Auf dem Heimweg schüttelte André den Kopf. Er war schon ein merkwürdiger Kauz, dieser Alte, doch er hatte das Gefühl, man konnte sich auf ihn verlassen.

Auf dem Hof war alles still, und André überzeugte sich, daß er von außen völlig unbewohnt wirkte. Maria und Hans waren noch auf und warteten.

„Was ist, was hast du erreicht?" Neugierig überfielen sie ihn gleich an der Tür.

Mit einer übertrieben hilflosen Geste fuhr André sich durch die Haare. Maria schenkte ihm einen Tee ein.

„Komm, mach es nicht so spannend", meinte Hans.

„Also gut, ich habe einen Mann gefunden, er heißt Jakob Stein und hinkt, doch ich habe ein gutes Gefühl."

Maria schrie auf: „Ausgerechnet Jakob!"

„Was ist mit ihm?"

„Oh, ich weiß nicht genau, er hat keinen guten Ruf, er ist ein Schlitzohr und ein Jude, das sagt wohl alles. Zweimal ist er verhaftet worden, jedesmal mußten sie ihn wieder laufenlassen. Er wurde gestreckt, deshalb hat er einen Hinkefuß. Irgendwie hatte er den Schultheiß in der Hand, er wußte wohl etwas von ihm, und deshalb kam er immer wieder frei."

„Das spricht alles nur für ihn, er ist schlau und gerissen, einen Einfaltspinsel können wir nicht gebrauchen. Er ist ein Außenseiter, und genau den habe ich gesucht, als ich ins Dorf ging." André stand auf und ging zur Wiege des Kindes. Er nahm dessen winzige Faust in seine Hand, das Kind hatte nicht ein einziges Mal geweint, als ob es die Gefahr spürte. „Was sind wir denn? Ein gesuchter Mörder, eine Hexe, ein Kind des Teufels und ein Ausländer. Seht uns an, Freunde, seht uns mal an mit den Augen rechtschaffener Leute, nicht sehr vertrauenswürdig, was?"

„So gesehen, habt Ihr natürlich recht", meinte Maria. Sie erhob sich, nahm den kleinen Jungen auf den Arm und verschwand in ihre Kammer. Auch André begab sich zur Ruhe, der Schnaps des Alten machte ihm ganz schön zu schaffen. Bevor er einschlief, hörte er noch die unruhigen Schritte von Hans, der im unteren Raum auf und ab ging.

Am folgenden Abend kam Jakob Stein mit einem zweirädrigen Karren auf den Hof gefahren. Eine Kiste mit Hühnern, eine Ziege und zwei Säcke Mehl hatte er mitgebracht. Er schaute sich mißtrauisch um und weigerte sich, das Haus zu betreten. Die Männer gingen mit ihm in die Scheune, wo er ihnen die neuesten Gerüchte vom Dorf erzählte.

„Sie haben den Schultheiß heute nach Hause gebracht, morgen wird er begraben." Ohne die Männer anzusehen, murmelte er: „Der Mörder wird überall gesucht, er ist zum Vogelfreien erklärt worden. Das heißt, jeder, der Lust hat, kann ihn jagen. Es gibt einen schönen Batzen Geld dafür."

Hans legte die Hand auf seinen Arm und schaute ihm in die Augen. „Es war ein Unfall, ich möchte, daß Ihr mir glaubt. Was soll ich tun, Jakob Stein? Mein Schicksal liegt in Eurer Hand, und das wißt Ihr genau."

„Ich werde Euch nicht verraten. Ihr müßt Euch einen anderen Namen zulegen, und vor allem müßt Ihr Euch von dieser Frau trennen. Jeder kennt sie und weiß, daß es wegen ihr geschah. Sie wird Unglück über Euch bringen."

„Habt Ihr einen Sohn, Jakob?"

„Nein, wie kommt Ihr darauf?"

„Ihr seid nicht vom Dorf, niemand kennt Euren Familienstand, oder?"

Jakob Stein sah Hans sinnend an. „Ihr habt recht", meinte er nachdenklich, „seit vielen Jahren wohne ich hier, doch der einzige, der etwas von mir wußte, ist tot."

„Also gut", lachte Hans, „wenn Ihr nichts dagegen habt, heiße ich ab heute Stein."

„Darauf müssen wir einen trinken", entgegnete Jakob Stein, ging zu seinem Wagen und holte einen Krug. André, der diesen Krug schon kannte, lehnte dankend ab. Auch bei Hans hatte Jakob kein Glück, und so trank er seinen Schnaps allein. Danach stand er auf.

„Was habt Ihr Euch gedacht, von was wollt Ihr leben? Was ich Euch heute gebracht habe, reicht nicht ewig, oder habt Ihr noch mehr Taler?"

Das war eine Sache, über die sich die beiden schon den Kopf zerbrochen hatten, ohne auf eine vernünftige Idee zu kommen. Der Wind pfiff um die Scheune, und der Regen prasselte unaufhörlich auf das Dach. Der Alte setzte sich auf eine Kiste und steckte sich eine Pfeife an, genüßlich ziehend sagte er: „Gebt mir das Brett dort von der Wand, ich werde Euch etwas zeigen."

Mit einem alten verrosteten Nagel kritzelte er ein paar Striche in das Brett.

„Hier, das ist die Birkenhainer Straße, die Verbindungsstraße von Rheinfranken nach Ostfranken, die quer durch den Spessart geht. Sie ist älter als die Siedlungen. Dieser alte Weg gehört zu den wenig erhaltenen Formelementen, welche auf frühere Kulturen hinweisen. Sie war schon vor langer Zeit ein Völkerweg und eine Handelsstraße. Man hat sie mit leuchtenden Birken bepflanzt, daher ihr Name. Ihren Anfang nimmt sie in der Mainsenke Frankfurt-Hanau. Das ist hier." Jakob machte einen Kreis. „Sie zieht von der Kinzigmündung an Hanau vorbei, schneidet das Kurmainzer Zollhaus, den Limes und führt durch die Bulau über den Schäferberg an den Markskopf nach Hof Trages. Das ist hier. Von hier ab führt sie über den Sölzert an den Geleithecken, dem Hof Fronbügel vorbei zum Hufeisen und zum Greifenberg, wo sie mit dem von Süden kommenden Eselsweg zusammentrifft, der in der Nähe von Flörsbach in nördlicher Richtung zum Fuldaer Rennweg und zur Weinstraße abzweigt. Von hier aus geht der Sölzerweg über Somborn, Niedermittlau nach Gelnhausen und von da nach Orb. Von Orb kommen die Sälzer, mit riesigen Karren, die Säcke voller Salz. Die Birkenhainer Straße stand früher unter dem Königsbann. Die Kaufleute, die unter dem Schutz des Königs standen, mußten Zoll zahlen. Mit dem Niedergang der kaiserlichen Gewalt in Deutschland gingen die Zollhoheiten und die Geleitsrechte auf die Territorialfürsten über. In unserem Fall auf den Kurfürsten von Mainz und den Grafen von Hanau. Sie erheben nun den Zoll. Die Straße ist in einem miserablen Zustand. Durch das schlechte Wetter wurde sie zu einer Schlammstraße mit tiefen Löchern. Schwere Handelsgüter zu laden ist im Frühjahr und Herbst unmöglich. Deshalb warten die Sälzer im Winter auf Frost und im Sommer auf trockenes Wetter. Seit Jahren wird die Salzsteuer immer höher gedreht. Die Fürsten brauchen Geld, der Krieg ist teuer. Bis jetzt konnten die Bauern das Salz noch kaufen, aber der Krieg kommt näher, bald gibt es überhaupt kein Salz mehr. Ich habe mit einem der Sieder Verbindung, sein Sohn, der Salzpeter, fährt noch eine Fuhre, dann muß er sich in Hanau melden. Wahrscheinlich die letzte Fuhre für längere Zeit. Dieses Salz müssen wir uns holen. Was meint Ihr dazu?"

Hans und André sahen einander an. Nun wurden sie auch noch zu Räubern, aber hatten sie denn eine andere Wahl? Jakob Stein stand auf und ging zur Scheunentür, öffnete sie und schaute hinaus. Der Regen hatte aufgehört. Er nahm seinen Umhang und seinen großen Hut.

„Ihr könnt es Euch noch einmal überlegen, bis zum ersten Frost habt Ihr Zeit. Doch überlegt nicht zu lange, wenn Ihr es nicht macht, machen es andere, gute Nacht."

Die beiden Männer sahen sich schweigend an.

„Da habe ich wieder mal den richtigen Griff gemacht", meinte André lachend.

Hans zog die Schultern hoch und schritt zur Tür. „Wir werden sehen, überschlafen wir erst mal alles, komm, Maria wartet auf uns."

Drei Tage vergingen, dann sagte Hans zu André: „Morgen reiten wir in den Kahlgrund und holen Christian, wenn wir den Überfall machen, brauchen wir noch einen guten Mann, auf den wir uns verlassen können."

So geschah es, am frühen Morgen ritten sie los, immer quer durch den herbstlichen Wald, talauf und talab. Gegen Mittag sahen sie die heilige Kreuzkapelle unter dem trüben Himmel. Alles war still, kein Hund, der ihnen kläffend entgegenkam. Die Tür der Klause stand offen. Als sie näher kamen, sahen sie den toten Eremiten mit gefalteten Händen in seinem Bett liegen. Er machte einen friedlichen Eindruck, und erst beim Hinzutreten sahen sie seine tödlichen Verletzungen. Sie überlegten nicht lange. André schaufelte ein Grab, in der Zwischenzeit wickelte Hans den Leichnam in ein Leintuch und nagelte ein Kreuz zusammen. Langsam ließen sie den Toten in sein kühles Grab.

Eine Stunde später ritten sie den Berg hinab, Richtung Kahlquelle. Sie fanden das zerstörte Dorf. Es gab nichts mehr zu tun. Hans schickte André zum Reuschberg. Er war dort unbekannt und konnte am besten erfahren, was hier passiert und was mit Julie geschehen war. Er würde Christian mitbringen. Das Mädchen war bestimmt in Sicherheit. Immer wieder mußte Hans sich das vorsagen, sie konnte hier nicht getötet worden sein. Seine Blicke schweiften über die ausgebrannten Häuser. Was war hier geschehen? Warum war er nicht schon eher geritten? Ein Schwarm Krähen flog erschreckt auf, als er gegen einen verkohlten Balken stieß. Immer wieder kamen dieselben Gedanken und quälten ihn. Zu spät, zu spät. Mühsam wie ein alter Mann bestieg er sein Pferd und ritt den Berg hinauf. Dichte Nebelschwaden versteckten das verbrannte Dorf. Er hatte noch Zeit, bis Christian und André kommen würden, und so fing er an, ein richtiges Kreuz für Pater Anton zu schnitzen. Julie würde sich freuen, dachte er. O Gott, laß sie gesund auf dem Reuschberg sein. Es wurde Abend. Der Himmel hatte jetzt fast eine grünliche Färbung, als Hans in der Ferne Pferdehufe hörte. Doch André war allein. Er stieg schwerfällig vom Pferd. Hans sah ihn an. „Was ist? Wo ist Christian, was ist mit Julie? Sprich!"

„Christian ist nicht mehr da, er ist, nachdem er dich nach Alzenau begleitet hatte, nicht mehr zurückgekommen. Deine Leute nehmen an, daß er Kriegstreibern in die Hände gefallen ist, und von Julie gibt es keine Spur. Der Brand im Dorf war vor zwei Tagen, haben sie erzählt. Julie wurde aber nicht unter den Toten gefunden. Möglich, daß sie die Soldaten mitgenommen haben. Niemand hat sie mehr gesehen. Als deine Leute hinkamen, fanden sie nur das Vieh auf der Weide, im Dorf lebte keiner mehr."

André ging zu dem frischen Grab, das jetzt ein schönes Holzkreuz schmückte. Darauf stand: Da, wo der Bussard kreist, da will ich ruhen. Hans ging langsam noch einmal zu der Stelle, von wo er das ganze Tal überblicken konnte. Welch trügerischer Anblick! Noch nie hatte sich das Tal unterhalb der Straße so friedlich gezeigt wie unter diesem Himmel. Der Mond tauchte die Wiesen in weißes Licht. Alles war sanft und leuchtend. Eine herrliche Nacht zum Lieben. Es war ihm, als hätte er in seiner Brust eine tiefe blutende Wunde. Er wandte sich zu seinem Pferd, nahm den schleifenden Zügel, zog ihn dem Tier über den Kopf, faßte den Sattelknopf und schwang sich hinauf. Die Luft begann zu flüstern. Er blickte nochmals in das Tal. Jenseits, verborgen im Nebel, lag der Reuschberg. War er das verlorene Paradies? Die beiden Reiter legten den Heimweg schweigend zurück. Sie trieben die Pferde nicht an, zügelten sie eher, wenn sie in eine schnellere Gangart fallen wollten. Sie ließen sich Zeit. Zeit zum Schauen und Zeit zum Atmen. Jeder hing seinen Gedanken nach. Sie hoben gemeinsam den Blick, als am Himmel ein Zug Vögel dahinstrich, zart und schemenhaft wie der Mond.

Zwischen dem Dorf Somborn und Hof Trages lag ein dunkles Stück Wildnis aus vergangener Zeit. Es gab wohl einen Pfad durch diesen Wald, aber er war so undurchdringlich, daß die meisten Menschen mit einem längeren Weg vorliebnahmen und die Straße außen herum benutzten, wenn sie in das östliche Freigericht wollten. Diese Wildnis hatte einen schlechten Ruf, und die meisten Menschen mieden sie. Nur eine Person schien keine Angst zu haben, das war die alte Margret. Sie sammelte dort ihre Kräuter, Blüten und Wurzeln. Sie war froh, wenn sie niemand begegnete. Sobald sie den Wald erreichte, fühlte sie sich frei. Kein Rheuma und keine Gicht spürte sie hier, wo die Bäume dicht zusammenrückten, immer dichter, bis es dem Licht nur noch selten gelang, das grüne Dach zu durchdringen. Sie kam oft an der Stelle vorbei, wo der Galgen stand, an dem vor Jahren Menschen hingerichtet wurden. Sie kannte keine Angst, weder vor guten noch vor bösen Geistern, fand sie doch gerade hier die besten Kräuter.

Auch heute suchte sie danach. Sie ging auf dem Pfad weiter, der Wald wurde lichter, hinter den dunklen Stämmen sah sie das Hofgut Trages. Lächelnd trat sie aus dem Wald ins Freie. Die Erde war noch weich und federte. Aber irgend etwas war hier anders als sonst, sie stutzte. Seit Jahren stand der Pesthof leer, und nun bemerkte sie Rauch über dem Dach und den Geruch von Essen in der Luft. Leise öffnete sie die Haustür. Im Kamin brannte ein Feuer, darüber hing ein großer Suppentopf. In einer Wandvertiefung machte sich Maria Graf zu schaffen.

„Nimm Pottasche, da wird es schneller gar, und mach den Mund zu, du wirst dich sonst erkälten."

Maria erschrak so, daß sie sekundenlang keine Antwort geben konnte. Doch dann fauchte sie die Alte an: „Wie kommst du hierher, warum hat dich niemand gesehen? Die Straße wird doch bewacht, oder kannst du dich unsichtbar machen?"

„Ach was, ich bin durch den Wald gekommen. Glaubst du, man riecht den Rauch nicht meilenweit? Wenn man sich verstecken will, darf man kein Feuer machen."

„Und wie soll ich mein Essen kochen?"

„Koch es in der Nacht, am Tag kannst du es mit Holzkohle warmhalten, oder stell es in dein Bett", meinte die alte Frau und machte sich wieder zum Gehen bereit.

Maria begleitete sie an die Tür. „Margret, du wirst doch schweigen, oder?"

„Warum soll ich schweigen? Ich habe nichts gesehen."

Sie hob den Kopf wie ein witterndes Tier. „Es wird bald schneien", sagte sie.

Der Himmel war grau, die Sonne nicht zu sehen.

„Ich glaube, du hast recht", meinte Maria mit einem Blick nach oben, „es wird Schnee geben."

*D*er Pfarrer von Krombach saß an seinem Schreibpult und arbeitete an der Predigt, die er am Sonntag in der Kirche halten wollte. Immer wieder hob er den Kopf und horchte nach draußen, doch alles blieb still. Im letzten Jahr hatte er um die gleiche Zeit am gleichen Platz gesessen. Sinnend schaute er zum Fenster und schickte seine Gedanken in die Vergangenheit. Den ganzen Tag hatte es damals geregnet. Eine schmale Gestalt, begleitet von einem Hund, wankte den Weg entlang. Als er sah, daß sie am Ende ihrer Kräfte war, ging er mit der Köchin hinaus, wo ihm die junge Frau ohnmächtig in die Arme fiel. Zu zweit trugen sie sie in die Küche und flößten ihr heißen Wein ein. Im vorgewärmten Bett schlief sie zwei Tage lang, danach erzählte sie ihnen ihre tragische Geschichte. Der Pfarrer von Krombach war erschüttert, als er vom grausamen Tod seines Freundes, Pater Anton, erfuhr. Er versprach Julie, daß sie hier bei ihm ein neues Zuhause hätte. Heute, nach einem Jahr, konnte er nur hoffen, daß sie Ruhe gefunden hatte, aber wer blickte schon in ein Mädchenherz. Er wünschte ihr alles Glück der Welt und vor allem Frieden.

Es war gut, daß der Pfarrer von Krombach nicht in die Zukunft schauen konnte.

Julie stand in ihrem Zimmer am Fenster. Der Mond, der am späten Nachmittag blaß und unscheinbar aufgegangen war, strahlte nun hell vom Firmament. Helle Nächte, kalte Nächte, Males Worte gingen ihr im Kopf herum. Sie wehrte sich dagegen, sie wollte nicht mehr daran denken. Endlich alles vergessen, doch immer wieder fragte sie sich: Warum? Warum das alles? Sie war froh, als sie Schritte hörte. Dem schweren Gang nach konnte es nur Barbara sein. Julie erwartete das energische Klopfen der Köchin, doch diesmal, als die Schritte vor der Tür verhielten, rief Barbara nur zaghaft ihren Namen. Julie öffnete. „Komm nur, du störst nicht."

„Ich wollte ein bißchen mit dir plaudern, du hast wieder diesen Ausdruck in den Augen, vor dem ich immer Angst bekomme." Sie war eine dicke, gemütliche Frau, mit einer schneeweißen Haube, die ihr rundes Gesicht vorteilhaft einrahmte. Immer wenn die Traurigkeit um die verlorene Heimat über Julie fiel, war es die Köchin, die tröstend ihre Arme um das Mädchen legte. „Ach Barbara, ich mußte wieder daran denken, ein Jahr ist es jetzt her." Es war Julie, als sähe sie die Toten erst jetzt, als zöge jemand einen Schleier von ihrem Gesicht. All ihre Lieben, in ihrem Blut auf der Erde liegend. Pater Anton sterbend auf seinem Lager. Das bleiche Gesicht, die Haarsträhne von Schweiß festgeklebt, die dunklen Bartstoppeln auf den eingefallenen Wangen, die Lippen leicht geschlossen, wie bereit zu atmen, zu sprechen, und doch tot.

„Es war Schicksal", sagte Barbara und fuhr mit gedämpfter Stimme fort: „Es ist Krieg, und du kannst Gott danken, daß du so davongekommen bist."

„Ich habe ihn sehr geliebt, Barbara, Pater Anton war Vater, Mutter und Lehrer für mich."

„Er hat dich auch geliebt, aber er war ein alter Mann, und seine Zeit war abgelaufen."

Julie senkte die Augen, sie mußte Barbara zustimmen. „Wenn ich umgekehrt wäre und nicht erst ins Dorf. Vielleicht hätte ich wenigstens ihn retten können."

„Mach dir keine Vorwürfe, Kind", sagte die Köchin gütig, „es ist bei jedem geliebten Toten so, immer hat man danach noch Fragen und macht sich Vorwürfe. Es ist so, solange man sich Fragen stellt. Eines Tages wirst du keine Fragen mehr haben, und du wirst vergessen. Neues wird auf dich zukommen, du wirst andere Menschen lieben. Einen Mann, deine Kinder, alles wird weit zurückliegen, glaube mir, das geht schneller, als dir lieb sein wird."

„Woher weißt du das alles? Du bist nicht verheiratet! Warum eigentlich nicht? Du wärst die ideale Ehefrau, Barbara."

„Vielleicht habe ich an die Männer zu große Anforderungen gestellt und die meisten dadurch überfordert."

Die Köchin lächelte Julie an, froh, sie auf andere Gedanken gebracht zu haben. Eine Weile standen die beiden Frauen schweigend vor dem Kamin.

„Da fällt mir ein, den Küchenplan, können wir ihn morgen besprechen?"

„Warum nicht jetzt?"

Die Frauen setzten sich an den Tisch.

„Ich hatte fest damit gerechnet, daß Daniel mir Rebhühner bringt", klagte die Köchin, „nun muß ich auf die Wildpastete verzichten, wo sie doch die Leibspeise des Herrn Pfarrers ist."

Es war wie immer, Barbara wollte ausgefallene Speisen auf den Tisch bringen. Sie konnte sich einfach nicht damit abfinden, nicht mehr in einem großen Haushalt, bei reichen Kaufleuten in Gelnhausen zu sein. Julie war für einfache Gerichte, die sie von zu Hause kannte. Sie wußte, daß der geistliche Herr die Elsässer Küche schätzte. Barbara fügte dann ihre kleinen Überraschungen ein.

Gemeinsam verließen die Frauen das Zimmer. Sonst hörte man bereits auf der Treppe die lauten Besucher des Pfarrers, doch heute war alles still. Sie begegneten niemand, auch nicht in der Eingangshalle. Julie begann sich besser zu fühlen. Von der ersten Stunde an hatte dieses Haus eine beruhigende Wirkung auf sie ausgeübt. Draußen wehte der Wind, aber er drang nicht durch die geschlossenen Fenster. Sturm und Schnee, Hagel und Regen, nichts konnte dem Haus etwas anhaben, noch denen, die darin wohnten. Sie spürte den grobgewebten Wollteppich unter ihren Füßen. Ein Luxus, den Barbara in das Pfarrhaus eingeführt hatte. Sie roch das Holz, behutsam fuhr sie mit dem Finger über ein Kreuz, das auf einer Kommode stand.

„Ich geh' an die frische Luft."

Sie wollte allein sein, keinen sehen. Aufatmend trat sie vor das Haus. Ein Windhauch raschelte in den dürren Blättern des Kletterrosenstrauchs. Das warme Licht des Stalles lockte, doch sie wollte niemand begegnen. Nicht einmal der Wurf junger Kätzchen konnte sie heute reizen. Sie fand sich schließlich am Eingang des Friedhofs wieder. Er lag außerhalb der Gärten, versteckt hinter Bäumen und Sträuchern, von einer Mauer umgeben. Die schmiedeeiserne Pforte stand offen. Julie schlüpfte hinein, der unter Moos und Gräsern verschwundene Pfad verschluckte ihre Schritte. Die Holzkreuze waren morsch und die Grabsteine verwittert. Julie blickte sich um und entdeckte, daß sie nicht allein war. Unter den Fliederbüschen, nahe der Friedhofsmauer, hob ein Mann ein Grab aus. Adam, der Totengräber, stand bis zur Hüfte in der Grube. Das Auf und Ab seiner schwingenden Bewegungen wurde nur unterbrochen, wenn er mit dem Spaten an einen Stein stieß. Er nahm ihn mit erdverschmutzten Händen auf und warf ihn über die nahe Mauer. Der Totengräber arbeitete weiter, als sei sie nicht da.

„Du hast es sehr eilig", meinte Julie, „muß das heute noch sein?" Behutsam nahm sie die Laterne und stellte sie ein Stück zurück.

Adam wischte seine Hände an der Joppe ab. „Er hat es auch eilig gehabt, mit dem Sterben, der Hiller." Er rammte den Spaten in die Erde und stützte sich darauf. „Oben an der Birkenhainer Straße ist er mit einem Trupp Landsknechte zusammengestoßen und hat den kürzeren gezogen. Das hätte ich ihm vorher sagen können. Sie ziehen immer den kürzeren, immer. Außerdem wird es kalt werden. Morgen früh kann der Boden knochenhart sein." Er wies mit einer Handbewegung zum Himmel. „Siehst du den Mond?

Keine Wolke am Himmel, da wird es immer kalt. Geh nach Hause, Mädchen, und bestell dem Pfarrer, in einer Stunde kann er kommen. Wenn die Erde erst mal hart ist, kann ich nichts mehr machen."

Der Gutshof Reuschberg hatte ein schönes großes Wohnhaus. Es war alt, niemand wußte genau, wer der Erbauer war. Jeder der Besitzer hatte in all den Jahrhunderten an ihm gebaut. Auch Hans Konrad Geipel hatte alles für die Zukunft berechnet. Er war nicht arm, denn ein gütiges Geschick und seine weise Übersicht hatten dafür gesorgt, daß sich sein Vermögen vermehrte. Nur, das Haus blieb leer. Als der kleine Hans heranwuchs, hatte sich Hans Konrad Geipel damit getröstet, daß er eines Tages Enkel haben würde. Aber als sein einziger Sohn als Vogelfreier anfing, die Wälder des Spessarts unsicher zu machen, gab es nicht einmal diese Hoffnung mehr. Er, der Vater, würde den Rest seines Lebens in einem leeren Haus verbringen und an einem Tisch sitzen, an dem die Stühle leer blieben. Tag für Tag würde er sich fragen, was für einen Sinn sein Leben gehabt hätte, da nach ihm nichts mehr kommen würde. Sein Name ausgelöscht, und nur das Wappen über der Tür zeugte von seinem Leben und dem seiner Ahnen. Es trieb ihn oft in den Wald, wo er dann tagelang herumlief. Nachts schlief er in der einfachen Jagdhütte. Nur selten schoß er etwas Wild, und auch nur, wenn er etwas zu essen brauchte. Viel öfter brauchte er seine Büchse für die Zweibeiner, die den Wald unsicher machten: versprengte Soldaten, Deserteure oder einfaches Lumpengesindel.
Zum Glück lag seine Hütte versteckt im Gebüsch. Seiner Frau paßte dieses Leben nicht. Jedesmal wenn er nach Hause kam, war der Teufel los. Dabei war Maria Geipel keine Frau, die Gefallen an häuslichen Streitereien hatte, aber es kam immer öfter dazu. Enttäuscht und gereizt, suchte Hans Konrad ein

Ventil für seinen Zorn. Wenn sie ihm dann gegenüberstand in ihrer schlanken großen Erscheinung, konnte er sich selten beherrschen. Maria Geipel mochte manchen Menschen spröde erscheinen, doch sie war scharfsinnig, hellhörig und von sensibler Intelligenz. Selbst den unangenehmsten Menschen gegenüber verlor sie selten die Geduld, das verhinderte ihr ausgeprägtes Verständnis für menschliche Schwächen. Diese Eigenschaft ließ sich aus ihren großen blauen Augen mit den weisen Lidern erahnen. Sie liebte ihren einzigen Sohn abgöttisch, ohne es ihm je zu zeigen. Ihre starre Erziehung ließ sie jeden Überschwang im Keim ersticken. Auch Hans Konrad gegenüber war sie von kalter, vornehmer Zurückhaltung. So war es kein Wunder, daß der Wolfsjäger heute die Beherrschung verlor und ihr alles, was sich in ihm während der Ehe an Bitterkeit angestaut hatte, entgegenschleuderte. Sie erwiderte nichts, sah ihn nur an mit ihren blauen Augen, aus denen nichts als die Melancholie eines Menschen sprach, der lieber selbst verletzt wurde, als daß er andere verletzte. Hans Konrad Geipel verstummte nicht erleichtert, sondern aufs neue gedemütigt. Er nahm sein Pferd, und alle, die ihn davonreiten sahen, wußten, daß sie ihn so schnell nicht mehr zu Gesicht bekommen würden.

Der eisige Wind trieb zerfetzte Wolkenballen vorbei an einem wäßrigen Mond und brachte einen jähen und heftigen Regenschauer mit Spuren von Schnee. Ganz plötzlich zerrte er an dem langen schwarzen Umhang, der den einsamen Reiter auf dem Pferd einhüllte, und blähte ihn auf, daß er sich wie Flügel einer monströsen Fledermaus bauschte. Der Geistliche, Michael von Damnitz, der vom Abt in Seligenstadt geschickt wurde, um mit seinem Vetter Hans Konrad Geipel zu reden, war versucht, über diese kalte Nacht zu fluchen. Er zügelte sein Pferd und wickelte sich den Umhang fester um die Glieder. Er hob sich in den Steigbügel

100

und spähte in die windzerrissene Dunkelheit, sah aber weder ein Licht noch sonst ein Zeichen menschlicher Behausung. Der Mond, der sich hin und wieder von den Wolkenballen löste, zeigte nichts als öde Landschaft, durch die diese Straße eine fahle Spur zog, wie das Kielwasser eines Schiffes vor dem Wind. Eine neue Regenböe peitschte aus dem Dunkeln heran. Das Pferd zerrte an der Kandare, tänzelte seitwärts, der Reiter ließ ihm die Zügel locker und ritt in den andrängenden Wind hinein. Das Pferd war schuld daran, daß sich von Damnitz zu so später Stunde noch auf der Landstraße befand. Er hatte gehofft, vor der Dunkelheit auf dem Hofgut Reuschberg zu sein. Aber gleich hinter Königshofen hatte die Stute ein Eisen verloren. Da war ihm nichts anderes übriggeblieben als umzukehren und den Schaden bei einem Hufschmied beheben zu lassen. Ehe die Stute neu beschlagen war, verging eine ganze Weile. Der Schmied erkundigte sich unterdessen nach von Damnitz' Reiseziel. Bei schönem Wetter, meinte er, seien es nur eineineinhalb Stunden, aber bei schlechtem und bei Nacht sei der Weg zu meiden, zumal sich der Himmel umwölke, ein Wind aufkomme und noch vor Tagesgrauen Schnee drohe. Der Geistliche bedankte sich bei dem Schmied über den gutgemeinten Rat, bestand aber darauf weiterzureiten. Und jetzt war die Nacht über ihn hereingebrochen, während ihn nur noch ein kurzes Stück vom Reuschberg trennte. Das Schneewasser lief ihm von der Hutkrempe in den Nacken. Immer wieder kamen aus der Dunkelheit ganze Schauer dichter Schneeflocken, berührten sein Gesicht wie mit kleinen Nadeln und ballten sich in den Falten seines Umhanges. Die Hände in den dicken Handschuhen waren so steif, daß er kaum noch die Zügel halten konnte. Die Füße in den schwarzen Stiefeln schmerzten vor Kälte. Er bewegte die klammen Finger und lächelte trotzdem in die Dunkelheit hinein. Wie lange hatte er seinen Vetter nicht mehr gesehen? Sie waren schon als Kinder miteinander

befreundet gewesen. Deshalb hatte der Kurfürst von
Mainz, durch den Abt von Seligenstadt, ihn für diese
heikle Mission ausgesucht.

Die Stute strauchelte, fing sich aber wieder. Des Prie-
sters müde Gedanken schnellten aus der Vergangenheit in die unerträgliche Gegenwart zurück. Der
Schnee war in Graupelregen übergegangen. Schöllkrippen hatte er hinter sich gelassen, und eine Meile
waren sie nur im Schritt vorangekommen. Unsicher
hatten sie ihren Weg in der Dunkelheit gesucht, verwirrt durch die wirbelnden Schneeflocken. Aber jetzt
auf einmal fiel die Stute in Trab. Michael von Damnitz
rüttelte sich wach aus seiner Betäubung von Kälte
und Erschöpfung. Er schaute vor sich in die Dunkelheit und konnte die Umrisse von Bäumen erkennen,
eine hohe Mauer tauchte schemenhaft auf, er spürte
sie mehr, als daß er sie sah. Die Hufe der Stute klan-
gen hell auf dem Weg. Licht fiel aus den Fenstern des
Hauses und zeugte von der Anwesenheit der Menschen. Der Reiter saß ab, steif und verfroren gab er
die Zügel einem herbeieilenden Knecht. Dann ging er
die Treppe hinauf und klopfte mit dem eisernen Tür-
ring an das schwere Eichenportal. Nach einer kurzen
Wartezeit vernahm er schlurfende Schritte. Ein älterer
Mann in altmodischer Kleidung spähte zu ihm hinaus, stieß die Tür weiter auf und ließ den späten Gast
eintreten. Die Kerzenflammen zuckten heftig in dem
kalten Windstoß und flackerten wieder auf, als sich
der Alte gegen die Tür stemmte und sie vor dem
Sturmwind draußen schloß. Der Diener führte ihn in
ein Kaminzimmer. Vor Kälte und Müdigkeit konnte
der Priester kaum ein Zittern unterdrücken, das legte
sich erst, als er vor dem prasselnden Feuer saß, mit
einem Becher Wein in der Hand. Der Hausherr war
nicht da, wie so oft war er seit einiger Zeit im Wald,
wurde aber am nächsten Tag zurückerwartet.

Der Morgen dämmerte naß und kalt, die ganze Nacht
hatte es weitergeschneit, und wenn der Schnee auch
morgens in Regen übergegangen war, so lagen doch

noch einige Placken in den Mulden des Parks und am Wegrand. Der Wind stöhnte in den kahlen Zweigen und wimmerte die dunklen Gänge entlang, wenn jemand die Haustür offenließ.

Michael von Damnitz war mit Kopfschmerzen aufgewacht und befand sich in gereizter Stimmung. Er hatte wenig und schlecht geschlafen. Die Aufgabe, die er sich und Hans Konrad aufbürden sollte, machte ihn verdrießlich. Er frühstückte allein in einem getäfelten Gemach, das von einem Kaminfeuer erwärmt wurde. Später legte er sich noch mal ins Bett, schließlich war er kein junger Mann mehr, und der nächtliche Ritt hatte ihm schwer zu schaffen gemacht. Vorher hatte ihm die Hausfrau Bescheid gegeben, daß der Hausherr erst gegen Abend zurückkommen würde. So nutzte er diesen Tag auf seine Weise und erschien am Abend ausgeruht vor seinem Vetter.

„Mein Lieber, ich muß Euch um Verzeihung bitten, Euch nicht früher empfangen zu haben, aber unter den augenblicklichen traurigen Verhältnissen ... nun, Ihr versteht sicherlich, wie schwer es uns getroffen hat. Bitte nehmt Platz, meine Frau bittet mich, Euch ihr Bedauern auszusprechen, doch sie fühlt sich nicht wohl und hofft, Euch später noch sehen zu können."

Der Hausherr nahm Platz und winkte den Gast auf einen Stuhl neben sich. „Ihr habt davon gehört, was sich hier vor einem Jahr abgespielt hat?"

„Ja, Ihr meint das kleine Dorf am Waldrand."

„Das Schlimme daran ist, es waren nicht einmal Feinde, sondern die eigenen Soldaten."

„Das Volk ist verrottet bis aufs Blut, aber nicht nur das Volk, auch die Kirche ist nicht mehr das, was sie einmal war. Vielerorts ist sie korrupt. Ich bin kein Anhänger dieses Martin Luther, aber glaubt mir, Vetter Hans, oft habe ich gedacht, es trifft auch heute noch zu, was er schon vor Jahrzehnten gepredigt hat."

„Ihr habt Euch nicht sehr verändert in all den Jahren", entgegnete Hans Konrad und trank einen Schluck Wein. „Ein bißchen ketzerisch wart Ihr schon immer."

„Ketzerisch würde ich nicht sagen, ich bin nur ein Mensch, der nachgedacht hat und nicht alles für ein Dogma hält. Ein guter frommer Bauer ist mir lieber als ein Geistlicher, der ohne zu denken alles nachsagt, was ihm sein Vorgesetzter predigt. Das ist doch die Ursache allen Übels. Das einfache Volk kann man nur unterdrücken, weil es nicht lesen und schreiben kann. Das ist, was uns fehlt: Schulen bis in die hintersten Ecken, vielleicht hätten wir dann keinen Krieg."

„Dann hätten wir aber auch keine Bauern mehr. Wenn alle lernen, wer möchte da noch arbeiten?" Hans Konrad Geipel trat zum Fenster. „Könntet Ihr Euch einen Schreiberling mit einem Beil im Wald vorstellen oder mit einem Pflug? Nein, mein Lieber, ich bin nicht Eurer Ansicht, jeder muß seine Arbeit tun. Die Fürsten in ihren Schlössern und Burgen, der Jäger im Wald, der Bauer auf dem Feld und der Geistliche in den Schulen und Kirchen. Ein jeder, wie es seinem Stande zukommt."

„Ach, Ihr seid immer noch derselbe verbohrte Dickkopf. Ich kann noch genausogut mit Euch streiten wie in jungen Jahren. Das es eigentlich, was ich so an Euch schätze", meinte der Priester. „Ihr wißt ja, ich mag es nicht, wenn man mir nach dem Munde redet. Aber ich habe etwas Ernstes mit Euch zu besprechen. Der Krieg ist in allen Gegenden, wenn man hier bei Euch auch noch nicht viel davon merkt. Schwarze drohende Wolken hängen über unserem Land, unsichtbar und doch unübersehbar. Alle haben Angst davor, die Herrschenden genauso wie das einfache Volk. Es ist der letzte Krieg und der schrecklichste, den die Menschheit erlebt. Gut und Böse rüsten zur Endschlacht, die dem Jüngsten Tag vorausgeht. Mißtrauen und Zank herrschen unter den Regierenden, jeder ist sich selbst der Nächste. Ein jeder glaubt, die Wahrheit für sich gepachtet zu haben. Im Grunde geht es wie seit jeher nur um Macht und Geld. Man sinnt auf Wege, um der Angst zu entrinnen, und klammert sich dabei an finsteren Aberglauben. Vor allem aber sucht man nach Sündenböcken. O ja, es erleichtert ängstliche Herzen, wenn man mit ausgestreckten Fingern auf einen Schuldigen zeigen kann. Aber die Schreie der Opfer und das Prasseln der Feuer verschaffen den Bedrohten nur kurze Erleichterung. Der dichte Qualm, der von den Brandstätten aufsteigt, macht unseren Himmel nur noch dunkler, die allgemeine Bedrohung nur noch augenfälliger."

Noch während er redete, nahm er einen Brief von dem Tisch neben sich auf. Der dünne Bogen, bedeckt mit Schriftzügen aus dickflüssiger schwarzer Tinte, knisterte in der Stille. Es wirkte wie ein Echo der brennenden Scheite im Kamin. Der Brief war geöffnet, das Siegel gebrochen.

Der Wolfsjäger wandte sich seinem Vetter zu und sagte: „Ich habe den Brief gelesen, Ihr braucht mir nichts mehr zu sagen. Was soll ich tun? Ich weiß nicht, wo Hans sich aufhält. Ich habe ihn, seit er damals fortgeritten ist, nicht mehr gesehen. Meine Frau ist krank, sie wird schwermütig, und das alles wegen einer Horde von Banditen, Aufwieglern, Feuerköpfen und Verrückten." Geipel war aufgesprungen. „Verzeiht, aber mich packt jedesmal der Zorn, wenn ich nur daran denke." Erregt lief er auf und ab. „Es gab schon immer Rebellen im Freigericht, aber sie waren mir gleichgültig, bis sich mein Sohn für ihre Sache entschied." Hans Konrad verstummte, doch der Drang zu reden war stärker. „Mein Sohn ein Vogelfreier, Hexenbeschützer, Spessarträuber, ich kann es immer noch nicht fassen. Hans interessierte sich nie für solche Sachen, er war ein guter Schüler und sollte in meine Fußstapfen treten. Wir jagten keinen Hirngespinsten nach. Seit Generationen sind wir Jäger und keine Gejagten." Der Hausherr setzte sich erschöpft, hob sein Glas und trank einen großen Schluck. „Aber das weiß ich doch alles", versicherte sein Vetter, „deshalb hat mich der Erzbischof zu Euch geschickt. Er kennt Euch, und er kennt Hans, er mag ihn. Er hat nur Angst, daß er mit dieser Frau gemeinsame Sache macht. Was mir Sorgen bereitet, ist dieser Jesuit von Aschaffenburg."

„Was ist mit ihm?"

„Ihr wißt, daß der Aschaffenburger Stiftsdechant als größter Inquisitor gerühmt wird. Sein Vikar gab bei seiner Predigt folgende Sätze von sich: 'Wenn man die Hunde und Pferde, die unnötigen Häuser und Paläste abschaffen würde und mit den eingesparten Kosten die Hexen verbrennen würde, wäre es bald mit der Hexerei vorbei.' Er beschuldigte die Kurfürstliche Regierung, sie würde bei der Hexenjagd mit ungleichen Mitteln verfahren, also mit reichen und angesehenen Personen vorsichtiger als mit jemand aus dem gemeinen Volk. Der Kurfürst suspendierte daraufhin die Aschaffenburger Prediger von ihren Ämtern, da ihre Äußerungen die vornehmen Leute verletzten und die einfachen Bürger rebellisch machten. Doch Ihr wißt, lieber Vetter, in Aschaffenburg wirken meistens Jesuiten als Hexenbeichtväter, und von da kommt er, der gefürchtete Jesuit Hieronymus Prager, einer der schlimmsten Hexenjäger. Er hat vor einiger Zeit in Würzburg gewirkt. Personen jedes Alters, Standes und Geschlechts, Einheimische und Fremde waren die Opfer, selbst vor Geistlichen und Ratsherren hat er nicht zurückgeschreckt. Söhne des fränkischen Adels, Matronen, Jungfrauen und sogar Kinder sind in rasch aufeinanderfolgenden Bränden zum Tode geführt worden. Das Vermögen der Reichen, die auf diese Weise endeten, ist nicht mehr ins Ausland gegangen, also noch ein Grund mehr, auch reiche Leute auf den Scheiterhaufen zu schicken. Hört zu, Vetter Konrad: Von 1627 bis 1629 sind achtundfünfzig Männer, siebenundzwanzig Knaben, vier Mädchen und

fünfundsiebzig Frauen zu Tode gekommen. Dieser
Mann ist jetzt hinter Eurem Sohn her. Deshalb habe
ich diesen beschwerlichen Ritt auf mich genommen."
Verzweifelt sagte der Wolfsjäger: „Wenn ich nur wüßte, wo Hans sich aufhält."
„Ihr müßt morgen losreiten und müßt ihn suchen,
sucht im Freigericht, dort, wo die meisten Rebellen
sind. Irgendwo an der Birkenhainer Straße hat er seinen Unterschlupf. Er muß von dieser Frau lassen,
sonst ist er verloren. Fragt in den Schenken, bestecht
die Bauern, sie werden ihn für Geld verraten. Ihr
müßt ihn schneller finden als der Jesuit. Ihr müßt
ihn finden, wenn Ihr ihn retten wollt. Ich werde für
Euch beten, Gott wird mit Euch sein."

Am folgenden Morgen ritt ein einsamer Mann in das
Freigericht. Er hatte einen beschwerlichen Weg, der
meistens durch Wald führte. Bergauf und bergab begegnete er keinem Menschen. Es war ein kalter Tag
Anfang Dezember. Frost hatte das nasse stürmische
Wetter abgelöst, und der Reiter mußte öfter sein Pferd
zügeln, damit es nicht auf einer gefrorenen Pfütze
ausrutschte. Er übernachtete in Geiselbach, wo er
sich vorsichtig umhörte, doch niemand erwähnte den
Namen des Gesuchten. Natürlich wußten sie alle von
den Rebellen, die mit den Bauern zusammen die Zoll-
eintreiber und Kriegswerber vertrieben hatten. Aber
den Namen Geipel hatte niemand in diesem Zusammenhang gehört. Von einem Juden war die Rede und
von dessen Sohn. Das war alles, was die Bauern von
Geiselbach gehört hatten.
Am Tag darauf ritt der Mann nach Horbach. Ein altes
Kräuterweib verriet ihm für einen Schilling, er solle
zum Hof Trages reiten. Der Jude, nach dem er frage,
ja, den gebe es in Somborn. Den Sohn habe er erst
seit einem Jahr, vorher habe der in Frankfurt gelebt.
Wieder machte sich der Wolfsjäger auf den Weg. Je
höher er kam, desto mehr Schnee lag auf den Hängen. Viele Spuren von Menschen und Pferden zeigten

ihm, daß er zu spät kam. Er wunderte sich nicht, und es enttäuschte ihn nicht einmal. Es war wie eine Bestätigung. Sein Sohn war nicht mehr der unschuldige Junge, wie er ihn in Erinnerung hatte, er war jetzt dreiundzwanzig Jahre alt, ein Mann.

Von weitem sah Hans Konrad Geipel dünnen Rauch aus dem Kamin aufsteigen, doch schon im Hof bemerkte er: Das Haus stand leer, wenn auch noch nicht lange. Die frischen Pferdespuren, der Holzkübel, an dem die Tiere zum letztenmal getränkt worden waren, die rußigen Kienfackeln, die unverschlossene Haustür, alles deutete auf einen übereilten Aufbruch hin. Im Innern des Hauses brannte noch Feuer im Kamin, zwei umgestürzte Stühle lagen davor. Auf dem Tisch ein Kartenspiel. Überall fand Geipel Anzeichen, daß eben noch Menschen hier gewesen sein mußten. Er betrat die Küche und wunderte sich über die Ordnung. An einem Nagel hing eine Schürze, ein Zeichen dafür, daß eine Frau hier gewirkt hatte. Unmerklich wich seine Spannung, die ihn während der ersten Minuten befallen hatte. Er stieg die Treppe in den ersten Stock hinauf und ging von Raum zu Raum. Verschwitzte Strohsäcke, ein paar blutige Binden und halbleere Flaschen lagen herum. Ekel stieg in ihm hoch. Das Licht der Kerze, die er von unten mitgenommen hatte, huschte über kahle Wände. Nur ein Zimmer wurde von einem Rest Glut im Kamin erwärmt. An den Wänden hingen Frauenkleider. Eine Wiege und ein Lehnstuhl vor dem Kamin waren die ganze Einrichtung. Es gab keinen Zweifel, das war das Zimmer der Hexe. Er ließ sich in den Lehnstuhl sinken und schloß die Augen, Bilder aus der Vergangenheit bestürmten ihn: ein kleiner Junge auf dem Reuschberg. Wärme hüllte ihn ein, rötliche Dämmerung, das leise Knistern des Feuers. Er blieb sitzen, bis der Morgen graute, dann bestieg er sein Pferd und ritt in Richtung Kahlgrund.

Ländliche Stille senkte sich über das Pfarrhaus in Krombach. Julie schaute aus dem Fenster, in jene Richtung des Weges, aus der die Reisenden und das Echo der fernen Welt zu erwarten waren, Winterhausierer, reiche Händler mit pelzverbrämten Mänteln. Sie ging zurück in die Küche, wo das Feuer ohne Unterbrechung und fast ohne Rauch, denn der Kamin war sehr hoch, brannte. Der Schein des Feuers tanzte und spiegelte sich auf dem Grund der kupfernen Kasserollen und Wannen, die die Wände schmückten. An diesem Abend bereitete sie eine Hasenpastete zu, nach einem alten Rezept aus dem Elsaß. Sie hatte den Teig in die Form gelegt und schnitt das Fleisch klein, mit dem er belegt werden sollte. Barbara, die ihr behilflich war, schaute mit argwöhnischer Miene zu. Plötzlich hob sie den Kopf, von draußen hörte man den Hufschlag von Pferden. „Wer kommt noch so spät?"

„Ich gehe schon", rief Julie. Sie stürzte davon, froh über jede Abwechslung. Durch den Regen und den abendlichen Dunst sah sie zwei Reiter, die triefend vor Nässe von ihren Pferden stiegen.

„Kommt rasch ins Haus bei diesem Wetter."

Der Jüngere trat schnell zu ihr unter die Tür, während die Ältere die Tiere in den Stall brachte.

„Ich danke Euch, Fräulein", erwiderte der Fremde, indem er seinen Hut abnahm und sich leicht verbeugte. Aus dem nur mit einem schmalen weißen Kragen besetzten Gewand aus grobem schwarzem Stoff schloß Julie auf einen Krämer. Doch dann sah sie das kleine Kreuz, das er über dem Rock trug und das ihn als Geistlichen auswies.

„Wäre es möglich, den Herrn Pfarrer zu sprechen?" fragte er.

„Es tut mir leid", antwortete das Mädchen, „der Herr Pfarrer ist noch nicht zurück."

„Bitte", meinte die dazukommende Köchin, „setzt Euch doch an das Feuer in der Bibliothek. Ich werde jemanden in den Stall schicken, der Euren Begleiter holt."

„Ich muß mich erst einmal vorstellen", antwortete der Mann, „ich bin Hieronymus Prager vom Stift Aschaffenburg, hat mich der Pfarrer nicht erwartet?" Noch nie hatte Julie einen Mann gesehen, der so schön war. Er hatte das Gesicht eines Engels. Seine goldblonden Locken waren im Nacken zusammengebunden. Die blauen Augen, der Mund beeindruckten sie, aber als er sie ansah, bemerkte sie, daß er selten lächelte. Sie schätzte sein Alter auf Mitte zwanzig. Es lag etwas Jähes, Leidenschaftliches und doch Kaltes in seinem Blick. Barbara führte ihn in die Bibliothek und brachte ihm einen Krug Wein.

„Hier kann man es aushalten, bei diesem Wetter", sagte er und setzte sich in den Lehnstuhl am Kamin.

„Fremde sind uns immer willkommen", entgegnete die Köchin fürsorglich, „Ihr könnt dessen versichert sein, und auch die nächsten Tage, wenn es Euch Vergnügen macht."

„Mein einziges Vergnügen besteht darin, den Geboten des Herrn zu folgen und ihm nach bestem Willen zu dienen, und er ist es, der mich hierher führt."

„Oh, ich glaube, der Herr Pfarrer kommt soeben. Ich höre die Schritte seines Pferdes."

Wirklich trat gleich darauf der Pfarrer ein. Offenbar hatte man ihm von dem überraschenden Besuch schon berichtet, denn er zeigte seinem Gast nicht die gewohnte Herzlichkeit. Er wirkte gezwungen und fast ängstlich.

„Ist es wahr, Pater Hieronymus, daß Ihr bei diesem Wetter von Aschaffenburg kommt?" erkundigte er sich nach der üblichen Begrüßung.

„Jawohl, und ich wäre froh, wenn ich mit Euch über eine Euch bekannte Angelegenheit unter vier Augen sprechen könnte."

„Pst", machte ängstlich der Pfarrer und warf einen beunruhigten Blick zur Tür. Etwas überstürzt fügte er hinzu: „Mein Haus steht Euch zur Verfügung, fordert nur bei den Frauen alles an, was Ihr zu Eurer Bequemlichkeit braucht. In einer Stunde wird zu Nacht gegessen."

Der Pater dankte und bat um Erlaubnis, sich einstweilen zurückziehen zu dürfen, um sich ein wenig zu säubern. In der Küche begegnete der Pfarrer dem anderen Gast, der Barbara fasziniert bei der Arbeit zusah. Er war im Gegensatz zu dem schönen Pater sehr häßlich, wie Julie fand. Er hatte eine große kräftige Figur und ein pockennarbiges Gesicht, das eine riesige Nase und zwei stechende Augen nicht hübscher machten. Wenn Gäste da waren, aßen Julie und die Köchin in der Küche, so auch heute abend. Immer öfter ertappten sie sich dabei, auf die lauten Stimmen, die aus der Bibliothek drangen, zu horchen. Barbara hatte eine gewisse Ahnung, worum es ging, deshalb schickte sie das Mädchen zu Bett und räumte allein ab.

Julie konnte nicht einschlafen, unruhig wälzte sie sich in ihrem Bett. Der schöne junge Pater ging ihr nicht aus dem Kopf. Der Häßliche und der Schöne, was für ein Gespann, dachte sie belustigt. Von unten vernahm sie die Stimmen der Männer, die immer lauter wurden. Sie stand auf und öffnete die Tür. Es schien, als würden sie streiten. Neugierig schlich sie die Treppe hinunter und versteckte sich hinter einem Holzpfeiler. Die Tür stand einen Spalt offen, und Julie hörte den Pfarrer sagen: „In einem Fall glaubte sogar Roß selbst, des Guten zuviel getan zu haben. Eine Frau war derart gefoltert worden, daß er dem Ehemann einhundert Taler anbot, wenn dieser die Folterung seines Weibes verschweigen würde."

„Was sprecht Ihr mir von Roß oder Koch, beide sind seit fünfzehn Jahren tot. Was damals geschah, kann man mit heute nicht vergleichen. Die Hexen und Zauberer sind viel raffinierter, als Ihr denkt."

„Na, ich weiß nicht", entgegnete der Pfarrer. „Habt Ihr nicht eine verkehrte Theologie, Pater Hieronymus? Mit solchen Hirngespinsten wollt Ihr unschuldige Weiber zur Folter schleppen und andere als Ketzer richten." Der Pfarrer wurde immer lauter, und Julie hielt vor Schreck den Atem an.

„Wäre es, wie Ihr sagt, dann seid Ihr es, der die Gnade der Taufe verleugnet, dann würde der Priester vergeblich sagen: Ziehe aus, unreiner Geist, und mache Platz dem heiligen Geist. Nur durch die Taufe wird der Satan aus uns herausgerissen, zuvor sind wir alle sündhaft und verflucht auf Ewigkeit. Seht Ihr nun, wie leer und ketzerisch Euer Urteil ist?"
Stühle rückten, und Julie dachte schon, sie würde entdeckt, aber der Pfarrer redete weiter. „Gegen alle Vorschriften drängen blutgierige Geier sich in die Rechtssphären der Ordinarien und wüten gegen alles ihnen anstößig Erscheinende, insbesondere gegen Bauernweiber, welche der Zauberei angeklagt sind. Sie setzen sie oft, ohne vorherigen rechtlichen Spruch, so lange den grausamsten und fürchterlichsten Martern aus, bis sie durch das herausgepreßte Geständnis Grund zur Verurteilung haben. Sie glauben dann als Inquisitoren zu handeln, wenn sie nicht ablassen, bis die Unglücklichen entweder verbrannt sind oder bis sich der Beutel des Inquisitors mit Geld gefüllt hat, damit er sich erbarmt und sie freiläßt. Es gehört zu den traurigsten Zügen in der deutschen Entwicklung, daß die christlichen Konfessionen, die sich sonst nur bekämpfen, in dieser Sache einig sind und sogar bei den Hexenverfolgungen wetteifern. Was nutzt es, die Wissenschaft studiert zu haben, wenn die Unwissenheit so hoch in Ehren steht?" fragte der Pfarrer verbittert.
„Ihr tut mir Unrecht", erwiderte der Pater, „ich hatte schon einmal mit diesen Frauen zu tun. Ihr habt keine Ahnung, wie gemein und obszön so eine Frau wird, wenn sie in die Enge getrieben wird. Ja, selbst die Freigerichter Bauern haben uns gebeten, sie von diesem Hexenzauber zu befreien. Es ist spät, gehen wir schlafen. Morgen ist auch noch ein Tag. Morgen wer-

de ich in das Freigericht reiten. Kommt mit und überzeugt Euch selbst.“

Leise lief Julie die Treppe hinauf, der Kopf schwirrte ihr, noch nie hatte sie den Pfarrer so sprechen hören. Sie versuchte sich zu sammeln, um die merkwürdige Unterhaltung besser verstehen zu können. Male hatte ihr oftmals gedroht, eines Tages würde sie für ihre Neugierde bestraft werden. Aber Julie bereute auch diesmal nichts und empfand keinen Skrupel über ihre Handlungsweise. Hatte sie auch nicht alles verstanden, so war das Thema doch viel zu aufregend, um wegzuhören. Es war ja auch nicht ihre Schuld, wenn sie hinter Dinge kam, die nicht für ihre Ohren bestimmt waren.

Der Pfarrer von Krombach konnte trotz des vielen Weines nicht einschlafen. Immer wieder gingen seine Gedanken zurück zu dem Gespräch mit dem Jesuiten. Hatte er nicht zuviel gesagt? Warum hatte er sich nur so hinreißen lassen? Zweifel kamen ihm. Eine leise Angst beschlich sein Herz. Hatte er nicht von Anfang an die Frauenfeindlichkeit des jungen Paters gespürt? Aber statt ihn zu besänftigen, hatte er noch Öl ins Feuer geschüttet. Er war nicht mit sich zufrieden.

Noch ein Mensch konnte in dieser Nacht keine Ruhe finden. Aufgewühlt ging der Jesuit in seinem Zimmer hin und her. O nein, der Pfarrer hatte nicht recht, er hatte keine Ahnung von den verdorbenen Schlichen der Weiber. Das Weib ist bitterer als der Tod. Ist sie nicht die Schlinge des Jägers? Ein Netz ist ihr Herz, Fesseln sind ihre Hände, ein heimlicher, schmeichelnder Feind. Alles geschieht aus fleischlicher Begierde, die bei ihr unersättlich ist. Darum halten es die Weiber auch mit Dämonen, um ihre Begierde zu stillen. Schaudernd dachte er an die Frau mit den rotblonden Haaren. Hatte sie ihn nicht fast zu Fall gebracht? Fünf Jahre war das jetzt her. Heiraten sollte er sie, diese Dirne, o Gott, fast wäre es ihr gelungen. Das junge Mädchen hier im Pfarrhaus war schuld, sie hatte die Erinnerungen in ihm wachgerufen. Erschöpft kniete der Pater nieder, um für seinen inneren Frieden zu beten. Doch der Frieden kam nicht in dieser Nacht, und es graute schon, als er endlich in den Schlaf sank. Am Morgen ritten sie zu dritt nach Geiselbach. Aufatmend sahen ihnen die beiden Frauen nach. Sie machten das Bett und zogen den Vorhang des Alkovens zu. Ein Blatt Papier, ein Dokument mit verschiedenen Namen, war vom Tisch heruntergefallen, Männer- und Frauennamen, mit Kreuzen und Fragezeichen versehen. Auf dem Tisch lagen verschiedene Bücher. Ein Buch leuchtete besonders mit seinem rotgoldenen Einband in der Morgensonne. Neugierig blätterte Julie darin herum, konnte aber nichts lesen, da alles in Latein geschrieben war. Vorsichtig schloß sie das Buch und warf noch einmal einen Blick auf das Dokument. Die letzte Eintragung lautete: Valentina Ehrlich, und dieser Name war ihr bekannt. Merkwürdig, den Namen der alten Frau Ehrlich zu lesen. Auch er war mit einem Kreuz versehen, so als wäre sie schon gestorben. Die Ehrlichs hatten einen schönen Hof am Ende des Dorfes, und Valentina war die Mutter des Bauern und schwer gehbehindert. Sie ließ keine Messe aus, denn sie war eine sehr fromme Frau. Ob gutes oder schlechtes Wetter, jeden Tag schleppte sie sich den langen Weg zur Kirche. Letztes Jahr hatte sie eine Altardecke gestickt. Vielleicht bedeutete ihr Name in der Liste eine Belobigung?

Julie vergaß Valentina Ehrlich, denn die Ereignisse sollten sich überstürzen. Am Abend kamen die Herren zurück und verzogen sich gleich in die Bibliothek. Wieder hatte Sturm eingesetzt, und Regen peitschte gegen die Fenster, als hätte man Dämonen losgelassen. In der Nacht heulte draußen ein Hund.

Ein Zittern durchlief den Jesuiten, der vorm Schlafengehen im Gebet vor einem kleinen Reisealtar kniete.

Julie erwachte. War das nicht Chéri gewesen, der so durchdringend geheult hatte? Die Ruhe des Hauses, die tiefe Stille stand im Gegensatz zu dem Sturm, der an den Fenstern rüttelte. Die Konturen der einfachen Möbel hoben sich im Hintergrund ihres Zimmers ab. Julie blieb ausgestreckt im Dunkeln liegen. Ein Gefühl aus grenzenlosem Bedürfnis nach Liebe und Geborgenheit beschlich sie, vermischt mit Angst. Sie spürte eine unbekannte Bedrohung. Hatte sie schlecht geträumt? Oder was war der Ursprung dieser plötzlich aufkommenden Angst? Sie versuchte sich zu erinnern. Hatte sie geträumt, daß ein junger Mann sie in seine Arme nahm? Oder daß man versuchte, sie zu töten? Es nutzte nichts, der Traum war vergessen, doch die Angst blieb. Julie richtete sich auf, machte zögernd ein paar Schritte in den Raum, berührte mit den Händen die Möbel, um in die Wirklichkeit zurückzufinden. Sie verspürte Durst, aber auf dem Zimmer gab es nichts zu trinken, nicht einen Tropfen Wasser. Mechanisch nahm sie ihr Tuch, warf es über die Schultern und ging zur Tür. Dunkle Nacht umgab sie, und die Angst schnürte ihr die Kehle zu. Sie atmete tief und schalt sich selbst kindisch. Langsam wurde sie ruhiger, ihr Herzklopfen legte sich. Da hörte sie wieder den Hund. Was er heute nacht nur hatte? Sie tastete sich die unbeleuchtete Treppe hinunter und öffnete die Haustür. Der Regen war in Schnee übergegangen und peitschte ihr ins Gesicht. Es war empfindlich kalt.

„Chéri, Chéri!" rief sie in den Sturm, doch der Hund, der sonst auf ihr Wort hörte, ließ sich nicht blicken. Ärgerlich tastete sie sich an der Hauswand entlang. Wo war der Hund? Hatte er sich wieder im Stall verkrochen? Sie wollte gerade umkehren, da ließ der Sturm kurz nach, nur ein paar Schritte trennten sie noch vom Stall, der durch eine Laterne spärlich beleuchtet wurde.

Da war ja auch der Hund. Aufatmend ging Julie zu ihm, kniete sich nieder, um ihn zu streicheln. Er lag ganz ruhig da und schlief. Sie drehte ihn herum und erstarrte. Ein Schrei entfuhr ihr. Jemand hatte den

Hund getötet. Er war das einzige, was ihr von der Heimat geblieben war, und jetzt war auch er tot. Julie spürte nichts mehr. Weder die Zeit – waren es Minuten oder Stunden? – noch die Kälte, die an ihren Beinen hinaufkroch. Alles war nichts gegen die Kälte in ihrem Herzen.

Das stille Haus im tobenden Sturm wirkte auf einmal äußerst feindlich. Sie kam zur Besinnung und ging in die Küche, um sich Hände und Füße zu säubern. Im Schein der Laterne sah sie die Blutflecken auf ihrem Hemd, das Blut ihres kleinen Hundes.

Wie von Geisterhand hingestellt, stand plötzlich der Jesuit vor ihr, nahm sie am Arm und drehte sie zu sich herum. „Was tut Ihr hier mitten in der Nacht?" Er glich einem zürnenden Erzengel. „Was ist das???" Die Miene vor Ekel verzogen, griff er nach dem beschmutzten Hemd des Mädchens.

Mit tränenverschmiertem Gesicht berichtete sie von dem nächtlichen Geschehen. Doch der Pater achtete nicht auf ihre Worte. Mit starren Augen zerrte er Julie den Stein vom Hals und ließ ihn an dem dünnen Lederbändchen vor ihren Augen hin und her baumeln.

Erschrocken griff sie nach dem Stein in seiner Hand. „Das ist mein Zauberstein! Oh, Ihr habt das Bändchen zerrissen!"

Hart packte der Jesuit das Mädchen am Arm. „Ihr seid also die Person um Hans Geipel, und hier versteckt Ihr Euch."

Verständnislos sah Julie ihn an, natürlich kannte sie Hans, doch was hatte das mit dem Tod des Hundes zu tun?

Eine Tür knarrte, und Julie erkannte die Silhouette des Pfarrers, der durch den Krach in der Küche geweckt worden war. Der Jesuit drehte sich um und verschwand ohne ein Wort in seiner Kammer.

„Warum gehst du nicht ins Bett? Was treibst du mitten in der Nacht?" fragte der Pfarrer.

Leichenblaß lehnte Julie am Küchentisch, das Hemd voll Blut, in der Hand krampfhaft den Stein, als hätte sie ihn aus dem Feuer geholt. Selbst der Pfarrer erschrak über ihren Anblick.

„Ich verabscheue ihn", sagte Julie düster, „er ist unverschämt und so ganz anders als wir. Er zerstört alles, was er anrührt." Kalter Schweiß trat auf ihre Schläfen. „Er ist ein böser Mensch, er hat meinen Hund umgebracht, nur weil der aus Angst im Sturm heulte."

Der Pfarrer wurde blaß, das war alles noch viel schlimmer, als er dachte. Er kannte Hieronymus Prager erst seit kurzer Zeit, doch diese Zeit hatte ausgereicht, um ihn so zu sehen, wie er wirklich war: ein asketischer, gefährlicher Denker. Er wußte, daß gerade Männer wie er, die im Zölibat lebten, nichts so sehr beunruhigte wie ihre eigenen sexuellen Gelüste. Nichts verführte also Prager mehr zu sündigen Gedanken als der Anblick eines Weibes. Statt die Schuld dafür in sich selbst zu suchen, begann er, das Objekt seiner Gelüste zu diabolisieren.

Als der Pfarrer das Mädchen so stehen sah, mit dem blutverschmierten Hemd, den vor Erregung fast schwarzen Augen und dem wirren roten Haar, konnte er den Pater fast verstehen.

Julie mußte fort. Wenn der Jesuit das war, wofür er ihn hielt, war keine Zeit zu verlieren. Der Pfarrer klopfte Barbara heraus. Mit ein paar Worten, die Julie nicht verstand, führte er sie auf sein Zimmer und sagte: „Ich habe dir einmal versprochen, daß du hier bei mir Ruhe und Frieden findest, leider kann ich dieses Versprechen nicht mehr einhalten. Du bist in diesem Haus in großer Gefahr, aber frage mich jetzt nicht, wieso und weshalb. Hier, zieh das an." Er gab ihr ein Paar kleine Männerstiefel und holte eigenhändig die Kleider aus ihrem Zimmer.

Alles geschah leise. Als sie fertig war, sah sie ihn fragend an. Er legte den Finger auf den Mund und öffnete das Fenster, unter dem ein Holzstoß lag, der diente ihr als Stufe. Unten angekommen, nahm sie der Totengräber in Empfang. Die Nacht war stockdunkel, zum Glück hatte sich der Sturm gelegt. Noch einmal drehte sie sich um und schaute auf den Pfarrer, der segnend am Fenster stand. Sie hob winkend die Hand, wußte noch nicht, daß sie niemals mehr zurückkehren würde. Wieder einmal war sie auf der Flucht vor etwas, was sie nicht verstand. Der Totengräber schritt ohne ein Wort dahin. Sie hatte keine Ahnung, wo er sie hinbringen würde. Oft glitt sie auf dem schlammigen Weg aus und dachte dankbar an den Pfarrer, der ihr in weiser Voraussicht die Stiefel gegeben hatte. Krombach lag schon eine Weile hinter ihnen, als Julie das Schweigen nicht mehr aushielt: „Weißt du, was das alles zu bedeuten hat, Adam? Was der Jesuit von uns will?"

Einen Moment sah es so aus, als wollte er ihre Frage nicht beantworten, doch dann kam es zögernd: „Ich habe mir gleich gedacht, als ich die beiden sah, daß sie etwas im Schilde führen, so was riecht man."

Verständnislos fragte sie: „Was riecht man?"

„Na ja, die Hexenjäger!"

„Hexenjäger?"

Sie erzählte ihm, was in der Nacht geschehen war, auch den Streit vom Vorabend verschwieg sie nicht, zum Schluß meinte sie: „Weißt du, was ich nicht verstehe? Warum haben sie den Hund getötet?"

„Das gehört alles dazu", erwiderte der Alte, „vor vielen Jahren, so um die Jahrhundertwende, da waren viele Hexenbrände, dann kam die Pest, und es war vorbei. Ich kann mich noch gut an die Zeit erinnern. Hatten diese Frauen einen Hund, so brachten die Hexenjäger erst einmal das Vieh um, es könnte ja auch verhext sein, als Begleiter der Frau. Solange diese zwei in Krombach sind, bringen mich keine zehn Pferde dorthin zurück."

„Was hast du damit zu tun?" fragte Julie.

„Totengräber mögen sie auch nicht, auch auf Hebammen, Kräuterfrauen und Rothaarige wie du haben sie es abgesehen."

„Warum hat er nach Hans Geipel gefragt?"

„Hat er das?"

„Ja."

Lange Zeit sagte der Alte nichts. Sie merkte förmlich, wie er seine Gedanken wälzte.

„Da war was, letztes Jahr, kurz bevor du zu uns kamst. Unten in der Bulau, vor Hanau, kam es zu einem Kampf, der Reuschberger gegen einen Mann aus Somborn. Soldaten müssen auch dabei gewesen sein. Ich glaube, der Mann aus Somborn hieß Schultheiß, er kam zu Tode. Später hieß es, eine Hexe sei daran schuld gewesen, ja, eine Hexe mit ihrem Kind. Der Pockennarbige hat gestern den Knecht ausgefragt, wie lange du hier bist und wo du früher gelebt hast."

Julie schwirrte der Kopf. Hans war also nicht im Krieg, aber wo war er dann? War er mit dieser Frau zusammen? Viele Fragen und keine Antwort.

An einer Kreuzung mit zusammengewachsenen Eichen, die noch das braune Laub des Herbstes trugen, gingen Julie und Adam über eine sumpfige Wiese. Mit jedem Schritt mußten sie ihre Stiefel aus dem Morast ziehen. Sie überquerten einen kleinen Bach und standen vor einer niedrigen Hütte, deren Strohdach auf einer Seite fast den Boden berührte. Man hatte den Eindruck, jeden Moment falle sie um wie ein Kartenhaus. Die Hütte war von einem zwergwüchsigen Mann bewohnt, den Adam als Totengräber von Geiselbach vorstellte. Alles war klein und zierlich bei diesem Mann, bis auf seine großen schwieligen Hände.

„Bei ihm sind wir erst einmal in Sicherheit", meinte Adam mit einem Blick auf das erschöpfte Mädchen.

Julie schleppte sich in die Hütte und fiel erschöpft auf ein Lager aus Stroh. Irgendwann kam sie wieder zu sich. Sie hätte nicht sagen können, wie lange sie schon in der dumpfriechenden Hütte lag. War sie wirklich eingeschlafen? Das Stroh hatte ein Muster auf ihre Haut gedrückt. Sie war allein in dem Raum, der nur notdürftig eingerichtet war. Wenn sie ihren Kopf aus der Fensterluke streckte, überblickte sie meilenweit Wälder, aus denen das Schweigen die mannigfaltigen Geräusche der schönen Jahreszeit vertrieben hatte. Der kleine Mann fütterte ein Schwein. Julie hörte ihn in einem angrenzenden Stall hantieren. Über dem Strohdach leuchteten die ersten Sterne, es würde wieder sehr kalt werden in der Nacht. Julie ging hinaus, zu der baufälligen Scheune, sie suchte Adam. Die Luft war schneidend. Im Hof wirbelte der Wind dürre Blätter auf, die himmelwärts davonflogen.

Später saßen alle drei am Kamin. Sie hatten sich ein paar Eier gebraten, die der Alte mit Dörrfleisch und Speck angereichert hatte. Diese Nacht hatten sie Ruhe. Das Feuer ließen sie brennen und wußten, sie waren in Sicherheit.

Julie hatte im Dach eine Luke gefunden, die ihr als Beobachtungsposten diente. So betrachtete sie den Wald, wo vereinzeltes Laub hing, das den Angriffen des Windes widerstanden hatte und nun unter dem bleigrauen Himmel ungewohnte Farben annahm. Adam wußte, daß Julie an der Dachluke war, hütete sich aber, sie zu rufen. Das mußte man dem Alten lassen, man konnte auf ihn zählen, wenn es galt, Verständnis für die geheimen Regungen des Herzens zu haben.

Das Krächzen der Raben, die über den Bäumen kreisten, erinnerte Julie an die einsamen Nachmittage ihrer Kindheit. Eine Woche war sie nun schon in der Hütte des Totengräbers von Geiselbach. Abends gingen die beiden Männer öfter ins Dorf, um sich umzuhören, wie Adam sagte. Julie wußte, daß es die Schenke war, die beide Männer anzog. Am Tag hatte es geschneit, aber der Schnee blieb nicht liegen. Sie hatte Langeweile und begab sich wieder einmal zu ihrer Luke, sie wollte nach den Männern Ausschau halten. Am Waldrand sah sie ein Licht, das sich bewegte und im Wald verschwand. Nach einer Weile sah sie es von neuem. Als nach und nach immer mehr Lichter im Wald verschwanden, wurde sie neugierig.

Sie zog die Stiefel an, nahm den Umhang, griff im Vorbeigehen nach einem Messer, das auf dem Tisch lag. An der Scheune hing eine Laterne, die nahm sie auch mit. So gerüstet stieg sie über ein niedriges Gatter und überquerte mit großen Schritten die Wiese hinter der Hütte. Am Saum des Waldes angekommen, löschte sie die Laterne. Im schwachen Mondlicht konnte sie einen steilen Weg erkennen. In den Mulden des Waldes lag noch Schnee. Während Julie unter den herabhängenden Zweigen durchging, verlor sie jegliches Gefühl für Ort und Zeit. Sie war in ihrer Kindheit, wo sie mit Christian durch die Wälder des Kahlgrunds streifte. Jedes Abenteuer war damals willkommen. Damals nur Spiel, heute jedoch mußte sie wissen, wohin diese Lichter verschwanden. Als sie so den Berg hinaufhastete, getrieben von einer Energie, die durch die Tage des Nichtstuns in ihr ausgelöst wurde, spürte sie weder den ermüdenden Anstieg noch die Zweige, die ihr ins Gesicht schlugen.

Die Lichtung auf dem Grat war klein und schmal und fiel am Rande steil ab. Es war der einzige Vorsprung, der über das Tal hinausragte. Fronbügel mit seinen schützenden Mauern war nicht mehr weit entfernt. Durch die Bäume sah Julie die Männer mit ihren Fackeln in einer kleinen Tür verschwinden. Sie blieb stehen und schaute hinüber auf die Gebäude. Ratlosigkeit überfiel sie. Das war also Fronbügel, der Gutshof auf dem Berg, mitten im Wald. Der Gutshof der Äbte des Klosters zu Seligenstadt. Was aber bedeutete es, daß so viele Menschen in der Nacht hierherkamen? Sie gingen alle durch die kleine Tür in der Mauer. Bestimmt brauchte man ein Losungswort. Julie wurde von Erregung gepackt. Sie zog die Kapuze über ihr Haar und ging die Mauer entlang. Am hinteren Teil war ein Stück eingefallen und mit Holundersträuchern überwuchert. Vorsichtig tastete sie sich hinüber. Die Steine waren glatt, und es fing wieder an zu schneien. Der Schein der vielen Fackeln erleuchtete das Wohnhaus und verlor sich an der Mauer in den Ästen der Bäume. Julie gelangte unbemerkt in eine Scheune und versuchte, von da aus in den Hof zu sehen. Sie hatte Glück. Ein Mann stand auf einer Kiste, drei Meter von ihr entfernt, und sie entdeckte durch den Schlitz, den die grobgezimmerten Bretter freigaben, ein paar schwarze Hosenbeine in schmutzigen Stiefeln. Er sprach schon eine Weile, seine Anklage traf die Obrigkeit. Das System wies viele Übel auf, die Bauern wurden seit Jahren unterdrückt. Immer wieder hatte Julie in letzter Zeit von Rebellion gehört, konnte sich aber nichts darunter vorstellen. Jetzt ahnte sie: Das war es. Sie war in einer geheimen Versammlung der Rebellen. Lauschend hob sie den Kopf. Die Stimme des Mannes klang laut über die Köpfe der versammelten Zuhörer.

„Die Menschen, die auf dem Land und auf den Dörfern wohnen, das seid ihr. Eure Lage ist ziemlich hart und bedauernswert. Ihr wohnt abgesondert und in bescheidenen Verhältnissen, zusammen mit euren Angehörigen und eurem Viehstand. Ihr seid ohne Ruhe, arbeitsam und fleißig. In die nahen Städte bringt ihr zum Verkauf, was ihr von den Äckern und dem Vieh gewinnt, und kauft euch wiederum, was ihr braucht. Die Herren schröpfen euch oft mehrmals im Jahr. Alles, was ihr sät und erntet. Euer Holz, euer Vieh, es gibt nichts, was sie euch nicht nehmen könnten. Weigert ihr euch, so werdet ihr bestraft. Der größte Teil eurer Güter gehört nicht euch, sondern den Herren. Ihr müßt euch mit einem bestimmten Teil eurer Ernte loskaufen ..."

Plötzlich bekam Julie einen Schlag auf die Schultern, zwei Hände rissen sie zurück, und sie fiel unsanft auf den Boden der Scheune. Ohne eine Wort zog der Mann sie hoch und stieß sie vor sich her in einen Raum, in dem mehrere Männer um ein Feuer saßen. Sie verfluchte im stillen ihre Neugierde, hatte sie auch noch bei dem Gerangel ihr Messer verloren.

„Wo hast du denn das süße kleine Kätzchen aufgestöbert, Rotte?"

„Ruhe endlich, man versteht ja sein eigenes Wort nicht mehr."

Die Männer lachten roh.

„Reg dich nicht so auf, darf man mal anfassen? Komm, laß uns um sie knobeln."

Irgend etwas im Ausdruck der jungen Frau unterbrach die Reden.

„Verflucht", sagte der Mann, den sie Rotte nannten, „schaut mich nicht so an, oder es gibt ein Unglück. Ihr seid eine Spionin, gebt es zu. Ihr werdet reden, ich habe schon andere zum Reden gebracht. Fesselt das nichtsnutzige Frauenzimmer, ihr Dummköpfe."

Zwei Burschen in zerfetzter Kleidung banden sie, nachdem sie ihr den Umhang heruntergezerrt hatten, mit ausgebreiteten Armen an einen Balken. Ihre zerrissene Bluse ließ Schultern und auch den Ansatz der Brüste frei. Julie warf den Kopf zurück. Ihre Haare, die sich gelöst hatten, fielen auf die Schultern herunter. Drei Schritte vor seiner Gefangenen pflanzte sich der Kerl auf, ergriff eine Peitsche und rollte die Schnur spielerisch um seine Finger.

„Sprichst du jetzt, Kleine? Oder soll ich deinen Körper auf eine Weise streicheln, die du sicher noch nicht kennst?"

Julie schloß die Augen. Der Mann schlug mit dem Peitschenstiel zweimal auf seine Hand. „Du bist verdammt schön", sagte er mit bedauerndem Lachen, das aus tiefster Brust kam. „Es wäre zu schade, schau, ich kenne eine Methode, die wird auch dir mehr Spaß machen. Bindet das naseweise Ding wieder los, ich werde ihr eine andere Musik vorspielen, da ihr meine Peitsche keinen Respekt einflößt." Der Mann, der schmutzig wie ein Schwein war, ging um den Balken herum.

Julie malte sich aus, was ihr von diesem Kerl alles bevorstand. Tränen traten ihr in die Augen. Schade, daß mein Messer abhanden gekommen ist, dachte sie wütend, diesem Großmaul würde ich es schon zeigen.

In ihrem Zorn merkte sie nicht, daß die Männer plötzlich verstummten.

Ein großer Mann versperrte den Eingang, sein Schatten reichte bis zu ihren Füßen. Zuerst zeigte sein Gesicht Neugier, dann Bestürzung. Julie erkannte ihn. Durch den Schatten, den das flackernde Feuer warf, sah er die Bewegung, mit der sie versuchte, sich frei zu machen, und war zutiefst betroffen. „Alles hinaus!" befahl er mit einer Stimme, die furchtbar klang. Rotte ging zwei Schritte auf ihn zu. „Das Mädchen gehört mir, sie ist eine Spionin, und ich will mit ihr abrechnen."

„Rechnest du mit Spionen im Stroh in Scheunen ab?" sagte Hans, ohne die Augen von Julies Gesicht zu wenden, das vor Erschöpfung und Angst bebte. Er klappte sein Messer auf. Wohlweislich ging einer nach dem anderen hinaus. Die Erfahrung hatte sie gelehrt, daß es ratsam war, diesen Mann nicht herauszufordern, wenn er aussah wie ein streunender Wolf.

Hans schnitt den Strick durch, und Julie fiel hart zu Boden. Er half ihr auf und lehnte sie an den Balken. Dann wartete er, bis sie wieder etwas Farbe bekam. Er lächelte, und genau wie im Sommer überschwemmte eine heimliche Glut den Körper des Mädchens. Er beugte sich zu ihr hinab, den Ellenbogen auf das Knie gestützt, das Profil vom Feuer beschienen, die unergründlichen Augen auf sie gerichtet. „So trifft man sich also wieder, meine Schöne, nach einem Jahr. Wieviel Herzen habt Ihr wohl gebrochen in der Zwischenzeit?" Nichts in seinem spöttischen Gesicht verriet etwas von den qualvollen Nächten, die er ihretwegen ausgestanden hatte. Hier stand sie nun vor ihm. Er sah auf sie nieder und sah kein Kind mehr, nein, sie war eine junge Frau. Das schmale herzförmige Gesicht war blaß. Die Schatten unter den grünen Augen ließen diese noch größer erscheinen. Die zerknitterte weiße Bluse über dem schwarzen Mieder hob den warmen Elfenbeinton von Armen und Schultern hervor. Das lose Haar, das in reicher Fülle das

Gesicht umrahmte, schimmerte wie Kupfer im Licht der Laterne. Hans überfiel eine jähe, beunruhigende Vision von feuchten, rauhen Soldatenhänden, die sich in dieser weichen Fülle vergruben und über diese Schultern glitten. Seine Züge verhärteten sich. Mit einer leidenschaftlichen Geste zog er sie an seine Brust und wühlte seinen Mund in ihr Haar. Nach einer Weile ließ er sie wieder los, stand unvermittelt auf und sagte: „Mach dich fertig, das Wetter wird schlechter, wir müssen weiter."

Er ging, und Julie sah ihn geraume Zeit nicht wieder. Im Hof vom Fronbügel standen die Pferde und scharrten unruhig im frischen Schnee. Die vielen Menschen verließen den Hof genauso heimlich, wie sie gekommen waren. Noch wurde der Wind von den Gebäuden abgehalten. Hans trieb zur Eile an. Er wollte nach Hof Trages, da er dort am nächsten Tag einen wichtigen Mann erwartete.

Der Ritt über die verschneiten Waldwege ging gut vonstatten. Ein Mann hielt die Zügel von Julies Pferd, so mußte sie sich nur festhalten. Sie kamen auf freies Feld. Der Sturm wütete und heulte, der mit Schnee vermischte Regen peitschte die Gesichter und verlieh den durchnäßten Mänteln Bleigewicht. Mehr tot als lebendig ließ sich Julie nach einer Zeit, die ihr unendlich vorkam, vom Pferd gleiten. Sie merkte nicht die besorgten Blicke, die Hans ihr immer wieder zuwarf. Sie stolperte in den warmen Raum, in dem ein großes Feuer brannte. Unter ihr breitete sich eine Wasserlache aus. Eine fremde Frau nahm ihr den Umhang von den Schultern und rieb ihr Haar trokken. Durchnäßt und schlotternd zog sie sich in einem angrenzenden Raum aus und hüllte sich in eine Dekke. Die fremde Frau brachte ihr eine Schüssel mit Suppe, und langsam ließ das Zittern nach.

Hans sah Julies Erschrecken, als er eintrat, und in einem jener flüchtigen Augenblicke, in denen man nicht mit den Augen, sondern mit dem Herzen sieht, begriff er alles. Er ging zu ihr und schloß sie in seine

Arme. Durch den groben Stoff der Decke fühlte er ihren Körper. Den Körper einer Frau, die noch so jung war, viel zu jung für all das Elend, das sie erlitten hatte. Er ging zum Kamin, öffnete die Lüftungsklappe und entzündete das Reisig unter dem Holz. Es war trocken und fing mit lautem Prasseln Feuer.

„Hier wirst du zur Ruhe kommen, mein Herz. Du wirst dich erst mal richtig ausschlafen. Die Welt wird dann ganz anders aussehen." Er zog den Lehnstuhl zum Feuer. „Komm, setz dich her, es war viel für dich in letzter Zeit. Aber es ist vorbei ..." Er stockte. Was für Versprechungen konnte er ihr machen? Er, ein Vogelfreier.

Sie hatte vor dem Feuer Platz genommen. Das Prasseln wurde langsam leiser, ging in Zischen und Flüstern über, hin und wieder unterbrochen vom Knakken eines auseinanderbrechenden Holzstückes. Sie saßen eng beieinander, ohne zu sprechen.

„Gehen wir schlafen, morgen ist auch noch ein Tag."

Julie wagte nicht, ihn anzusehen. Sie legte den Kopf an seine Schultern und schloß die Augen. „Halte mich fest, nur diesen Augenblick."

Das war zuviel für den Mann. Er riß sie in seine Arme und überschüttete sie mit Küssen. Aufstöhnend ließ er sie los. Mit zwei Sätzen war er an der Tür und verschwand.

Erschöpft ließ Julie ihre Arme sinken. Schlafen, dachte sie, vergessen. O ja, morgen, morgen würde sie ihn wiedersehen, sie wohnten im selben Haus. Von jetzt an würde ihr Weg der gleiche sein. Aber würde er gerade und sonnig sein oder kurvenreich mit Höhen und Tiefen? Morgen würde sie die Kraft haben, ihr Schicksal zu meistern. Nur heute war sie zu müde, ihre Energie reichte gerade noch, die schmale Stiege hinauf in eine Schlafkammer zu kommen, wo sie in einen ohnmachtsähnlichen Schlaf sank.

ulie stand vor dem Fenster. Sie war halb bekleidet. Im Unterrock und ohne Schuhe glich sie mit ihren wirren Haaren eher einer Fee als einem jungen Mädchen. Durch das Fenster brach das erste Tageslicht und unterstrich die Durchsichtigkeit ihres Gesichts. Julie schob den schmiedeeisernen Riegel zurück und öffnete das Fenster. Kalte Luft wehte in das Zimmer hinein, und es wurde heller. Das Zimmer war so klein, daß man vom Bett aus alles sehen konnte, deshalb schlüpfte sie schnell wieder unter die Decke. Jenseits des verschneiten Obstgartens lag der Wald. Die Sonne schien durch einen hellen lilafarbenen Schleier, der am Himmel entlangtrieb. Julie wünschte sich in diesem Moment, daß sie noch viele Sonnenaufgänge vor diesem Fenster erleben könnte.

Seit zwei Wochen war sie jetzt auf dem Hof Trages. Sie kannte die Menschen und den Tagesablauf und begann sich langsam einzugewöhnen. Mit Hans Geipel hatte sie seit dem ersten Abend nicht mehr gesprochen. Er war auch selten anwesend, und wenn er da war, ging er ihr aus dem Weg. Sie verstand es nicht und war abwechselnd traurig und zornig. Doch wenn seine Blicke sich mit den ihren kreuzten, sah er sie lange an, und sie schöpfte wieder Hoffnung. Mit Maria kam sie gut aus. Vom ersten Tag an machte diese ihr klar, daß die Küche ihre, Marias, Domäne war und sie in dieser Beziehung keinen Spaß verstand. Außer der alten Kräuterfrau aus Somborn ließ sie niemanden an ihre Töpfe. So blieb Julie nur der kleine Hänsel, Marias Sohn, der glücklich war, wenn sie sich mit ihm abgab. Außerdem war da noch der Pferdejunge Johann, der ihr, wenn Hänsel schlief, das Reiten beibrachte. So war das Leben doch nicht so langweilig, wie es am Anfang ausgesehen hatte. Julie freute sich immer, wenn am Abend die Männer da waren. Auch mit Rotte und den anderen hatte sie Freundschaft geschlossen. Da sie kein nachtragender Mensch war, konnte sie die Männer sogar verstehen, schließlich waren sie im Krieg, wenn es auch ein heimlicher war. Man konnte nie wissen, ob sie am nächsten Abend gesund wiederkehren würden. Margret, die Kräuterfrau, war ein ständiger Gast. Immer gab es etwas zu verbinden. Als die Scharmützel stärker wurden, machten sie ein Krankenzimmer zurecht, das auch ständig belegt war. Das war nun endlich eine Aufgabe für Julie. Unter Margrets Anleitung versorgte sie Kranke und Verletzte und hatte dabei öfter das Gefühl, als würde ihr Male über die Schulter schauen. André war ihr ein guter Freund. Er erzählte lustige Geschichten aus der großen Welt, und nur Jakob Stein, der ihn heimlich beobachtete, merkte, daß diese Geschichten der Wahrheit ziemlich nahe kamen. Oft waren sie am Abend so ausgelassen, daß Julie in lautes Gelächter verfiel, was die Männer aufhorchen ließ. So mancher mußte den Raum verlassen, weil er an eine Frau oder Schwester erinnert wurde und das Heimweh auch ein starkes Kriegerherz nicht kalt läßt.

Zwei Tage bis Weihnachten, und die Männer waren immer noch nicht von der letzten Tour zurück. Seit einer Woche war jede Verbindung abgebrochen. Hinzu kam der Schnee, es schneite so stark, daß selbst Jakob abends auf dem Hof blieb und nicht wie sonst nach Somborn zurückging. Immer öfter mußten sie nach draußen, um den Eingang freizuschaufeln. Im Raum war es gemütlich und warm. Außer Jakob waren noch der Pferdejunge und ein Beinverletzter der Bande da. Aber es herrschte eine gedrückte Stimmung im Haus. Der kleine Hänsel war erkältet, und Julie hatte alle Hände voll zu tun, um ihn in den Schlaf zu wiegen. Später, als alle zu Bett gingen, übernahm sie die Feuerwache. Sie liebte es, allein vor dem knisternden Feuer zu sitzen, mit dem Gefühl, langsam zuzuschneien.

Lautes Gepolter schreckte sie aus ihren Gedanken. Die Tür sprang auf, und die Männer waren da. Julie sah in diesem Moment nur einen. Schneewasser lief von seinen Kleidern. Er sah verändert aus, sein Gesicht schmückte ein Bart. Aber er war da, endlich! Sie mußte sich zurückhalten, obwohl sie sich am liebsten in seine Arme geworfen hätte. Hans sah sie stehen im dunklen Schatten des erlöschenden Feuers. Er sah ihre Augen, ihr Haar, nie war sie ihm schöner erschienen. Dann kam Maria, vom Krach wach geworden, wußte sie, daß man sie in der Küche brauchen würde. Das ganze Haus war plötzlich auf den Beinen. Die Männer redeten durcheinander, und Jakob wollte genau wissen, was los war. Julie sah nur einen, und doch machte sie ihre Arbeit. Sie reichte Getränke umher und hatte keine Zeit mehr, sich über ihre Gefühle Gedanken zu machen. Sie war ganz einfach glücklich. Froh, ihn wieder zu sehen, froh, daß er gesund zurückgekommen war. Schwungvoll öffnete sie die Küchentür – und erstarrte. Mit dem Rücken zu ihr standen Hans und Maria in enger Umarmung. Laut fiel die Tür wieder ins Schloß. Verzweifelt lief Julie die Treppe hinauf. Ich muß fort, war ihr einziger Gedanke, einfach fort.

Hans hatte den Knall der zuschlagenden Tür gehört, war mit einem Sprung im Flur und sah Julie nach oben verschwinden. Zwei Stufen auf einmal nehmend, eilte er ihr nach und erreichte sie kurz vor ihrer Zimmertür. Er nahm sie in die Arme und wollte sie fest an sich drücken, doch mit so viel Widerstand hatte er nicht gerechnet. Julie drehte und bog sich nach allen Seiten, sie wehrte sich, als gälte es, ihr Leben zu verteidigen. Er nahm ihre Hände und beugte sich trotz ihres Widerstandes über sie, um sie zu küssen. Danach zog er sie in sein Zimmer und redete beruhigend auf sie ein. Sie aber versuchte, sich seinen Händen zu entziehen, und hätte am liebsten geschrien. Hans verriegelte seine Tür und zog Julie ohne Rücksicht auf das hohe Bett mit den halb zugezogenen Vorhängen. Es entbrannte wieder ein kurzer wortloser Kampf, Julie wehrte sich verbissen. Hans selbst fand Freude an dem Spiel und zitterte vor Ungeduld. Er war ein Krieger, und so wie er lebte, so liebte er. Er vergaß, daß Julie ein unberührtes Mädchen war, und als sie endlich nachgab, schwemmte ihn die Leidenschaft und Lust fort. Mit dem Schmerz hatte Julie doch auch die Hoffnung, es könnte ihr gelingen, Hans für immer festzuhalten. Er aber war in dieser Nacht meilenweit von solchen Gedanken entfernt. Nachdem der Taumel vorüber war, hatte er wieder sein gewohntes Gesicht. Sie sah ihm zu, wie er aufstand, durch das Zimmer ging, seinen Gürtel und die Pistolen aufhob. Dann beugte er sich über das Kopfkissen, auf dem sie sich nicht zu rühren wagte, denn sie wußte um die Kluft, die ihre Herzen, ja auch ihre Sinne trennte. Sie begehrte einzig und allein ihn, er dagegen schien unbekümmert um alles, was sie betraf, und gleichgültig gegen ihr Schicksal. Er streichelte mit einem Lächeln ihr Gesicht. Sie schloß die Augen, um die Tränen zu bannen, und als sie wieder aufblickte, war sie allein. Nun erfüllten sie Zorn und ein merkwürdiges Gefühl von Scham, weil sie es nicht vermocht hatte, ihr Verlangen zu unterdrücken, weil sie sich so schwach gezeigt hatte wie jede andere Frau. Sie knöpfte ihr Mieder zu, strich mit den Händen über ihre zerknitterten Unterröcke. Wütend machte sie das Bett wieder ordentlich und steckte ihr Haar zurecht.

Unten war es ruhiger geworden. Die Männer hatten ihre Bettstellen aufgesucht, und Julie schlich leise in ihr Zimmer. Zähneklappernd dachte sie: Wie hatte Male es genannt? Perlen vor die Säue werfen, oder so ähnlich. Das Bett war kalt und klamm, und sie wünschte sich einen heißen Stein. Die Sünde des Fleisches brennt wie das Höllenfeuer, hatte so nicht immer der Pfarrer von Krombach gepredigt, wenn er seine Schäfchen warnen wollte? Ein bißchen Wärme könnte sie jetzt gut gebrauchen, selbst wenn es das Höllenfeuer wäre, dachte sie mit zusammengebissenen Zähnen und angezogenen Knien.

Morgens lag der Schnee einen Fuß hoch, und ein eisiger Wind blies von Norden. Eigentlich wollten die Frauen ein paar Tannenzweige vom Waldrand holen, nach dem letzten Schneefall blieben sie aber lieber zu Hause. In der Scheune waren die Männer mit allen möglichen Sachen beschäftigt: Gäule mußten beschlagen und Waffen gereinigt werden. Die Frauen waren mit Backen und Kochen beschäftigt. Noch war keine Not, und sie mußten nicht mit Lebensmitteln sparen. Noch fuhren die schweren Packwagen über die Birkenhainer Straße. Zwar mußten sie immer mal einige Tage vom Hof verschwinden und ihn dann so hinterlassen, als wäre er unbewohnt, aber im großen ganzen hatten sie ihre Ruhe. Obwohl es in letzter Zeit doch beschwerlicher wurde. Es waren einfach zu viel Leute auf Hof Trages. Das Ausweichquartier war am Hufeisen: ein altes Gemäuer, mitten im Wald, wahrscheinlich die Reste einer ehemaligen Zwingburg, wie sie in dieser Gegend überall verstreut lagen. Die Männer hatten sie ausgebaut und eingerichtet, so daß man es ohne weiteres für ein paar Tage dort aushalten konnte. Die Unterkunft bestand aus einem Raum mit Kamin, und für die Frauen war eine Ecke mit Decken abgeteilt worden.

„Letztes Jahr", sagte Maria, „waren wir über Weihnachten dort. Da waren wir nur zu viert, und es war sehr gemütlich. Von Hans habe ich ein schönes Tuch geschenkt bekommen, das mit den Rosen, und ich habe ihm ..."

Julie stand auf und verließ den Raum. Sie konnte das Gefasel der Grafschen nicht mehr hören. Sie ging über den Hof und arbeitete sich durch eine Schneewehe. In einem abseitsliegenden Haus hatte sich Jakob eine Schnapsbrennerei eingerichtet, die nun ihr

Ziel war. Jakob war der einzige Mensch, mit dem sie heute reden mochte. Dieser alte schlitzohrige Jude erinnerte sie an Onkel Ludwig. Manchmal schien ihr, sie würde ihn schon immer kennen. Warum war es für sie mit älteren Männern so einfach? Bei den jungen war alles verworren und unklar, dachte sie mit einem Seufzer und mühte sich über den nächsten Schneehügel. Vor der Tür zu Jakobs Brennerei stand plötzlich Hans. Den Türgriff in der Hand, wollte sie schnell ins Haus verschwinden. Sie ärgerte sich über das Blut, das ihr in die Wangen schoß, und aus Verlegenheit sagte sie so unbekümmert wie möglich: „Guten Morgen ...“
Er legte eine Hand auf ihren Arm. „Es tut mir leid, Julie, ich möchte mich für heute nacht bei dir entschuldigen. Ich schäme mich, daß ich so unbeherrscht war. Ich verspreche dir ...“ Zerknirscht hielt er inne. Er konnte die großen traurigen Augen nicht ertragen. Er wollte und er durfte ihr keine Hoffnung machen, es gab keine Hoffnung.
Julie konnte sich nicht mehr zurückhalten. Mit einem Seufzer lehnte sie sich an seine Brust, ihr Haar streifte sein Kinn, und ihre Wange lag auf seiner Weste. „Bitte sprich nicht so, nicht heute, ich kann es einfach nicht ertragen.“
„O Gott, Julie, ich liebe dich, nie dachte ich, daß es so etwas geben würde. Aber ich kann dich nicht an mich binden, ich kann es dir noch nicht einmal erklären, warum es nicht geht.“
Flehend sah sie ihn an.
Er drehte sich um, seine Blicke schweiften über die Wipfel der Bäume. „Eines Tages wirst du es verstehen, und du wirst mir dafür dankbar sein.“
Sie zog den Schal enger um ihre Schultern. „Du liebst mich, sagst du, dann sage mir, was für eine Rolle spiele ich in deinem Leben?“ Sie sah, daß er zusammenzuckte, als hätte sie ihn geschlagen. „Keine Angst, ich mache dir keine Vorwürfe, was geschehen ist, war auch meine Schuld. Es ist nur, weil ich die

Menschen verstehen möchte, und vor allem dich. Du glaubst doch nicht, daß ich dich gesucht habe, damit du mich trösten oder beschwichtigen kannst. Ich wollte zu Jakob, um mit ihm zu sprechen." Sie strich sich die Haare aus dem Gesicht. „Ich bin ganz anders, als du denkst, du kennst mich nicht, Hans. Ich kann genauso leben wie du."

Lange schaute er ihr in die Augen.

„Du machst dir falsche Vorstellungen über mich, Julie, es ist kein Leben, das wir führen, es ist ein Gejagt-Werden, bei Tag und Nacht auf der Lauer. Du wärst dann genau der Gefahr ausgesetzt wie wir, das könnte ich nicht ertragen."

Einen Moment herrschte Schweigen. Sie waren sich sehr nahe, so nahe, daß sie sich scheuten, einander anzusehen.

Ein langer Pfiff kam von der Scheune. André stand davor und wartete. Hans setzte den Hut auf, drückte ihn tief in die Stirn und zog seinen Mantel fest. Mit einem langen Blick verabschiedete er sich von der Frau, deren Umrisse er im Hause verschwinden sah. Schneeflocken wehten ihm ins Gesicht. Die Laternen des Hofes brannten wie Inseln wirbelnder Helligkeit. Bei den Ställen löste sich André aus dem Schatten des Vordaches. Er führte den Rappen heraus und wollte Hans den Steigbügel halten, doch der wehrte ab. Er gab dem Pferd die Sporen und setzte über das niedrige Gatter hinweg. Der verschneite Wiesenboden verschluckte den Hufschlag. Von fern heulte ein Wolf. Eine Krähe segelte durch die Luft, und am Waldrand ästen Rehe.

Julie sah den beiden verschwindenden Reitern nach. Sie hörte Jakob im Haus hantieren, öffnete leise die Tür und sah ihn wie einen Geist über seine Geräte gebeugt. Ein stechender Geruch hing in der Luft. Leise trat sie ein, sie wollte den alten Mann nicht stören, sich nur ein wenig aufwärmen. Heute abend würde sie früh schlafen gehen, denn nur im Schlaf konnte man alle Unbill vergessen.

„Du machst ein Gesicht, als würden dir alle Felle wegschwimmen."

„Ach Jakob, Ihr habt es gut, ich wollt, ich wäre auch schon sechzig, da hätte ich alles schon hinter mir."

„So darf man nicht sprechen, Mädchen, jeder muß sein Leben leben, nur das Dumme dabei ist, daß gerade in unserem die bösen Zeiten überwiegen", meinte er grinsend. „Aber glaube mir, dein Kummer ist vergänglich, vergessen spätestens, wenn er dich das nächste Mal in die Arme nimmt."

„Jakob, Ihr wißt?" Erstaunt war sie aufgesprungen. Er lachte. „Da müßte man ja blind sein, am ersten Abend sah ich schon, was mit euch los war."

„Aber was nutzt das alles?"

„Hör zu, Julie, Hans Geipel ist nicht irgendein Mann, das mußt du dir immer vor Augen halten. Er ist ein Rebell, das heißt, jeder, der will, kann ihn jagen und töten wie einen tollwütigen Hund. Er hat sich nicht verkrochen, wie es ein anderer in seiner Lage vielleicht getan hätte. Als er vor einem Jahr hierherkam und die Sache mit dem Salz so gut lief, wußte ich gleich, auf ihn konnte man sich verlassen. Alles, was er anfängt, bringt er zu einem guten Ende. Was glaubst du, wieviel Schnaps wir schon gegen Waffen und Lebensmittel eingetauscht haben? Wir schlagen die Dummköpfe mit ihren eigenen Waffen, und die merken es nicht. Der Kaiser hätte Hans, anstatt ihn zu verfolgen, auf einen hohen Posten setzen sollen, vielleicht würde dann manches anders aussehen."

„Dann wäre er für mich unerreichbar."

„Sag, hast du schon einmal darüber nachgedacht, daß man sein Schicksal auch ein bißchen lenken kann? Natürlich nicht, wenn du nur herumsitzt und jammerst. Du mußt was tun, Julie, du mußt es packen und bewältigen, vergiß die Träume von einem großen Haus, wo du Dame spielen kannst. Vergiß die Teppiche vom Pfarrhaus und die vollen Schüsseln deiner Freundin Barbara. Du mußt dein Leben umkrempeln, füge dich in die Bande ein und werde ein richtiges Mitglied. Kämpfe, wenn gekämpft wird, und trinke, wenn gesoffen wird. Nur so wird er dich anerkennen. Wenn du so weitermachst wie bisher, bist du nur ein Mühlstein um seinen Hals. Er wird immer Angst um dich haben, sich gebunden und in seiner Freiheit eingeschränkt fühlen."

„Aber Jakob, ich bin eine Frau, sie würden mich davonjagen."

„Nicht, wenn sie dich brauchen. Du willst doch bei ihm sein und nicht wochenlang auf ihn warten! Fang es schlau an, lerne, mit Waffen umzugehen. Du mußt schneller sein als ein Mann. Doch bleib im Hintergrund und falle nicht auf, nicht eher, als bis deine Zeit gekommen ist, dann bist du der Sieger!"

„Oder tot", erwiderte sie, lachend über das Feuer, mit dem der Alte gesprochen hatte.

„Na ja, dann ist sowieso alles egal, meinst du nicht auch? Aber ich glaube, das Ziel würde sich lohnen, oder irre ich mich?"

Julie schüttelte den Kopf „Ich werde es mir überlegen, das verspreche ich Euch. Was macht Ihr da?"

„Ich packe." Vorsichtig setzte der Alte seine Instrumente und Gläser in eine Kiste, die mit Heu ausgepolstert war.

„ Warum?"

„Die Gegend ist mir zu unsicher. Ihr werdet auch nicht mehr lange hierbleiben können. Warst du in letzter Zeit mal oben auf der Birkenhainer? Sie wird immer belebter, selbst im Winter ist keine Ruhe mehr, hier sind wir einfach zu nahe dran."

„Aber wo geht Ihr hin?"

„Meine Schnapsbrennerei bringe ich in ein Versteck im Wald. Siehst du diese bauchige Flasche? Sie ist sehr kostbar und in der heutigen Zeit unersetzbar. Mit der Brennerei ist es sowieso vorbei, es fehlt an allem. Was noch da ist, brauchen die Menschen zum Essen. Ich habe auch genug Vorrat."

„Was werdet Ihr tun, Jakob?"

„Ich weiß es noch nicht, vielleicht betätige ich mich ein bißchen als Spion, wir werden sehen. Da schau."
Er zog das Mädchen zum Fenster. Aus dem Wald trat ein großer Hirsch. „Siehst du? Schau ihn dir gut an, er ist ein König, der letzte in dieser Gegend, und bald wird es auch ihn nicht mehr geben."
Ein Schuß dröhnte durch die Stille. Eine riesige Schneefontäne stürzte von den Bäumen, unter denen noch vor wenigen Augenblicken der König der Wälder gestanden hatte. Erschrocken griff Julie nach dem Arm des Alten und war erleichtert, daß der Hirsch verschwunden war.
„Einmal wird es ihn doch erwischen", meinte Jakob.
Aber nicht heute, dachte Julie, heute lebt er noch und ist in Freiheit, nur das Heute zählt.

Am Neujahrstag kam die Bande in ein Scharmützel, das aber eher eine Wirtshausschlägerei war. Hans und André waren sehr erbost über die Männer, weil sie sich nicht zurückgehalten hatten und sich in dieser Rauferei austobten. Julie mußte dann am Abend drei verletzte Männer verbinden, die zerknirscht und in sich gekehrt auf ihren Betten lagen. Bei den Verwundeten war ein junger Mann namens Albrecht Faden. Er war ein Kriegsabenteurer und hatte viel Erfahrung mit Waffen. Ihn erkor sich Julie als Lehrmeister aus. Er lehrte sie, mit dem Säbel umzugehen und mit einer Muskete zu schießen. Aber was wichtiger war, er zeigte ihr das Ausweichen bei einem Nahkampf und daß man mit einem Messer mehr machen konnte, als nur Brot schneiden.
Eines Nachmittags ging sie wieder einmal zur Scheune. Albrecht war zur Bande zurückgekehrt. Es regnete, und das erste zaghafte Grün schimmerte an den nassen Bäumen. Johann, der Pferdejunge, saß auf einem alten zweirädrigen Wagen und schnitzte an einer Astgabel.
„Was machst du da?" fragte Julie.

Er schaute sie an und runzelte die Stirn. „Hast du so etwas noch nie gesehen? Das ist eine kleine Schleuder, ein prima Ding, man kann wunderbar damit schießen."

„Dann wäre ja das Problem gelöst."

„Was für ein Problem?"

„Du kannst eine Armee mit diesen Dingern oder Astgabeln ausrüsten und gegen die Schweden schicken", meinte sie lachend.

„Du brauchst nicht zu lachen, vielleicht kann so ein Ding dir einmal das Leben retten", entgegnete Johann.

„Du hast recht", lenkte sie ein, „es ist dumm, über etwas zu lachen, das man nicht kennt. Zeigst du mir, wie es gemacht wird?"

„Ja, schau her. Es muß frisches Weidenholz sein, denn es muß etwas nachgeben, sonst bricht es. Du schnitzt ein gleichmäßiges Ypsilon. An den oberen Teilen wird ein Lederbändchen angebracht, noch besser sind Sehnen aus Katzendarm, damit sie sich gut dehnen. In die Mitte kommt ein Lederfleck und ein kleiner Stein als Munition, nun ist es fertig zum Schießen. Siehst du den Ast da oben? Getroffen."

Julie war begeistert, den ganzen Nachmittag übte sie sich im Schießen. Sie suchte sich immer weitere und kleinere Ziele. Die ganze Woche war nun ausgefüllt mit Schießübungen, und oft lief einer der Hausbewohner Gefahr, getroffen zu werden.

Zwischendurch siedelte die ganze Räuberbande wieder einmal zum Hufeisen über, blieb aber nicht länger als acht Tage.

Ostern war dieses Jahr früh, und so wunderte sich niemand, daß nochmals Schnee fiel, der aber schon bald in Regen überging. Tage danach schien endlich die Sonne, es wurde Frühling. In den Wäldern rief der Kuckuck, und die Amseln auf den Dächern überschlugen sich im Wettsingen.

Auch Jakob Stein war wieder da. Julie freute sich, und der Alte hatte viel zu erzählen. „Ich habe eine Überraschung für dich, was hältst du davon, mit mir eine Reise zu machen?" fragte er. „Eine Reise? Jakob, wohin? Sagt schnell." Der Alte schmunzelte und sagte nur ein Wort: „Gelnhausen."

Julie war sprachlos, endlich würde sie einmal die Stadt sehen, die Stadt, von der Onkel Ludwig so begeistert war, die Stadt am Berg, wie er sie immer genannt hatte.

Vor Aufregung konnte sie die ganze Nacht nicht schlafen. Noch zwei Tage, dann war es soweit. Mit Johann putzte sie den alten Zweisitzer, dessen Polster zerschlissen waren, doch als sie die Spinnweben abgefegt hatten, kam seine wahre Pracht zutage. Es war ein schöner Wagen, reichgeschnitzt mit Ornamenten und einem fremden Wappen. Er hatte bestimmt schon bessere Tage gesehen. Sie legten eine Decke über die abgewetzten Ledersitze und begutachteten ihr Werk. Selbst Jakob war beeindruckt und stellte fest: „Was ihr hier für Schätze habt! Mit so einem Gefährt werden wir direkt auffallen. Die Leute in der Stadt halten uns bestimmt für Landedelleute. Mach dich hübsch, Mädchen, wer weiß, vielleicht begegnet uns ein Prinz." Mitten in der Nacht fuhren sie los. In Somborn lag alles noch in tiefstem Schlaf, nur ein Straßenköter blieb stehen und bellte sie an. Es war kalt, aber Jakob hielt das für ein gutes Zeichen, daß der Tag schön werden würde. „Du wirst schon sehen", sagte er zu dem Mädchen, das sich in eine Pferdedecke eingewickelt hatte, „wenn die Sonne aufgeht, wird es ganz schnell warm."

Immer noch fuhren sie durch den Wald. Langsam wurde es hell. Über den feuchten Waldmooren hing der Nebel wie zerrissene Schleier. Jakob war nicht so ruhig, wie er sich gab. Dieser Fremde am Vorabend, ob das etwas zu bedeuten hatte? Jedes Jahr vor Ostern kam ein Händler durch das Freigericht. Seit langer Zeit war das Bonifaz Frandel, der alles hatte, was man auf dem Dorf nicht kaufen konnte. Die Leute mochten ihn, er trank gern und viel, trotzdem wurde er nie betrunken. Auch bei der Bande war er gut angesehen, er übernachtete oft auf dem Hof Trages, seit der wieder bewohnt war. Doch gestern kam ein Fremder. Bonifaz sei verunglückt, hatte er erzählt. Könnte ja ohne weiteres sein, dachte der Alte, könnte aber auch ein Spion sein. Dieser Fremde benahm sich genauso wie fahrende Händler, leutselig und gesprächig, und stellte sich als Schwager von Bonifaz vor. Jakob hätte nicht einmal sagen können, was ihn an diesem Schwager so störte. Er war nicht neugieriger als andere auch, aber trotzdem, Jakob hatte ein ungutes Gefühl.

Sie fuhren nun durch ein Birkenwäldchen, und der Weg ging bergab. Jakob zog die Bremse an, und Julie stieg vom Wagen, denn unten wollten sie eine kleine Rast einlegen. Eine primitive Brücke, die nur aus zusammengelegten Brettern bestand, führte über einen kleinen Bach. Gleich daneben setzten sie sich in das feuchte Gras und widmeten sich dem mitgebrachten Frühstück. Doch der Bissen blieb ihnen im Halse stecken, weil auf einmal mit furchtbarem Getöse ein Ungeheuer die kleine Anhöhe herunterraste, ein Wagen, wie sich herausstellte, an dessen Seiten Staub hochspritzte, wie die Gischt am Bug eines Schiffes. Ein Rad machte sich selbständig, wobei das Endstück der Achse wegbrach gleich einem vertrockneten Grashalm. Der Mann auf dem Fuhrwerk hielt die Zügel noch in der Hand, als er sich auf dem steinigen Boden zwischen den Hufen des Gaules wiederfand. Zwei Frauen rannten schreiend und händeringend hinterher. Während Julie und Jakob hinzusprangen, zeigte es sich, daß die Leute, eine kleine Familie, durch derartige Widrigkeiten nicht ernsthaft aus dem Gleichgewicht zu bringen waren. Noch bevor sie ihren Mann nach Verletzungen abtastete, glättete die Frau ihre Röcke, die ihr beim Laufen durcheinandergeraten waren. Währenddessen kroch der Mann unter den Beinen des Gaules hervor und betrachtete traurig die Reste des Wagens, der seinen ganzen Besitz darstellte. Das Gefährt lag schräg und steckte mit zwei Rädern im Graben, es bewegte sich trotz der Anstrengung des Pferdes und der zwei Männer weder vor noch zurück. Der Mann stellte sich als Josia Solomon vor. Er empfand es als Glück im Unglück, daß Jakob mit seinem Wagen in der Nähe war, so konnte er mit ihm in das nächste Dorf fahren. Dort würde er bestimmt einen Wagenbauer finden, sagte er, von dem er einen Holzhammer und einen neuen Achsnagel bekommen könnte. Als die beiden Männer davonfuhren, hockte sich die Frau neben Julie, wobei sie sich an die Böschung lehnte, und begann einen Monolog, der im wesentlichen aus Klagen bestand. Eine kühle Brise fuhr durch die Bäume. Die Frau wickelte sich in ihren abgetragenen Schal, bis nur noch die Augen zu sehen waren.

„Geh von der Straße, wo dich jeder sehen kann, Lea", wies sie die Tochter zurecht, „und binde dir die Röcke hoch, du dummes Ding. Glaubst du, du könntest bei deiner Tante Staat machen mit Grasflecken in der Kleidung? Was sollen denn die Leute von dir denken? So wie es aussieht, werden wir heute sowieso nicht mehr nach Gelnhausen kommen. Weiß Gott, wo wir hier sind. Jetzt fehlen nur noch ein paar Spessarträuber. Alles hat sich gegen uns verschworen!" Sie verbarg ihr Kinn hinter dem Schal und ließ ihrem Klagelied noch ein paar Bemerkungen über die Feuchtigkeit folgen, die hauptsächlich im Frühjahr über den Waldsümpfen hing.

Die Tochter verkniff sich den Hinweis, daß die Luft trocken war und sich langsam alles erwärmte. Froh, daß sie den Ermahnungen der Mutter für eine Weile entrinnen konnte, nahm sie Julie bei der Hand und lief mit ihr durch das Gras zum Birkenwäldchen hinüber. Weil Lea nie Widerworte gab, verzichtete sie auch darauf, die Mutter über die geringe Entfernung nach Gelnhausen zu belehren. Selbst wenn sie zu Fuß gehen müßten, hätten sie die Stadt in einer Stunde erreicht. Nicht daß sie es eilig hätte, für Lea Solomon war Gelnhausen nicht das Gelobte Land. In ihrer Vorstellung war es einfach ein Ort, wo man eine Knechtschaft mit der anderen tauschte. Mit raschen Schritten gingen sie durch das vom Morgentau nasse Gras, bis das Gezeter der Frau hinter ihnen zurückblieb und vom Wind übertönt wurde. Julie war froh, einmal ein gleichaltriges Mädchen zu treffen. Lea gefiel ihr auf den ersten Blick. Sie war genau wie sie, ein einfaches Mädchen vom Lande. Sie trug die gleiche Kleidung, aber im Gegensatz zu Lea, die ihre Haare zu dicken Zöpfen geflochten hatte, fielen Julies Haare ungebändigt über die Schultern. Während ihrer Unterhaltung vergaßen sie Gelnhausen, und es tat ihnen ein bißchen leid, als Jakob und Leas Vater zurückkamen. Die beiden Mädchen trennten sich in gutem Einvernehmen, vielleicht würde man sich einmal in der Stadt treffen.

Jakob mahnte zur Eile, und als sie wieder auf dem Wagen saßen, fragte Julie ihn verständnislos: „Warum diese Eile? Kommt es wirklich auf ein paar Minuten an?"

Der Alte lachte in sich hinein und meinte: „Ich kenne ihn, diesen Solomon."

„Ihr kennt diese Familie, Jakob, woher?"

„Vor zwanzig Jahren fuhren Sem Solomon, der Bruder dieses Mannes, und ich auf einem Frachtkahn die Kinzig herauf. Wir waren schon als Kinder befreundet. Wir sind beide in Frankfurt geboren und im selben Viertel aufgewachsen. Zusammen sind wir in Gelnhausen angekommen. Diese Stadt, inmitten von Weinbergen, hat uns sofort gefallen. Sem, der ein gelernter Silberschmied war, konnte in seinem Beruf nicht arbeiten. Das war sehr schwer für ihn, denn er war ein Künstler. Nun schmiedete er Fahnenstangen und Fenstergitter, aber sein Traum von einem eigenen

Laden, in dem er Schmuck verkaufen würde, war vorerst ausgeträumt. Nach zehn Jahren Aufenthalt in der Stadt konnte er sich endlich ein Haus kaufen. Stolz führte er mich in eine Seitenkammer und sagte: 'Das, Jakob, wird einmal mein Laden.' Damals waren wir noch die einzigen Juden in der Stadt. Jedes Jahr kamen dann neue und siedelten sich an. Manche von ihnen kannten wir, denen standen wir mit gutem Rat bei. Ich ging mit Sems Schmuck in die Wälder, über die Dörfer und Märkte. Wie freuten sich die Menschen, wenn ich meine Silbersachen auspackte, Leuchter, Ohrringe, Broschen, wunderschöne Sachen, die ich für uns beide verkaufte. Sem hat geheiratet und bekam zwei Söhne, nur seinen Laden bekam er nicht."

„Warum?" fragte Julie.

„Weil er nicht in der Zunft ist. Und das ist eine lange Geschichte: Kaiser Barbarossa baute sich in Gelnhausen eine Pfalz. Auf der einen Seite der Spessart, auf der anderen der Vogelsberg und die Burg mitten auf der Kinziginsel. Dann kam die Stadt mit ihren dicken Mauern, sie hatte Privilegien, der wichtigste Anreiz für die Siedler. Ein gesichertes Dasein und Wohlstand waren damals nur möglich auf unzerstörbarem Grund und Boden, hinter geschlossenen Mauern."

„Wegen der Spessarträuber?"

„Räuber und Raubritter gab es zu allen Zeiten. Gelnhausen ist eine Reichsstadt und als großer Handelsplatz berühmt. Hier müssen alle durch, die von Frankfurt nach Leipzig fahren und die unruhige Birkenhainer Straße vermeiden wollen. Du weißt schon, warum." Verschmitzt zwinkerte der Alte mit den Augen. „Als Handelsplatz ist die Reichsstadt in den ersten Jahrhunderten ihres Bestehens zu großem Wohlstand gekommen. Sie besaß das Stapelrecht, wodurch die Kaufleute und Reisenden gezwungen wurden, in der Stadt ihre Waren anzubieten. Das Umladen von Lastkähnen auf Fuhrwerke spielte gleichfalls eine Rolle. Alle Handwerker, ob Schmied, Küfer oder Leinweber schlossen sich in Zünften, die Kaufleute in Gilden zusammen. So konnte man prüfen, ob jemand rechtschaffen und seine Ware einwandfrei war. Die Gilden und Zünfte gaben auch einen gewissen Schutz. Wenn zum Beispiel genug Bäcker in der Stadt waren und ein neuer dazukam und einen Laden oder Stand aufmachen wollte, wurde er nicht aufgenommen. Er konnte sich höchstens bei einem anderen Bäcker verdingen."

„Aha, ich verstehe", meinte Julie, „es gibt also genug Silberschmiede in der Stadt!"

„Nein, keinen außer Solomon."

„Wie kommt das?" fragte Julie verwirrt.

„Sem ist Jude, er hat noch keinen Fürsprecher gefunden, der wiederum nötig ist, damit man überhaupt auf ihn aufmerksam wird. Mein Freund aber ist zu stolz, um jemanden aus der Zunft zu bestechen. Es geht noch weiter, paß auf: Vor ein paar Jahren kam sein Halbbruder zu ihm, dieser Josia, er war ein Taugenichts und Herumtreiber. Von Arbeit wollte er nie etwas wissen. Sem, gutmütig wie er war, nahm ihn bei sich auf. Als Dank dafür schwängerte Josia ein Schankmädchen und ließ sie sitzen. Nächtelang trieb er sich in der Stadt herum, und die Familie verlor ihren guten Ruf. Bis Sem der Kragen platzte. Er zwang seinen Bruder, das Mädchen zu heiraten, und gab ihm soviel Geld, daß er sich irgendwo eine Existenz aufbauen konnte. Damit dachte er, er wäre Josia für alle Zeiten los. Der verschwand wirklich, aber auch das Geld für den Laden war weg." Jakob schüttelte den Kopf. „Jetzt ist er wieder da, und alles geht von neuem los. Sem wird vielleicht Augen machen! Deshalb habe ich mich so beeilt, ich muß ihn unbedingt warnen. Der wird sich freuen!"

*J*ulie erblickte die Stadt zum erstenmal und glaubte, nie etwas Schöneres gesehen zu haben. Gelnhausen lag im sanften Licht des Frühlingstages, und von weitem schimmerte der rote Sandstein, aus dem es gebaut war, wie Gold. Julie und Jakob waren durch den Vorort Ziegelhaus gekommen und befanden sich kurz vor der Kinzig. Auf dem Fluß fuhren Schleppkähne, das Geschrei der Schiffer wehte herüber, auf der Brücke drängten sich Kutschen und Karren, Fußgänger sprangen zur Seite, damit sie nicht überfahren wurden. Livrierte Diener trabten mit einer Sänfte vorbei, in der ein feiner Herr mit Perücke saß. Planwagen, vollgestopft mit Tischen und Hockern, die Bauern während des Winters gezimmert hatten und jetzt im Frühjahr verkaufen wollten, waren dazwischen eingekeilt. Es war Markttag.

Jakob lenkte den Zweisitzer stolz über die große Steinbrücke durch das Ziegeltor. Irgendwo im Gewühl der Häuser hielt er an, öffnete ein Tor und fuhr auf einen großen Hof. Ein grauhaariger schlanker Mann kam ihm strahlend entgegen, begrüßte ihn und klopfte ihm immer wieder auf die Schulter. Auch Julie begrüßte er freundlich und bat sie ins Haus. Miriam, die Hausfrau, kredenzte einen Begrüßungstrunk. Vom ersten Augenblick stand es für das Mädchen fest: Miriam war die schönste Frau, die sie je gesehen hatte. Ihr schwarzes Haar war in einem kunstvollen Knoten zusammengebunden. Immer wieder mußte Julie die Frau mit den schräggeschnittenen schwarzen Augen und der fremden Tracht anschauen. Am Hals und an den Armen trug sie wundervollen Silberschmuck. Nach einem guten Essen führte Miriam Julie die

Treppe hinauf in ein hübsches Zimmer. „Für heute nacht", sagte sie lächelnd.

Julie lächelte zurück. Sie wußte, daß Lea das hübsche Zimmer bewohnen würde, doch sie sagte nichts, es war Jakobs Angelegenheit, die Solomons auf ihre Verwandtschaft vorzubereiten.

Etwas später verabschiedete sie sich von Jakob und dem Ehepaar, denn sie brannte darauf, endlich die Stadt kennenzulernen. Von der Haustür aus rechts befand sich die Synagoge und daneben das Frauenbad. Julie schlenderte die Judengasse entlang und kam auf den Untermarkt, wo die Menschen mit dem Aufbauen von Ständen beschäftigt waren. Die majestätische Marienkirche erweckte Julies Aufmerksamkeit. Die mußte sie sich unbedingt ansehen. Durch eine enge Gasse, in der sich rechts und links hohe spitzgiebelige Häuser aneinanderschmiegten, kam sie an eine Treppe, die zum Friedhof führte. In diesen stattlichen Gräbern mit den schön eingemeißelten Schriften lagen keine armen Leute. Julie rüttelte an der verschlossenen Kirchentür, ein Pater, der ihr verwundert zusah, klärte sie auf. „Es gibt schon seit Jahren keinen Pastor oder Pfarrer hier."

„Ist die Kirche immer geschlossen?"

„An Ostern war sie offen", erklärte er kurz und schlurfte weiter.

Die junge Frau ging über den Obermarkt, setzte sich an den Rand des Brunnens und tauchte ihre Hand ins Wasser. Vergnügt sah sie den Kindern zu, die um die Stände herum Fangen spielten. Über einen kleinen Knirps mußte sie laut lachen, er hielt einen stibitzten Apfel auf dem Rücken und streckte ihn dann, angebissen, der schimpfenden Marktfrau entgegen. Ihr Blick ging über die hohen schmalen Häuser, die eng nebeneinander standen und deren riesige Kamine mit den steilen Rauchfahnen eine Art Krone bildeten. Im Süden des Platzes stand das große Kaufhaus und auf der anderen Seite die unvollendete Peterskirche. Julie sprang vom Brunnenrand, überquerte den Platz und ging die Reusengasse hinunter zum unteren Marktplatz. Je näher sie kam, desto dichter und lärmender wurde die Menge. Auf den Ständen und Tischen, die vorher noch leer gewesen waren, häufte sich nun die Ware. Neugierige Bauern aus dem Vogelsberg, die noch nicht ihr ganzes Geld für Anschaffungen oder in der Schenke ausgegeben hatten, schlenderten durch die Straßen. Man konnte sie leicht an ihrer einfachen Kleidung erkennen. Auch Landfahrer oder Zirkusleute, die ihre Einnahmen noch nicht in Bier oder Wein umgesetzt hatten, begegneten ihr. Durch die offene Tür einer Schenke winkte ihr Jakob zu. Er saß dort mit ein paar alten Bekannten. Die Zugpferde eines Karrens – er stand auf einem abschüssigen Weg, und seine Räder waren durch dicke Steine blockiert – warteten geduldig in der Hofeinfahrt. Es waren gutmütige, ruhige und kräftige Pferde, daran gewöhnt, schwere Lasten zu ziehen. Kleine Kinder liefen durcheinander, um sich zu verstecken, und gaben mit lautem Schreien kund, wenn sie gefunden wurden.

Unten am Ziegeltor angekommen, blieb Julie stehen. Die Tore waren Tag und Nacht bewacht, und die Wachen hatten alle Hände voll zu tun, um den Kutschen und Karren den Wegezoll abzunehmen. Fußgänger konnten aber unbehindert durchgehen. Hier und da liefen ein paar Schweine umher, die gelegentlich stehenblieben und den vorbeifahrenden Kutschen neugierig nachsahen. Alles schien sie ungeheuer zu interessieren. In der Nähe des Hafens an der Kinzig roch es nach Mist und Teer. Der Bratenduft von Geflügel hing über den Gasthäusern außerhalb der Stadtmauer, und aus den Lagerhäusern strömte der Geruch von Wein. Rauchwolken zogen durch die Luft, sie kamen von der großen Kinzigwiese. Dort brieten Landstreicher Forellen, die sie heimlich gefangen hatten. Julie lehnte sich an einen Stapel Weinfässer. Hinter ihr die Stadt mit den spitzen Kirchtürmen, umgeben von Weinbergen, vor ihr die Kinzig und dahinter das Freigericht mit den tiefen Wäldern des Spessarts.

Sie traf Jakob vor Solomons Haus. „Wir müssen uns ein anderes Nachtquartier suchen, Sems Haus ist überfüllt", meinte er grinsend. „Hast du dich gut umgesehen?"

„Ja, es ist wunderbar, diese Stadt mit ihren vielen Menschen, alles hier ist so anders wie unser Leben, nicht wahr!"

Leider hatten sie Pech, durch die Markttage waren alle Zimmer besetzt, und es wurde schon dunkel, als sie endlich durch Zufall ein winziges Zimmer neben einer Schenke fanden. Das Haus gehörte einer Witwe, die sich ein Zubrot verdienen wollte. Die beiden hüteten sich, ihr zu verraten, daß sie nicht Vater und Tochter waren.

Fernes Grollen mischte sich in die Stimmen, die aus der Schankstube heraufdrangen. Der erste Donner eines Frühlingsgewitters kam von Norden, aus der Richtung des Vogelsbergs. Weißblaue Blitze zuckten über den Nachthimmel vor dem offenen Fenster. Es fing an zu regnen, und Julie war froh über das Zimmer bei der Witwe. Jakob ging noch einmal hinunter in die Schenke, und Julie warf sich unruhig auf ihrem Lager hin und her. Am Morgen wurde sie durch einen klappernden Fensterladen geweckt. Schlaftrunken rappelte sie sich hoch, befestigte den Laden und betrachtete die Kinzig, die sich ein paar Meter hinter dem Haus dahinwand. Unterhalb des Fensters stand ein Pferdegespann im Schlamm.

Die junge Frau ging in die Schenke zum Frühstücken. Die Wirtsstube roch nach kaltem Rauch. Aus dem rückwärtigen Raum war die Stimme des Wirtes zu hören und das dumpfe Geräusch über Stein rollender Fässer. Ein kalter Lufthauch kam durch die Tür, als drei Männer lärmend die Gaststube betraten. Die beiden Gäste vom Hof Trages brachen auf, Jakob bezahlte bei der Witwe das Zimmer. Julie stand auf der

Treppe neben dem Torbogen, durch den vor wenigen
Minuten eine Postkutsche gefahren war. Ein Mann
ging um ein paar Pferdeäpfel herum und ließ sich
trotz der Nässe auf eine Bank fallen, um sich auszu-
ruhen. Durch das Fenster drang die Stimme eines
Gastes, der mit der Küchenmagd seine Späße trieb.
Der Morgenhimmel war grau, dicke Regenwolken trieben über der Stadt. Jakob nahm das Mädchen am
Arm und führte es durch das Gewühl. Der Lärm
ringsum war ohrenbetäubend. Alle Händler straßauf
und straßab priesen zur gleichen Zeit und unter ge-
waltigem Stimmaufwand ihre Waren an. Jakob wollte
noch einmal zu seinem Freund, während Julie die
Richtung zum Untermarkt einschlug. Plötzlich erfüllte
ein gewaltiges Dröhnen die Luft. Julie erschrak und
blieb stehen. Die Glocken der Marienkirche! Erleichtert lachte sie auf und dachte dabei, ein bißchen läu-
ten sie auch für mich. Vielleicht sind die Türen heute
am Sonntag geöffnet! Sie schlängelte sich durch die
dichten Menschenmassen. Am Untermarkt suchte sie
den Durchgang zum Friedhof.
Plötzlich stockte ihr Fuß. Zehn Meter vor dem Eingang stand er, der Pockennarbige, der Knecht des
Jesuiten. Groß und drohend schaute er zu ihr herüber. Wie kam er hierher? Tausend Gedanken rasten
durch ihren Kopf. Was wollte er in einer protestantischen Stadt? Das Herz klopfte ihr bis zum Hals, und
sie versuchte, sich zwischen den Menschen zu verbergen. Sie lief über den Platz in eine enge Straße hinein,
stolperte über Sandsteintreppen, die in die Straßen
hineinragten, doch als sie um die Ecke bog, stand der
Jesuit vor ihr. Panik erfaßte die junge Frau, sie wich
zurück und suchte verzweifelt nach einem Ausgang.
Sie drückte ein Tor auf und rannte durch einen Hof,
der eine Pforte in der gegenüberliegenden Mauer hatte. Ein kurzer Blick sagte ihr, daß sie die innere
Stadtmauer verlassen hatte. Angstvoll schaute sie
nach allen Seiten, doch dieser Teil der Stadt war
ziemlich menschenleer im Vergleich zur Innenstadt.

Vor ihr ragte das Schiffertor auf. Um nicht aufzufallen, ging sie langsam hinaus. Der Torwärter langweilte sich und rief ihr ein paar Scherzworte zu. Sie drehte sich um und sah den Knecht dicht auf ihren Fersen. Sie waren also wirklich hinter ihr her, es war nicht nur ein Zufall. Grauen erfaßte sie, diese Stadt war eine Mausefalle. Wieder ein Tor und ein Hof, den sie überqueren mußte, doch dann war sie am Ende. Mit Seitenstechen und einem angestoßenen Fuß fand sie sich in einem Schuppen wieder, dessen hintere Wand mit Brettern zugenagelt war. Es gab kein Durchkommen, sie mußte zurück zum Tor, wo ihre Feinde warteten. Erneut hatte es zu regnen angefangen. Ein schriller Pfiff ließ Julie nach oben blicken. Irgend etwas Rotes zappelte am Dach. Verwundert bemerkte sie, daß es sich um einen Mann handelte, der ihr ein Zeichen gab: eine Tür. Nirgends war eine Tür zu sehen, doch dann entdeckte sie das Loch in der Hauswand. Sie hatte keine andere Wahl und schlüpfte hindurch. Dieses Haus war baufällig und schon lange unbewohnt. Im Innern war es dunkel und roch modrig. Vorsichtig kletterte Julie die morsche Stiege hinauf bis zum Dachboden, wo sie der Mann erwartete, der sich leichtsinnig über einen halbverfaulten Balken lehnte und angestrengt in die Tiefe schaute. Er winkte sie zu sich heran. Seine langen Haare fielen über das Gesicht mit den hohen Wangenknochen, und seine Kleidung ähnelte der von den Zirkusleuten, die durch den Spessart reisten. Die roten Hosen, die eng an seinen dünnen Beinen anlagen, erinnerten Julie an einen Storch.

„Danke", sagte sie atemlos, „vielen Dank, Ihr habt mich gerettet."

Er schaute durch den Regen auf die Straße hinab.

„Welcher von den beiden ist denn dein eifersüchtiger Liebhaber, mein Schätzchen?"

Verständnislos schaute sie ihn an. „Liebhaber? Ihr seid nicht bei Trost. Der eine ist ein Jesuit und der andere sein gräßlicher Helfer."

„Ein Jesuit, hier in der Stadt, doch nicht mein alter Freund Hieronymus", meinte er wie zu sich selbst. „Was hast du angestellt, daß die Geistlichkeit hinter dir her ist? Normalerweise jagen sie doch nur Mörder und Huren."

„Und Hexen", sagte Julie vorlaut und hätte sich am liebsten die Zunge abgebissen.

„Ah ja, das hätte ich fast vergessen. Die großen Hexenjäger von Würzburg, jetzt möchte er wohl dich in seinen Hexenreigen einbeziehen."

„Es scheint so", entgegnete Julie, während sie sich ängstlich umsah. Der Dachboden war nicht groß, die am First fehlenden Ziegel und Dachlatten ließen zwar Regen und Schnee herein, wurden aber bei schönem Wetter zu einer Art Plattform, auf der man die halbe Stadt und das untere Kinzigtal überblicken konnte.

„Wunderschön, trotz des Regens", sagte sie nach ihrem Rundblick. Ihre beiden Verfolger sah sie nicht mehr. Die innere Stadtmauer glich von hier oben einer Schlange, die sich durch die Häuser wand. Als Julie sich umdrehte, musterte sie der komische Mann spöttisch.

„Mein Freund Hieronymus hat noch nie harmlose Häschen gejagt, wer seid Ihr, meine Schöne, daß er so heiß hinter Eurer Fährte her ist?"

„Und wer seid Ihr, der Ihr diesen Menschen kennt?"

„Zuerst Ihr, mein schönes rotes Kätzchen, ich habe zuerst gefragt."

„Julie Schönborn."

„Und aus welcher Richtung? Halt, laßt mich raten, Büdingerwald?"

„Nein, Freigericht", korrigierte sie lachend. Seine Grimassen waren zu komisch.

Er stellte sich mit einer Verbeugung vor. „Barbarossa, leider nicht der berühmte Rotbart, ich bin nur ein armer, ewig hungriger Kater. Der hübsche blonde Pater wollte mir meine Katzenbeine geradeziehen, und meine Krallen wollte er mir auch stutzen."

Beim Anblick der langen roten Beine brach Julie in Lachen aus.

„Ihr lacht, wunderbar, komm mein Schätzchen, du siehst sehr hübsch aus, wenn du lachst. Komm, setz dich zu mir auf mein Lager, ich werde mich dir zu Füßen legen, und du kannst mein Fell kraulen." Er drückte sie auf das Lager und streichelte ihre Beine, dabei schnurrte er wie eine richtige Katze. Als sie versuchte, seine Hände abzuwehren, fing er an sie zu kitzeln. Sie balgten sich auf dem Lager, bis er sie festhielt und küßte.

„Ich muß gehen, laß mich bitte, ich muß wirklich gehen, ein Freund wartet auf mich, wir müssen nach Hause fahren."

„Wirst du wiederkommen zu Barbarossa?" Fragend und ernst sah er sie an. Seine traurigen Augen bettelten: Sag nichts, was mir weh tun könnte.

„Warum bist du so traurig? Vor einer Stunde haben wir uns noch nicht einmal gekannt."

„Ja, das stimmt, du bist zu mir heraufgekommen und mit dir die Wärme an diesem nassen Tag. Wenn du gehst, wird die Katze frieren."

„Es hat aufgehört zu regnen, bald scheint die Sonne wieder." Kurz vor der Stiege blieb Julie stehen und schaute nochmals zurück. „Wenn ich wieder in die Stadt komme, werde ich dich besuchen, das verspreche ich dir. Bist du immer hier oben?"

„Ja, am Tag bin ich da, doch nachts, du weißt, die Nacht gehört den Gaunern und den Katzen."

Julie schüttelte den Kopf, er war wirklich ein bißchen verrückt, ihr neuer Freund. Während sie die hohe Stiege in dem alten Haus hinunterging, mußte sie sich eingestehen, daß ihr seine Zärtlichkeiten und seine Küsse nicht unangenehm gewesen waren. Auf jeden Fall hatte sie darüber die Verfolgungsjagd und ihre beiden Feinde fast vergessen. Als sie aus dem Haus trat, merkte sie, der Regen hatte wirklich aufgehört. Tief sog sie die Luft in ihre Lungen. Am First stand ihr neuer Freund wie ein Storch auf seinem

Nest und warf ihr eine Kußhand zu. Lachend winkte Julie zurück und machte sich auf den Weg zur Judengasse. Vorsichtig schaute sie sich nach allen Seiten um, damit sie nicht noch im letzten Moment ihren Feinden in die Arme lief.

Vor dem Haus standen Jakob und Sem Solomon in ein Gespräch vertieft. Jakob hatte schon auf sie gewartet und sich gewundert, wo sie so lange blieb. Den Abschied brachten sie schnell hinter sich, und kurz darauf rollte der Zweisitzer über die große Steinbrükke. Die feuchte Frühlingsluft war klar und kühl, es roch nach dem nahen Fluß und dem Rauch aus Hunderten von Schornsteinen. Die Kinzig floß träge dahin. Die Glocken der Marienkirche läuteten, und Julie dachte wehmütig, daß sie die Kirche nun doch nicht von innen gesehen hatte. Schnell verließen sie die Stadt. Die Sonne kam heraus und riß die Wolkendecke auf. Das leuchtende Ziegelrot der Dächer kontrastierte augenfällig mit den grünen Hügeln der Weinberge und Wälder. Im Norden, wo das Tal sich verengte, die Berge näher rückten, wechselten Licht und Schatten, wenn weiße Wolken die Sonnenbahn kreuzten, eingetaucht in das Blau des Himmels. Die Luft hüllte den Horizont in schimmernde Farben. Eine Weile genossen beide die Ruhe und den Frieden nach der Hektik der Stadt.

Aber Jakob plagte die Neugierde. „Zwei Männer haben nach dir gefragt, warum? Was wollten die von dir?"

„Habt Ihr sie gesehen, Jakob?"

„Nein, ich war nicht da, du hast mich doch in der Schenke gesehen."

In groben Zügen erzählte sie Jakob von ihren Verfolgern.

„Eine merkwürdige Geschichte", meinte der Alte, „du hast ihm doch nichts getan, und er hat dich nur einmal gesehen. Sehr, sehr merkwürdig. Normalerweise verfolgt ein Mann eine Frau nur aus Liebe oder Haß, doch nichts von beiden trifft auf dich zu. Du hast auch kein Vermögen, das er dir streitig machen könnte", sann er weiter, „aber was ist es? Daß er den

153

Hund abgestochen hat, gefällt mir auch nicht. Dein Pfarrer hätte dich bestimmt nicht so schnell in Sicherheit gebracht, wenn es nicht notwendig gewesen wäre, man müßte ihn fragen."

„Vielleicht wollte er nur das!" Julie zog aus ihrer Bluse den Stein, das einzige, was sie aus ihrer vernichteten Heimat hatte retten können.

„Was sollte er damit wollen? Ein einfacher Bernstein. Zugegeben, ein schönes Stück. Wenn er noch eine silberne Fassung hätte! Glaube mir, Mädchen, dieser Stein ist nichts Besonderes, für den da würde sich kein Jesuit ein Bein ausreißen. Dieser Stein ist nur für dich wertvoll."

„Na ja", erwiderte Julie, während sie ängstlich nach hinten schaute, ob sie auch nicht verfolgt würden, „Ihr habt ja Erfahrung mit so etwas."

„Wie meinst du das?"

„Ihr wurdet doch gefoltert, weil man in Euch einen Hexenmeister sah."

„Waaas?"

„Als ich zu Euch kam, war dies das erste, was man mir erzählte."

Jakob Stein lachte, er konnte sich nur schwer beruhigen. „Also paß auf, ich werde dir die Wahrheit erzählen. Dieser Mann, den Hans aus Versehen umgebracht hat, war ein Saufkumpan von mir. Jedes Jahr, wenn der Kräuterschnaps fertig war, hat er mich verhaftet. Natürlich mit meiner besten Auswahl, verstehst du? Er hat mich in den Keller des Rathauses geschafft und bewacht. Seine Frau war nämlich ein Aas, nicht einen Tropfen hat sie dem Armen gegönnt. Während er mich bewachte, haben wir Karten gespielt und gewürfelt. So war das auch damals. Er war ein gutmütiger Mann, von sich aus hätte er die Grafsche nie verfolgt, da steckte nur seine Frau dahinter. Nun, nach ein paar Tagen war es soweit. Er hatte genug und mußte mich in der Nacht entlassen. Mann, waren wir betrunken! Zusammen verließen wir den Keller, auf der letzten Stufe oben rutschte er aus, klammerte sich an mich, und wir fielen beide die Treppe hinunter. Ihm hat es nicht viel ausgemacht, er war ja gut gepolstert, doch mich hat es ganz schön erwischt, ich habe mir dabei das Bein gebrochen. Notdürftig habe ich es mir gerichtet, aber es dauerte eine ganze Weile, bis ich wieder laufen konnte. Es ist etwas schief zusammengewachsen, und deshalb hinke ich. Die alte Klatschbase hat daraus natürlich eine Folter gemacht. Sie war bestimmt sehr stolz auf ihren starken Mann. Warum sollte ich ihr die Freude nehmen? War wohl die einzige, die sie hatte, und so habe ich geschwiegen."

Julie mußte lachen, diese Geschichte war typisch für Jakob.

Der Alte wurde wieder ernst. „Erzähl mir doch mal genau, wie du damals in das Zimmer kamst, wie war das?"

„Der Jesuit war zwei Tage bei uns. Als Barbara und ich sein Bett machten, bemerkte ich auf seinem Tisch ein merkwürdiges Buch. Es war sehr dick und sein Einband aus starkem Leder."

„Was war das für ein Buch?"

„Ich weiß es nicht, ich konnte die Schrift nicht lesen, aber es waren gräßliche Bilder darin. Der Einband war rot und hatte ein Muster aus Goldstaub. Als ich darüber strich, war es, als würde er brennen. Neben dem Buch lag ein Blatt Papier, ein Dokument. Darauf waren Namen von Männern und Frauen aus dem Freigericht, und hinter jedem Namen stand ein Kreuz oder Fragezeichen."

„Dieses Buch, erinnere dich, hatte es ein Buchzeichen, ein Band oder ähnliches?"

„Ja, es hatte viele Zeichen und bunte Bänder, viele waren wunderschön und golden gemustert."

„Hast du sie verändert oder herausgenommen?"

„Das kann schon sein, genau weiß ich es nicht mehr."

„Er hat also gemerkt, daß du in seinem Zimmer warst."

„Ja, ich glaube schon. Hat das alles etwas zu bedeuten?"

„Beunruhige dich nicht, aber geh dem Jesuiten aus dem Weg."

Jakob war sich nicht sicher, aber es könnte gut sein, dachte er, daß Julie dieses schreckliche Buch in den Händen gehalten hatte, den „Hexenhammer". Der Jesuit wußte nicht, daß sie kein Latein lesen konnte. Vielleicht hatte sie ein Zeichen verrückt, ohne es zu bemerken. Das könnte für den Hexenjäger ein Grund sein, sie aus dem Weg räumen zu wollen. Man hatte schon für weniger Leute verbrannt.

Gegen Abend erreichten sie Hof Trages. Alles lag leer und verlassen da, die Bande war wieder am Hufeisen. Die beiden Stadtreisenden hielten sich nicht lange auf und fuhren Richtung Fronbügel, um noch vor der Dunkelheit auf dem Hufeisen zu sein. Der Wald rauschte sein ewiges Wiegenlied. Die müden Pferde rupften an den saftigen Grasbüscheln, und auch die beiden Menschen ruhten einen Moment aus, denn der Wagen war hart und der Weg vom Regen aufgeweicht. In dem schwindenden Licht hatte die Landschaft eine besondere Schönheit, deren Schwermut sich den beiden mitteilte. Das Lager am Hufeisen war leer und verwüstet. Was war vorgefallen? Die beiden schauten sich entsetzt an.

„Hier können wir nicht bleiben", erklärte Jakob, „egal wer das gemacht hat, sie könnten wiederkommen. Wir übernachten im Freien, hoffentlich regnet es heute nacht nicht."

„Was glaubt Ihr, Jakob, wer hat das alles verwüstet? Es sieht nicht nach Soldaten aus, sonst würden noch ein paar Leichen herumliegen."

„Ich denke, es waren Bauern."

„Das verstehe ich nicht. Hören sie denn nicht alle auf Hans?"

„Das ist schon lange vorbei", erklärte Jakob verächtlich, „zuerst waren sie froh, daß er ihnen die Steuereintreiber vom Hals hielt, aber jetzt ... Weißt du, es gibt immer wieder welche, die ihren eigenen Leuten in den Rücken fallen."

Der Waldboden war hart und die Nacht ziemlich kühl. Nebel wallte zwischen den Bäumen wie tanzende Geister. Julie lag eingewickelt in eine Pferdedecke und schaute in den sternenlosen dunklen Himmel, bis ihr die Augen zufielen. Jakob saß an einem kleinen Feuer, das er mit Reisig am Leben hielt. Er machte sich mehr Sorgen um das Mädchen, als er sich tagsüber eingestehen mochte. Merkwürdig, so viele Jahre hatte er in den Tag hineingelebt, froh, wenn man ihn in Ruhe ließ. Oft zu faul zum Reden, ging er allem aus dem Weg. Dann kamen diese Menschen und später dieses Mädchen. Nun merkte er das erste Mal: wenn man liebt, hat man auch eine Verantwortung, und er liebte dieses Mädchen, als wäre sie seine eigene Tochter.

Der Himmel wurde heller, gedankenversunken beobachtete Jakob die Landschaft. Es war inzwischen Tag geworden. Der milchige Nebel im Tal hatte sich in der Sonne, die mit ihren ersten Strahlen die Bergkuppe erreichte, bereits aufgelöst. Die Konturen der Landschaft hoben sich scharf von dem sich rot färbenden Himmel ab, ließen versteckte Täler ahnen, silberne kühle Bäche, einsame Gehöfte und verschwiegene Graspfade, die allein Heimat der Rebellen waren.

Jakob und Julie fuhren weiter und kamen an eine Lichtung. Von der Anhöhe, auf der sie sich befanden, sah das Land aus wie ein großer grüner Teppich, den der leuchtend gelbe Raps stellenweise in Brand gesteckt hatte. Hinter einer Böschung tauchte ein ziemlich heruntergekommenes Haus auf. Es war zwar noch früh am Morgen, aber trotzdem wunderten sie sich über die unnatürliche Stille. Kein Hahn krähte, kein Misthaufen dampfte, wie es sich für einen Bauernhof gehörte, und sei er noch so klein. Vorsichtig fuhren sie näher und lugten um die Ecke der Scheune. Der Hof lag voll Federn und Gerümpel. Vier Kinder hockten auf einem Leiterwagen. Eine junge Frau war eben im Begriff fortzufahren. Doch sie stand da mit hängenden Armen, hatte soeben erst erfaßt, daß kein Tier mehr da war, das den Wagen ziehen könnte. Julie ging auf die Frau zu, die unschlüssig im Hof stand. „Was ist passiert?" Die Bäuerin warf ihr einen gleichgültigen Blick zu. „Was soll schon passiert sein, da", sie zeigte auf den Nußbaum in der Mitte des Hofes. „Diese verfluchten Banditen, sie haben mir den Mann aufgehängt, das Vieh geschlachtet und mich vor den Augen meiner Kinder vergewaltigt. Da fragt Ihr noch, was passiert ist."

Voller Grauen betrachtete Julie den Leichnam, der mit schwarzem Gesicht und heraushängender Zunge einen fürchterlichen Anblick bot. Julie redete auf die Frau ein: „Kommt mit uns, hier könnt Ihr nicht bleiben, vielleicht kommen sie wieder zurück, denkt an Eure Kinder."

Die Frau ging ins Haus, von wo sie nach einiger Zeit mit einem schweren Bündel auf dem Kopf zurückkam. In der Zwischenzeit hatte Jakob die Kinder auf den Zweisitzer gesetzt, dann ging die Fahrt weiter. Julie lief neben Jakob und flüsterte: „Wo sollen wir mit ihnen hin?"

„In der Nähe muß eine Meierei sein, vielleicht bringen wir sie dort unter."

Nach gut einer Stunde sahen sie die Meierei Bernbach. Hier trafen sie auch Maria und den Rest der Bande. Zur Meierei gehörte ein Gasthaus. Die Wirtsleute waren an Einquartierungen gewöhnt. Sie stellten sich mit der Bande gut, was ihnen in diesem abgelegenen Teil des Freigerichts zum Vorteil geriet. Die junge Bäuerin fand in der Meierei Wohnung und Arbeit, so waren Julie und Jakob wenigstens diese Sorgen los.

Als die beiden die Gaststube betraten, sahen sie das Entsetzen auf Marias Gesicht, das sich in grenzlosen Haß verwandelte und dann rasch in gespielte

Freundlichkeit überging. Was hat sie nur? dachte Julie. Wie kann sie sich in zwei Tagen so verändern? Nach einem guten Mahl, das die freundliche Wirtin gebracht hatte, begab sich Julie in eine spärlich eingerichtete Kammer, um den Schlaf der letzten Nacht nachzuholen. Am Mittag erwachte sie und ging wieder nach unten. Sie überquerte den Hof, scheuchte dabei Gänse und Hühner zur Seite und rief nach Jakob. Doch nur Johann, der gerade einem Pferd einen Sack Hafer umhängte, war anzutreffen.

„Wie war's in der Stadt, Julie?"

„Wunderschön, Johann, ganz anders als hier, das kannst du mir glauben."

„Aber hier war allerhand los."

„Wir haben es gesehen, wir waren gestern auf dem Hufeisen."

Johann machte eine verschwörerische Miene und trat näher an Julie heran. „Weißt du, daß Maria es neuerdings mit den Pfaffen hält?"

„Mit wem?"

„Ihr seid ein paar Stunden weg gewesen, da kam ein Pfaffe auf Hof Trages, und weißt du was? Maria hat ihm schöne Augen gemacht. Essen und Trinken hat sie ihm hingestellt, sie ist richtig um ihn herumscharwenzelt."

„Was du für Ausdrücke hast, Johann."

„Na ja, der Feinste bin ich nicht, aber mit einem Pfaffen würde ich mich nicht einlassen, dann schon mit dem Leibhaftigen selber."

Julie war blaß geworden. „Erzähl weiter, was geschah dann?"

„Also, der Pfaffe und der Pockennarbige waren kaum fort, da kamen sie, Bauern, Banditen, niemand kann das so genau sagen. Es gab eine kleine Rauferei, und sie verzogen sich wieder. Sie hätten auch kein Glück gehabt, wir waren auf jeden Fall stärker. Kurz danach sind wir zum Hufeisen aufgebrochen, wegen der Sicherheit, weißt du. Sie waren aber schon vor uns da und hatten alles verwüstet."

„Ja", bestätigte Julie „es sieht fürchterlich aus."

„Was ist, soll ich dir den Alten suchen helfen?"

„Nein, laß es gut sein", erwiderte sie geistesabwesend.
Maria wußte also, daß der Jesuit hinter ihr, Julie, her
war, und hatte sie verraten. Verraten, um sie los zu
sein. Es war also doch kein Zufall, daß er in Gelnhausen auftauchte. War das nicht zum Lachen? Die Hexe,
die er wirklich suchte, aß und trank mit ihm, und er
merkte nichts. Es durchzuckte Julie wie ein Blitz,
und sie mußte stehenbleiben. Nein, so dumm war der
nicht, dachte sie. Er wußte genau, was für eine Frau
er vor sich hatte, bestimmt wußte er auch schon längere Zeit, wer sich auf dem Hof Trages aufhielt. Dieser
Mann war schlauer als alle zusammen. Maria interessierte ihn nun nicht mehr, er war auf der Jagd nach
einer anderen. Sie, Julie, nur sie wollte er vernichten.
Sie kannte zwar nicht den Grund seines Hasses, aber
in diesem Augenblick wußte sie, daß der Haß dieses
Mannes tödlich war.

Am Nachmittag kamen Hans und André zurück. Ihre
Kleider waren staubbedeckt, die Pferde und die Männer machten einen erschöpften Eindruck. Julie wartete ab, bis etwas Ruhe im Haus herrschte, dann ging
sie die Treppe hinunter. André verließ gerade die
Gaststube, und Julie fragte ihn: „Ist er allein?"

André nickte und verschwand in sein Zimmer. Er
wirkte ziemlich müde und abgespannt.

Julie zögerte einen Moment. Doch dann gab sie sich
einen Ruck und öffnete die Tür. „Kann ich dich einen
Augenblick sprechen?"

„Aber ja, mein Mädchen, komm nur herein." Mit einem Schritt war er bei ihr und preßte sie in seine
Arme. „Du weißt doch, mein Schatz, ich bin immer
für dich da."

„O ja, natürlich, wenn du nicht gerade am Ende der
Welt bist."

Hans legte Holz im Kamin nach, und der Duft des
Waldes wehte in den Raum. Julie beobachtete ihn. Sie

war froh, daß sie ihn einmal allein erwischt hatte. „Ich möchte mit dir reiten, bitte Hans, laß mich hier nicht mehr zurück." Flehend sah sie ihn an. Es fiel ihm nicht leicht, zu antworten: „Du weißt doch, es ist unmöglich! Bitte, du mußt das verstehen, es gibt Dinge, die haben nichts mit dem Krieg zu tun, und die Liebe ist so etwas. Kannst du das nicht verstehen?"

Sie hatte plötzlich das Gefühl, daß seine Worte einen ganz anderen Sinn hatten, daß sie beide von verschiedenen Dingen sprachen. Er sprach von Liebe, aber wo war diese Liebe? Die mußte sie glatt verschlafen haben.

Er ging zu ihr und strich ihr durch das widerborstige Haar. „Nach dem Krieg wirst du meinen Namen tragen, und ich werde stolz darauf sein. Schau, Julie, es gibt Situationen, da kann man nicht mehr zurückweichen, und andere, da muß die Vernunft sprechen."

„Hör auf, hör endlich auf!" Julie entwand sich seinen Armen. „Ich kann es nicht mehr hören! Vernunft, wer spricht von Vernunft?" Ihre Stimme klang heiser, Zorn sprühte aus ihren Augen, die in diesem Moment ihre grüne Farbe verloren und dunkel wurden. „Ich werde morgen mit euch reiten, und nicht nur morgen, sondern jeden Tag! Ich habe es satt, deine Leute zu verbinden und die Zeit totzuschlagen, satt, auf dich zu warten und jeden Tag Marias sauertöpfisches Gesicht zu sehen. Ich werde mit der Bande reiten, kämpfen und saufen, wenn es sein muß. Wenn es dir nicht paßt, Hans Geipel, werde ich gehen, und du wirst mich nie wieder sehen."

Hans blieb vor ihr stehen, er hörte ihr ruhig zu und sagte dann leise: „Wie stellst du dir das vor? Du würdest eine ständige Gefahr für uns sein. Glaubst du, meine Männer sind Kindermädchen?"

Julie schrie ihn empört an: „Als Kind, du siehst mich immer noch als Kind, nur an Weihnachten, da hast du mich nicht als Kind behandelt. Glaubst du, ich falle euch zur Last? Warum probierst du es nicht aus? Jedem Bauernlümmel würdest du die Gelegenheit geben, sich zu bewähren, warum nicht mir? Ich kann reiten und kämpfen!"

Mit zwei Schritten trat sie zur Wand. An einem Nagel hing ein Schwert, dessen Rost ahnen ließ, daß es schon lange unbenutzt war. Julie zögerte keinen Moment. Mit hartem Griff zog sie das Schwert aus der Scheide, ging auf Hans zu und forderte ihn auf: „Los, zieh, nimm dein Schwert und kämpfe."

Zweifelnd sah er das Mädchen an, sie schien es ernst zu meinen. Er zog sein Schwert und parierte ihre harten Schläge. Sofort merkte er, sie konnte mit der Waffe umgehen, besser jedenfalls als manch anderer in seiner Bande. Um sie zu ärgern, sagte er: „Was ist das schon, man kann nicht immer mit einem Schwert kämpfen, hier, das ist viel wichtiger." Er nahm seine Muskete, öffnete ein Fenster und zielte auf einen entfernt stehenden Baum, auf dem eine Dohle saß.

„Halt!" Julie drückte seinen Arm herunter. „Wenn du schießt, wird man den Schuß meilenweit hören, ich schieße lautlos, und das Ergebnis wird das gleiche sein."

Er schaute sie an, als hätte sie den Verstand verloren. „Wie denn das?"

Aus ihrer Rocktasche holte sie die Schleuder, nahm einen kleinen spitzen Stein, legte ihn auf den Lederfleck, zielte und schoß. Sekunden später fiel der Vogel lautlos vom Baum.

Hans lachte. „Nicht schlecht, in den richtigen Händen kann das komische Ding Wunder wirken. Gut, du hast gewonnen, ich werde dir ein Pferd geben, morgen um fünf in der Früh geht es los."

Im Morgengrauen setzte sich Maria im Bett auf, das Fenster stand offen, feuchte Nachtluft wallte durch die kleine Öffnung. Ihr Junge wälzte sich unruhig im Schlaf. Der Hufschlag des davonreitenden Trupps klang durch die Stille, langsame Schläge, hell und metallisch, und als die Pferde auf den Weg einbogen und in Trab fielen, dumpf wie ferner Trommelschlag. Irgendwo krähte ein Hahn. Unwillkürlich mußte Maria an eine Bibelstelle denken, an Petrus, der auch ein Verräter war. Die Bande war fort, und mit ihr das Mädchen. Irgend jemand hatte die Bande verraten, und jetzt ritten sie hin, um ihn zu bestrafen. Wenn sie zurückkamen, war sie an der Reihe. Maria machte sich keine Illusionen. Als es hell wurde, packte sie ihre Sachen, nahm ihr Kind und verließ die Meierei. Kurz bevor der Weg in den Wald einmündete, setzte sie das Kind und das Bündel ab und ging den Weg zurück, spannte ein Pferd vor den Zweisitzer, holte Kind und Bündel am Waldrand und verschwand. Zwei Tage später fuhr ein Fremder den Wagen auf den Hof zurück. Maria blieb verschwunden.

en ganzen Tag ritten sie durch den Wald. Immer dicht an der Birkenhainer Straße entlang. Julie kochte vor Wut, sie ritt als letzte, doch das lag nicht an ihr. Hans hatte ihr den lahmsten Gaul gegeben, den er hatte auftreiben können. Darüber war sie böse und wütend. Sie würde es diesem Halunken heimzahlen, darauf konnte er sich verlassen! Immer wieder mußte sie das Tier mit der Gerte antreiben, aber es war einfach nichts aus ihm herauszuholen. Selbst Johann, der diesmal auch mitreiten durfte, sah sie mitleidig an. Oft drehte er sich im Sattel um und wartete auf Julie, damit sie den Anschluß nicht verlor. Todmüde kam sie abends im Lager an. Die Vorreiter hatten schon den Topf über das Feuer gehängt, und ein paar Männer wuschen sich am Bach. Hans beobachtete Julie von weitem. Er sah, wie sie mehr tot als lebendig vom Pferd stieg, sich mit unwirschen Gebärden den hochgebundenen Rock losmachte. Sie holte sich eine Decke vom Sattel und ließ sich neben einem umgestürzten Baum nieder. Ohne etwas zu essen, schlief sie in kürzester Zeit ein. Das Absatteln überließ sie Johann. Die untergehende Sonne färbte das Unterholz rot und vertiefte die Schatten in den Wiesen.

Am Morgen darauf war das langsame Pferd verschwunden. Dafür stand ein junger nervöser Wallach für Julie bereit. Mit Heißhunger stürzte sie sich auf das Frühstück. Hans wunderte sich, daß sie überhaupt keinen Muskelkater hatte, jedenfalls ließ sie sich nichts anmerken. Im Gegenteil, sie war die munterste von allen.

Am dritten Tag stießen sie auf einen Trupp Soldaten. Hans wollte sie umgehen, er kannte diese Sorte Männer, und was sie auf ihren Sätteln hatten, war alles andere als gekauft. Er gab ein Zeichen – aber was war das? Fast im gleichen Moment preschte Julie an ihm vorbei, mitten hinein in den erschreckten Soldatenhaufen. Er rief sie beim Namen, aber zu spät, der Wallach war nicht mehr zu stoppen. Julie und der Gaul rasten auf die vollbepackten Männer zu, die erschreckt auseinanderstoben. Es dauerte eine ganze Weile, bis sie das Pferd, das durchs Heidekraut jagte, als wäre der Leibhaftige hinter ihm her, wieder unter Kontrolle hatte. Eine große dichte Hecke zwang das Pferd zum Anhalten. Sofort ritt Julie zurück, den Schreck noch in den Gliedern, und dachte darüber nach, wer wohl im entscheidenden Moment ihrem Wallach einen Schlag versetzt hatte. Während sie sich ihren Weg durch Heide und Gras bahnte und überlegte, ob es aus Absicht oder nur aus Versehen geschah, war der Kampf, den sie ausgelöst hatte, schon wieder vorüber. Sieben Tote lagen mit verrenkten Gliedern auf dem Weg, alles Männer von der anderen Seite, drei hatten sich aus dem Staub gemacht. Von der Bande waren nur zwei verletzt. Julie machte sich mit schlechtem Gewissen daran, sie zu verbinden. Sie traute sich nicht aufzuschauen, bis André ihre Seelennot bemerkte und sie in den Arm nahm. Weinend barg sie ihr Gesicht an seiner Weste und schluchzte: „Ich konnte nichts dafür, André, glaub mir, es war keine Absicht!"

„Ich weiß, ich weiß, beruhige dich, es ist ja nichts geschehen. Schau, auf diese da hätte sowieso der Strick gewartet, wir haben den Henkern nur die Arbeit abgenommen." Er reichte ihr ein Schnupftuch. „Hör zu, Julie, bis jetzt hast du dich gut gehalten, hör auf mit dem Geflenne, sonst machst du alles zunichte. Schone deine Nerven, dies ist ein Anblick, an den du dich gewöhnen mußt, es ist der Anblick des Krieges. Du wolltest es so haben. Glaube mir, es wird noch schlimmer kommen, und du willst doch nicht, daß man auf dich Rücksicht nimmt, nur weil du eine Frau bist. Also mein Schatz, sei ein Mann!"

Julie wischte ihre Tränen ab, biß sich auf die Lippen und half, die geraubten Sachen zusammenzulesen. Einmal schaute sie auf und bemerkte, daß Hans sie beobachtete, schnell bückte sie sich und nahm aus einem Sack einen goldenen Kelch. In dem Sack lagen außerdem noch Münzen und ein silbernes Kreuz. Die Soldaten hatten also eine Kirche ausgeraubt, für diesen Frevel hatten sie wirklich den Tod verdient. Es waren die ersten und die letzten Tränen, die sie für einen Feind vergaß. Ohne mit der Wimper zu zucken, legte Julie den Sack auf ein Packpferd, wo ihn ein Mann festband. O nein, sie würde sich keine Blöße mehr geben, und wenn man ihr den Kopf eines Pfarrers in den Schoß legen würde.

Der Sommer regierte das Land. Die Bauern brachten die Heuernte ein, doch allzuoft mußten sie ihre Arbeit im Stich lassen. Landsknechte und Dragoner machten sich über die Frauen her, zerrten sie hinter Büsche und Sträucher und schlugen sie, wenn sie sich weigerten, freiwillig mitzukommen. Aber häufig erwarteten dort auch die Bauern, mit Dreschflegeln und Sensen bewaffnet, die Plünderer und Schänder.

Seit Tagen war die Bande im Hochspessart unterwegs. Hans Geipels Männer suchten einen Bauern, Mattias Trägerlos, der sie schon öfters verraten und sich aus Angst vor ihrer Rache hierher geflüchtet hatte. Durch diesen Mann hatten sie viele gute Leute verloren. Sie verfluchten den Tag, an dem sie ihn aufgenommen hatten. Hans und André waren sich einig, dieser Mattias Trägerlos war ein Spion des Grafen Hugart. Niemand wußte, wo dieser Graf herkam, er hatte kein Schloß, und ihm gehörten weder Land noch Güter. Angeblich war er ein Vetter des Echters von Mespelbrunn. Die Leute lagen im hohen Gras und beobachteten die Umgebung. Die Gehöfte vor ihnen drückten sich unter den Schindeldächern. Auf der Bank neben dem Backofen lagen Brotlaibe zum Abkühlen. An einer Leine hing gestärkte Wäsche, die im warmen Sommerwind flatterte. Aber die Zeichen von Leben, der Rauch über den Kaminen, die Geräusche aus den Ställen, konnten nicht den Eindruck der Ausgestorbenheit vertuschen. Plötzlich brach es los wie ein Sturm. Männer wuchsen aus dem Boden, kamen aus Scheunen, aus Ställen und Heuschobern, rissen das ganze Dorf mit sich. Auf ihren Gesichtern stand nicht Furcht oder Haß, sondern nur Entschlossenheit. Eine brüllende, heulende Sturzflut überschwemmte den Hof, eine dunkle unaufhaltsame Woge menschlicher Leiber. Julie saß am Waldrand wie erstarrt auf ihrem Pferd. Sie konnte den Blick nicht von den kämpfenden, tobenden Menschen wenden. Sie spürte keine Angst, sondern etwas anderes, das sie nicht mit Worten benennen konnte, dabei war es nur ein kleines Wort: Ekel.

Am Abend, als alles vorüber war, lagerten Geipels Männer in einem abseits gelegenen Bauernhof, der schon Jahre leerstand. Sie hatten Wachen aufgestellt, im Hof brannte ein Feuer, über dem der große Suppentopf hing. In der Ferne sah man das letzte Aufflackern des Brandes, der an diesem schönen Sommertag ein ganzes Dorf vernichtet hatte. Einige Männer standen erschöpft herum, andere lagen verletzt im Haus. Julie hatte eben den letzten Verwundeten verbunden, als sie plötzlich die Stille bemerkte, die überall herrschte. Verwundert ging sie hinaus. Ein Mann mit verbundenem Arm sprach gerade mit Hans. Es war ein Fremder, er mußte von der anderen Seite sein. Hans nahm eine Nachricht entgegen, ruhig und gelassen, als hätte er auf sie gewartet. So stand er auch auf der obersten Stufe der Treppe, vor der Haustür, als wolle er Gäste empfangen. In aller Eile waren Fackeln entzündet worden, und als Julie nach Schrecken und Besorgnis in seinem Gesicht suchte, sah sie nur, daß er heiter wirkte, geradezu belustigt und kampfbereit.

Wie aus der Erde gewachsen tauchten aus dem Dunkeln Männer auf, an ihrer Spitze André. Trotz der

vielen Burschen auf dem Hof herrschte weiterhin Stille, und sie wurde noch intensiver, nachdem alle ihren Platz eingenommen hatten. Nur der Hufschlag einer herannahenden Reiterschar war zu hören. Hans Geipels Gesicht verschloß sich. Die Reiter zügelten ihre Pferde unmittelbar vor der Treppe. Ein kleiner schmächtiger Mann mit dunklem Haar führte die Truppe an. Die Männer um André kamen in Bewegung. Hans hob die Hand, und als er zu sprechen anfing, klang seine Stimme nicht anders als sonst. „Was wollt Ihr, Herr Graf, was wollt Ihr von uns? Glaubt Ihr nicht, daß die vielen Toten heute genügen? Wir wollten nur den Verräter Trägerlos, diese Schlacht und das zerstörte Dorf gehen zu Euren Lasten. Meine Männer hätten das Dorf nicht angegriffen. Ihr habt die Leute aus dem Dorf aufgewiegelt, doch paßt auf, das nächste Mal geht es vielleicht Euch an den Kragen."
Behutsam zog er Julie an sich. Sie hatte sich dicht an ihn gedrängt, so als wolle sie ihn beschützen.
Der Graf reckte seine kleine Gestalt. „Nehmt Euch in acht, Geipel, Ihr sprecht vor Zeugen. Es wird bald Gerichte geben, die jeden zur Rechenschaft ziehen, der diese Rebellion angezettelt hat, und ich werde dafür sorgen, daß man Euch nicht vergißt. Es gibt da ein paar Dinge, die Ihr nicht gerne hören werdet."
Julie fühlte den Druck von Geipels Händen. Der Griff schmerzte, aber dieser Schmerz ließ sie teilhaben an dem, was in ihm vorging.

Die Nacht war ruhig, Julie streckte die Hand aus, um das verklemmte Fenster zu öffnen. Irgendwo bellte ein Hund, und der Duft von Sonnenblumen drang in ihr Zimmer. Sie spürte immer noch den Händedruck des Mannes, den sie liebte. Was sie aber entsetzte, war ihr Eindruck, Hans hätte Gefallen am Kämpfen und würde nicht nur aus moralischen Gründen an dieser Rebellion mitmachen. Auch seine Männer wurden im täglichen Umgang mit Mord und Totschlag immer gefühlloser und schienen daran Geschmack zu finden. Hans' Aufruf zur Gerechtigkeit wurde ein gemeiner Aufruf zum Krieg, und auf dem Hof gab es viele, die nur auf den nächsten Kampf warteten. Julie konnte sie noch immer nach dem Blut der Steuereintreiber und Aristokraten rufen hören. Die wenigsten waren an einer echten Lösung des Problems interessiert. Zu lange schon hatten sie das Unrecht ertragen. Dieser Graf heute hatte ihr mehr Angst eingejagt, als sie sich eingestehen wollte. Vielleicht hatte er recht, und Geipels Tage waren gezählt. Die Fürsten würden Soldaten schicken. Es würde ein Blutgericht geben, wie früher in den Bauernkriegen, von denen die alten Leute erzählten. Plötzlich sah Julie die Zukunft viel düsterer als bisher. Eine Schreckensvision tauchte vor ihr auf: Alles würde auseinanderbrechen. Sie vermutete, daß sie bis jetzt in Unwissenheit oder mit einer Illusion gelebt hatte. Sie sah der Realität ins Auge und war erschüttert.

Hans Geipel machte sich Sorgen um Julie. Im abendlichen Quartier verfiel sie zuweilen in ein undurchdringliches Schweigen, in dem sie ihre Umgebung völlig vergaß. Selbst André, der sie sonst aufzumuntern vermochte, hatte kein Glück. Hans' Blick heftete sich auf das Profil des völlig abwesenden Mädchens, dessen Kopf zuweilen vor Müdigkeit auf die Brust sank. Das Hindernis, das sich zwischen ihm und ihr erhob, war nicht zu überspringen, trotz der Leidenschaft, mit der er sie begehrte. Seit sie dieses Dorf vernichtet hatten, war Julie wie ausgewechselt. Früher waren ihre Augen voller Zärtlichkeit und Leidenschaft, heute waren sie ruhig, ja fast gleichgültig. Nie konnte er sie allein treffen, immer war jemand bei ihr, als bräuchte sie Schutz vor ihm. André, von Hans geschickt, setzte sich neben Julie ins Gras und nahm ihre Hand. Er sah die violetten Schatten unter ihren Augen und den abwesenden Ausdruck in ihrem Gesicht.

„Es sind die vielen Toten, sie machen dich traurig, nicht wahr?"

„Nein, nicht die Toten, der Tod ist still und erlösend. Es ist die Gewalt, die mich erschreckt, überall Gewalt. Damals bei meinen Leuten, weißt du, daß ich einen Mann umgebracht habe, André? Es war schrecklich, ich habe es bis heute verdrängt, aber nun ist es wieder da. Ich sehe sein Gesicht, den aufgerissenen Mund, die Gesichter all der erschlagenen Menschen in jüngster Zeit. Warum wollen die Menschen immer das haben, was einem anderen gehört? Die Freiheit, ihr Gut, ihr Geld, ja sogar ihr Leben? Können sie nicht mit dem zufrieden sein, was sie haben?"

„Weißt du, Julie, es wird immer jemand geben, der gerade das haben will, was ein anderer verteidigt. Die Menschen sind nun mal so, sie können nicht leben ohne Haß und Streit."

Seit Stunden schlichen Hans Geipels Männer durch den Wald. Rechts zog sich undurchdringliches Gestrüpp den Berg hinauf. Unheimlich waren die herausdringenden Geräusche, wie geisterhaft und nicht von dieser Welt. Die Hufe der Pferde hatten die Männer mit Stofflappen umwickelt, denn jedes laute Geräusch konnte sie verraten. Sie waren in das Gebiet der Habichte eingedrungen, einer Bande, die hier ihr Unwesen trieb. Ihr Ruf war sehr schlecht. Noch nie war jemand davongekommen, der ihnen in die Hände gefallen war. Aber Hans mußte mit dieser Bande übereinkommen, sie mußten zusammenarbeiten, denn der Druck von außen war immer stärker geworden: Die Kaufmannszüge, die durch den Spessart fuhren, wurden in jüngster Zeit sehr stark bewacht. Hans hatte schon vor Tagen drei Männer zu einem bestimmten Ort geschickt, um mit den Habichten zu verhandeln, doch noch wußte er nicht, wie das ausgegangen war. Julie betete leise vor sich hin, daß nicht durch ihre Schuld etwas Unvorhergesehenes geschehen würde. Die Augen auf den Waldboden gerichtet, vermied sie jedes Stolpern, und jedem noch so kleinen Ast ging sie aus dem Weg. Doch bei aller Vorsicht konnte sie einen Aufschrei nicht unterdrücken, als sie zwischen den Bäumen das kleine schneeweiße Schloß erblickte. Es schimmerte zwischen den Eichenstämmen, wunderschön mit seinen Türmen und Erkern. In seinen bunten Fenstern spiegelte sich die Sonne, es glitzerte wie Edelsteine. Leer und verlassen lag es da, mitten im Wasser, mit Seerosen und wilden Schwänen. Ein weißer Traum.

Selbstvergessen war Julie stehengeblieben. Erst als André zurückritt, merkte sie, daß die Bande schon weitergezogen war.

„Komm Julie, komm, es ist gefährlich, du mußt den Anschluß halten", sagte er.

Sie schaute auf, und seit langer Zeit lächelte sie wieder einmal. „Ist es nicht wunderschön, André? Und so verlassen."

„Es ist nicht verlassen, täusch dich nicht, es ist das Jagdschloß Mespelbrunn und gehört dem Fürsten von Echter. Bestimmt hat er ein paar Wächter, mit denen nicht zu spaßen ist. Wenn die anfangen zu schießen, sind die Habichte auch nicht mehr weit."

Julie sah es ein und ritt weiter, aber sie hätte alles dafür gegeben, noch etwas verweilen zu können.

Ein Bach erinnerte die Menschen mit seinem Glitzern und Glucksen daran, daß es noch anderes gab als Schweiß und Mücken. Sie ritten an ihm entlang, und Hans erklärte Julie, daß der kleine Bach in den Main floß. Nur noch wenige Meilen trennten sie von dem Platz, an dem sie sich mit ihren vorausgeschickten Unterhändlern treffen wollten. Es waren Männer, auf die sich Hans und André wirklich verlassen konnten, deshalb waren sie auch nicht beunruhigt, als die Leute nicht an der verabredeten Kreuzung waren. Vielleicht hatte sich alles verzögert. Hans, André und alle anderen stiegen von den Pferden und reckten ihre steifen Glieder. Die Schwüle dieses Tages war fast unerträglich, deshalb waren sie froh, als endlich etwas

Wind aufkam. Er brachte einen süßlichen Geruch, und Julie wunderte sich darüber. Es muß eine seltene Pflanze sein, die sie nicht kannte, dachte sie, denn der Geruch wurde immer mehr zu einem Gestank. Hans sagte etwas zu seinen Männern, die daraufhin in verschiedene Richtungen davongingen. Julie folgte André in den nächsten Pfad. Plötzlich wurden ihre Augen groß. An den Bäumen vor ihr hingen fünf Männer, und von denen ging der widerliche Gestank aus. Kein Wunder, dachte sie, bei diesem Wetter, wahrscheinlich waren sie schon eine ganze Weile tot, denn Myriaden von Mücken schwirrten um die Leichen. Ein paar Männer übergaben sich, bevor sie die Toten abschnitten und hastig in eine Mulde legten und mit Erde bedeckten. Julie zog Hans am Hemd, der den Arm um Karl Hettler gelegt hatte. Er drehte sich um und sah sie geistesabwesend an. „Was ist?"

„Waren es unsere Männer?"

„Ja, zwei davon, die drei anderen sind Unbekannte!"

„Haben das die Habichte getan?"

„Nein, das glaube ich nicht, das ist nicht ihre Art."

„ Wer war es dann?"

„Ich habe keine Ahnung, Julie, ich denke, die drei, die wir nicht kennen, waren von den Habichten. Was hier wirklich geschehen ist, könnte nur einer erzählen, der dabei gewesen und davongekommen ist."

André kam hinzu und meinte: „Der Bruder von Karl Hettler war nicht bei den Toten, er könnte noch am Leben sein."

„Ja", Hans wischte sich den Schweiß von der Stirn, „das habe ich Karl auch gesagt."

„Aber du glaubst es nicht", warf Julie ein.

„Ich weiß es nicht, vielleicht war er nicht bei den anderen, als sie überfallen wurden. Doch er hätte genügend Zeit gehabt, auf uns zu stoßen, wenn er gekonnt hätte. Vielleicht haben sie ihn auch mitgenommen, auf jeden Fall haben die Männer die ganze Gegend hier abgesucht und keine Spur von ihm gefunden. Wir brechen auf, die Leute brauchen ein paar Tage Ruhe."

„Wohin?"
„An den Main."

Der Weg war breit genug, und so ritten André und Julie nebeneinander. Er hat sich verändert, seit sie ihn kennengelernt hatte, noch mehr als Hans, dachte sie. Die Falten in seinem gebräunten Gesicht waren tiefer geworden, und sein dunkles Haar wurde an den Schläfen grau. Je länger sie sich kannten, desto besser verstanden sie sich. Er merkte, daß sie ihn ansah. „Was ist, mein Mädchen?"

„Ach André, manchmal hasse ich diesen Wald, wenn ich daran denke, daß dieser arme Kerl vielleicht irgendwo in den Büschen liegt und keiner kann ihm helfen. Die riesigen Bäume mit ihren Ästen sind wie Ungeheuer, die uns festhalten und nie mehr loslassen."

„Aber nein, das ist nur die Erschöpfung in dir."

„Ich weiß nicht, du bist der einzige von uns, der einfach auf und davon gehen könnte."

„Und wo sollte ich hingehen?" fragte er lächelnd, „vielleicht nach Frankreich? Ach Julie, da wird genauso gekämpft und genauso grausam gestorben. Auch da gibt es Wälder, die Menschen festhalten, Kriege und Rebellionen genau wie hier. In den Städten ist es auch nicht sicher, wenn man sich nicht anpaßt. Da wird gebrannt und gefoltert, gerädert und vergiftet. Also ist es immer noch besser, sich hinter Bäumen zu verstecken und sich von unseren Freunden, den Mücken, stechen zu lassen, als in einem dunklen Keller vergessen zu werden. Schau, wir alle teilen dieses bittere Los mit dir, denk daran, und es geht dir gleich besser."

Der Sommer wurde heißer, der Juni verschmolz mit dem Juli, und dann kam der August. Seit Wochen hatte es nicht mehr geregnet. Die Sonne brannte vom Himmel, als wolle sie alle Überschwemmungen vom Frühjahr wettmachen. Die Hitze zerrte an Julies Nerven. Zwei Wochen lagerten sie jetzt schon in diesem Wäldchen am Main. Ihre einzige Erholung waren die Abendstunden und wenn es ihr gelang, sich unbemerkt von den anderen wegzustehlen und hinunter zum Main zu laufen. Der Weg schlängelte sich durch dürres Gras, und der graue Sand machte das Vorankommen schwierig. Das beunruhigte sie aber nicht, denn sie hatte Zeit und genoß den Spaziergang trotz der Hitze. Am Main angekommen, legte sie auch heute ihre Kleidung ab und sprang in den Fluß. Das dahingleitende kühle Wasser löste alle Ängste, die sie den ganzen Tag quälten. Merkwürdig, das abendliche Bad, das kühle Wasser halfen ihr, wieder zu sich selbst zu finden und gaben ihr Kraft für den folgenden Tag. Mit einem Seufzer ließ sich Julie auf den Rücken gleiten und öffnete die Augen. Eine Welt der Frische, der Schönheit und des Lichts erschien ihr, und diese Welt war weit entfernt von Blut und Schmerzen. Julie drehte sich um und schwamm zum Ufer zurück. Langsam stieg sie aus dem Wasser und drückte ihr nasses Haar aus. Vom Wäldchen hörte sie einen schrillen Pfiff. Rasch kleidete sie sich an, die Angst in ihrem Herzen war wieder da. Mit schnellen Schritten eilte sie zurück, bei den anderen angekommen, war sie schon wieder in Schweiß gebadet. Die Pferde waren gesattelt, und der Zug formierte sich. Eine Weile ritt sie dahin, ohne sich des Weges bewußt zu sein. Der Main schlängelte sich durch ein enges Tal, die bewaldeten Berge rechts und links ergaben eine wunderbare Kulisse.

Geipels Leute verließen den Fluß und ritten eine Stunde durch Hochwald. Der Himmel war fast unsichtbar, und die Baumkronen wölbten sich wie ein riesiger grüner Dom über den schmalen Pfad.

André zügelte sein Pferd und wartete auf Julie. „Was hältst du von einem Verwandtenbesuch?" fragte er.

Verständnislos sah sie ihn an. „Was meinst du damit?"

„Ein paar Meilen von hier wohnen Verwandte von Hans, die werden wir besuchen."

„Was für Verwandte?" erkundigte sie sich erstaunt.

„Sein Großvater! Vor einer Weile kam ein Knecht zu uns, und berichtete, dem alten Herrn geht es nicht gut und er möchte seinen Enkel noch einmal sehen."

„Riecht das nicht nach einer Falle?"

„Nein, Hans hat den Mann erkannt."

An einer Kreuzung trennten sich Hans, André und Julie von den Männern und ritten in eine andere Richtung. Sie kamen wieder in die Nähe des Mains, die Mücken stachen fürchterlich auf der schweißnassen Haut. Nach einigen anstrengenden Viertelstunden lag das Gut des Großvaters endlich vor ihnen. Es war ähnlich gebaut wie der Reuschberg, und in der Abendsonne leuchtete der Sandstein wie Gold. Das Haus war von einem Park umgeben, in dem seltene Bäume wuchsen, eine Leidenschaft des alten Herrn, wie Julie später erfuhr. Auf dem gepflasterten Hof führten Männer mit nacktem Oberkörper ihre Pferde zur Tränke. Das Wasser floß aus moosbegrünten langen Holztraufen. Die Pferde stampften und schnauften wie Halbblüter auf den Steinplatten, daß unter ihren Hufen Funken aufsprangen. Ein paar Männer beschlugen ihre Pferde neu, wobei kleine Rauchwolken und der Geruch von verbranntem Horn aufstiegen.

Als die drei Freunde zwischen ihnen hindurchritten, schielten die Männer der jungen Frau verstohlen und neugierig nach. Ein Junge zeigte den Angekommenen im Nebengebäude ihr Quartier. Er nahm ihnen die Pferde ab, um sie auf der anderen Seite des Stalls zu versorgen. Die Besucher betraten das Gästehaus mit gemischten Gefühlen. Julie und André hatten Angst vor einem Hinterhalt, Hans war zornig, daß man ihn wie einen fremden Gast behandelte. Wie viele Ferientage hatte er früher hier bei seinem Großvater verbracht, dachte er, und nun dieser Empfang. Keiner seiner Verwandten hatte ihn willkommen geheißen, warum? Ein Verdacht glomm in ihm auf: Vielleicht hatten sie Angst?

In jedem Raum befand sich außer Schränken und Betten eine Holzbütte mit Wasser. Obwohl es erst ein paar Stunden her war, daß Julie im Main gebadet hatte, schlüpfte sie doch schnell aus ihren verschwitzten Kleidern und setzte sich genüßlich in die Bütte. Aus dem Nebenraum hörte sie ein vergnügtes Pfeifen. Auch André hatte mit seinen Kleidern alle Bedenken abgelegt und plätscherte voll Wollust im kalten Wasser. Nur Hans hatte keine Lust zum Baden, er warf sich auf das Bett, um nachzudenken. Minuten später sah man ihn mit großen Schritten den Hof überqueren und im Herrenhaus verschwinden.

Die Männer mit ihren Pferden waren wieder fort, und Ruhe senkte sich über das Hofgut. Erst jetzt merkte Julie, daß der Hof einen ziemlich verlassenen Eindruck machte. Es war Erntezeit, doch kein Mensch war bei der Arbeit, keine Heuwagen, kein dampfender Misthaufen, keine Knechte und Mägde, die das große Gut bewirtschafteten. Es fiel ihr auch ein, daß draußen auf dem Feld niemand gearbeitet hatte.

Eine Zofe klopfte, trat ein, über dem Arm ein hübsches rotes Kleid. Sie bat Julie, es anzuziehen. Die lehnte das jedoch ab und schickte die Zofe weg. Minuten später bemerkte sie, daß mit der Zofe auch ihre eigenen Kleider verschwunden waren. Ärgerlich wickelte sie sich in ein großes Tuch und schaute aus dem Fenster. Nach einer Weile ging ein junger blonder Mann in gepflegter Kleidung über den Hof.

„Heda! Könnt Ihr mir helfen?" rief sie ihm zu.

Der Mann blieb stehen und drehte sich um. „Was kann ich für Euch tun, schöne Frau?"

„Ich brauche etwas zum Anziehen." Julie machte eine komische Geste und zeigte ihm ihr Handtuch.

„Oh", sagte er, „Ihr seid die Frau, von der man schon seit Tagen, was sage ich da, seit Monaten spricht. Eine Frau, die mit Männern reitet und kämpft, ich beneide Hans! Ihr habt ja wirklich rotes Haar!"

„Ja, das habe ich, leider, aber fragt mich nicht, ob ich auch eine Hexe bin. Im Moment bin ich in echten Schwierigkeiten, da ich nichts zum Anziehen habe. Diese junge Person hat vor kurzer Zeit all meine Kleider mitgenommen."

„Wenn es um mich ginge, bräuchtet Ihr keine Kleider", entgegnete er lachend. „Ihr seid auch so schön, darf ich hereinkommen?"

„Untersteht Euch, ich werde Euch in eine Katze verwandeln", antwortete sie lachend.

„Schon gut, ich bleibe draußen, war nur ein Scherz."

„Aber jetzt im Ernst, jeden Moment kann jemand kommen und ich muß hinüber in das große Haus", erwiderte Julie.

Der Junge trat ans Fenster und schaute in das Zimmer hinein. „Da liegt doch ein Kleid, meine Schwester hat es Euch also geschickt. Ich dachte ..." Er kam er ins Stottern.

Julie merkte gleich, was er damit meinte. „Das Kleid kann ich nicht anziehen, es paßt mir nicht."

„Das macht nichts, ich schicke Euch eine Zofe."

„Nein", widersprach sie ungeduldig, „selbst wenn es wie eine zweite Haut passen würde, könnte ich es nicht anziehen, seht Ihr nicht? Ich kann diese Farbe nicht tragen, es ist auch viel zu warm mit all den Rüschen."

„Ihr habt recht, meine Schwester kannte Eure Haarfarbe genau, sonst hätte sie dieses Rot nicht gewählt, verzeiht, meine Schwester ist ein Biest. Was soll ich Euch nun für eine Farbe beschaffen?"

„Bringt mir bitte Hose und Hemd von Euch und meine Stiefel, wenn ich bitten darf, das wäre alles."

Der junge Mann starrte sie erstaunt an. „Ihr wollt mit Männerkleidern zu Großvater?"

„Warum nicht?"

Er zuckte mit den Schultern, eben, warum eigentlich nicht? War doch mal eine Abwechslung im täglichen Einerlei. Er drehte sich um und verschwand im Herrenhaus.

178

Bestimmt ein Vetter von Hans, dachte Julie, obwohl sie gar keine Ähnlichkeit miteinander hatten. Nach kurzer Zeit war er mit den gewünschten Sachen zurück. Selbst die Stiefel hatte er nicht vergessen. Julie bedankte sich und wollte schon das Fenster schließen, aber da fiel ihr noch etwas ein. „Ach bitte, einen Moment, ich brauche Euer Samtband für mein Haar. So, das wäre nun alles."

„Alles? Ich wollte Euch gerade mein Herz zu Füßen legen, aber ich sehe, Ihr seid zu beschäftigt und habt keine Verwendung für ein armes Herz", erwiderte er.

„Trotzdem vielen Dank für alles, mein Herr, ich muß mich beeilen, sonst falle ich noch bei Eurem Großvater in Ungnade."

Das Wort Großvater wirkte, auf der Stelle drehte er sich um und verschwand. Der alte Herr hatte sie wohl alle ganz schön unter der Fuchtel, dachte Julie. Langsam wurde sie neugierig. Sie schlüpfte in die Hose, die paßte wie angegossen, aber das Hemd machte ihr zu schaffen, weil es keinen Verschluß hatte. Doch sie wußte sich zu helfen mit dem Samtband. Es war lang genug, so reichte es als Halsbinde und für ihr Haar, das sie nach Männerart zusammenband. Da niemand kam, um sie ins Haus zu begleiten, machte sie sich allein auf den Weg. Sie schritt über den Hof, die breite Haupttreppe hinauf. Die reichgeschnitzte Haustür stand offen. Julie staunte, dieses Haus war ein kleines Schloß, mit hohen schmalen Fenstern. An den Wänden die Ahnengalerie: Männer und Frauen, die in ihren altehrwürdigen Kleidern erschreckend streng auf ihre Nachkommen herunterschauten. Eine breite Holztreppe führte zum Oberstock, und an der Decke war ein riesiger Kronleuchter befestigt, auf dem die Kerzen brannten, obwohl es draußen noch hell war. Ein Diener in blauer Livree führte die junge Frau in einen Nebenraum, der von einer langen Tafel fast ausgefüllt wurde. An den Wänden hingen Hirschgeweihe und der Kopf eines Wildschweines.

An der Tafel saß ein gebrechlicher, kleiner alter Mann in einem Lehnstuhl. Julie vermutete, daß er Ende sechzig war. Alter und Krankheit hatten sein Aussehen und seine Statur stark beeinträchtigt, doch der volle graue Haarschopf und die leuchtend blauen Augen erinnerten an das gute Aussehen von früher. Rechts und links an seiner Seite saßen Hans und André, der junge Mann, ein Vetter von Hans, wie Julie schon vermutet hatte, eine alte Dame, die ihr später als Tante Melanie vorgestellt wurde, und Anne, die blonde Schönheit, die sie schon auf dem Fest am Reuschberg gesehen hatte. Verwirrt fragte sie sich: War Anne nicht die Braut von Hans? Die Augen des alten Mannes blitzten, er musterte Julie von oben bis unten, dann sagte er ohne Begrüßungswort: „Seit wann ist es für Frauen Sitte, in Männerkleidung zu erscheinen?" Seine Stimme war laut und schneidend. „Was ist, Anne, hatte ich dir nicht befohlen, ein Kleid hinzulegen?"

Die beiden Frauen maßen sich mit eisigen Blicken.

„Was kann ich dafür?" erwiderte Anne schnippisch.

Mit einer Handbewegung gebot der Alte ihr zu schweigen. „Habt Ihr etwas dazu zu sagen?" wandte er sich an Julie.

„Natürlich habe ich das", antwortete Julie empört, „seit ich hier bin, hat noch niemand ein Wort an mich gerichtet, ich dachte, es wäre üblich, daß man seine Gäste willkommen heißt. Ein Kleid lag für mich im Zimmer bereit, Ihr habt Eurer Enkelin unrecht getan. Aber ich ziehe nicht jedermanns Kleider an, trotzdem danke, auch für das Wasser, das Ihr habt hinstellen lassen, doch das hätte nicht sein müssen. Vor kurzer Zeit habe ich im Main gebadet, sehr ausführlich, wie ich Euch versichern kann. Was habt Ihr gegen Männerkleidung? Ich reite wie ein Mann und kämpfe wie ein Mann. Ich muß gestehen, daß ich mich sehr viel wohler in Männerkleidung fühle als in diesem Spitzenfirlefanz, vor allem schwitzt man darin nicht so."

Mit einem Ruck öffnete Julie die Schleife an ihrem

Hals. Hans und André hielten den Atem an, weil sie diese Sorte Hemden kannten. Aber nur ihr Brustansatz kam zum Vorschein.

Der alte Herr war plötzlich wie umgewandelt. Spontan stand er auf und nahm das Mädchen in seine Arme, das Eis war gebrochen. Julie hatte genau richtig auf ihn reagiert, er mochte Menschen nicht, die vor ihm kuschten. Unter den giftigen Blicken von Anne nahmen sie das Mahl ein.

Hans' Augen wanderten immer wieder an das Ende der Tafel, an der sich sein angeblich dem Tode naher Großvater köstlich amüsierte und sich eben das Schwimmen im Main erklären ließ. Er konnte seinen Blick nicht von Julie abwenden, ob er wollte oder nicht, er mußte sie bewundern. Eine starke, schöne Frau war aus ihr geworden. Wie sie seinen Großvater einwickelte, war schon imponierend. Sie sagte, was sie dachte, und würde immer die konventionellen Menschen schockieren. Vielleicht hatte ihre einfache Kindheit zu dieser Direktheit beigetragen, auf jeden Fall hatte er sie noch nie so weiblich erlebt wie heute abend in diesen Männerkleidern. Auch André und sein Tischnachbar vermochten nicht, ihre Blicke von Julie abzuwenden, sehr zu Annes Mißfallen, die immer wieder versuchte, die Männer in ein Gespräch zu verwickeln, was ihr leider mißlang. Sie weiß, daß sie schön ist, unsere Julie, dachte André, und niemand gönnt ihr diesen Erfolg mehr als ich. Er lächelte still vor sich hin, auch er liebte dieses Mädchen, und er war sich sicher, daß sie es wußte. Eine Frau fühlt immer, wenn sie von einem Mann geliebt wird. Julie hatte sich für Hans entschieden, und er, André, hatte es akzeptiert.

Der Wein, der an den sonnigen Hängen des Mains wuchs, ließ alle für Stunden den Krieg und die Rebellion vergessen. Es war ein sehr alter Jahrgang, den der Großvater aus dem hintersten Teil des Kellers holen ließ. Rot wie Blut stand er in den kostbaren Gläsern und löste allen die Zunge. Sie lachten laut und viel, niemand ahnte, wie nah der Feind und die Vernichtung vor der Türe standen. Später kamen sie auf den Krieg zu sprechen. Der alte Mann begann die Männer auszufragen. Julie war froh, einen Moment Ruhe zu haben, und schloß müde die Augen. Sie hörte nicht auf das Gespräch der Männer, doch gleich darauf schrak sie auf, denn die Stimme des Alten tönte laute über die Tafel: „Glaubt mir, nach diesem Krieg wird ein anderer Wind über Europa wehen. Die Freigerichter haben ihre Freiheit schon immer etwas heftiger geliebt als andere, und ich muß sagen, sie haben auch schon immer mehr getan, um diese Freiheit auf Kosten des Adels zu verteidigen. Ich weiß nicht, vielleicht ist das auf Kaiser Barbarossa zurückzuführen. Auf jeden Fall haben sie mit der Huldigung im letzten Jahrhundert auch lange auf sich warten lassen. Es würde mich nicht wundern, wenn aus dem frischen Wind, der über den Wäldern weht, bald ein Sturm wird. Weißt du, mein Junge", er wandte sich an Hans, „wen dieser Sturm dann hinwegfegen wird?"

„Auf welcher Seite würdet Ihr stehen, wenn Ihr die Wahl hättet, Großvater?"

„Was für eine Frage, mein Junge, ich werde unparteiisch sein und mir alles von oben ansehen."

Der Wind fuhr durchs Haus und ließ die Kerzen aufflackern, in der Ferne grollte endlich der lang ersehnte Donner, und kurz danach fing es an zu regnen. Der alte Mann wurde müde und hob die Tafel auf. Mit seinen Gästen ging er vor die Tür.

„Ich danke dir, mein Junge, daß du deinen alten Großvater noch einmal besucht hast, auch deinen Freunden möchte ich danken. Dieser Abend hat mir sehr viel bedeutet, mehr, als ich euch sagen kann, und daran seid Ihr nicht unschuldig", sagte er zu Julie gewandt. „Ihr werdet morgen schon früh weiter-

reiten, ich werde Euch nicht mehr sehen, doch ich wünsche Euch alles Glück der Welt, gute Nacht."
Lächelnd ließ sich der alte Mann in sein Zimmer bringen. Die junge rothaarige Frau hatte ihn weit mehr bezaubert, als sie ahnte. Sie war intelligent, liebenswürdig, und trotz ihres kecken Auftritts hatte er sofort gemerkt, daß sie gut erzogen war. Aber etwas in ihm spürte, daß sie auch leidenschaftlich sein konnte. Der faszinierende Einblick in ihren Charakter zog ihn noch mehr an als ihre Schönheit. Während eines berauschenden Augenblicks hatte er das Gefühl, daß sich hier zwei verwandte Seelen getroffen hatten. Schwärmerischer alter Esel, dachte er eine Minute später.

Julie, Hans und André liefen lachend durch den Regen. Es blitzte und donnerte, die Luft war wunderbar erfrischend nach der langen Sommerhitze. Im Hausflur schüttelten sie ihre nassen Haare und alberten herum. Julie war zumute, als hätte es in der Welt noch nie etwas Häßliches gegeben, sie fühlte sich glücklich und frei. André hielt sie an den Armen. „Du warst heute abend wunderbar. So könntest du in allen adligen Häusern bestehen. Hunderte von Männern würden dir zu Füßen liegen. Wenn er nicht wäre", mit einem Kopfnicken schaute er nach Hans, „würde ich dir glatt einen Heiratsantrag machen. Aber so ..." Mit einer angedeuteten Verbeugung zog er einen unsichtbaren Hut und verschwand in sein Zimmer.

Der Regen hatte wieder aufgehört, das Gewitter sich verzogen. Es war ziemlich dunkel, denn alle Fackeln, die zu Ehren der Gäste gebrannt hatten, waren gelöscht.

„Wo bist du?" fragte eine tiefe Stimme.

„Hier bin ich", lachte sie leise.

Vorsichtig tasteten sie sich aufeinander zu, um sich endlich in die Arme zu fallen. Das Glück schlug wie eine Woge über ihnen zusammen. Hans drückte sein Gesicht in Julies Haar, und sie flüsterte an seinem

Hals all die Worte, die Verliebte sich seit allen Zeiten sagen.

Einige Stunden später brachen sie auf. Unterwegs wechselten sie nur wenige Worte. Die Müdigkeit lag noch schwer wie Blei auf ihnen. Das erste schwache Tageslicht schimmerte durch die Bäume. Ein leichter Nebel hing über den Wiesen am Fluß. Der Pfad führte sie aus den Bäumen heraus, an den Rand eines Sumpfes und dann wieder zurück in den Wald. Nach einer Stunde erreichten sie nochmals den Main, von dieser Stelle ging eine Abzweigung in den Spessart. Ein kleines Dorf mit vielen Storchennestern lag zwischen Weinbergen im Sonnenlicht. Doch alles schien ziemlich verlassen zu sein, Menschen waren nicht zu sehen. Jenseits des Mains tauchten plötzlich im Schleier des blendenden Lichtes dunkle Schatten auf. Uniformen, spitze Hellebarden und Musketenläufe blitzten in der Sonne. So weit das Auge reichte, war das andere Ufer plötzlich voller Soldaten, und es wurden immer mehr. Sie quollen aus den Hecken und flossen wie Rinnsale die Hänge herab dem Fluß zu.

Hans, Julie und André standen wie angewurzelt. Ihre Augen, von den Händen beschattet, beobachteten die Invasion.

„Die Schweden! Das sind die Schweden."

Julie überlief ein Frösteln, trotz der großen Hitze.

„Ich muß zurück." Hans drückte André das Packpferd in die Hand. „Ich muß Großvater warnen." Er machte eine Kehrtwendung und verschwand in einer Staubwolke.

André sah Julie erschrocken an. „Ich kann ihn nicht allein lassen, es ist zu gefährlich, warte hier und behalte den Fluß gut im Auge. Wenn die Schweden ein Boot finden, verstecke dich im Wald." Er gab seinem Pferd die Sporen und verschwand ebenso schnell wie vorher Hans.

Julie stand allein mit dem Pferd auf der Kreuzung. Hundert Meter entfernt das verlassene Dorf und auf der anderen Seite des Flusses die schwedischen Soldaten, winzig klein wie Spielzeug, und doch eine drohende Gefahr.

André galoppierte hinter seinem Freund her, erst am Rande des Sumpfes konnte er ihn einholen, Dort stand Geipel wartend da. Irgend etwas war ihm aufgefallen. Mitten im Sumpf befanden sich ein paar kleine Hütten, nur der aufsteigende Rauch hatte sie verraten. Am frühen Morgen war er vorbeigeritten und hatte nichts bemerkt.

„Ein schlaues Versteck", grinste André, „wenn sie sich ruhig verhalten, werden die Schweden sie nicht bemerken."

„Mir wäre es zu gefährlich, ein Funke genügt, und alles steht in Flammen."

„Ist es nicht traurig, André, wie die Menschen sich gegenseitig bekämpfen und ausrotten?"

Sie ritten weiter. Am Waldrand vor dem Gut des Großvaters hörten sie schon den Lärm der Musketen.

Auf allen vieren krochen sie über einen unkrautüberwucherten Acker, um näher und ungesehen an das Haus zu kommen. Hans traute seinen Augen nicht.

„Verdammt noch mal! Dieser alte Narr, warum konnte er sich nicht ruhig verhalten?" fluchte er.

Alle Fenster und Türen des Hauses waren verbarrikadiert. Der Alte hatte sämtliche Flinten und Musketen, deren er habhaft wurde, so postiert, daß sie nun auf den Feind gerichtet waren. Die beiden Freunde wußten, es waren nur wenige Menschen auf dem Gut, und nach den Schüssen zu urteilen, waren sie bis auf den letzten im Einsatz. Natürlich ahnte der Feind nicht, daß nur wenige Menschen hinter den verschlossenen Mauern saßen und aus allen Rohren schossen. Die Soldaten umgingen das Gut und kamen von hinten. Sie waren nicht aufzuhalten, überwanden die Mauer und schossen auf alles, was sich bewegte.

Hans erinnerte sich an einen alten ausgetrockneten Brunnen am Pferdestall und wußte noch aus seinen Ferientagen, daß ein Stollen von außen in diesen

Brunnen führte. Doch wo war der Eingang? Er überlegte: „Ein paar Meter neben dem Eingang stand ein Kirschbaum."

„Ob der noch steht?" zweifelte André.

„Wir müssen auf die andere Seite." Vorsichtig krochen sie zurück zum Wald. Sie umgingen das ganze Anwesen, auf dem es von Pferden und Soldaten wimmelte. Wieder krochen sie durch Äcker und Wiesen, Disteln und Dornen. Der Kirschbaum war noch weit entfernt. Schweiß lief ihnen in die Augen und trübte ihre Blicke. Endlich waren sie da. Hans hoffte, daß der Eingang nicht zugeschüttet war, seine Hoffnung erfüllte sich. Die Bretter, die das Loch versperrten, waren morsch, mit einem Tritt war der Eingang frei. Auch der Stollen war, abgesehen von Spinnweben und ein paar losen Steinen, ziemlich gut erhalten. Am Brunnenboden angekommen, hörten sie immer noch Schüsse, deren Echo sich an den hohen Steinwänden brach. An den alten verrosteten Haken kletterten sie hoch. Hans, der als erster oben war, spähte über den Brunnenrand. Ein paar Meter hinter einer künstlich aufgebauten Holzwand stand ein Junge, der gerade eine Muskete lud. Hans rief ihm etwas zu, weil er sah, daß es sich nur noch um Sekunden handeln konnte, bis ein Schwert den tapferen Kerl traf. Dieser drehte sich nun zum Brunnen um, halb wahnsinnig vor Angst. Wieder rief Hans ihm etwas zu, doch selbst André, der nachgekommen war und neben ihm stand, konnte es im Kampfgetöse nicht verstehen. In diesem Moment ging die Muskete des Jungen los, gleichzeitig durchbohrte ihn das Schwert eines bärtigen Schweden. Der Schuß traf Hans und André, in Feuer und Rauch stürzten beide in den Brunnenschacht zurück.

Hans war lange ohnmächtig. Als er wach wurde, wußte er nicht, wieviel Zeit vergangen war. Er konnte sich kaum bewegen, denn etwas lag zentnerschwer auf seinem Bein. Er fühlte sich benommen, und es dauerte lange, bis er sich hochstemmen konnte, um zu bemerken, daß André es war, der auf seinen Beinen lag. Langsam, um ihm nicht weh zu tun, drehte Hans ihn herum. Da kroch Entsetzen in ihm hoch, es wurde ihm schlecht. André hatte kein Gesicht mehr, André war tot. Mühsam zog Hans sich noch einmal an den Haken des Brunnenschachts hoch. Oben sog er die frische Luft in seine Lungen und weinte. In sein dreckverschmiertes Gesicht zogen die Tränen lange Furchen. Er schwang sich über den Brunnen und wunderte sich über die tiefe Stille. Nur vereinzelt sah er ein paar Tote. Die Musketen seines Großvaters hatten zwar viel Radau gemacht, doch keinen Schaden unter den Schweden angerichtet. Er fand den alten Mann in seinem Lehnstuhl im Erker. Nicht eine Kugel hatte ihn getroffen. Er saß da, als ob er schliefe, ein Lächeln auf den Lippen. Offenbar war er mitten im Kampfgetümmel an einem Herzschlag gestorben. Hans holte mit einem Seil André aus dem Brunnen. Um Mitternacht hob er eine Grube aus und legte die Toten hinein. Bis zum Morgengrauen saß er an diesem Grabhügel. Hans' Tränen waren versiegt, aber sein Gesicht hatte einen anderen Ausdruck bekommen: hart und kantig. Als er sein Pferd bestieg, knirschte er mit den Zähnen. Nur einen Tag vorher waren sie um dieselbe Zeit aufgebrochen. O Gott, warum? dachte er. Warum?

Julie hatte eine ganze Nacht und einen Tag in dem kleinen Wäldchen gewartet. Nun wurde es Abend, ohne daß die Freunde zurückgekommen wären. Sie ließ die Pferde zurück und ging nahe an den Büschen entlang, immer darauf gefaßt, sich mit einem Sprung zu verstecken. Mit der Zeit wurde sie mutiger, denn kein Lebewesen war zu sehen. In das verlassene Dorf traute sie sich nicht, doch die Schwüle des Tages trieb sie in den Main. Mit einem Seufzer ließ sie sich in das Wasser sinken. Wenn Hans und André nicht mehr zurückkamen, brauchte sie sich einfach nur treiben lassen, alles andere würde der Main besorgen, dachte sie. Sie legte sich auf den Rücken und erschrak. Dicht vor ihren Augen trieb ein Toter vorbei. Schnell schwamm sie ans Ufer zurück. Sie schlotterte noch immer, selbst als sie schon lange im warmen Sand lag und die kleinen Wellen eine beruhigende Melodie murmelten. Julie bemerkte, daß die Sonne schon fast untergegangen war. Himmel und Fluß waren nicht länger golden, sondern rosarot. Sie stand auf, nahm ihr Tuch und hüllte sich darin ein. Irgend etwas raschelte in den Büschen. Sie bogen sich zur Seite – und gaben Hans frei. Im ersten Augenblick konnte sie es nicht fassen, sie hatte ihn schon fast tot geglaubt. Sein Anblick, schmutzig, aber lebend, war wie ein Schock für sie. Hans zauderte, wie durch einen Nebel nahm er Julie wahr. Sie sahen sich an, eine Minute, die ihnen wie eine Ewigkeit vorkam, dann stolperte Hans vorwärts, und Julie lief auf ihn zu. Er sank in die Knie, Julie fing ihn auf und hielt ihn in den Armen. Sie spürte, wie er sich an sie klammerte. Sie wiegte ihn wie ein Kind, ihre Finger streichelten sein nach Staub und Schweiß riechendes Haar. Ein schreckliches Schluchzen zerriß seinen Körper. Sie spürte seine heißen Tränen auf ihrer Haut und drückte ihn noch fester an sich. Er hob den Kopf und schaute sie an. In seinen Augen glomm ein seltsamer Zorn. Er warf sie ins Gras, drehte sich um und lief zum Fluß. Er sah nicht mehr ihre Arme, die sich verzweifelt nach ihm ausstreckten, und hörte nicht das Schluchzen, das ihren Körper schüttelte. Er konnte sie nicht ansehen, vor seinen Augen hatte er das zerrissene Gesicht Andrés, aber es gab kein schmerzstillendes Mittel gegen Qual und Leid. Die Welt brach in Stücke.

Julie schaute in den Himmel, er verdunkelte sich zu einem Blau, in dem die Sterne blinkten. Erschöpft schlief sie ein, dort, wo Hans sie zurückgelassen hatte. Der Wind, der über den Fluß kam, wiegte sie in einen traumlosen Schlaf. Als sie erwachte, war der

Himmel schon blaß vom ersten Frühlicht. Ihr Arm war eingeschlafen, und sie merkte, daß das taube Gefühl von Hans' Kopf herrührte, der darauf lag. Er hatte in der Nacht zu ihr gefunden! Ein unsagbar seliges Gefühl kam über sie, ein wunderbarer Frieden. Auch Hans wachte auf und erhob sich. Er stand neben ihr, sein Profil zeichnete sich dunkel gegen den Himmel ab. Voll schmerzender Liebe sah sie zu ihm hin und bemerkte sein blutverkrustetes Hemd. „Hans, du bist ja verwundet!"

Langsam drehte er den Kopf zu ihr und sah sie an. „Nein, das ist nicht von mir, es ist Andrés Blut. Er ist tot", kam es fast tonlos von seinen Lippen. Er blickte an sich herunter, zog sein Hemd aus und verschwand im Wasser.

Mit jedem Augenblick wurde es heller, eine Ahnung von der bevorstehenden Hitze des Tages lag in der Luft. Die Pferde standen grasend im Wald. Bevor Hans sie satteln konnte, legte Julie die Hand auf seinen Arm und sah ihn flehend an. „Hans, André war auch mein Freund, sicher fällt es dir schwer, aber ich muß es wissen ... Bitte, es wird dich erleichtern."

Er schaute sie an, und die Qual in seinen Augen tat ihr körperlich weh.

„Als wir Großvater besuchten, habe ich ihn gebeten, nichts zu unternehmen. Ich kannte die kriegerische Ader des alten Herrn. Er hatte mir versprochen, sich zu verstecken. Und was tat er? O Gott, Julie, er hat sie herausgefordert. Er hat die Tore schließen lassen und geschossen. Stell dir vor, mit diesen paar Menschen vom Gut wollte er ein Heer aufhalten. Er saß am Fenster, als ich ihn fand, und das schlimmste", ein bitteres Lachen erschütterte seinen Körper, „er war an einem Herzschlag gestorben, umgeben vom Feind starb er an einem Herzschlag."

„Und André, was war mit André?"

„Wir waren am Brunnen, als der Junge schoß. André, er hatte kein Gesicht mehr. Bitte frag jetzt nicht weiter."

Schweigsam ritten sie hintereinander her. Gegen Abend machten sie Rast. Sie hatten sich ein notdürftiges Lager aufgebaut und aßen den letzten Rest Käse und Brot, den Hans mit einem Schluck Wein hinunterspülte.

Julie sagte: „Wir müssen miteinander reden!"

„Müssen wir das?"

„Ja, wenn wir es nicht tun, wird es uns trennen."

„Du meinst André? Weißt du, daß er dich geliebt hat?"

„Ich habe ihn auch geliebt, wie einen Bruder, und er fehlt mir sehr, mehr, als ich dir sagen kann. Wir müssen seine Angehörigen benachrichtigen. Sie denken, er lebt irgendwo in Deutschland, dabei ist er tot."

Hans schüttelte den Kopf und stand auf. „Wie stellst du dir das vor? Ich habe keine Ahnung, wo André her war, und Frankreich ist groß."

„Ich verstehe nicht, er war dein Freund. Hat er nie von Frau, Bruder, Eltern oder sonstigen Bekannten gesprochen? Was hat er in Deutschland gemacht, bevor ihr zusammenkamt? Dieser Kaufmann in Würzburg, wir müssen ihn ausfindig machen."

„Julie, du müßtest inzwischen wissen, wenn Männer in die Wälder gehen, lassen sie alle Bindungen hinter sich."

„André hätte gehen können, er wurde nicht gesucht, er ist nur aus Freundschaft bei dir geblieben, vielleicht hat ihm auch das Räuberspiel gefallen, wer weiß!"

Hans hatte sich wieder gesetzt. „Du meinst, es war alles ein Spiel, ähnlich den Kinderspielen?"

„Ja, es ist eine Räuberballade, aus der blutiger Ernst geworden ist. Das alles ist deiner nicht würdig, du bist kein Räuber", versetzte sie hitzig. „Und André war es auch nicht. Diese Überfälle auf Kaufleute, bist du dafür nach Mainz auf die Schule gegangen?"

„Du redest wie eine Klosterfrau."

„Ich benutze nur meinen Verstand", erwiderte Julie zornig.

„Und was soll ich deiner Meinung nach tun? Soll ich meine Bande im Stich lassen?"

„Deine Bande? Was hast du mit diesen Leuten gemein? Sie sind zu dir gekommen, weil sie irgendwo unterschlüpfen mußten, glaub mir, du läßt sie nicht im Stich, eher lassen sie dich im Stich. Früher oder später wird der richtige Krieg hierherkommen, was dann?"

„Und woher weiß mein kleines Mädchen diese schlauen Sachen?"

„Du nimmst mich nicht ernst, doch auch ich kann hören, sehen und denken."

Zwischen den Bäumen stand die Sichel des Mondes, und im Unterholz hing noch die Wärme des Tages. Julie legte ihren Kopf auf seinen Schoß.

„Hans", flüsterte sie, „ich möchte dich doch nicht auch noch verlieren, kannst du mich nicht verstehen? Du bist alles, was ich habe."

„Ja mein Liebling, schlaf jetzt, die Nacht ist kurz."

Am Morgen führte sie ihr Weg weiter Richtung Freigericht. Durch den langen Ritt lockerte sich die Trauer um den toten Freund. Beide wußten, das Leben würde weitergehen. Sie konnten nicht ahnen, daß die ersten Schweden, mit denen sie zusammengeprallt waren, nur eine Vorhut waren, die dem großen Heer vorausgeschickt wurde. In dem Bericht, den die Schweden an ihren König sandten, erwähnten sie nur ein kleines Scharmützel, kaum der Rede wert.

*G*räfin Katharina Belgica, die Witwe des Gründers von Neu Hanau, war eine großgewachsene Frau mit strengen Gesichtszügen, die graue Eminenz im Hause Hanau. Selbst ihr Sohn, Philipp Moritz, hatte Angst vor ihr. Sie übergab Philipp 1626 die Regierung, in einer Zeit, in der allerlei zusammenwirkte, was die Verhältnisse für die Grafschaft Hanau ungünstig gestaltete. Der Kaiser beabsichtigte, Hanau zu besetzen. Am 16. Dezember 1629 hatte das von Steinau angerückte Regiment Witzleben, das aus zehn Kompanien bestand, unter von Labkowietz die Stadt ringsum eingeschlossen. Bald wurden Hunger und Not so groß, daß sich Philipp Moritz an den Kaiser um Gnade wandte. Im Februar 1630 schloß er in Aschaffenburg mit Kurmainzischen Vertretern einen Vertrag, der am 18. März von Wien unterzeichnet zurückkam. An diesem Tag wurde der Graf Aschaffenburg als kaiserlicher Oberst bestallt und in Eid und Pflicht genommen. Am 21. schwor die Hanauer Bürgerschaft dem Kaiser Treue, so daß am 22. die Blockade aufgehoben und das Regiment Witzleben zurückgezogen wurde. Der kaiserliche Major Brandis wurde Kommandant einer der drei für Hanau neu erworbenen Kompanien.

Es war der 25. Oktober 1630. Tage zuvor hatte es so geregnet, daß die Straßen jetzt ein einziges Schlammloch waren. Die beiden Kutschen, die sich kurz vor Kahl am Main trafen, waren völlig dreckverschmiert, die Wappen an den Türen nicht mehr zu erkennen. Sie hielten unter tropfenden Kastanienbäumen, deren entlaubte Äste sich wie dürre Arme zum grauen Himmel reckten. Einer der Kutschen entstieg ein junger Mann mit wallendem Umhang und einer gepuderten

Perücke, aus der anderen ein geistlicher Herr mittleren Alters. Sie gingen in die Schankstube des Fährhauses und unterhielten sich eine gute Stunde. Dann übergab der geistliche Herr dem anderen eine versiegelte Rolle. Ein kurzer Händedruck, eine Verbeugung seitens des Geistlichen, und sie trennten sich. Die eine Kutsche bog mit Mühe den Aschaffenburger Weg ein. Der Regen hatte wieder eingesetzt und die Kutsche blankgewaschen, daher konnte man das Wappen des Kurfürsten zu Mainz erkennen. Wer aber war der andere, der kein Wappen an seiner Kutsche hatte? Er saß noch eine Weile an dem groben Tisch des Fährhauses und drehte die versiegelte Rolle. Gedankenversunken strich er sich eine unsichtbare Haarsträhne aus dem Gesicht. Er nahm noch einen Schluck aus seinem Steingutbecher, warf eine Münze auf den Tisch und verließ den Raum. Niemand war zu sehen. Der Kutscher hatte sich in das Innere des Wagens geflüchtet und zog genüßlich an seiner Pfeife. Einen Augenblick blieb der Fremde unter der Tür stehen. Sein Blick streifte den regnerischen Himmel und glitt weiter über den träge dahinfließenden Main. Mit großen Schritten überquerte er den schlammigen Hof und verschwand in der Kutsche. Später, als der Regen nachgelassen hatte, fuhren sie in Richtung Hanau davon. Am Stadttor brauchte der Mann nur ein Wort zu sagen, schon konnte er unbehelligt weiterfahren. An einem hochherrschaftlichen Haus am Rande des Marktplatzes fuhr die Kutsche durch einen hohen Torbogen und hielt auf einem gepflasterten Hof. Der Fremde verließ das Gefährt und eilte in das Haus, wo er bereits erwartet wurde.

Major Brandis, der Kommandant von Hanau, saß an seinem Schreibtisch. Es war warm im Raum, deshalb hatte er seinen Rock ausgezogen und seine Weste aufgeknöpft. Er war erst dreißig Jahre alt, doch sein Haar war grau und ließ ihn älter erscheinen. Sein Gesicht war kantig geschnitten, und seine hellen Augen konnten im Zorn aufblitzen, daß jeder ängstlich wurde. Nun wartete er ungeduldig auf den Mann, der ihm eine Botschaft des Erzbischofs überbringen sollte. Er konnte sich nicht vorstellen, um was es sich handelte, und je länger er warten mußte, desto neugieriger wurde er. Schon ungewöhnlich, sich mit einem Bischof in einem Fährhaus zu treffen. Es konnte auch eine Falle gewesen sein. Eine Falle seiner Feinde, vielleicht des Hanauer Grafen? Gedankenvoll schaute Brandis auf das regennasse Pflaster des Marktplatzes. Gut, daß er Christian hatte, auf ihn konnte er sich immer verlassen. Trotzdem hatte er Angst um seinen Freund. Dieses Warten war schlimm, und als er endlich die Kutsche auf den Hof fahren hörte, konnte ihn nichts mehr halten. Mit jugendlichem Temperament stürmte er die Stufen hinunter. Unter der Tür trafen sie aufeinander und fielen sich lachend in die Arme. Zwei Freunde, die froh waren, sich gesund wiederzusehen.

Im Zimmer überreichte Christian dem Major die versiegelte Rolle. Langsam erbrach dieser das Siegel und beugte sich über das Pergament, das mit einer steilen Handschrift beschrieben war. Christian der Elsässer, wie er von den Soldaten genannt wurde, ging zum Tisch und schenkte sich ein Glas Wein ein, das er in einem Zug austrank. Der Major las den Brief und schaute stirnrunzelnd seinen Freund an. Er kannte dessen Geschichte: In Wilmundsheim oder Alzenau, wie es neuerdings genannt wurde, wurde er überfallen und nach Hanau verschleppt. Er war damals nicht der einzige gewesen. Fünfzig Mann hatten die Kriegstreiber zusammengebracht. Tagelang lagerten die Verschleppten in einer alten Scheune, notdürftig eingekleidet mußten sie lernen, mit Waffen umzugehen. Drei Wochen später wurden sie mit einem Wagen in das Kriegsgebiet gebracht. Christian kämpfte tapfer, bis ihn ein Schwertstreich außer Gefecht setzte und er ohnmächtig hinter einem umgestürzten Baum zu Boden ging. So fand ihn Brandis. Er war von seiner

Truppe abgeschnitten worden, und als er merkte, daß er hinter die Front geraten war, verhielt er sich ruhig. In der Nacht wollte er sich einen Weg zurück suchen. Nach ein paar Schritten hörte er ein Stöhnen und merkte, daß es Männer von seiner Truppe waren, die mit verrenkten Gliedern auf einem Acker lagen. Er hatte noch etwas Wasser in seiner Flasche, und so gab er den Sterbenden zu trinken. Einer schien bereits tot zu sein, denn er rührte sich nicht. Nachdem Brandis zwei weiteren die Augen geschlossen und sie zu dem Toten gelegt hatte, wollte er sich um den Schwerverletzten kümmern, der etwas weiter weg lag. Nach ein paar Schritten jedoch hörte er ein Stöhnen hinter sich, der Mann, den er für tot gehalten hatte, lebte noch, setzte sich mühsam auf und schaute wie im Traum um sich, und eben das war Christian. Die Wunde an seinem Kopf war glücklicherweise nicht tief. Brandis verband ihn und half ihm auf die Beine. Zu dritt, den Schwerverletzten in der Mitte, zogen sie los, um auf die andere Seite zu gelangen, keiner wußte indes, in welche Richtung sie gehen mußten. Gegen Mitternacht starb der Schwerverletzte. Die anderen ließen ihn liegen und nahmen nur seine Waffen mit, nun kamen sie schneller voran. Im Morgengrauen sahen sie ein zerstörtes Dorf vor sich. Ohne einen Laut schlichen sie näher. Ein paar verbrannte Häuser rauchten noch, doch niemand war zu sehen. Brandis ging voraus, und Christian trug die Waffen des toten Kameraden. Seine Kopfwunde schmerzte, am liebsten hätte er die Waffen in den nächsten Graben geworfen und sich hinterher. Er war todmüde, nur schemenhaft sah er die Gestalt, hinter der er herwankte. Plötzlich blieb Brandis stehen, Christian prallte schmerzhaft auf ihn drauf und ließ die Waffen fallen. Beide krochen in ein Gebüsch. Vor ihnen lag eine Burg, oder das, was noch von ihr übrig war. Brandis wußte genau, daß diese Burg ein Stützpunkt seiner Leute war. In einem Wäldchen davor entdeckten sie feindliche Soldaten.

„Du mußt hinüber und unsere Männer warnen", sagte Brandis.
„Ich?" Christian sah ihn groß an. „Schaut, die Feinde sind überall, da ist kein Durchkommen."
„Keine Angst, ich werde sie ablenken. Paß auf, du läufst den Bogen am Waldrand und nimmst immer den dicksten Baum als Deckung."
„Was werdet Ihr tun?"
„Ich werde mir etwas einfallen lassen. Hab keine Angst, du mußt nur schnell sein und immer Haken schlagen wie ein Wildhase."
Leicht gesagt, dachte Christian.
„Leg alles ab, auch die Stiefel, runter damit, sie sind viel zu schwer, oder hast du als Junge Stiefel getragen, wenn du durch den Wald gerannt bist?"
Jetzt konnte Christian ihn verstehen. Er legte noch seine schwere Jacke ab und wartete auf das Startzeichen von Brandis. Alle Müdigkeit und alle Schmerzen waren von ihm abgefallen. In diesem Moment war er wieder der Junge von der Kahlquelle. Brandis gab das Zeichen, und Christian lief, als wäre der Teufel hinter ihm her. Er huschte von Baum zu Baum, und es war ihm, als liefe ein kleines rothaariges Mädchen neben ihm, mit lachendem Gesicht und den Worten: Schneller, Christian, schneller! Weit hinter sich hörte er Musketen, doch die trafen ihn nicht, er lief und lief, und an der Burgruine wurde er um ein Haar von den eigenen Soldaten erschossen. Durch die Schießerei waren sie im Innern der Burg aufgeschreckt worden und rannten jetzt aufgeregt herum. Christian konnte ihnen noch die Richtung angeben, bevor er zu Tode erschöpft zusammenbrach. Ein Trupp ritt los, um Brandis zu Hilfe zu kommen. Ein kurzer Kampf, und der Feind floh in alle Himmelsrichtungen.
Einen Tag später stand Brandis an Christians Pritsche, den Arm in einer Schlinge und eine Beförderung in der Tasche. Sie unterhielten sich lange und merkten, daß sie sich gut verstanden. Nach Christians Genesung sah man die beiden oft zusammen. Christian

wurde die rechte Hand Brandis' und später sein Adjutant. Christian, der Elsässer, Christian, der die Kohlen aus dem Feuer holte, bevor sie verbrannten. Er war der Mann, auf den sich Kommandant Brandis immer verlassen konnte.

Im warmen Raum des Kommandanten zu Hanau strich sich Christian durch die blonden Haare. Der Major hatte ihm den Brief mit dem fürstlichen Siegel vorgelesen. Christians ganze Vergangenheit stürzte auf ihn ein. Schon oft hatte er daran gedacht, wie es wäre, wenn er Hans Geipel irgendwo begegnen würde. Hier aus diesem Brief hörte er das erste Mal von dessen Schicksal. Der Kurfürstliche Bischof zu Mainz begnadigte im Namen des Kaisers den Hans Geipel zu Schöllkrippen. Derselbe müsse sich binnen drei Wochen in Aschaffenburg einfinden, um zu huldigen und um Verzeihung zu bitten, damit er in Eid und Pflicht genommen werden könne. Nachdenklich schaute der Kommandant Christian an. „Das ist wieder ein delikater Auftrag für dich, mein Freund."
Christian blieb stumm. Es war ihm in diesem Augenblick unmöglich, Brandis von seiner Freundschaft zu Hans Geipel zu erzählen. Alles war so verworren und lag so weit zurück. Morgen würde er aufbrechen, um dem Freund seine Ehre zurückzugeben. Es würde ein Ritt in die Vergangenheit werden.

König Gustav Adolf von Schweden hatte am 17. September 1631 den kaiserlichen Feldherrn Tilly bei Breitenfeld besiegt. Er begab sich darauf durch Thüringen nach Franken, eroberte Königshofen im Grabfeld, Schweinfurt und Würzburg nach viertägigem Stürmen. Tilly, der Würzburg schützen wollte, erfuhr in Fulda, daß diese Stadt gefallen war. Er marschierte deshalb auf die Weinstraße, dann auf die Birkenhainer Straße und ab Hof Trages auf dem Sälzerweg nach Aschaffenburg. Obgleich hier noch zwölftausend Lothringer zu ihm stießen, wurde er von Kurfürst

Maximilian von Bayern von einem Treffen mit den Schweden abgehalten, überschritt daher bei Seligenstadt den Main, nahm die Festung Babenhausen und wandte sich darauf nach der Pfalz. Tilly sandte von Seligenstadt eine Truppe, um die Besatzung von Hanau zu verstärken, damit sie einem zu erwartenden Handstreich der Schweden gewachsen wäre. Die Truppe wurde im Feld bei Steinheim aufgestellt und sollte sich in der Nacht vom 10. zum 11. November, morgens um vier, dem Tor von Steinheim nähern, durch das sie der kaiserliche Kommandant Brandis einlassen würde.

Christian verabschiedete sich von Brandis, der eine Überraschung bereithielt.
„Du wirst jemanden brauchen, der sich dort oben in den Wäldern auskennt. Hier ist Pater Hieronymus, er muß auch in das Freigericht und weiß dort gut Bescheid."
Der schöne junge Pater reichte Christian die Hand zum Gruß. Sein Griff war fest, wie Christian überrascht feststellte. Er schaute ihn ruhig und forschend an. „Ihr wart schon einmal im Freigericht, Herr ...?"
Brandis sah den Pater freundlich an, lächelnd sagte er: „Ich habe etwas vergessen, der Leutnant ist einer meiner besten Männer."
Christian schaute spöttisch von Brandis zu Pater Hieronymus, das grüne Feuer tanzte in seinen Augen. Er hob die Hand und schob sich eine Strähne aus dem Gesicht.
Brandis trat zu seinem Freund. „Geh mit Gott, mein Freund, sei vorsichtig und verschwiegen." Leise fügte er hinzu: „Der Jesuit weiß nichts von deinem Auftrag, es liegt an dir, wieviel du ihm erzählen willst."

Vier Männer ritten am 9. November durch die Bulau, einen Wald bei Rodenbach. Das Dorf ließen sie links liegen. Der Jesuit zog alle Register seiner Beredsamkeit, um seinen schweigsamen Begleiter zum Reden zu bringen. Aber vergeblich, nach einer Weile gab er auf. Wahrscheinlich ist er ein Ausbund an Idiotie und Dummheit, dachte er im stillen. Menschen dieses Schlages konnte man immer wieder antreffen, auf abgelegenen Bauernhöfen und armseligen Katen. Was hatte Brandis mit diesem Menschen zu tun? Der paßte so gar nicht zu dem weltmännischen Major. Vielleicht stellte der sich auch nur so dumm, aber er würde ihm schon auf die Schliche kommen. Leise lachte der Pater in sich hinein, dieser Mann würde ihm noch viel Spaß machen.

Christian war sich von Anfang an im klaren, er mußte diesen neugierigen Jesuiten loswerden. Er mißtraute ihm. Die kalten blauen Augen paßten nicht zu dem schönen Gesicht. Aber er war im Vorteil, der andere wußte nicht, daß er die Gegend kannte, daß er, Christian, hier fast zu Hause war. Dieser Pater wußte auch nichts von seiner Mission, und bei der ersten Gelegenheit würde er ihm entwischen. Die ergab sich kurz vor Hof Trages. Ein Trupp Soldaten kam die Birkenhainer Straße entlang. Die vier Reiter schlugen sich vorsichtshalber in die Büsche. Christian nahm die Gelegenheit wahr und verschwand.

In einem der Freigerichter Dörfer zu übernachten war ihm zu unsicher, er könnte seinen Begleitern begegnen. Aber wo sollte er sich nach dem Mann erkundigen, den er suchte, ohne aufzufallen? Ein Zufall führte ihn in eine leerstehende Scheune. Auf einem Ballen Stroh machte er es sich für die Nacht bequem. Nach ein paar Minuten merkte er, daß er nicht allein war. Das Stroh raschelte, und ein verschmitztes Männergesicht, durch die abstehenden Strohhalme einer Madonna mit Strahlenkranz ähnelnd, kam zum Vorschein: Balthasar Gräz. Er war ein wahrer Schatz, wußte alles und kannte jeden. Nach einer Stunde hatte Christian das Gefühl, diesen Mann ein Leben lang zu kennen. Balthasar war zu Hause auf allen Schlachtfeldern Europas. Er kämpfte bei den Kaiserlichen, und einen Monat darauf stand er durch Zufall auf der anderen Seite und kämpfte für Gustav Adolf, den Schwedenkönig. Er fand den Feldherrn Wallenstein großartig, und man hatte das Gefühl, daß er tagelang mit Tilly im Winterquartier Karten gespielt hatte. Christian bezweifelte, ob alles auf Wahrheit beruhte, aber was machte das schon. Auf jeden Fall verbrachte er eine kurzweilige Nacht, schlafen hätte er sowieso nicht können, zu viele Gedanken bedrängten ihn. Als er am Morgen aufbrach, wußte er, wo er Hans finden konnte. In der Meierei Bernbach schickten sie ihn zu einer baufälligen alten Mühle, die etwas abseits lag. Sie duckte sich unter riesigen Pappeln und schreckte durch ihr abenteuerliches Aussehen nicht nur die Menschen in der Umgebung ab, auch Wanderer machten einen großen Bogen um das Gehöft. Die Besitzer, zwei Brüder im mittleren Alter, hatten einen schlechten Ruf, man munkelte von Raub und Mord, was ihnen aber niemand nachweisen konnte. Hier hatte die Bande nach dem mißlungenen Ritt in den Spessart Unterschlupf gefunden. Der Hufeisen war verwüstet, und Hof Trages nicht mehr sicher genug.

In diesen trostlosen Gemäuern trafen sich die beiden Freunde wieder. Sie hatten sich viel zu erzählen, waren doch Jahre vergangen, seit sie sich in Alzenau getrennt hatten. Christian überbrachte Hans die Nachricht von Brandis, was dieser mit gerunzelter Stirn und mißtrauischem Blick entgegennahm. „Das ist unmöglich, das kann ich nicht glauben. Es ist bestimmt eine Falle, es wäre nicht das erste Mal."

„Hans, ich bitte dich, dieser Mann ist mein Freund, ich verbürge mich für ihn."

„Weiß dieser Major, daß wir uns kennen?"

„Selbst wenn er es wüßte, was spielt das für eine Rolle? Ich will dir etwas sagen, Hans, als Freund, der Zuneigung für dich empfindet: Irgendwann mußt du dich entscheiden, mußt wissen, was du bist und wohin du gehörst. Diese Art Leben, das du da führst, das kann dir doch nicht ernsthaft Vergnügen bereiten?"

„Ich hasse dieses Leben", stieß Hans hervor, „aber was ich bin, ist vor zwei Jahren in Hanau entschieden worden."

„Dann schlag doch nicht die Möglichkeit aus, die dich aus dieser Situation retten könnte. Ich will heute nicht mehr von dir als das Versprechen, daß du es dir überlegen wirst."

In den Wolken, die im Westen rasch dahinzogen, flakkerten einzelne weiße Lichter auf. Hans beobachtete, wie das Hofpflaster von den ersten Regentropfen dunkel gesprenkelt wurde. „Also gut", sagte er mit einem Achselzucken, das verriet, daß er dieses Versprechen für ziemlich sinnlos hielt. Christian hatte die schmerzliche Frage berührt, die ihn seit Andrés Tod immer wieder beschäftigte: Er wußte, daß ihn eigentlich nichts mehr mit den Männern verband, doch noch war er ihr Anführer, obwohl alles bröckelte und immer mehr auseinanderfiel. Wenn er aber nicht hierher gehörte, wohin gehörte er dann? Er starrte düster in die von Blitzen durchzuckten Wolken am westlichen Horizont. Ein Gewitter um diese Jahreszeit! Er sah sich erneut mit der niederschmetternden Wahrheit konfrontiert: Wenn sie so weitermachten, würden sie alle am Galgen enden. Kehrte er aber zurück, wie Christian es wollte, konnte er offen und ehrlich kämpfen. Egal, wie es ausginge, Leben oder Tod, er hätte seine Ehre wieder.

Auch Julie freute sich über das Wiedersehen mit ihrem Jugendfreund. Doch in die Freude mischte sich Trauer, denn je länger sie den Freunden zuhörte, um so klarer wurde es für sie: Christian würde Hans mitnehmen, er würde sie trennen, vielleicht für immer. Die Trauer wurde zum Schmerz. Der Abend schritt fort, und die Männer wurden in Weinlaune ausgelassen und fröhlich. Julie nahm ihr Schultertuch und trat ins Freie, wo es in Strömen regnete. Der Regen vermischte sich mit ihren Tränen, die sie nun nicht mehr zurückhalten konnte.

Drei Tage weilte Christian schon im Freigericht in der alten Mühle, als eines Abends ein Fremder eintraf, Balthasar Gräz.

Erstaunt sah ihn Christian an: „Wie habt Ihr mich gefunden?"

„Oh", antwortete dieser lachend, „sagen wir mal, ich habe den sechsten Sinn. Aber Scherz beiseite, ich habe Euch gesucht, denn ich habe eine Botschaft, die Euch nicht gefallen wird."

„Was ist geschehen?"

„Ihr wißt, daß Feldmarschall Tilly eine Truppe nach Steinheim sandte, um die Besatzung von Hanau zu verstärken, das ist auch geschehen. Diese wurde auf dem Steinheimer Feld aufgestellt und sollte in der Nacht von Brandis eingelassen werden."

Alle Menschen in der niedrigen Stube sahen auf den Mann.

„Ja, das weiß ich", sagte Christian mit hartem Gesicht. „Was ist daran neu?"

Ein unerträgliches Schweigen, das man fast körperlich spüren konnte, breitete sich aus.

„Es kam alles anders als geplant, Brandis wurde verraten."

„Verraten, von wem?"

„Daniel de Lattre."

Ein Aufstöhnen ging durch Christian.

„Brandis war mit seinen Offizieren zum Abendessen eingeladen. Er mußte ziemlich ... na ja, er war so besoffen, daß er die Verabredung vergaß. Am nächsten Morgen nahmen ihn die Schweden in seiner Wohnung gefangen. Selbst da konnte er noch kein zusammenhängendes Wort herausbringen. Während sie ihn abführten, sang er ein sehr unanständiges Lied von einer Hure. Zum Glück haben sie ihn nicht verstanden. Der schwedische Oberleutnant Hubald war in der Frühe mit sechs Reiterkompanien zu je hundert Pferden und fünfzehnhundert aus vierzehn verschiedenen Regimentern ausgewählten Dragonern aufgebrochen und auf der Birkenhainer Straße morgens zwischen fünf und sechs Uhr von der Nordseite der Altstadt eingetroffen. Er nahm das Schloß mit Leichtigkeit, nachdem die Wachposten davongelaufen oder niedergemacht worden waren. In der Altstadt kam es zwischen Schweden und Bürgermiliz zum erbitterten Kampf, in dem beide die anderen für die von Steinheim erwarteten Kaiserlichen hielten." Erschöpft hielt der Mann inne und schielte nach einem Krug auf dem Tisch.

Verwundert starrten alle auf Christian. Sein Gesicht war wie aus Stein gemeißelt, seine Augen zuerst ungläubig, dann fast schwarz vor Schmerz und Haß.

Hans trat auf ihn zu, hielt ihn am Arm und sagte: „Was hat das alles mit dir zu tun? Du bist in Freiheit, ist das nicht die Hauptsache?"

„Nein", schrie Christian auf, „ich hätte es verhindern können. Dieser Schurke de Lattre, das wird er mir büßen, ich habe ihm nie vertraut. Brandis hat nicht getrunken, vor so einer wichtigen Sache schon gar nicht. Wir wußten, daß Hubald im Anmarsch war. Deshalb die Truppe zur Verstärkung. Brandis hätte Hanau gehalten, da bin ich mir ganz sicher. Daniel de Lattre, nimm dich in acht." Er knirschte mit den Zähnen und ballte die Faust. „Du wirst Christian den Elsässer kennenlernen, so wahr mir Gott helfe, dies ist ein Schwur. Ihr alle hier, hört zu: Ich werde diesen Mann für seinen Verrat töten."

„Woher wißt Ihr das alles?" fragte Hans Balthasar Gräz, der den Wein erschrocken abgesetzt hatte.

„In Somborn war ich in einer Schenke. Ein Jesuit saß beim Essen. Nach einer Weile kam ein Mann mit Pockennarben dazu, der war geritten wie der Teufel, um dem Jesuiten die Nachricht zu überbringen. Er hat es mir in der Nacht, als wir zusammen in der Scheune schliefen, erzählt. Da dachte ich mir, weil der Herr da aus Hanau kommt, es würde ihn interessieren."

„Ich danke Euch, Balthasar. Ich muß aufbrechen und versuchen, Brandis zu befreien."

„Das wirst du schön bleiben lassen, die warten doch nur darauf, daß einer so was versucht", warf Hans ein.

„Es ist aber meine Pflicht, als Freund und Offizier."

Julie konnte es kaum glauben, ihr Christian, der Bauernlümmel, war Offizier am kaiserlichen Hof. Wie hätte sich seine Mutter gefreut, dachte sie traurig.

„Gut", entgegnete Hans, „dann werde ich dich begleiten."

„Wenn Ihr nichts dagegen habt, bin ich mit von der Partie", ließ sich Balthasar Gräz vernehmen, „habe sowieso nichts Besseres vor", setzte er grinsend hinzu und kratzte sich seinen Schädel.

„Gehen wir schlafen, um fünf Uhr in der Früh brechen wir auf."

Stille senkte sich über die alte Mühle. Zwei junge Menschen umarmten sich. Sein Gesicht, das für sie das Glück der Welt bedeutete, neigte sich ihr zu. Diese Nacht würde nicht lange währen. Schnell würde der Morgen kommen. Sie verbat es sich, daran zu denken. Glühend vor Lust suchten und fanden sich ihre Körper, nur so ließen sich die Verzweiflung und der Schmerz der Trennung überwinden. Die Welt versank. Was waren schon Krieg, Gefahr, Furcht und Not, alles versank, die Welt war ausgeschlossen. Nur ein Käuzchen ließ seinen unheimlichen Ruf über die alte Mühle tönen, und dieser Ruf begleitete Julie bis in den leichten Schlaf.

Am frühen Morgen ritten die Männer davon. Niemand sah die junge Frau, die zitternd vor Kälte am Fenster stand. Die Angst preßte ihr das Herz zusammen, das Atmen tat ihr weh. Hilflos einem Gefühl bohrender Sehnsucht ausgeliefert, sah sie den Reitern nach, die in der Dunkelheit verschwanden.

Die Pferde schnaubten unter den Bäumen am Ausgang des Hohlweges, welke Blätter raschelten unter ihren Hufen. Zwischen den entlaubten Ästen zeigte sich ein mattgrüner Himmel. Ein neuer Winter stand bevor. Die laue Wärme der Sonne vermochte nicht darüber hinwegzutäuschen. Der vernebelte Horizont mit den braunen und grauen Farben des Novembers kündigte scharfe Nordwinde an.

Christian und seine Freunde brauchten zwei Tage bis Hanau. Immer wieder mußten sie Umwege machen, um die Soldaten auf der Straße zu vermeiden. Kurz vor Sonnenuntergang kamen sie ziemlich nahe an die Stadtmauer heran. Balthasars Pferd lahmte, so beschlossen sie, zu Fuß weiterzugehen. Zwei Köter bellten sie an, als sie einen seichten Graben übersprangen. Sie befanden sich auf einem abgeernteten Feld, wo die Getreidestoppeln unsauber standen. Das Hundegekläff erstarb hinter ihnen. Der Pfad bog nach Norden ab und schien in einer Sackgasse zu enden.

Christian drehte sich um und sagte: „Vor uns ist eine schmale Gasse, von hier aus könnt ihr sie nicht sehen, weil die Hecke davor ist. Am besten bleibt Balthasar vorerst bei den Pferden. Wenn es schiefgeht, müssen wir ganz schnell verschwinden."

„Wo ist die Gasse?" fragte Hans.

„Da rechts, vorhin war sie unbewacht, vielleicht stehen jetzt Wächter dort, ich will nachsehen."

Christian verschwand leise, Hans wartete und hörte auf die mannigfachen Laute der hereinbrechenden Nacht. Lautlos wie er davongeschlichen war, kam Christian zurück.

„Der Weg ist versperrt", seine Stimme war kaum ein Hauchen. „Sie haben ihn mit einem Karren verrammelt, und drei Männer passen auf."

Seine Blicke schweiften über eine Weißdornhecke, aber das Dickicht war undurchdringlich. Wieder machte er Hans ein Zeichen und verschwand auf leisen Sohlen. Hans folgte ihm und fand seine Worte bestätigt. Sie konnten Stimmengemurmel hören und das Flackern eines Lagerfeuers erkennen. Christian kroch nahe an den Karren heran und stellte zufrieden fest, daß dieser mit trockenem Futter beladen war, das bis über die plumpen Räder hing. Zwischen die

Deichsel hatten die Feinde eine Pferdedecke gehängt, als Schirm für das kleine Lagerfeuer, an dem sich die Wächter die Füße wärmten. Zwei von ihnen spielten Karten, ein dritter lehnte am Rad und schlief. Behutsam kroch Christian wieder zurück. Es war ganz einfach, mit knappen Sätzen beschrieb er Hans seinen Plan. „Wir wollen es versuchen, kommt es zum Äußersten, sind es nur zwei gegen drei, Balthasar bleibt bei den Pferden. Jedenfalls darf uns keiner erwischen und Krach schlagen."

Kurz vor dem Karren preßte sich Hans ganz dicht an den Boden. Elle um Elle schob er sich vorwärts, jetzt war er bei dem Wagen und verkroch sich darunter. Das überhängende Futter und die Pferdedecke schützten ihn vor jedem Blick. Die Kartenspieler husteten und fluchten. Die Minuten dehnten sich. Plötzlich hörte er eine heisere Stimme, die grölend ein obszönes Lied über eine Frauensperson von sich gab. Der Schläfer reckte sich und brachte seine Muskete in Anschlag. Die Kartenspieler unterbrachen ihr Spiel.

„Holla, wer da? Du kannst nicht vorbei! Los, kehr um und mach uns keinen Ärger, verdammter Trunkenbold."

„Umkehren, seit wann?"

„Befehl der neuen Besatzung", kam es von dem Mann mit der Muskete. Christian machte kurzen Prozeß. Hans sah die Flinte durch die Luft wirbeln, ein Knäuel Menschen sich auf dem Boden wälzen. Bis er unter dem Wagen hervorkriechen konnte, lagen die drei schon rund um das Feuer verstreut und er mußte seinem Freund nur noch helfen, die Männer zu fesseln und in einem Gebüsch zu verstecken. Irgend jemand würde sie am Tag schon finden und befreien.

Am Ende der Straße befand sich ein kleines hölzernes Zollhaus und dahinter, im Schutz der Bäume, standen die Häuser der Zöllner. Fußgänger brauchten keinen Zoll zahlen, nur Karren und Wagen, deren Herannahen man schon aus beträchtlicher Entfernung hörte. Jeder, der das Stadttor benutzen wollte, wurde kontrolliert. Eine Weile standen Christian und Hans unschlüssig im Schatten der mondbeschienenen Bäume, dann bemerkten sie mehrere Wagen, die an das Stadttor heranfuhren. Erntewagen voller Rüben und Getreide. Das war die Lösung. Die Bauern saßen dösend auf ihren Karren und warteten, bis sie am Zollhaus an der Reihe waren. Christian zerrte ein paar Säcke von den hintersten Wagen herunter, während Hans sich auf den Karren schwang und in der Aushöhlung verschwand. Vorsorglich warf Christian ein paar Säcke über Hans, bevor er sich selbst mit Geschick in eine Fuhre Heu eingrub. Die Wagen fuhren an, blieben aber nach einem Ruck wieder stehen. Es wurde gesprochen, doch die Säcke verschluckten jedes Wort.

Balthasar Gräz wurde des Wartens überdrüssig. Er band die Pferde an einen geschützten Baum und schlich näher an die Stadtmauer heran. Er sah die Erntewagen und sah, wie sich Schatten am hintersten Wagen zu schaffen machten. Leise pfiff er durch die Zähne, gar nicht so dumm, der Bursche, dachte er. Doch dann hielt er den Atem an. Soldaten kamen mit Piken und stachen auf die Säcke ein, keinen Wagen ließen sie aus. Er hörte einen grauenhaften Schrei, wußte jedoch nicht, von wo der kam. Entsetzt schlug er die Hände vors Gesicht. Als er wieder aufsah, bemerkte er, daß zwei Wagen nahe der Stadtmauer abgestellt waren. Das Tor war verschlossen, eine einzige Fackel blinkte in der Dunkelheit. Leise verließ er seinen Beobachtungsposten und kroch näher an die Karren heran. Da entdeckte er die blutbesudelten Säcke. Die Leichen waren verschwunden.

Am Morgen gesellte er sich zu den wartenden Bauern, die ihre Karren in die Stadt fahren mußten. Ein Mann lehnte an seinem Wagen und wartete auf sein Gespann. Geschwätzig erzählte er, was in der letzten Nacht geschehen war.

„Was waren es für Leute?" fragte Balthasar. „Hat man sie erkannt?"

„O nein! Das war bei diesem Gemetzel auch nicht möglich."

Balthasar Gräz kam zu dem Entschluß, nicht mehr in das Freigericht zu gehen. Immer wieder mußte er an die traurigen Augen der jungen Frau denken. Er hatte ihr kein Glück gebracht. Warum nur hatte er den Mann gesucht, um ihm die Kunde über Brandis' Gefangenschaft zu überbringen? Sie könnten beide noch leben. Er war ein Abenteurer, aber immer ehrlich zu sich selbst und zu anderen. Er würde jemanden suchen, der in das Freigericht ritt. Er mußte der rothaarigen Frau eine Botschaft schicken. Ja, das war es. In einem Brief konnte er um Verzeihung bitten, das war er ihr schuldig. Mehr konnte er nicht mehr tun.

Ernst Fox war allein. Stundenlang lief er durch den Wald, bis er an eine große Straße kam. Er hockte sich an den Rand und wartete. Hin und wieder rumpelten schwerbewachte Kaufmannszüge vorbei, doch Ernst traute sich nicht, zu ihnen zu gehen. Er war noch nie an dieser Straße gewesen, hatte aber von Räubern und anderem Gesindel gehört. Dann machte er eine merkwürdige Entdeckung: Parallel zur großen Straße verlief ein Trampelpfad, halb zugewachsen und für Wagen und Pferde zu schmal. Die großen Straßen waren meistens Höhenstraßen und führten über die Berge hinweg. Der Trampelpfad ging auch hinunter in die Täler, blieb jedoch stets in der Nähe der großen Straße. Hier begegnete Ernst seinesgleichen, Menschen, die auch auf Wanderschaft waren. Sie gaben ihm zu essen und ließen ihn an ihren Feuern schlafen.

Wochenlang war er nun schon unterwegs. Die Nächte wurden kälter, ein Husten quälte ihn, immer öfter sehnte er sich nach Males Kräutertee. Den ganzen Tag war er einen Pfad entlanggelaufen, ohne jemand zu begegnen. Jetzt war er an einem großen Fluß angekommen, der Pfad war zu Ende. An einer Furt standen sechs bunte Wagen. Um ein Lagerfeuer saßen Menschen und spielten auf fremden Instrumenten. Eine Frau tanzte. Vorsichtig zog sich Ernst zwischen die Bäume zurück. Er ging an dem sandigen, steil aufsteigenden Ufer entlang, bis er zu einer Stelle kam, die flach und mit dichtem Gebüsch bewachsen war. Von weitem leuchteten helle Birken, und verwachsene Weiden hängten ihre Äste tief ins träge dahinfließende Wasser. Scharen von Wildenten, Gänsen und anderen Wasservögeln schreckten auf und flatterten vor ihm davon, um sich wenige Meter weiter plätschernd und gackernd erneut niederzulassen. Vom Ufer ertönte das Gequake der Frösche. Die abendliche Sonne spiegelte sich im Wasser, um nach einer Weile hinter dem steilen Ufer zu verschwinden. Es wurde empfindlich kühl. Ernst wickelte sich fröstelnd in eine abgeschabte Decke und legte sich im Dickicht schlafen. Am Morgen erwachte er frierend und machte sich Feuer. Nebelschleier griffen nach ihm, das Feuer ließ sie in vielen Farben schillern. Nach einer Weile teilten sie sich, huschten auseinander und flossen an ihm vorüber. Er wurde ruhig, nachdenklich, und die verborgensten Gedanken kreisten in ihm. Das Wasser färbte sich heller. Die Wasservögel erwachten, schnatterten am Ufer und machten Morgentoilette. Im Wald zwitscherten die ersten Vögel. Hoch in der Luft, kaum zu sehen, schwebte ein Bussard. Ungebunden und frei war der Vogel. Ernst verfolgte ihn mit den Augen. Auf einmal knackte neben ihm ein dürrer Ast, das Gebüsch teilte sich, und eine rassige schwarzhaarige Frau trat auf ihn zu. Ihre Bluse war über die Schultern gerutscht und gab eine samtweiche Haut frei. Zu einem schwarzen Mieder, mit Pailletten bestickt, trug sie einen bunten Rock, der am Saum ausgefranst war. Sie lächelte und zeigte eine Reihe blendend weißer Zähne, dann begann sie zu reden, gestikulierte mit den Händen und warf kokett ihre langen schwarzen Haare zurück. Ernst verstand kein Wort, doch betrachtete er fasziniert diesen exotischen Schmetterling. Nie in seinem Leben hatte er ein schöneres Mädchen gesehen. Sie zeigte ihm mit den Händen, daß er ihr folgen solle. Das ließ er sich nicht zweimal sagen. Ohne zu überlegen, bückte er sich, trat das Feuer aus und nahm seine Habseligkeiten an sich. Ein neuer Hustenanfall quälte ihn. Verlegen schaute er nach der Frau, doch die war verschwunden. Im Umdrehen stieß er gegen einen Mann, der hinter ihm stand. Ein Blick in dessen wuterfülltes Gesicht, und Ernst wußte sofort, daß er in Gefahr war. Der Sack mit seinen Sachen flog in hohem Bogen in den Fluß. Der Fremde packte ihn am

Kragen und würgte ihn. Tapfer wehrte sich Ernst Fox, der Fremde war zwar etwas kleiner als er, aber dafür um so drahtiger. Keuchend fielen sie zu Boden und wälzten sich am Ufer. Immer wieder stieß der Fremde kehlige Laute aus, die Ernst jedoch nicht verstand. Dann geschah das Unfaßbare, der Mann zog einen Dolch und stieß ihn Ernst in die Brust. Das war das Ende. Der Mann löste sich von ihm und schaute auf sein am Boden liegendes Opfer, dessen Hemd im Nu blutdurchtränkt war. Ein gräßlicher Husten und die darauffolgende Ohnmacht erlösten Ernst von Hunger, Durst und Kälte.

Ernst Fox träumte. Es war derselbe Traum, den er schon in seiner Kindheit geträumt hatte. Er kroch in eine Laterne, schloß das kleine schmutzige Türchen. Vor ihm loderte der Kienspan und verbreitete eine große Hitze. Schweiß lief ihm über das Gesicht, seine Augen brannten. Dann explodierte die Laterne, und er war tot. Dunkelheit umgab ihn. Leise sagte er das Wort Mama vor sich hin. Er konnte sprechen, also war er nicht tot. Eine Gestalt bewegte sich schwerfällig auf ihn zu, und eine Laterne wurde angezündet. Ernst träumte, er wäre zu Hause, im Elsaß. Aber in Wirklichkeit beugte sich eine alte Frau über ihn und wischte ihm den Schweiß von der Stirn. Sie murmelte beruhigende Worte in einer fremden Sprache. Ernst wollte sie wegschieben und aufstehen, doch ein jäher Schmerz in seiner Brust ließ ihn zurücksinken. Die Frau legte eine Hand auf ihre Brust und machte ihm ein komisches Zeichen, dann lächelte sie mit einem zahnlosen Mund und verschwand. Ernst schloß die Augen und überlegte: Wo war er? Wer war die Alte? Ein Geräusch ließ ihn auffahren, wieder war die Alte da, doch sie hatte jemanden mitgebracht, einen kleinen schmutzigen Zigeunerjungen. Der setzte sich aufs Bett, sah fragend umher, hob langsam eine Hand und legte sie auf Ernsts Decke. Stockend sprach er: „Ich bin Mattus, und du bist hier bei den Zigeunern. Du bist verletzt, doch deine Verletzung ist nicht so schlimm wie deine Krankheit."

„Meine Krankheit? Was habe ich für eine Krankheit?" Der Junge schaute fragend auf die alte Frau, die nickte. „Du hast etwas Böses in der Brust. Die Zigeuner sagen, den kleinen Drachen, der Blut und Feuer spuckt. Davon bekommst du Fieber, und wenn du nicht tust, was die Vöss dir sagt, wirst du sterben."

„Wer ist die Vöss?"

„Das ist sie", der Junge wies auf die Alte. „Sie ist die Königin der Sippe. Sie versteht dich nicht, sie spricht eine andere Sprache. Wirst du tun, was sie sagt?"

„Ja, ja", antwortete Ernst, „aber sag, wer bist du?" Weiter kam er nicht, die Alte nahm den Jungen bei der Schulter und führte ihn weg.

Viele Wochen vergingen. Ernst sah nur die alte Frau, die wie eine schwarze Krähe um sein Lager strich. Hin und wieder kam der Junge, wischte ihm den Schweiß von der Stirn und verschwand. Es wurde Weihnachten, und Ernst ging es besser. Nun saß er in einem der bunten Wagen an einem kleinen Fenster und schaute den Leuten zu. Eines Tages war die Alte nicht da. Mattus ging vorüber, aber Ernst konnte ihn zu sich hereinlocken. Der Junge schaute sich ängstlich um, so, als suche er die alte Frau.

„Sie ist nicht da", sagte Ernst beruhigend. „Bist du der einzige, der meine Sprache spricht?"

„Nein", antwortete der Junge, „das wäre zu mühsam, wenn sie in die Dörfer gehen, um ihre Waren zu verkaufen. Aber die Königin kommt nicht mit anderen Menschen in Berührung, deshalb braucht sie die Sprache der Fremden auch nicht."

„Warum bin ich im Wagen der Königin?"

„Du warst sehr krank, und sie hat dich gesund gepflegt, du bist ihr großen Respekt schuldig."

Ein Kratzen an der Tür zeigte an, daß die Alte zurückkam. Ernst sah den Jungen erschreckt an, doch der lachte ihm ins Gesicht. „Sie tut mir nichts."

Er konnte den Jungen nicht mehr weiter ausfragen. Die Vöss teilte etwas mit und gab Mattus ein Säckchen. Der Junge übersetzte: „Wenn du möchtest, kannst du im letzten Wagen bei unserem Hufschmied wohnen, du kannst ihm bei seiner Arbeit helfen. Doch wenn der Winter vorbei ist, mußt du das Zigeunerlager verlassen. In dem Säckchen ist Tee, er wird dir helfen, weiter gesund zu werden."

So wohnte Ernst nun bei Momolo, dem Hufschmied. Es gab zur Zeit keine Gäule zu beschlagen, statt dessen kehrte er alle paar Stunden die Wege von Schnee frei und half dem Schmied bei anderen Arbeiten, zum Beispiel beim Nähen von Pelzumhängen, die die Frauen dann in der Umgebung verkauften. Ernst bewunderte die Flinkheit, mit der der Schmied seine Arbeit verrichtete. Dieser war ein umgänglicher Mensch, der seinem Gast alles über die Sitten und Gebräuche der Zigeuner erzählte.

Ernst war in diesem Winter zum Mann geworden. Ein dunkler Bart umrahmte sein Gesicht, und er hatte die Freundschaft eines Mannes erworben, den er sehr schätzte. Doch er hatte auch einen Feind im Lager: Rodriguez. Den Messerstich hatte er verschmerzt, denn der hatte ihm das Leben gerettet. Er wußte nun, daß er mit einer Lungenentzündung ins Lager gekommen war. Momolo warnte Ernst vor Elivara, der rassigen Schönheit, und er versuchte, ihr aus dem Weg zu gehen, was ihm aber nicht immer gelang. Wie durch ein Wunder erschien sie immer genau an dem Platz, an dem sich Ernst aufhielt. Doch wo sie war, war auch Rodriguez nicht fern. Die Narbe auf Ernsts Brust fing immer zu jucken an, wenn er den schwarzhaarigen Mann mit den tiefliegenden Augen auch nur von ferne sah.

Momolo berichtete, daß die Zigeuner alle drei Jahre den Winter hier verbrachten. „Doch dieser Winter wird wohl der letzte sein", erklärte er.

„Warum der letzte?" wollte Ernst wissen.

„Unsere Königin Vöss ist schon sehr alt, vielleicht achtzig, so genau weiß es keiner. Sie möchte hier sterben und bestattet werden. Wir werden nicht eher weiterziehen."

„Das verstehe ich nicht, sie ist zwar alt und gebrechlich, doch niemand kann seinen Tod voraussehen, vielleicht lebt sie ja noch einige Jahre."

„Nein, sie wird im nächsten Sommer nicht mehr sein, sie weiß, wann ihre Zeit gekommen ist."

„Warum will sie ausgerechnet hier an der Furt sterben?"

Momolo räusperte sich, nahm ein rotes Tuch aus der Tasche und schneuzte hinein. „Einst kamen wir von Spanien, einem heißen Land im Süden. Die Mauren hatten uns aus der Heimat vertrieben. Wir zogen durch Europa und kamen auch an diese Stelle, um den Fluß zu überqueren. Es war alles noch vor meiner Geburt. Die Vöss war mit Mateo verheiratet, sie hatten eine Tochter, die Ines hieß. Hier in dieser Gegend verliebte sich Ines in einen Jäger, den sie im Wald traf. Die Sippe wollte am nächsten Tag weiterziehen. Ines bettelte ihre Eltern an, ein paar Tage länger zu bleiben. Die Eltern ließen sich überreden und blieben ein ganzes Jahr. Der Jäger heiratete das Mädchen nach Zigeunerart, und alles wäre gut gegangen, doch dann fingen die Zigeuner an zu meutern. Sie wollten endlich weiterziehen und konnten Mateo nicht verstehen. Immer öfter gingen die Männer in die umliegenden Dörfer und tranken Wein. Schlägereien waren an der Tagesordnung. In einer solchen Nacht wurde ein Bauer erschlagen, und wieder einmal wurden die Zigeuner der Tat verdächtigt. Mateo ging zu dem Fürsten der Region, um für seine Männer um Gnade zu bitten, und stand vor seinem eigenen Schwiegersohn. Natürlich war der Fürst auch noch mit einer anderen Frau verheiratet, Ines war ja nur eine Zigeunerin. Die Männer wurden gehängt. Ob sie schuldig waren? Die Zigeuner sagten nein, die Bauern sagten ja. Mateo aber war schuldig an seiner Sippe geworden, denn nur seiner Tochter zuliebe war er hiergeblieben. Am nächsten Tag wollten die Zigeuner weiterziehen. Morgens fanden sie Ines, sie hatte sich das Leben genommen. Unter der großen Eiche wurde sie begraben. Von diesem Tag an wurde Mateo krank, auch die Vöss konnte ihm nicht helfen, er wollte nicht mehr leben. Nach einem halben Jahr war Mateo tot. Die Vöss hätte ihn gern neben Ines begraben, doch sie waren zu weit im Norden. Danach wurde die Vöss Königin. Schwierig war, sie hatte keinen Nachfolger, ihre einzige Tochter war tot. Ein Bruder der Vöss hatte sieben Söhne und zwei Mädchen, das war die Lösung. Auf diese Art kam Rodriguez ins Lager. Doch er ist nicht der Mann, den sich die Vöss für ihre Nachfolge wünscht. Mit Rodriguez gehen die Zigeuner dem Abgrund zu. Die alte Vöss weiß das alles, und deswegen kann sie nicht sterben."

„Warum benennen sie nicht einen anderen?"

„Das geht nicht, es ist wie bei eurem Kaiser. Der König muß immer in direkter Linie von dem Mann abstammen, der die Sippe gegründet hat."

„Und wenn irgendein anderer eine neue Sippe gründen will?"

„Dann muß er stark sein und sich erst einmal beweisen, vielleicht wird er anerkannt, doch das ist nicht so einfach. Es gehört mehr dazu als körperliche Kraft und ein lockeres Messer. Er muß die Sippe durch alle Gefahren führen können. Er ist Richter, Medicus und Seelsorger in einem. Er allein entscheidet über Gut und Böse. Er muß sich für seine Leute einsetzen und sie lieben wie seine eignen Kinder. Das alles hat Rodriguez nicht, aber er stammt aus dem Geschlecht der Rennitas, einem uralten Zigeunergeschlecht. Die Vöss weiß genau, daß die Sippe mit ihm auseinanderfällt. Sie wird Vorsorge getroffen haben, aber das weiß niemand. Du mußt im Frühjahr das Lager verlassen, mein Freund, denn es dürfen keine Fremden im Lager sein, wenn eine Königin stirbt."

Ende April verließ Ernst das Zigeunerlager. Am letzten Abend ging er zum Wagen der Vöss, kratzte an der Tür, doch niemand antwortete. Im Nachbarwagen schaute Mattus aus dem Fenster und versuchte es zu öffnen.

„Komm heraus, ich brauche dich!" rief ihm Ernst zu. Mit ein paar Sätzen stand der Junge vor ihm. „Morgen in aller Frühe gehe ich fort, deshalb möchte ich eurer Königin ein Geschenk machen. Als Dank, weil sie mich gesund gepflegt hat", meinte Ernst verlegen.

Der Junge öffnete die Tür, die alte Frau saß auf einem Stuhl und schlief. Mattus sagte ein paar Worte zu ihr, daraufhin öffnete sie die Augen. Ernst griff in die Tasche und holte den Dolch hervor, den er in den Trümmern seines Dorfes gefunden hatte. Die alte Frau freute sich, drehte den Dolch nach allen Seiten, dann aber ließ sie ihn mit einem Aufschrei fallen, als hätte sie sich daran verbrannt, und starrte erschrocken auf Ernst. Mattus drängte diesen aus dem Wagen und ging allein wieder hinein. Nach einer Weile kam er zurück und gab dem verwirrten Ernst das Messer zurück.

„Warum will sie es nicht?"

„Ich weiß es nicht, sie sagte etwas Unverständliches. Sie ist wieder in der Vergangenheit."

„Dann leb wohl, Mattus, morgen gehe ich meinen Weg weiter."

„Am liebsten würde ich mit dir gehen, Ernst", entgegnete er mit traurigen Augen. „Aber ich kann sie nicht alleinlassen, das verstehst du sicher."

Ernst ging zurück zum Schmied. Der Junge stand immer noch auf der gleichen Stelle und starrte auf den Wagen der Königin.

Wieder war Ernst Fox auf der Wanderschaft. Oft traf er Bekannte vom letzten Sommer, dann war die Freude auf beiden Seiten groß. Manchmal artete die Begrüßung in ein regelrechtes Besäufnis aus. Der alte Fox hätte seinen Sohn nicht wiedererkannt.

Auch dieser Sommer ging seinem Ende zu, die Nächte wurden kühl, und Ernst mußte sich ein Winterquartier suchen. Er hatte Ende September den Spessart verlassen und war nun in der Rhön. Für einen Tag hatte er Arbeit in einem Gasthof gefunden, der am Fuße des Kreuzberges lag. Nicht weit davon entfernt befand sich ein Kloster, von wuchtigen Mauern umgeben. Der Wirt hatte ihm empfohlen, dort oben nach Arbeit zu fragen. Den ganzen Tag hatte es in Strömen geregnet, und so wartete Ernst die Nacht ab, bevor er sich auf den Weg zum Kloster machte. Der Regen hatte aufgehört, dafür blies ein eisiger Wind, und schon nach kurzer Strecke fror Ernst erbärmlich. An der Klosterpforte war er nicht allein. Allerhand Bettelvolk hatte sich dort eingefunden, er mischte sich unter die Hungrigen. Nachdem er gegessen hatte, überwand er seine Scheu und fragte nach Arbeit. Zwei Mönche tuschelten miteinander, dann verschwand der eine, kam nach kurzer Zeit zurück und sagte: „Du kannst bei uns Holz hacken, schlafen kannst du im Stall bei den Tieren, da hast du es warm. Pater Andres wird dir alles zeigen."

Ernst gefiel es im Kloster. Er hatte seine Arbeit und sein Essen. Oft ging er in den Wald, um eine Fuhre Holz zu holen, das er nach dem Sägen und Hacken akkurat aufschichtete. Er säuberte die Kamine und überprüfte ihren Abzug. Nach Weihnachten wurden die Schweine geschlachtet, und er machte sich mit seinen Kenntnissen unentbehrlich. Er hatte sich angewöhnt, morgens die Messe zu besuchen, und in seiner freien Zeit lernte er Lesen und Schreiben. Die Mönche schätzten ihn als anständigen und arbeitsamen Menschen. Nun hatte der Abt ihm einen Vorschlag unterbreitet, den er seit Tagen in seinem Kopf wälzte: Er solle sich bis Ostern überlegen, ob er dem Kloster als Bruder beitreten wolle.

An dem Morgen, als der Abt ihm diesen Vorschlag gemacht hatte, war Ernst etwas länger in der Kapelle geblieben und hatte zwei Brüder beim Schmücken des Hochaltars beobachtet. An dem kleineren kam ihm irgend etwas bekannt vor. Während er noch überlegte, drehte sich dieser Mönch um – und Ernst stockte der Atem. Mattus' dunkle Augen sahen ihn an. Doch das konnte nicht sein. Mattus war ein Zigeuner, mit brauner Haut und schwarzen Haaren. Und dieser Junge war blond und hatte eine helle Haut. Während Ernst sich von seiner Überraschung erholte, gab ihm der Junge ein Zeichen und verschwand in der Apsis. Ernst überlegte nicht lange, schlenderte wie im Gebet versunken an dem älteren Mönch vorüber und ging dem Jungen hinterher. Der junge Mönch stand vor einem Kreuz, das mit einem schwarzen Tuch verhüllt war, denn es war Fastenzeit.

Ernst trat auf ihn zu und drehte ihn langsam zu sich herum. „Du bist Mattus, nicht wahr?"

Der Junge grinste ihn an. „Du hast mich also erkannt?"

„Wie siehst du denn aus, und wie kommst du hierher?"

„Genau wie du, über die Straße und durch die Pforte. Wie ich jetzt aussehe? Das ist mein normales Gesicht, hast du noch nie etwas von Farbe gehört? Die alte Vöss war eine Meisterin, sie konnte dir jede Hautfarbe hinzaubern."

Ängstlich schaute Ernst durch die Tür auf den älteren Mönch.

„Wir können ruhig sprechen, der ist schwerhörig, hier hast du ein Tuch, du kannst mir helfen, die Kerzenständer zu polieren, dann fällt es nicht auf, wenn wir uns unterhalten. Du warst erst ein paar Tage fort, da starb die Königin. Ich ging frühmorgens in ihren Wagen. Sie saß auf ihrem Stuhl und war tot. Schon als du weggingst, hatte ich mein Bündel gepackt. Ich wäre gern mit dir gegangen, doch die Vöss hatte mich gebeten zu bleiben, solange sie noch lebte. Ich bin froh, daß ich ihr diesen Wunsch erfüllen konnte. Aber nach ihrem Tod mußte ich schnell verschwinden, denn ich war ja kein Zigeuner. Auf der Straße traf ich einen Bettelmönch, einen Heiligen, der hat mich mit hierher genommen."

„Warum habe ich dich nicht eher gesehen? Ich bin doch schon den ganzen Winter im Kloster", fragte Ernst verwundert.

„Wenn ich nicht gewesen wäre, hätten sie dich gleich wieder weitergeschickt, es gibt viele Vagabunden, die hier überwintern wollen. Ich habe dich an der Pforte gesehen und meinem Heiligen erzählt, daß du ein guter, frommer Mensch bist, dann hat er beim Abt ein gutes Wort für dich eingelegt. Im Frühjahr werden wir beide von hier verschwinden, sobald die Nächte wärmer werden. Halte dich bereit."

„Ich will aber gar nicht fort, wir können jetzt nicht weiterreden, hör zu, Mattus", flüsterte Ernst, „mir gefällt es hier. Schau, ich habe meine Arbeit, und ich habe Lesen und Schreiben gelernt. Ich kann als Bruder in das Kloster eintreten, warum soll ich das alles aufgeben?"

„Sei still, Pater Alwin wird schon aufmerksam. Im Klostergarten steht ein Gartenhaus, nach dem Abendläuten triffst du mich dort."

Jeder der beiden ging seiner Wege, Ernst fieberte dem Abend entgegen und war schon eine halbe Stunde früher am vereinbarten Ort. Mattus kam nicht allein, sondern in Begleitung eines älteren Mönchs. Der war sehr hager, und sein Gesicht war von gelblicher, ungesunder Farbe. Er hatte gütige Augen, die er zusammenkniff, wie es Kurzsichtige zu tun pflegen.

„Pater Anselmo möchte das Messer sehen, das mit dem Silbergriff."

Überrascht von dem Wunsch des Jungen zog Ernst sein Messer unter der Jacke hervor. Der Pater nahm es in seine gepflegten schmalen Hände. Er drehte den Dolch hin und her und las den eingeritzten Namen, ohne zu erschrecken. Er hielt ihn ins Licht und gab ihn dann Ernst zurück. Mattus konnte sich kaum zurückhalten, voller Spannung hielt er den Atem an. „Es ist eine schöne Arbeit", sagte endlich der Mönch. „Er gehörte bestimmt einmal einer angesehenen Familie. Ich bin kein Hellseher, wie unser junger Freund glaubt, ich bin ein einfacher Mönch. Doch dieser Dolch erzählt seine eigene Geschichte, man muß sie nur lesen können. Also hört zu: Eine arme Familie kann sich so ein kostbares Messer nicht leisten. Die gekreuzten Schwerter beweisen, daß es aus einem adligen Haus stammt. Die Namen wurden ausgekratzt und andere hineingeritzt. Doch dieser Name ist schrecklich, denn es ist der Name des Teufels, des Antichrists, des Besitzers der Hölle. Ihr kennt die gefallenen Engel, die von Gott ausgestoßen wurden, weil sie sich gegen den Herrn erhoben hatten."

Erschrocken sahen Ernst und Mattus zu dem Mönch hin. Deshalb hatte die Zigeunerin so entsetzt reagiert!

„Warum steht der Name des Teufels auf dem Messer?" fragte Ernst.

„Ich kann nur raten", antwortete der Mönch. „Wahrscheinlich wurde dieser Dolch bei einer Teufelsmesse benutzt, es könnte sich um einen Kultgegenstand handeln, mehr kann ich nicht darüber sagen."

„Was soll er nun mit diesem Messer tun?" fragte Mattus.

Lange sah der Mönch Ernst in die Augen, dann sagte er mit seiner gütigen Stimme: „Du bist der große Freund meines kleinen Freundes. Ich danke dir dafür. Stecke das Messer ruhig wieder ein, solange es bei dir ist, ist es ungefährlich. Denn du bist der Mann, dem die Gewalt so fremd ist wie das Böse. Solange du dich nicht änderst, ist es bei dir gut aufgehoben. Ich weiß, Mattus wird mich in kurzer Zeit verlassen, ich bin froh, wenn du ihn begleitest. Doch bevor ihr geht, werde ich euch meinen Segen geben, und ich kann nur hoffen, daß ihr beide nicht vom rechten Wege abkommt." Mit einem Neigen seines Kopfes verließ er das Gartenhaus und entfernte sich Richtung Kapelle.

Lange blieb es still zwischen den Freunden. Mattus räusperte sich, um die Stille zu unterbrechen. „Du bist mir doch nicht böse, daß ich ihn eingeweiht habe?" „Nein, es war schon richtig, er ist wirklich ein großartiger Mann. Dadurch fällt es mir noch schwerer, das Kloster zu verlassen." „Oh, da kann ich dich beruhigen, nach Ostern verläßt der Heilige auch das Kloster." „Warum sagst du immer der Heilige?" „Er ist ein heiliger Mann. Stell dir vor, er war schon in Jerusalem, er war am Grab von Jesus und überall an den heiligen Stätten der Christenheit, hat es mir selbst erzählt. Er ist einfach ein heiliger Mann. Die alte Vöss hat ihn mir vorausgesagt. Die Königin konnte in die Zukunft sehen. Sie sagte zu mir: Gehe über den Fluß zur Straße, wenn du eine Birke findest, zähle ihre Äste. Hat der Baum sechs Äste, laß ihn stehen und gehe weiter, hat der Baum sieben Hauptäste, setze dich darunter und warte. Einer wird kommen, und du wirst ihn erkennen und mit ihm gehen. Er bringt dich in ein Haus aus Stein, dessen Dach nicht mit Stroh gedeckt ist, sondern Ziegel hat. Bleibe so lange, bis er dir erlaubt zu gehen. Dann gehe deinen Weg und lebe dein Leben. Diese Worte hat sie mir regelrecht eingebleut. Ich habe genau die Äste gezählt, drei Stunden bin ich gelaufen, immer mit der Angst, den richtigen Baum zu übersehen, und dann sah ich den Baum mit der richtigen Zahl. Es war schon später Nachmittag, als der Mönch auf mich zukam. Du wirst ihn erkennen, hatte die Vöss gesagt. Hunger und Durst plagten mich. Der Mönch setzte sich neben mich und packte sein Essen aus. Er teilte alles brüderlich mit mir, und ich habe sogar noch seinen Teil verputzt. Es war ein Versehen, ich war so darin vertieft, meinen Hunger zu stillen, daß ich einfach alles vertilgte. Doch der heilige Mann lächelte nur, und da wußte ich, er war der Mann, den die Vöss gemeint hatte. Er war der richtige."

Ende des Winters verließen die beiden Freunde das Kloster. Sie wanderten durch die Wälder der Rhön und kamen im Herbst auf einen Bauernhof, wo sie zwei Jahre blieben. Unzertrennlich bei der Arbeit und auch beim Vergnügen, waren sie wie Brüder geworden. Mattus war inzwischen zum Mann herangereift. Etwas kleiner als Ernst, doch mit kräftigen Muskeln und einem flotten Mundwerk, was auch auf den schwerfälligen Ernst abfärbte, denn dieser war längst nicht mehr so schweigsam wie früher, und doch konnte er beim Anblick einer hübschen Blume oder eines Schmetterlings noch ins Träumen kommen.

Ein Regenschauer fegte übers Land, daß die Bäume sich bogen, als würden sie sich verneigen vor dieser Kraft. Mattus und Ernst hatten sich in eine kleine Strohhütte geflüchtet, die am Wegrand aufgetaucht war und eigentlich für die Ziegen bestimmt war, damit sie nachts nicht so weit wegliefen.
„Wenn das so weiterregnet, werden wir heute nicht mehr nach Hause kommen", sagte Ernst, indem er trübsinnig in den grauen Himmel sah. Mit einem Satz verschwanden sie wieder in der stinkenden Kate, um einem neuen Schauer zu entgehen. Doch nicht der Regen war schuld, daß sie in dieser Nacht nicht auf dem Hof schliefen und statt dessen wie in früheren Zeiten an einem Lagerfeuer saßen und sich Geschichten erzählten, sondern ein ganz anderes Abenteuer. Nachdem der Regen nachgelassen hatte, machten sich die beiden auf den Heimweg. Nach zwei Meilen wurden sie auf eine Menschenansammlung aufmerksam. Im Näherkommen bemerkten sie, daß es sich um eine Hinrichtung handelte. Zwei Männer, die man auf ein Rad gespannt hatte, wurden gerade losgeschnitten, um sie neben den beiden, die schon am Galgen baumelten, aufzuhängen. Ernst, der so etwas noch nie erlebt hatte, starrte wie gebannt auf die Verurteilten, die nun zum Galgen getragen wurden, weil sie nicht mehr laufen konnten.

„Sieh nur", meinte Mattus, „gleich werden sie baumeln."

„Schrecklich", war das einzige, was Ernst herausbekam. Sein Mund war trocken, und er hatte ein Gefühl, als wäre es sein Hals, um den man die Schlinge legte.

„Was heißt hier schrecklich?" Ein junger Mann drehte sich zu den beiden Freunden um. „Der Strick ist viel zu schade, die haben mehr Menschenleben auf dem Gewissen wie ihr Finger an jeder Hand. Ihr habt wohl noch nichts von den Habichten gehört? Diese Halunken gehörten zu ihrer Bande. Schade, daß man nur vier erwischt hat. Hier, seht euch das an!" Er streifte seine Wollweste hoch und zeigte den beiden seine Arme. Tiefe Narben, die teils bis auf den Knochen gingen, verunstalteten ihn, von den Händen bis zum Ellenbogen. „Habe ich alles diesen Menschen zu verdanken. Ein Jahr in Ketten in ihrer Gefangenschaft, und du bist ein toter Mann."

Die Hinrichtung dauerte noch eine Weile, und es fing an dunkel zu werden. Der Fremde, der sich als Lorenz Hettler vorstellte, lud sie ein, in dieser Nacht an seinem Lagerfeuer Platz zu nehmen. Sie brauchten nicht lange zu überlegen, denn die Zeit ihrer Wanderschaft war noch allzu frisch in ihren Gedanken. Zu sechst saßen sie um das prasselnde Feuer und vertrieben sich die Nacht mit Essen und Trinken. Viele Abenteuergeschichten machten die Runde. Lorenz Hettler erzählte ihnen von seiner Gefangenschaft bei den Habichten und davon, wie grausam sie mit Menschen umgingen, die von ihnen abhängig waren.

„Als sie mich fingen, war ich Kurier bei meiner Bande, unser Revier war der untere Spessart. Wir hatten zwei Anführer, doch ich kann mich an keinen Mord erinnern. Vielleicht passierte in den Außenbezirken hier und da etwas, schließlich waren auch wir keine Chorknaben. Dann wurde die Bande immer größer, und es waren viele dabei, die ich nicht kannte."

Ein kleiner Mann spuckte seinen Kautabak in die Nacht und sagte: „Der Kopf der Habichte soll eine Frau sein."

„Eine Frau?"

Ernst schüttelte den Kopf. „Soviel Grausamkeiten soll eine Frau verüben?"

„Es stimmt, sie ist eine Hexe, was sonst", murmelten die Männer am Feuer. „Alles Böse kommt von der Frau."

„Wir hatten auch eine Frau bei der Bande, die war nicht böse. Sie konnte reiten wie der Teufel, eine tolle rothaarige Person, diese Julie", warf der Hettler ein.

Ernst horchte auf, und Mattus blickte besorgt in das blaß werdende Gesicht seines Freundes.

„Wie sah sie aus?" wollte Ernst wissen.

Lorenz beschrieb Julie.

Sie lebt also noch, letztes Jahr lebte sie noch, dachte Ernst. Wie durch ein Wunder hatte sie alles überlebt. Eines Tages, nahm er sich vor, eines Tages werde ich sie suchen gehen! Niemand außer Mattus bemerkte, wie ruhig und nachdenklich Ernst den Rest der Nacht verbrachte.

Ein paar Wochen später gingen die beiden Freunde zu einer entfernt liegenden Wiese, um Futter für das Vieh zu holen. Ein schlimmer Gestank wehte unterwegs zu ihnen her. Nach einer Weile fanden sie in einem Wäldchen einen Baum, an dem eine scheußlich zugerichtete Leiche hing.

„Wir müssen ihn abschneiden, es ist nicht christlich", sagte Ernst.

„Ja, du hast recht, grüß mir das blonde Evchen, wenn ich tot umfalle", mit diesen Worten eilte Mattus davon, um sich hinter einem Gestrüpp zu übergeben.

„Geh ein paar Meter nach rechts, von dort kommt der Wind, und buddele ein Grab aus, ich werde ihn allein hinbringen", rief ihm Ernst zu.

Mattus wollte gerade ein paar Steine auf den unkenntlichen Toten legen, als sie dessen Arme sahen.

Die Ärmel des blutverkrusteten Hemds waren hochgerutscht. Es war Lorenz Hettler. Seine schrecklichen Narben waren ihnen unauslöschlich in Erinnerung geblieben.

„Weißt du, was das bedeutet?" überlegte Ernst etwas später. Mattus sah ihn aufmerksam an. „Lorenz hatte einen Verräter am Feuer, er hat ein wenig zu viel geplaudert. Ich habe das Gefühl, wir beide sind auch in Gefahr."

„Das heißt verschwinden! Aber wohin?"

„Vielleicht zurück ins Kloster, da wären wir sicher."

„O Gott, nur nicht wieder in das Kloster." Erschrokken richtete sich der Junge auf und schaute in Ernsts grinsendes Gesicht.

„Keine Angst, die würden uns bestimmt nicht mehr nehmen. Davonjagen wie räudige Hunde würden die uns."

„Es wird sich schon etwas finden", meinte Mattus beruhigt. „Hauptsache, wir bleiben zusammen."

„Was würdest du davon halten, wenn wir zusammen in meine Heimat zurückgingen?" fragte Ernst.

„In dein Dorf?" Der Junge war erstaunt. „Ich denke, da steht nichts mehr?"

„Nun, wir beide könnten uns eine neue Heimat aufbauen. Die Äcker und Wiesen sind noch da. Vielleicht würden andere Menschen dazukommen und sich auch ansiedeln. Saatgut und Werkzeug könnten wir vom Wolfsjäger bekommen. Vielleicht ...", Ernst bekam einen träumerischen Blick, „vielleicht gibt es noch mehr Elsässer."

*J*ulie wartete. Zwei Wochen waren vergangen. Es war kalt geworden. In den Niederungen lagen Nebel und Dunst. Jede Nacht zog die Natur ein Kleid von Reif an, das sich am Morgen in der Sonne auflöste. Hoffnung und Verzweiflung hatten im Gesicht der jungen Frau Spuren hinterlassen. Sie war allein mit zwei jungen Männern, zwei Brüdern. Die restliche Bande hatte sich aufgelöst, jeder ging seiner Wege. Von den Brüdern hatte Julie nichts zu befürchten. Die meiste Zeit machten sie sich draußen zu schaffen.

Die Tage zogen sich träge dahin, die Abende wollten nicht enden. Immer wieder horchte sie nach draußen, immer wieder schloß sie enttäuscht die Tür, weil sie irgendein Geräusch gehört hatte. Aber es war nur der Wind, der sich in den alten Mauern verfing. Wie jeden Abend ging sie auch heute bekümmert zu Bett. Doch dann! Diesmal war es Pferdegetrappel. Sie sprang aus dem Bett, riß ihr Tuch vom Haken und stürmte zur Tür. Ein Windstoß fegte über den Hof. Sie spürte die Kälte nicht. Die Blätter umwirbelten sie in einem fast rituellen Tanz. Enttäuschung stand in ihrem Gesicht. Es war weder Hans noch Christian. Ein älterer Mann, den Hut weit ins Gesicht gezogen, stieg schwerfällig vom Pferd.

„Guten Abend, Frau, kann ich bei Euch übernachten? Mein Pferd ist müde und hungrig, und ich bin es auch."

„Kommt herein, die Stube ist noch warm. Euer Pferd könnt Ihr in den Stall bringen."

Ihre Verwirrung war so groß, daß sie nicht einmal die einfachsten Vorsichtsmaßnahmen traf. Es war ihr gleichgültig, wer dieser Mann war. Unablässig quälte sie der einzige Gedanke: Sie haben mich vergessen.

Sie haben mich einfach zurückgelassen wie einen alten zerrissenen Stiefel. Für ihre Abenteuer konnten sie keine Frau gebrauchen. Verzweifelt stocherte sie in dem heruntergebrannten Feuer herum und schaute erstaunt auf, als der Fremde sich räusperte und zu sprechen anfing. Er sprach eine ganze Weile auf sie ein, tröstete sie und hielt ihre Hand. Durch all ihre konfusen Gedanken hörte Julie jedoch nur eines: Er, Hans, ist tot. Ein Alptraum, aus dem sie sich nicht lösen konnte.

„Es ist der Krieg mit seinem Grauen", murmelte der Fremde. „Der Tod ist sein Begleiter, er reist von Ort zu Ort mit seiner Sense im Gepäck, er mäht alles nieder. Eines Tages werden sie auferstehen, bis dahin werden sie im Jenseits weder frieren noch hungern."

Ein Wirbel stieg aus der Tiefe ihres Körpers empor und traf sie ins Gesicht, als wären alle Lichter der Welt erloschen. Sie klapperte mit den Zähnen. Langsam stand sie auf und wankte in den Raum, den sie seit ein paar Wochen ihr Zimmer nannte. Unerträgliche Trauer erfüllte sie. Sie hörte Schritte draußen und hielt mühsam den Schrei zurück, der ihr die Kehle zerreißen wollte. Die Schritte zögerten, blieben vor ihrer Tür stehen, gingen weiter. Gerade noch zur rechten Zeit. Julie schluchzte wie nie zuvor. Erstickte Laute sprangen aus ihrer Kehle. Minutenlang wurde ihr Körper geschüttelt. Dann fühlte sie sich hohl und leer und glaubte, nie mehr weinen zu können. Ihr Magen schmerzte, etwas in ihrem Innern war verbrannt, für immer zerstört. Sie legte ihren Kopf auf den Rahmen ihres Bettes und schloß die Augen, Schlaf erlöste sie nicht in dieser Nacht. Mit zerschlagenen Gliedern stand sie am Morgen auf. Der Gast war schon fort. Kraftlos richtete sie das Frühstück der Brüder. Immer wieder kam der Gedanke: Ich bin allein. Niemand mehr war da, der ihr etwas bedeutet hätte. Plötzlich wurde ihr schlecht, und sie wurde fast ohnmächtig vor Angst. Nichts gab es mehr, woran sie sich hätte festhalten können. Ihre Freunde waren tot, sie fühlte sich alleingelassen, verloren in ihrem Schmerz um den Mann, den sie liebte. In diesem Augenblick wurde die Ahnung in ihr wach, daß sie vielleicht schwanger war. Seit Wochen war ihr körperliches Befinden anders als sonst. Nachdenklich schaute sie einen großen Topf mit Rüben an, der im Kamin hing. Mit diesem Topf konnte sie ihren jetzigen Zustand in ein paar Stunden beenden. Prüfend schaute sie das schwarze Ungetüm an. Nein, das war doch keine Lösung, sie würde ihr Kind nicht mit diesem schmutzigen Topf ermorden. Das Kind würde das einzige sein, was ihr blieb. Noch war ihre Not nicht groß genug, niemandem mußte sie Rechenschaft ablegen. In ein paar Monaten konnte viel geschehen. Sie dachte an Maria Graf, die sich mit Margret der Kräuterfrau über unerwünschte Kinder unterhalten hatte. Für alles ist ein Kraut gewachsen, warum bist du nicht rechtzeitig zu mir gekommen, hatte damals Margret Maria gefragt. Dann wäre der kleine rothaarige Hänsel nicht geboren worden, dachte Julie. Maria könnte immer noch als Dienstmagd bei ihren Bauersleuten in Somborn sein. Doch konnte man einem gesunden Kind das Leben absprechen? Auch sie könnte die Alte aufsuchen, sagte sie zu sich selbst. Nein, das ist doch nicht recht. Noch gab es irgendwo Jakob Stein, den Helfer in allen Nöten. Sie mußte ihn suchen und finden. In Gedanken sah sie ihr Kind im Wald zwischen den Bäumen spielen. Sie hob den Kopf, entschlossen, die Angst vor der Zukunft zu bekämpfen. Im Laufe des Tages jedoch überfielen sie immer wieder Zweifel. In so einem Moment streichelte sie ihren Bauch und dachte: Ich lebe, atme frische Luft, wir beide werden überleben! Am Abend setzte sie die beiden Brüder in Kenntnis, daß sie am nächsten Tag fortgehen würde, um Jakob zu suchen.

„Ich weiß, wo der Jude ist", meinte der jüngere verlegen. „Wenn du willst, bringe ich dich zu ihm."

Der Winter begann für das Freigericht mit Hunger und Not. Da die Ernte von vorüberziehenden Soldaten mutwillig vernichtet worden und das vorherige Jahr nicht das beste gewesen war, zeichnete sich eine Katastrophe ab, die durch den Steuereintreiber, der alles beschlagnahmte, was er ergattern konnte, nicht besser wurde. Vor Tieren, Hausrat, ja selbst vor frischgebackenem Brot, das auf einem Gestell für die harten Wintermonate bereitstand, machte er nicht halt. Kein Hans Geipel war mehr da, der die Bauern beschützen konnte. Elend herrschte auf den Straßen. Abgezehrte Gestalten wankten umher, die sich rächen wollten an ihren Übeltätern.

Jakob Stein war in den Wald gegangen. Aus Baumstämmen hatte er sich eine Hütte gebaut, die Ritzen mit Moos ausgepolstert. Zwei Ziegen, zwei Schafe sorgten für Milch und Käse. Er legte Schlingen und Fallen, und wenn er Glück hatte, verfing sich ein Hase darin. Nur wenige kannten seine Hütte, und er legte keinen Wert auf Besuch. Auch der Müller wußte nicht genau, wo sich die Hütte befand. Er machte Geschäfte mit einem Köhler, und von dem wußte er, daß die Hütte des Juden ganz in der Nähe liegen mußte. Eines Tages hatte sich Jakob durch den Köhler nach der Bande erkundigt. Hauptsächlich wegen Julie. Er hatte ihnen Fürchterliches angedroht, wenn ihr etwas passieren sollte. Vielleicht hatte gerade diese Drohung die junge Frau beschützt.

Am späten Nachmittag erreichten Julie und ihr Begleiter den Meiler des Köhlers. Die von Dornen zerrissenen Kleider und die blutbefleckten Finger ließen ahnen, wie schwer Julie dieser Weg gefallen war. Am liebsten hätte sie sich auf die schmuddelige Liegestatt geworfen. Nach einem Schluck Schnaps verschwand ihr Begleiter.

„Bleib hier und ruh dich aus", sagte der Köhler, „ich werde den Juden holen." Er verschwand, und Julie war froh, denn dieser Mensch verbreitete einen stechenden Geruch und sah dem Teufel nicht unähnlich.

Sie saß auf einem wackeligen Stuhl, dem einzigen in der Hütte. Immer wieder fiel ihr Kopf auf die Brust, und ohne Übergang schlief sie ein.
So fand sie Jakob Stein. Zusammengesunken wie ein Häufchen Elend hing sie auf dem Stuhl. Behutsam schüttelte er sie am Arm, doch es war schwer, sie zu wecken. „Komm, wach auf, wir müssen gehen." Von weit her drang die Stimme in ihr Unterbewußtsein. Schlaftrunken riß sie die Augen auf. „Jakob, ach Jakob, daß du da bist, ich bin ja so froh."
„Komm, wir müssen gehen, bevor es Nacht wird, beeile dich", drängte der Alte und legte ihr fürsorglich eine Decke über die Schultern. Es war bitterkalt, und rasch wurde es dunkel. Das Knacken der Äste unter ihren Füßen erinnerte an das klirrende Geräusch zerbrechenden Glases, und die Kälte durchdrang sie mit schneidender Schärfe. Sie spürte sie bis auf die Knochen. „Wer kommt da?" fragte Julie mit halblauter Stimme. Vergeblich versuchte sie auszumachen, was sich im Unterholz bewegt hatte. Plötzlich erhob sich ein langgezogenes Heulen. Das Blut schien in ihren Adern zu gefrieren. Die Wölfe ...!
Sie hätte es wissen können, daher Jakobs Eile. Die Wölfe kommen am Ende des Winters, wenn sie ausgehungert sind. Es war aber erst Anfang Dezember. Etwas stimmte nicht. Julie setzte sich in Bewegung, immer im Bewußtsein der ihr folgenden lautlosen Schatten in den Büschen. Jakob zog sie mit einer Hand hinter sich her, mit der anderen hielt er die Fackel, die er zum Schutz gegen die Wölfe angesteckt hatte. Im Umdrehen sahen sie leuchtende Augen zwischen den Bäumen. Jakob und Julie arbeiteten sich so schnell sie konnten vorwärts und stießen einen Seufzer der Erleichterung aus, als sie endlich die Hütte erreichten. Julie taumelte durch die niedere Tür und fiel auf ein weiches Lager, auf dem sie regungslos liegenblieb. Das Gesicht in der Decke vergraben, konnte sie nicht sehen, wie der Alte die herannahenden Wölfe mit der brennenden Fackel ver-

scheuchte, bevor er die Tür schloß. Mit einem selbstgebastelten Gerät blies er die Glut im Kamin an, bevor er neues Holz auflegte. Danach half er dem Mädchen beim Entkleiden und zog ihr die schweren Stiefel aus. Während er sie in eine Decke hüllte, sprach er beruhigend auf sie ein, bis sie endlich in einen traumlosen Schlaf fiel.

In der Nacht schneite es. Auch am Tag fiel der Schnee in dicken Flocken vom Himmel. Jakob und Julie machten es sich in der Hütte bequem. Julie hatte viel zu erzählen, schon während sie die Tiere versorgten, stand ihr Mund keinen Augenblick still. Der Alte merkte, daß sie sich verändert hatte. War sie nun endgültig erwachsen geworden?

„Ich muß Euch etwas Wichtiges sagen, Jakob, ich bekomme ein Kind!"

„O Gott", seufzte der Alte und schwieg eine Weile. Nachdenklich kratzte er sich am Kopf. „Was machen wir jetzt?"

„Kann ich nicht hierbleiben? Hier bei Euch?"

„Nein, das ist unmöglich. Ich kann den Tieren manchmal helfen, aber bei Menschen, das ist etwas anderes. Weit und breit gibt es keine Frau, die dir helfen könnte. Warum gehst du nicht auf den Reuschberg? Ich bringe dich hin. Sieh mal, du kannst ihnen von der Tragödie oben im Spessart erzählen, von deinem Großvater und von Hans. Der Wolfsjäger nimmt dich bestimmt mit Freuden auf. Sie kennen dich von früher, und dein Kind würde gut versorgt."

Julie hatte Tränen in den Augen.

„Die Wölfe, Jakob, wieso waren die Wölfe schon da?"

„Wenn die Menschen den Kopf zu verlieren, gerät die Natur aus dem Gleichgewicht. Seit zwei Jahren werden die Wölfe nicht mehr gejagt. Sie finden den ganzen Winter zu fressen, deshalb vermehren sie sich. Zum Glück sind sie nicht mehr so wild wie in früheren Zeiten. Aber lenke nicht ab, wann soll ich dich auf den Reuschberg bringen?"

„Ihr vergeßt, das Kind wird ein Bastard sein, ich habe keine Beweise, daß Hans der Vater ist, sie werden mich mit Schimpf und Schande davonjagen."

Beide schwiegen und hingen ihren Gedanken nach. Es war Abend geworden, der Alte stand auf und holte sich seinen Tabaksbeutel von einer Kiste, dann sagte er: „Eigentlich wart ihr doch eine ganz schöne Räuberbande, nicht wahr? Du als Frau oder Braut des Hauptmanns. Aber wo ist eigentlich das viele Geld geblieben? Wo ist dein Schmuck? Deine Perlen und Edelsteine?"

„So etwas habe ich nie gesehen. Einmal sind wir durch Zufall auf eine fremde Bande gestoßen, die eine Kirche ausgeraubt hatte."

„Was habt ihr mit dem Schatz gemacht?"

„Der blasse Bamberger wurde damit zurückgeschickt."

„Zurück? Wohin?"

Hilflos sah sie den Alten an und entgegnete: „Ich weiß es wirklich nicht."

„Aber du warst dabei, auch wenn du nur die Packpferde gehalten hast. Dir stand ein Teil der Beute zu. Warum hat Hans nicht daran gedacht?"

„Nach Andrés Tod wollte er von nichts mehr wissen. Tagelang war er verschwunden, vielleicht hat er in dieser Zeit die Sachen in Sicherheit gebracht."

„Nein, sie müssen ihren Anteil bekommen haben, sonst wären diese Galgenvögel nicht so lange geblieben. Sie mußten jemand haben, der die Sachen übernommen hat, der sie weiterverkaufen konnte."

Julie konnte direkt sehen, wie Jakob nachdachte.

„Es muß ein Mann in der Stadt sein. Einer mit vielen Verbindungen. Ein Kaufmann oder Schiffer, vielleicht sogar ein Jude, wer weiß? Dieser Mann bezahlt die Ware mit Geld und verkauft sie dann wieder an ausgeraubte Kirchen und Klöster, ein ständiger Kreislauf, aber einer, an dem man nicht schlecht verdient." Jakob machte eine Pause und überlegte. Ein ständiger Kreislauf, doch wieviel Blut hing an diesen Kultgegenständen und wie viele gingen für immer verloren!

„Wo ist eigentlich der Pferdejunge Johann?" fragte er dann.

„Er ist mit dem Rest der Bande davongeritten."

„Wenn wir ihn finden würden, kämen wir der Sache ein ganzes Stück näher."

„Jakob, vielleicht könnte ich nach Krombach ins Pfarrhaus zurück, Barbara würde sich sicher freuen", sagte Julie.

„Es tut mir leid, mein Kind, Krombach kannst du vergessen."

„Wieso?"

„Es gibt keinen Pfarrer mehr und auch keine Köchin. Beide wurden gleich nach deinem Verschwinden abgeholt. Niemand weiß, wohin. Dahinter steckt der Hieronymus Prager, nehme ich an."

„Woher wißt Ihr das?" fragte Julie betroffen.

„Von einem alten Freund von dir, einem Totengräber. Er ist auch in den Wald gegangen und hat eine Hütte nicht weit von hier. Geh jetzt schlafen, es hat keinen Zweck, über Vergangenes nachzugrübeln."

Jakob Stein stand auf, reckte und streckte sich, daß seine Glieder krachten, und schlurfte zur Tür. „Es hat aufgehört zu schneien, auch die Kälte hat nachgelassen. Das Wetter wird umschlagen, ich merke es an meinem Rheuma", bemerkte er. Alle Knochen taten ihm weh. Nun mußte er sich auch noch um das Mädchen sorgen. Während er die Tür für die Nacht verriegelte, fielen ihm die Solomons in Gelnhausen ein. Ja, das wär's, Miriam Solomon würde Julie sicher aufnehmen, ohne viel zu fragen. Er mußte sie bald in die Stadt bringen. Froh über seinen Einfall, legte er sich beruhigt schlafen. Alles würde gut werden, das wäre doch gelacht, wenn er etwas in die Hände nahm, gelang es immer.

Unruhig wälzte sich Julie auf ihrem Lager. Tausend Gedanken tanzten in ihrem Kopf herum. Was war sie nur für ein Mensch? Hatte sie sich die ganze Zeit auch nur einmal gefragt, was aus Adam geworden war oder aus Barbara oder dem Pfarrer von Krombach, die doch ihre Freunde waren? Sie kam sich jetzt sehr undankbar vor. Durch sie waren diese anderen ja erst in Gefahr gekommen. In dem Moment, als sie Hans Geipel traf, hatte sie alles vergessen. Es geschah ihr recht, daß sie so dastand. Genau so arm wie damals, als der Pfarrer von Krombach sie von der Straße aufgehoben hatte, wo sie ohnmächtig hingestürzt war. In all der Zeit hatte sie nichts dazugelernt. Auf Hof Trages hatte sie nicht einen Gedanken an die Zukunft verschwendet, immer nur an Hans gedacht. In ihrem Innern war er ihre Zukunft. Doch hätte er sie wirklich geheiratet? Sie machte sich keine Illusionen mehr. Hans Geipel war ein zwiespältiger Mensch. Solange André an seiner Seite war, konnte er stark und mutig sein. Ein Mann, der andere um ihr Geld erleichterte. Nachdem er durch Zufall zum Mörder geworden und als Vogelfreier erklärt worden war, wurde er Rebell und wollte den Bauern helfen. Er wollte edel sein, war aber doch nur ein gemeiner Räuberhauptmann. Das machte ihm zu schaffen. Was hatte er am Ende erreicht? Die Bauern waren noch schlimmer dran als vorher. Nach Andrés Tod war er nur noch eine Hälfte. Sie hatte sich gefreut und gedacht, er hätte endlich zu ihr gefunden. Doch nur die Einsamkeit und Selbstvorwürfe trieben ihn in ihre Arme zurück. Julie mußte sich bitter eingestehen: Er hatte sie nie geliebt, in all der Zeit war sie für ihn nur ein Zeitvertreib gewesen, eine Spielerei, nein, eine Stütze, damit die Hälfte nicht umfiel. Dann kam Christian zurück, und mit ihm fühlte er sich wieder als ein ganzer Mensch. Mit ihm ging er auf und davon, ohne Rücksicht, ohne Angst, selbst die Todesgefahr scheute er nicht. Aber: Sie konnte ihm nicht allein die Schuld geben. Sie trug auch Schuld. Sie war ein Kind geblieben, hatte sich immer auf andere verlassen. Jakob hatte recht! Sie hatte sich selbst durch ihre Dummheit um den Anteil gebracht. Sie könnte heute wenn nicht reich, so doch wohlhabend sein. Maria war bestimmt nicht so dumm gewesen, die hatte gewiß ihre Schäfchen ins trockene gebracht. Nur sie, Julie, war wieder einmal auf andere angewiesen. Dem gutmütigen Jakob war bestimmt eine Lösung eingefallen, sonst würde er nicht so ruhig schlafen. Es blieb ihr nichts anderes übrig, sie mußte sich wieder einmal auf den Juden verlassen. Das letzte Mal, schwor sie sich, bevor sie einschlief.

Am Morgen machten sie sich früh auf, sie hatten einen weiten Weg. Der Schnee war geschmolzen. Die Nässe ringsum glänzte in der aufgehenden Sonne.

Zwei Wochen war Julie nun schon in Gelnhausen. Auch die Menschen dieser Stadt
hatten Geheimnisse und Sehnsüchte, Ängste
und Erinnerungen. Unter ihnen konnte Julie sich
verstecken und ausruhen, hier konnte sie untertau-
chen und vergessen. Sie wohnte in einem hohen
schmalen Haus am Obermarkt. Im Erdgeschoß hatte
Katherine, „die Gestärkte", ihr Geschäft, in dem sie
Kragen, Hemden und Unterröcke stärkte. Südlich des
Obermarktes lag das große Kaufhaus, in dem Tuch-
händler, Krämer und Gewandschneider ihre Waren
anboten. Der Obermarkt galt als Mittelpunkt der
Zünfte, und diente deren Zusammenkünften und Feiern. Im Norden des Obermarktes lag das Kloster der
Franziskaner oder Barfüßler, wie sie in der Stadt ge-
nannt wurden. Die Gebäude waren schon sehr bau-
fällig, nur noch ein paar Mönche lebten in den Gemäuern, und hielten sich mühselig am Leben. Die
Auffahrt zum Obermarkt erfolgte von der Langgasse
über die Krämergasse, die Abfahrt in westlicher
Richtung vom Obermarkt über die Schmiedegasse. An
Markttagen standen die Fleischverkäufer Stand an
Stand, genau wie am Untermarkt die Backleute, die
Brot und Kuchen feilboten.
Die „Stadt am Berg" hatte zahlreiche Klöster, Kirchen
und Wehrbauten. Alle Gebäude fügten sich in Farbe
und Form der Struktur der Landschaft ein und ergaben eine harmonische Einheit von Natur und Men-
schenwerk. Von Kaiser und Königen gefördert und oft
besucht, entwickelte sich Gelnhausen schnell zu einem bedeutenden Gemeinwesen. Die Stadt hatte fünf
Ausgänge. Zugbrücken sicherten den Zugang über
tiefe Wassergräben. Das Wasser lieferten die Quellen
oberhalb der Stadt, die in einem Weiher gestaut wur-

den. Zinnen bildeten den oberen Abschluß der Stadtmauern. An manchen Teilen war ein Wehrgang auf ausragende Konsolen gesetzt worden. Die Mauern hatten Schlitze und fensterförmige Schießscharten. Außerhalb der Stadt war eine fest verwachsene Dornenhecke angelegt, deren mutwillige Durchbrechung hohe Strafen mit sich brachte. Die Befestigungen ergaben durchweg eine vierfache Sperre vor der Stadt, bestehend aus Mauer, Zwinger, der wiederum abgemauert war, Wassergraben und Wall. Eine Stadt der Sicherheit. Hier fühlte Julie sich wohl.

Zuerst hatte sie bei den Solomons gewohnt und war dort Lea wieder begegnet, die sie freudestrahlend in die Arme genommen hatte. Leas Eltern waren zum Glück wieder weitergezogen und hatten das Mädchen in der Obhut ihrer Tante gelassen. Miriam Solomon, die zwei Söhne hatte, war froh darüber, sie mochte Lea und fand in ihr eine dankbare Tochter. Die beiden Mädchen bewohnten eine Kammer gemeinsam, die jedoch trotz aller Freundschaft auf die Dauer zu klein war. An manchen Tagen arbeitete Lea bei der „gestärkten" Katherine. Eines Tages nahm sie Julie mit. Da die Geschäfte gut gingen, war Katherine froh, noch eine zusätzliche Arbeitskraft zu haben. Nicht lange danach machte sie Julie den Vorschlag, zu ihr zu ziehen. Julie stimmte zu und richtete sich in Katherines Wohnung ein. In ihrem Zimmer war ein großer Kamin, und sie freute sich darauf, die langen Winterabende vor dem Feuer zu verbringen. Miriam, die Gütige, gab ihr Wäsche und ein paar Kleider, und Julie fühlte sich reich und wohlhabend. Die Küche benutzten sie gemeinsam, doch oft kümmerte sich Julie allein um das Essen, weil Katherine einfach keine Zeit hatte.
Jakob war in den Wald zurückgegangen, froh, daß Julie endlich ein Heim gefunden hatte. Im Frühjahr oder Sommer würde er wiederkommen.

Man hätte glauben können, daß Julie seit eh und je in Gelnhausen lebte, so zwanglos fügte sie sich in eine Lebensweise ein, der sie schon immer, zumindest in ihrer Wunschvorstellung, den Vorzug gegeben hatte. Schon morgens beim Aufstehen war ihr nach Singen zumute. Später betrachtete sie den Sonnenaufgang und rief dem Pförtner des Barfüßlerklosters ein „Guten Morgen" über die Straße zu. Seit einiger Zeit war die Marienkirche wieder geöffnet, von dort drangen geistige Gesänge zu ihr herüber. Die Fenster der Kirche waren von sanftem Lichtschein erhellt, die Menschen beteten. Das Glockengeläut über den Dächern am Rand des Spessarts trug alle pessimistischen und unruhigen Gedanken davon und verwies auf jene Dinge, die faßbar und realistisch waren: das tägliche Leben und das unter ihrem Herzen wachsende Kind.

Katherine war eine dieser Frauen, denen man alles erzählen konnte. Mit ihren blauen Augen und dem weizenblonden Haar, das sie zu zwei dicken Zöpfen geflochten hatte, sah sie nicht älter als zwanzig aus, obwohl sie die Dreißig schon lange überschritten hatte. So wunderte sich niemand darüber, daß sich immer viele Menschen, hauptsächlich Männer, in ihrem Geschäft drängten. Mit einem graziösen Hüftschwung nahm sie den Kessel mit heißem Wasser von der Feuerstelle und schüttete ihn in den Holzzuber. Weder der Dampf aus dem Wassertopf noch die rauchende Holzkohle, die sie in ihr Plätteisen füllte, konnte ihrem Aussehen schaden. Mit einem kühlen Blick wies sie auch den hitzigsten Verehrer in die Schranken. So gab es weder Streit noch Eifersucht, und jeder Besucher fühlte sich als Freund behandelt. Manchmal hatte man das Gefühl, bei Katherine laufen die Fäden der ganzen Stadt zusammen, weil sich nicht einmal die gestrengen Ratsherren scheuten, bei der „Gestärkten" vorbeizusehen, um ihre schmutzigen Krägen abzugeben und dort eine Stunde bei einem Plausch zu verbringen. So erfuhr Katherine immer alle Neuigkeiten. Was ihr die Männer verschwiegen, erzählten die Frauen, die auf den Markt einkaufen gingen und für ein paar Minuten bei Katherine hereinschauten. Niemand störte sich daran, daß sie nie etwas von sich erzählte, man war zufrieden, wenn sie zuhörte und hin und wieder nickte, während ihr Ungeheuer von Eisen zischend über die schneeweißen Krägen fuhr, damit die Spitzen in elegantem Schwung abstanden. Die Wäschestärke rührte Katherine hinter verschlossener Tür an. Selbst Julie gegenüber, die doch zum Geschäft gehörte, war sie in diesem Punkt verschwiegen.

Katherine war Witwe. An einem verregneten Nachmittag, an dem Julie und Lea keine Wäsche austragen konnten, erzählte sie den beiden ihre traurige Geschichte. In diesem Haus am Obermarkt wurde sie geboren. Ihr Vater war Tuchmacher, Katherine erinnerte sich noch an die Ballen graues Tuch, die auf den Gestellen lagen, wo sie jetzt ihre Stärkekammer hatte. Es war eine schwere Arbeit, und schon als Kind mußte sie fleißig mithelfen. Ihre beiden Brüder waren viel älter als sie und hatten in der Freien Reichsstadt Frankfurt alle Hände voll zu tun, denn das Gelnhäuser Tuch war nicht nur im eigenen Land bekannt. Sie unterhielten ein großes Handelshaus und machten mit Ländern wie Italien und Frankreich Geschäfte. Hier in Gelnhausen arbeitete die Familie hart für ihr tägliches Brot. Niemand wußte, daß sich die beiden Brüder in Frankfurt ein schönes Leben machten. Sie führten ein großes Haus, beide konnten in herrschaftliche Familien einheiraten. Wer wußte schon, daß diese ehrenhaften Kaufleute ihren Wohlstand einem ausgemergelten Ehepaar und einem Kind verdankten. Die Arbeit des Tuchmachers war ein hartes Brot. Nach dem Waschen und Schlagen der Wolle folgten das Kämmen und Spinnen. Um die Echtheit der Ware zu sichern, fanden zahlreiche Besichtigungen statt. Das ausgewebte Tuch kam zum Walker. Er hatte es zu waschen und mit Walkerde zu bearbeiten, um das lose Gewebe zu verfilzen. Das gewalkte Tuch wurde nun zum Trocknen auf einen Rahmen geschlagen. Auch der Walker mußte strenge Vorschriften beachten, damit die Güte seines Produktes gewährleistet war.

„Jetzt ist das alles vorbei", sagte Katherine. „Es gibt keine Tuchmacher mehr. Meine Eltern waren die letzten. Als ich zwanzig Jahre alt war, starb mein Vater an Schwindsucht. Mit den Brüdern hatte er damals schon gebrochen, er konnte nie verwinden, was sie ihm und Mutter angetan hatten. Ein Jahr darauf habe ich meinen Lorenz geheiratet. Natürlich gegen den Willen seines Vaters Kaspar Dröst. Für ihn war ich viel zu arm. Für seinen einzigen Sohn hatte er sich etwas Besseres erhofft. Doch mein Mann ließ sich nicht beirren. Er war gesund und stand mit beiden Beinen mitten im Leben. Er hatte von seiner Mutter ein paar Weinberge geerbt. Sein Wein war erster Güte, nicht selten verkaufte er ihn als Meßwein an die Kirchen. Der Winter 1623 auf 24 war fürchterlich. An Weihnachten war es so warm, daß die Säfte in den Weinstöcken stiegen. Die Bäume schlugen aus, es war warm wie im April. Doch dann kam der Frost und mit ihm der Schnee. Tagelang schneite es ununterbrochen. So schnell wie es kalt wurde, genau so schnell fing es an zu tauen. Das ganze Schneewasser von der Rhön und dem Vogelsberg kam die Kinzig herab. Wir sind ja Hochwasser gewöhnt, doch damals, das war wie die Sintflut. Das Wasser stieg und stieg. Die Holzbrücken knickten ab und fielen zusammen, selbst die große Steinbrücke hatte ein Loch und wurde unterspült. Alle Häuser außerhalb der Stadtmauer standen unter Wasser und wurden weggespült. Die Männer waren tagelang im Einsatz, um zu retten, was noch zu retten war. Die letzte Nacht ging vorüber, als der Morgen graute, schien es, als wären alle in Sicherheit. Doch da hörten sie einen Hilferuf aus einer Hütte, in der sie kurz zuvor gewesen waren und niemanden gefunden hatten. Lorenz und noch ein Mann fuhren mit einem Kahn zu der Hütte. Kaum waren sie drinnen, brach alles zusammen, und die Hütte wurde in einem Strudel davongeschwemmt. Damals war ich im dritten Monat schwanger, ich lag mit hohem Fieber im Bett und wartete auf meinen Mann. Als die Kunde von dem Unglück kam, verlor ich mein Kind. Drei Tage später, nachdem das Hochwasser gesunken war, fanden sie meinen Mann unterhalb der Stadtmauer in einem Gebüsch. Doch das war noch nicht alles", verbittert strich sie eine Haarsträhne zurück, „der Frost hatte die Weinberge vernichtet, es blieb mir nur noch der Verkauf. Um leben zu können, fing ich als Wäscherin an, später kam das Stärken dazu, und so entwickelte sich mein Geschäft. Was ich heute erreicht habe, erfüllt mich mit Stolz. Ich bin unabhängig, wer kann das schon von sich behaupten, und möchte mit niemandem tauschen. Der Regen hat aufgehört, macht euch wieder an die Arbeit, in ein paar Tagen ist Weihnachten, niemand soll auf seine gestärkten Krägen warten."

m 29. September 1631 erreichten die Schweden unter ihrem König Gustav Adolf das Gebiet des Bischofs von Würzburg. Die bischöfliche Festung Königshofen im Grabfeld, mit Graben und Wall versehen, ergab sich ohne Gegenwehr. In Schweinfurt erreichten sie den Main, wo sie das Wasser zum Transport der Artillerie und Bagage nutzten, während die Soldaten am Ufer entlangmarschierten. Gustav Adolf lockte die Fruchtbarkeit und der Reichtum der Länder an Main und Rhein. Er dachte an lange Wintermonate, und dort war der Unterhalt seiner Armee am ehesten gewährleistet. Immer mehr hatte er sich mit der Rolle des Befreiers der deutschen Protestanten identifiziert und fühlte sich von ihr getragen. Die täglichen Berührungen und die Begeisterung der Hoffnung der evangelischen Bürger und Bauern mit dem fast blinden Glauben an ihn hatten in ihm ein Feuer entzündet. Er war der Ansicht, wenn Gott sich weiterhin zu ihm bekannte, könne er alles zugleich und miteinander erreichen: die Sicherheit und Größe Schwedens, unsterblichen Ruhm sowie die Neuordnung der deutschen Verhältnisse und damit des evangelischen Glaubens.

Der kaiserliche Feldherr Tilly hatte die schwere Niederlage, die ihm die Schweden beigebracht hatten, relativ schnell überwunden. Nachdem er die Reste seiner Armee aufgesammelt hatte, versorgte er sich aus der kaiserlichen Festung an der Weser mit Artillerie und vereinigte sich in Fulda mit intakt gebliebenen Verbänden der Fugger und Aldringer. Anfang Oktober verfügte er wieder über rund 25000 Mann. Von da begab er sich auf die Weinstraße, auf die Birkenhainer und von Hof Trages ab auf den Sälzerweg nach

Aschaffenburg. Am 12 Oktober traf er dort ein. Von Kurfürst Maximilian wurde er von einem Treffen mit den Schweden abgehalten. Bei Seligenstadt überschritt er den Main, nahm noch die Hanau-Lichtenbergische Festung und wandte sich danach der Pfalz zu. Nun hatten es die Schweden leicht. Mitte Oktober stand das Heer vor Aschaffenburg. Der Marsch von Würzburg nach Frankfurt glich eher einer Landpartie als einem Kriegszug. Hanau war schon von einer Vorausabteilung genommen worden und Kommandant Brandis in Gefangenschaft. Aschaffenburg, bereits Mainzer Gebiet, ergab sich ohne Widerstand. Die Schweden gerieten geradezu ins Schwärmen über dieses fette Land, das von allem – außer von Frieden – überquoll. Hier gab es Korn, Wein, Obst, Gold und Silber und was man sich sonst noch an Reichtümer denken konnte.

Sechzehn Jahre wütete dieser Krieg nun schon, aber er hatte nur einen einzigen Helden hervorgebracht, einen Mann, dem selbst seine Todfeinde die heroische Größe nicht absprechen konnten: den Schwedenkönig Gustav Adolf. Als teuflisch genialer Antichrist sahen ihn seine Feinde, als Messias die Protestanten. Als einen Mann, ausersehen, die Übermacht des Kaisers zu brechen, so sah ihn das Oberhaupt der katholischen Kirche.

Gustav Adolf hatte mit viel diplomatischem Geschick versucht, eine Union gegen den Kaiser zustande zu bringen – aber vergebens. Jeder Erfolg ließ den Stern des Schwedenkönigs heller erstrahlen. Mit jeder neuen gewonnenen Schlacht wuchs sein Ansehen bei den deutschen Protestanten, die heimlich nach Erlösung seufzten. Mit dem Sieg von Breitenfeld hatte sich alles verändert. Es war der Sieg der besseren Armee, der besseren Artillerie, des besseren Gebrauchs der herkömmlichen Waffen, einer neuen Taktik und Kampftechnik, aber auch der Sieg der besseren Offiziere und eines großen Feldherrn, der wie ein Wundermann aus dieser Schlacht hervorging.

Tillys bisheriger Ruhm schien nur noch seinem Überwintern zu dienen. Der alte Soldat, der sich zugute hielt, immer nur so tief ins Wasser gegangen zu sein, wie er den Grund sehen konnte, war in eine reißende Strömung geraten. Das ganze protestantische Lager jubilierte darüber, aber die Katholiken verstummten. Jeder hatte sofort begriffen, daß dieser Tag für Deutschland und Europa die Welt auf den Kopf gestellt hatte. Nicht nur militärisch, sondern auch politisch. Der Kaiser in Wien erwog allen Ernstes zu fliehen. Die Druckschriften, die den Schwedenkönig und den Tag von Breitenfeld verherrlichten, ergossen sich wie ein Strom über ganz Deutschland. Sie mündeten in einen Triumphschrei. Das Weihnachtsfest feierte Gustav Adolf 1631 in Mainz, dessen Erzbischof am 8. Dezember nach Köln geflohen war.

Wie ein Wunder erschien den deutschen Protestanten der Siegeszug des Schwedenkönigs. Die Städte und Festungen fielen eine nach der anderen. Ernsthafter Widerstand wurden nur an wenigen Orten geleistet. Der Schrecken ging vor dem Krieg her und trieb seine Feinde auseinander. Gustav Adolfs Gestalt überragte an Größe alle, auch die seiner bärenstarken Leibgarde. Auf mächtigen Schenkeln ruhte der ebenmäßige Leib, sein edles Haupt mit den strahlendblauen Augen war gekrönt von blonden Locken. Daß er kurzsichtig war, merkte man zuweilen, wenn er die Lider zusammenkniff, um besser sehen zu können, die Haltung entspannt, aber jeder Zoll ein Herrscher. Wenn er zu sprechen begann, richtete er sich stets nach seinem Partner. War der ein Bauer, so redete er derb bäurisch, die Gesandten fremder Mächte empfing er mit dem ganzen modischen Schwulst der Diplomatensprache. So etwa verblüffte er Richelieus Gesandte durch sein fließendes Französisch, den holländischen Botschafter durch sein Niederländisch. Deutsch sprach er fast wie seine Muttersprache, und mit Pfaffen vermochte er Lateinisch zu parlieren. Auch erzählte man sich, daß er Russisch und Polnisch konnte. Gustav Adolf war mit

seiner schwedischen Armee – 15000 Mann – in Ost-
preußen gelandet. Das war ein ganz anderes Heer als
das Tillys, Mansfelds oder Wallensteins. Blind gehorchten die Soldaten ihren Offizieren und die Offiziere ihrem König. Der ritt allen voran auf seinem
Schimmel, die Fahne des Hauses Wasa in der Rechten, ein Held als Anführer von Helden. Doch es gab
auch andere Stimmen, die sich fragten: Ging man in
der Bewunderung nicht etwas zu weit? Es gab Stimmen, die von zuchtlosen schwedischen Horden, die
alles in den Schatten stellten, was man an Kriegs-
greueln bisher erlebt hatte, berichteten. Doch sie kamen nicht weit mit ihren Zweifeln. Empört bekamen
sie zur Antwort: Der König kauft jeden Scheffel Korn,
jedes Maß Bier, jeden Ochsen und jedes Schwein um
gutes schwedisches Geld. Vor und nach jedem Gefecht wird gebetet, da ist kein Platz für Greuel.
Frömmigkeit und gute Zucht machen aber keine
Wunder. Gewiß nicht. Der König war mit Taktik in
den Krieg gezogen. Freilich, Taktik setzt ein Heer voraus, das in jeder Hinsicht einem Thurn oder Mansfeld
überlegen war. Was aber altgediente Haudegen überraschte, war die Geschwindigkeit, mit der die Schweden marschierten, die Präzision, mit der sie einander
auf dem Schlachtfeld wiederfanden und getreu dem
Plan ihres genialen Feldherrn kämpften. Natürlich
war auch die Ausrüstung der Schweden hervorragend. Sie hatten eine neuartige Muskete mit einem
Steinschloß, die die alten Luntenbüchsen der Deutschen ersetzte, und damit war ihre Feuergeschwin-
digkeit ungleich größer. Auch waren ihre Geschütze
besser, einfach weil das schwedische Gußeisen eine
bessere Qualität aufwies. Der König hatte, um die
Marschgeschwindigkeit zu steigern, seinen Soldaten
leichtere Hellebarden und leichtere Brustpanzer verpaßt, was sich hervorragend bewährte. Vor allem aber
teilte er sein Heer in viele kleine Gruppen auf, die
selbständig operierten und die großen Blöcke der alten taktischen Schule vernichtend angriffen. Fußvolk

und Reiterei behielten die üblichen Waffen: die Infanterie Piken und Musketen, die Kavallerie Pistolen und Säbel. Es kam ihm darauf an, daß diese Waffen so zweckmäßig wie möglich waren. Der Langspieß, unentbehrlich zur Deckung der während des langen Ladevorgangs ungeschützten Musketiere, war auch eine Angriffswaffe, obwohl kaum noch als solche verwendet. Gustav Adolf brachte seinen Piketrägern bei, ihn wieder zum Vorstoß einzusetzen. Doch war er auch auf den Schutz der Pikeniere bedacht und stattete sie durchweg mit Harnischen aus. Die Musketen suchte er so leicht wie möglich zu machen. Die Lederkanone hatte einen legendären Ruf, sie war ein Dreipfünder, und es sah so aus, als würde aus einem Lederrohr geschossen.

Am 24. Dezember 1631 war der schwedische König in Mainz im Winterquartier und ließ sich den ganzen Tag über in seiner Zeltstadt sehen. In wenigen Tagen war das alte Jahr vorbei, dachte er. Am 22. Januar würde er seine Frau in Hanau treffen. Nach langer Zeit würden sie wieder einmal ein paar ruhige Tage zusammen verbringen. Schließlich war ihm Philipp Moritz noch einiges schuldig. Hatte er, Gustav Adolf, nicht dafür gesorgt, daß dieser wieder Herr über seine Güter war?

*D*ie Dämmerung versank im eisblauen Schatten, während hinter den Fenstern der Stadt die ersten kleinen Lichter angingen. Nebel und Rauch zog durch die Straßen und kündete vom nahen Festessen. Aus der Marienkirche in Gelnhausen kamen gedämpfte Orgelklänge. Man blickte zum flimmernden Himmel hinauf und wünschte sich Frieden, Frieden auf Erden. Die ganze Stadt war auf den Beinen, auch aus den Nachbardörfern sowie aus den an der Kinzig gelegenen Zinshöfen strömte man auf die große Kirche zu. Es hatte sich herumgesprochen: Seit langer Zeit weilte wieder einmal ein Geistlicher Herr in der Stadt. Alle waren froh darüber. Was war Weihnachten ohne eine Messe? Es war bitterkalt, und wiederholt sah man Menschen an öffentlichen Kohlenbecken ihre steifen Finger wärmen. Nach der letzten Segnung strömten die halberfrorenen Gläubigen aus der Kirche. Es drängte sie danach, zu ihren warmen Häusern und an die gedeckten Tische zu kommen. Jenseits der Friedhofsmauer hörte man Pferde wiehern, die bei den Schlitten auf dem Kirchplatz warteten.

Julie war nicht in der Messe. Eine Scheu hielt sie ab. Sie hatte Angst vor den vielen Menschen. Auch wollte sie niemand begegnen, den sie vielleicht von früher kannte. Hier in der Stadt galt sie als Witwe, die Vergangenheit war tot, und das war gut so. So hütete sie das Feuer am Kamin und dachte an die Zukunft. Nächstes Jahr an Weihnachten würde ihr Kind schon ein paar Monate alt sein. Es war eigentlich unvorstellbar. Zärtlich streichelte sie ihren gewölbten Leib und flüsterte Koseworte. Ein leises Kratzen an den Fensterläden ließ sie aufhorchen. War es der Wind, der wieder stärker durch die nächtlichen Gassen fegte?

Jetzt warf jemand einen Schneeball ans Fenster. Vorsichtig wollte sie das Fenster öffnen, doch es war zugefroren. Es wird Katherine sein, die ihre Schlüssel vergessen hat, dachte sie, während sie vorsichtig die schmale Treppe hinunterstieg. Sie öffnete die Tür, und mit dem Wind und Pulverschnee kam ihr eine schlotternde Gestalt in einem fadenscheinigen Mantel entgegen.

„Wer ist da? Was wollt Ihr mitten in der Nacht?" fragte sie ängstlich.

„Erkennst du mich nicht? Vergißt du so schnell deine Freunde?"

„Barbarossa?" Ja, er war es wirklich, freudestrahlend zog sie ihn ins Haus. Er setzte sich an den Kamin, Julie holte Wein und etwas zu essen. Er schälte sich aus seinen Lumpen und musterte sie von oben bis unten.

„Gott sei Dank, du bist es wirklich. Ich habe dich in der ganzen Stadt gesucht. Vor ein paar Tagen sah ich dich von weitem, wußte aber nicht genau, ob du es bist. Überall habe ich nach dir gefragt, doch niemand konnte mir eine Auskunft geben."

Julie sah ihn mitleidig an. „Wohnst du noch in dem alten Haus?"

„Ach wo, sie haben mich aus der Stadt gejagt." Er lachte. „Ja, meine Schöne, sie sind sehr ungnädig mit einem alten Stadtkater umgegangen. Jetzt wohne ich in der herrschaftlichen Pfalz, wie der echte Barbarossa. Leider werden sie mich auch da nicht lange dulden. Aber heute nacht sind die Stadttore offen, wegen der Leute, die in die Kirche wollen, das habe ich ausgenutzt."

„Deinem Hunger nach wird es immer schwieriger, in die Speisekammern anderer Leute zu kommen." Julie war entsetzt, wie heruntergekommen er aussah. Seit dem letzten Frühjahr war er noch magerer geworden.

„Hör zu, Barbarossa – ein fürchterlicher Name – ich werde dich in Zukunft Ross nennen, du kannst zu mir kommen, wenn du hungrig bist. Für dich werde ich immer etwas in der Speisekammer haben. Das Geschäft geht gut, die Menschen bezahlen oft mit Naturalien. Also denke daran, bevor sie dich schnappen."

Vergnügt sah sie ihm zu, wie er das Essen in sich hineinstopfte. Nach einem Glas Wein räkelte er sich wohlig auf dem alten Stuhl. Er begutachtete den Raum, in dem sie sich befanden. Seine Augen glitten über Julies Figur, die schon leicht gerundet war. Doch er bemerkte nichts, und sie war froh darüber. Sie hätte es nicht ertragen, wenn er sich darüber lustig gemacht hätte.

„Du kannst heute nacht hierbleiben, ich werde es Katherine schon irgendwie beibringen."

„Nein, vielen Dank, mein Schatz, du hast mich gesättigt, das reicht. Ich möchte nicht, daß du wegen mir Scherereien hast. Irgendwann werde ich mich revanchieren."

Sie brachte ihn an die Tür und sah ihn schaudernd in die kalte Nacht verschwinden. Ein eisiger Wind fegte über den Platz vor dem Haus. Gleich darauf hörte sie Schritte. Katherine, die sich mit einer Nachbarin unterhielt, kam zurück.

„Du hast auf mich gewartet? Schön von dir. Aber jetzt geh ins Bett. Das Feuer lassen wir lieber ausgehen, einen Kaminbrand wollen wir nicht riskieren." Erschrocken stand Katherine vor den leeren Schüsseln, sprachlos deutete sie auf den Tisch. „Hast du das alles ...?"

„Aber nein", Julie mußte lachen, „ich hatte Besuch, und der war ziemlich ausgehungert."

„Einen Besuch? Ich denke, das war eine ganze Armee. Ja", sagte Katherine nachdenklich, „wahrscheinlich hast du genau das getan, was Pater Vincent Morgan heute gepredigt hat: Speiset die Hungrigen und gebet den Durstigen zu trinken."

„Wie hieß der Geistliche?"

„Vincent Morgan oder Morgen. Kennst du ihn?"

„Ich glaube, das war der Mann, der mir die Todes-
nachricht brachte."
„Julie, du bist so blaß, ist dir nicht gut?"
„Katherine, glaubst du, ich sollte noch einmal mit ihm
reden?"
Mitleidig legte Katherine ihren Arm um Julies Schul-
ter. „Wenn es dir hilft. Doch bedenke, er hat dir nur
eine Botschaft gebracht. Dieser Geistliche war kein
Augenzeuge."
„Ja, ich weiß, aber es könnte doch sein, daß ich etwas
überhört habe, damals war ich so erregt."
„Geh jetzt schlafen, morgen werden wir ihn zusam-
men aufsuchen und mit ihm reden, einverstanden?"
„Wenn ich dich nicht hätte, danke Katherine, gute
Nacht."

Pater Vincent war überrascht, als ihm am nächsten
Tag die Frauen gemeldet wurden. Doch auch er
konnte nichts anderes sagen als das, was sie schon
wußten. Trotzdem war er froh, die junge Frau hier
unter Freunden zu wissen. Seit jenem Abend, als er
ihr die Todesnachricht überbrachte, hatte er noch oft
an die verlorene einsame junge Frau in dieser unheimlichen Umgebung denken müssen. Er wollte ihr
etwas Tröstliches mit auf den Weg geben, deshalb
sagte er: „Es gibt einen Kaufmann, der oft nach Hanau kommt, vielleicht könnte er Euch mehr sagen.
Sein Name ist Dimitri de Lattre."
Die beiden Frauen bedankten sich, bevor sie wieder in
den kalten Wintertag traten.
„Was wirst du tun?" fragte Katherine. „Wirst du diesen Kaufmann aufsuchen?"
„Ich weiß es nicht, vielleicht morgen, für heute reicht
es mir. Komm, es ist viel zu kalt."
Sie beeilten sich, nach Hause zu kommen. Um die
Ecken fegte pfeifend der Wind, sie hatten sich in ihre
Tücher eingewickelt und beachteten nicht den kleinen
buckligen Mann, der ihnen mit merkwürdigem Ge-
sichtsausdruck nachsah.

*D*er kleine bucklige Mann stapfte durch den Schnee, bog um die Ecke des Obermarktes und stellte sich an eine Tonne mit glühenden Kohlen, um sich ein bißchen aufzuwärmen. Seine Blicke gingen über die Hausfassade und blieben an den zugefrorenen Fenstern hängen. Eigentlich fürchtete er nicht so sehr die Kälte und den Schnee, aber der Umschwung des Wetters bereitete ihm Schmerzen. Doch heute ging es ihm gut. Die Kälte würde bleiben und der Schnee nicht so schnell vergehen. Das hieß für ihn ein paar schmerzfreie Tage, und die wollte er ausnutzen. Wieder glitten seine Augen über das Haus, als wolle er in das Innere sehen. Ein Schneeball landete auf seinem Rücken, doch er beachtete ihn genausowenig wie die Kinder, die, außer Rand und Band geraten, ihr Unwesen trieben und auf Kisten die abschüssigen Straßen hinunterrasten. Dabei bewarfen sie die alten Leute, die ohnehin Mühe hatten, auf den glatten Wegen vorwärtszukommen, mit Schneebällen.

Emil der Elsässer, wie er sich nannte, konnte seine Scheu nicht überwinden und einfach in das Haus gehen, um nach der Frau zu fragen, die seine Phantasie beschäftigte. Er hatte Angst. Was würde er in ihren Augen lesen, wenn sie ihn ansah? Ekel, Abscheu, Mitleid, oder gar Gleichgültigkeit und Desinteresse? Er kannte die Menschen und ihre grausame Art. Damals in der Nacht, als dieser Taugenichts Barbarossa ihm von dem Mädchen erzählte, wurde er aufmerksam. Es war eine stürmische Nacht gewesen. Er hatte, wie schon so oft, das große Reißen und konnte vor Schmerzen nicht einschlafen. Er hörte ein Geräusch und ertappte einen Einbrecher. Sofort sah er, es war der stadtbekannte Taugenichts Barbarossa, der nur etwas zu futtern suchte. Er kannte die merkwürdige Ehrauffassung dieses Halunken. Schon des öfteren waren sie sich begegnet. Doch man konnte sich auf ihn verlassen, er ließ nie etwas anderes mitgehen als Lebensmittel. So drückte mancher Bürger ein Auge zu, wenn er Barbarossa auf frischer Tat ertappte. Er gehörte nun einmal zur Stadt, er war ein Schelm, ein Eulenspiegel, niemand konnte oder wollte ihn ändern. In jener Nacht zwang ihn der Bucklige zu bleiben. Von ihm hatte Emil nichts zu befürchten, weder Mitleid noch Ekel, denn dieser Mann war anders. Er hatte das Herz eines unschuldigen Kindes. Barbarossa erzählte ihm so mancherlei, unter anderem auch von dem Mädchen Julie Schönborn, das er in der Stadt gesucht hatte. Emil dachte, das könnte das Kind von Johann Schönborn und Regine sein. Vor langer Zeit hatte er einmal Ludwig Fox in der Stadt getroffen, der hatte ihm von zu Hause erzählt und auch von dem Kind, das nicht gestorben war, wie er und Johann dachten. Johann war mit ihm damals nach Gelnhausen gekommen, doch später hatten sie sich aus den Augen verloren. Oft traf Emil Leute aus dem Kahltal, die erzählten von seiner Familie, und so wußte er immer, wie es ihr ging. Er erfuhr auch von der Zerstörung des Dorfes. Nun war er wirklich allein. Jahrelang hatte er sich ausgemalt, wie es wäre, wenn er zurückginge. Doch dann war alles vorbei. Seine Familie war tot. Aber, dachte er jetzt, warum soll nicht einer von ihnen mit dem Leben davongekommen sein? Wieder traf ihn ein Schneeball und weckte ihn aus seinen Tagträumen. Der Pförtner des Klosters kam auf ihn zu. Seit einer Stunde beobachtete er den Buckligen. Vielleicht war er krank, vermutete der Pförtner und lud Emil ein, sich an der Pforte aufzuwärmen. Doch Emil lehnte dankend ab. Er war kein armer Bettler, in all den Jahren hatte er sich ein kleines Vermögen geschaffen. Er sah das Mitleid in den Augen des Paters. Nun, Mitleid gehört zu seinem Beruf, dachte der Bucklige und mußte lächeln, bevor er sich auf den Weg in die Unterstadt machte. Pater Christopherus schüttelte den Kopf und schlurfte in seine warme Behausung zurück. Dieser Bucklige beschäftigte ihn. Es war nicht das erste Mal, daß er sah, wie dieser zum Hauseingang der Gestärkten schaute. Bestimmt war es nicht Katherine, für die er sich interessierte, es mußte Julie sein, die junge Frau, die erst seit ein paar Wochen hier wohnte. Vielleicht war sie in Gefahr? Er mußte sie warnen, denn er mochte sie. Immer hatte sie ein freundliches Wort für ihn. Oft blieb sie stehen oder kam herein. Sie unterhielt sich gern mit ihm. Obwohl er nur ein armer Pater war und kein Priester, benutzte sie ihn als Beichtvater. Sie war für ihn ein offenes Buch, und es fiel ihm leicht, mit ihr Freundschaft zu schließen und ein wenig auf sie aufzupassen. Katherine war da ein viel schwererer Brocken, gestand er sich schmunzelnd ein. Ihr würde es im Traum nicht einfallen, ihm irgend etwas aus ihrem Leben zu erzählen. Sie vergrub alles in sich, Freud und Leid. Pater Christopherus lebte seit fünfundzwanzig Jahren in Gelnhausen, er hatte Katherines Eltern noch gekannt und sie selbst als junges Mädchen. Doch bis heute hatte sie niemand in ihr Herz schauen lassen.

Julie stand am Fenster und blickte über den verschneiten Obermarkt. Die vielen Fußstapfen und der schwarze Fleck des Kohlenbeckens gaben ein seltsames Muster ab. Das Brunnenwasser, zu Eis erstarrt, sah wie eine übergroße Märchenfigur aus. Die junge Frau wollte mit einem Tuch die Fensterbank abwischen, dabei entdeckte sie am Eingang des Klosters den Pförtner, der ihr zuwinkte. Sie winkte zurück. Er gab ihr immer wieder ein Zeichen. Was wollte er nur? Sie riß am Fenster, doch der Riegel gab nicht nach. „Immer noch zugefroren oder schon wieder von neuem", murmelte sie ärgerlich. Aber die Neugierde ließ ihr keine Ruhe. Was der Pater wohl von ihr wollte? Sie wickelte sich in ihr Tuch und schlüpfte in die Holzpantinen. Beim Öffnen der Haustür zerrte der kalte Wind an ihren Kleidern. Mit einem Knall schlug die Tür zu. Erschrocken sah sie zu den anderen Häusern, doch alle hatten die Läden geschlossen, nur bei wenigen lugte ein schmaler Lichtstrahl durch das gestrichene Holz. Sie bahnte sich einen Weg durch den Schnee. An der Pforte wartete der Pater und zog sie schnell in die Bibliothek des Klosters, einen warmen Raum. Julie setzte sich ans Feuer und sah den Pater mit großen fragenden Augen an. Doch der hantierte umständlich mit einem Krug, aus dem der Geruch von köstlichem heißem Gewürzwein aufstieg. Nachdem er zwei Becher gefüllt hatte, sagte er: „Heute stand ein Mann vor eurem Haus und schaute die ganze Zeit, als ob er auf etwas warten würde. Hast du Feinde, oder war es ein Freund?"

„Wie sah er aus?" fragte sie mit erschrockenen Augen.

„Blond und schön oder pockennarbig?"

„Weder das eine noch das andere. Es war ein kleiner buckliger Mann."

„Emil! Das war Emil. Warum ist er nicht heraufgekommen?"

„Wer ist Emil?" fragte der Pater. Und Julie erzählte ihm dessen Geschichte, so wie sie Onkel Ludwig vor langer Zeit erzählt hatte. In Zukunft würde sie auf ihn achten, und wenn er wieder vor dem Haus auftauchen würde ...

„Halt, so geht das auf keinen Fall", entgegnete der Pater.

„Warum nicht? Die ganze Zeit habe ich auf ihn gewartet, ich muß mit ihm sprechen."

„Hör zu, wenn du das tust, wirst du ihn schneller verjagen, als dir lieb ist. Er ist anders als du und ich. Durch sein Gebrechen ist er verletzbarer als andere Menschen. Er kennt dich nicht, er weiß nicht, wie du bist. Er ist wie ein Tier, das sich verkriecht. Ich glaube, er ist ganz selten in der Stadt, sonst hätte ich ihn schon irgendwo gesehen. Einem wilden Tier begegnest du auch nicht spontan, sondern langsam und vorsichtig. Er muß schon allein zu dir kommen und freiwillig. Also überstürze nichts, denk daran. Er ist ein Mensch, dem man schon oft weh getan hat, deshalb sei vorsichtig."

Julie sah ein, der Pater hatte recht. Doch sie wollte nicht länger warten, er gehörte zu ihrer Familie, und er war der einzige außer ihr, der noch lebte. Sie würde einen Weg finden.

Nach Neujahr kam das Tauwetter, in wenigen Tagen war die ganze winterliche Pracht dahingeschmolzen. Von den Dächern rutschten die letzten Schneebretter und fielen den Leuten, die nicht ausweichen konnten, auf den Kopf. Sie hatten jetzt nicht nur nasse Kleider, sondern mußten auch noch den Spott der Jugendlichen einstecken, die an den Ecken standen und schadenfroh lachten.

Eines Nachmittags stand die krumme Gestalt wieder auf dem Obermarkt. Es regnete in Strömen, und er hatte sich untergestellt. Am Morgen war Markt, doch wegen des Regens gingen die Geschäfte schlecht. Mißmutig bauten die Marktleute ihre Stände ab, einer nach dem anderen verschwand mit seinem Karren. Plötzlich ging die Tür der Gestärkten auf und Julie lief mit einem riesigen Wäschekorb auf Emil zu. Dem Pater in der Klosterpforte stockte der Atem, was hatte sie vor? Julie war etwas fülliger geworden. Der Regen hatte sie durchnäßt, und ihre Kleider klebten am Körper, man konnte ganz deutlich sehen, daß sie schwanger war. Kurz vor dem Buckligen fing sie an zu stolpern und verlor einen Holzschuh. Der große Wäschekorb kam bedenklich ins Schwanken, wahrscheinlich wäre er ihr aus den Händen gefallen, wäre Emil nicht zu Hilfe geeilt. Er faßte mit an, und gemeinsam trugen sie den schweren Korb ins Haus zurück. Als der Pater neugierig um die Ecke schaute, konnte er Julies Arm erkennen, der den Buckligen ins Haus zog. Das wär's wohl, lachte er in sich hinein. Daß dieser Wäschekorb eine Schlinge war, mit der sie Emil gefangen hatte, konnte ein Blinder sehen.

Ende Januar richtete man sich in Gelnhausen auf den Besuch des Schwedenkönigs Gustav Adolf ein. Seit einer Woche bildeten sich in der Stadt zwei Fronten. Die einen waren für den Besuch, und die anderen dagegen. Die letzteren wurden überschrien. Was konnte man auch dagegen haben? Schließlich hatte man Erfahrung. War Gelnhausen nicht die Stadt der Fürsten und Könige? Hatte man nicht gerade hier in der Stadt Reichstage abgehalten? Schließlich hatte sich Friedrich Barbarossa etwas dabei gedacht, als er seine Burg in das Kinzigtal baute, oder? Die Meinungen gingen auseinander. Doch wie immer konnten sie sich einigen. Gewebte Tücher, mit dem Wappen des Königs, wurden an das Volk verkauft, um Tore und Häuser zu schmücken. Ganze Wagenladungen mit Grünzeug kippte man auf die Marktplätze, und die Kinder wurden zusammengetrieben, damit sie ein Lied einüben konnten. Die Innenstadt wurde gesäubert, und ab sofort war es verboten, Nachttöpfe auf die Straßen zu schütten oder sonstigen Unrat. Alles Gesindel, Bettler oder Obdachlose mußten schleunigst die Stadt verlassen, und jeder Attentatverdächtige wurde sicherheitshalber eingesperrt. So waren sie gerüstet. Jetzt mußte nur noch der Wettergott mitspielen und trockenes Wetter schicken. Viele Miesmacher unkten, der König würde in den Schlammwegen steckenbleiben. Doch aller Schwarzseherei zum Trotz war es seit einer Woche trocken und kalt. Katherine hatte Hochbetrieb, jeder Mann, war er auch noch so ärmlich gekleidet, wollte einen schneeweißen Kragen tragen, genauso wie der Schwedenkönig. Julie, hochschwanger, war nur noch bedingt einsatzfähig. Die Kasse quoll über von Münzen, selbst ein paar Goldtaler hatten sich darin verirrt. Die Speisekammer war gut gefüllt, was Ross dazu veranlaßte, sein Domizil bei den beiden Frauen aufzuschlagen. Sehr zum

Ärger von Katherine, die dem Taugenichts nicht über den Weg traute. Alle Leute waren froh über die Abwechslung, die ihnen in diesem Winter geboten wurde, und gaben viel mehr Trinkgeld als in den königslosen Zeiten.

Am Tag des Besuchs schlossen Katherine und ihre Helferinnen schon mittags das Geschäft und zogen die warmen Stiefel an. Sie wären gern zum Stadttor gegangen, doch ein großes Menschengedränge hielt sie davon ab. Es wimmelte von hochherrschaftlichen Perückenträgern, von Dienern, Lakaien und hübschen Mägden. Julie und Katherine ergatterten einen guten Platz zwischen den Häusern. Windgeschützt und sonnenbeschienen würden sie es einige Zeit aushalten.

Endlich kam der Königszug. Voran der hohe Rat der Stadt auf Pferden, deren gestickte Decken bis zum Boden reichten. Die Fürsten und Grafen wurden von Herolden mit Posaunen umringt. Dann kam das Königspaar hoch zu Roß. Genau so hatte man es sich vorgestellt. Der König mit seinem bartumrahmten Gesicht lächelte freundlich und hob grüßend die Hand. Er winkte den Menschen zu, die in laute Hochrufe ausbrachen. Die Königin, eine echte deutsche Prinzessin, trug einen langen pelzgefütterten Mantel. Schade, dachte Julie, daß ihr der Pelzhut so tief im Gesicht sitzt, ich hätte gern mehr von ihr gesehen. Doch auch sie machte einen glücklichen Eindruck, was kein Wunder war, hatte sie doch seit langer Zeit ihren Gatten wieder an ihrer Seite.

Dann flogen die Tauben hoch. Nach langem Hin und Her hatte sich der Rat der Stadt doch entschlossen, Friedenstauben fliegen zu lassen, wie in den alten Tagen der Reichstage. Das war gar nicht so einfach, denn viele Gegner dieses Vorhabens behaupteten, Friedenstauben wären ein Hohn, weil der König im Krieg wäre. Andere hielten dagegen, der König kämpfe für die Protestanten. Gelnhausen sei eine protestantische Stadt, also hätten die Friedenstauben ihre Berechtigung.

Den Tauben war es gleichgültig, sie flogen in riesigen Schwärmen, begleitet von Oh! und Ah! gegen den eisigblauen Himmel und verschwanden Richtung Norden. Julie fühlte sich zufrieden, hier stand sie unter Freunden und jubelte einem König zu. Hätte sie sich das träumen lassen vor einem Jahr? Ihre Blicke streiften über die Menschen hinweg, schweiften zu der Kutsche des Philipp Moritz von Hanau, die eben vorbeifuhr, und blieben an einem Mann hängen, der einsam an einer gegenüberliegenden Mauer stand und spöttisch auf die jubelnden Menschen sah. Da war er wieder, der Mann, der ihre Phantasie beschäftigte, seit sie ihn das erste Mal sah. Heute war sein Bart sauber gestutzt. Irgend etwas an ihm kam ihr bekannt vor. Schon vor Tagen, als er in Katherines Geschäft aufgetaucht war, hatte sie das Gefühl, sie würde ihn kennen. Er trug eine braune Lederkleidung, die ganze Gestalt hatte etwas Vertrautes an sich. Er könnte ein Spessarträuber sein. Sie überlegte: War er nun schön oder häßlich? Ich bin verrückt, eigentlich dürfte ich gar nicht hier stehen. Schließlich bin ich eine trauernde Witwe und dazu in gesegneten Umständen. Doch was tat sie? Sie war eben dabei sich zu verlieben, in einen fremden Mann, mit dem sie noch kein Wort gesprochen hatte. Sie zwang ihren Blick in eine andere Richtung. Aber immer wieder machten sich ihre Augen selbständig und irrten zu dem Fremden an die Mauer. Plötzlich kreuzten sich ihre Blicke. Eigentlich hätte sie jetzt hochmütig wegschauen müssen, doch sie starrte dem Fremden in die Augen. Ich bin schamlos, stellte sie bei sich fest. Aber warum sieht er mich so an? Er könnte ja auch woanders hinschauen, der unverschämte Lümmel. Jetzt sieht er, daß ich ein Kind bekomme. Zum erstenmal tat ihr dieser Umstand leid. Ein Ritter aus der großen Schar des Königs blieb vor dem Fremden stehen und begrüßte ihn. Zu gern hätte sie gewußt, was die beiden sprachen. Drei Schritte von Julie entfernt stand Pater

Ignatius, einer der Barfüßler. Sie zwang sich durch die Menge und zog ihn am Arm. „Hallo Pater, wer ist dieser Mann?"

Der Pater schaute erstaunt auf. „Wie bitte?"

„Dort drüben an der Mauer, der Mann mit der Lederbekleidung."

„Wenn mich nicht alles täuscht, ist dies Dimitri de Lattre."

„Ein Franzose?"

„Ja, könnte sein."

„Was wißt Ihr von ihm?"

„Nicht viel, er ist nicht oft in der Stadt. Er hat mit Holz zu tun und wohnt am Fratzenstein, mehr weiß ich auch nicht, aber warum willst du das alles wissen?"

„Oh, es interessiert mich, er sieht so anders aus."

Der Pater hatte seinen Blick abgewendet. „Da sieh, ist er nicht wundervoll?" Fest hielt er das Mädchen am Arm. „Schau dir die Gangart an, diese Fesseln und den stolz erhobenen Kopf, den hübschen Schweif und die gepflegte Mähne."

Julie lachte, sie kannte die Liebe des Paters zu Pferden, trotzdem stellte sie sich dumm und erwiderte: „Er sieht auch nicht anders aus als die anderen Herren."

Empört sah sie der Pater an. „Wer spricht von ...?" Als er bemerkte, daß sie ihn hereingelegt hatte, mußte auch er lachen. Beide wandten sich zu der Mauer, aber der Fremde war verschwunden.

Der Königszug ging zu Ende. Die Menschenmenge löste sich langsam auf und strebte zur großen Kinzigwiese, wo die Zelte der Fürsten und ihrer Begleiter standen. Julie hatte sich bei Katherine eingehakt, und die beiden Frauen gingen langsam nach Hause. Ihre Füße waren zu Eis erstarrt und sie sehnten sich nach ihren warmen Räumen. Seit die Sonne hinter den Häusern verschwunden war, war es empfindlich kalt geworden. Die Stadtschenken quollen über vor Gästen, und schon torkelten die ersten Betrunkenen lallend herum. Es war besser für die Frauen, wenn sie zu Hause waren, bevor es richtig dunkel wurde.

Tage waren vergangen, der Königstroß war abgezogen und die winterliche Ruhe war wieder eingekehrt. Die Gelnhäuser berechneten die Zeit in: vor dem König und nach dem König. Julie hatte ihre eigene Zeit, und die kam immer näher. Es war Mitte März, und nach ihrer Berechnung würde das Kind in vierzehn Tagen kommen. Sie war schwerfällig geworden, und das Treppensteigen fiel ihr schwer. Katherine hatte gerade eine Grippe überwunden und fühlte sich noch recht schwach. Ein Korb Wäsche stand da, der abgeholt werden mußte. Wahrscheinlich hatten die Besitzer auch die Grippe, wie so viele am Ende des Winters. Julie wartete auf Ross, doch der hatte bestimmt wieder etwas anderes zu tun, auch Lea war nicht erschienen. Wenn Katherine die Kundin, Frau Märker, nicht verlieren wollte, mußte sie selbst, Julie, die Wäsche hintragen. Frau Märker wohnte in der Burg, vom Obermarkt ein ganzes Stück zu laufen. Am frühen Nachmittag machte sie sich auf den Weg. Über den Dächern war der Himmel klar, von Wolken freigefegt, bestimmt würde es in der Nacht wieder Frost geben. Julie durchquerte die Reußengasse, durch eine Abzweigung kam sie am Hexenturm vorbei. Mit seinen verschneiten Mauern wirkte er noch trübseliger als sonst. Von der Plattform des Wehrturms stieg eine winzige graue Rauchfahne hoch. Julie konnte sich unschwer die eisigen Zellen vorstellen, in denen sich vergessene Gefangene auf schimmligen Strohsäcken zusammenkauerten. Durch das Tor trat sie hinaus. Der Weg war schlammig, und es blies ein scharfer Wind, der ihren Umhang mächtig aufblähte.

Den Nachmittag verbrachte sie bei Frau Märker in der Burg. Es war ein gemütliches kleines Häuschen, das die Frau mit zwei erwachsenen Töchtern und einem Enkelkind von zehn Jahren bewohnte. Die Frau brachte ihr Kinderkleider, die dem Jungen zu klein waren, und Julie suchte sich aus, was sie in nächster Zeit brauchen konnte. Es war schon dunkel, als sie das Burgtor verließ und Richtung Heizertor ging. Der Torwärter Malvert, ein Sohn von Miriam und Sem Solomon, richtete ihr aus, daß Jakob in der Stadt sei und schon nach ihr gesucht habe. Unterwegs traf sie Emil, und zusammen betraten sie das Haus der Solomons. Emil hatte seine Scheu verloren und war schon öfters mit Julie bei Solomons zu Gast gewesen. Es war ein lautes Wiedersehen, sie hatten sich viel zu erzählen. Als sie sich trennten, ging der Zeiger der großen Kaminuhr auf Mitternacht. Jakob wollte sie nach Hause begleiten, doch Julie schickte ihn zu Bett. Er war ein alter Mann, und sie hatte nur ein paar Schritte zu laufen, dann war sie zu Hause.

Es war stockdunkel, und nur am Anfang der Judengasse und an der Synagoge leuchteten trübe Laternen. Langsam ging sie durch die engen Gassen. Hier und da bewegte sich verstohlen eine Gestalt, bewegte sich ein Schatten im Schatten, Dunkles im Dunklen. Julie hätte nicht sagen können, wann sie gewahr wurde, daß hinter ihr gedämpfte Schritte zu hören waren, aber sie wurde aufmerksam. Sie ging weiter, beschleunigte ihre Schritte, augenblicklich wurden auch die anderen Schritte schneller, wurde sie langsamer, paßten sich die anderen Schritte ihrem Tempo genau an. Vor ihr machte die Straße eine scharfe Biegung. Entschlossen ging sie herum und huschte in einen Torweg, der auf einen Hof führte. Sie lehnte sich zurück und drückte sich an die Wand. Ihr Herz klopfte und raste in ihrer Brust, und das Kind bewegte sich schmerzhaft. Sie wurde verfolgt, jetzt war sie sich ganz sicher, diesmal gab es kein Entrinnen.

Auf der anderen Seite der Straße öffnete sich eine Tür, Essensduft breitete sich aus, und eine schwankende Gestalt verließ die Schenke. Das war die Rettung. Julie huschte über die Straße und öffnete die Tür der Gaststube. Geblendet von dem plötzlichen

Licht, konnte sie nur eine Gestalt am Schanktisch entdecken. Erschöpft ließ sie sich auf einen Hocker neben der Tür fallen und überlegte, wie sie dem Wirt ihre Gegenwart erklären könnte, denn sie hatte kein Geld und konnte nichts bestellen. Verzweifelt schaute sie auf den Mann, der vor ihr stand und den sie in der halbdunklen Schenke für den Wirt gehalten hatte. Der Mann in brauner Lederkleidung war Dimitri de Lattre. Er stellte einen Weinkrug und Becher vor sie hin. Sie nahm den Becher in ihre zitternden Hände. Als sie ihn ansetzte, brannte der Alkohol so, daß sie einen Hustenanfall bekam. Sie trank in kleinen Schlucken, ohne auf de Lattre zu achten. Wurde kühner, probierte wieder einen Schluck und ließ ihn wie eine Feuerkugel hinuntergleiten, dann wieder einen und zum Schluß den ganzen Inhalt bis auf den Grund. Als Dimitri ihren Becher nachfüllte, tat er so, als habe er nichts bemerkt. Doch als sie ihn wieder zum Trinken ansetzte, sagte er mit tiefer Stimme: „Langsam, Ihr werdet betrunken, und das ist in Eurem Zustand nicht gerade das Richtige. Was soll Euer Kind von Euch denken!"

Sie schaute ihn groß an. „Was für ein Kind?" Doch dann errötete sie, er hatte recht, es war unverantwortlich, trotz ihrer Angst und Verzweiflung, sie hatte wieder einmal nur an sich selbst gedacht. Langsam und stockend erzählte sie ihm von ihrer Verfolgung.

„Ich werde Euch heimbegleiten, habt keine Angst, niemand wird Euch etwas tun", versicherte de Lattre. Er rief den Wirt, bezahlte seine Zeche und verließ mit dem Mädchen die Schenke. Ein kalter Wind blies durch die leeren Gassen, niemand war zu sehen. Ängstlich schaute Julie sich um und fuhr fröstelnd zusammen, ihre Zähne klapperten, obwohl ihr eigentlich heiß war. Sie konnte nur schwach die Umrisse ihres Begleiters erkennen. Er zog sie näher zu sich heran, knöpfte seinen Umhang auf und legte seinen Arm um ihre Schultern. Sie spürte seine Wärme, und ein wohliges Gefühl kroch in ihr hoch, das plötzlich von einer riesigen Schmerzwelle erstickt wurde. Sie krümmte sich zusammen und stammelte: „O Gott, das Kind."

Mühsam ließ sie sich von ihm vorwärtsschieben, immer wieder kamen die Schmerzen und wurden jedesmal heftiger. Auf Dimitri de Lattres Stirn standen dicke Schweißperlen. Leise redete er auf sie ein und schob sie die steile Gasse hinauf. Nach einer Stunde hatten sie endlich Katherines Haus erreicht. Seine Hände strichen über ihren prallen Leib und suchten in ihren Taschen nach Schlüsseln. „Ihr werdet es jetzt schaffen", sagte er, „ist noch jemand da, der Euch helfen kann?"

Sie nickte, ihre Arme lagen um seinen Hals. Sie hatte das Gefühl, wenn er sie jetzt alleinließe, wäre sie verloren. Der Wein und die Schmerzen machten sie ganz benommen. Sie schloß die Augen und legte den Kopf nach hinten. Endlich hatte de Lattre die Tür geöffnet, polternd trug er Julie die Treppe hinauf. Katherine kam ihnen verschlafen entgegen und half, die junge Frau auf das Bett zu legen.

„Bleibt noch einen Augenblick bei ihr, ich muß die Hebamme holen", sagte sie zu de Lattre.

„Und wenn das Kind kommt?" fragte er ängstlich.

„Ich hoffe, es wartet solange, bis wir zurückkommen."

Dimitri war mit Julie allein. Seit sie liegen konnte, waren die Schmerzen nicht mehr so stark. Das Ziehen war erträglicher geworden. Dankbar sah sie den Mann an, der ihr geholfen hatte, und sagte: „Das werde ich Euch nie vergessen. Ich stehe in Eurer Schuld."

Zärtlich strich er ihr eine feuchte Strähne aus der Stirn. „Ihr könnt das Konto ein anderes Mal ausgleichen, einverstanden?"

„Ihr könnt jetzt gehen, Katherine kommt."

Er war froh, daß er sie verlassen konnte. Sie würde ein paar harte Stunden vor sich haben und ihre ganzen Kräfte brauchen. An der Tür drehte er sich noch einmal um und schaute sie an. Sie hatte die Augen geschlossen.

In den Morgenstunden kam der kleine Junge zur Welt. Still und erschöpft lag Julie in ihrem Bett und starrte auf das Fensterkreuz. Im Haus war endlich Ruhe eingekehrt, draußen brach der neue Tag an. Zärtlich beugte sich Julie über ihren kleinen schwarzhaarigen Sohn. Wir beide werden es schon schaffen, dachte sie.

Am Tag darauf war Dimitri de Lattre wieder im Haus. Sie hörte seine Stimme und freute sich. Es war also kein Traum gewesen, es gab diesen Mann. Noch wußte sie nicht, was sie so beeindruckte, etwas, was sie an irgend jemand aus ihrer Vergangenheit erinnerte. Ich werde es schon herausfinden, dachte sie, doch jetzt hatte sie keine Zeit, gleich würde er an ihrem Bett erscheinen. Er kam, um sich zu verabschieden. Seine Geschäfte führten ihn wieder einmal von Gelnhausen weg. Er trat in das Zimmer und empfand den Anblick Julies mit dem Kind an der Brust schön. Sie trug ein einfaches Nachtgewand, doch über ihre Schultern ergoß sich die Flut ihrer schimmernden Haare. In ihrem Gesicht stand ein Leuchten, als sie sich über das Kind beugte, und ihre Hände waren unendlich zart, als sie die winzig kleinen Hände des Kindes hielt. Ihr ganzes Wesen war vertieft in das Wunder dieses neuen Lebens. Sie hob den Kopf, ihre Augen schimmerten grün, und ihr Lächeln war sanft und schön.

„Wie gefällt er Euch?" fragte sie.

„Ich weiß es nicht! Ich habe nicht viel Erfahrung mit kleinen Kindern. Sagt man schön oder niedlich? Ich kann nicht einmal sagen, daß er Euch ähnlich sieht, er ist ein bißchen faltig, findet Ihr nicht?"

Julie lachte. „Ihr seid wirklich verblüffend ehrlich und geradeheraus. Ihr habt mich noch nicht einmal nach seinem Vater gefragt."

„Und wenn ich Euch jetzt fragen würde, bekäme ich eine Antwort?" Ernst schaute er sie an.

Sie hatte sich bequem zurückgelegt, ihr Blick schweifte zu dem sonnenbeschienenen Fenster. „Was soll ich sagen? Er ist tot. War es ein Fehler, oder war es keiner? Wer weiß das schon, wer tut das Richtige? Immer macht man Fehler, und niemand ist davor gefeit. Man wird von Schmerz und Angst überwältigt, man tut Böses und man glaubt in diesem Augenblick, man sei der Mittelpunkt der Welt. In Wirklichkeit sind alle Menschen gleich, doch man glaubt es nicht. Eines Tages sind wir alle vergessen, unser Kummer und unser Leid, die Schmerzen, Irrtümer und Leidenschaften und auch die Liebe. Andere Menschen werden kommen, und keiner wird mehr nach uns fragen. Noch nie hat mich jemand gefragt: Wer war dein Vater und wer deine Mutter, einfache Leute fragt man nicht danach. Wen interessiert das schon. Ich hatte weder Vater noch Mutter. Mein Sohn hat eine Mutter."
Dimitri beugte sich hinab und faßte sie zart an den Schultern. Dann kehrte er ihr sein Gesicht zu und fand ihren Mund. Seine Lippen strichen über die ihren, wie ein Hauch, ohne Leidenschaft, sanft, weich und behutsam, als wäre sie ein überaus empfindlicher Gegenstand, der bei der leisesten Berührung zerbrechen könnte. Einen Augenblick verharrte er regungslos, dann ging er zur Tür und die Treppe hinab. Auf der Straße traf er Pater Christopherus. Er grüßte und wollte vorübergehen, doch der Pater sprach ihn an: „Wie geht es ihr?"
„Oh, ich denke, den Umständen nach ganz gut."
„Dann bin ich froh", entgegnete der Pater leutselig, „sie kann gute Freunde brauchen. Es ist schön, daß Ihr Euch um sie kümmert. Sie wird es noch schwer genug haben mit dem Kind."
„Pater, Ihr kennt die Leute hier in der Stadt besser als ich. Ich brauch einen Mann, so eine Art Spitzel. Er müßte etwas für mich herausfinden." De Lattre sah das Entsetzen auf dem Gesicht des frommen Mannes und fügte rasch hinzu: „Es ist nichts Ungesetzliches, glaubt mir."

Der Pater blickte nach oben zu Julies Fenster und fragte: „Es ist wegen ihr, nicht wahr?"

„Ja, Ihr habt richtig geraten."

„Kommt mit in die Pforte, vielleicht kann ich Euch weiterhelfen."

Zusammen gingen die ungleichen Männer über die Straße zur Klosterpforte der Barfüßler. Dimitri schaute sich um. „Ihr habt es sehr gemütlich hier und eine gute Übersicht auf den Obermarkt."

Pater Christopherus schenkte seinem Gast einen Becher Wein ein und sagte: „Erzählt mir, was Ihr wißt, ich werde dann meinerseits Euch sagen, was ich weiß."

„Letzte Nacht wurde Julie verfolgt, ich habe sie in einer Schenke am Fratzenstein aufgelesen, sie war ziemlich am Ende. Das ist alles, was ich weiß. Könnt Ihr mir sagen, wer es wagt, eine hochschwangere Frau zu verfolgen?"

Der Pater trat zum Fenster, den Rücken seinem Gast zugewandt überlegte er, was er diesem jungen Mann sagen sollte. Er schien es ehrlich mit Julie zu meinen. Andererseits konnte er das Vertrauen der jungen Frau nicht mißbrauchen. Schließlich sagte er: „Es tut mir leid, Herr de Lattre, wer sie verfolgte und warum, kann ich Euch auch nicht sagen. Doch ich kenne einen Burschen, der wäre der Richtige für Euch."

„Wie heißt er?"

„Sein Name ist Betelriß Peter, doch bekannt ist er als Rabenkiehl. Er wohnt unten an der Burg, er ist verschwiegen, man kann sich auf ihn verlassen."

„Ich danke Euch", erwiderte de Lattre und hob den Becher. „Auf Euer Wohl, Pater Christopherus. Wie viele Mönche bewohnen das Kloster noch?"

„Wir sind leider nur noch zu sechst, alles alte Knaben. Das Kloster zerfällt immer mehr, und das ist sehr schade. Wir sind nur noch am Räumen. Die kostbaren Bücher der Bibliothek haben wir in Kisten verpackt, der Regen kommt durch die Decke, und die Fußböden, sofern sie nicht aus Stein sind, verfaulen.

Im Winter halten wir uns die meiste Zeit hier auf, denn auch Mönche sind Menschen und werden vom Rheuma geplagt."

Dimitri erhob sich.

„Ich wünsche Euch Glück und hoffe, daß Ihr den Kerl findet", sagte der Pater zum Abschied.

„Danke, Pater, das hoffe ich auch."

Ein Zufall kam Dimitri zu Hilfe, und er brauchte diesen Rabenkiehl nicht zu bemühen. Am Abend hatte er eine Verabredung mit einem Herrn aus dem Stadtrat. Dieser wollte ein neues Dach für sein Haus und brauchte Holz. Sie wurden schnell handelseinig und gingen zusammen auf einen Becher Wein in die Zunftstube. Der Mann erzählte in Weinlaune, daß er schon seit Tagen den stadtbekannten Taugenichts Barbarossa eingesperrt habe. Auf Dimitris Frage antwortete der Stadtrat: „Er war vorgestern in eine Schlägerei verwickelt, doch wieso und weshalb, ist nicht aus ihm herauszubekommen."

„Vorgestern, vor zwei Tagen?" Dimitri horchte auf.

„Ja, es war eine Schlägerei in Eurer Gegend, am Fratzenstein. Ihr müßt wissen, der Barbarossa ist kein übler Bursche, Schlägereien geht er meistens aus dem Wege. Es war das erste Mal. Möchte nur wissen, was ihn dazu veranlaßt hat."

„Mit wem hat er sich geschlagen?"

„Mit einem Jesuiten, stellt Euch das mal vor. Gerade hier, wo seit Jahren alles protestantisch ist, gibt es eine Schlägerei mit einem Jesuiten. Das wirft kein gutes Licht auf uns. Ihr wißt ja, wir sind immer darauf bedacht zu vermitteln", meinte er salbungsvoll, mit einem scheinheiligen Augenaufschlag.

„Diesen Barbarossa, kann ich ihn sprechen?" fragte de Lattre.

„Er wird Euch nichts erzählen, er ist verstockt und dumm, da helfen nicht mal zehn Stockhiebe. Möcht' wissen, was die Gestärkte an ihm findet, denn da hat er neuerdings seinen Wohnsitz, morgen muß ich ihn wieder laufenlassen."

Dimitri wußte genug. Der Jesuit war also hinter Julie her gewesen. Barbarossa muß dies beobachtet und seinerseits den Jesuiten verfolgt haben. Vor der Schenke, in die Julie verschwand, prallten die beiden aufeinander. So kam es zu der Schlägerei. Der Jesuit war Pater Hieronymus Prager, der gestern bei ihm auftauchte, um verschiedene Kultgegenstände zu kaufen, die er, Dimitri, in seinem Besitz hatte. Eigentlich war er ganz froh, wenn er die Sachen loswürde. Auch der Abt von Seligenstadt war daran interessiert, weil das Kloster vor kurzer Zeit beraubt worden war. Dimitris Gedanken blieben aber an der Frage hängen: Was wollte der Jesuit von Julie?

*F*rühling in Gelnhausen. Die Luft war wie kühler Wein, erfrischend und anregend, voll prickelnder, schäumender Heiterkeit. Die feuchte Düsterkeit des Winters war verschwunden. Das Sonnenlicht lag schon warm und zärtlich auf den Dächern, den roten Sandsteinstufen vor den Häusern und auf dem groben Kopfsteinpflaster der Straßen. Julie war das erste Mal nach ihrer Niederkunft im Freien. Sie fühlte sich prächtig, gerne hätte sie die Solomons besucht, aber heute war Sabbat und sie wollte die Juden nicht stören. Sie machte einen Spaziergang durch die Stadt und kam an den Fratzenstein. Selbst im warmen Frühlingslicht rief der Hexenturm eine Gänsehaut in ihr hervor, wenn sie daran dachte, daß Ross vor ein paar Tagen hier noch eingesperrt gewesen war. Zum Glück ließen sie ihn wieder laufen, war doch eine gute Idee von ihr gewesen, Katherines Geräteschuppen in einen Wohnraum zu verwandeln. Emil hatte einen Kamin eingebaut, Tische und Stühle hatte er aus der Lohmühle, seinem Heim außerhalb von Gelnhausen, mitgebracht. Selbst Jakob blieb manchmal ein paar Tage da und schien sich recht wohl zu fühlen.

Auf einmal stand Julie am Hintereingang zu Dimitris Haus. Es war ihr sehr unangenehm, und sie hatte Angst, man könne sie sehen. Sie drückte sich an einem Fenster vorbei und hoffte, unbemerkt wieder auf die Straße zu kommen. An der hinteren Hauswand befanden sich schmale Holzleisten, an denen sich im Sommer der wilde Wein hochrankte. Plötzlich hörte Julie aus einem Zimmer eine bekannte Stimme. Sie schwang sich auf die unterste Leiste und kletterte bis zum geöffneten Fenster. Und was entdeckte sie da? Dimitri und Pater Hieronymus Prager standen gebeugt an einem kleinen Tisch, auf dem ein prall gefüllter Sack lag. Der Jesuit griff hinein und hielt einen goldenen Kelch in der Hand. Es war derselbe Kelch den sie, Julie, vor einem Jahr von der Straße aufgehoben und genau in diesen Sack gesteckt hatte. Vorsichtig ließ sie sich wieder auf die Erde gleiten. Sie kannte die Gegenstände, die der Sack enthielt. Dimitri machte mit ihrem größten Feind Geschäfte. Ein grauenhafter Verdacht kroch in ihr hoch. Es schien ihr unfaßbar, daß Dimitri mit diesem Menschen etwas zu tun haben sollte, und doch ... Ein grausiger Alptraum! Sie hatte Angst. Wie Schuppen fiel es ihr von den Augen: de Lattre. Hatte sie diesen Namen nicht schon einmal gehört? Gehört im Zusammenhang mit Verrat? Langsam ging sie die Straße entlang und überlegte. Wo hatte sie den Namen de Lattre gehört? Es dämmerte ihr: die alte Bernbacher Mühle, eine dumpfe Stube mit niedriger Decke. Männer saßen am Tisch und tranken. Ein Landstreicher tauchte auf und berichtete von der Gefangenschaft eines Majors. Der Verräter hieß de Lattre, genau wie Dimitri. Am Morgen danach ritten Hans und Christian in den Tod. Nein, das konnte nicht sein. Sie mußte mit Dimitri sprechen, sie mußte Klarheit haben. Aber jetzt mußte sie erst einmal nach Hause, um ihr Kind zu stillen.

Erst drei Tage später machte Julie sich noch einmal auf den Weg zu Dimitris Haus. Sie hatte Zeit gehabt zum Grübeln, doch sie war nach wie vor ratlos. Dazu kam das Mißtrauen, das wie Gift in ihrem Innern fraß. Sie hatte Angst vor den Lügen, die Dimitri ihr auftischen würde. Sie ging die Straße entlang, langsam und zögernd, so als wolle sie ihm noch etwas Zeit lassen. Während sie den schweren Türklopfer betätigte, huschte ihr Blick über die Hausfassade. Noch einmal mußte sie klopfen. Eine Dienstmagd öffnete und führte sie in einen Raum. Julie betrachtete die kostbaren Bilder und Möbel und erschrak, als sich lautlos eine Tür öffnete, die sie vorher nicht bemerkt hatte. Dimitri saß an einem Schreibtisch und blickte verdrossen auf die Papiere. Als er sie da stehen sah, hellte sich sein Gesicht auf, dankbar für die Unterbrechung. Verdrossenheit paßte in der Tat nicht zu diesem breiten Gesicht mit dem wachen Blick und der unbekümmerten Derbheit. Unverhohlener Frohsinn ließ dieses Gesicht mit dem dunklen Bartwuchs sehr anziehend wirken, besonders wenn sich die Lippen zu einem belustigten Lächeln teilten und zwei Reihen blendend weißer Zähne freigaben. Auf den ersten Blick sah er schwerfällig aus, doch wenn er sich bewegte, merkte man, daß er in den Wäldern zu Hause war. Seine dunklen Augen jagten ihr Angst ein, und obwohl sie gekommen war, um ihn als Verräter anzuklagen, fühlte sie sich auf entsetzliche Weise zu ihm hingezogen. Sie preßte ihre Hände aneinander, um das Zittern zu verbergen.

„Was ist? Was hast du, du siehst mich an, als wäre ich dein Feind." Er duzte sie.

„Vielleicht bist du mein Feind, wer weiß? Vor zwei Tagen sah ich einen Mann in diesem Haus." Auch sie sprach ihn jetzt mit du an.

Überrascht sah er sie an. „Du hast doch nichts dagegen, wenn ich ein Glas trinke?" fragte er und musterte sie nachdenklich. Seine Finger liebkosten den Hals der Flasche. Er lächelte. „Du hältst nicht viel von meinen Freunden, wie?"

„Wie könnte ich, es sind nicht meine Freunde."

„Sie sind auch nicht meine Freunde, sie sind ein notwendiges Übel, das ich auf mich nehme, weil sie für mich nützlich sind."

„Und ich? Bin ich dir auch nützlich?"

„Das muß man sehen, du könntest es sein. Dieser Pater ist nur mein Werkzeug, du bist für mich etwas anderes, meine kleine Verbündete." Er hob das Glas, die bernsteingelbe Flüssigkeit leuchtete.

„Auf dich, mein Kind", sagte er, „hör zu, ich werde dir alles erklären!"

„Nein", erwiderte sie zornig. „ich will nichts mehr hören. Als ich das erste Mal deinen Namen hörte, war er mit Verrat verbunden. Kurz danach habe ich durch diesen Namen den Vater meines Kindes und einen Jugendfreund verloren. Vor ein paar Tagen ging ich an deinem Haus vorbei, und wen sah ich zu meinem Entsetzen? Meinen größten Feind, Pater Hieronymus. Aber das ist noch nicht alles, wir wußten immer, daß unser Gold ..." Das Wort blieb ihr im Hals stecken. Sie war eben im Begriff, diesem Mann ihre ganze Vergangenheit zu erzählen. Sie kniff den Mund zusammen und schwieg. Ihre entsetzten Augen sprachen Bände.

Dimitri, der am Fenster stand, schnellte herum. „Euer Gold?"

Mit zwei Schritten war er bei ihr, nahm ihr Gesicht in beide Hände und zwang sie, ihn anzublicken. „Du hast zum Fenster hereingesehen, du hast dich selbst verraten, was hast du noch gesehen?"

„Nichts, laß mich los", sie wehrte sich verzweifelt. „Du bist ein Mörder und Verräter, ich hasse dich und deinen Namen de Lattre. Ich wollte, ich hätte diesen Namen nie gehört."

Sie drehte sich um und stürzte hinaus.

Zwei Stunden später dachte Julie in ihrer Ratlosigkeit daran, Dimitri nochmals aufzusuchen. Eine innere Stimme riet ihr, das zu lassen. Aber sie setzte sich darüber hinweg und ging hin. Doch Dimitri war fort. Die Magd schloß eben die Fensterläden. Sie wisse nicht, wann er zurückkommen werde, gab sie zur Auskunft. Mit einem flauen Gefühl im Magen machte sich Julie auf den Heimweg.

er Frühling wich dem Sommer, und Julie hatte alle Hände voll zu tun. Der kleine Junge, der auf den Namen André getauft worden war, verlangte ihre ganze Liebe und Fürsorge. Dimitri de Lattre war immer noch nicht zurückgekehrt. So oft sie auch um das Haus schlich, die Fensterläden waren zu und die Tür verschlossen. Resigniert gab sie auf. Immer seltener ging sie zum Fratzenstein, und es gab Tage, wo sie nicht einmal mehr an den Mann dachte, den sie aus ganzem Herzen haßte. Auch der Sommer ging zu Ende, und mit dem Novembernebel kam die traurige Nachricht, König Gustav Adolf sei in der Schlacht bei Lützen gefallen. Der Tod des Königs wurde von den Protestanten tief betrauert. Es war eine Trauer, die das Herz des Volkes bewegte. Gedenkpredigten, Gedichte und Lieder gaben ihr Ausdruck. Die katholische Seite jubelte, doch selbst der Papst betrauerte den Tod des Schwedenkönigs. Auch der Kaiser, der Wallenstein in einem überschwenglichen Brief für den Sieg bei Lützen dankte, wurde nachdenklich, als ihm der zerschossene Koller des Königs als Trophäe gebracht wurde und meinte, er hätte dem Schweden wohl gern ein längeres Leben und Heimkehr in sein Reich gegönnt. Doch je weiter der Winter fortschritt, um so mehr ging ein Gerücht um: War Gustav Adolf in der Schlacht bei Lützen gefallen oder wurde er ermordet? Der Tod des Schwedenkönigs beschäftigte die Gemüter. Langsam sikkerte durch, der Hofprediger Fabrizius, Herzog Bernhard von Weimar und ein Wundarzt, die den Toten nackt vor der feierlichen Aufbahrung gesehen hatten, sollen überzeugt sein, daß der erste Schuß den König von hinten in den Oberarm traf, also durchaus nicht von den anstürmenden Reitern des Piccolomini oder

den Kroaten. Es gab keine Zeugen. Der Page Leubel-
fing, der als einziger bei dem sterbenden König geblieben war, erlag wenig später seinen eigenen Wunden.
Die englischen Adjutanten suchten sofort das Weite,
und der Herzog von Sachsen-Lauenburg, der während
der Schlacht den Dienst um die Person des Königs
versehen hatte, war wieder zu seinem König und dem
katholischen Glauben zurückgekehrt. Begreiflich, daß
man im protestantischen Lager fragte, ob zwischen
dem Schuß aus dem Hinterhalt und dem Fahnen-
wechsel des Lauenburgers irgendein Zusammenhang
bestand. Auch Julie bedauerte das Schicksal des Königs. Doch
mehr noch tat ihr die Königin leid, sie verglich ihre
beiden Schicksale, denn auch diese Frau hatte ein
Kind, das seinen Vater verloren hatte. Wenn sich Julie die Zukunft ihres Sohnes ausmalte, konnte sie nur
resignieren. In Leidenschaft gezeugt, in Liebe geboren,
wo würde das Kind Halt finden, wenn es aufwuchs?
Wofür würde es leben in diesem Land, das von Krieg
und Rebellion erschüttert wurde?
Das Leben nahm nach außen hin seinen üblichen
Lauf. Man war versucht zu glauben, daß es nichts
anderes zu tun gab, als den Suppentopf über die
Flammen zu hängen und Hemden und Krägen zu
stärken. Julie schloß jeden Abend die hölzernen Läden vor den Fenstern. Aber das Haus war deswegen
nicht weniger bedroht. Manchmal hatte sie das Gefühl, die Stadt würde sie wie eine Falle umschließen.
Die Tage vergingen ruhig, aber Julie schienen sie wie
Sand, der unter festem Fundament ins Gleiten gerät.

Ein neuer Mai, man schrieb das Jahr 1633. Am Morgen waren zwei große Kaufmannswagen aus Frankfurt gekommen und hatten einen Teil der Ware vor
dem großen Kaufhaus abgeladen. Julie ging vorbei.
Eine Gruppe lärmender junger Männer verstummte
und schaute zu ihr. Sie begriff nicht, warum man ihr
so nachsah. Wohl wußte sie, daß sie hübsch war,

aber sie fühlte sich nicht in Form. Sie wußte, daß sie ausgesprochen mager war. Nur noch ein Gerippe! Dennoch wirkten die Blicke der Männer tröstlich. Sie hatte manchmal darüber nachgedacht, wie bitter für eine Frau jene Stunde sein mußte, in der sie merkte, daß die Augen der Männer gleichgültig über sie hinwegsahen. Eine Stunde, die schicksalhaft herannahte, wenn es auch noch viele Jahre dauerte, bis sie ihr schlug. Jetzt schickte sie sich an, die Straße hinabzuschlendern. An den Bäumen am Obermarkt hingen dicke Regentropfen. Die Luft war frisch. Julie straffte sich, eine Bewegung, die sie ganz mechanisch machte. Sie wich den Pfützen aus, die die Erde durstig aufsog, und fragte sich, was sie wohl den unschlüssigen Gang eines Vagabunden hatte annehmen lassen, jenes Schlendern ohne Ziel und Erwartung, das vielen Heimatlosen zu eigen ist. Mit einem Ruck blieb sie stehen, drehte sich um und lief nach Hause. Noch im Hauseingang rief sie Katherine zu: „Mach den Korb für das Hofgut fertig, ich werde ihn heute hintragen."
Die Sehnsucht nach Wald und Wiesen hatte sie so gepackt, daß sie sofort losgehen wollte. Der Korb mit Wäsche kam ihr gerade recht. Die Sonne, der laue Wind – der Sommer rauschte in ihrem Blut. Mit beschwingten Schritten verließ sie die Stadt durch das Holztor und durchquerte die Weinberge. Die Sonne hatte die Feuchtigkeit des Regenschauers aufgesogen. Julie zog die Schuhe aus und klemmte sie unter die Arme, mit Genuß spürte sie den warmen Sand zwischen den Zehen. Der ausgefahrene Weg führte in den Wald, den sie wie einen alten Bekannten begrüßte.
Auf dem Hofgut standen viele Wagen und Kutschen, und Julie dachte, während sie den Dienstboteneingang suchte, der Besitzer muß schon sehr reich sein. Eine junge Magd schickte sie zu einer unscheinbaren Tür, die ihr schmerzhaft in den Rücken stieß, während sie hindurchging. Die dicke Köchin lachte. „Das ist eine Schwingtür, die neueste Errungenschaft unseres Herrn, damit wir die Eimer nicht abstellen

brauchen. Stell dir vor, was wir für Zeit sparen, man könnte sich ja für ein paar Minuten ausruhen und verschnaufen."

Es war wie in den Küchen anderer Häuser, die Julie gesehen hatte, nur alles viel größer und kälter. Meistens war die Küche ein angenehmer Ort, wo man sich aufwärmen konnte und eine gute Mahlzeit bekam. Doch hier war von all dem nichts zu spüren. Die Sandsteinplatten waren feucht, und die hohe Decke verschluckte den würzigen Geruch der Suppen und Soßen. Auf einer Bank saß ein kleiner Junge, der Bohnen verlas. Irgendwie kam er Julie bekannt vor: das strubbelige rote Haar, die Sommersprossen in dem schmuddeligen Gesicht ...

„Hänsel!" rief Julie und ging auf den Jungen zu. Doch der schaute nicht auf. Er war mit seinen Bohnen beschäftigt und wollte nichts hören. Julie fragte die Köchin: „Wie kommt das Kind hierher?"

„Du kennst den Bengel? Seine Mutter hat uns bei der Ernte im letzten Jahr geholfen und hat ihn einfach zurückgelassen. Na ja, bei uns lernt er das Arbeiten, unnütze Fresser können wir nicht brauchen."

Voller Mitleid schaute Julie auf das Kind. Empört dachte sie, er ist noch keine vier Jahre alt und muß schon arbeiten. Ohne zu überlegen, sagte sie: „Ich kenne seine Großmutter, ich werde ihn mitnehmen, die alte Frau ist allein und wird sich bestimmt über ihren Enkel freuen."

Doch da stieß sie bei der Köchin auf Granit. Der Junge war eine billige Arbeitskraft, er aß nicht viel und schlief auf einer Decke in der Ecke. Er machte weniger Arbeit als die großen Jagdhunde.

„Gib dir keine Mühe, er ist ein Idiot und bleibt hier, er hat noch kein einziges Wort gesprochen, seit er bei uns ist. Seine Mutter hat schon gewußt, was sie tut, als sie ihn hier bei uns ließ", entgegnete die Köchin.

Julie war außer sich, sie kannte Hänsel, er konnte sprechen. Diese Frau war dumm oder hartherzig, und das Kind war verwahrlost und verschreckt. Was hatte

es in seinem kurzen Leben schon alles mitmachen müssen. Allein in diesem Haus: herumgestoßen und zur Arbeit gezwungen. Sie mußte den Jungen erlösen, sie würde ihn mitnehmen. Voll Kampfgeist machte sie sich auf einen zähen Handel gefaßt. Doch die Köchin gab sich unerbittlich. „Er bleibt da, basta!"
Julie bekam vor Zorn einen roten Kopf und hätte am liebsten der Frau das Geld angeboten, das sie für die Wäsche erhalten würde, doch sie wußte, Katherine mußte Steuern bezahlen und brauchte das Geld. Mit wütenden Schritten ging sie zur Tür, drehte sich um und schaute den Jungen an, der immer noch an seinen Bohnen saß und nicht mitbekam, was um ihn herum geschah.
„Da fällt mir ein, der Stadtrat Beuerbach in Gelnhausen ist ein Onkel des Jungen. Ob er begeistert sein wird, wenn ich ihm erzähle, daß sein Neffe als billige Arbeitskraft ausgenutzt wird?" sagte Julie.
Das saß! Die Köchin wurde unsicher. Julie erzählte ihr eine Geschichte von Maria und deren Bruder, dem Herrn Stadtrat, daß der Köchin die Tränen übers Gesicht liefen. Zum Schluß nötigte sie Julie eine Schüssel mit Ragout auf, ging in einen anderen Raum und kam mit einer alten Kinderjacke zurück, die nur noch aus Flicken bestand. Plötzlich konnte sie den Jungen nicht schnell genug loswerden. Julie war froh, als sie mit dem Jungen auf den Waldpfad einbog und den Blicken des Gutshof entschwand. Es ging auf den Abend zu, und der Frühlingswind war noch recht kalt. Hänsel hatte nicht einmal Schuhe, und seine Füße starrten vor Dreck. Julie und der Junge liefen schnell, erst als die Stadt auftauchte, wurden sie langsamer. „Siehst du", meinte sie tröstend, „wenn man rasch läuft, bekommt man auch keine kalten Füße." Doch das Kind gab keine Antwort.
Zu Hause geschah dann etwas, womit Julie nicht gerechnet hatte: Katherine war alles andere als begeistert von dem neuen Zuwachs. Sie schnappte nach

Luft, als Julie freudestrahlend ankam und schon von weitem rief: „Stell dir vor, ich habe Hänsel gefunden."

„Hänsel, wer ist Hänsel?"

„Aber Katherine, Hänsel ist ... du weißt doch ..." Dann fiel ihr ein, daß sie den kleinen Jungen bis heute nicht einmal erwähnt hatte, sie hatte ihn einfach vergessen. Katherine konnte gar nicht wissen, um wen es sich handelte. Doch alles Erklären half nichts.

„Ich will nicht, Julie, versteh doch, bringe ihn in ein Waisenhaus. Mein Gott, nimmt das nie ein Ende? Zuerst Ross, der in das Hinterhaus einzieht, der größte Taugenichts der Stadt. Gegen Emil will ich nichts sagen, er ist mit dir verwandt. Dein eigenes Kind, und jetzt dieser Bengel. Was glaubst du, führe ich ein Obdachlosenheim oder ein Stärkegeschäft?"

Noch nie hatte Julie sie so außer sich gesehen. Sie erschrak und wurde ganz klein. Katherine hat ja recht, dachte sie und setzte Hänsel in das Waschwasser. Der Junge ist verlaust und heruntergekommen: verfilztes Haar, durchscheinende Rippen, ein schmuddeliges Gesicht mit einem ängstlich trotzigen Ausdruck. Er war kein Kind zum Knuddeln und Liebhaben. Male hätte genauso reagiert. Julie dachte an die vielen Hunde und Katzen, die sie früher immer angeschleppt hatte. Aber Hänsel war ein Kind. Als er noch ganz winzig war, hatte sie ihn schon geliebt, sie würde ihn nicht mehr hergeben, mochte sich Katherine anstellen, wie sie wollte. Nur nichts übereilen, morgen ist alles vergessen.

Doch nichts war vergessen. Die sonst so freundliche Katherine sprach drei Tage nichts mit Julie, danach aber war alles wieder wie vorher. Hänsel blieb, und zu aller Verwunderung schloß Katherine ihn bald darauf ins Herz.

Auch Ross mußte sein Leben umkrempeln. Für kostenloses Wohnen und Essen hatte er jetzt, wenn Julie mit Lea unterwegs war, auf die Kinder aufzupassen. Das war eine neue Erfahrung für den jungen Mann. Jeder wunderte sich, wie gut er mit den beiden zurechtkam. Sie hörten bei ihm aufs Wort und liebten ihn abgöttisch. Ross war die ideale Kinderfrau. Für das Essen, das er verschlang, so als wäre er am Verhungern, hatte er sich endlich ein Recht erworben.

Im September war es immer noch warm. Es wurde Neumond, und die mondlosen Nächte waren mild. Dann kam ein Gewitter, das kalte Luftmassen mit sich brachte, und eines Morgens war die Erde mit weißem Reif bedeckt. Über der Kinzig dampfte der Nebel, hinter dem die Sonne wie eine Kupferscheibe leuchtete. Zwei Tage war es kalt, und so plötzlich wie sie gekommen war, verschwand die Kälte, warme Luft folgte, und es war Altweibersommer.

Die Laterne goß Silber über das Kopfsteinpflaster. Unter den Fenstern und Torbögen wehte die nächtliche Stille von Jahrhunderten. Die Schritte Dimitris wurden umhüllt von Nacht, ertranken im Dunkeln. Er blickte hinauf zu dem Fachwerk der alten Häuser, die schon lange ihre einstige Schönheit verloren hatten. In so einer Nacht, dachte er, könnte ich mit Julie an der Kinzig entlanggehen, meilenweit, ohne ein Wort zu sprechen. Wir könnten beieinander sitzen und den Fluß im Dunkeln fließen und die Sterne auf ihm tanzen sehen. Ich bin ein Idiot, ich habe so wenig Zeit, dann muß ich wieder fort. Ich werde sie zwingen müssen, mich anzuhören.

Julie schlenderte die Straße entlang. Sie hatte für André und Hänsel rote Äpfel gekauft und freute sich auf die strahlenden Augen ihrer Söhne. Eine Kutsche fuhr langsam die Straße herauf. Im Fahren kamen zwei Arme aus der Tür, griffen um ihre Taille und zogen sie rasch ins Innere. Julies Augen wurden groß und dunkel, das Atmen fiel ihr schwer, und an den Wimpern hingen Tränen. Dimitri legte einen Finger an seinen Mund. „Niemand braucht zu wissen, daß ich in der Stadt bin", flüsterte er.

„Weshalb? Wirst du verfolgt?"

„Nein, keine Angst, doch ich habe meine Gründe. Weißt du, es gibt noch mehr Menschen, die mich und meinen Namen hassen."

„Du meinst, außer mir, nicht wahr?"

Er nickte und schaute sie an. Seine Blicke ließen sie erschauern.

„Wohin bringst du mich?" fragte sie leise.

„Verdammt will ich sein, wenn ich das wüßte!" brummte er.

Eine Zeitlang waren beide in Gedanken versunken. Die Kutsche hatte die Stadt verlassen und fuhr jetzt an der Kinzig entlang.

„In der Stadt kennen mich zu viele Menschen", sagte er. „Ich kann Auseinandersetzungen und Erklärungen nicht leiden, besonders dann nicht, wenn keiner mir glauben würde."

„Dann bring mich nirgends hin", entgegnete sie ruhig, „fahr allein zurück. Laß mich." Sie wehrte seine Hand ab. „Ich will hierbleiben."

Die Kutsche stand jetzt.

Julie öffnete die Tür und ging auf das Flußufer zu. Dimitri de Lattre saß ganz still und betrachtete sie. Das Sonnenlicht drang in Streifen durch die hohen Pappeln und beleuchtete immer wieder die sich entfernende Gestalt. In diesem milden Licht bekam Julies Haar einen goldenen Schimmer. Dimitri war mit drei großen Sätzen neben ihr und drehte sie sanft zu sich um. „Wenn ich dir alles erzähle, was du wissen möchtest, die ganze Wahrheit, wirst du dann mit mir in mein Haus kommen? Wirst du bei mir bleiben?" fragte er sie erregt.

„Das weiß ich nicht, ich kann dir das nicht versprechen."

Sie fuhren mit der Kutsche zur Stadt zurück. Es dunkelte schon, als sie Dimitris Haus durch den Hintereingang betraten. Er führte sie in ein Zimmer, das Julie vorher noch nie betreten hatte. Es roch nach Leder, Schweiß und Rauch. Dimitri holte eine Flasche Wein und nötigte Julie, auf einem Sessel Platz zu nehmen. Während er auf und ab lief, beobachtete sie ihn. Er hatte sich nicht verändert in den letzten Monaten, man konnte sehen, daß es ihm schwerfiel zu sprechen.

„Wir waren drei Brüder auf einem ärmlichen Gut bei Paris. Vater war nur ein Landbaron, doch er hatte eine Schwäche: Er verehrte die Königsmutter Maria de Medici. Sie war seine Heilige, sein Vorbild. Manchmal dachten wir, sie wäre seine Geliebte. Für sie war er zu allem fähig, ja, ich glaube, er war ihr hörig. Maria de Medici, die Italienerin, wie das Volk sie nannte, war nicht sehr beliebt in Frankreich. Ihr eigener Sohn hatte sie verbannt und eingesperrt, doch sie konnte fliehen, mit Hilfe meines Vaters und anderer Narren. Er hatte unser armseliges Gut verkauft. Aus Gram darüber starb unsere Mutter. Jetzt war er frei, bis auf seine Söhne, die er mitnehmen mußte. Die Königsmutter reiste viel. Da sie in Frankreich nicht mehr sicher war, beehrte sie ihre Brüder in Italien, den Niederlanden und in England. Vater mit seinen drei Söhnen immer dabei. Längst war sein Geld verbraucht, doch er fand immer einen Bauern, bei dem er uns unterbringen konnte, schließlich war er der Begleiter einer hohen Frau. Daß seine Söhne litten, nicht nur an den Demütigungen, kümmerte ihn nicht. Alle paar Monate schufteten wir auf einem anderen Hof, in einem anderen Land. In der Zwischenzeit machte sich Maurice de Lattre schöne Tage mit seiner Angebeteten. André war der Älteste."

„André?" fragte Julie.

„Ja, André d'Urville, wie er sich später nannte. Es klingt mir noch heute in den Ohren, als er nach einem Streit mit Vater rief: 'Ich hasse dich, du bist ein Betrüger und ein Mörder! Ich hasse deinen Namen de Lattre!' Es waren dieselben Worte, die du mir ins Gesicht geschrien hast. André war damals fünfzehn oder sechzehn Jahre alt, er ging fort, und ich sah ihn viele Jahre nicht mehr. Daniel und ich waren allein. In der Zwischenzeit waren wir in Köln angekommen, aber es änderte sich nichts, weder an unserem unsteten Leben noch an Vaters Gewohnheiten. Daniel war der nächste, der ging. Er war Vater am ähnlichsten, und als ich ihn wiederfand, war er ein gemachter Mann. Er hatte viele Verbindungen hier in Deutschland. Er war es, der mir dieses Haus besorgte und die Arbeit im Holzhandel. Eines Tages traf ich André wieder. Er kam nach Gelnhausen, um jemanden zu suchen. Er erzählte mir sein Leben und von dir. Er hat dich genau so beschrieben, wie du bist, und trotzdem habe ich dich nicht gleich erkannt. Ich glaube, er hat dich sehr geliebt. Doch da war sein Freund, er und du, ihr wart ein Paar. André war viel zu sehr Kavalier, um bei dir und Hans Geipel dazwischenzufunken. So hat er gelitten und für euch sein Leben gelassen. Verzeih, daß ich so verbittert darüber rede. André war der einzige Mensch, der wirklich gut zu mir war, ohne Hintergedanken, was er aus mir herausholen könnte, wie Daniel und Vater. Ich habe diesen Bruder sehr geliebt. Ich war es auch, der das ganze Gold eurer Bande weitergeleitet hat, zu aller Zufriedenheit. Doch dann war André tot, und niemand sonst wußte, daß ich der Verbindungsmann war. Ich habe versucht, euch zu finden, aber es war zu spät, die Bande hatte sich bereits aufgelöst, und ihr Anführer war ebenfalls tot. In meinem Keller lag noch ein Sack mit Beute aus einem Kirchenraub, die ich schon verschiedenen Klöstern angeboten hatte. Deshalb kam der Jesuit aus Aschaffenburg. Daß er außer hinter den Kultgegenständen auch hinter dir her war, erfuhr ich erst ein paar Tage vorher. Du hättest richtig hinhören sollen, als du zum Fenster hereingeschaut hast. An diesem Abend habe ich dich nämlich freigekauft. Ich habe die Kirchenschätze gegen dich eingetauscht, damit er dich in Zukunft in Ruhe läßt, oder hat er dich wieder einmal belästigt?"

„Nein, nein." Julies Gedanken drehten sich wie ein Kreisel. „Und Brandis, hast du diesen Major in Hanau nicht verraten?"

„Nein, das war mein Bruder. Übrigens, mein Vater ist tot." Dimitri schwieg und sah sie an. Es gab nichts mehr zu sagen und nichts mehr zu fragen. Sie streckte ihm beide Hände entgegen, er zog sie in seine Arme und flüsterte: „Mein Mädchen, fast hätten wir uns verloren."

Im Haus hörte man Schritte. Dimitri ging hinaus, kam jedoch gleich darauf zurück – mit offenem Hemd und zärtlichen Augen. Julie sehnte sich danach, seine Haut zu liebkosen.

„Wirst du heute nacht bei mir bleiben?" fragte er. Noch bevor sie etwas erwidern konnte, flüsterte er ihr ins Ohr: „Ich habe Katherine ausrichten lassen, daß du erst morgen nach Hause kommst. Heute muß sie sich um deine Kinder kümmern."

Ah, es war wunderbar, an nichts zu denken. Wollüstig streckte Julie sich auf dem Lager Dimitris aus. Sie spürte seine Hand an ihrem Mieder. Er seufzte, weil er sich verheddert hatte und die Verschnürung nicht rasch genug öffnen konnte. Sie half ihm, denn nun war sie es, die kaum warten konnte und an den Schnüren riß. Sie spürte seine Hand in ihrem Haar.

„Wie lange bleibst du?" fragte sie. Eine belanglose Frage, natürlich würde er jetzt bleiben, wie kam sie nur darauf. Aber die Antwort versetzte ihr einen Schlag.

„Zwei Tage kann ich bleiben, zwei Tage, ist das nicht herrlich?"

Julie sprang aus dem Bett, raffte ihre Kleider zusammen, ihre Wangen brannten vor Enttäuschung, und mit hochrotem Gesicht rief sie: „Zur Hölle mit dir, Dimitri de Lattre, was denkst du dir eigentlich, zwei Tage, wunderbar, und dann bist du wieder verschwunden." Sie rannte zur Tür und mußte all ihre Kräfte zusammennehmen, um ihn zu verlassen. Hölle und Fegefeuer zusammen, niemals hätte sie es sich verziehen, wenn sie jetzt noch geblieben wäre.

Dunkelheit umgab sie, als sie das Haus verließ. Fledermäuse flogen um den wuchtigen Hexenturm, der unheilverkündend in den Nachthimmel ragte. Auf dem Weg zur Oberstadt überfielen sie die Gedanken wie ein feindliches Heer. Warum war sie nicht geblieben? Hatte sie nicht einfach alles vergessen und sich fallenlassen, zwei Tage lang? Nein, sagte etwas in ihr, so nicht. Am Ende war sie es immer, die verlor. Sie war nicht mehr das junge unbekümmerte Mädchen, hatte dazugelernt und wußte, sie würde das Vergnügen bitter bezahlen müssen. Der Mond war herausgekommen und tauchte den Obermarkt in ein geheimnisvolles Licht. An der Ecke der Kuhgasse saßen noch ein paar nächtliche Zecher. Ganz leise öffnete Julie ihre Haustür. Katherine hatte sie trotzdem gehört und kam aus ihrem Zimmer. „Was ist los, ich denke, du bist bei ihm?"

Julie sah sie unglücklich an. „Was los ist mit mir? Ich wäre so gerne bei ihm geblieben, doch irgend etwas in mir war dagegen."

Katherine ging in die Küche und machte Milch warm. „Du bist schon richtig", versuchte sie Julie zu trösten. „Es ist ein Schritt, den sich jede Frau gut überlegen muß. Glaube mir, nicht jede kann sich einfach fallenlassen. Ich spreche nicht von Moral. Du bist nicht mehr allein, du hast eine Familie, und du bist für sie verantwortlich. Verantwortung ist ein Wort, das man nicht so leicht dahinsagt. Erst wenn wir gefordert werden, zeigt es sich, ob wir reif dafür sind."

„Aber so werde ich immer allein bleiben, und alt und häßlich werden."

„So wie ich, meinst du?"

„Nein", Julie errötete über ihre unbedachten Worte. „Du doch nicht, du wirst niemals alt und häßlich."

Katherine lachte. „Ich weiß selbst, wie alt ich bin. Morgen werde ich zu de Lattre gehen."

„Du, warum?"

„Ich werde ihn einfach fragen, was er mit dir vorhat. Ich bin überzeugt, mich wird er nicht beschwindeln, was meinst du?"

Julie zuckte mit den Schultern, sie war einfach müde und wollte nicht mehr denken. Die warme Milch tat ihre Wirkung.

Es wurde Herbst, und noch ehe der Winter Einzug hielt, würde Julie eine verheiratete Frau sein. Dimitri hatte bei Katherine um Julies Hand angehalten, nachdem jene ihm sozusagen das Messer auf die Brust gesetzt hatte. Es war ihr gleichgültig, denn Julie war nun mal eine Frau, die nicht anders unter die Haube zu bringen war. Sie hatte – nach Katherines Auffassung – richtig gehandelt, als sie ihn die Nacht zuvor verlassen hatte. Zum Glück war seine Leidenschaft für sie größer als die Angst, sie zu heiraten. Katherine hatte auch Hänsel zur Sprache gebracht. Nun zeigte Dimitri seine wahre Größe. Das mit Hänsel imponierte ihm, und Katherine, die ihm am Anfang skeptisch gegenüberstand, war von seiner Reaktion begeistert. Schließlich war es nicht einfach, wenn eine Frau gleich zwei Kinder mit in die Ehe brachte. Aber es hatte alles seine Ordnung. Julie machte es daher nicht allzuviel aus, als sie den Bescheid bekam, daß man ihre Einbürgerung wieder einmal abgelehnt hatte. Was kümmerte sie ihre Einbürgerung, sie würde Dimitri heiraten, und wo sie mit den Kindern lebte, mußte er entscheiden. Plötzlich fiel ihr etwas ein, was sie unbedingt wissen mußte. Sie ließ ihre Arbeit liegen und stürzte in den Laden, wo Katherine gerade eine Kundin bediente.

„Was ist er? Katholisch oder evangelisch, hast du eine Ahnung?"

„Natürlich habe ich ihn gefragt, du kannst dich beruhigen", lachte Katherine.

„Na und?"

„Er ist auswechselbar, hat er gesagt. Bei den Katholiken ist er katholisch, und bei den Protestanten protestantisch."

„Gibt es denn so was?" fragte Julie erstaunt.

„Ja, mit Geld ist wohl alles zu machen."

Julie war beruhigt und ging nach oben. Sie warf einen Blick in das Kinderbett, wo André friedlich an seinem Daumen nuckelte. Hänsel war mit Lea unterwegs. An diesen Jungen dachte sie mit Sorge. Immer wollte er nach draußen, zog es ihn hinaus. Ob mit Lea oder Ross, er war nur glücklich unter freiem Himmel. Jeden Abend mußte sie dem Jungen lange zureden, um ihn ins Haus zu bringen. Zwar sprach er jetzt wieder, doch nur, wenn er etwas haben wollte.

In den letzten Septemberwochen überschlugen sich die Ereignisse. Lea wollte Mitte Oktober heiraten und mit ihrem Mann nach Frankfurt ziehen. Der alte Dröst lag im Sterben und hatte Katherine gebeten zu kommen. Nun wachte die Frau, die er ein Leben lang abgelehnt hatte, an seinem Sterbebett. Für Julie bedeutete dies alles doppelt soviel Arbeit, weil Lea zu Hause blieb und an ihrer Aussteuer stickte. Dimitri war wieder einmal in Hanau, und Julie paßte es gar nicht, daß sie keine Zeit hatte, um an ihrem lindgrünen Hochzeitskleid zu nähen.

Eines Tages kam ein Mann, Julie erkannte in ihm den Kutscher Dimitris, der ihr eine wunderschöne Truhe brachte. Sie brauchte eine ganze Weile, bevor sie das Schloß öffnen konnte. Mit aufgerissenen Augen besah sie sich die Schätze, die ihr der zukünftige Gatte schickte: unter anderem ein lindgrünes Samtkleid, das außer der Farbe nichts mit dem Kleid gemeinsam hatte, an dem sie gerade nähte. Die Ärmel und der Saum waren mit Goldrauten bestickt, und in jeder Raute war ein Rubin eingearbeitet. Der flaschengrüne Gürtel paßte genau zu einem dunklen Samtumhang. Jedes einzelne Stück war von erlesener Kostbarkeit. Am Boden der Truhe lag ein ledernes Kästchen, bei dessen Öffnen Julie aufschrie. In Goldfiligran eingebettet und am Ende einer schweren Goldkette hing ihr Bernstein, der Zauberstein ihrer Kindheit. In diesem Augenblick war Julie wieder zu Hause im Kahlgrund. Sie schloß die Augen und sah Christian herumhantieren, sie sah den Staub im Sonnenstrahl tanzen, wie Elfen auf einer Waldwiese, und hörte Male die Hühner aus dem Garten scheuchen. Julie seufzte auf, Heimweh überfiel sie: noch einmal den Wind spüren, der über das Tal wehte. Aber nein, sie durfte sich nicht ihren Erinnerungen hingeben, wo sollte das hinführen, gerade jetzt, am Anfang eines neuen Lebens. Schwer lag das Goldstück in ihrer Hand. Fast ein ganzes Leben lang hatte der Stein sie begleitet, zuerst mit einem Lederbändchen, jetzt in Gold. Sie war sich nicht sicher, ob er ihr früher nicht besser gefallen hatte, er erinnerte sie zu sehr an ihr eigenes Leben. Bekam sie mit dieser Heirat nicht auch eine Goldeinfassung? Vorsichtig legte sie den Bernstein wieder in das Kästchen. Er war nun schwer und kostbar, man konnte ihn nicht mehr einfach in die Schürze stecken oder irgendwo liegenlassen. Er hatte seine Leichtigkeit verloren. Würde es ihr auch so ergehen? Ach was! Auf was sie nicht alles kam, als Frau de Lattre konnte sie so ein kostbares Stück schon tragen.

Am folgenden Tag saß sie in der Kutsche nach Hanau. Alles war so schnell gegangen, daß sie überhaupt nicht zum Denken kam, doch langsam legte sich ihre Aufregung. Noch wußte sie nicht, was das alles bedeuten sollte. Gestern brachte der Kutscher die Truhe, heute gegen Mittag kam er wieder, um Julie abzuholen und nach Hanau zu ihrer Hochzeit zu bringen. Zuerst wußte sie nicht, was sie tun sollte. Katherine war immer noch bei ihrem Schwiegervater, der nicht sterben konnte. Ross hatte sich den ganzen Tag nicht blicken lassen, blieben ihr also nur die Solomons, die zum Glück die Kinder sofort in Obhut nahmen. Der Kutscher gab ihr den Rat, das Hochzeitskleid anzuziehen, doch nun war sie froh, daß sie das nicht getan hatte und das wertvolle Kleid noch in der Truhe lag. Es fing an zu regnen, und die schwere Kutsche kam nur langsam voran. Man merkte das

Nahen des Winters, denn es wurde schon früh dunkel. Sie hatten kaum die Hälfte des Weges geschafft, als der Kutscher von der Straße abbog und vor einer Herberge hielt. „Ist zu gefährlich weiterzufahren", meinte er und half Julie beim Aussteigen. „Von Jahr zu Jahr werden die Straßenräuber dreister. Eine Kutsche ohne Wachmannschaft kommt bei der Dunkelheit nicht weit." Julie nickte und dachte, vielleicht hätte ich sogar ein paar alte Bekannte getroffen.

Die Herberge war überfüllt, sie mußten sich den Raum mit fünf anderen Personen teilen, aber sie hatte wenigstens ein Bett für sich allein, und das Essen war nicht schlecht. Am Morgen fuhren sie in aller Frühe weiter. Der Regen hatte in der Nacht aufgehört, statt dessen hing ein dicker Nebel über der Landschaft, der einem das Atmen schwer machte. Kurz vor Hanau zog sich Julie um und dankte Dimitri im stillen dafür, daß das Kleid vorne zu schließen war, nicht auszudenken, wenn es umgekehrt gewesen wäre. Ihr Haar stopfte sie in ein Netz aus Goldfäden, zupfte sich ein paar Strähnen zurecht und legte sich die schwere Kette um den Hals. Die alten Kleider rollte sie zusammen und warf sie aus dem Fenster. Damit warf sie ihr altes Leben von sich, um in ein neues einzutauchen. Wollte Gott, daß es friedlicher würde als das alte!

Am späten Nachmittag rollte die Kutsche über das ausgefahrene Kopfsteinpflaster Hanaus, durch verschiedene enge Gassen mit schmalen Häusern, und blieb in einem Hof stehen, der von hohen Mauern umgeben war. Noch bevor man ihr die Tür öffnen konnte, sprang Julie heraus. In ihrer Freude, Dimitri endlich wiederzusehen, achtete sie kaum auf ihre Umgebung. Freudestrahlend folgte sie einem jungen Mann in Uniform, der sie an einen alten Mann weiterreichte. Es war ihr gleichgültig, wie die Bediensteten der de Lattres aussahen. Um zu ihm zu kommen, wäre sie dem Teufel in die Hölle gefolgt. Eine Fackel in der Hand, schlurfte der Alte vor ihr her durch endlose finstere Gänge, ihr prachtvolles Kleid schleifte über ausgetretene Stufen. Hinauf und wieder hinunter ging es, durch übelriechende Gewölbe, in denen kein Leben zu sein schien, aus denen nur selten Schreie oder Stöhnen drangen. Längst hatte Julie die Orientierung verloren, ahnte aber auf einmal mit Entsetzen, wo sie sich befand. An den dunklen feuchten Wänden wuchs Moos. Der Fußboden bestand aus festgetrampeltem Lehm, der in Jahrhunderten hart wie Stein geworden war. Wieder bogen sie in einen Gang ein, der nur notdürftig von einer Fackel erhellt wurde. Der Mann klopfte an eine Tür, die sich sofort lautlos öffnete. Im Hineingehen sah Julie noch, wie der Alte verschwand. Der Raum, in dem sie sich nun befand, war eine ehemalige Kapelle. Die Bemalung der Wände war abgebröckelt und zerfressen. Ein paar zerbrochene Bänke, ein wurmstichiger Altar waren die ganze Einrichtung. Julie stand wie angewurzelt, als hinter dem Altar jemand stöhnte. Beherzt ergriff sie eine Fackel, doch was sie zu Gesicht bekam, ließ sie zurückfahren, fast hätte sie die Fackel fallen lassen: Der Mann, der auf einer Bahre lag, war vom Tode gezeichnet. Sein Gesicht war eingefallen, die Haare grau von Schmutz, seine Kleidung zerfetzt. Unzählige Wunden bedeckten seinen Körper.

Ein Arm legte sich auf Julies Schulter. Sie erschrak und drehte sich um. Ein unbekannter großer Mann stand vor ihr, deutete auf den Kranken und fragte: „Erkennt Ihr ihn?"

„Nein." Ihre Stimme war nur ein Flüstern.

„Er ist ein Freund von Euch, Christian der Elsässer!"

„Christian? Aber er ist tot!"

„Noch nicht. Ihr seid die einzige, die ihn retten könnte, aber nur, wenn Ihr wollt. Kommt mit, ich muß mit Euch sprechen." Er führte sie in einen kleinen, spärlich und sauber eingerichteten Raum. Dann fuhr er fort: „Setzt Euch. Ich bin Daniel de Lattre. Ihr seid eine Frau, die mich sicher verstehen wird, und ich

hoffe, später einmal, wenn über die Sache Gras gewachsen ist, werdet Ihr mein Tun gutheißen. Ihr könnt den Elsässer mitnehmen, er wird frei sein, aber nur, wenn Ihr ihn heiratet. Das ist meine Bedingung."
Sie sprang vom Stuhl hoch. „Aber ich werde ..."
„Ihr werdet nicht Dimitri heiraten, verzeiht, daß ich Euch unterbreche. Er ist nicht hier, Ihr braucht nicht auf ihn zu warten, denn so schnell wird er nicht wiederkommen. Er ist in Frankreich und sieht nach unserem Gut. Ich habe Euch nach Hanau kommen lassen, denn ich mag nicht, wenn meine Pläne durchkreuzt werden, auch nicht von einer schönen Frau. Werdet Ihr tun, was ich von Euch verlange?"
Julie räusperte sich, ihre Stimme wollte ihr nicht gehorchen. „Was ist, wenn ich es nicht tue?"
„Dann wird der Elsässer sterben! In einem Tag, in einer Woche." Er zuckte mit den Schultern.
„Ihr seid ein Teufel, Daniel de Lattre." Julies Augen blitzten ihn an.
„O ja, mit dem Teufel kennen wir uns beide aus. Hier müßt Ihr unterschreiben." Er hielt ihr eine ausgefüllte Heiratsurkunde vor die Nase, in die sie nur noch ihren Namen einzusetzen brauchte.
„Und hier noch."
„Was ist das?"
„Ihr könnt doch lesen, lest es Euch durch, das ist Euer gutes Recht."
Nachdem sie gelesen hatte, ließ sie kreidebleich das Blatt sinken, ihre Augen waren schwarz vor Entsetzen. „Das könnt Ihr nicht von mir verlangen."
Er fixierte sie wie eine Schlange ihr Opfer. „Dieses Dokument wird Euch nie schaden, wenn Ihr das tut, was ich von Euch verlange. Versteht mich doch, ich muß mich absichern. Der Elsässer könnte in ein paar Tagen sterben, und Ihr würdet mit wehenden Haaren in Dimitris Arme eilen."
„Oh, seid dem nicht so sicher", konterte sie, „es wäre sehr zu überlegen, ob ich mit einem Mann wie Euch in verwandtschaftliche Beziehungen treten wollte."

Er wurde blaß, sie hatte eine empfindliche Stelle getroffen, doch im Nu fing er sich wieder und fuhr fort: „Ich muß mich absichern, denn ich habe andere Pläne mit meinem Bruder."

„Warum so umständlich? Warum habt Ihr mich nicht gleich umgebracht, wenn ich Euch so im Wege stehe?"

„Ein Mord? Nein, meine Liebe, das ist nicht meine Art. Ich bin ein Spieler, und ich weiß immer meine Figuren zu setzen."

Julie unterschrieb das zweite Dokument und begab sich mit ihrer Unterschrift in die gefährliche Abhängigkeit des Daniel de Lattre.

„Wenn das Papier in fremde Hände kommt, bin ich verloren."

„Keine Angst, das wird nicht geschehen. Es wird versiegelt zu einem Kloster gebracht, und der Abt wird es verwahren. Nach zehn Jahren wird es vernichtet."

Daniel de Lattre führte Julie an ein kleines Tischchen, auf dem ein Spiel mit winzigen Figuren stand. „Seht her, Julie Schönborn, das ist ein Schachspiel."

Er deutete auf die einzelnen Figuren. „Der König, der Bauer und die Dame." Er schaute sie auf eine merkwürdige Art an. „Ich bin ein guter Spieler und verliere selten."

Julie konnte sich nicht zurückhalten, ihn zu provozieren. „Ihr spielt mit Menschen, Daniel de Lattre, mit Menschen wie Dimitri, Christian und mir."

„Ihr habt begriffen, schöne Dame."

„Und wo steht in Eurem Spiel der Tod?"

Einen Moment stand er ganz ruhig da, dann fegte er zornig das Brett leer. „Kommt, Ihr müßt gehen, die Kutsche wartet."

Wieder schleppte sie ihr Hochzeitskleid durch endlose Gänge und über schmutzige Treppen. Dann standen sie auf dem Hof des Gefängnisses. Ein anderer Wagen erwartete sie, dessen Kutscher nicht gerade vertrauenerweckend aussah. Daniel de Lattre bemerkte ihr Erschrecken und sagte: „Ihr könnt Euch beruhigen. Ich habe diese Kutsche gewählt, damit Ihr ohne Aufenthalt nach Hause fahren könnt. Dieser alte Kasten wird keinen Straßenräuber reizen."

Sie nickte und stieg ein. Er schloß die Tür, griff in seine Tasche und holte einen kleinen Beutel heraus.

„Was soll ich damit?"

„Ein bißchen Geld, es wird Euch weiterhelfen."

„Nein, von Euch nehme ich kein Geld."

„Auch nicht für den Kranken?"

„Nein."

Die Kutsche fuhr an. Ein Blick aus dem Fenster zeigte Julie, daß Daniel de Lattre immer noch auf dem Hof stand und ihr nachsah.

Der todkranke Christian wurde von der Kutsche und vom Schüttelfrost hin und her geworfen. Sie nahm den Samtumhang von ihren Schultern und hüllte Christian darin ein. Sofort ließ sein Zittern nach. Nun war sie es, die zu zittern anfing. Sie verwünschte ihren Leichtsinn, mit dem sie ihre alten warmen Kleider weggeworfen hatte. Nun mußte sie es bis Somborn ertragen, von dort mußte sie so schnell wie möglich jemanden zu Jakob schicken. „Jakob wird dir helfen", murmelte sie zu Christian gewandt, „er wird dir verbieten zu sterben, jetzt wo ich dich da herausgeholt habe. Alles wird gut werden, du mußt nur durchhalten." Sie beugte sich aus dem Fenster und rief: „He, Ihr da! Könnt Ihr nicht etwas schneller fahren?"

„Geht leider nicht, Madame, sonst schaffen es die Gäule nicht, ist noch ein schönes Stück."

Sie lehnte sich zurück und dachte, was gehen mich seine Gäule an, die Zeit drängt. Sie riß an der schweren Kette, bis sich der Verschluß öffnete. Ich werde ihm die Kette geben, dachte sie. Oder nein, nur die Goldfassung des Bernsteins. Sie brach sie in Stücke. Der Stein, der nun ohne Einfassung in ihrer Hand lag, war wieder ihr alter Zauberstein. Er verschwand mit der schweren Kette in ihrer Tasche. Nachdem sie dem Kutscher das Gold ausgehändigt hatte, konnten die Pferde plötzlich laufen. Das Gerüttel der schneller fahrenden Kutsche bekam dem Kranken gar nicht gut, und Julie war froh, als er ohnmächtig und so wenigstens eine Weile von seinen Schmerzen befreit wurde.

Daniel da Lattre stand noch eine Weile auf demselben Platz und schaute nachdenklich der verschwundenen Kutsche nach. Es war ein Fehler gewesen, Julie Geld anzubieten, wo er doch schon vorher gewußt hatte, daß sie es nicht nehmen würde. Er ging die Stufen hinab und betrat den kleinen Raum. Er sah sich um, hob langsam und bedächtig die Figuren auf und setzte sie wieder auf das Brett. Dann griff er zu dem Dokument, das auf dem Tisch lag. Mit zwei Fingern hob er es hoch, als wäre es ein schmutziger Fetzen, und las es noch einmal durch, hielt einen Kienspan an die Laterne, bis er Feuer gefangen hatte, und setzte das teuflische Papier in Brand.

Zum erstenmal in seinem Leben hatte er ein Spiel verloren, obwohl er alle Trümpfe in der Hand hielt. Was für eine Frau! Er hatte sie demütigen wollen, deshalb hatte er sie in das Gefängnis bestellt. Hatte ihr das schönste Kleid und den Stein gesandt. Er hatte ihr die Truhe geschickt, die Dimitri für die Hochzeit vorbereitet hatte. Eine Bauerndirne, aufgeputzt wie eine Königin. Er wollte sie lächerlich machen, statt dessen trug sie das Kleid, als hätte sie nie etwas anderes gekannt. Am liebsten hätte er ihr das Netz aus den Haaren gerissen. André und ihm blieb für immer versagt, was sie Dimitri gewährt hatte. Was war es, das diese Frau an sich hatte, daß ihr alle Brüder de Lattre verfielen? Nach den beiden war er nun an der Reihe, und ihn hatte es in der kurzen Zeit schlimmer gepackt, als er sich das hätte je vorstellen können. Um Dimitri brauchte er keine Angst mehr zu haben. Er, Daniel, konnte seine Pläne weiterschmieden. Jetzt, da er Julie kannte, würde so schnell keine andere Frau ihren Platz einnehmen. Julie würde ihr Versprechen halten, nicht nur aus Angst, sondern aus Treue zu Christian. Wenn der davonkam und wieder gesund wurde, würde er sie nicht mehr gehen lassen, und sie war genau wie er, sie ergänzten sich. Sie konnten ihre Kinder aufziehen und einander beistehen. Eigentlich hatte er heute ein gutes Werk getan, dachte er spöttisch. Mit einem Schwung fegte er die Schachfiguren auf den Boden. Zum Teufel mit ihnen allen. Heute abend wird er bei den Mädchen der Madame Berta diese Frau und dieses verdammte Spiel vergessen.

Die Kutsche fuhr die ganze Nacht durch. Manchmal fiel Julie in einen unruhigen Schlaf, doch wenn die Straße zu holprig war, wurde sie unsanft geweckt. Das Befinden des Kranken hatte sich verschlechtert. Wenn sie sich über ihn beugte, um von seinem geschundenen Gesicht den Schweiß abzutupfen, konnte sie seinen heißen Atem spüren. Sobald er in Ohnmacht fiel, dachte sie, es wäre vorbei. Nach einer Weile bewegte er sich wieder, und das Bangen fing von neuem an.

Langsam wurde es hell. Kurz vor Hof Trages schleppten zwei Bauernjungen Reisig aus dem Wald. Julie rief sie herbei und riß aus ihrem Kleid zwei Steine, die sie ihnen schenkte. Dann sagte sie: „Ihr kennt doch die alte Kräuterfrau Margret von Somborn. Springt hinunter und sagt ihr, sie soll die Hütte des Jakob Stein einheizen, Julie Schönborn ist auf dem Weg mit einem Schwerkranken, sie soll auch Jakob benachrichtigen, daß er kommt."

Die Buben wollten davonflitzen.

„Halt", rief sie „nehmt die Abkürzung durch den Wald, da seid ihr schneller."

„Nein", meinte der Ältere der beiden. „Der Wald ist nicht geheuer, da müssen wir an den Galgenbäumen vorbei, und da spukt es."

„Ihr habt doch die roten Steine, sie werden euch beschützen, niemand wird euch ein Leid antun, ihr könnt mir ruhig glauben."

Zweifelnd sahen sie die Frau mit dem schönen Kleid an, doch dann glaubten sie ihr und verschwanden unter den Eichen.

Julie hätte vor Freude und Erleichterung weinen können, als sie einige Zeit später den schwarzen Rauch sah, der aus Jakobs Kate drang. Die Alte saß vor dem Kamin und rührte in einem Eisentopf. Julies stürmische Umarmung wehrte sie mürrisch ab. Sie zeigte auf Christian und meinte: „Wer ist der Tote?"

„Das ist mein Mann, und er ist nicht tot."

„Viel fehlt aber nicht mehr, wie mir scheint. Legt ihn aufs Bett."

Mit dem Kutscher waren noch ein paar neugierige Bauern hereingekommen. „Ihr verschwindet", scheuchte sie die Leute aus dem Raum, „der Kranke braucht seine Ruhe. Neugieriges Gesindel." Sie nahm den Umhang und warf ihn auf einen Stuhl und sagte zu Julie: „Komm, hilf mir, wir müssen seine Fetzen langsam aufweichen." Sie reichte Julie einen Becher mit einer Flüssigkeit. „Gib ihm nur ein paar Tropfen davon."

„Was ist das?"

„Frag nicht soviel, gib es ihm."

Nun, freundlicher war die alte Hexe auch nicht geworden, dachte Julie und schwieg.

„Paß auf! Verschütte nicht soviel!" Zum erstenmal beobachtete Margret die junge Frau. „Wie siehst du denn aus?" knurrte sie. „Wie ein aufgeputzter Pfingstochse."

„Ja, du hast recht, Margret, wenn du ein bißchen Zeit hast, kannst du mir ein paar bequeme Kleider besorgen. Hast du Jakob Bescheid gegeben?"

„Ich weiß nicht, wo der Jude ist, aber ich habe den Fischkarl losgeschickt, der hat ihm vor Monaten einen Sack Mehl gebracht, schon möglich, daß er den Weg noch mal findet."

Vorsichtig schnitten und zogen sie die Stoffetzen von Christians Körper.

„Noch nie in meinem Leben habe ich solche merkwürdigen Wunden gesehen", sagte Julie und verzog das Gesicht. Der stechende Geruch von Eiter und Schweiß machte ihr das Atmen schwer. „Das ist die Kerkerkrätze!" erklärte Margret. „So sieht ein Mensch aus, wenn er Monate im Kerker lebt. Die Ratten lassen sich manchmal verscheuchen, jedenfalls solange man noch bei Kräften ist, aber die Läuse und Flöhe fressen einen auf."
Vorsichtig wuschen die Frauen den Kranken mit dem Sud, den die Alte gebraut hatte.
„Das Bein macht mir Sorgen, es sieht schlimm aus, stoße ihn nicht, sonst wacht er auf, es ist besser, wenn er schläft", sagte sie.
„Glaubst du, er hat noch Schmerzen?"
„Nein, solange er schläft, merkt er nichts. Die Tropfen haben schon gewirkt, er atmet viel ruhiger."
Julie gähnte. „Ich könnte im Stehen schlafen."
„Leg dich in die Ecke und deck dich mit deinem komischen Gewand zu", entgegnete Margret und schüttelte. den Kopf. „Obenherum nichts und untenherum Stoff für eine ganze Kompanie. Eine merkwürdige Mode, die sie heute in der Stadt tragen."

Julie wachte auf. Zwei Alte unterhielten sich flüsternd.
„Das Bein wird er verlieren", meinte die alte Margret.
„Nein, nicht wenn ich es verhindern kann", hielt Jakob dagegen.
Die junge Frau richtete sich langsam auf, jeder einzelne Knochen tat ihr weh. „Jakob, Margret: Was ist mit seinem Bein?"
Jakob räusperte sich. „Es sieht aus, als hätte er den Brand."
„Könnt ihr nicht etwas tun?"
„Es wäre besser gewesen, du hättest ihn in der Stadt zu einem richtigen Arzt gebracht", erwiderte er.
„Ach was, du hast keine Ahnung von Ärzten in der Stadt. Sie laufen herum mit hohen Perücken und we-

henden Mänteln, hätten ihm ein Klistier verabreicht und ihn zur Ader gelassen. Das ist alles, was sie können. Dafür hätten sie uns ein Vermögen abgenommen, dann hätten sie gewartet, bis er gesund wird oder stirbt. Nein, Ärzte könnten ihn nicht retten, das müßt ihr beiden schon selber tun."

„Ja, das Mädchen hat recht", sagte Jakob und wandte sich dann an Margret: „Geh nach Hause und versuch, eine Arznei zusammenzurühren, streng deinen alten Kopf an. Gegen alles ist ein Kraut gewachsen, hast du das nicht immer gesagt? Hier hast du eine Flasche, aber trink sie nicht aus. Auf keinen Fall, bevor du etwas Anständiges zusammengebracht hast. Du kannst jetzt verschwinden, doch spute dich, allzulang können wir nicht mehr warten, sonst müssen wir doch noch sägen. Julie wird dir dann ein Leben lang die Schuld geben, wenn sie mit einem Krüppel leben muß."

Mürrisch warf Margret Julie ein paar alte Kleider hin, nahm ihr Tuch und verschwand.

Jakob Stein lächelte. „Die sind wir los."

„Glaubt Ihr, daß sie etwas findet, was Christian helfen könnte?"

„O ja, davon bin ich überzeugt. Sie ist zwar die schlimmste alte Hexe, die ich kenne, doch sie ist auch die beste, wenn sie die Finger von der Flasche läßt."

„Den Schnaps hättet Ihr ihr nicht mitgeben sollen, sie wird sich hinsetzen und alles austrinken, während Christian stirbt."

„Das wird sie nicht tun, sie braucht den Alkohol für ihre Arznei, und ich glaube, sie hat zuviel Angst vor mir, um sich nicht zu sputen. Sie denkt, ich habe mich mit dem Teufel verbunden und könnte ihr dadurch schaden."

„Ach Jakob, ein bißchen Teufelei könnte ihn vielleicht retten."

„Wie wäre es denn mit Beten? Nicht zu glauben, daß du einige Zeit in einem Pfarrhaus gewohnt hast. Keine Angst, Mädchen, wir werden ihn auch so retten."

„Wie geht es ihm jetzt?" erkundigte sich Julie.
„Das Fieber ist gesunken, und er hat schon etwas
Brühe zu sich genommen. Im Moment können wir
nichts tun als warten. Komm, erzähl mir, wie du den
Unglücklichen gefunden hast."
Julie erzählte ihre Geschichte von Dimitri und von
Daniel de Lattre. Je mehr sie erzählte, um so unwahr-
scheinlicher kam ihr alles vor. Es war, als würde sie
von einer Fremden berichten. Nur Jakob und der
Kranke waren Wirklichkeit. Es schien ihr, als ob der
Alte eingeschlafen wäre, doch als sie das zweite Doku-
ment erwähnte, hob er den Kopf.
„Was hast du unterschrieben?" fragte er.
„Eine Buhlschaft mit dem Teufel."
„Weißt du nicht, daß das eine verdammt heiße Angelegenheit werden kann? Er hat dich in der Hand, Julie."
„Ja, das ist mir klar."
„Ich verstehe nicht, du scheinst trotzdem keine Angst
zu haben."
„Nein, Jakob, zuerst fand ich auch, das ganze war
ungeheuerlich, was er da von mir verlangte. Es war
mein Todesurteil. Doch als ich das Dokument las und
unterschrieb, fiel mir etwas Merkwürdiges auf. Ich
habe die Schriftstücke des Jesuiten gesehen, die Ak-
ten der Hexen und Zauberer. Sie waren alle in Latein
geschrieben mit Zeugen, Tages- und Jahreszahlen.
Das alles fehlte auf diesem Papier, ja nicht einmal,
woher ich kam und wo ich lebte, stand darauf. Da
wurde mir klar, Daniel wollte dieses Papier als ganz
persönliches Druckmittel benutzen. Es könnte ja sein,
daß mein Mann starb."
„Dein Mann? Diese Hochzeit war doch auch nicht
echt."
„Doch, Jakob, schaut Euch das Papier an, alles hat
seine Richtigkeit. Hier die Zeugen, ihre Unterschrift,
wie es sich gehört. Niemand kann das anzweifeln, für
mich ist das gültig. Er hätte auch einen Priester be-

stellen können, irgendeinen Mann mit einer geklauten Soutane."

Jakob lachte. „Du machst Fortschritte. Seit ich dich das letzte Mal gesehen habe, hast du dich sehr verändert."

„Jakob, könnt Ihr Schach spielen?"

„Wie kommst du denn jetzt darauf? Ich habe von dem Spiel gehört, es ist sehr schwer."

„Daniel de Lattre ist ein Schachspieler", meinte sie sinnend. „Das ganze hat etwas mit diesem Spiel zu tun. Wie heißen die Figuren?"

„König, Bauer, Dame ..."

„Gibt es auch einen Tod?"

„Nicht daß ich wüßte. Doch es gibt noch einen Springer."

„Einen Springer?"

„Muß eine wichtige Figur sein, die wichtigste überhaupt."

„Man müßte das Spiel kennen, dann kämen wir weiter, dann müßte Daniel das Spiel verlieren."

„Ja", meinte der Jude, „dann wäre er schachmatt. Trotzdem verstehe ich nicht, du hattest vor dem Jesuiten mehr Angst als jetzt."

„Daniel de Lattre ist zwar ein Schurke, aber ich glaube nicht, daß er mich vernichten will. Er will nur nicht, daß ich seinen Bruder heirate. Er ist schon ein seltsamer Mensch, er hat jetzt das zweite Mal meine Träume zerstört. Das erste Mal mit Hans und jetzt mit Dimitri, und trotzdem kann ich ihn nicht hassen. Ist das nicht seltsam, Jakob?"

„Du kannst ihn nicht hassen, weil du in deinem Innern die Gewißheit hast, daß diese beiden Männer nur Träume für dich waren. Beide gehörten nicht deinem Stand an. Du stammst aus einer Bauernfamilie aus dem Elsaß und wärst mit diesen Männern nicht glücklich geworden. de Lattre hat unbewußt genau das getan, was für dich richtig ist. Das ist nun mal Christian."

„Ich glaube nicht, daß er es unbewußt getan hat. Seine Worte waren", Julie runzelte die Stirn und überlegte, „in meinem späteren Leben würde ich ihm dankbar sein. Worte, Jakob, Worte, die er nicht gesagt hätte, wollte er mich vernichten."

„Aus all deinen Verbindungen zu dem Adelspack hast du natürlich keinen Taler auf die Seite gebracht, wie ich dich kenne."

„Doch, hier", sie griff in die Tasche und übergab ihm die Goldkette. „Nehmt sie an Euch und verkauft sie, Ihr werdet den besten Preis herausholen." Sie hob das Brautkleid in die Höhe. „Die Steine bekommt Christian für den Hof, ohne Geld kann er ihn nicht aufbauen."

„Ich sehe, hast du keine Zeit verschwendet, um deine Pläne zu machen."

Sie zuckte die Schultern. „Dafür bin ich nicht mehr jung genug, Jakob, das Leben geht weiter. Und dieses Kleid – wenn ich den Samt wende, würden zwei schöne Anzüge für die Buben daraus werden."

Jakob schüttelte den Kopf, wie schnell hatte sie sich aus ihrer Niederlage erholt. Er konnte sie getrost nach Hause schicken, sie würde keine unnützen Träume an ihre Vergangenheit verschwenden.

Julie war wieder zu Hause. Das Jahr ging seinem Ende zu. Jakob schrieb einen Brief, den er durch einen Bauern, der zum Weihnachtsmarkt in die Stadt kam, abgeben ließ. Darin stand, daß Christian zwar noch nicht gesund, doch übern Berg sei, wie man so schön sagte. Er habe sich erholt und könne schon an Krükken gehen. Kurz vor Weihnachten habe er ihn in den Kahlgrund gebracht. Onkel Ernst sei noch am Leben, und mit einem Mann namens Mattus bewohne er eine Kate im Wald, nicht weit von der abgebrannten Dorfruine. Gemeinsam wollten sie im Frühjahr wieder aufbauen. Ihm selber gehe es gut. Nur die alte Margret sei gestorben, wahrscheinlich habe sie die Schnapsflasche noch in der Hand gehabt, als man sie morgens in ihrer Hütte gefunden habe. Julie mußte über Jakobs Vermutungen lachen.

„Was ist?" fragte Katherine.

Julie, in Gedanken noch bei Jakob, antwortete: „Die alte Margret hat der Teufel geholt."

„Den Teufel holt", echote der kleine André.

„Julie! Wie kannst du dem Kind solche Sachen beibringen?" Katherine war entsetzt.

Julie schaute auf, dann mußte sie lachen. „Ach Katherine, Jakob hätte das bestimmt so gesagt, das ist doch nicht böse gemeint. Nein, diese Frau gehörte zu uns, gerade ich muß ihr sehr dankbar sein. Sie war oft mürrisch und schlecht gelaunt, doch sie hat immer geholfen, wenn man sie brauchte, und nur das zählt."

Sie nahm den Brief wieder auf und las weiter:

An einem regnerischen Tag, als Christian Weiden für Körbe zurechtlegte, habe ich ihm von Dir erzählt. Die Geschichte, wie Du ihn gefunden hast. Du wirst verstehen, daß ich ihm die Wahrheit nicht verschweigen konnte. Er hat eine Zeitlang weitergearbeitet, so als hätte er mich nicht verstanden. Doch dann sah er mich an und fragte: Was erwartet sie jetzt von mir? Ich wußte nicht, was ich ihm antworten sollte, denn ich weiß nicht, was Du von ihm erwartest. Ich konnte ihm nur einen Rat geben, so wie ich Dir immer geraten habe. Baue dein Haus fertig, eines Tages wird sie kommen. Hoffentlich habe ich ihm den richtigen Rat gegeben. Also mach mir keine Schande, mein Kind. Seit ich Ernst Fox kennengelernt habe, kann ich mir gut Deinen Großvater vorstellen. Eigentlich alle Männer in Deiner Familie. Christian könnte der Sohn von Ernst sein. Genau so still und so stur.

Nun, mein Kind, ich muß Dir noch etwas schreiben, was ich Dir lieber verschwiegen hätte. Auch Ihr in Gelnhausen werdet schon bemerkt haben, der Krieg ist nicht irgend etwas, das in einem fernen Land geschieht, sondern er ist hier mitten unter uns. Dieser Mansfeld und seine Armee sind durch das Freigericht gezogen, Richtung Aschaffenburg. Viele Orte sind halb oder ganz zerstört. Die Orte im unteren Freigericht wie Alzenau und Hörstein sind von Reiterregimentern besetzt. Ich kann das alles nicht verstehen. Früher gingen die Armeen ins Winterquartier, heute marschieren sie das ganze Jahr. Wenn sie noch ein paarmal hin und zurück ziehen, steht kein Stein mehr auf dem anderen. Ich glaube, das kommende Jahr 1634 wird das bitterste unseres Lebens werden. Doch wir können es nicht ändern, wir können nur versuchen zu überleben. Sei stark, egal was kommt, sei stark, bis wir uns wiedersehen.

Dein Jakob

Den Heiligabend verbrachte Emil wie jedes Jahr mit Julie, Katherine und den Kindern. Nachdem er Jakobs Brief gelesen hatte, stand für ihn fest, er würde noch im alten Jahr versuchen, in das Kahltal zu kommen. Alle Einwände Julies, daß dies viel zu gefährlich sei, gerade jetzt, wo es von Soldaten und Landsknechten überall wimmelte, wies er zurück.

„Es wird mir nichts geschehen, was wollen sie mit einem buckligen Mann wie mir?"

Julie konnte nichts ausrichten. Jakob hatte recht, alle Elsässer waren sture Böcke, immer mit dem Kopf durch die Wand.

„Ich bin ein kranker Mann mit Schmerzen", fuhr Emil fort.

„Ja und deshalb sollst du ja hierbleiben und nicht im Winter in den Wäldern herumirren."

„Ach was, ich habe hier in der Stadt Schmerzen, und ich werde sie auch zu Hause haben. Doch dort bin ich nicht allein, sie werden wohl noch ein Plätzchen für mich haben, du weißt ja, ich bin sehr genügsam."

„Deine Familie ist hier bei mir, oder hast du das vergessen?"

„Nein, Julie, das habe ich nicht, du meinst es gut mit mir, aber meinen Lebensabend möchte ich unter den Männern meiner Familie verbringen. Auch du wirst eines Tages zurückkehren, das weiß ich genau, und dann sind wir alle zusammen."

Zwei Tage vor Neujahr machte sich Emil auf den Weg zur Kahlquelle. Er hatte versprochen, zu den Brüdern nach Bernbach zu gehen, sie konnten ihn zu Jakob führen. Dort wollte er sich ein paar Tage ausruhen und dann gemeinsam mit Jakob den Rest des Weges zurücklegen. Es würde eine lange Zeit dauern, bevor Julie wieder etwas von ihm hören würde. Doch daran konnte man nichts ändern.

An den Ästen zeigten sich die ersten Märzknospen. Fahlgelb schwamm die Sonne in den Morgennebeln. Die Weidenzweige, über und über mit blaßgrünen Bändern bezogen, fielen wie Feenhaar bis zum Boden herab.

Südlich der Stadt Gelnhausen, rechts und links der Kinzig, lagen die Auwiesen. An diese grenzte ein Sumpfgebiet. In jedem Herbst und in jedem Frühjahr trat die Kinzig über die Ufer. Floß sie wieder ab, blieb das lehmige Brackwasser zurück. Der Boden wurde sauer und versumpfte im Laufe der Jahre immer mehr. Ein Paradies für Vögel, Kröten und Frösche, auch die Störche fanden hier stets einen gedeckten Tisch.

Mitten in dem Sumpf lag eine Insel, die Natur ringsum hatte sie uneinnehmbarer gemacht, als es Menschenhand je hätte zuwege bringen können. Ein Labyrinth aus Sumpf und Schilf umgab sie.

Auf dieser Insel stand ein Mann in roter Hose am Eingang einer primitiven Hütte und sah hinüber zum Uferstreifen der Kinzig, mit den Weiden und dem wuchernden Riedgras. Über die Pappeln flog ein Schwarm Wildenten dahin, so dicht, daß sie für einen Augenblick den Frühlingsmorgen verdunkelten. Am Ufer standen Graureiher, mißtrauisch nach Gefahr ausschauend, doch alles blieb ruhig.

Barbarossa hatte die Nacht im Sumpf verbracht. Er bedauerte, daß Hänsel nicht hier war, aber Julie hatte es nicht erlaubt. In letzter Zeit war sie unausstehlich geworden, immer mäkelte sie an ihm herum. Er wußte ja selbst, wie undankbar er ihr gegenüber war. Sie hatte ihn nicht nur aus den Händen der Stadtmiliz befreit, sondern immer versucht, ihm ein Zuhause zu geben. Er brauchte nicht mehr zu stehlen und einzubrechen. Aus dem streunenden Kater war ein zahmer Hauskater geworden, zwar nicht fett, doch ruhig und gesittet. Selbst die rote Hose zog er nur noch an, wenn er in den Sumpf ging. Komisch, wie schnell man sich an eine Familie gewöhnen konnte, dachte er. Julies Buben waren seine Kameraden, und ein Ausflug mit ihnen machte ihm viel Freude. Allerdings mußten sie abends zu Hause sein, da ließen die Frauen keine Ausrede gelten. Natürlich wußten diese nichts von seiner Hütte im Sumpf, das war sein und der Buben Geheimnis, und auf die konnte er sich verlassen, die hielten dicht.

Von den Gelnhäusern verirrte sich selten einer hierher in den Sumpf. So sauber die Auwiesen aussahen, es gab doch immer wieder eine Stelle, wo das Wasser faulig und übelriechend hochblubberte. Die Leute fragten sich, woher der schleimige Schlamm käme. Von den lichtscheuen unterirdischen Mächten? Barbarossa grinste in sich hinein, als er daran dachte, wie ihn die Einwohner der Stadt bis hierher verfolgten. Es war an einem Schlachttag, und er hatte sich das beste Stück aus einem Schwein herausgeschnitten, das zum Abkühlen auf einem Hof hing. Mit Mistgabeln und Dreschflegel waren die Bauern hinter ihm her. Zum Glück war der Sumpf steinhart gefroren. Er, der Verfolgte, schlitterte über das Eis und mußte sich eingestehen, wenn er mehr Zeit zum Überlegen gehabt hätte, wäre er nicht diesen Weg gegangen. Jedes Kind wußte, daß es Sumpfgeister gibt. Sie klammern sich an Mensch und Tier und ziehen sie in die Tiefe. Plötzlich merkte Barbarossa, daß sich jemand an seinem Bein festhielt, er kam ins Rutschen und schlitterte hinter einen dürren Strauch. Für die Bauern war er so schnell außer Sicht, daß ihnen das ganze unheimlich vorkam: eine gespenstische Sache. Der Rote verschwand blitzschnell und tauchte nicht mehr auf, obwohl das Wasser gefroren war. Sie gingen nach Hause und ließen die Sache auf sich beruhen. Aus Scham oder Aberglauben, wer weiß. Auf jeden Fall konnte sich Barbarossa von da an immer im Sumpf verstecken, niemand würde ihn hier belästigen. Der kleine Hänsel war der erste Mensch, den er in sein Geheimnis einweihte.

Langsam stieg die Sonne hoch, der Gesang der Vögel wurde lauter und eindringlicher. Eine Krähe flog aus dem Wipfel einer Pappel auf, ihr Krächzen hallte über den Sumpf. Ein hungriger Specht trommelte gegen einen abgestorbenen Baumstamm, und ein Graureiher flog schräg vor der aufgehenden Sonne empor, zog träge eine Schleife, die langen Beine angezogen, den Kopf auf der Suche nach Fischen zur Erde geneigt, und verschwand mit langsamen Flügelschlägen.

*N*ach der Schlacht bei Nördlingen im Herbst 1634, in der die Kaiserlichen die Schweden besiegten, zerfiel der Heilbronner Bund. Der Friede zu Prag folgte. Allerdings nicht mit Schweden. Dies verhinderte Richelieu in Frankreichs Interesse. Es hatte 1632/34 Lothringen annektiert und drang durch das Elsaß über den Rhein vor, wozu es Herzog Bernhard von Weimar und dessen Heer angeworben hatte. Der marschierte Ende 1634 mit zwanzigtausend Mann über Frankfurt nach Hanau und traf Anfang Januar 1635 in Hanau ein. Sein Hauptquartier erstreckte sich von Büdingen bis Gelnhausen. Doch seine Leute verhielten sich ruhig. Herzog Bernhard wandte sich nach der Zerstörung vieler blühender Ortschaften der Grafschaft Hanau nach der Bergstraße. Im Mai 1635 eroberte daraufhin der schwedische General Ramsay Gelnhausen wieder und kehrte danach mit großer Kriegsbeute und zahlreichen Gefangenen nach Hanau zurück.

Julie stand am Fenster und horchte in die Nacht. Unter ihr lag die unruhige Stadt. Julie lauschte auf das Krachen brennender Balken, auf die Stimme des Todes. Diesmal hatte sie zu lange gezögert, nun war sie eine Gefangene wie tausend andere hinter den dicken Mauern dieser Stadt. Immer enger schloß sich das Netz des Krieges um sie. Diesmal würde sie nicht davonkommen. Sie spürte die Gefahr, spürte sie körperlich, und die Angst drückte ihr das Herz zusammen, daß es schmerzte. Warum hatte sie nicht auf Christian gehört? Er hatte sie gebeten, mit den Kindern an Ostern zu kommen. Sie hatte ihn doch auch ohne Zögern geheiratet. Gezwungen? Nun gut. Konnte sie ihm das vielleicht nicht verzeihen? Warum nur war immer alles so verworren? Hätte sie wenigstens die Kinder geschickt, dort an der Kahlquelle hätten sie Ruhe gefunden. Wenn ihnen etwas passierte ... O Gott, ich könnte nicht mehr weiterleben, dachte Julie verzweifelt.

Seit Wochen flossen die Gerüchte hin und her. Verzweifelte, ängstliche Menschen eilten zu den Stadttoren hinaus, flüchteten in die Wälder. Aber ob sie dort wirklich sicher waren? Die Tore wurden nun auch am Tag geschlossen, vor der Stadt lagerten viele Soldaten in Zelten. Die Truppen hatten den Ort Ziegelhaus zerstört, dessen Einwohner sich glücklicherweise schon vorher in Sicherheit gebracht hatten. Tagelang hörten die Gelnhäuser das dumpfe Trommeln, ihre Nerven waren zum Reißen gespannt. Die Stadt brodelte wie ein Hexenkessel. Flüchtlinge setzten sich in leerstehende Häuser, und wenn es sich ein Besitzer anders überlegt hatte und zurückkam, gab es Schlägereien, die sich meist bis in andere Straßen fortsetzten. Noch nie hatte die Stadt so viele Betrunkene erlebt wie jetzt, als wollten die Menschen ihre Angst im Rausch vergessen.

Julies Kinder hatten wenig Angst. Bis jetzt war noch nichts geschehen, und sie waren viel zu neugierig, um sich so etwas wie Krieg entgehen zu lassen. Am Pfingstsamstag halfen sie morgens ihrer Mutter und Katherine, verschiedene Gegenstände in den Klosterkeller zu tragen. Sie jedenfalls würden sich nicht unter der Erde einsperren lassen, wenn es losging. Sie wollten etwas sehen von dem Theater, von dem man seit Wochen sprach.

„Mama, dürfen wir zu den Solomons gehen?" fragte Hänsel.

„Ja, aber nicht zu lange, zum Essen seid ihr wieder da."

Julie konnte einen Seufzer nicht unterdrücken. Seit zwei Wochen war sie nicht mehr bei ihren Freunden in der Judengasse gewesen. Morgen war Pfingsten, und immer noch plagte sie sich mit den Körben und Kisten ab, die sie in den Klosterkeller schleppen mußte. Sie war nervös und mußte aufpassen, daß ihr die Sachen nicht aus der Hand fielen. Die Jungen, außer Sichtweite, gingen nicht zu den Solomons, sondern schlugen den Weg zum Buttenturm ein. Von ihm aus hatte man eine wunderschöne Aussicht über das ganze untere Kinzigtal. „Wenn der Feind kommt, dann über Hanau", hatte ihnen ein Mann erklärt. Daran, daß es auch noch andere Wege gab, dachten sie nicht. Am Buttenturm trafen sie Ross, und gemeinsam beobachteten sie ein Storchenpaar, das seine Runde drehte und dann im Sumpf landete. „Ich möchte den Storch sehen, wie er Frösche fängt", rief André. Vergessen war der Krieg. Die Kinder rannten zum Stadttor, mit Ross auf den Fersen und unter dem Gebrüll des Wächters, der dazu da war, in dieser gefährlichen Zeit die Kinder zurückzuhalten. Hänsel drehte ihm im Vorbeilaufen eine lange Nase, was ihn so erboste, daß er sie zum Teufel wünschte. Sollen sie doch in ihr Unglück rennen, nichtsnutzige Bastarde, dachte der Wächter voller Zorn und frühstückte weiter. Hänsel und André liefen über die Wiesen auf den Sumpf zu. Enten flogen auf und quakten erbost über die Störung. Der starke Geruch wilder Minze verriet das nahe Ufer. Ross zog unter einem Busch eine alte Barke hervor, mit dem Kleinen wollte er kein Risiko eingehen. Die Barke streifte zuweilen Äste und Zweige und schabte an kleinen Inseln vorbei, auf denen viele Vögel nisteten. Die Kinder verstummten, das seidige Geräusch streifender Algen erfüllte ihr Schweigen, das plötzlich vom Quaken einer Kröte unterbrochen wurde. Ein strahlend blauer Himmel breitete sich über die bewaldeten Berge.

Julies Unruhe wurde stärker, sie spürte es in jedem Nerv ihres Körpers, das Unheil kam näher. Sie erinnerte sich an das Ende ihres Dorfes, auch damals

hatte sie es gespürt. Als die Kinder zum Mittag nicht erschienen, beunruhigte sie sich noch nicht, es war nicht das erste Mal, daß sie bei Sem und Miriam zum Essen blieben. Julie trug gerade einige Decken ins Kloster, da begann die Bürgerwehr auf den Wällen zu schießen. Im ersten Moment dachte sie, ihr Herz bleibe stehen. Sie ließ die Decken fallen und rannte durch die Stadt in die Judengasse. Vor dem Haus der Solomons mußte sie erst einmal verschnaufen. Doch dann stellte sie mit Entsetzen fest: Am Haus ihrer Freunde waren alle Fenster verrammelt, die Türen mit dicken Querbalken versehen, das ganze wirkte vollkommen unbewohnt. Ratlos sah sich Julie um und rief nach ihren Söhnen, doch nur das Krachen der Musketen kam als Antwort zurück. Vielleicht waren sie in der Zwischenzeit schon zu Hause, dachte sie. Sie wollte sich nicht verrückt machen, sie durfte nicht die Nerven verlieren. Rasch schlug sie wieder den Heimweg ein. Als sie eben den Untermarkt passierte, zerbarst mit furchtbarem Getöse ein brennendes Haus. Im Nu griff das Feuer auf andere Häuser über, und bald stand die ganze Häuserzeile in Brand. Julie trieb sich verzweifelt zur Eile an. Ein heißer Wind traf ihren Körper, doch sie wurde sich dessen kaum bewußt und war so mit ihren Ängsten beschäftigt, daß sie den klopfenden Schmerz in ihrem Kopf und das Stechen in ihrer Brust nicht wahrnahm. Der Wind erfaßte ihren Schal und riß ihn von den Schultern. Ihr Haar löste sich, sie strauchelte, fing sich wieder in höchster Eile. Sie rannte über den Obermarkt und schrie immer wieder die Namen ihrer Kinder. Katherine und eine Nachbarin fingen sie auf und brachten sie durch die Klosterpforte zu Pater Christopherus. Aufgelöst, mit tränenverschmiertem Gesicht fragte Julie: „Sind sie da?"
Katherine schüttelte den Kopf. „Beruhige dich, sie werden schon kommen." Der Pater hielt Julie fürsorglich ein beruhigendes Getränk an den Mund, fühlte ihren Puls und erschrak.

Katherine sah ihn an: „Was ist?"

„Nervenfieber, das sah ich schon seit Tagen kommen."
Sie brachten Julie hinunter in den Keller, den sie vorbereitet hatten. Das Getränk wirkte, Julie schlief
langsam ein. Sie merkte nicht mehr, wie die Stadt
zum zweiten Mal in Flammen stand, und sie merkte
nicht, daß die Kinder wieder da waren. Sie schlief und
schlief. Das Fieber warf sie in unruhige Träume. Die
Frauen wuschen sie und betteten sie auf frische La-
ken. Mehrmals am Tag flößte ihr Katherine eine Brühe ein. Julie kam nicht zu sich, es war, als wolle sie
sich unbewußt gegen das Aufwachen wehren.

Ross konnte sich nicht daran erinnern, den Sumpf
jemals so schön erlebt zu haben. So ruhig und friedlich mußte das Paradies ausgesehen haben, dachte
er, mußten sich die ersten Menschen gefühlt haben.
Schmetterlinge sammelten Honig. Hummeln summ-
ten, Vögel sangen in den blauen Morgen, Salamander
saßen reglos in der Sonne.
Auf einmal kam der Feind. So nahe am Sumpf vorbei,
daß die Kinder die verschwitzten bärtigen Gesichter
sahen und die Ausdünstung rochen. Die Soldaten
gingen in Stellung. Einer entblößte seine Zähne zu
einem tierischen Grinsen, ließ seine Muskete sinken
und suchte in seiner Tasche nach Ladepfropf, Pulver
und Kugeln. Einige andere machten sich an einer
Kanone zu schaffen. Deren schwarze Mündung richtete sich himmelwärts. Von der Stadt wurde geschossen, zwei Männer fielen um. Wieder ein Schuß, und
ein Soldat glitt mit den Händen an den Rädern der
Kanone entlang.
Ross lag ganz still in seinem Unterschlupf und hielt
die Jungen im Arm, geistesabwesend beobachtete er,
wie ein großer bärtiger Mann am Abzug der Kanone
riß. Seine Augen weiteten sich. „Mein Gott", sagte er
leise, „mein Gott." Das Dröhnen der Kanone riß den
Himmel auf. Kleine längliche Bleistücke stiegen hoch,
immer höher. Ross wußte, daß sie im nächsten Augen-

317

blick pfeifend und zischend herunterkommen würden. Er wartete, bis er das Krachen vernahm, mit dem die Bleistücke ein Dach durchschlugen. In der Stadt brannte ein Haus. Ross sah die Flammen. Kurz darauf krachte das Dach im Rauch zusammen. Ross zog sich mit den beiden Kindern ganz in seinen Unterschlupf zurück und kroch mit ihnen unter eine alte Pferdedecke. Unaufhörliches Krachen, Schießen und Schreien, es stülpte ihm den Magen um. Der Wind hatte sich gedreht und hüllte die drei im Sumpf in dicke Rauchschwaden ein. Das war zu viel, Ross krümmte sich zusammen und erbrach sich. Danach fühlte er sich besser, ließ die Kinder im Unterschlupf und schlich hinaus. Nach einer Weile bemerkte er eine Bewegung neben sich, Hänsel legte sich neben ihn, lächelte ihm beruhigend zu und sagte: „André schläft."

Barbarossa nickte. „Das ist gut." Kinder waren doch die glücklichsten Geschöpfe dieser Welt, dachte er, selbst mitten im Krieg konnten sie ruhig schlafen.

Den ganzen Nachmittag dröhnten die Kanonen und Gewehre, schrien die Soldaten nach jedem gelungenen Schuß. Oft sahen die drei Gelnhäuser von ihrem Versteck aus nichts als Rauch und Feuer, fiel ihnen das Atmen schwer. André wurde nun doch wach und jammerte vor sich hin. Hänsel beschwichtigte ihn: „Weine nicht, wenn der Krieg vorbei ist, gehen wir wieder nach Hause." Noch konnten sich die Kinder nicht vorstellen, daß es nach dieser Schlacht kein Zuhause mehr geben würde.

Ross machte sich Gedanken, wie er es anstellen sollte, mit den beiden Knirpsen aus dem Sumpf zu verschwinden. Sie waren nicht mehr sicher, wenn sich ein Soldat hierher verirren würde, waren sie verloren. Er wollte bis zum Einbruch der Nacht warten und schärfte André ein, keinen Laut von sich zu geben. Auf den älteren Hänsel konnte er sich verlassen.

Noch nie ging die Sonne so langsam unter wie heute. Endlich war es dunkel. Leise und vorsichtig zog Ross die Barke unter den Büschen hervor, setzte die Kinder hinein und paddelte ans Ufer, immer das brennende Gelnhausen vor Augen. Groteske Gestalten säumten seinen Weg. Männer, halb aus dem schlammigen Wasser ragend, die Arme erhoben, oder wie zerbrochene Puppen über abgebrochenen Ästen hängend. Er war froh, daß die Kinder nur Augen für die brennende Stadt hatten und nicht merkten, wie oft er eine Leiche zur Seite stoßen mußte.

Am Ufer angekommen, gingen er und die Buben dicht aneinander gedrängt und ohne nach rechts und links zu schauen, ihren Weg. Das heisere Schreien sterbender Menschen und röchelnde Hilferufe ließen sie immer wieder zusammenzucken. Das Stadttor war zerbrochen und hing schief in den Angeln. In der Stadtmauer waren riesige Löcher, die im rotglühenden Schein des Feuers wie Drachenmäuler aussahen. Überall lagen Mauersteine, herabgefallene Dachziegel, verbrannte Balken, Leichen und sterbende Menschen. Ein kleines Mädchen klammerte sich weinend an seine tote Mutter. Mitleidig wollte Ross es hochheben, doch es schlug um sich, zappelte und schrie. André kniete sich zu der Kleinen hin. Sofort hörte sie mit dem Gebrüll auf. Er und Hänsel faßten sie an die Hand und nahmen sie einfach mit. Sie mußten einen Umweg gehen, denn der Weg zum Obermarkt war unpassierbar. Auch die Klosterpforte war nur noch ein Steinhaufen, wieder mußten sie sich in der Dunkelheit einen anderen Durchgang suchen. Ross hatte die Kleine jetzt auf dem Arm. Die verrostete Seitentür war verschwunden, der Zugang zum Klostergarten jetzt frei. Balken und Trümmer lagen dort herum. Aufatmend rannten die Kinder durch den Garten auf Pater Christopherus zu, der den Eingang zum Keller bewachte. Zum ersten Mal hatte der den Wunsch, jemanden gleichzeitig zu ohrfeigen und zu umarmen. Katherine säuberte die Kinder und brachte sie in einen abgelegenen Raum. Das kleine Mädchen klammerte sich nun an Ross und gab erst Ruhe, als es auch bei den Jungen schlafen konnte. Langsam beruhigten sich die Menschen in den Kellergewölben des Franziskanerklosters. Die vermißten Kinder waren zurückgekehrt, was einem Wunder glich angesichts der Zerstörung und Gefahr. Die Kinder gewöhnten sich rasch wieder an ihren unfreiwilligen Aufenthalt, an den Geruch von Moder, das Gefühl der Kälte und das Getier in den Ritzen, sie lagen nebeneinander und schliefen.

Die Sonne schien warm am Pfingstsonntag. Wo es Gemeinden mit intakter Kirche gab, läuteten die Glocken. Aber in Gelnhausen und Umgebung läutete keine Glocke. Statt dessen breitete sich eine gewaltige schwarze Rauchwolke über der Stadt wie ein Bahrtuch aus. Durch die Straßen schleppten sich die Überlebenden stumm, langsam und erschöpft. In der Nähe des Rödertors lag ein Wall verkohlter Leichen, mit gebrochenen Gliedern und aufgeplatzten Leibern. Eine Frau ging langsam über das geborstene Kopfsteinpflaster. Sie beugte sich nieder und zerrte an einem Toten. Als sie sich wieder aufrichtete, hielt sie den Leichnam eines schmächtigen Knaben in den Armen. Sie lachte, sie lachte ein lautes, hysterisches Lachen, das durch die stillen Straßen hallte. Es war das Lachen einer Wahnsinnigen.

Julie erwachte, sie spürte die Abendkühle auf ihrer Haut. Merkwürdig, dachte sie, sie mußte mehrere Stunden geschlafen haben. In ihrem Kopf war Leere. Sie starrte auf die verbrannte Ziegelsteinmauer des Klosters. Dahinter müßte die Kapelle sein, überlegte sie, doch sie sah nur den abendlichen Himmel mit den ersten Sternen. Kinder kamen zu ihr, sie setzte sich vorsichtig auf. Ach ja, das waren André und Hänsel mit einem kleinen Mädchen. Hänsel mit seinem Karottenkopf sah ihr eigentlich ähnlicher als André.

„Mama, bist du wieder ganz gesund?"

„Aber natürlich, war ich denn krank?" Sie konnte sich nicht erinnern.

„Aber ja, Mama, du warst sehr lange krank." André schaute zu Hänsel, der ihn in den Arm zwickte.

„Bitte", piepste da die Stimme der Kleinen, „läßt du deine Augen jetzt immer auf? Ich denke sonst, du bist tot, wie meine Mama."

„Wie heißt du denn, mein Schätzchen?" fragte Julie.

„Röschen heiße ich, und du bist die Mama von André und Hänsel."

„Ihre Mutter und ihr Vater sind beide umgekommen", erklärte Hänsel. „Dürfen wir sie behalten? Katherine hat gesagt, du würdest es uns erlauben."

„Aber Hänsel, man kann ein Kind doch nicht einfach behalten wie einen Hund oder eine Katze. Sicher hat sie Verwandte, Onkel und Tanten, die wären bestimmt nicht einverstanden."

„Nein, ich habe niemanden", behauptete das Mädchen. „Möchtest du nicht noch so ein Kind haben wie mich?"

Julie drückte die Kleine an ihre Brust. „Aber natürlich, Röschen, möchte ich ein Kind wie dich haben. Genau so ein kleines Mädchen habe ich mir schon immer gewünscht."

„Darf ich auch Mama sagen wie André und Hänsel?"

„Ja, das darfst du."

Die beiden Jungen umarmten Julie und stimmten ein Geheul wie junge Hunde an, das alle Kellerbewohner hervorlockte, in der Überzeugung, ein neuer Überfall stehe bevor.

Julie erholte sich schnell von ihrer Krankheit. Wie konnte man faul im Bett liegen, wenn überall Not am Mann war. Die wenigen Menschen, die das Inferno überlebt hatten, arbeiteten Tag und Nacht, um die Toten unter die Erde zu bringen. Eine glühende Hitze lag über dem Kinzigtal, und wegen der Seuchengefahr war Eile geboten.

Um Pater Christopherus hatten sich achtzehn Personen geschart. Sie lebten im Keller des Klosters, weil die Häuser vorläufig noch unbewohnbar waren. Die Angst vor neuen Überfällen war groß. Zwar konnte sich niemand vorstellen, was es hier noch zu rauben gäbe, aber die Mordlust der Landsknechte war unbeschreiblich. Der Krieg selbst hatte die Stadt ziemlich wehrlos gefunden, und die meisten Bewohner waren vor den anrückenden Heeren geflüchtet. Nun kamen sie zögernd zurück und fanden ihr Hab und Gut zerstört. Nachdem die vielen Toten in Massengräbern bestattet waren, fingen die Überlebenden an, sich in leerstehende Häuser einzuquartieren, was wieder mit Händel und Raufereien vonstatten ging. Julie spürte ihre Kräfte erwachen, wurde von Tag zu Tag stärker. Jede Stunde hätte sie Gott auf den Knien danken mögen, daß das Leben ihrer Lieben verschont worden war. Vorbei die Sehnsucht und das Heimweh, das sie vor ihrer Krankheit immer stärker überfallen hatte. Hier im Schatten der Marienkirche war ihr Zuhause. Gott hatte ihr den Platz zugewiesen, und sie würde sich ihm dankbar erweisen. Was kümmerte sie das Leid anderer Städte, anderer Regionen. Hier in Gelnhausen war ihr Krieg, und sie hatte ihn überstanden. Sie stürzte sich in die Aufräumungsarbeiten und wurde zusehends tatkräftiger. Manchmal war sie so fröhlich, daß sich Katherine wunderte. Sie riß alles an sich, die Kinder und die Arbeit, oft mußte ihr der Pater auf die Schulter klopfen und sie zum Ausruhen zwingen. Überall verzweifelten die Menschen, nur Julie stand zwischen den Trümmern, als wollte sie die Stadt allein wieder aufbauen. Jeden Tag arbeiteten Julie und Katherine an ihrer Wohnung. Das Haus stand noch, doch das Dach und der obere Stock waren zerstört. Im unteren Teil lagen geborstene Fenster und Türen, zusammengebrochene Wände und überall Geröll und Staub. Mehr tot als lebendig fielen die Frauen abends in ihre Betten, zu müde, um sich den Schmutz abzuwaschen. Die Kinder waren in dieser

Zeit, wo niemand sich um sie kümmern konnte, sehr verständig. Ross und Hänsel waren den ganzen Tag auf Suche nach etwas Eßbarem. Sie gruben Sachen aus und trugen sie nach Hause, wo hungrige Mäuler darauf warteten.

Geisterhaft und sinnlos, wie ein böser Traum, in dem man ständig das gleiche qualvolle Geschehen erlebt, schleppte sich der Krieg nun schon jahrelang dahin. Immer wieder durcheilten die Armeen in Gewaltmärschen das unglückliche Deutschland, nur noch vom Hunger und von der Sehnsucht nach einem unversehrten Dorf, nach einem nichtverbrannten Haus, nach einem lebenden Schwein und einem Laib Brot getrieben. Das Land erlebte den Zusammenbruch all dessen, was menschlich genannt werden konnte. Die Menschen fraßen Gras, sie kochten ihre Verstorbenen. Eine Mutter wurde aufgehängt, weil sie ihr neugeborenes Kind geschlachtet und gegessen hatte.

Jakob Stein verließ mit einem Sack auf den Schultern seine Hütte im Wald. Er wußte nicht, ob Julie und ihre Kinder noch am Leben waren. Unterwegs traf er einen Mann, den er von früher kannte und der ihm allerhand erzählte. Auf einem Feld, nur einige Meilen weg von der Stadt, die vor kurzem die Weimarischen durchzogen hatten, fand er ein verendetes Pferd. Es war schon schwarz, Schwärme von Fliegen umkreisten es. Kinder, vier an der Zahl, hockten herum und zogen und schnitten ganze Stücke ekelhaftes Fleisch aus dem Kadaver. Dabei verscheuchten sie wilde Hunde, die sich auch ihren Teil holen wollten. Die Kinder berichteten Jakob, man habe ihre Familien, ja das ganze Dorf zu Tode gequält, nur weil irgendein Schurke dem schwedischen Kornett erzählt hatte, in dem Dorf gebe es ein Versteck mit Schnaps, Schinken und Mehl. Sie hätten die Leute nicht umgebracht, sie hätten sie langsam zu Tode gemartert. Verstört und ohne Hoffnung, ob er Julie und die Kinder noch einmal wiedersehen würde, eilte Jakob weiter.

Doch es reichte nicht, daß die Menschen durch die Hölle gegangen waren. Eine neue Plage stellte sich ein, das waren die Spanier. Sie besetzten die wenigen noch unversehrten Häuser und jagten die Menschen einfach davon. Folterungen ausgeklügelter Art wurden mit rohem Gelächter weitererzählt. Eine Methode, das Geldversteck zu erfahren, die die Spanier erfunden hatten: Man treibe mit Harz getränkte Späne unter die Fingernägel des Delinquenten und zünde sie dann an ...
Auf diese „spanische Weise" hätten sie schon manchen Goldschatz gefunden. Es gab auch eine schwedische Methode. Man durfte aber die Schweden in dieser Zeit nicht mit den Scharen vergleichen, die vor Jahren mit Gustav Adolf in den Krieg zogen. Von den insgesamt fünfunddreißigtausend Mann waren nur zwölftausend Schweden, der Rest war Raubgesindel. Die Heere durchzogen in breitgefächertem Aufmarsch das Land. Reiter und Troßknechte wurden in die Dörfer geschickt, nahmen, was sie brauchten. Wenn sie betrunken waren, wurde gefoltert und getötet, und wenn sie nichts fanden, wurden die Frauen geschändet, die nicht mehr hatten fliehen können. Pferde und Wagen wurden requiriert, und schließlich wurde alles angezündet, „um dem Pack einen Denkzettel zu geben". Wie das verwirklicht wurde, war von der sadistischen Phantasie jedes einzelnen abhängig. Zu sagen, die Soldaten gingen bestialisch vor, ist viel zu wenig. Wo gibt es ein Tier, also eine Bestie, die sich so benimmt wie die Spanier, Franzosen, die Kaiserlichen, Schweden oder Weimarer? Natürlich wollten die Soldaten und Offiziere auch Weiber und Kinder mit sich führen. Die vereinte kaiserliche Armee hatte derzeit achtundvierzigtausend Soldaten, der Troß aber, von brutalen und strengen Hurenweibern kommandiert, stand mit hundertsechsundvierzigtausend Personen

zu Buch. Nichtkämpfer hatten viel mehr Zeit zum Morden, Schänden und Plündern. Diese Riesenhure zu bezahlen war unmöglich. Man mußte also die Mittel aus dem Land schöpfen. Da es aber schon ausgeplündert war, mußten die Heerhaufen immer weiter ziehen, ihren eigenen unmenschlichen Gesetzen untertan. Weite Landschaften zu beherrschen war aber auf die Dauer unmöglich. So trugen die Heere, unfähig einen entscheidenden Sieg zu erringen, den Krieg von einem Land in das andere. Ihre weitläufigen unübersichtlichen Märsche wurden von den Reiterscharen diktiert, deren Zahl zumeist die der Infanteristen, der Hellebardiere und Musketiere, der Pikeniere und Arkebusiere um das Doppelte überstieg. Als Reiter konnte man auch entlegene Dörfer erreichen und plündern.

Jakob hatte seine junge Freundin und die Kinder gefunden. Julie freute sich sehr, als sie den alten, noch immer rüstigen Juden in die Arme schloß.
„Was hast du in dem Sack?" wollte das kleine Röschen wissen. Doch bevor der Alte antworten konnte, hatten die Jungen den Sack schon geöffnet. „Ein Schwein, ein richtiges rosiges Schwein."
„Es ist tot." Dicke Tränen standen in den Augen der Kleinen.
„Aber nein", beschwichtigte der Alte sie „schau, es zappelt noch. Es schläft und träumt."
„Warum liegt es so ruhig?" wollte André wissen.
„Nun, ich habe ihm ein bißchen Schnaps eingeflößt, was glaubt ihr, wie weit ich mit einem quietschenden Ferkel gekommen wäre? Es schläft nur seinen Rausch aus." Jakob zwinkerte den Frauen zu. „Wenn es daran kaputtgeht, hat es wenigstens einen schönen Tod gehabt."
„Ich will aber, daß es lebt! Es soll nicht kaputtgehen", greinte Röschen.
„Es lebt ja", beruhigte er das Kind. „Übrigens, wer bist du denn eigentlich? Dich kenne ich ja gar nicht."

Doch das Kind gab ihm keine Antwort, es holte eine Bürste und bürstete das kleine Schwein gegen den Strich. Die Frauen erklärten Jakob, daß Röschen Julies drittes Kind war.

„Du hast vielleicht eine Gabe", schmunzelte der Alte, „wenn man bedenkt, daß du bald jedes Jahr ein Kind bekommst, und das alles ohne Mann." Die Frauen lachten herzhaft, und die Kinder hoben die Köpfe. Es war das erste Mal seit der Zerstörung und seit sie wieder in ihrem Haus wohnten, daß so gelacht wurde. Röschen tanzte um das Ferkel herum, das sich eben torkelnd auf seinen dünnen Beinchen fortbewegte.

„Was machen wir mit ihm? Zum Schlachten ist es noch viel zu klein", sagte Katherine leise.

„Schafft es in den Keller und laßt es höchstens nachts ins Freie. Ich werde euch die zerstörte Hofmauer wieder aufbauen und höher machen, damit niemand etwas hört und sieht. Da könnt ihr auch einen kleinen Garten anlegen."

„Wir haben keinen Samen!"

Jakob überlegte. „Die Mönche hatten doch ein Gartenhaus?"

„Alles zerstört, Jakob."

„Wir werden morgen nachsehen. Wo sind eigentlich all die Brüder? Sind sie umgekommen, als das Kloster zerstört wurde?"

„Letzten Herbst mußten sie fort, nur Pater Christopherus hat sich geweigert, Gelnhausen zu verlassen, zum Glück für uns. Er hat uns viel geholfen."

Die Jungen machten Pläne für den nächsten Tag. Es ging auf Mitternacht, als sie endlich im Bett lagen. Seit langem schlief Julie wieder einmal froh und voller Zukunftspläne ein. Ach Jakob, dachte sie, könnte er nur hierbleiben, das Leben ist so viel leichter, wenn er da ist.

Der Tag darauf war ein Sonntag, schon im Morgengrauen gingen die Kinder mit Ross und Jakob in den Klostergarten, um Samen zu suchen. Das Gartenhaus war völlig zerstört. Vorsichtig räumten sie Balken und

Steine zur Seite, immer darauf bedacht, nichts zu übersehen, was sie noch brauchen könnten. Gegen Mittag gesellte sich Pater Christopherus zu Jakob und begrüßte ihn.

„Na", meinte Jakob, „wo treibt Ihr Euch herum?"

Pater Christopherus gab ihm die Hand. „Die meiste Zeit verbringe ich in den Ruinen, die früher einmal das Spital gewesen sind, und suche wie die Kinder nach Arznei und Verbandszeug. Meine Patienten liegen in den Kirchen."

„Habt Ihr viele Kranke und Verletzte?"

„Fragt Julie und Katherine, zum Glück helfen sie mir, allein würde ich das nicht schaffen. Seht Euch die Stadt an. Die stolze Perle an der Kinzig mit der Burg Barbarossas. Alles Schutt und Asche. Die meisten Menschen sind umgekommen, und die noch da sind, werden den Winter vielleicht nicht überleben. Es werden Krankheiten kommen, an die wir noch nicht einmal gedacht haben. Die meisten Menschen müssen den Winter in ihren Kellern verbringen, die feucht und ohne ausreichende Wärme sind, ganz zu schweigen vom Hunger. Ich darf gar nicht daran denken. Ihr seid von draußen gekommen, Ihr wißt, wie es aussieht. Eine Stadt lebt vom Land, von den Bauern. Wo sind sie, die Bauern, die das Feld bestellen? Im Umkreis alles verwüstet und tot, Euch kann ich es sagen, Jakob, ich war noch nie so hoffnungslos." Traurig blickte der Pater über die geschundene Stadt, über die Trümmer seines Klosters. „Gestern hat mir der Prior von Fulda eine Botschaft geschickt. Ich soll hier alles liegen und stehen lassen und zurückgehen. Aber wenn ich jetzt gehe, bleiben meine Kranken sich selbst überlassen, werden noch mehr sterben. Nein, ich bin genauso stur wie Julie", lächelte er, „sie wird auch nicht gehen."

„Wenn sie wenigstens die Kinder zu Christian schikken würde", entgegnete Jakob sorgenvoll.

„Will er sie denn haben? Schließlich sind es nicht seine Kinder. Sagt mal, was ist dieser Christian eigentlich für ein Mensch?" erkundigte sich der Pater. „Er ist ein Elsässer, gradlinig, einfach und stur. Ihr könnt versichert sein, er hat nicht die geringste Ähnlichkeit mit einem Hans Geipel oder mit einem de Lattre."

„Nun, dann wird sie vielleicht doch noch glücklich."

„Ja", meinte Jakob, „wenn sie sich nur nicht hier so festbeißen würde."

„Keine Angst, Jakob, ich werde dafür sorgen, daß sie die Kinder hinüberschickt." Sinnend sah Pater Christopherus den Knirpsen zu, die mit Ross eine schwere Tür zur Seite legten. „Kommt mit, Jakob, ich werde Euch etwas zeigen." Der Pater führte den Juden in einen abseits gelegenen Keller, in dem Säcke und verschiedene Kisten gelagert waren.

„Was ist das?"

„Ware! Ware, die Hänsel und Ross ausgegraben haben, Ware, die uns vielleicht überleben läßt. Hätte nie geglaubt, daß Ross, der Taugenichts, einmal so vielen Menschen das Leben retten würde."

„Was hat das alles mit Ross zu tun?" wollte Jakob wissen.

„Wenn Ihr mir versprecht, den Frauen nichts zu sagen, werde ich es Euch erzählen. Seit dem Tag, da die Stadt zerstört wurde, sind Raub und Plünderung an der Tagesordnung. Die Spanier, die noch hier sind, haben denjenigen, die erwischt werden, hohe Strafen angedroht. Ihr wißt, warum? Damit sie selbst in aller Ruhe die Stadt ausplündern können. Doch kein Mensch läßt sich abschrecken. Was Ihr hier seht, lag unter Schutt vergraben, ja, die Gelnhäuser sind zu Maulwürfen geworden, und dazu gehören Hänsel und Ross."

„Das ist doch alles viel zu gefährlich, Hänsel ist noch ein Kind."

„Alles ist gefährlich, am gefährlichsten aber sind der Hunger und die Kälte. Was ist, wenn man krank wird und hat nicht einmal einen Fetzen, mit dem man sich verbinden kann?"

„Was aber wollt Ihr mit diesen Silberleuchtern, Vorhängen und anderen unnützen Sachen?"

„Das alles werden wir eintauschen, wenn die Zeit gekommen ist."

Draußen riefen die Kinder. Sie hatten wirklich Samen gefunden und machten sich an die Arbeit, einzusäen, damit sie im Herbst etwas zu ernten hatten.

Gedankenvoll verabschiedete sich Jakob von dem Pater. Er war besorgt, ja er war sehr besorgt. Was er da gehört und gesehen hatte, gefiel ihm nicht. Was würde werden, wenn die Kinder einmal ein normales Leben führen sollten? Er hatte die Abenteuerlust in ihren Augen gesehen, für sie war alles nur ein Spiel, selbst eine halbverweste Leiche schreckte sie nicht mehr ab, wenn sie etwas Brauchbares entdeckt hatten. Er mußte an die Kahlquelle zu Christian. Wenn er die Kinder retten wollte, mußte er jetzt eingreifen.

Noch am selben Tag machte sich Jakob Stein auf den Weg. Er überquerte die notdürftig zusammengeflickte Kinzigbrücke, lief durch die Trümmer der Vorstadt Ziegelhaus und bog den Weg zum Wald, Richtung Freigericht ein. Meilenweit kein Haus und kein bestelltes Feld. In ein paar Wochen wäre die Ernte fällig gewesen, doch wie es hier aussah, war damit in den nächsten Jahren nicht zu rechnen.

Seit Jakob weg war, plagte Julie wieder das Heimweh, das sie seit ihrer Krankheit so tapfer unterdrückt hatte. In ihren Gedanken sah sie die Kinder aus dem Haus laufen und über Wiesen springen, die gelb von Löwenzahn oder anderen Blumen waren. Sie brauchten kein Tor zu passieren und hatten keine Stadtmauer, die sie einschloß wie in einem Käfig. Dabei vergaß Julie völlig, wie sicher sie sich einst hier in Gelnhausen gefühlt hatte. Sie träumte davon, daß Ross mit den Buben die Kahlsümpfe nach einem geeigneten Platz für eine Hütte absuchte, daß Röschen junge Kätzchen streichelte, ohne Angst zu haben, sie würden in einem Suppentopf landen. Sie träumte von ihrem ersten Gang durch den Garten, von Schmetterlingen in allen Farben, Kornfeldern, so weit das Auge reicht. Ihre Kinder könnten glücklich und übermütig, stolz und mutig sein. Es wäre Frieden. Gab es das wirklich? Ein Paradies auf Erden, ohne daß eine Schlange im Baum lauerte? Nein, sie konnte es nicht glauben.

Und doch gab es Lichtblicke. Da waren die Nachbarn, eine Familie mit fünf Kindern. Nachts, wenn Katherine und Julie das Ferkel in den Hof ließen, hörten sie das Meckern einer Ziege. Die gehörte den Nachbarn. Aus Angst vor Verrat hatten sie Julie Milch für die Kinder angeboten. Dafür hatte sie ihnen einen Teil des Schweines versprochen, denn das Grunzen hörte man auch auf der anderen Seite.

Das Marktleben fehlte allen Bewohnern der zerstörten Stadt. Das Kaufhaus war mit Brettern zugenagelt, aber trotzdem fanden die Menschen einen Weg hinein. Die Ware war verschwunden. Einen großen Teil hatten Ross und Hänsel in Sicherheit gebracht. Nun handelten die Überlebenden unter sich. Es wurde gekauft und verkauft, getauscht und gehandelt, gestohlen und betrogen. Die Not machte erfinderisch, die Not machte aber auch vorsichtig, und nur selten wurde einer erwischt. Die Spanier, die die Unterstadt besetzt hielten, waren die Feinde. Was sich die Besatzer nicht vorstellen konnten, geschah, es erfüllte alle, ob ehrlicher Mensch oder Gauner, mit Stolz: Die Gelnhäuser konnten schweigen.

Der Winter kam. Der erste Winter nach der Zerstörung der Stadt, der kälteste und schneereichste seit Menschengedenken, als hätte der Teufel seine Freude dran, wie Pater Christopherus meinte. Immer noch strömten Menschen vom Land in die Stadt, getrieben von der Hoffnung auf ein warmes Plätzchen oder etwas Eßbarem. Sie saßen unter Torbögen und zwischen zerstörten Häusern, die Kirchen waren überfüllt, denn hier hatten sie wenigstens ein Dach über dem Kopf. Jeden Morgen fuhr ein Wagen durch die Stadt und las die erfrorenen und verhungerten Menschen auf. Wie Holzscheite wurden sie außerhalb der Stadtmauer aufgeschichtet, denn in den gefrorenen Boden konnte man kein Loch graben. Gegen Abend stand eine Rauchwolke über der Kinzig, und der Gestank nach verbranntem Fleisch hing in der Luft.

Seit Weihnachten wohnte Julie mit ihren Leuten wieder im Klosterkeller, hier war es etwas wärmer als bei ihr zu Hause. Nach einem kümmerlichen Mittagessen gingen Ross, Hänsel und Julie an der Kinzig entlang, Holz schlagen. Ross hatte ein Beil, der Klang des Eisens tönte weit über das Land. Julie schaute sich um, doch niemand war zu sehen. Der Himmel hing tief und grau über der Stadt. Julie hatte sich von ihren Begleitern abgewandt und ging ein Stück am Kinzigufer entlang. Plötzlich blieb sie stehen, ein paar Meter vor ihr saß eine Familie im Schnee, Vater, Mutter und zwei halbwüchsige Söhne. Vorsichtig ging sie auf die Leute zu und sprach sie an. Erst jetzt merkte sie, das sie tot waren. „Ross, Hänsel, kommt schnell." Die beiden ließen alles fallen, weil sie einen Überfall vermuteten. Ross rannte herbei, das Beil griffbereit in den Händen. „Was schreist du so, siehst du nicht, daß sie tot sind?" keuchte Hänsel, vom schnellen Laufen außer Atem. Schon machte sich Ross an den Stiefeln der Toten zu schaffen. Julie warf alle moralischen Bedenken von sich und untersuchte die Leichen. „Ob sie verhungert sind? Da, ein Sack mit Steinen." Hänsel versuchte, ihn hoch zu nehmen, doch es gelang ihm nicht. Ross roch und leckte an diesem merkwürdigen Gebilde. „Ich glaube, es ist Brot, ein ganzer Sack mit Brot. Verhungert sind die nicht." Der Tod der Familie war rätselhaft.

Julie und ihre Begleiter warteten, bis es dunkel wurde, und schlichen dann an der Stadtmauer entlang. Ross kannte einen Weg, auf dem sie ziemlich sicher die Oberstadt erreichen konnten. Sie gelangten auch ohne Zwischenfall in den Klosterkeller. Groß war dort die Freude über das Brot. Es war zwar hart wie Stein, würde ihnen aber für Wochen die dünne Suppe bereichern.

Im Frühjahr fielen Seuchen und andere schlimme Krankheiten über die geplagten Menschen her. Nachdem endlich eine Grippewelle abgeklungen war, stand auch schon die nächste Krankheit vor der Tür: Pokken oder Pladdern. Das waren die schlimmsten außer der schwarzen Pest. Waren die Menschen während der Kälte zusammengekrochen, so mieden sie sich jetzt. Türen und Fenster wurden geschlossen und nur geöffnet, wenn man einen Toten heraustrug und auf den Wagen legte, der nun zweimal am Tag durch die Stadt fuhr. Im Februar war ein Wagen mit sieben halberfrorenen Kindern in Gelnhausen angekommen. Der Pater wußte sich keinen Rat und bat die Frauen, sich um die armen Wesen zu kümmern. Mit Mühe fanden sie ein halbzerstörtes, nur von Anna, einer jungen Frau bewohntes Haus, deren Mann und Kinder an der Grippe gestorben waren. Nun kümmerte diese sich um die fremden Kinder. Auch Julie beteiligte sich daran. Kinder lagen ihr seit je am Herzen, und so ging sie jeden Morgen zu ihren neuen Schützlingen, die sie mit freudigem Geheul begrüßten.

„Ich glaube nicht, daß ich noch viel mehr ertragen kann", sagte Julie eines Morgens zu Katherine. „Erst der Winter und jetzt dieses Frühjahr. Wieviel kann man einem Menschen aufbürden, ohne daß er zusammenbricht?"

Es war Ende März 1636. Seit vierzehn Tagen hatte keiner von ihnen das Haus verlassen. Ab und zu gingen sie auf den Hof, um Luft zu schnappen. Für die

Kinder, die ihre Freiheit gewöhnt waren, war die Gefangenschaft unerträglich.

Zuerst waren die Pocken bei den Spaniern aufgetreten, aber weil diese ihre eigenen Ärzte und Krankenpfleger hatten, wußte niemand in der Stadt, wie lange die Seuche schon grassierte.

Als Julie den ersten Kranken sah, stürmte sie in den Klosterkeller und verkündete: „Wir ziehen wieder ins Haus, nur da sind wir sicher."

Das Umziehen war schon zur Routine geworden, es geschah schnell und ohne Zögern. Ross, der die ganze Zeit über für Nahrungsmittel gesorgt hatte, hatte Julie verboten nach draußen zu gehen. Daher wurde die tägliche Suppe immer dünner. Die eiserne Reserve, ein bißchen Schweinefett, ging bald zu Ende.

Die Kinder wurden unausstehlich, stritten und balgten sich wie junge Hunde im Zwinger. Sie wollten weder ein Märchen hören noch irgend etwas spielen. Haus und Hof wurden zu eng, sie wollten nach draußen. Die Frauen waren am Verzweifeln. Noch drei Tage, dachte Julie, dann gibt es auch keine Suppe mehr.

Eines Morgens war Ross verschwunden, und am Abend lagen zwei Fische vor der Haustür. In dieser Nacht schliefen die Kinder wieder einmal ruhiger, denn sie hatten sich satt essen können. Ross kam nicht zurück ins Haus, er schlief im Klosterkeller bei Pater Christopherus, der immer noch unermüdlich seine Kranken pflegte. Die Einwohnerzahl von Gelnhausen war durch Kälte, Hunger und Seuchen auf die Hälfte reduziert, und die Überlebenden waren mehr tot als lebendig. Anfang Mai war die Seuche gebannt. Das erste Grün lugte zwischen verkohlten Trümmern hervor. Dünne, zerbrechliche Gestalten schwankten über die Straßen, alterslos, geschlechtslos, eingewickelt in Lumpen. Sie suchten die Sonne und reckten ihre blassen verhärmten Gesichter zum Himmel. Doch sie waren nicht allein. Ein Heer von Ratten hatte die Stadt erobert. Zu Tausenden kamen sie von den zerstörten Gebäuden des alten Hafens herauf in die Stadt. Sie vermehrten sich von Tag zu Tag, saßen groß und fett auf den Trümmern und ließen sich von der warmen Maisonne das Fell bescheinen. André, Hänsel und Röschen hatten ein neues Spiel: Mit Julies Steinschleuder gingen sie auf Rattenjagd. Am Abend zählten sie ihre Beute, und es gab Tage, an denen Hänsel auf fünfzig Stück kam. Auch Julie beteiligte sich an der Jagd. Mit dem Haß, der sich seit Monaten in ihr aufgestaut hatte, verfolgte und tötete sie diese häßlichen Tiere. Nie hätte sie sich träumen lassen, daß sie ihre früher erlernte Schießkunst einmal an Ratten austoben würde.

Julie und die Kinder saßen am Mittagstisch und würgten an einem Essen, das schlechter war als Schweinefutter. Es klopfte an der Tür, aber weil Julie den Pater erwartete, schaute sie nicht auf, als zwei bärtige Männer den Raum betraten. Es dauerte eine ganze Weile, ehe sie begriff, daß einer der Männer ihr Onkel Ernst war. Er und Mattus waren gekommen, um Julie und die Kinder nach Hause zu holen. Mattus räumte unter den staunenden Blicken der Kinder das ungenießbare Essen zur Seite und packte seinen Rucksack aus: Brot, Schinken, Butter, das waren Sachen, die die Kleinen nur vom Erzählen kannten. Doch das Beste war, sie sollten mit den beiden Männern nach Hause gehen, wo es noch viel mehr davon gab. Die Kinder waren außer Rand und Band. Als Ernst und Mattus am Abend erzählten, wie sie sich kennengelernt hatten, wurde ihr Erstaunen noch größer. Es gab also wirklich noch Wunder. Mitternacht rückte näher, als Julie merkte, daß André eingeschlafen war. Er saß am Tisch wie die anderen und schlummerte selig. Die Berichte von Ernst und Mattus waren so spannend gewesen, daß niemand auf die Kinder geachtet hatte. Julie zog André die Schuhe aus und legte ihn mit den Kleidern auf sein Bett. Dann ging sie zu den Männern und Katherine zurück. Sie tranken zusammen einen Krug Wein, den Katherine aufgehoben hatte für eine besondere Gelegenheit. Nun, dieser Besuch war eine Gelegenheit, und eine besondere dazu. Danach gingen alle zu Bett, nur Mattus wollte sich noch die Füße vertreten und ein wenig umsehen.

„Umsehen in der Nacht?" fragte Julie.

„Warum nicht", antwortete Mattus mit fröhlichem Lachen. „Gibt es etwas Schöneres als eine Frühsommernacht, wenn der Mond am Himmel steht, und das in einer Stadt, von der ich schon so viel gehört habe. Schade, daß wir so schnell wieder zurück müssen."

„Weshalb schnell? Habt ihr nicht einmal einen Tag Zeit?" Fragend sah Julie Ernst an.

„Nein, Julie, wir müssen Rüben hacken, das ist lebensnotwendig für uns. Wir müssen die Zeit nutzen, für uns zählt jeder Tag. Wir möchten dich und die Kleinen holen und so rasch wie möglich zurückkehren."

Julie hob ihren Becher und lächelte Ernst zu, er lächelte zurück. Das Lächeln von Großvater Fox, dachte sie. Jakob hatte wie immer recht. Es war eine lange Zeit vergangen, seit sie sich das letzte Mal gesehen hatten. Sie war ein blutjunges Mädchen, und Ernst, war er jemals jung gewesen? Jetzt saß er neben ihr, ein Mann mit gut geschnittenem Gesicht und grauem Haar, das sie so an Wilhelm Fox erinnerte.

Ernst hob den Kopf und sah sich langsam um. „In all den Jahren habe ich mich immer gefragt: Wo wohnt Julie, wo lebt sie? Meine kleine Julie, weißt du, ich konnte es mir einfach nicht vorstellen, außer zu Hause an der Kahlquelle. Es war für mich sehr schwer, du weißt ja, meine Vorstellungskraft ist nicht sehr ausgeprägt. Jetzt, wo ich dich hier sehe, mit deiner Familie ... du hast dich nicht sehr verändert", sagte er verlegen. „Weißt du noch, wie du die vielen kranken Tiere angeschleppt hast? Und jetzt hast du Kinder."

„Ja", lachte Julie, „aber im Gegensatz zu den Tieren hoffe ich doch, daß meine Kinder gesund sind."

„Ja, ja, entschuldige", er wurde immer verlegener, „so war das nicht gemeint."

„Aber Ernst, das weiß ich doch, schau, ich kenne dich doch. Weißt du, als ich dich heute abend sah, dachte ich zuerst, du hättest dich verändert. Aber das stimmt gar nicht."

„Doch, es stimmt, ich habe mich verändert. Damals, weißt du, als ich zurückkam, war das ganze Dorf verbrannt, kein Mensch, nicht mal der Hund hatte überlebt. Da habe ich mich in einen Graben gelegt und wollte auch nicht mehr leben. Für wen sollte ich leben, wo alle anderen tot waren? Am nächsten Morgen, als ich aufwachte, da dachte ich, es muß doch einen Sinn haben, daß ausgerechnet ich noch lebe, ich, der Idiot! Der dümmste Mensch auf Gottes Erden."

Julie sprang vom Stuhl auf. „Ernst, bitte sag so etwas nicht. Dumm warst du nie." Sie ging zu ihm und nahm ihn in den Arm. Er lachte. „Genau wie früher, weißt du noch? Schon als kleines Mädchen konntest du dieses Wort nicht ertragen. Setz dich, ich muß dir noch mehr erzählen. Eigentlich habe ich das noch nie jemand erzählt. Aber dir kann ich es sagen, du wirst mich verstehen, denn du hast das Herz am rechten Fleck."

Julie schloß das Fenster und hörte, wie Mattus zurückkam, die Haustür zuzog und durch den langen Flur zu seinem Nachtquartier ging.

„Damals", fuhr Ernst fort, „nach dieser fürchterlichen Nacht, bin ich einfach in den Wald gegangen. Ich dachte, wenn ich lange genug laufe, werde ich irgendwo einmal aus dem Wald herauskommen. Vielleicht könnte ich dort alles vergessen und weiterleben. Ich kam an die Birkenhainer Straße. Neben der Straße gibt es einen schmalen Trampelpfad, man kann ihn von der Straße aus nicht sehen, und dort traf ich Menschen, Menschen wie ich, arme Hunde, ohne Heimat und Geld, traurige Gestalten. Sie erzählten mir nachts am Feuer ihr Schicksal. Es war nicht viel Unterschied zwischen uns, und das hat uns verbunden, wir waren Brüder und Schwestern. Es war nicht immer lustig, aber es war auch nicht immer nur traurig. Es war wie in einem Dorf. Man kannte sich, wenn wir uns trafen, wurden Grüße ausgetauscht, das Essen und Trinken geteilt. In den ganzen Monaten, in denen ich unterwegs war, habe ich nur Freunde kennengelernt, ist das nicht merkwürdig? Streit gab es nie."

Ach Ernst, dachte Julie, wer hätte mit dir Streit anfangen können. Laut sagte sie: „Wie kommst du jetzt mit Christian aus?"

„Och, soweit ganz gut. Er sagt, was wir machen sollen, und dann wird es gemacht."

„Also hat sich bei euch nicht viel verändert."

„Ja, so wie es ist, hat es seine Ordnung. Es fehlt nur eine Frau", murmelte er in seinen ungepflegten Bart.

Julie war still und dachte nach. Das Schweigen zwischen ihnen dauerte lange. Bevor sie jedoch sprechen konnte, brach es mit heiserer Stimme aus Ernst hervor: „Julie, ich ... ich möchte ... du sollst wissen, ich würde alles für dich tun auf dieser Welt." Es war das Beste, was er herausbringen konnte, wenn es auch nicht genau dem entsprach, was er eigentlich hatte sagen wollen. Sie streckte ihm ihre Hand entgegen, er ergriff sie und schüttelte sie bewegt.

„Ernst, du bist mein bester Freund, und ich bin sehr froh, daß du heute bei uns bist", sagte Julie. Dies war auch nicht das, was sie sagen wollte, aber es mußte vorerst genügen. Sie blickten sich verlegen an. Julie stand vom Küchentisch auf und schloß die Tür, die aufgesprungen war. „Du bist müde", sagte sie, „geh ruhig ins Bett, ich bleibe immer noch ein bißchen auf, nachdem die anderen alle gegangen sind."

„Ich bin zwar müde, aber noch nicht schläfrig." Ernst leerte seinen Becher und stand auf. „Gute Nacht, Julie." Er schloß leise die Tür.

Zum ersten Mal fühlte sich Julie älter, als sie war. Sie war müde, Tränen näßten ihr Gesicht. Sie zog sich aus und ging zu Bett, doch sie konnte nicht schlafen. Still weinte sie vor sich hin, aus Zorn und auch ein wenig aus Mitleid mit sich selbst. Sie konnte nicht gehen, noch nicht. Aber die Kinder, die Kinder würde sie mit den beiden Männern gehen lassen. Eine Trennung war für sie besser, als hier in der Stadt zu verhungern. Julie lag halbwach im Bett und träumte. Sie sah das kleine Dorf an der Kahlquelle, die alten knorrigen Obstbäume, die Kornfelder im Sommerwind. Sie roch den Duft modriger Rinde und brauner Pilze. Sie spürte den Wind, der durch die Weiden fuhr, hörte sein Geflüster; sah den Bussard, der hoch am Himmel seine Kreise zog; Großvater Fox, der eine Sichel gerade hämmerte; Male, die einen Topf mit Sand ausrieb, und Brigitte, die mit schwingenden Röcken lachend in der Scheune verschwand. Stöhnend richtete Julie sich im Bett auf. Morgen schon würden ihre Kinder von ihr fortgehen, doch nun wußte sie, daß es richtig war. Im Herbst konnte sie ihnen folgen, bis dahin würde sie ihre angefangenen Arbeiten erledigt haben. Katherine und Anna würden das Kinderheim allein führen, und ihre eigenen Kinder würden im Sinne des alten Elsässers Wilhelm Fox aufwachsen. Sie konnten abends den Geschichten von Ernst und Emil lauschen, und zu der von der langen Fahrt aus dem Elsaß würde die ihrer Flucht aus Gelnhausen und die Kriegserlebnisse hinzukommen. Die Elsässer Familie würde weiterleben, sie, Julie und Christian, hatten den Grundstein gelegt. Er mit dem Hof, sie mit den Kindern. Ihr Großvater konnte stolz auf sie sein, stolz auf die beiden Kinder von der Kahlquelle. Und der Wind in den Weiden würde seine Geschichte erzählen, auch noch in hundert Jahren.

*W*ieder einmal breitete sich unter den Frauen die Angst vor der Hexenverfolgung aus. Eigentlich war sie nichts Neues. Julie hatte in Gelnhausen oft den Verurteilten auf ihrem Weg zur Hinrichtung nachgesehen. Vor dem Holztor wurden sie enthauptet oder verbrannt.

Der Brandplatz und der Galgen gehörten zu jedem Dorf und zu jeder Stadt, genau wie die Kirche und das Wirtshaus. In Lieblos, einem Nachbardorf von Gelnhausen, waren vor einiger Zeit sechs Frauen wegen Zauberei angeklagt worden, von denen fünf hingerichtet wurden. Sie hatten angegeben, mit den Gelnhäuser Hexen in Verbindung zu stehen und mit fünfzehn anderen unter den Gelnhäuser Tannen mit dem Teufel getanzt zu haben. Da sich immer wieder Verbindungen mit Gelnhäuser Hexen andeuteten, hatte der Rat der Stadt beschlossen, dagegen vorzugehen. Die allgemeine Stimmung unterstützte sie: Mißernten, Pocken, Krieg und Elend, nichts leichter, als dies den teuflischen Zauberkünsten der Hexen zuzuschreiben. In Gelnhausen waren vor allem die Zünfte eine treibende Kraft. Ende der zwanziger Jahre hatte man einen Mann als Verursacher der Mißernten ausgemacht. Dieser Mann hatte vor seinem Tod siebzehn Frauen als Hexen bezeichnet, die dann alle einige Jahre später hingerichtet wurden. Niemand wußte, wieviel andere Frauen diese siebzehn Bedauernswerten noch denunziert hatten. Die Angst war greifbar. Überall brannten Scheiterhaufen.

Hatte Julie sich in der Stadt an den Brandgeruch der Scheiterhaufen gewöhnt? Natürlich fand auch sie die Hexen abscheulich, die zugaben, kleine Kinder verdorben und aufgefressen zu haben. Sie konnte sich jedoch schlecht vorstellen, daß die Frauen, die um die tägliche Mahlzeit kämpften, damit die Familie nicht verhungerte, in der Nacht mit dem Teufel tanzten. Julie und Katherine mieden die Beschuldigten, es war besser, nichts zu wissen, was im Hexenturm am Fratzenstein vor sich ging. Weder Schreie noch Gebete, noch Flüche drangen bis zum Obermarkt. Was Zauberisches betraf, sagte und fragte man nichts, denn allzuschnell konnte man das Schicksal der Unglücklichen teilen.

Der Juni war sonnig und warm, ein Glück für die Überlebenden, denn nun konnten sie auf den Auwiesen nach Löwenzahn, Brennesseln und anderen nahrhaften Kräutern suchen. Die Überfälle waren in den letzten Wochen zurückgegangen, drohten aber immer wieder neu aufzuleben, denn noch zogen die Heere hin und her, durch den Kahlgrund über das Freigericht, sie überfielen auch wieder einmal Gelnhausen, das ohnehin aus hundert Wunden blutete.

André, Hänsel und Röschen waren mit Ernst und Mattus etwas traurig, aber auch erwartungsvoll abgezogen. Julie und Katherine gingen mit anderen Einwohnern in die umliegenden Wälder, sammelten Holz und Reisig. Julie trat eines Nachmittags, mit riesigen Bündeln vollgepackt, den Heimweg an. Am Waldrand verhielt sie. Von hier aus konnte man die Zerstörung in der Stadt nicht sehen, ja, man konnte denken, alles wäre wie vor einem Jahr. Der Schiefer der spitzen Türme glänzte in der Sonne wie spiegelndes Metall, und nicht einmal die Einschläge der Kanonenkugeln waren von dieser Seite aus wahrzunehmen. Von den Wiesen und Weinbergen wehte ein frischer Wind und ließ die Bäume über Julies Kopf rauschen. Am Himmel zog ein Falke seine Kreise.

Julie setzte ihre schwere Last ab, sie mußte tief durchatmen, zog aus ihrer Tasche ein Tuch und wischte sich den Schweiß ab, der in kleinen Bächen in ihren Ausschnitt rann. Sie sah über die Stadt hinweg zu den Wäldern, hinter denen sich normalerweise das ländliche Leben regte. Sie konnte sich einfach nicht vorstellen, daß die von Kastanien beschattete Meierei, die fruchtbaren Äcker und Wiesen, die Bauerndörfer mit ihren kleinen Kirchen ausgelöscht, vernichtet und dem Erdboden gleichgemacht waren, daß viele Jahre lang kein Glockengeläut mehr die Dichte des Waldes durchdringen würde. Schon hatten Brennesseln und Dornen die Dorfruinen erobert, waren die Wege zugewachsen, als wäre nie ein Mensch auf ihnen gewandert. Gut für die Wildtiere, dachte sie. Doch es gab kaum noch welche, nicht mehr in der Umgebung von Gelnhausen. Nur Menschen, die viel gefährlicher waren als reißende Tiere, denn sie töteten aus purer Lust. Julie seufzte, sie mußte wieder aufbrechen, denn der Weg war schwierig mit der Last auf dem Rücken. Sie schüttelte den Sand aus den Schuhen und zog ihr Bündel auf den Rücken. Hauptsache, die Kinder waren in Sicherheit, und bis zum Herbst dauerte es nicht mehr allzulang, dann würde sie selbst auch die Stadt verlassen, die Stadt, die ihr nun keine Sicherheit mehr bieten konnte, obwohl sie hier ihre zweite Heimat zu finden geglaubt hatte. Es wird weh tun, dachte sie traurig, wie immer, wenn man etwas verlassen muß, was man liebt.

Sie lief an den verbrannten Hecken vorbei, die die Stadtmauer eigentlich vor der Zerstörung hatten schützen sollen, zum Holztor. Kein freundlicher Wachposten empfing sie, so wie früher. Die Straßen mit ihren kaputten Pflastersteinen, zwischen denen sich Löwenzahn und Gras eingenistet hatte, wirkten verlassen. Weiter unten unterhielten sich einige Leute, andere blickten ihr schweigend entgegen. Etwas Unheilvolles ging von ihnen aus. Julie kannte sie, es waren Nachbarn, Menschen, mit denen sie seit Jahren zusammenwohnte, Freud und Leid teilte.
In diesem Moment kam Katherine, ebenfalls vollbepackt mit Holz, aus einer anderen Straße und gesellte

sich zu Julie, der ein Stein vom Herzen fiel. „Was hast du?" Katherine bemerkte erschreckt Julies blasses Gesicht. „Hat jemand etwas gesagt?" Verstohlen sah sie zu der Gruppe hinüber. Julie wischte sich den kalten Schweiß von der Stirn. „Nein, nein, niemand hat etwas zu mir gesagt. Doch ich weiß, warum sie zusammenstehen, sie sind wieder auf der Suche nach einem Sündenbock, aber glaube mir, Katherine, ich werde nicht abwarten, bis jemand mit dem Finger auf mich zeigt und sagt: Da läuft sie, die Hexe!"

Die beiden hatten den Obermarkt erreicht, Katherine schloß die Haustür auf. Sie luden ihr Holz auf dem Hinterhof ab, und während sie ihre Kleider ausklopften, meinte Katherine: „Mag sein, wir reden uns nur in Angst, aber auch ich habe diesmal eine Beklemmung. Sie suchen und geben keine Ruhe, sie brauchen einen Sündenbock, und sie werden einen finden."

„Katherine, du und ich, wir werden fortgehen, wir gehen in das Kahltal, da sind wir sicher." Aufgeregt packte Julie Katherine am Arm. „Was willst du hier ohne mich? Morgen schon werde ich gehen, warum soll ich warten bis zum Herbst, bis dahin ist es vielleicht zu spät, ich weiß, wenn ich länger bleibe, bin ich für dich eine Gefahr."

Julie hatte recht, seit einem Jahr, seit der Zerstörung der Stadt, hatten bereits zwei Hexenbrände stattgefunden. Sie war eine Fremde hier, niemand wußte, wie ihr Familienstand war und woher sie kam. Schon allein diese Ungewißheit machte sie verdächtig, und es brauchte nur einen Funken in dieser Zeit, um die Scheiterhaufen zu entzünden.

Katherine schüttelte den Kopf, ihr blonder Zopf hatte sich gelöst, hastig band sie ihn hoch. „Ich werde dich nicht begleiten. Wenn du gehst – glaub mir, sie werden mir nichts zuleide tun. Hier in dieser Stadt bin ich geboren, mein ganzes Leben habe ich hier verbracht. Da drüben auf dem Friedhof liegen meine Eltern und mein Mann begraben. Ich werde nicht in Gefahr sein, du kannst beruhigt nach Hause gehen." Julie blickte zweifelnd zu ihr und entgegnete: „Noch heute nacht verschwinde ich, und es wäre mir viel wohler, du würdest mitgehen, doch du mußt selbst wissen, was du tust."

Julie schaute von ihrem Zimmer aus über den Obermarkt. Der Brunnen, an dem sich ein Mann die Füße kühlte, lag schon im Schatten der hohen Häuser. Die Abendsonne versank hinter dem Berg und schickte ihre letzten Strahlen über die roten Dächer. Wie oft hatte sie in den letzten Jahren hier gestanden und hinausgeschaut. Auch dieses Kapitel ihres Lebens war nun zu Ende. Sie erinnerte sich daran, wie sie mit Jakob zum erstenmal diese Stadt am Berg betrat. Wie großartig war damals alles für sie, die vielen Türme der Kirchen, Klöster und adligen Häuser. Wie armselig waren dagegen die Dörfer ringsum im oberen Kahlgrund, im oberen Freigericht die strohgedeckten Hütten, von den Menschen, die in diesen Hütten ihr armseliges Dasein verbrachten, ganz zu schweigen. Und doch hatten sie zu Hause auch manche glückliche Zeit gehabt. Es gab gute Jahre, in denen sie reiche Ernte einfuhren. In denen Kinder auf die Welt kamen, die später zufrieden im Sommer durch das weiche Gras liefen und im Winter auf zusammengenagelten Kisten den Berg hinabfuhren. Wo waren sie heute? Und die alten Leute, die ihre vom Rheuma geplagten Hände dem Feuer entgegenstreckten, waren sie tot oder verschleppt, oder waren sie wie Jakob Stein in den Wald gegangen, um ihr Leben zwischen Farnkraut und Bäumen zu beenden? Ach, und diese Stadt, mit einer spanischen Besatzung, die die Menschen zu all ihrem Leid noch zusätzlich schikanierte. Konnte man es den Leuten verdenken, daß sie nach einem Schuldigen suchten? Pater Anton und seine Bibel fielen ihr ein. Sie erinnerte sich an ein Zitat von ihm. „Jedes Dorf, jede Stadt, alle haben ihren Kalvarienberg. Wo sich ein paar Leute zusammenfinden, um den Schuldigen zu suchen, wird es immer ein paar geben, die rufen: Kreuzige ihn." Aber nicht mich, dachte Julie. Es war schön, eine Zuflucht zu haben, sagen zu können: Ich gehe nach Hause. Zu wissen, daß alle darauf warteten, bis sie endlich kam. Ein freudiges Gefühl stieg in ihr hoch. Noch bevor der Morgen graute, würde sie sich auf den Weg zu ihren Leuten machen, bei Jakob konnte sie übernachten. Mit Jakob über Gott und die Welt reden, alte Erinnerungen auffrischen, von der Zukunft schwärmen, seine Geschichten hören und über seine Bauernschläue lachen. Dieser Jakob! Wie lange begleitete er sie schon in ihrem bewegten Leben, immer im Hintergrund mit guten Ratschlägen, die sie dann in den Wind schlug, um genau das Gegenteil zu machen. Doch wie einer der sieben heiligen Nothelfer war er immer da, wenn sie ihn brauchte. Sie mußte lachen: der Jude Jakob mit einem Heiligen verglichen. Ich werde ihn fragen, was er selber dazu meint, der heilige Jakob, dachte sie. Vielleicht bleibe ich sogar einen Tag länger bei ihm.

Es war stockdunkel, als Julie leise die Haustür hinter sich zuzog, Tränen liefen ihr über das Gesicht, die sie mit einer trotzigen Gebärde abwischte. In einer Hand trug sie ein kleines Bündel mit Essen, in der anderen ihre Schuhe, an den Bändern zusammengeknotet, damit sie keinen verlor. Leichtfüßig lief sie über den Obermarkt, vorbei an den Ruinen, durch ein Loch in der Mauer hinaus aufs freie Feld. Sie überquerte am Rande des Sumpfs die Auwiesen, kam zu der Stelle, wo die Kinzig eine Kurve machte. Ein kleines Stück südlich hatten Bauern eine Brücke aus dicken Planken über die Kinzig gelegt, die Julie benutzen wollte. Aber ausgerechnet am Vorabend hatten sie die Bretter weggezogen, aus Angst vor Vagabunden und Räubern, die wieder einmal das Land unsicher machten. Die Nacht war warm, und so entschloß sich Julie, durch die Kinzig zu gehen. Hastig zog sie sich aus, nahm das Kleiderbündel auf den Kopf und lotete mit den Füßen die Wassertiefe aus. Das Bachbett war sandig und das Wasser, das ihr bis zur Brust reichte, eisig kalt. Am anderen Ufer trocknete sie sich mit ihrem Rock ab und zog sich wieder an. Morgenröte überzog den Himmel. Es wird Regen geben, dachte sie und schlug einen überwachsenen Pfad ein. Doch sie hatte sich geirrt, nach der Morgenröte wurde der Himmel tiefblau, ein Sommertag kündigte sich an. Über aufgerissene Straßen, weglose Felder führte ihr Weg. Oft roch sie zuerst, daß in der Nähe ein Kadaver lag. Er war schwarz von Fliegen, und sie konnte nicht mehr erkennen, ob es Mensch oder Tier war, sie wollte es auch gar nicht wissen und ging schnell weiter. Die Sonne brannte auf den Boden, der hart wie Stein war. Julies Füße schmerzten, sie verzog das Gesicht und marschierte weiter, als ginge sie neben sich selbst. Sie kam an einem verlassenen Bauernhaus vorbei. Soldaten hatten es geplündert. An einem Brunnen, aus dem silberklares Wasser floß, machte sie Rast. Sie aß einen Kanten Brot und ein kleines Stück Käse. Hinter dem Haus fand sie fünf schiefe Holzkreuze. Waren es die Besitzer oder unbekannte Soldaten, die hier ihre letzte Ruhe fanden? Kein Name war eingebrannt. Über die Gräber wehte ein Blumenduft, irgendwo heulte ein Hund. Gegen Mittag kam sie nach Bernbach. Die beiden Brüder wohnten noch in der halbzerfallenen alten Mühle, nichts hatte sich hier in den letzten Jahren verändert. Die Brüder waren noch wortkarger geworden, doch es fiel ihr nicht schwer, sie zu überreden. Einer mußte mitkommen und ihr den Weg zu Jakobs Hütte zeigen. Julies Augen schweiften über die Büsche zu den Bäumen, nichts hatte sie bisher erkannt. Keine Wegbiegung, keinen Bach, kein Tal und keinen Baum. Wo war die wohlvertraute Landschaft, waren die Wiesen und Felder? Ein paar Jahre, konnten ein paar Jahre alles so verändern? Sie durfte nicht darüber nachdenken, sonst kam sie ins Grübeln, wurde langsamer und verlor ihren rücksichtslosen Begleiter, der mit großen Schritten die Büsche auseinanderstieß und so einen Durchlaß für sie beide schaffte. Nein, nein, nicht daran denken, nur gehen, gehen trotz dieses Stechens in der Seite, noch einmal einen steinigen Pfad den Berg hinauf und auf der anderen Seite wieder hinunter. Kurz vor der Köhlerhütte überraschte sie der Abend. Es war kühler geworden, als sie der Schweigsame verließ. Ihre verschwitzten Kleider hingen wie Lumpen an ihrem Körper, jeder Schritt kostete sie große Anstrengung, und die Beine wollten sie kaum mehr tragen. Mit Mühe schleppte sich Julie zu der Köhlerhütte, sank auf eine Holzbank und schlief sofort ein, den Kopf an die Hütte gelehnt. Sie bemerkte nicht den Fremden, der die Zweige eines Holunderbusches auseinanderbog, den Platz vor der Hütte überquerte, sie wie einen Sack Getreide über seine Schultern warf und wieder zwischen den Büschen verschwand.

Es knarrte und ächzte, als Julie langsam zu sich kam. Sie lag auf einem Bett. Ihre Augen wanderten zu den Dachbalken, dann etwas weiter zu einem Geräusch, das ein hin und her rückender Stuhl verursachte. Es roch nach Ziegen und Schafen, obwohl das Haus leer war und alle Luken offenstanden. „Jakob?" fragte sie leise. Ein Räuspern antwortete ihr. Mit großer Anstrengung erhob sie sich von ihrem Lager. Jeder einzelne Knochen tat ihr weh, was die Antwort ihres Körpers auf den Gewaltmarsch vom Vortag war. Ein Fremder saß an Jakobs Tisch und schrieb etwas auf ein gespanntes Tuch. Hatte er sie nicht bemerkt, oder wollte er sie nicht bemerken? Der Mann am Tisch schrieb weiter, nahm von ihr keine Notiz. Sie betrachtete ihn verstohlen, empfand eine plötzliche Scheu, was sie gegen sich selbst aufbrachte und erboste. Sie, Julie, die sonst nie befangen war, die sich um nichts und niemanden kümmerte. Sie stand immer noch am Bett und erkannte jetzt, was diesen Fremden von anderen Männern unterschied: Er trug sein blondes Haar lang, wie eine Frau. Es war zusammengebunden und sah bedeutend besser und gepflegter aus als ihre eigene wilde Mähne. Er machte sich nicht einmal die Mühe, den Kopf zu heben, als sie näher herantrat. Da merkte sie, daß er gar nicht schrieb, sondern zeichnete. Er skizzierte fein und sehr sorgfältig einen in einem Schlammtümpel stehenden Reiher. Julie war verblüfft, fand keine Worte. Einen Zeichner hatte sie nicht in Jakobs Hütte erwartet. Der Mann blickte auf, dann erhob er sich. Er war viel größer, als sie gedacht hatte, in seinen Augen blinkte ein Glanz der Erkenntnis. Er lachte und sagte: „Ich bitte um Verzeihung, ich habe nicht bemerkt, daß Ihr schon aufgewacht seid."

„Wo ist Jakob?" fragte sie.

„Er ist nicht da."

„Das habe ich gesehen."

„Jakob ist für ein paar Tage runter nach Somborn, er wollte nach seinem Haus schauen."

„Ausgerechnet jetzt, wo ich komme?"

„Wußte er denn von Eurem Kommen?"

Sie fühlte, wie sie dunkelrot wurde unter dem Spott, der aus seinen Worten klang. „Nein", erwiderte sie trotzig. Er gab ihr darauf keine Antwort, sondern zeichnete weiter. Sie sah ihm mit Verwunderung zu, denn er zeichnete gut, und setzte sich neben ihn. Er pfiff leise vor sich hin, und sie mußte ihn ständig ansehen. Wie natürlich, wie leicht und ungezwungen hier alles war in dieser Hütte, Seite an Seite mit diesem Fremden, während das Sonnenlicht durch das Fenster strömte. „Warum seid Ihr hier?" fragte sie schließlich, das Schweigen brechend.

„Ich war verletzt, Jakob hat mich gefunden und gerettet, jetzt kuriere ich mich aus, und wenn ich besser laufen kann, werde ich verschwinden. Zufrieden?" Er musterte sie wieder von oben bis unten mit seinem spöttischen Blick, griff nach seiner Zeichnung und fuhr fort, darauf den Hintergrund zu skizzieren.

„Seid Ihr Maler?"

„Nein, doch wenn man lange Zeit bewegungslos hier herumsitzt, versucht man alles, was Abwechslung verspricht." Er stand auf und streckte sich, holte eine Flasche Wein aus einem Regal und zwei Becher. Der Wein sah kühl aus in der schlanken Flasche. Lächelnd schaute der Mann Julie an und fragte: „Haltet Ihr mit?"
Sie nickte, kam sich aber wiederum sehr töricht vor. Wieso konnte er Gedanken lesen? fragte sie sich.
Der Fremde holte noch Teller und Messer, schob zwei Stühle an den Tisch. Es gab Brot und Ziegenkäse. Sie aßen schweigend, danach tranken sie den Wein. Während der ganzen Zeit dachte Julie: Dies alles gleicht einem Traum, den ich einmal hatte. Ich habe das alles schon einmal getan.
Nach dem Essen steckte sich der Fremde eine Pfeife an, zog seine Augenbrauen zusammen und fragte Julie: „Was wollt Ihr eigentlich von meinem Freund Jakob?" Das Wort „mein Freund" erboste sie, trotzdem erzählte sie ihm – wenn auch widerwillig –, weshalb sie hierhergekommen war und daß Jakob ihr weiterhelfen sollte.
Der Mann schob seinen Stuhl zurück und stand auf. „Es wird ein paar Tage dauern, bis Jakob zurückkommt. Wenn es Euch nichts ausmacht, könnt Ihr mir ein bißchen zur Hand gehen. Es fällt mir immer noch schwer, mit meinem Bein verschiedene Arbeiten zu verrichten. Außerdem könnte ich jemanden gebrauchen, der meine Wunde verbindet", sagte er und ging hinaus.
„Es wird mir wohl nichts anderes übrigbleiben", erwiderte Julie und folgte ihm nach draußen. In der Hütte hatte sie nichts von seinen Gehschwierigkeiten bemerkt, doch als er über den freien Platz ging und auf eine Bank zusteuerte, sah sie ganz deutlich, daß er Schmerzen hatte. Sie wickelte die Binde von der Wunde und sprang entsetzt auf, denn von dem Bein fielen etliche dicke Maden auf die Erde, andere hatten sich am Rand einer großen Narbe festgeklammert. Der

Mann riß die letzten fetten Maden ab und legte sie in eine eigens dafür vorgesehene Büchse, zur sicheren Aufbewahrung, wie er meinte.

„Was wollt Ihr mit den ekelhaften Tieren?" fragte Julie angewidert.

„Beleidigt meine Freunde nicht", entgegnete er, „sie werden noch gebraucht. Jakob hat mit diesen Maden mein Bein gerettet, das von einem Säbelhieb übel zugerichtet worden war. Keine sehr tiefe Wunde, aber eine gefährliche. Und ich habe schon viele Männer an kleineren Schnittverletzungen sterben sehen, mit Blutvergiftung und verfärbtem stinkendem Fleisch. Wußtet Ihr, daß unser Freund Jakob ein hervorragender Wundarzt ist? Mit diesen Maden hat er mir geholfen, denn die fraßen das kranke Gewebe weg, so daß sich das gesunde Fleisch auf natürliche Weise wieder schließen konnte." Er belastete prüfend das Bein. „Fast wie neu."

„Setzt Euch wieder hin, ich muß das noch verbinden", erwiderte Julie.

Danach stand der Mann auf und lud sie zu einem weiteren Becher Wein ein. Jetzt erfuhr sie endlich, daß er Frederic hieß. Den ganzen Tag half sie ihm, die Hütte in Ordnung zu bringen, sie putzte die Fenster, wusch das Geschirr und überzog die Betten frisch. Nebenbei erfuhr sie auch, daß Frederic irgendwo vom Norden kam und durch den Krieg in diese Gegend verschlagen wurde. Am Abend tranken sie noch eine Flasche Wein, sie fragte nicht, woher der Wein stammte, denn sie wußte, bei Jakob war nichts unmöglich.

„Julie, ich möchte mit dir schlafen."

Sie lehnte am Tisch, die Augen vor Schreck geweitet, leichenblaß, das schmale Gesicht von den roten Locken umrahmt. Ihre zarte Gestalt, vom Schein der Kerze geheimnisvoll beleuchtet, kam Frederic wie ein Blendwerk der Nacht vor. Er packte sie am Handgelenk. „Hast du Angst vor mir? Bin ich dir zuwider?" fragte er erregt.

„Nein, hör auf, was glaubst du denn von mir? Daß ich mich mit jedem im Heu wälze? Ich kenne dich noch keinen Tag, und ich liebe dich nicht."

„Liebe!" Er lachte laut. „Du glaubst im Ernst an Liebe? Wie alt bist du eigentlich?" Wieder packte er sie am Handgelenk. „Gibt es jemand, der ein Anrecht auf dich hat? Hast du Angst vor ihm? Sprich."

„Du tust mir weh." Sie schwieg eine geraume Zeit, dann fuhr sie fort: „Kannst du nicht die Stunden genießen, die wir zusammen sind, ohne ans Bett zu denken? Kannst du nicht Gott danken, daß du noch am Leben bist?"

Frederic ging auf und ab. „Du hast recht, du brauchst keine Angst vor mir zu haben, ich werde dich in Ruhe lassen. Vergessen wir, was war, und gehen wir schlafen", gab er zur Antwort.

Unruhig wälzte sich Julie von einer Seite auf die andere. Was bedeutete es schon, daß sie ihn nicht gut genug kannte? Daß sie ihn nicht liebte? Sie mochte ihn, er war ein gutaussehender Mann. Sie erschrak vor sich selber, wollte, daß er sie in den Arm nahm, wollte von ihm geküßt werden. Immer stärker wurde das Verlangen in ihr. Sie horchte auf Frederics ruhiges Atmen, warf die Decke zurück und schlich zu seinem Lager. Und während sie sich über ihn beugte, umschlangen sie zwei starke Arme und zogen sie herab. Ehe sie etwas sagen konnte, war seine Umklammerung so stark, daß sie willenlos alles geschehen ließ.

Der Raum lag im fahlen Schatten der Nacht, irgendwo sang ein Vogel sein Lied. Das Gewitter, das in der Nacht über die Spessartwälder gezogen war, hatte nur wenig Regen gebracht.

Julie streckte sich wohlig auf ihrem Lager, seit langer Zeit hatte sie sich nicht mehr so gut gefühlt, so zufrieden und sicher. Sie schaute durch das Fenster zu den Bäumen, die um die Hütte standen. Was war Liebe? meditierte sie, war sie echter Liebe fähig? Konnte man jeden Mann, der einem jemals begegnet war, einfach vergessen, als gäbe es ihn nicht, als hätte es ihn nie gegeben? Merkwürdig, dachte sie, warum vermochte sie sich jetzt in dieser Minute, trotz Anstrengung, nicht einmal genau an das Gesicht von Hans Geipel zu erinnern? Sie versuchte ihn vor sich zu sehen, doch immer wieder stand nur etwa Verschwommenes vor ihr. Ein Schatten schob sich vor das sonnige Fenster: Frederic, der Tee überbrühte und Brot aufschnitt. Als er merkte, daß Julie wach war, kam er herüber, nahm ihr Gesicht zwischen seine Hände und küßte sie sanft. „Was grübelst du? Bist du nicht glücklich, warst du nicht zufrieden mit mir heute nacht?" Er schaute sie an und lachte, auch Julie mußte lachen, denn in diesem Moment wußte sie, daß sie richtig gehandelt hatte. Gab es etwas Besseres, als morgens aufzuwachen und zu lachen? Er ging wieder zum Tisch und machte das Frühstück fertig, während sie aufstand und sich anzog. Leise summte er ein Lied vor sich hin. Dann drehte er sich um und sah Julie an. „Die Franzosen haben einen Spruch, für die Situation, in der wir uns befinden: l' amour sans lendemain."

„Was heißt das?"

„Die Liebe ohne morgen."

„Statt dessen haben wir einen Morgen, einen wunderschönen Morgen. Die Sonne scheint, Vögel zwitschern, der Tee ist heiß, und das Brot riecht köstlich. Gib dir keine Mühe, Frederic, du kannst mir weder den Morgen noch meine gute Laune verderben."

„Und du könntest meinen Vorsatz ins Wanken bringen."

„Welcher ist das?"

„Mich nicht zu verlieben."

„Hör auf, ich glaub dir kein Wort, erzähl mir lieber etwas von dir."

„Willst du wissen, warum ich hierhergekommen bin, was glaubst du?"

„Ich möchte es von dir wissen."

„Ich bin hierhergekommen, um den Leuten das Geld aus den Taschen zu holen", erklärte er. „Ich brauche nicht Soldat zu werden und zu kämpfen. Der Krieg wird vorbeigehen. Die Leute müssen essen, Kleider kaufen, Bratpfannen und Schaufeln. Ich verkaufe, was sie haben wollen, und stecke ihr Geld in meine Taschen."

„Also ein Krämer."

„Es gibt keinen Grund, sich zu schämen, ein Krämer zu sein", erwiderte Frederic ruhig. „Dies ist ein Land, das ganz am Anfang steht, wenn es erst einmal zur Ruhe gekommen ist. Ein neues Land. Man kann anfangen, wie man will, worauf es ankommt, ist, wie man endet."

„Und wie hast du vor, zu enden, Frederic?"

„Reich", lautete seine Antwort.

Sie lachte, und Frederic lachte mit, und dennoch fühlte sie den Ernst seiner Worte. Er war ungefähr fünfunddreißig Jahre alt und sich dessen, was er vorhatte, völlig sicher. Julie gegenüber gab er sich bemerkenswert natürlich und unbefangen, da er wußte, sie blieb nur so lange bei ihm, bis sie sich wieder etwas erholt hatte.

„Weißt du", sprach er weiter, „ich habe mich lange genug an mein Land geklammert und von Jahr zu Jahr gehofft, daß es besser wird. Träume, nichts als Träume, und als ich aufwachte, mußte ich feststellen, daß für mich alles zu Ende war. Nein, es war besser zu gehen. Alles ist besser, als dort zu bleiben und die Träume weiterzuspinnen."

„Die Träume?" fragte sie

„Den Traum, daß irgendwie alles gut würde, daß wir als freie Menschen leben könnten. Verstehst du, was ich meine? Ich hätte mir nie Frau und Kinder leisten können." Er klopfte die kalte Asche aus seiner Pfeife, ging zur offenen Tür und blickte hinauf zu den Baumkronen.

Es wurde ein heißer Tag, und sie beschlossen, den Nachmittag an einem nahe gelegenen Bach zu verbringen. Sie blieben viele Stunden, und während Frederic die Bäume und den Bach zeichnete, erzählte ihm Julie ihr ganzes Leben. Am Abend traten sie beide, in tiefe Gedanken versunken, den Heimweg an.

„Was denkst du, Frederic, bin ich für dich jetzt ein verworfenes Geschöpf?" Julie saß am Tisch und zerkrümelte das Brot in ihren Händen. Sie hatte ein merkwürdiges Gefühl, bereute, ihm alles erzählt zu haben.

Er lag auf dem Bett, die Arme hinter seinem Kopf verschränkt.

„Willst du die Wahrheit hören? Was du erlebt hast, haben auch andere erlebt. Im Grunde bist du doch immer gut dabei weggekommen, du bist nicht verhungert, und man hat dich nicht vergewaltigt, gemartert oder geschlagen. Keines der Kinder ist dir weggestorben, im Gegenteil, du hast sie gut untergebracht, und nun bist du auf dem Weg zu ihnen. Ein Mann wartet auf dich, und wie du sagst, liebt er dich. Dein Wunsch geht in Erfüllung: ein geordnetes Leben, ein Mann, eine Familie, darauf hast du hingearbeitet. Oft warst du nahe an deinem Ziel, doch das Schicksal wollte es nicht, nun gibt es kein Zurück mehr, du hast es geschafft. Aber jetzt kommt der Haken, denn im Grunde willst du das alles doch nicht. Du hast Angst, schreckst davor zurück. Wenn du wirklich unbedingt so ein geordnetes Leben führen wolltest, dann wärst du nicht hier bei mir, nichts hätte dich zurückgehalten, keine Erschöpfung, kein Wolkenbruch, du wärst gerannt über die Berge und Täler, um möglichst schnell bei deinem Christian zu landen und deine Kinder in die Arme zu nehmen. Ich bin überzeugt, wenn es das ist, was du wolltest, würdest du nicht einmal vor einem Mord zurückschrecken."

Julie war erschüttert und schloß die Augen. Eine Stille breitete sich nach Frederics Worten aus, die man mit bloßen Händen greifen konnte.

Ein Poltern schreckte sie aus der Erstarrung. Jakob war da. Er sah übermüdet, erschöpft aus, fast als sei er krank. Julie deutete auf einen Stuhl. „Ruht Euch etwas aus, möchtet Ihr ein Glas Wein?"

Jakob legte ein Paket auf den Tisch. „Danke, mach dir keine Sorgen, manchmal versagt mein Herz. Das ist alles, man mutet sich zuviel zu, ohne an das Alter zu denken. Frederic, was ist mit dir? Warum so schweigsam? Und du", wandte er sich an die junge Frau, „was machst du schon hier? Ich denke, du wolltest erst zum Herbst kommen?" Er zeigte auf seine Stiefel. „Komm, hilf mir die auszuziehen, mir qualmen die Socken, das ist eine Hitze. Von Somborn bis zum Waldrand kein Schatten, alle Bäume abgeholzt und verbrannt."

„Vor drei Tagen habe ich westlich von hier eine große Rauchwolke gesehen", ließ Frederic sich vernehmen.

„Ja", entgegnete Jakob und hob den Becher an seine Lippen, „es brennt in allen Ecken, doch diesmal sind es einzelne, unvorsichtige Menschen. Der Wald ist brottrocken, ein Funken genügt, es müßte unbedingt einmal regnen. Was ist, Julie, warum bist du schon hier?"

„Sie haben in Gelnhausen wieder angefangen, Hexen zu brennen, ich hatte einfach Angst."

„Kann ich verstehen", meinte der Alte, „einen Jungen haben sie verhaftet, hast du etwas davon gehört?"

„Das war es also, weshalb die Leute zusammengestanden haben." Sie erzählte Jakob von ihrer Angst und ihrem schnellen Verschwinden danach.

„Recht hast du getan, so ein Hexenprozeß schlägt immer Wellen und reißt manchen Unschuldigen mit in den Abgrund. Wann willst du nach Hause?"

„So schnell wie möglich, Jakob, ich möchte endlich zu den Kindern." Das Blut schoß ihr bei diesen Worten ins Gesicht. Sie traute sich nicht, Frederic anzusehen, der stumm seine Pfeife stopfte.

„Frederic, was macht dein Bein?" erkundigte sich Jakob.

„Es hält schon Belastungen aus, ich habe all das getan, was du mir geraten hast. Ich denke, ich werde in den nächsten Tagen verschwinden."

„Hm, schade, jetzt, wo ich dir eine Menge Leinwand zum Malen mitgebracht habe."

„Zum Malen werde ich die nächste Zeit nicht kommen." Frederic stand auf und ging zur Tür, drehte sich um und sah Jakob an. „Ich werde mir etwas die Beine vertreten, wollt ihr morgen aufbrechen?"

„Bleib hier", sagte Jakob, „warum gehst du nicht mit in den Kahlgrund? Wir haben Zeit, können langsam gehen, uns immer wieder ausruhen, und du kannst dein Bein an längere Märsche gewöhnen."

„Was soll ich im Kahlgrund? Du weißt, wohin mein Weg mich führt."

„Ja, ich weiß, aber ein kleiner Umweg bringt dich auch nicht um. Denke an dein Bein, das vorerst nur wenig Belastungen aushält. Wenn du von hier gleich zum Heer stößt, bist du nach zwei Tagen wieder mittendrin und kannst dich nicht mehr schonen. Sei vernünftig, auf ein paar Tage kommt es bei dir wirklich nicht mehr an. Vielleicht finden wir auch ein Pferd für dich, wer weiß."

„Werd's mir überlegen", brummelte Frederic und verließ die Hütte.

Julie machte sich daran, ein Nachtlager für Jakob herzurichten, und versuchte, ihre Erregung zu verbergen. Umständlich legte sie die Decke auf das Lager, zupfte vorne und hinten und überlegte, wie sie den Alten fragen sollte, bevor Frederic wiederkam.

Jakob betrachtete sie einen Moment. „Was ist? Du hast doch etwas auf dem Herzen."

Julie fragte verlegen: „Was ist mit ihm? Er ist doch kein Soldat, er hat sich als Krämer ausgegeben, und Ihr redet von Heer und Soldaten." Sie wartete kurz ab, dann drängte sie: „Bitte sagt es mir, ich muß das wissen."

Jakob goß sich Wein nach und lehnte sich zurück.

„Na ja, es stimmt, er ist in gewisser Weise ein Krämer, er bezieht seine Ware von den Schlachtfeldern."
Julie bekam große Augen. „Wie das?"
„Er durchsucht die gefallenen Dragoner, nimmt ihnen ab, was noch zu gebrauchen ist, bringt es zu seinem Planwagen und verkauft es weiter. Was glaubst du, wie dankbar seine Kunden sind: Für ein Paar feste Stiefel, für Musketen und Pulver."
„Ich kann es nicht glauben, das ist ja ... ich habe keine Worte! Er ist ein Aasgeier, schlimmer als ein Wolf in den Wäldern. Ein Leichenfledderer!"
„Hör auf! Julie, hör auf, du hast keine Ahnung davon. Vielleicht erinnerst du dich einmal an deine Zeit vor Gelnhausen: Spessarträuber, Kirchenraub, Mord und Totschlag. Glaubst du im Ernst, das waren alles Jugendsünden?" Jakob mußte über das rote Gesicht der jungen Frau lachen. „Aber du! Du hast ja nur die Pferde gehalten! Schau, die Arbeit von Frederic muß gemacht werden, wenn er es nicht tut, macht es ein anderer. Oder denkst du, man sollte die Leichen mit Stiefeln und Gewehr, mit all ihrem Geld in die Grube legen? Also sag mir, was ist in deinen Augen besser, ein Offizier mit seiner prachtvollen Uniform, der nur am Erschießen und Aufspießen ist, oder ein Mann wie Frederic, der dafür sorgt, daß die Männer anständige Stiefel an den Füßen haben? Außerdem", setzte der Alte mit einem verschmitzten Augenzwinkern hinzu „man verdient nicht schlecht dabei."
Es war gut, daß Jakob dachte, sie würde Frederic wegen seiner Arbeit ablehnen, überlegte Julie, so kam er wenigstens nicht auf den Gedanken, sie habe mit ihm eine Liebschaft angefangen, was ihr doch sehr peinlich gewesen wäre. Vorsichtshalber drehte sie ihr Gesicht zur Wand und stellte sich schlafend. Sie war verwirrt, ihre Gedanken marschierten durcheinander, und bevor sie einschlief, mußte sie sich eingestehen, daß sie froh war, wenn Frederic aus ihrem Gesichtskreis verschwand.

Am Morgen wurde sie von Jakob geweckt. Mit ernstem Gesicht sagte er: „Der Köhler war hier und hat erzählt, sie haben Katherine verhaftet und vor ein Halsgericht gebracht. Ein Junge hat die Botschaft nach Bernbach gebracht, und einer der zwei schweigsamen Brüder hat sie dem Köhler weitergegeben." Sein Spionagesystem arbeitete wie immer tadellos. Julie machte sich fertig zum Aufbruch, band mit zittrigen Fingern ihr Kleid zu und zog die Schuhe an. Sie dachte nicht an das Frühstück, nicht an den Kahlgrund und auch nicht an Frederic und ihre Liebesnacht.

„Du kannst nicht in die Stadt zurück, Julie!"

„Es bleibt mir keine andere Wahl." Rote Flecken auf den Wangen zeigten ihre Erregung. „Ich kann Katherine nicht im Stich lassen, Ihr wißt, was sie alles für mich getan hat, ich muß da sein, wenn sie mich braucht."

„Nein", sagte Jakob und kratzte sich den Schädel. „Ich glaube nicht, daß du ihr helfen kannst, aber ich kann dich verstehen, ich weiß, du kannst nun nicht einfach in den Kahlgrund gehen, als wäre nichts geschehen." Er setzte sich und trank mit kleinen Schlucken den heißen Tee, der auf dem Tisch stand. Frederic räusperte sich. „Würde es dir helfen, wenn ich dich nach Gelnhausen begleite?" Bevor Julie eine Antwort geben konnte, sagte Jakob: „Ich hab's! Frederic, du begleitest Julie, aber nicht nach Gelnhausen." Er machte eine Pause. „Ihr geht nach Meerholz!"

„Meerholz? Wieso?" Beide schauten den alten Mann gespannt an. Natürlich kannte Julie Meerholz, die Residenz, das wunderschöne Schloß südlich von Gelnhausen. Einmal hatte sie mit den Kindern einen Spaziergang dorthin gemacht, sie hatten die Kinzig überschritten und waren bis an die Schloßmauern gelangt. Waren an ihnen entlanggegangen bis zu dem großen Torbogen mit dem Wappen des Grafen. Mein Gott, dachte sie, wie lange ist das alles schon her. Sie hörte sich Jakobs Plan an, und weil sie wußte, daß dieser meistens recht hatte, war sie damit einverstanden. Jakob kannte den Verwalter des Schlosses, für den würde er ihnen einen Brief mitgeben, der alles erklären würde. Zum Abschied nahm er erst Frederic zur Seite und gab ihm nochmals Anweisungen, dann drehte er sich um und ging zu Julie. „Du bist dort vorsichtig, nicht wahr?" Sie nickte, aber die Angst und der Abschied drückten ihr die Kehle zu. „Du wirst nicht in die Stadt gehen, ich kann mich doch auf dich verlassen, Julie?"

Besorgt sah Jakob den beiden nach, als sie über den Platz gingen und im Gebüsch verschwanden. Er hatte kein gutes Gefühl, wenn er an Julies Temperament dachte. Er ging in seine Hütte, die noch den plötzlichen Aufbruch der beiden jungen Leute zeigte. Auf dem Regal lagen Frederics Zeichnungen, er nahm sie in die Hand und schaute sie an. „Schön", murmelte er und suchte in einer Kiste nach Hammer und Nagel, um sie aufzuhängen, setzte sich an den Tisch und merkte, wie die Einsamkeit, der er seit Wochen entflohen war, wieder zurückkam.

Während Jakob sich bemühte, seine Hütte in Ordnung zu bringen, arbeiteten sich Julie und Frederic durch urwaldähnliches Gestrüpp. Sie verließen den Pfad, auf dem Julie vor ein paar Tagen gekommen war, und wollten eine Abkürzung nehmen, die der Jude ihnen beschrieben hatte, mußten aber umkehren, weil sie nicht weiterkamen. Nach einer Stunde erreichten sie wieder die Kreuzung, an der sie den Weg verlassen hatten. Aufatmend setzten sie sich in die Heidelbeerbüsche. „Ich werde nie begreifen, wie Jakob es immer wieder schafft, einen Weg zu finden", sagte Frederic lachend und wischte sich mit einem großen Tuch den Schweiß vom Gesicht.

Julie lehnte sich zurück und schaute in das Blätterdach der großen Bäume. „Er lebt schon so lange im Wald, er ist ein Teil von ihm. Ich glaube nicht, daß er sich noch einmal richtig in einem Dorf ansiedeln könnte."

„Na ja, so wie es aussieht, wird das auch in den nächsten Jahren nicht möglich sein." Frederic stand auf und reichte ihr die Hand. „Komm, wir müssen gehen", forderte er sie auf, „die schlimmste Strecke haben wir noch vor uns, wenn wir den Wald verlassen. Ohne Bäume in der Mittagshitze, das wird hart." Julie konnte ihn beruhigen. „Der Wald reicht bis an das Schloß, es bleibt schattig. Ich weiß das noch von früher." Früher, mein Gott, wann war das? Sie wollte nicht an die Vergangenheit und auch nicht an die Zukunft denken, daran, wie sie ihrer Freundin helfen konnte. Zu viel hatte sie bis jetzt erlebt. Es reichte ihr. Frederic hatte unrecht, wenn er glaubte, sie suche das Abenteuer. Sie sehnte sich nach Ruhe und Frieden. Der Fall Katherine hatte ihre alten Ängste wieder zum Vorschein gebracht. Ja, sie war bereit zu glauben, daß Gott sie strafen wollte für die eine Nacht, die sie in den Armen eines Mannes glücklich war. So stolperte sie hinter ihm her, verfluchte ihren Leichtsinn und war doch froh, daß er bei ihr war und sie nur die Hand auszustrecken brauchte, damit sie ihn berühren konnte.

Es war schon später Nachmittag, als sie aus dem Wald traten und das Schloß direkt vor sich sahen, genauso unversehrt, wie Julie es in Erinnerung hatte. Sie liefen auf das große, wappengeschmückte Tor zu und mußten feststellen, daß es geschlossen war. „Hätte mich auch gewundert", brummelte Frederic, nahm Julie bei der Hand und führte sie am Schloßgraben entlang zu einer kleinen, seitlich angebrachten Holztür, die versteckt zwischen Holunderbüschen lag. Er klopfte eine Zeitlang mit einem Holzstock dagegen, bis sie sich einen Spalt öffnete und ein Mann in mittlerem Alter nach ihrem Begehren fragte. Frederic übergab ihm das Papier von Jakob.

Der Mann schloß die Tür, um sie nach einer Weile wieder zu öffnen und die beiden einzulassen. Er winkte ihnen zu und führte sie ohne ein Wort über den großen Schloßhof. Sie gingen durch eine Remise, in der sich kein einziger Wagen befand, die aber angenehm kühl war. Sie wußten nicht mehr, wieviel Gänge sie schon durchquert hatten, bevor sie in einen Raum traten, der wie eine Küche eingerichtet war. An einem Tisch saßen zwei Frauen und ein junger Mann und beäugten neugierig die Ankömmlinge.

Seit einer Woche trieb sich Frederic jeden Tag in Gelnhausen herum, ohne irgend etwas über Katherine zu hören. Jeden Morgen verließ er Meerholz, wanderte durch den großen Schloßpark, öffnete eine schmiedeeiserne Tür und kam in einen umzäunten Krautgarten. Von dort gelangte er durch trockengelegte Wiesen zur Kinzig, an der ein schmaler Pfad bis zur großen Bleiche führte. Immer wenn die Sonne im Osten aufging und mit ihren ersten Strahlen die Stadt in ein rötlich schimmerndes Kleinod verwandelte, durchfuhr ihn ein schmerzliches Gefühl. Von der Kinzig aus wirkten alle Häuser und Kirchen unzerstört, und Frederic stellte sich vor, wie die Stadt vor dem Krieg ausgesehen hatte. Die Bäume am Flußufer waren fast alle gefällt, und so konnte er schon von weitem die Wäscherinnen am Fluß erkennen. Unterhalb der großen Bleiche überquerte er auf schmalen wackligen Bohlen die Kinzig. Manchmal wurde er dabei von den Frauen beobachtet, sie riefen ihm kecke Grußworte zu, die er lachend erwiderte. Weiter nördlich kam er an die zerstörte große Brücke, die die Ziegelstadt von Gelnhausen trennte. Es würde noch viele Jahre dauern, bevor die Stadt wieder ihr altes Gesicht bekäme, dachte Frederic. Nicht einmal die großen Tore waren gerichtet und hingen immer noch zerbrochen in den Angeln. Zwar hatte man ein provisorisches Brückenhaus aus Brettern neben dem Stadttor aufgestellt, doch es stand die meiste Zeit leer. Man konnte die Stadt betreten und sie wieder verlassen, ohne ein Tor benutzen zu müssen, denn die Stadtmauer war durchlässig wie ein löchriger Eimer. Merkwürdig kam es Frederic vor, daß die Gelnhäuser ausgerechnet den

Hexenturm am Fratzenstein renoviert hatten. Es schien, als hätte zu mehr weder das Geld noch die Kraft gereicht. Doch an einem Morgen, als er mit anschaute, wie ein junger Mann auf dem Richtplatz oberhalb der Stadt verbrannt wurde, wußte er, daß er sich geirrt hatte. Die Menschen hatten noch Kraft, die Kraft, um sich gegenseitig zu vernichten. In einer Schenke erfuhr er, daß es sich um den jungen Mann handelte, von dem Jakob und Julie gesprochen hatten. Ein kleiner Trost, daß der Junge schon tot war, bevor sie ihn verbrannten. Frederic erfuhr auch, daß dieser Junge noch sieben Frauen mit in das Verderben gerissen hatte, unter ihnen Katherine.

Die Tage im Schloß dehnten sich. Das Wetter war unverändert heiß, doch in einem kühlen Raum oder unter schattigen Bäumen war die Hitze auszuhalten. Julie hatte nichts zu tun, außer auf Frederic zu warten und zu hoffen, daß er endlich Nachricht von Katherine brachte.

Der Verwalter des Schlosses Meerholz hieß Gregor, ein kinderloser Witwer. Elisabeth und Emma, zwei alte Jungfern, führten ihm den Haushalt und paßten auf, daß er nicht auf den Gedanken kam, noch einmal eine Frau heimzuführen. Sein Neffe Jörg kam ab und zu von Altenhaßlau, um ihm bei der Arbeit zu helfen. Julie fiel es nicht schwer, das Vertrauen der Frauen zu bekommen. Immer allein, in einem von Wald umgebenen Schloß, waren sie begierig, etwas von der Außenwelt zu erfahren. Julie merkte schon beim ersten Gespräch, sie waren überzeugt, daß es Hexen gab und daß sie auch in Gelnhausen ihr Unwesen trieben. Weshalb sie, Julie, hier bei ihnen wohnte, verriet sie allerdings nicht. Eines Nachmittags zeigte Jörg, der eigentlich seinem Onkel im Krautgarten helfen sollte, Julie das leerstehende Schloß. Sie gingen zusammen über den Hof, und Jörg klimperte mit dem Schlüsselbund, stolz, als wäre er der Besitzer. In der Eingangshalle des Hauptgebäudes sagte Julie:

„Eines verstehe ich nicht, warum ist hier nichts zerstört? Waren hier keine Truppen, keine Dragoner?"
„Natürlich", entgegnete Jörg, „auch wir hatten Einquartierungen, glaubst du, die Mauern und Bäume könnten ein Heer aufhalten? Daß hier alles unversehrt ist, hat der Graf Onkel Gregor zu verdanken. Der hat nämlich die Tore weit aufgemacht, er hat die Dragoner direkt eingeladen, sich in unserem Schloß breitzumachen, die Betten mit ihren schmutzigen Stiefeln zu versauen, Seidentapeten herunterzureißen, in die Gänge und Nischen zu pissen. Vierzehn Tage haben wir gebraucht, um alles wieder einigermaßen in Ordnung zu bringen, aber vor Zerstörung blieben wir verschont."
Sie gingen durch riesige Räume mit hohen Decken und Fenstern. „Es sieht alles so leer und unbewohnt aus, keine Bilder, keine Spiegel und Lampen, keine Teppiche", stellte Julie fest.
„Das haben wir alles lange vorher in Sicherheit gebracht, und die Plünderer dachten, es waren schon welche vor ihnen da." Jörg lachte und zeigte aus dem Fenster. „Siehst du dahinten? Das war einmal die große Scheune, die sie aus Zorn angesteckt haben. Alles andere konnten wir retten. Nachdem die letzten Dragoner zum Tor hinausgeritten waren, haben wir alles abgesucht, die Feuer ausgetreten, die sie aus Wut und Leichtsinn hinterlassen hatten. Ich hoffe doch, daß der Herr Graf uns das alles mal danken wird."
„Das hoffe ich auch für dich, Jörg." Julie sah sich noch ein wenig in den hohen Räumen um, doch sie konnte sich beim besten Willen nicht vorstellen, daß man diese mit Möbeln wohnlich machen konnte. Danach schloß Jörg wieder ab und begab sich zu seinem Onkel in den Garten.
Die Sonne versank hinter dem Büdingerwald wie ein großer Feuerball, und Julie hatte das Gefühl, als würde es noch schwüler werden. Sie ging durch den Park, der lange nicht mehr so gepflegt aussah wie vor

Jahren. Es gab eben Wichtigeres zu tun, als Bäume und Büsche auszuschneiden. Auf einer Bank neben der Küche saß Emma und entkernte Pfirsiche. Julie setzte sich mit einem Seufzer neben sie. Emma reichte ihr einen Pfirsich. Julie biß hinein, der Saft spritzte über ihre Hände. „Hm, schmeckt gut", sagte sie.

„Ja", entgegnete Emma, „dieses Jahr trägt er wieder, das erste Mal seit drei Jahren."

„Hier ist alles wie früher", behauptete Julie im Bestreben, sich einen unbekümmerten Anschein zu geben.

„Ja", erwiderte Emma, „hier draußen ist noch alles, wie es war, weil die Natur keinen falschen Ehrgeiz kennt und sich mit dem begnügt, was der Himmel spendet. Neues wächst nach und ersetzt Altes. Wir Menschen haben es verlernt, dem Flüstern der Natur zu lauschen, und wir übersehen darum immer mehr, daß alle Dinge vom Himmel gefügt sind und nichts von uns bestimmt werden kann."

„Wohl dem, der darin Trost zu finden vermag", entgegnete Julie.

Emma sah sie vorwurfsvoll an. „Ich glaube, du hast kein Gottvertrauen."

Julie schwieg, es war besser, wenn sie ihre Gastgeberin nicht gegen sich aufbrachte. Heimlich dachte sie: Draußen steht die Welt in Flammen, ihr Feuer vermag jedoch nicht über die Mauern zu dringen, die der Mensch um sich selbst errichtet. Das beweist, daß wir uns im Grunde genommen alle schützen können, wir müssen nur an den Himmel glauben und an dem festhalten, was unsere Ahnen für gut befunden haben. „Aber der Strom der Zeit fließt weiter."

„Auch du, Mädchen, kannst ihn nicht aufhalten", sagte Emma in ihre Gedanken hinein.

Julie erschrak, sie hatte ihre letzten Gedanken laut ausgesprochen und blickte in Emmas aufmerksame Augen. „Es ist aussichtslos, was ihr vorhabt, die

Hexen werden ihre gerechte Strafe bekommen. Gott wird es nicht zulassen."

Julie stieg das Blut zu Kopf, und im Aufspringen rief sie: „Und was ist mit den Unschuldigen, die niemals Unrecht getan haben?"

Auch Emma erhob sich und erwiderte mit vor Erregung zitternder Stimme: „Märtyrer hat es schon immer gegeben, was wäre die Kirche ohne sie?"

O Gott, dachte Julie, was hatte Katherine mit Kirche und Märtyrern zu tun? Diese unwissenden frömmelnden Weiber, die so weltabgeschieden lebten, waren einfältig und dumm. Sie schloß die Augen und atmete tief durch.

Emma trat zu Julie und nahm sie am Arm. „Es tut mir leid, wenn ich dich gekränkt habe." Der Ausdruck ihres breiten Gesichts wurde mild. „Würde es dich erleichtern, wenn du dich aussprechen könntest?"

Julie schüttelte den Kopf, es gibt Situationen, in denen man besser schweigt.

„Ich will dich nicht bedrängen", fügte Emma noch hinzu, „nur um eines bitte ich dich: Mißhandle dich nicht selbst. Katastrophen, denen man entgehen kann, sollte man nicht nachlaufen." Mit diesen Worten verschwand sie im Haus und ließ Julie allein zurück.

Einige Stunden nach dem so friedlich begonnenen und in Erregung beendeten Gespräch saß Julie wieder auf der Bank. Gewitter, weit hinten über den Wäldern als Wetterleuchten zu sehen, würden noch in dieser Nacht der Hitze ein Ende bereiten. Sie wartete auf Frederic und hoffte, daß er früher bei ihr war als das Wetter. Sie dachte an die Tage und die Nächte mit Frederic. Wenn er abends zu ihr kam, spannte sich ihr Körper in heftiger Erregung. Dann nahm er sie in einer Art, die beinahe Raserei glich, denn seine Liebe hatte wenig mit Zärtlichkeit zu tun, aber viel mit geheimer Verbitterung. Sie nahm seine Liebe als das hin, was sie war, und erwiderte sie mit einer eigenen Art Raserei, die sich zusammensetzte aus dem

Wunsch, ihn zu befriedigen, ihn zu halten und zu behalten, und aus dem Verlangen, ihn von allen Schlachtfeldern fernzuhalten. Julie dachte nur an ihn und ihre Liebe. Vergessen waren in dieser Zeit Katherine und ihre Probleme.

Immer schneller rasten die schwarzgelben Wolken über den Himmel, unterbrochen von Blitzen und Donner, der Wind frischte auf und entwickelte sich zu einem Sturm. Zweige peitschten durch die Luft, und Blätter tanzten durch den Regen. Es blitzte und donnerte wie beim Jüngsten Gericht und ließ die beiden Frauen in der Küche zum Rosenkranz greifen. Julie konnte später nicht mehr sagen, ob sie ein Klopfen hörte, oder ob sie eine Ahnung in den Regen trieb. Jedenfalls öffnete sie das Tor – und stand Katherine gegenüber. Die beiden Frauen fielen sich in die Arme. Katherine war naß und schmutzig, doch unversehrt. Aber wo war Frederic?

Frederic hatte morgens Jörg und Gregor im Garten getroffen und ihnen erklärt, daß er Katherine nur heute abend befreien könne und sie beide als Helfer brauche. Es bedurfte keiner großen Überredungskunst. Als er ihnen seinen Plan auseinandersetzte, waren sie sofort begeistert.

In der Ferne bellte ein Hund, Menschenstimmen waren nicht zu hören. Frederic ging langsam, wich losen Steinen auf den brüchigen Mauern aus. Das anfangs zögernde Hundegebell wandte sich jetzt ihm zu und wurde stetiger. Er fühlte Zorn in sich aufsteigen über diesen Köter, dessen Gekläff ihm auf die Nerven ging. Ganz gleich, wie vorsichtig er sich näherte, dieses dumme Gebell mußte jeden aufmerksam machen. Am liebsten hätte er den Hund niedergeknallt, doch er hatte keine Waffe. Er hatte diesen Gedanken kaum zu Ende gedacht, da schwoll das Gebell zu einem durchdringenden Gejaule und verstummte. Stille sickerte herab. Frederic war viel zu angespannt, um sich über die Menschen in den Häusern Gedanken zu machen.

Er befand sich in unmittelbarer Nähe des Hexenturms, ließ sich auf Hände und Knie nieder und kroch Zoll für Zoll weiter, dabei hielt er etwas nach rechts und achtete auf sein Bein, das trotz aller Schonung immer noch schmerzte. Neben den lieblichen Düften des Geißblatts spürte er schwache Gerüche von menschlichen Exkrementen und Holzrauch. Dicht an den Boden gedrückt, schlängelte er sich weiter. Eine Wespe flog vor seiner Nase hin und her und setzte sich dann, ärgerlich mit den harten Flügeln klappernd, auf ein Blatt. Die Umgebung bestand aus zusammengefallenen Häusern, die Türen und Fenster von Unkraut überwuchert, verkohlten Holzklötzen, zerrissenen Körben und zerbrochenen Tontöpfen, dazwischen ein toter Vogel, der seine starren Beine emporstreckte. Frederic hörte Schritte auf sich zukommen. Drei Männer mit einer an den Händen gefesselten Frau kamen in sein Blickfeld. Alle drei schienen unbewaffnet und hielten den Blick starr auf die Straße gerichtet. Frederic kniff die Augen zu, riß sie wieder auf, stieß einen Schrei aus und sprang. Einer der Männer warf sich nach hinten und flüchtete durch die enge Gasse. Ein anderer schien einzuschrumpfen und auf den Tod gefaßt zu sein, während der dritte mit zuckenden Gesichtsmuskeln das Kinn vorschob und mit den Fäusten auf Frederic einschlug. In der Zwischenzeit waren Jörg und Gregor angekommen und zerrten die schreckensbleiche Frau – Katherine – in Richtung Kinzig. Dort brachten sie sie mit einem Boot an das andere Ufer und rannten in die zertrümmerte Ziegelstadt, wo sie sich bis zur Dunkelheit in einem Stall versteckten. Eine Stunde später kam Frederic nach, sein Hinken war wieder stärker, sein Haar hing über der Stirn und verdeckte eine blutige Wunde. Er sah ziemlich mitgenommen aus, lachte aber übers ganze Gesicht, aus Freude über den gelungenen Streich, den er den ehrenwerten Bürgern Gelnhausens gespielt hatte.

Man hätte glauben können, es ginge wirklich nicht mit rechten Dingen zu, denn in diesem Moment blitzte und donnerte es gleichzeitig und ein fürchterlicher Wolkenbruch entlud sich. Die seit Monaten ausgedörrte Erde konnte das viele Wasser nicht aufnehmen, so lief der Regen in breiten Bächen den Berg durch die Stadt hinab. Das Wasser weckte den älteren Mann, der durch einen Faustschlag Frederics bewußtlos am Straßenrand lag, und trieb ihn unter das nächste Dach, wo er auch seinen Kumpel fand. Sie sahen sich um, die Hexe war verschwunden, und sie hätten einen heiligen Eid geschworen, daß der Beelzebub die Hexe mit eigenen Händen befreit hatte. Daß er dazu Blitz und Donner benutzt hatte, behielten sie lieber für sich. Wer weiß, es klang doch etwas unglaubwürdig und war schlecht mit der Beule des Alten in Einklang zu bringen.

Frederic hieß Jörg das Pferd holen, das er vor einigen Tagen gestohlen und in einem Verschlag am Rande der Ziegelstadt untergestellt hatte. Gregor und Jörg verschwanden anschließend nach Altenhaßlau, Frederic und Katherine bestiegen das Pferd und ritten nach Meerholz. Es regnete immer noch in Strömen, als sie vor der Schloßmauer ankamen. Frederic ließ die Frau absteigen und zeigte ihr die kleine Tür am Seiteneingang, dann ritt er weiter nach Niedermittlau und anschließend durch das Freigericht nach Hörstein.
Gregor und Jörg hatten nicht soviel Glück. Sie hatten die Ziegelstadt noch nicht richtig verlassen, als sie Schritte hinter sich hörten. Sie trennten sich. Jörg sprang in einen Keller und zog die Tür hinter sich zu, froh darüber, daß sie einen Riegel hatte. Er hörte rufende Stimmen näherkommen und merkte, wie jemand versuchte, den Riegel zurückzuschieben. Inständig hoffte er, daß die Tür sich nicht öffnen ließ und man ihn nicht fand. Nach einer Weile wurde es ruhig, die Stimmen entfernten sich und verhallten. Lange saß er regungslos da. Gegen Morgen verließ er

vorsichtig seinen Unterschlupf und ging durch Wind und Regen über die aufgeweichten Feldwege nach Hause.

Gregor hetzte mit keuchenden Lungen durch die Nacht. Das Laufen fiel ihm von Minute zu Minute schwerer. Er hatte einen Haken geschlagen und jagte jetzt hinter Altenhaßlau durch den Wald. Als das Licht des beginnenden Tages das Blattgewirr milchig grün erhellte, gönnte er sich eine Verschnaufpause. Er fror in seinen nassen Kleidern, als streiche ein eisiger Wind über ihn hinweg. Endlich erreichte er das Ende einer Schneise und trat wie erlöst aus dem Wald heraus. Im selben Moment sprangen zwei Männer hoch, ihre Gewehre im Anschlag. Gregor erschrak so, daß er sich unwillkürlich umdrehte, es war nur eine Reflexbewegung, aber die wurde von den jungen Dragonern mißdeutet und löste eine Salve aus, die ihn augenblicklich zusammenbrechen ließ. Wie aus weiter Ferne hörte Gregor jedes Wort, ohne etwas zu empfinden. Er war schon über jene Schwelle getreten, die vom Leben in den Tod führt. Er spürte nicht mehr die Stricke, die bald darauf seine Hände und Füße zusammenbanden. Es bereitete ihm weder körperliche noch seelische Schmerzen, als er wie ein Tier auf einen niederen Wagen geworfen wurde. Er wußte nur, daß er nichts anderes mehr zu tun hatte, als auf das letzte Hinübergleiten ins Jenseits zu warten. Doch bevor es soweit war, vernahm er das Anhalten des Karrens und eine wichtigtuerische Stimme. Einer inneren Eingebung folgend ließ er sich aus dem Karren fallen und kroch in einen Straßengraben, der halb voll Wasser stand. Die Soldaten hielten ihn für tot und ließen ihn liegen. So fand ihn am nächsten Tag Jörg und brachte ihn nach Meerholz.

Das Gewitter war vorbei, die ganze Nacht und bis in den Vormittag hinein fiel der Regen, für den Mensch, Tier und Natur dankbar waren. Katherine schlief, denn sie hatte allerhand Schlaf nachzuholen, und

Julie ging noch einmal an die Kinzig, allein durch die saubere Luft, ordnete ihre Gedanken, denn schon am Nachmittag wollten sie nach Bernbach aufbrechen und dann zu Jakobs Hütte. Der lehmfarbene Fluß war angeschwollen, Blätter und Äste schwammen in der reißenden Strömung. Der Wind hatte aufgefrischt, der heiße Sommer war nun endgültig zu Ende, die Nebelfetzen über den Baumkronen der Wälder zeigten den nahen Herbst an. Wehmütig setzte sich Julie auf einen Baumstumpf und schaute in das trübe Wasser. Unbewußt schlang sie die Arme um ihren Oberkörper, als ob sie sich wärmen müßte.

Vom stetigen Regen abgesehen, war alles still. Die Schritte von Frederics Pferd verursachten kein Geräusch. Kein Lüftchen regte sich, kein Vogelruf ertönte. Durch das vielfältige Geäst wurde das Morgenlicht gefiltert. Das Erdreich, eigentlich keine Erde, sondern schwarzer Kompost aus Sickerwasser und verfaultem Laub, strömte einen starken Säuregeruch aus. Frederic ritt aus dem Wald und über eine morastige Wiese, durchquerte einen Bach, dann sah er den Kirchturm, und als er näher kam, das Dorf Hörstein, das als einziges Dorf in dieser Gegend von einer hohen Mauer umgeben war. Aus der Ferne drang Hundegebell, und er hatte das Gefühl, als wäre Hörstein, seit er zum letztenmal hier gewesen war, nicht heimgesucht worden. Er hoffte, daß Rita noch die Schenke hatte und daß sie ihm Kredit geben würde, denn er war total abgebrannt. Er besaß nicht einen einzigen Kreuzer, seine Kleider waren zerrissen, und das Pferd hatte er gestohlen. Das Dorf wirkte ziemlich unbewohnt, kein Rauch aus den Schornsteinen und keine Kinder auf der Straße. Doch Rita war da. Die Schenke voll von durstigen, spielfreudigen Männern, die alle nicht besser aussahen als er selber, und unter denen er kaum auffiel. Rita Cornek war eine Frau in den besten Jahren und ziemlich handfest, wie ihre Gäste sagten. Die „Schenke zur Krone" lag etwas abseits der ungepflasterten Straße, hinter einem Vorhof mit gestampftem Lehmboden und einem Birnbaum. Die meisten Gäste saßen an Holztischen auf dem Hof. Lautes Würfelspiel, bei dem der Knobelbecher so heftig wie möglich auf den Tisch geknallt wurde, übertrumpfte die Stimmen der Männer. Frederic saß einsam am Tisch und trank aus einer Tasse Schnaps. Er überdachte die letzten Tage und war sich zum erstenmal nicht mehr so sicher, daß er richtig gehandelt hatte, als er einfach alles hinter sich ließ. Er nahm noch einen großen Schluck und setzte dann angewidert die Tasse ab. Solange er unermüdlich weiterwanderte, war alles in Ordnung. Für Männer seines Schlages hatte das Leben einen großen Reiz. Man wird nie nach seiner Vergangenheit oder Zukunft gefragt, sondern führt sein eigenes Dasein, frei wie ein Tier.

Julie sah einem Vogel nach, der über den Fluß flog. Schwarz hob er sich von den letzten Sonnenstrahlen ab. Das jähe Hereinbrechen der Nacht machte immer wieder Eindruck auf sie. In diesem Moment wurde sie von hinten gepackt. Zuerst dachte sie, Frederic sei zurückgekommen, doch dann merkte sie, daß es ein fremder Mann war. Sie wehrte sich verzweifelt, kratzte, biß und trat um sich. Ein Schlag auf ihren Kopf ließ sie in ein schwarzes Loch fallen.
Ein ekelhafter fauliger Geruch umgab sie, als sie nach einiger Zeit aufwachte. Sie hob den Kopf, ein Schmerz durchzuckte ihren Körper. „Wo bin ich?" Sie dachte, sie hätte laut gerufen, statt dessen kam nur ein krächzender Laut aus ihrem Mund. Eine Gestalt beugte sich über sie, und eine Frauenstimme, die ihr unbekannt war, fragte: „Bist du wach?"
Julie bewegte vorsichtig ihren Kopf in Richtung Stimme. „Warum ist es so dunkel?"
„Wir sind in einem Keller eingeschlossen, ich bin Henriette von Gelnhausen, und wer bist du?"
„Ich bin auch von Gelnhausen", flüsterte Julie. Sie tastete nach der Hand der Frau.

„Wir sind hier südlich von der Stadt in einer Mühle. Ich konnte nichts sehen, sie hatten eine schwere Decke über uns geworfen, ich dachte schon, du wärst tot. Dem Gestank nach liegen wir hier in einem Rübenkeller."

„Rübenkeller?" Julie strengte ihren geschundenen Kopf an. In einem Rübenkeller? Sie erinnerte sich an zu Hause. Christian und sie hatten sich einmal in einem Rübenkeller versteckt und waren dann durch das Einwurfloch nach draußen geklettert.

„Henriette?"

„Ja."

„Wir müssen das Einwurfloch suchen, vielleicht können wir dann fliehen." Gemeinsam tasteten sie nun die glitschigen Steine ab. Ihre Hände fuhren in Nester ekelhafter Spinnen, aber ihr Suchen hatte Erfolg. Nach einer Weile fanden sie wirklich eine Luke, die mit einer verrosteten Eisentür verschlossen, jedoch von innen zu öffnen war. Mit einem leisen Schrei begrüßten die beiden Gefangenen das Tageslicht. Dem Stand der Sonne nach mußte es Morgen sein.

Julie fragte: „Wie lange sind wir hier eigentlich eingesperrt?"

„Schon zwei Tage, in meinem ganzen Leben hatte ich noch nie solche Angst. Haben sie dich, äh ...", stotterte Henriette verlegen, „... haben sie dich vergewaltigt?"

„Nein, ich glaube nicht, aber ich kann mich auch an nichts mehr erinnern", antwortete Julie. Sie hörten das Plätschern eines Baches und sahen die Weiden am Ufer. „Das ist nicht die Kinzig", meinte Julie enttäuscht zu ihrer Gefährtin. „Das ist ein Nebenfluß, siehst du das Mühlrad? Glaubst du, du könntest dich durch diese Luke zwängen?" Julie entledigte sich ihrer Unterröcke, kletterte über die verfaulten Rüben und zwängte sich mit den Armen zuerst durch die Luke. Henriette schob und drückte von hinten, bis Julie draußen aufs Gras fiel. Die putzte ihre nassen Hände am Rock ab und drehte sich um. Henriette

371

hing bis zur Hälfte aus der Luke, steckte fest und konnte sich weder nach vorne noch nach hinten bewegen. Julie nahm die Arme der keuchenden jungen Frau und zog.

Männerstimmen drangen an ihr Ohr. Verzweifelt zog Julie an Henriette, doch die rührte sich nicht. Immer näher kamen die Schritte der Männer. „Lauf", keuchte Henriette, „lauf und bring dich in Sicherheit." Julie ließ los und rannte zu den Weiden am Bach, hinter sich das Schreien und Fluchen der Männer. Kurz vor dem Ufer kam sie ins Straucheln, ihr Fuß blieb an einer Dornenranke hängen, dann waren sie über ihr. Stockschläge prasselten auf sie nieder, trafen ihre Arme, die sie schützend über den Kopf hielt. Ihr Körper bäumte sich vor Schmerzen auf. Ein Schlag traf sie auf den Kopf, Blitze zuckten vor ihren Augen, und der Boden kam immer näher auf sie zu. Blut lief ihr über das Gesicht. Sie hörte Schreie und wußte nicht, waren es ihre eigenen oder die von Henriette. Dann wurde es dunkel. Der Schmerz und die Schreie hörten auf, eine gnädige Ohnmacht umfing sie.

Die Sonne stand hoch am Himmel, als Julie erwachte, das helle Licht tat ihren Augen weh. Sie wurde hin und her geschaukelt, doch die sanften Bewegungen taten ihr gut. Sie brauchte eine ganze Weile, bis sie merkte, daß sie sich auf einem Kahn befand. Über ihr schwebten Bäume dahin, deren dunkle Kronen manchmal die Sonne verdeckten. Nur das klatschende Einschlagen der Ruder war zu hören. Julie wollte ihren Kopf heben, doch Übelkeit und Schmerzen hinderten sie daran. Sie drehte sich zur Seite und erbrach sich. Nach einer Weile überfiel sie ein heftiger Schüttelfrost, dem eine Hitzewelle folgte, so daß sie glaubte verbrennen zu müssen. Die Hitze betäubte nicht nur Julies Körper, sondern benebelte auch ihren Verstand, sie versuchte vergeblich, sich zu konzentrieren und einen Plan zu entwickeln, wie sie von dem Boot ans Ufer gelangen könnte. Es war ihr unmöglich, einen klaren Gedanken zu fassen. Sie war fest entschlossen, wach und auf der Hut zu bleiben. Aber plötzlich merkte sie, daß sie die Augen geschlossen hatte und nahe daran gewesen war, dem schier übermächtigen Schlafbedürfnis nachzugeben. Angst durchzuckte sie wie ein Blitz, in ihren Muskeln regten sich neue Kräfte, sie zwinkerte mühsam mit den blutverkrusteten Wimpern, doch dann wurde ihr wieder schlecht. Durst quälte sie, ihre Zunge glitt über aufgesprungene Lippen, und ihre Beine waren eingeschlafen. Sie versuchte sich langsam zu bewegen, konnte jedoch nur mit Mühe ihre Beine ausstrecken. Es kam ihr geradezu verführerisch vor, einfach den Widerstand aufzugeben und in einen endlosen Schlaf zu versinken, anstatt den sinnlosen Kampf gegen Menschen, die ihre Feinde waren, fortzusetzen. Während sie fast bewegungslos auf diesem Boot lag, schlug ihre Angst blitzschnell in Wut um. Sie war wütend auf die Männer, die sie überfallen hatten, wütend auf Frederic, der sie verlassen hatte, wütend auf sich selbst wegen ihrer körperlichen Schwäche, und sie war wütend auf Gott, der eine so gewalttätige und ungerechte Welt geschaffen hatte. Der Zorn verbrauchte ihre letzten Kräfte. Der Gestank des Erbrochenen löste eine neue Übelkeit in ihr aus. Langsam ließ die Hitze nach und eine angenehme Wärme umfing sie. Kurz darauf war sie wieder eingeschlafen.

Der Schankraum wurde durch zwei trübe Laternen erhellt. Die Männer drängten sich auch hier drinnen um die harten Holztische. Mit zwei Schritten hatte Frederic die Frau erreicht, die alle Hände voll zu tun hatte, um die Männer zu bedienen.

„Rita, ich muß mit dir sprechen!"

„Es tut mir leid, Frederic", sie zog die Schultern hoch, „du siehst doch, was hier los ist."

„Und wann hast du Zeit?"

„Hör zu, geh in die Küche, da findest du Albert, vielleicht kann er dir helfen."

Die Küche war ein großer Raum mit einem riesigen Kamin. In eisernen Suppenkesseln brodelte und zischte es. Es roch nach Knoblauch, Zwiebeln, gebackenen Eiern und gebratenen Hühnern. Eine füllige Frau mit weißem Kopftuch rührte in einem Kessel, und an einem kleinen Tisch saß ein Mann und schälte Zwiebeln, die ihm das Wasser aus den Augen trieben.

„Komm, Albert, laß das Heulen, ich muß mit dir reden." Frederic zog den Mann hoch, der sich umständlich die Augen wischte und in ein großes kariertes Tuch schneuzte. Er schob ihn in einen kleinen Raum, in dem etwas Ruhe herrschte. Albert Hasel, froh, endlich vom Küchendienst erlöst worden zu sein, holte aus einem Schränkchen eine Flasche Schnaps, goß zwei kleine Zinnbecher bis zum Rand voll und prostete Frederic zu. „Was hast du auf dem Herzen, mein Junge?"

„Wann habt ihr Pat das letzte Mal gesehen?"

„Pat den Schotten meinst du? Warte mal, muß ich überlegen", Albert kratzte sich am Kopf, „vor vier, fünf Wochen, denke ich."

„Hast du mit ihm gesprochen?"

Bevor Albert antworten konnte, ging die Tür auf und Rita kam herein, ihre Hände an der Schürze abtrocknend. „Geh raus, Albert, und mach im Schankraum weiter, ich muß mich ausruhen, ich bin vollkommen fertig."

„Was ich nicht verstehe", meinte Frederic, „warum ist heute so ein Betrieb hier? Das habe ich ja noch nie erlebt."

„Das geht schon seit Wochen so, nicht wahr, Rita? Vor Morgengrauen kommen wir nie ins Bett", antwortete Albert und zog die Tür hinter sich zu.

„Albert hat recht", bestätigte die Wirtin, „wir sind die einzige Schenke weit und breit, eine echte Landsknechtsschenke. In meinen kühnsten Träumen hätte ich das nicht geglaubt. Ja, Frederic, im Gegenteil zu dir hat mir der Krieg Glück gebracht."

„Ich gönne dir dein Glück, Rita", entgegnete er ungeduldig, „aber sag mir, was ist mit Pat? Warum hat er nicht auf mich gewartet, wie es vereinbart war?"

„Tja, mein Lieber, Pat hat ein bißchen Pech gehabt, er hat euren Wagen verloren, mit all eurer Ware. Alles in die Luft geflogen. Ein Achtpfünder hat seine ganze Ladung auf Pats Wagen abgeladen. Und wo warst du in der Zwischenzeit?"

„Bei einem Juden im oberen Freigericht."

„Aha, hast in den ganzen Wochen den Talmud und die dreizehn Glaubensartikel auswendig gelernt."

„Hör auf mit deinem Gestänker. Ich habe dem Juden mein Leben zu verdanken, er hat mich wieder zusammengeflickt."

„Also gut, Pat hat lange auf dich gewartet, als du nicht kamst, dachten wir, du wärst tot. Ein Junge hat gesehen, wie du gekämpft hast und dann wie tot am Boden lagst. Was blieb Pat anderes übrig? Er ist wieder bei den Kaiserlichen, bei Oberst Götz. Sie haben Hanau eingeschlossen, bauen Schanzen und wollen diese Stadt aushungern. Stell dir mal vor, da steht man vor den Suppentöpfen, kann das Essen nicht

mehr riechen, und die wollen eine ganze Stadt aushungern. Man kann es kaum glauben."
Frederic gab ihr keine Antwort. Wieder einmal war seine ganze Existenz vernichtet worden. Erst nach einer Weile wandte er sich zu der Frau. „Rita, kannst du mir eine Kammer frei machen? Ich muß mal wieder ausschlafen, ich werde dir alles bezahlen, wenn ich ..."
„Laß das, du hast bei mir Kredit", unterbrach sie Frederic. „Du kommst schon wieder zu Geld, da bin ich sicher, wenn nicht, kannst du alles bei mir abarbeiten. Da, leg dich ins Bett, ich verspreche dir, daß dich niemand stört." Sie öffnete die Tür, drehte sich noch einmal um und lachte ihn an. „Für den Fall, daß du doch gestört werden möchtest, brauchst du mir nur ein Wort zu sagen." Sie spitzte die Lippen zu einem Kuß und zog die Tür hinter sich zu. Albert kam noch mit einem Eimer Wasser, und Frederic konnte sich waschen. Danach legte er sich nackt in das Bett und zog die Decke über sich.
Er merkte nicht, wie am frühen Morgen die letzten Zecher davonritten und wie die Sonne über Hörstein aufging, und als Rita kam, um ihn zu wecken, wußte er nicht, wo er war. Es war eine andere Rita als am Vortag. Ihr Haar hing wirr um das bleiche Gesicht und ihre Kleidung war nachlässig geschnürt, was sonst nie bei ihr der Fall war. Sofort war er hellwach.
„Was ist los?"
„Frederic, komm, bitte komm rasch, schau dir Albert an, er ist krank, er hat Fieber." Er sprang aus dem Bett, schlüpfte in Hose und Hemd und band sein Haar zusammen. Er legte Rita seinen Arm um die Schultern und sagte tröstend: „Es wird schon nicht so schlimm sein." Doch er wußte, wenn es etwas gab, das die resolute Rita so aussehen ließ, war das nicht nur eine kleine Erkältung. Sie durchquerten den Schankraum und stiegen eine schmale Holztreppe hoch, gingen einen Flur entlang und öffneten die Tür zu Alberts Kammer. Es roch nach Schweiß und Urin,

Frederic ging sofort zum Fenster und öffnete den Riegel.

Der Kranke lag röchelnd auf seinem feuchten Bett. Frederic ging zu ihm, streifte dessen Hemdsärmel zurück, hob dessen Arme hoch, fand jedoch nicht, was er suchte. Er wollte Rita schon beruhigen, da drehte der Kranke den Kopf auf die Seite. Und jetzt entdeckte Frederic hinter Alberts Ohr einen kleinen Knoten in Schlangenform. Er wich zurück. „Tut mir leid, Rita." Mehr brauchte er nicht zu sagen.

Rita sprach das fürchterliche Wort aus: „Die Pest."

Sie verließen die Kammer. „Kann man ihm Erleichterung schaffen?" fragte Rita.

„Nein, ich glaube nicht. Er ist nicht bei Bewußtsein, du könntest dich selber anstecken."

„Wenn wir uns nicht alle schon angesteckt haben", seufzte sie, „komm, ich mach dir Frühstück."

„Wo sind all die Männer, die gestern hier waren?" erkundigte sich Frederic.

„Viele sind fortgeritten zu ihrem Regiment, ein paar liegen noch in den Häusern und schlafen ihren Rausch aus, oder sie sind schon tot."

„Und wo sind die Dorfbewohner?"

„Die ursprünglichen Bewohner sind schon mit der ersten Kriegswelle verschwunden, geflüchtet oder einfach mit dem Kriegstroß mitgezogen. Später sind dann andere hier hängengeblieben, genau wie ich auch. Vielleicht hätte ich auch mit fortgehen sollen, dann wäre mir das jetzt erspart geblieben. Ich bin geblieben, Frederic, weil ich gute Geschäfte gemacht habe. Die Männer kamen von weit her, sogar von Hanau, und haben gesoffen, was sie in sich hineinbringen konnten. Frederic?" Sie schaute ihn mit großen Augen an. „Frederic, ich habe Angst, ich habe wahnsinnige Angst und dabei diese Kopfschmerzen. Albert hatte gestern auch Kopfschmerzen."

„Das hat nichts zu sagen", entgegnete er, „du hattest schon öfters Kopfschmerzen, auch ohne Pest."

„Ja, das stimmt", meinte sie dankbar. „Wie lange wird das mit Albert noch dauern?"

„Höchstens zwei Tage, dann hat er ausgelitten. Es könnte aber auch sein, daß er es schafft."

„Glaubst du wirklich?"

„Es gibt viele, die die Pest überstanden haben. Wenn die Pestbeulen aufgehen, müssen sie eitern, der Dreck muß raus, verstehst du? Sollte bei Albert das Fieber sinken, muß er viel trinken, dann kann es sein, daß er davonkommt. Es ist also noch nicht alles verloren, Kopf hoch, Rita, ich bin ja da und werde dir helfen." Doch im Grund glaubte er selber nicht an das, was er sagte. „Jetzt schauen wir mal, wie viele Männer in den Häusern liegen, krank oder betrunken, wir können sie nicht einfach sich selbst überlasen."

Sie traten hinaus auf die verlassene Straße. Der Himmel hatte sich zugezogen, und es fing an zu regnen. In den ersten Häusern fanden sie nichts. Rita wollte umkehren, sie fühlte sich schlecht, und ihre Kopfschmerzen waren stärker geworden.

„Gehen wir noch mal dorthin." Frederic zeigte auf einen halbverfallenen Schuppen, sagte zu Rita: „Warte hier" und stieß die Tür auf. Vier Männer hatten sich auf dem Fußboden niedergelassen, zwei von ihnen lagen, die anderen kauerten um ein schwaches Feuer. Frederic kannte die Männer, sie waren gestern mit vielen anderen in Ritas Schenke gewesen. Er trat zu ihnen. Sie waren schwach und zitterten. Der ganze Schuppen stank nach Krankheit und Kot. Plötzlich kam aus dem Nebenraum ein Geräusch, Frederic wirbelte herum, doch es war nichts zu sehen. Einer der Männer sagte matt: „Ratten, ganze Heerscharen von Ratten! Könnt Ihr uns nicht helfen?"

„Ich werde euch einen Eimer Wasser bringen, mehr kann ich nicht tun", erwiderte Frederic. Er gab ihm keine drei Stunden, dann würde er neben den anderen liegen und um Wasser jammern. Er verließ den Schuppen und ging mit Rita zur Schenke zurück. Dort half er ihr aus den Kleidern, wusch sie mit kaltem Wasser ab und gab ihr einen großen Becher Branntwein. Ein paar Minuten später schlief sie ein. Danach brachte er den vier kranken Männern Wasser, sah nochmals nach Albert und flößte auch ihm einen Becher Branntwein ein. In einem Holzschuppen fand er Pickel und Schaufel, damit ging er außerhalb der Mauer auf eine Wiese und hob eine große Grube aus, das Handwerksgerät ließ er gleich liegen. Als er zur Schenke zurückging, fiel ein sanfter Regen und durchweichte seine Kleider. Er mußte niesen und dachte: Ich werde mir noch einen Schnupfen holen. Dann lachte er vor sich hin: „Wenn es mal nur bei dem Schnupfen bleibt." In der Küche machte sich Frederic etwas zu essen. Dann konnte er nur noch warten und öfter nach den Kranken sehen. Er wußte, es war bei allen hoffnungslos. Rita verließ ihn zuerst. Sie hatte weder Pestbeulen, noch spuckte sie Blut, ihr Herz blieb einfach stehen. Als er ihre Kammer betrat, hatte sie ein Auge geschlossen, das andere war offen. Es sah aus, als wollte sie sagen: Tut mir leid, mein Lieber, aber ich habe die Schnauze gestrichen voll. Ja, dachte Frederic und schloß ihr das eine Auge, genau das hatte sie sagen wollen, davon war er fest überzeugt. Er wickelte sie in ein Leintuch und trug sie auf die Wiese, grub ein kleines Grab, legte sie hinein und deckte sie mit Erde zu. Nach zwei Tagen waren die vier Kranken im Schuppen und Albert auch tot. Frederic begrub sie alle. Anschließend wusch er sich von Kopf bis Fuß, seine Beinwunde schmerzte, und er fühlte sich elend. Er legte sich in ein Bett und dachte mit einer Art Galgenhumor: Na, alter Junge, jetzt hat es dich erwischt. Alberts Flasche Branntwein stand noch auf dem Nachtschränkchen, die setzte Frederic an und trank sie leer, dann fiel er in einen todesähnlichen Schlaf.

Nach zwei Tagen kam er wieder zu sich, ganz Hörstein war von einem Reiterregiment besetzt. Die Soldaten fragten nicht lange, sie hielten Frederic für den Wirt, und es blieb ihm nichts anderes übrig, als in Ritas Rolle zu schlüpfen und ihnen Getränke zu bringen. Bald darauf war ein kaiserlicher Wagenzug mit Kanonen vom oberen Freigericht Richtung Hanau unterwegs, dem schloß sich Frederic an. Er hatte sich Ritas Spargroschen angeeignet, weil sie das Geld nicht mehr brauchte und keine Erben da waren, hielt er sich dazu für berechtigt. Nach einem anstrengenden Weg mit dem Wagenzug und einen Tag später hatte er endlich sein Ziel erreicht: Hanau war in Sicht. Ein großes Heer der Kaiserlichen lagerte weiträumig vor den Toren der Stadt. Hanau, dessen Festungswerke beträchtlich verstärkt und verbessert worden waren, ließ sich nicht im Sturm erobern, deshalb sollte eine Hungerblockade die Übergabe erzwingen.

Für Frederic war das Heer nichts Neues, im Gegenteil, er fühlte sich, als wäre er endlich wieder nach Hause gekommen. Er ging von Zelt zu Zelt, von Wagen zu Wagen und hoffte, einen Bekannten zu sehen. Einige Zeit später trafen Soldaten direkt vom Kampfgeschehen in der Zeltstadt ein. Die völlig erschöpften Männer warfen sich auf den Boden, einige begaben sich an den nahen Main, ließen sich dort nieder und steckten ihre geschwollenen Füße ins Wasser. Wachen wurden postiert, die Waffen gegeneinander gestellt. Tabaksgeruch breitete sich aus. Frauen schürten Feuer, hängten Suppentöpfe darüber und ermahnten die Kinder zur Ruhe.

Frederic steckte sich eine Pfeife an – und bekam plötzlich einen Hustenanfall: Wenige Schritte vor ihm saß Pat auf einem Pferdegeschirr. Aus Hunderten von Menschen hätte er Pat mit seinem breiten Rücken und der glänzenden Glatze erkannt. Pat der Schotte hielt einen kleinen Jungen auf dem Arm. Frederic lief zu ihm hin, die Freude ließ ihn verstummen, packte ihn am Arm und schüttelte so kräftig, daß der Schotte wütend aufsah und das Kind aus seinen Armen entließ.

„Pat, o mein Gott, Pat!" Die Freunde fielen sich um den Hals. Menschen standen um das seltsame Paar und klatschten in die Hände. Auch wenn man tagtäglich über Leichen ging in dieser grausamen Zeit, so war doch das Wiederfinden eines totgeglaubten Freundes ein Ereignis, in dem man die Trostlosigkeit einen Moment lang vergessen konnte.

Vor einiger Zeit hatte Pat mit dem französischen Heer den Rhein überquert, sich aber aus dem Vertrag gelöst, da man ihm immer wieder den Sold schuldig geblieben war, und hatte sein Schicksal mit Frederic verbunden. Sie besorgten sich damals einen Planwagen mit zwei großen Pferden und betrieben ihr Geschäft, indem sie hinter dem großen Kriegstreck herfuhren und den Soldaten ihre Waren verkauften, die sie auf den Schlachtfeldern einsammelten. Doch irgendwann hatten sich die beiden „Kriegshelden" verloren, und Frederic hatte Pat für tot gehalten.

Abends ging es am Lagerfeuer hoch her. Von allen Seiten kamen Männer und Frauen und brachten ihre Getränke mit, um mit Pat und Frederic das Wiedersehen zu feiern. Weit schallte ihr Gelächter, und niemand dachte in diesen Stunden an Krieg, Hunger oder Schmerzen. Man mußte die Feste feiern, wie es sich ergab, und jedes Besäufnis war ein Stück Leben.

Frederic wunderte sich immer wieder über die Frauen und Kinder, die den Regimentern in den Krieg folgten. Es war üblich, daß die Regimentssoldaten ihre Ehefrauen mitnehmen durften, aber niemand konnte verhindern, daß andere Frauen sich den offiziellen Gemahlinnen anschlossen: ortsansässige Mädchen, Dirnen, Näherinnen und Wäscherinnen, die allesamt beim Heer ihr Auskommen fanden. Mit der Zeit bildete sich dann eine Art Dorfgemeinschaft, die zusammenblieb und zusammen über die Heerstraßen quer durch Deutschland zog, von einer Schlacht zur anderen und ins Winterquartier irgendwo in den Wäldern oder an einem Fluß. Es entstanden Freundschaften, Kinder wurden geboren, die nur die staubige Land-

straße und den Kriegslärm kannten. Doch es gab
auch für sie die Zeit der Zärtlichkeit, und mancher
Knirps kroch, wenn seine Mutter keine Zeit für ihn
hatte, auf das Knie eines ruppigen Landsknechts, um
sich von ihm in den Schlaf wiegen zu lassen. Das tat
natürlich auch den rauhen Männern gut: ein weicher
Kinderkörper, der sich an sie schmiegte, und ein kleines Schmuddelgesicht an ihrer Brust.
Erst lange nach Mitternacht kamen Pat, Frederic und
alle anderen zur Ruhe. Langsam verschwanden sie in
ihren Zelten und Wagen oder legten sich ans wär-
mende Feuer.

Ein Hornsignal weckte am frühen Morgen die Schläfer. Die aufgehende Sonne tauchte die Burgspitze von
Steinheim in ein zartes Goldrosa. Die Soldaten fluchten über den Tau und auf die kalte Septemberluft, die
ihnen die Kehle rauh machte. Auf dem Fluß waberte
der Nebel in grotesken Formen. Nun war es Zeit für
die Rituale, die fast jeden Morgen gleich abliefen: Ein
Hauptmann ging zwischen den Wagen umher und
sprach mit den Männern, die am Feuer saßen und
ihre Morgensuppe aßen, und den anderen, die bei
ihren Vorbereitungen auf jedes Detail achteten, weil
sie allesamt der Überzeugung waren, daß es ihnen
das Leben retten konnte. Die Schützen nahmen ihre
Gewehrschlösser auseinander, blockierten die massi-
ve Hauptfeder mit einem Nagel und entfernten jedes
Staubkorn.
Allmählich wurde es warm. Frederic kam mit Pat aus
dem Zelt des Hauptmanns. Auch er trug nun eine
Muskete auf dem Rücken und in den Händen Schaufel und Pickel.
„Viel Glück beim Schanzen!" riefen ihnen einige Frauen
nach, als sie ihren Weg Richtung Main einschlugen.
In das Summen der Insekten mischte sich das Geräusch, mit dem Hunderte von Steinen über Bajonette
gezogen wurden, denn die Männer schärften ihre
Klingen wie ihre Sicheln und Sensen. Um ihre Ängste

zu überspielen, brüsteten sie sich mit ihren vergangenen Heldentaten und rissen schlechte Witze. Pat und Frederic kamen zum Mainufer. Zwei in lange Mäntel gehüllte Soldaten nickten ihnen zu und wiesen mit dem Daumen über den Fluß. Dort standen drei Frauen, die herüberschauten und dabei ihre Krüge mit Wasser füllten. Eine der Frauen hob die Hand und rief etwas, doch sie verstanden es nicht, denn plötzlich krachte eine Kanone. Frederic riß die Augen auf, als er den ersten rollenden Donner hörte. Er konnte sehen, wie die acht Pfund schwere Kugel gegen die Stadtmauer prallte, und dachte voll Unruhe an den Sturm, der bald ausbrechen sollte. Er wartete auf den nächsten Kanonenschuß, doch es blieb vorerst still. Von weitem ertönte ein Hornsignal, von irgendeiner anderen Batterie.

„Jetzt laden sie die Kanone nach", sagte Pat, „gleich geht es wieder los." Frederic stellte sich vor, wie der Schwamm zischend in die Kanone gestoßen wurde, wie der Dampf aus dem Zündloch stieg, wie die neue Ladung samt Kugel hineingerammt wurde. Jetzt mußte es soweit sein. Mit der Stille war es vorbei, sie hörten das Schießen einzelner Gewehre und dann erneut die eiserne Kugel aus der Kanone, kreischend und donnernd flog sie durch die Luft. Von überall krachten jetzt Geschütze.

Den ganzen Morgen gruben Pat und Frederic mit ihren Soldaten eine Schanze aus, stützten sie mit Bohlen ab und bauten nach einem schnellen, kargen Mittagessen einen Unterstand. Ein kleiner dicker Hauptmann von einer anderen Kompanie gab gute Ratschläge. Ein anderer trat hinzu und unterhielt sich leise mit ihm. Auf einmal wurde der Dicke laut und schlug auf seine Säbelscheide. Frederic und Pat spitzten die Ohren.

„Jemand hat einmal gesagt, daß in unserem Beruf nur die letzte Schlacht zählt", sagte der Dicke. Er hielt inne und holte tief Luft. „Es sei denn, natürlich, man verfügt über Geld und Einfluß."

Pat grinste Frederic an. „Verdammte Truthähne, würden auch besser aussehen, wenn sie was arbeiten würden!"

Ein Trupp Soldaten marschierte über einen Hügel und kam langsam näher. Die beiden Hauptleute drehten sich um und gingen ihnen entgegen. Ein merkwürdiger Laut zischte durch die Luft. Das Geräusch war ganz anders als das der Kanonen, es klang beängstigend und unheimlich. Soldaten schrien, die beiden Freunde ließen die Schaufeln fallen, griffen nach ihren Musketen und gingen in ihrem halbfertigen Unterstand in Deckung. Balken und Erde fielen auf sie herab, Rauch hing in der Luft, und in schnellen, präzisen Folgen knatterte von der Stadtmauer eine Salve nach der anderen. In den schrecklichen Lärm mischten sich die Schreie der Verwundeten. Viele starben noch auf dem Schlachtfeld.

Frederic und Pat wollten die Verwundeten bergen und bahnten sich einen Weg durch Tote und Verletzte. Dabei entdeckten sie den kleinen, dicken Hauptmann. Er lag auf der Seite, hatte kein Gesicht mehr und schlug mit Armen und Beinen um sich.

„Verdammt noch mal, diese schwedischen Hunde", fluchte Pat, „sie schießen mit Kartätschen, sie nehmen keine Kanonenkugeln."

Frederic wußte, das waren jene gefährlichen Metallpatronen, die Musketenkugeln und Schrot enthielten. Sobald sie aus dem Kanonenrohr hervortraten, spritzte ihre tödliche Mischung in sämtliche Richtungen, wie krumme Nägel aus der Donnerbüchse eines Wegelagerers.

Den ganzen Nachmittag mußten die beiden Freunde immer wieder in Deckung gehen, während sie die Verwundeten in ein Lazarett transportierten, das aus einem alten, brüchigen Zelt bestand. Irgendwann setzten sie sich erschöpft auf die Erde und lehnten sich an einen Holzstoß. Frederic holte seinen Tabak aus der Tasche und stopfte sich eine Pfeife, während Pat die Weinbrandflasche an den Mund hob. Gleichgültig und abgestumpft sahen sie zu, wie ein Feldscher einen Eimer mit abgetrennten Armen und Beinen in ein Loch warf, das, schon angefüllt, nur noch zugeschüttet werden mußte. Pat schüttelte den Kopf und reichte seinem Freund die Flasche. „An den Hanauern werden wir uns die Zähne ausbeißen. Wir haben einfach keine Chance, nicht die geringste", sagte er.

„In den nächsten Tagen werden wir einen neuen General bekommen", warf ein Mann in blutdurchtränkter Schürze ein, der sich zu ihnen gesellt hatte und Frederic um ein bißchen Tabak bat.

„Wie heißt der?" fragte Pat.

„General Lamboy!"

„Hm", knurrte Pat und kratzte sich zwischen den Beinen. „Hab schon von ihm gehört, soll ein guter Mann sein."

„Abwarten", erwiderte der Fremde. „Der Ramsay sitzt in Hanau wie die Made im Speck. Dieses Hanau mit seiner Befestigung ist kaum zu nehmen."

Ein anderer Mann kam dazu, den Arm in einer Schlinge und um den Kopf einen Verband. „Was redet ihr", mischte er sich ein, „waren wir nicht drin in Hanau? Und die Schweden haben auch diese Nuß gekackt, ohne einen Schuß abzugeben, alles wegen diesem dämlichen Brandis, nur wegen ihm haben wir die Stadt verloren, und jetzt schießen sie uns die Köpfe blutig."

„Na ja", entgegnete Pat, „warten wir's ab, General Lamboy ist auch nicht erst gestern aus seinem warmen Bett gefallen."

„Vielleicht hat er noch einen Trick auf Lager."

„Er wird schon wissen, was er tut, was meinst du, Frederic?"

Die beiden Freunde verabschiedeten sich von den anderen und gingen zu ihrer Zeltstadt. Unterwegs sagte Frederic: „Weißt du was, Pat? Ich habe die Nase voll. Ich habe keine Lust, als Zielscheibe oder als Kanonenfutter zu enden. Es wird mir ziemlich egal sein, ob Ramsay, Götz oder Lamboy auf mich geschossen hat, wenn ich tot bin. Sowie ich kann, verschwinde ich. In Hörstein habe ich das Geld aus Ritas Schenke vergraben. Ich werde das Ende dieses verdammten Krieges erleben und werde mir mit Ritas Geld etwas aufbauen."

„In Hanau?"

„Warum nicht in Hanau, eine Stadt ist wie die andere, oder was meinst du?"

„Wie hat der Hauptmann gesagt, bevor er ins Gras biß? Nur die letzte Schlacht zählt, es sei denn, man hat Geld oder Einfluß. Einfluß haben wir nicht", grinste Pat, „aber Geld ist auch nicht zu verachten."

$\mathcal{S}$ ie träumte, und ihre Träume verwirrten sich und verschwammen mit der Wirklichkeit. Als sie die Augen nach langer Zeit aufschlug, war es dunkel. Nur eine Laterne hing schwankend über ihr. Mühsam bewegte Julie ihren Kopf auf dem harten Lager und gewahrte Zangen und schwere Schmiedehämmer, Feuer und Blasebälge. Eine Frau stand daneben und flüsterte mit einem Mann. Barbara? Die Frau glich Barbara, der Köchin aus dem Pfarrhaus in Krombach. Julie erschrak. Wenn diese Frau Barbara war, konnte der Jesuit nicht weit sein. Wie hieß er noch? Sie strengte ihren schmerzenden Kopf an, doch der Name ihres schlimmsten Feindes fiel ihr nicht ein. Sie spürte eine rostige Schere an ihrem Kopf. Man schnitt ihr das Haar ab. Nein! wollte sie schreien, nicht mein Haar! Sie spürte, wie nasse Schlangen über ihr Gesicht glitten. Man hatte sie verraten. Daniel de Lattre hatte sein Versprechen gebrochen. Er hatte das Dokument mit ihrer Unterschrift dem Jesuiten gegeben. Man hatte ihr die Haare abgeschnitten, bald würde man sie auf dem Scheiterhaufen verbrennen. Julie hatte Angst, eine Hitze hatte sie wieder befallen, und gleichzeitig fror sie. Hatte man das Feuer schon angezündet? Warum sah sie keinen Feuerschein und merkte nur die Hitze und ihre Schmerzen? Tränen liefen ihr die Wagen herunter, sie wollte nicht sterben. Über sich sah sie eine Teufelsfratze, die kam immer näher, hatte schon eine ganze Weile in der Ecke gelauert.

„Jakob!" rief Julie, „Jakob, helft mir!" Dann wurde es wieder dunkel. Jetzt würde sie sterben. Ihr Leiden hatte endlich ein Ende.

Die Sonne schien, und von dem hellen Schein wurde Julie geweckt. Langsam öffnete sie die Augen. Sie lag in einem weichen Bett, dessen Pfosten reich geschnitzt und mit goldfarbenen Blüten und Blättern geschmückt waren. Eine Frau in schwarzem Kleid wendete sich ihr zu. Barbara? Die Frau war wirklich Barbara, die Köchin aus dem Krombacher Pfarrhaus. Sie lächelte jemandem zu, der beiseite stand. Julie mußte den Kopf drehen und entdeckte einen starken Mann. War das Dimitri? Nein, Dimitri war kleiner und kräftiger, hatte einen schwarzen Bart. Dieser Mann mit seinem glattrasierten Kinn war ihr unbekannt. Und doch! Das gewellte schwarze Haar ... André? Ja, es war André, er hatte zwar ein anderes Gesicht, doch die Augen, das waren Andrés graue Augen, und auch die Größe stimmte. Aber André war tot, also war sie auch tot, dachte Julie. Es machte ihr nichts aus, sie hatte keine Schmerzen und fühlte sich so behaglich wie seit langem nicht mehr. André, dem man das Gesicht zerschossen hatte, war bei ihr, er hatte auf sie gewartet. Sie streckte die Arme nach ihm aus und rief ihn zu sich. Er setzte sich zu ihr auf das weiche Bett und zog sie zu sich. Vertrauensvoll legte sie ihren Kopf an seine Brust, schmiegte ihr Gesicht an seinen Hals und flüsterte: „André, jetzt ist alles gut, du hast mich gefunden, halt mich ganz fest, ganz fest." Er beugte sich zu ihr und küßte sie sanft auf den Mund. „Geh nicht mehr fort, nie mehr, versprichst du es mir?" Er nickte. Sie ließ den Kopf auf seine Schultern sinken und schlief wieder ein.

Vorsichtig legte Daniel de Lattre die Kranke auf die Kissen zurück. Die Frau neben ihm zog die leichte Bettdecke hoch, strich ihr noch eine kurze Strähne aus der Stirn und verließ mit dem Mann die Krankenstube. Sie überquerten einen schmalen Flur und betraten ein üppig ausgestattetes Zimmer, wie es sich nur Leute leisten konnten, die viel Geld hatten. Die Frau ließ sich vor einem Frisiertisch nieder und wischte ein paar unsichtbare Flecken von der Tischplatte. Der Mann ging zum Fenster. In Gedanken versunken schaute er auf die Straße.

„Warum sagt sie zu Euch Barbara?" fragte er nach einer Weile.

Verlegen rieb die dicke Frau an ihren Flecken weiter.

„Ich habe keine Ahnung. Vielleicht habe ich sie an jemanden erinnert, den sie von früher kannte."

„Ja, das kann gut sein." Seine Stimme klang anders als sonst.

Die Frau hob den Kopf und schaute ihn an. „Sie hat Euch ja auch André genannt."

„Ja, André war mein Bruder, aber er ist tot."

„Sie muß ihn gut gekannt haben, es schien mir, als hätte sie ihn geliebt, auf jeden Fall hat sie ihm vertraut."

Die Augen des Mannes hatten ihre Weichheit verloren. „Glaubt Ihr, sie wird es schaffen?"

„Das Fieber ist gesunken, keine Angst, sie wird sich gesund schlafen. Sie scheint mir trotz ihrer zarten Gestalt von einer bäuerlichen Robustheit. Manch andere wäre an dieser Kopfverletzung gestorben. Sie hat gekämpft, und ich bin überzeugt, auch wenn es noch eine Weile dauert, sie wird es schaffen."

„Gut, dann geh ich jetzt, Ihr werdet mich auf dem laufenden halten."

„Ja, Ihr könnt Euch auf mich verlassen."

Julie saß an einem hohen Fenster und schaute hinaus auf den winterlich verschneiten Garten. Ihr Leben hatte sich seit jenem Sommertag an der Kinzig so sehr verändert, daß sie noch immer wie in einem Traum befangen war. Ihre Gedanken gingen zurück an die ersten Tage, als sie aus ihrer schweren Krankheit erwachte. Die Frau, die sie in ihren Fieberträumen gesehen hatte, war wirklich die ehemalige Köchin. Sie nahm Julie das Versprechen ab, zu schweigen, und dann erzählte sie der staunenden jungen Frau ihre Geschichte:

Noch in der Nacht, nachdem Julie mit dem Totengräber nach Geiselbach geflohen war, hatte der Jesuit den Pfarrer in Krombach verhaftet. Barbara wußte, daß man ihn nach Hanau in ein Gefängnis gebracht hatte. Gutmütig wie sie war, brach sie auf und fuhr mit der Kutsche nach Hanau, um den Pfarrer zu entlasten. Sie hatte auch Winterkleidung und Nahrungsmittel für den geistlichen Herrn mitgenommen. Den ganzen Tag fuhr sie in Hanau herum und suchte in verschiedenen Gefängnissen nach ihm. Dann wurde es Nacht, und sie schaute sich nach einer Bleibe um. In einer schmalen Gasse hatten sich etliche Menschen um einen Leichenwagen versammelt. Frauen standen herum und wehklagten. Barbara hatte nasse Füße, und der Hunger quälte sie. „Wer ist der Tote?" fragte sie ein junges Mädchen. Die Kleine erzählte ihr, daß es sich um eine Frau handelte, ihre Pflegemutter, die überaus gut zu ihr gewesen war, sie aber nun allein zurückgelassen habe. „Wie hieß die Frau?" wollte Barbara von dem Kind wissen. „Madame Adelheid", war die Antwort. Barbara, die nicht wußte, wo sie ihr müdes Haupt betten sollte, sagte aus Mitleid – mehr zu sich als zu dem Kind: „Ach, meine arme Schwester." Das Mädchen fragte: „Schwester?" Ja, man sah es sofort, diese gutgenährte Frau war die Schwester der lieben Madame Adelheid. Ihre Tränen waren rasch getrocknet. Mit freudiger Stimme rief sie die Neuigkeit den anderen zu. Und auf einmal hatten sie alle eine neue Mutter, die von glücklich verweinten Mädchen in das Haus geleitet wurde, wo man für ihre Gesundheit und ihr Wohlbefinden sorgte. Eine ältere Frau sagte zu Barbara: „Immer hat Madame Adelheid von ihrer Schwester gesprochen. Seit einem Jahr war die Verbindung abgebrochen, und Madame Adelheid dachte schon, ihre Schwester wäre gestorben. Ach, und jetzt seid Ihr da. Wie hätte sich unsere Madame gefreut." Barbara ließ sich das Essen schmecken und hoffte im stillen, daß die wirkliche Schwester nicht auftauchen würde.

Später stellte sich heraus, daß die unbekannte Schwester Berta hieß und das Haus ein Freudenhaus war, genannt das „Blaue Haus". Barbara hatte keine Wahl. Der Pfarrer war unauffindbar, vielleicht sogar schon tot, sie aber wollte leben. Sie paßte sich den gegebenen Umständen an, ließ sich in ihre neue Rolle einführen und nannte sich fortan Madame Berta. Die Frauen und Mädchen waren gut und treuherzig, alle durch die schlimme Zeit in dieses Haus gekommen. Einige von ihnen hatten ihre Familien verloren und sahen dieses Haus als ihr Heim an.

„Die acht Mädchen und Frauen sind völlig verschieden. Weißt du, Julie, sie sind auch nicht anders als die Dorfmädchen, die unser Herr Pfarrer zum Putzen und Schmücken in die Kirche bestellte. Sie sind dankbar für jede kleine Aufmerksamkeit und Liebe, die man ihnen schenkt."

Julie verkniff sich ein Lächeln. „Ich denke, Liebe bekommen sie in einem Freudenhaus im Überfluß."

„Nein, mein Kind, das ist keine Liebe, mit Liebe hat das nichts zu tun. Die Männer sind meistens sehr einsam, wenn sie zu uns kommen. Hier haben sie ein bißchen Freude, Wein, Weib und Gesang, das kann man ihnen doch nicht verwehren. Ich mag die Mädchen alle, bis auf Orchidee. Schon allein den Namen finde ich furchtbar."

„Was ist mit diesem Namen? Den habe ich noch nie gehört."

„Das ist eigentlich kein Name, sondern eine Blume, ein exotisches Gewächs. Dieses Mädchen ist ein ständiges Ärgernis für mich und verkürzt mir mein Leben um viele Jahre. Aber die Männer sind wie wild hinter ihr her, und das bringt nun mal Geld ins Blaue Haus."

„Woher hat dieses Haus denn seinen Namen?"

„Das weiß kein Mensch. Es hat nicht das geringste Blau an sich. Ganz am Anfang wollte ich den Namen mal ändern, in 'Rote Laterne', 'Blumiger Diwan' oder

so ähnlich, auch den Mädchen wollte ich Blumennamen geben, aber es ist alles beim alten geblieben."
Julie lächelte vor sich hin. Die Köchin Barbara, unverheiratet und ihrem geistlichen Herrn treu ergeben, war jetzt Wirtin des „Blauen Hauses". Kaum vorstellbar. „Wirst du mir auch einen neuen Namen aussuchen?" fragte sie die dicke Frau neckend.
„Dir! Gott behüt, bei dir wäre ich gleich am Ende."
„Ach komm", meinte Julie, „nur so zum Scherz."
Barbara überlegte. „Wie gefällt dir Fieberglas? Jedesmal, wenn ich dich sehe, bist du im Delirium."
„Gefällt mir nicht", lachte Julie.
„Wie gefällt dir Esparsette, eine Art Wicke?"
„Wunderbar", antwortete Julie fröhlich, verstummte jedoch sogleich, denn es hatte geklopft. Daniel de Lattre machte seine Aufwartung. Julie verkroch sich in ihrem Sessel, als wollte sie sich unsichtbar machen.
„Darf man mitlachen?" Daniels Augen suchten die junge Frau, doch ihr verschlossenes Gesicht irritierte ihn. Er begrüßte Madame Berta und teilte ihr mit, daß dieser Schmied, dem er Geld gegeben hatte, verschwunden war. Zu Julie gewandt, sagte er mit ernster Miene: „Bei diesem Schmied habe ich Euch damals gefunden. Bitte, Julie, könnt Ihr Euch nicht doch noch an etwas erinnern, nachdem man Euch zusammengeschlagen hatte?" Sie schüttelte den Kopf mit den kurzen Locken. Nach de Lattres Angaben hatte der Mietkutscher, der sie damals nach Somborn fuhr, sie erkannt, als man sie blutüberströmt in diese Schmiede brachte, und Daniel de Lattre informiert. Dieser war sofort aufgebrochen, hatte dem Schmied zehn Gulden gegeben und Julie in das Haus Madame Bertas gebracht, wo sie in Sicherheit war.
Julie fragte: „Wer hat mir damals die Haare abgeschnitten?"
„Das war ich", erklärte er mit einer abwehrenden Geste, als müsse er sich verteidigen. „Ich mußte Euch einen Kopfverband anlegen, Euer Haar war vollkom-

men verfilzt und blutverkrustet. Außerdem hattet Ihr Läuse. Ich konnte nichts mehr retten, es tut mir leid."

„Das braucht es nicht, das Haar wächst wieder nach." Sie wollte nicht, daß er sie bedauerte, sie wollte, daß er sie in Ruhe ließ. Er ging, als er merkte, sie wurde müde. Madame Berta ließ das Mädchen allein und folgte ihm. Julie hörte sie noch eine Weile miteinander sprechen, dann verloren sich ihre Stimmen in den unteren Räumen. Sie verließ das Zimmer und beugte sich im Flur über die Balustrade. Daniel de Lattre stand an der Haustür, eng an ihn geschmiegt das kapriziöse Mädchen Orchidee.

Seit ein paar Tagen wohnte sie nun im Haus Daniel de Lattres. Den Hausherrn bekam sie selten zu Gesicht, und das war ihr gerade recht. Obwohl er sie gerettet hatte, wollte sie nichts von ihm wissen. Er war in ihren Augen ein Schurke und gottloser Verräter. Er hatte immer wieder ihr Leben zerstört, und sie wußte, daß sie ihm nie verzeihen konnte. Seine ganze Art lehnte sie ab. Sie hatte sich gegen den Aufenthalt hier gewehrt, am Ende aber doch eingesehen, daß sie nicht im „Blauen Haus" bleiben konnte, wenn sie nicht eines Tages im Salon Madame Bertas enden wollte. So blieb sie auf ihrem Zimmer, das mit allen französischen Raffinessen eingerichtet war. Der Unterschied zu ihrem bisherigen Leben war so groß, daß sie sich am Anfang fast abgestoßen fühlte von der Pracht und dem Überfluß. Doch je länger sie in diesem Zimmer wohnte, um so geborgener fühlte sie sich. Sie verließ es nur, um sich im Bad zu erfrischen, einem Raum, der wohl einmalig in der Stadt war. Nicht einmal der König von Frankreich oder der Kaiser von Wien besaßen so ein Bad in ihren Schlössern, wie ihr Daniel voll Stolz versichert hatte. Die vielen Spiegel hatten Julie am Anfang erschreckt, sie hatte sich beobachtet gefühlt. Doch mit der Zeit gewöhnte sie sich auch daran. Sie war eine Frau, und die herrlichen Kleider, Duftwässerchen und Cremes, die Spitzenwäsche und andere Kleinigkeiten, die für eine Frau unentbehrlich sind, ließen ihr Herz höher schlagen.

Auf dem Weg in das Badezimmer hörte Julie die Menschen, die Daniel de Lattre besuchten. Sie war schon immer neugierig gewesen, deshalb waren diese Leute, die sie heimlich beobachten konnte, ihr ganzes Entzücken. Da gab es die Hugenotten aus der Neustadt, die französisch sprachen, dunkel gekleidet waren und sich von den anderen Geschäftspartnern abhoben wie eine Bäuerin von Madame Berta. Dann die Holländer und Wallonen, Glaubensflüchtlinge aus den südlichen Niederlanden. Sie sollten, nach dem Willen des verstorbenen Grafen Philipp Ludwig II. Hanau, die eher bescheidene Residenzstadt durch wirtschaftliche Aktivität zu einem Handels- und Gewerbezentrum großen Formats machen. Julie wunderte sich anfangs über die Kleidung der Leute: Die Männer trugen Federhüte, Hemden mit weiten gefalteten Kragen und Manschetten und enge gesteppte Samtwesten. Eine enge Kniebundhose, weiße Strümpfe und Schnallenschuhe ließen alles sehr kokett aussehen. Dagegen schwelgten die Frauen in weiten Röcken mit enger Taille und weißen, hochstehenden gefalteten Kragen. Die weiten Ärmel wurden nach unten eng, und die hübschen Lederschuhe hatten einen kleinen Absatz und sahen sehr bequem aus. Eine kleine runde Filzkappe vervollständigte die Kleidung. Die Frauen der Neustadt liebten einfarbige Stoffe, hauptsächlich Rot, Blau und Gelb.

Frühmorgens oder spätnachts lauschte Julie auf Daniels Schritte. Manchmal begegneten sie sich zufällig auf dem Flur, er grüßte kurz und verschwand wieder in sein Zimmer. Erschrocken zog sie sich dann in ihre Räume zurück, mit einem merkwürdigen Gefühl im Herzen. Sie hörte von den Dienern und Zimmermädchen, daß die Stadt belagert wurde, von Kämpfen und von Hungersnöten im ganzen Land. Sie sah die Bettler vor dem Haus, es wurden von Tag zu Tag mehr. Und sie, Julie, saß in einem fremden Haus, gegen ihre

Natur zur Untätigkeit verdammt. Sie saß hier drinnen, auf einem Brokatsessel, wie eine Prinzessin. Alle anderen waren draußen, litten, hungerten und kämpften um ihr Leben. Julie weigerte sich, an ihre Kinder, an Ross, Katherine oder an die Männer der Kahlquelle zu denken. Nur nicht nachdenken, überhaupt nicht denken, nicht an die Vergangenheit und erst recht nicht an die Zukunft. Daniel de Lattre hatte ihr seine Bibliothek geöffnet, und wenn sie nicht aus dem Fenster sah, ging sie hinunter und las alles, was ihr in die Finger kam.

Eines Tages fielen ihr die Aufzeichnungen Daniels in die Hände, und durch diese Papiere lernte sie Hanau und seine Menschen besser kennen. Sie las, daß die Wallonen schon 1597 nach Hanau kamen und die Neustadt, wo auch das Haus de Lattres lag, erbaut hatten. Sie las von der klugen Gräfin Katharina Belgica, die alles getan hatte, damit Hanaus Festungswälle sicher waren und von keiner Kanone ernstlich beschädigt werden konnten. Sie erfuhr von dem schweren Schicksal der Gräfin, die ihren Mann früh verlor und dann Regentin über Hanau und das Umland wurde und mit List und Schlauheit die Stadt vor manchem Überfall schützte, bis ihr Sohn, Graf Philipp Moritz, 1626 die Regentschaft antrat. Sie hatten also auch ihren Kummer, die Reichen und Schönen, dachte Julie, und mußten sich mit vielen unnötigen Sachen herumärgern. Welch große Verantwortung hatte diese Katharina gehabt, und sie, Julie, brachte nicht einmal ihr eigenes kleines Leben in Ordnung.
Am Tag darauf beschloß sie, der fast unerträglichen Langeweile und Untätigkeit ein Ende zu bereiten und Madame Berta im „Blauen Haus" zu besuchen. Ihr konnte sie trauen. Sie zog ein einfaches graues Kleid an und band sich ein schleierähnliches Tuch über Haar und Gesicht. Angst, entdeckt zu werden, hatte sie nicht, war es doch das erste Mal seit Wochen, daß sie das Haus verließ. Von der Neustadt ging sie durch

ein Tor in die Altstadt, die mit ihren schmutzigen Gassen und den hohen spitzgiebeligen Dächern nicht viel anders aussah als Gelnhausen vor der Zerstörung. Tiefhängende Wolken machten die Stadt noch grauer und trostloser. In allen Ecken lungerten Bettler und Krüppel herum, manche ohne Arme und Beine, Einäugige und arme Teufel, die sich nur noch auf einem Brett mit Rädern fortbewegen konnten. Doch den einen Bettler, der ihr schon die ganze Zeit folgte, sah Julie nicht.

An Bertas Haus betätigte sie den massiven Türklopfer. Gleich darauf öffnete ihr Antoine, der Türwächter, der mit einer Augenklappe wie ein Pirat aussah, aber stets freundlich und zuvorkommend war. Er ließ sie eintreten. Sogleich kam Madame Berta hocherfreut auf Julie zu und führte sie in ihre Privatzimmer. Heißer, würziger Rotwein und ein Gebäck, das auf der Zunge zerging – und schon waren die beiden Frauen mittendrin in Geständnissen und Bekenntnissen. Wäre nicht die luxuriöse Umgebung gewesen, man hätte glauben können, sie befänden sich im Krombacher Pfarrhaus. Geschickt steuerte Julie nach einer Weile das Gespräch auf die Französin und deren Verhältnis zu Daniel. Berta, die, wie Julie wußte, dieses Mädchen auch nicht besonders mochte, war zurückhaltend. Auf Julies Frage, ob sie sich immer noch nicht angepaßt hätte, sagte sie: „Ihr Gönner hat das Haus gekauft, ich bin nur seine Angestellte, werde mich also hüten, etwas zu sagen, das mir schaden könnte, das verstehst du doch? Schau, Adelheid hat kein Testament hinterlassen. Ich habe alles abgesucht und nichts gefunden, obwohl mir ein Testament auch nichts nützen könnte, ich bin ja nicht die echte Berta. Was de Lattre herausgefunden hat, weiß ich nicht, ich weiß nicht mal, ob er das Haus schon gekauft hat oder ob er es erst kaufen will. Der Advokat Clouzot, drüben von der Neustadt, hat alles in der Hand, und dieser Mann hat mir am Sonntag eine Andeutung gemacht von wegen neuem Herrn und so. Ich habe etwas gespart, ganz so arm bin ich nicht mehr wie in meiner ersten Hanauer Zeit, aber das Haus könnte ich trotzdem nicht kaufen. Die Chance, einen reichen Gönner zu heiraten, habe ich verpaßt." Lachend rieb sie ihre vollen Hüften.

Auf dem Nachhauseweg mußte Julie über Bertas Worte nachdenken. Sie war so in Gedanken versunken, daß sie am Torweg mit einem Bettler zusammenstieß. Erst zu Hause bemerkte sie ein schmutziges Papier, das in ihrem Korb lag. Mit Mühe entzifferte sie die krakelige Schrift und las das Wort „Wanzenlager"! Sie konnte sich nicht vorstellen, was das zu bedeuten hatte. War der Zettel zufällig in ihrem Korb gelandet? Wer sollte ihr hier in Hanau eine Botschaft schicken? Daniel de Lattres großes Haus lag wie ausgestorben da. Aus der Küche im Seitenflügel kam der Duft von gebratenen Hühnern. Im Salon und im Arbeitszimmer war kein Mensch zu sehen. Wo sind sie nur alle? fragte sich Julie. Sie stieg den ersten Stock hinauf zu ihrem Zimmer. Die Tür zu Daniels Schlafräumen war nur angelehnt. Neugierig trat sie näher, klopfte und trat ein, da niemand geantwortet hatte. Die Kissen auf dem großen Bett waren zerwühlt, und von ihnen ging der Hauch eines Parfüms aus, der nur von einer Frau stammen konnte. Julie stieg wieder ins Erdgeschoß hinunter und kam an einem kleinen Kabinett vorbei, in dem außer drei Stühlen ein Schreibtisch stand, der von Papieren überquoll: Landkarten und Blätter mit Zahlen, Briefe und Schriftstücke. Ein Dokument fiel ihr in dem maßlosen Durcheinander besonders auf. Sie betrachtete es genauer – und staunte: Es war der Kaufvertrag des „Blauen Hauses". Also doch. Daniel und Orchidee, seine Geliebte. Was allerdings Orchidee mit dem Kaufvertrag zu tun haben könnte, war ihr schleierhaft. Ein Geräusch schreckte sie auf, und ihr Blick blieb in Daniels grauen Augen hängen.

„Habt Ihr gefunden, wonach Ihr gesucht habt?" fragte er spöttisch.

„Nein, ich wollte Euch nur mitteilen, daß ich dieses Haus verlassen werde."

Er nahm ihr die Papiere aus der Hand. „Ihr wollt mein Haus verlassen wegen eines Kaufvertrags?"

„Ja, ich möchte wieder nach Gelnhausen." Nie war er ihr so kalt und abweisend erschienen, nicht einmal vor Jahren, als sie sich zum erstenmal trafen. Er stand ganz nahe vor ihr, sie hätte sich an ihn lehnen können. Plötzlich hatte sie das unbändige Verlangen, ihre Arme um seinen Hals zu legen und ... Sein abschätziger Blick ließ sie zurücktaumeln. Röte schoß ihr ins Gesicht. Als sie ging, rief er ihr nach: „Ich werde mich nach einer angenehmeren Unterkunft für Euch umsehen."

Julie eilte die Treppe hinauf zu ihren Räumen, blieb jedoch auf dem obersten Absatz abrupt stehen und wäre um ein Haar gestürzt, was ihrem Zorn noch mehr Nahrung gab. Sie hätte sich ohrfeigen können. Wie schnell war er darauf eingegangen, daß sie ausziehen wollte. Warum war sie so dumm, ihm auch noch zu helfen, sie loszuwerden? Sie mußte sich etwas einfallen lassen, damit er wieder Interesse an ihr bekam. Sie legte ihre Stirn an das kalte Fenster und dachte nach. Draußen wurde es dunkel. Im Garten peitschte der kalte Novemberwind die Bäume hin und her. Schon seit Wochen hatte sie nicht mehr mit Daniel zu Abend gegessen. Er zog es vor, seine Abende außerhalb, wahrscheinlich in Gesellschaft seiner Freunde oder dieser Dirne, zu verbringen. Ich werde Berta nochmals aufsuchen und sie um Rat fragen, dachte Julie. Wenn sie Daniel dort traf, um so besser. Sie rief das Zimmermädchen Claudine und bat sie, ihr beim Ankleiden zu helfen. Sie hatte sich für eine königsblaue Samtrobe entschieden. Den Ausschnitt des Kleides schmückte ein dünner Spitzenkragen. Julie hatte allerhand zu tun, um ihren Busen in das enge Oberteil zu zwängen. Seit sie im Haus de Lattres wohnte, hatte sie zugenommen, daher mußte sie sich vorsichtig bewegen, damit sie nicht mehr preisgab, als sie verantworten konnte. „Was mache ich nur mit diesen kurzen Haaren?" fragte sie.

Claudine verließ das Zimmer und kam nach einer Weile mit einem bunten Kasten zurück. „Schließt die Augen Madame, ich werde Euch zurechtmachen." Genau das tat Julie. Und als sie eine Stunde später die Augen aufschlug und in den Spiegel schaute, sah ihr eine wunderschöne Frau entgegen. Das kurze rote Haar war am Hinterkopf hochgekämmt und mit Spangen befestigt, der Rest schmiegte sich an Stirn und Nacken. Die Augenbrauen wölbten sich wie dünne Sicheln über dunkel umschatteten, geheimnisvollen Augen.

Fürsorglich legte Claudine den passenden Umhang über Julies Schultern und fragte: „Soll ich Euch wirklich nicht begleiten, Madame? Es macht mir nicht das geringste aus!"

Julie antwortete: „Nein, ich gehe lieber allein, mir passiert schon nichts, ich werde auf mich aufpassen, gute Nacht und danke für alles." Sie stieg in eine Mietkutsche und fuhr durch die Stadt, ohne Blick für ihre Umgebung, sonst hätte sie den Bettler bemerkt, mit dem sie am Mittag zusammengestoßen war. Bertas Türwächter Antoine wollte Julie in die Privaträume führen, doch sie steuerte ohne Zögern den Salon an. Durch die offene Tür hörte sie Reden, Lachen und Gläserklingen. Madame Berta unterhielt sich mit einem jungen Mann und unterbrach ihr Geplauder, als sie Julie erblickte. Daniel saß mit einem Mann über einem Schachspiel, geistesabwesend umfaßten seine Arme Orchidee. Plötzlich trat Stille ein, er wurde aufmerksam und schaute auf. Sein Gesicht verzog sich, als habe er Zahnschmerzen, er ließ das Mädchen Orchidee los und steuerte mit großen Schritten auf Julie zu. Madame Berta trat zwischen ihn und Julie und konnte ihn noch rechtzeitig zu einem Fenster ziehen.

Julie hörte nicht, was sie sprachen. Eine Tür wurde aufgerissen, und ein korpulenter Mann mit einem Schnauzbart kam herein. Ihm folgten einige Männer und Frauen, die nach ihrem lauten Reden und Lachen zu urteilen schon zu viel getrunken hatten. Die Frauen bemühten sich um den Dicken, der nun auf Daniel zukam, ihm auf die Schulter klopfte und ein Gespräch begann. Ein junger Mann, der sich als Niklas vorstellte, nahm sich Julie an und führte sie an einen gedeckten Tisch.

„Wer ist dieser dicke Mann, um den sich alles dreht?" fragte sie ihn.

„Kennt Ihr nicht den sieggewohnten Ramsay, den Herrn über Hanau und Umgebung? Seht nur, wie sich alle Mädchen um ihn reißen. Ja, man weiß ihn zu würdigen, den hohen Gast", entgegnete er zynisch.

„Ohne Euch zu nahe treten zu wollen, schöne Frau, möchte ich Euch doch fragen, wie Ihr hierherkommt in diese Lasterhöhle."

Julie wollte eigentlich diesen netten Mann nicht anlügen, doch es war ihr unmöglich, den wirklichen Grund ihrer Anwesenheit zu erklären. Deshalb erzählte sie ihm etwas von Verwandtschaft mit Madame Berta. Niklas glaubte ihr, jedenfalls gab er sich den Anschein, als glaube er ihr. Sie wurde gelöster, und langsam wich das Verlegenheitsgefühl von ihr. Er wiederum erzählte ihr allerhand Komisches und Lustiges aus seinem Leben, und sie mußte sich eingestehen, daß er spannend erzählen konnte. Glücklicherweise saß sie mit dem Rücken zu Daniel und konnte daher seine düsteren Blicke nicht sehen.

Nach einigen Stunden – Niklas und Julie hatten getrunken und gut gegessen – sehnte sie sich nach ihrem Bett, denn sie war sehr müde geworden. Nun nahm sie all die Männer und Frauen war, die halbentblößt und betrunken auf den Stühlen hingen. Einige lallten vor sich hin, andere schnarchten oder schliefen ihren Rausch aus. Julie stand auf und ging zur Tafel, die noch beladen war mit gebratenen Kapaunen, geräuchertem Fisch, Weintrauben und süßen Kuchen und noch so manchen Delikatessen, die sie nicht einmal vom Namen her kannte. Als es ruhiger im Raum wurde, schlich sie leise zum Fenster und öffnete es. Da waren sie wieder, die Bettler. Sie wußten, wo es ein Gelage gab. Auf Zehenspitzen ging Julie zur Tafel zurück, nahm die Kuchen vom Tablett und warf sie zum Fenster hinaus, danach folgten Fische und Kapaunen. Die Bettler waren es gewohnt, daß man ihnen halbabgenagte Knochen zuwarf, doch ganze Hühner und Fische, da stimmte etwas nicht! In Scharen kamen sie unter den Torbogen hervor, wo sie ihr Nachtlager errichtet hatten. Julie verteilte alles, danach schloß sie die Fenster wieder und verließ vorsichtig den Raum. Auf der Treppe wurde sie von dem einäugigen Antoine aufgehalten. Er legte einen Finger auf den Mund und zeigte auf den Dienstboteneingang.

„Danke, Antoine, jetzt werde ich es schon schaffen."

Er legte ihr den Umhang um die Schultern, zog die Kapuze über ihren Kopf und sagte: „Ich werde Euch begleiten, Ihr könnt es mir nicht verwehren, Madame. Die Straßen sind nachts sehr unsicher, und gerade jetzt, wo der Pöbel so aufgebracht ist. Es war ein Fehler, Madame, schade um die guten Sachen."

„Ihr habt mich gesehen, Antoine?" Sie blieb stehen und wandte sich dem Mann zu, der mit seiner Augenbinde wie ein verwegener Bandit aussah.

„Ja, ich habe Euch gesehen", antwortete er, „aber es war zu spät, um Euch Einhalt zu gebieten. Was habt Ihr schon damit erreicht? Sie werden sich um die guten Sachen schlagen, und morgen wird es noch ein paar Tote mehr geben. Ihr habt nur noch mehr Haß und Rachsucht unter den Ärmsten gesät, sie wissen jetzt, wie in den Häusern der Reichen gespeist wird. Eines Tages wird der Damm brechen. Sie werden sich auflehnen, und es wird eine Rebellion geben."

Julie hatte den Mann am Arm genommen, in ihrem Innersten fühlte sie, daß er es gut mit ihr meinte. Ihn hätte sie gern zu ihren Freunden gezählt. Doch er war so anders, nicht wie Jakob oder die Männer der Elsässer. Er war gut gekleidet und sah trotzdem fremd, ja ausländisch aus. „Es tut mir leid, Antoine, ich habe nicht nachgedacht, Ihr habt recht. Man sollte die armen Kerle nicht noch auf ihr Elend stoßen, denn ihr Dasein ist schwer genug. Ich sah nur das viele Essen und die Hungernden auf der Straße. Doch Ihr habt recht, ich werde so etwas nie wieder tun."

Julie und Antoine hatten das Haus de Lattres erreicht. Ihr Begleiter verabschiedete sich, und sie eilte durch den Vorgarten auf das Haus zu. Plötzlich erhob sich vor ihr eine jämmerliche Gestalt. Im trüben Schein der Laterne bemerkte sie deren zerlumpte Kleider und dachte, das Herz bleibe ihr stehen. War es das schrecklich grinsende Gesicht oder die fürchterliche Ausdünstung, die sie zurückschrecken und vor Angst erbeben ließ?

Nun stieß eine Stimme auch noch hervor: „Julie, erkennst du mich nicht? Habe ich mich wirklich in all den Jahren so verändert?"

Unsicher blieb sie stehen und überlegte. Nein, sie kannte diesen Mann nicht.

„Ich bin Johann und habe dir auf Hof Trages das Schießen beigebracht."

O Gott! Julie schaute genauer auf die Gestalt. Tatsächlich! Es war Johann, der Pferdejunge.

„Seit Tagen bin ich schon hinter dir her, seit ich weiß, daß du es wirklich bist, denn du hast dich auch verändert." Er musterte sie. „Übrigens, das Fressen war prima, das du uns hast zukommen lassen. Könnte so etwas jeden Tag vertragen."

„Johann, wie kommst du in diese Stadt?"

Er hockte sich vor sie auf einen Mauervorsprung.

„Letztes Jahr haben sie mich in der Bulau geschnappt und in das Wanzenlager gesteckt."

„Das Wanzenlager? Das stand auf diesem Papierfetzen."

„In diesem Lager sind Hunderte von Menschen eingesperrt, die langsam, aber sicher eingehen. Ja, Julie, sie sind am Verrecken, und deshalb habe ich mich abgesetzt. Aber hier in der Stadt ist es auch nicht besser, ich habe kein Heim und manchmal tagelang nichts zu futtern. Doch verlaß dich darauf, der Johann wird's überleben."

Julie fröstelte. Sie hatte sich in ihren Umhang gewikkelt und zu Johann gesetzt. Dicht gedrängt saßen nun die beiden so ungleichen Menschen in dieser sternenlosen, windigen Novembernacht. Das Schicksal hatte sie wieder zusammengeführt. Doch sie hatten nichts Gemeinsames mehr. Dieses Leben, in dem sie sich einst gekannt hatten, war vorbei. Jeder hatte einen anderen Weg eingeschlagen.

„Kannst du dich noch an Jakob erinnern?" fragte Johann. „Im Wanzenlager gibt es ein Ehepaar, das waren Freunde von Jakob Stein, auch Juden."

Julie, die noch mit ihren Gedanken in der Vergangenheit weilte, wurde hellhörig. „Was hast du eben gesagt?"

„Diese Leute im Wanzenlager waren Freunde von Jakob, sie hatten so einen biblischen Namen, wie ein König, glaube ich."

„Solomon? Johann, bist du sicher?"

„Aber ja, der Gabler Haver hat sie letzte Woche auch noch gesehen."

„Glaubst du, ich könnte Verbindung zu den Solomons aufnehmen?"

„Ich werde es probieren, doch was willst du mit ihnen sprechen? Bring ihnen doch was zu futtern!"

„Denkst du wirklich, das geht?"

„Ich führe dich morgen abend hin. Bring einen Sack voll Essen mit, alles andere wird sich schon finden."

Julie stand auf und lief auf das Haus zu, sie war so durcheinander und merkte nicht, daß Daniel sie von der Straße beobachtet hatte. Er wartete, bis es wieder dunkel im Haus wurde, bevor er den Vorgarten betrat.

aniel de Lattre legte einen Holzklotz in das brennende Kaminfeuer und stellte einen Schirm davor, damit keine Funken herausfielen. Er rückte den Lehnstuhl zurecht und nahm das Glas mit dem goldenen Wein, trank prüfend einen Schluck und schloß die Augen. Soeben war Julie auf ihr Zimmer gegangen. Sie lehnte ihn immer noch ab, es gab nichts, womit er sie weicher stimmen konnte. An diesem Querkopf beißt du dir die Zähne aus, dachte er. Er mochte es, wenn Frauen sich nicht gleich ergaben, aber diese? Jetzt war sie schon ein halbes Jahr in seinem Haus, und er hatte noch immer keinen Zugang zu ihrem Herzen gefunden. Damals, vor zwei oder drei Jahren, als er sie zum erstenmal gesehen hatte, in ihrem prächtigen Kleid, hatte er sich schon in sie verliebt. Im selben Moment, als die Kutsche um die Ecke bog, wußte er, daß er einen Fehler gemacht hatte. Er hätte sie nie zurückschicken sollen. Wochenlang konnte er damals an nichts anderes denken als an diese Frau. Mit der Zeit verschwand sie aus seinen Gedanken, um Wichtigerem Platz zu machen. Er mußte diesem Mietkutscher damals zu viel bezahlt haben, sonst hätte der sich bestimmt nicht an ihn und die Frau erinnert. Auf jeden Fall war er ihm dankbar, daß er ihn an jenem Abend benachrichtigt hatte. In ihren Fieberträumen hatte Julie allerhand aus ihrem Leben erzählt, und er, Daniel, hatte diese Bruchstücke wie ein Mosaik zusammengesetzt. Noch immer konnte er sich nicht erklären, warum man Julie entführt und zusammengeschlagen hatte. Sie erzählte etwas von einer Frau, die Henriette hieß, doch als man sie in der Schmiede fand, war sie allein. Lange hatte er über das Boot nachgedacht, von dem sie immer wieder gesprochen hatte. Sie mußte auf der

Kinzig in die Stadt gekommen sein. Warum man eine halbtote Frau nicht einfach liegen ließ, sondern in die Stadt einschleuste, konnte er sich nicht erklären. Der Schmied war seit damals untergetaucht. Alle Nachforschungen verliefen im Sande.

Die Zeiten waren schlimm. Menschen wurden ohne Grund verhaftet, eingekerkert und dann vergessen. Wenn man sich wieder an sie erinnerte, waren sie verhungert, mehr als einmal hatte er das erlebt. Es war reiner Zufall gewesen, daß er damals den Elsässer gefunden hatte. Natürlich gab ihm Julie die Schuld, so als hätte er etwas mit der Verhaftung Christians zu tun gehabt. Aber das stimmte nicht. Gut, er hatte ihn gegen Dimitri eingetauscht, was nicht gerade die feine Art war. Er war nun einmal ein Mann, der nichts anbrennen ließ. Er hatte seine Finger in allen möglichen und unmöglichen Geschäften. Seit jeher war seine Devise: Hauptsache, es bringt was ein. In seiner Kindheit mußte er einem Mann gehorchen, der nicht einmal sich, geschweige denn seine Familie ernähren konnte. Er hatte damals auf seinen Bruder André gehofft. André und Daniel, sie beide würden fortgehen und Dimitri mitnehmen. Aber das Schicksal hatte etwas anderes gewollt. Damals hatte er sich geschworen, niemals mehr von einem anderen Menschen abhängig zu sein und das Gut, das sein Vater so leichtsinnig verkauft hatte, wieder in seinen Besitz zu bringen. Es sollte wieder seinen Namen tragen.

Er nahm einen Brief vom Tisch und las ihn zum dritten Mal. Dimitri hatte also die Tochter des alten Blancort geheiratet. Das Hofgut Dullin war endlich in den Händen der de Lattres. Daniel mußte daran denken, was das alles für Kämpfe gekostet hatte. Erst als Dimitri Julies und Christians unterschriebenes Heiratsformular gesehen hatte, war er damit einverstanden gewesen, wieder nach Frankreich zu gehen. Daß es gefälscht war, hatte er nicht bemerkt. Dieser Bruder hätte ihm jetzt gerade noch gefehlt. Die Sache war verwickelt genug. Hanau war umzingelt und belagert von den Soldaten des Generals Götz, und General Ramsay hatte alle Hände voll zu tun, um ihn abzuwehren. Dieser Götz war gar nicht dumm, er wollte einfach die Stadt aushungern, indem er verhinderte, daß die Erntewagen in die Stadt kamen. Rund um die Wälle hatte er Schanzen angelegt, und nur dem Schwedengeneral Ramsay und seinem Kriegsglück hatten sie es zu verdanken, daß die Kaiserlichen die Wälle noch nicht geschleift hatten. Auch ihm war das Glück gewogen, und er hoffte, es würde noch lange anhalten, denn er hatte Freunde und Geschäftspartner auf beiden Seiten. Nur mit Julie hatte er kein Glück, aber da mußte er abwarten. An erster Stelle in seinem Leben stand ohnehin das Geld, das war schon seit seiner Jugend so.

Das Feuer im Kamin war erloschen, und es wurde kalt. Er trank den letzten Schluck und begab sich in sein Zimmer. Plötzlich blieb er stehen. Hatte sie nicht davon gesprochen, daß sie nach Hause gehen wollte? Er überlegte scharf. Nein, sie konnte die Stadt unmöglich verlassen. Aber hatte er nicht mit eigenen Augen gesehen, wie sie sich mit einem Bettler unterhalten hatte? Vielleicht hatte sie mit ihm ihren Fluchtweg besprochen. Sie war auf ungewöhnliche Weise hereingekommen, warum sollte sie nicht auch auf diese Weise die Stadt wieder verlassen? Zuzutrauen wäre es ihr! Nachdenklich ging er weiter. Vor ihrem Zimmer blieb er stehen und lauschte, doch alles blieb still. Kein Laut drang durch die geschlossene Tür. Es kostete ihn große Überwindung, weiterzugehen.

Am Tag darauf bat Daniel de Lattre Julie um einen Spaziergang. Er führte sie auf einen Turm innerhalb der Wälle, damit er sie von ihren Fluchtgedanken, wie er glaubte, kurieren könnte. Von dem Turm aus sah man über die Stadtmauer bis nach Steinheim. Doch was sie an diesem regnerischen Nachmittag beobachtete, verursachte ihr eine Gänsehaut. So weit der

Blick reichte, graue Zelte, über denen der Rauch der Lagerfeuer schwebte, Soldaten, die hin und her liefen. Manchmal fiel ein vereinzelter Schuß, und wie ein Echo kam die Antwort von den Wällen oder Türmen der Stadt.

Daniel stand an eine Mauer gelehnt und beobachtete Julie, die durch ein Loch in der Mauer hinausschaute. Ihr Gesicht war leichenblaß. Mit müder Geste strich sie sich über die Haare, ohne einen Blick von den Soldaten zu nehmen. Das war also die Armee des Generals Götz. Ihm gaben die Hanauer die Schuld für ihr Hungern. Er verhinderte, daß Erntewagen oder Kaufmannszüge in die Stadt fahren durften. Nur bei Ausfällen, mit mehr oder weniger Glück, konnten die Männer Ramsays die Not etwas lindern. Wobei das Beste wohl den Freunden des Kommandanten zukam.

Daniel brach das Schweigen: „Es ist nicht mehr Götz, er wurde vor ein paar Tagen durch General Lamboy abgelöst", erklärte er. „Seht Ihr, dahinten ist Steinheim. Zwischen Hanau und Steinheim liegen fünftausend Mann. Seit Mitte September hat Lamboy sein Hauptquartier im Steinheimer Schloß. Er ist dabei, über den Main und die Kinzig Brücken zu schlagen und rundum Schanzen anzulegen. Es wird ein harter Winter werden mit dieser Belagerung."

Julie schaute zu dem großen, dunklen Mann hoch. „Glaubt Ihr, die Belagerung wird so lange anhalten?" fragte sie.

„So wie ich Ramsay kenne, wird er sich eher tottrinken als aufgeben", antwortete Daniel de Lattre. Dann bemerkte er, daß Julies Blicke immer wieder zu einem hohen, massigen Tor schweiften. Er fühlte ihre Gedanken. Ihre Augen trafen sich, und er konnte ihre Anschuldigung darin lesen. Ja, das war das Tor, in dem Hans Geipel starb und Christian gefangen wurde. Er brauchte ihr nichts zu sagen, sie wußte es auch so. „Deshalb haßt Ihr mich, nicht wahr?" Seine Stimme klang leise an ihr Ohr. „Gut, ich bin ein Verräter, ein Kriegsgewinnler, ein Schurke. Fällt Euch noch etwas ein?" Er warf ihr einen unruhigen Blick zu. „Ihr könnt mir nie verzeihen, daß ich nicht Hans, André oder Dimitri bin. Nein, Julie, ich versichere Euch, daß ich keinem Eurer edlen Ritter auch nur im geringsten ähnele. Ich bin so, wie ich bin. Glaubt mir, meine Liebe, auch wenn Ihr mich verachtet, ich bereue nichts, ich werde mich nicht ändern, weder für eine Frau noch für eine Sache."

Zorn stieg in Julie hoch. „Warum erzählt Ihr mir das? Es interessiert mich nicht, es ist mir gleichgültig, wie Ihr Euch seht. Oh, Ihr seid so eitel, so von Euch selbst überzeugt, je näher ich Euch kennenlerne, um so mehr verabscheue ich Euch. Ihr, mit Eurer Geldgier, könnt weder André noch Dimitri in meinen Augen klein und verächtlich machen. Alles, was edel ist, zieht Ihr in den Schmutz. Laßt mich, rührt mich nicht an", wehrte sie seine Hand ab und schaute mit Tränen in den Augen auf das Stadttor, das an diesem regnerischen Tag schwarz und drohend vor ihr aufragte. Er hielt ihr trotzdem die Hand hin. Dunkel ahnend, daß sie des Trostes bedurfte, erwiderte er: „Vergessen wir die bösen Worte. Habt Ihr ihn sehr geliebt? Verzeiht, wenn ich Euch frage, aber irgendwie ist es wichtig für mich, auch wenn ich kein Recht habe, Euch das zu fragen." Er nahm ihre Kapuze und zog sie ihr über das Haar. Seine Hände berührten sie nicht, und doch erschauerte Julie unter der Zartheit der Geste. Sie hatte sich diese Frage selbst oft gestellt, und nicht nur bei Hans Geipel, sondern bei allen Männern, die sie in ihrem Leben verloren hatte. Julie zögerte und zog ihren Umhang fester an sich. „Ich glaube, ich liebte ihn nur in jenem Augenblick wirklich, als ich ihn verlor", sagte sie schließlich.

„Kommt nach Hause, das auch Euer Heim ist. Ich wollte Euch heute nur zeigen, daß es nicht möglich ist, die Stadt zu verlassen. Doch ich verspreche Euch, sobald die Belagerung vorbei ist, werde ich Euch persönlich bei Eurem Elsässer abliefern, wie es Euer Wunsch ist. Ich bin zwar in Euren Augen nur ein

Schurke, doch mein Wort habe ich noch nie gebrochen."

Julie reichte ihm die Hand und hoffte, daß er nicht das Beben bemerkte, das sie bei seiner Berührung befiel. Sie verließen den Turm. Es regnete wieder, und als er sie zu einem Besuch in einem Gasthaus überreden wollte, lehnte sie entschieden ab. Sie hatte genug für heute, wollte nur nach Hause und hoffte auf eine Nachricht von Johann dem Bettler.

Doch auch die Erkenntnis trieb sie: Von dem Bösen, dem Diabolischen in Daniel de Lattre wurde sie angezogen, und sie mußte sich eingestehen, daß es immer schwieriger wurde, ihr Verlangen nach diesem Mann niederzukämpfen. Sie fürchtete sich vor dem Tag, an dem sie ihm erliegen würde.

Gegen Abend ging Julie vors Haus und suchte in jedem zerlumpten Mann den Bettler Johann, doch der kam nicht. Der Regen war in Schnee übergegangen, es schneite in dicken, schweren Flocken. Einige Zeit nach Mitternacht öffnete sich die Tür von de Lattres Haus geräuschlos, um einen Schatten hinauszulassen. Julie, mit einem Sack auf den Schultern, angezogen wie ein Gassenjunge, traf an der südlichen Ecke des Altstädter Rathauses auf Johann. Außer der am Tor der inneren Stadtmauer stehenden Wache war sie bis hierher keinem Menschen begegnet.

Julie und Johann glitten in den Schatten eines großen Hauses, wo sie die Dunkelheit verschluckte. Am Seitenportal einer kleinen Kapelle wurden sie von einem anderen Bettler erwartet, dem Julie eine Handvoll Münzen aushändigte. Er sagte etwas zu Johann, was Julie nicht verstand, und Johann nickte. Vorsichtig gingen sie an einer Mauer entlang. Johann pfiff eine Melodie, von der anderen Seite kam die Antwort. Es schneite so heftig, daß sie keine zwei Meter weit sehen konnten. Julie stieg auf Johanns Hände und klammerte sich in dem brüchigen Mauerwerk fest. Durch den Schneeschleier sah sie zwei Gestalten, eng aneinander geschmiegt, auf der anderen Seite der Mauer stehen.

„Miriam! Sem!" rief Julie gedämpft. „Wie kann ich euch helfen?"

„Julie, bist du's wirklich? Kannst du uns etwas zu essen besorgen?"

„Ja, ja!" rief Julie. Johann fing an zu wackeln, und Julie hatte Mühe, oben zu bleiben. Sie konnte den beiden gerade noch den Sack zuwerfen, dann rutschte sie ab und fiel mit einem Schrei in den Schnee. Die beiden Bettler verschwanden um die Ecke, und vor der am Boden liegenden Frau ragte bedrohlich eine schwarze Gestalt auf. Bevor sie etwas sagen konnte, griff die Gestalt zu und hob sie auf.

„Ist Euch etwas passiert?"

„Daniel, wie kommt Ihr hierher?"

„Das möchte ich Euch fragen, Madame! Wie kommt Ihr auf den kindischen Gedanken, in so einer Nacht auf einer nassen Mauer herumzuturnen? Kann man Euch nicht eine Minute aus den Augen lassen? Los, gebt mir eine Antwort."

„Laßt mich in Ruhe! Was versteht Ihr schon von Freunden, die man retten muß, weil sie am Verhungern sind."

„Kommt mit nach Hause. Wir fallen sonst auf, und man hält uns für Verbrecher."

„Was bei Euch ja nicht so verkehrt wäre", erwiderte sie spitz.

Daniel de Lattre gab ihr darauf keine Antwort, er nahm seinen schweren Umhang ab und hängte ihn Julie über die Schultern. Gleich wurde ihr warm, und sie fühlte sich etwas besser.

„Vielleicht werdet Ihr es heute nacht fertigbringen, Euch umzubringen, es würde mich nicht wundern."

Julie kicherte leise. Er hatte ja so unrecht nicht, war ihr nicht schon genug in der letzten Zeit zugestoßen? Zu Hause angekommen, schob er sie unsanft durch die Tür und zog den Riegel vor. Er führte sie in das Zimmer, nahm ihr den Umhang ab. Ein gefährliches

Schweigen hing im Raum, sie konnte vor Beklommenheit kaum atmen. Er ging zum Schrank, goß zwei Kristallgläser voll Wein und schob ihr nachlässig ein Glas über den Tisch.
„Was habt Ihr Euch eigentlich dabei gedacht? Hat Antoine Euch nicht davor gewarnt, meine teuren Lebensmittel an Bettler zu verschwenden?"
„Sem und Miriam Solomon sind meine Freunde. Sie haben mir schon zehnmal mehr geholfen als ich ihnen. Ihr könnt mich nicht abhalten, es wieder zu tun", antwortete sie schnippisch.
„Verdammt noch mal, Julie, warum kommst du nicht zu mir? Warum schenkst du mir nicht das geringste Vertrauen, anstatt deinen Hals zu riskieren? Glaubst du, ich könnte deinen Freunden nicht besser helfen, als ihnen Brot über den Zaun zu werfen?"
„Ihr würdet das tun?" fragte sie kleinlaut.
„Ja, ich würde das tun! Wenn du nur endlich einsehen würdest, daß ich dir ..." Er legte ein großes Stück Holz in den Kamin und stocherte geistesabwesend in den auflodernden Flammen.
„Es tut mir leid, Daniel."
Doch Daniel de Lattre achtete nicht auf ihre Worte. Sie ging einen Schritt näher und berührte seinen Arm. „Ich glaube, ich war sehr dumm", sagte sie leise.
Langsam drehte er sich um und schaute ihr in die bittenden Augen. Mit einer schnellen Bewegung legte er seinen Arm auf ihre Schultern und zog sie an sich. Im Schein der Kerze entkleidete er sie. Er hatte mit Widerstand gerechnet, doch was ihm in dieser Nacht widerfuhr, hatte er sich in seinen kühnsten Träumen nicht so schön vorgestellt. Später zog er eine Decke über ihren nackten Körper und löschte die heruntergebrannte Kerze. Dunkelheit umgab ihn. Im Kamin brach die letzte Glut zusammen.

In Hanau und Umgebung schneite es sehr viel in diesem Jahr, und da der Boden gefroren war, blieb der Schnee liegen. Er deckte all das Häßliche und

Schmutzige auf den Straßen mit einer weißen, weichen Decke zu. Doch die Decke war auch tödlich, und so fand man eines Morgens dreiundzwanzig erfrorene Bettler. Sie wurden auf einen Karren geladen und zu den Gräbern auf den kleinen Friedhof gefahren, den man im Sommer für die Pesttoten hergerichtet hatte. Die außerhalb der Stadt Erfrorenen zählte man nicht. Das waren Feinde, und die Toten der Feinde nahm niemand zur Kenntnis.

Seit Julie Sem und Miriam hinter der Mauer des Lagers gesehen hatte, waren zwei Monate vergangen. Daniel hatte Wort gehalten und das Ehepaar Solomon herausgeholt. Er hatte ihnen eine kleine Wohnung im Judenviertel besorgt, die sie mit viel Liebe und Geschenken ihrer Nachbarschaft einrichteten. Sie wohnten in der Nähe der Stadtmauer und konnten so das Schießen besser hören als Julie, die vor wenigen Tagen in ein kleines Haus in der Altstadt umgezogen war. Nachts, wenn die Waffen schwiegen und Ruhe sich über die Stadt senkte, schrien sich auf beiden Seiten der Stadtmauer die Wächter Beleidigungen und obszöne Wortspiele zu und grölten schmutzige Lieder.

Die Hanauer waren froh, daß sie in dieser Zeit Kommandant Ramsay hatten. Sie waren fest davon überzeugt, daß er Hanau bis zum letzten Blutstropfen verteidigen würde. Er achtete auf die Disziplin seiner Soldaten und stellte sich mit den Bürgern gut. In der Stadt selbst war jeder damit zufrieden. Er verstand sich mit den Stadträten Alt- und Neu-Hanaus und war ein guter Christ. Philipp Moritz hatte im Oktober 1634 Hanau verlassen, und man konnte es Ramsay nicht verdenken, daß er sich im geheimen schon als Herrscher über Hanau sah. In der ersten Zeit seines Kommandos verteidigte Ramsay die Festung offensiv. Er ließ durchziehende oder in der Nähe lagernde feindliche Truppenverbände angreifen, wobei es ihm vor allem darauf ankam, Verpflegung zu erbeuten und nach Hanau zu schaffen. Die Festungswerke wurden beträchtlich verstärkt. Sie ließen sich nicht im Sturm erobern, und das wirkte sich auf die Hanauer positiv aus.

Für Julie fing der Winter ziemlich aufregend an. Eigentlich hätte sie glücklich sein müssen, alle Anstrengungen hatten sich gelohnt: Sie lag in den Armen Daniels, sie hatten sich gefunden, und trotzdem quälte sie sich und konnte ihr Glück nicht richtig genießen. Kurz vor Weihnachten machte ihr Daniel einen Heiratsantrag und überschrieb ihr als Verlobungsgeschenk ein kleines Haus in der Altstadt. Das war es, was Julie so verwirrte. Sie suchte Rat bei Berta und ließ sich eines Tages, ganz früh, in das „Blaue Haus" fahren. Antoine kehrte die Eingangsstufen. Am Vortag hatte es stundenlang geregnet, und alle Besucher hatten ihren Dreck am Eingang abgestreift.

Madame Berta lag noch in tiefem Schlaf, denn sie war wieder einmal sehr spät ins Bett gekommen. Julie machte sich in der Küche zu schaffen, brühte eine Kanne Kräutertee auf, den Berta an einem verkaterten Morgen am liebsten trank. Sie stellte alles auf ein kleines Tischchen im privaten Salon, bevor sie ihre Freundin weckte. Berta schluckte ihre miese Stimmung mit dem köstlichen Kräutertee hinunter. Sie hatte gleich gesehen, daß Julie durcheinander war und etwas auf dem Herzen hatte. Julie legte die Überschreibungsurkunde von Daniel vor Berta auf den Tisch und fragte ratlos: „Was soll ich tun? Ich kann das nicht annehmen."

Berta las und erwiderte entgeistert: „Warum kannst du das Haus nicht annehmen? Wenn du de Lattre heiratest, ist es doch gleichgültig, dann gehört es ihm ja wieder."

„Ich weiß nicht, ob ich ihn heirate, ob ich ihn genug liebe, ich bin mir einfach nicht sicher."

„Ach was, Liebe dauert ein paar Monate, das Leben aber bis zur letzten Sekunde. Was ist da viel zu überlegen. Der Mann ist reich, er sieht gut aus. Umsonst sind nicht alle Mädchen hinter ihm her."

„Berta! Das Geld war von André, es war Andrés Vermächtnis. Wie kann Daniel es mir weitergeben? Ich war nicht einmal mit André liiert!"

„Julie, mir fällt da etwas ein." Berta legte die Hand an die Stirn, als könnte sie so besser denken. „Damals, in deinen Fieberträumen, hast du Daniel als André angesprochen. Ich sehe sein Gesicht genau vor mir. Er hielt dich in seinen Armen, und du sagtest André zu ihm. Nicht Hans und nicht Dimitri, nein, André."

„Was soll das, Berta! Ich war krank, da bringt man oft etwas durcheinander."

„Ja genau, das hab ich damals auch gedacht. Aber nicht Daniel. Ich vermute, Julie, Daniel denkt, dein Sohn ist das Kind von André und damit sein Neffe."

„Entschuldige, Berta, ich glaube, die Mischung des Kräutertees bekommt dir nicht", meinte Julie lachend.

„Nein, laß mich nachdenken. Hans Geipel war der Sohn von Konrad Geipel, einem Mann, der nicht gerade arm ist. Er ist der Besitzer des Hofgutes Reuschberg. Aber du batest ihn nicht um Hilfe, als du schwanger wurdest, du gingst lieber zu fremden, dir unbekannten Menschen. Du hast dich sogar geweigert, ihm mitzuteilen, daß er einen Enkel hat. Du konntest dem Kind nicht seinen rechtmäßigen Namen geben, aber du hättest ihm seinen Vornamen geben können, und der war nicht André, sondern Hans. Als du Daniel zum erstenmal begegnet bist, wolltest du seinen Bruder Dimitri heiraten, und als er dich wiedersah, nanntest du ihn André. Ich bin mir sicher, Daniel denkt, deine große Liebe war André, und dein Kind ist der Sohn von André." Berta nahm die Tasse und trank einen großen Schluck. Dann sagte sie noch: „Und weißt du, was ich denke? Du liebst in Daniel auch seinen Bruder."

Es war still im Raum, man hörte kaum ein Atmen. Da waren sie wieder, die Schatten der Vergangenheit. Ich werde sie nicht los, in aller Ewigkeit nicht, dachte Julie.

Berta räusperte sich, stand auf und legte ihren Arm um die junge Frau. „Heirate ihn", sagte sie. „Nimm seine Geschenke an und grüble nicht darüber nach, warum und weshalb er so etwas tut. Stell nichts in Frage, laß ihn glauben, was er möchte. Vielleicht ist er in der Ungewißheit glücklicher als in der Wahrheit."

„Und was mache ich mit Christian?"

„Ich kenne ihn leider nur von deinen Erzählungen. Wenn Christian der Mann ist, den du mir geschildert hast, wird er nicht mehr auf dich warten. Er müßte schon ein Holzklotz sein, wenn er bisher nicht bemerkt hat, daß du ihn nicht liebst und daß du nie mehr an der Kahlquelle auf einem Bauernhof leben könntest."

„Aber ich ..."

„Mach dir doch nichts vor, Julie. Du hast mir genug erzählt, und ich habe längst bemerkt, wie wohl du dich im Grunde genommen hier in der Stadt fühlst. Du hast kein Heimweh, daß du deine Kinder vermißt, ist ganz normal, aber edles Heimweh hast du nur, wenn du sonst keinen anderen Ausweg siehst, wenn dir das Wasser bis zum Hals steht. Glaube mir, das reicht nicht für eine Heirat mit deinem Cousin. Eine unglückliche Ehe kann sehr lang dauern, und dann noch in diesem Nest, am Ende der Welt."

Sie brachen beide in fröhliches Gelächter aus, und obwohl Julie Tränen in den Augen standen, mußte sie ihrer Freundin recht geben. Allein den Gedanken, Berta nicht mehr in allen Lebenslagen an der Seite zu wissen, konnte sie kaum ertragen.

Auf dem Nachhauseweg begegnete sie Johann. Seit dem letzten Treffen war er noch dünner geworden, und seine Kleider, die nur noch aus Fetzen bestanden, schlotterten an ihm herum.

„Wo hast du die ganze Zeit gesteckt, Johann?"

„Ach Julie, ich bin wieder im Wanzenlager, da geben sie manchmal eine dünne Suppe aus. Das Lager steht

420

jetzt offen, ich kann kommen und gehen. Weißt du, am schlimmsten ist es morgens, wenn du aufwachst: wohin du schaust, nur Tote. Die meisten starr und steifgefroren oder verhungert. Dann kommen die Totengräber, und die Bewohner, die noch laufen können, müssen ihnen helfen. Wir würden am liebsten die Toten wie Holz aufschichten und verbrennen, doch dann würden die Männer Lamboys gleich wissen, daß wir nicht mehr lange aushalten können. So suchen wir jeden Tag einen anderen Platz für die Toten. Und wenn das so weitergeht, ist bald jedes Stück Garten in Hanau ein Friedhof. Glaub mir, Julie, es ist viel schlimmer als die Pest in den Sommermonaten."

Julie faßte Johann am Arm und erschrak. Er war wirklich nur noch Haut und Knochen.

„Geh ins 'Blaue Haus', Johann. Sag, du willst Madame Berta sprechen, sie soll dir zu essen geben und dich ein paar Tage behalten. Ich werde in den nächsten Tagen in der Altstadt ein Haus beziehen, du kannst mir helfen und bei mir bleiben, als Hausdiener oder so etwas ähnliches, und laß dir neue Kleider geben."

Sie wußte nicht, ob er das letzte gehört hatte, so schnell war er um die Ecke verschwunden. Berta würde sich zwar bedanken, wenn sie wieder einmal einen Schützling schickte, doch Johann war ein Freund aus alten vergangenen Tagen. Julie mußte lächeln. Sie würde nächstens in das Haus in die Altstadt ziehen und in einigen Wochen Daniel heiraten. Da ihre Zukunft klar vor ihr lag, blickte sie mit viel mehr Aufmerksamkeit um sich und merkte, daß es weniger Bettler in der Stadt gab als am Winteranfang. Sie überlegte ernsthaft, ob sie in das Wanzenlager gehen sollte, vielleicht würde sie noch mehr alte Bekannte treffen. Doch erst wollte sie die Solomons aufsuchen und ihnen die Neuigkeit von ihrer Heirat erzählen.

Die Juden waren eine Minderheit in Hanau, genau wie die Wallonen und die Hugenotten. Alle Minderheiten schlossen sich in der Not zusammen und halfen sich gegenseitig. Es beruhigte Julie sehr, daß sie sich jetzt nicht mehr um die beiden sorgen mußte. Für Sem und Miriam Solomon hatte die schlimmste Zeit ihres Lebens angefangen, als sie 1634 Gelnhausen kurz vor Pfingsten verließen. Ein Bekannter, der von Frankfurt mit einer Wagenladung voll Handelsware kam, hatte ihnen erzählt, daß die Straßen frei seien. Er hatte weder Landsknechte noch Raubgesindel gesehen und war in zwei Tagen unbehelligt bis nach Gelnhausen gekommen. Hier wollte er die Wagen entladen und mit neuer Fracht wieder nach Hause fahren. Für Sem und Miriam war die Stadt schon lange zu unsicher geworden, und so nahmen sie die Gelegenheit wahr, packten das Nötigste zusammen, und weil der Fuhrmann nicht warten wollte, schrieben sie schnell einige Zeilen an Katherine und Julie und schickten einen Jungen damit zum Obermarkt. Daß Julie den Brief nie bekam und daher nichts vom Wegzug der Solomons erfuhr, hatte sie einem Bussardpärchen zu verdanken, das in einem Steinbruch oberhalb der Stadt brütete. Der junge Bote begegnete nämlich zwei Freunden, und alle drei zusammen beschlossen, die Vögel zu beobachten. Vergessen war Miriams Brief, und als der Junge ihn am nächsten Tag in seiner Hosentasche fand, warf er ihn ins Feuer. Die Leute waren eh fort, dachte er, und der verspätete Brief hätte ihm bestimmt nur Ärger eingebracht. Solange es trocken war, kamen die Solomons zügig voran, doch als gegen Nachmittag Regen einsetzte, wurde die Fahrt immer beschwerlicher. In den ausgefahrenen Straßenlöchern stieg das Wasser, und der Schlamm machte ein Weiterfahren oft unmöglich. Immer öfter mußten die Männer von den Bäumen am Straßenrand Äste abschneiden und unter die Wagenräder legen, damit sie aus den Schlammlöchern herauskamen. Gegen Abend klatschte der Regen immer kräftiger auf die Wagenplane, und so beschlossen sie, in einer Herberge zu übernachten. Zum Glück waren sie die einzigen Gäste, daher fand jeder ein Bett und mußte es nicht mit anderen Reisenden teilen. Am frühen Morgen wurden die Solomons und ihre Gefährten durch brutale Landsknechte geweckt, die bereits die ganze Wagenladung gestohlen hatten. Den Juden blieb nur noch das, was sie auf dem Leibe trugen. Sich zu wehren, hätte sie das Leben gekostet, und ihr letzter Blick galt der Herberge, die in Flammen aufging. Alle Gäste, das Wirtsehepaar, Mägde und Knechte, insgesamt zwölf Personen, wurden nun von den Landsknechten durch einen regennassen Wald getrieben. Gegen Mittag erreichten sie eine Stadt. Der Wirt erklärte den erschöpften Solomons, daß es Hanau sei und er hoffe, bei Verwandten Unterschlupf zu finden. Die Stadt habe ein Judenviertel und sei im umliegenden Land bekannt für ihr gutes Verhältnis zu Juden. Die Soldaten trieben ihre Gefangenen durch die Stadttore bis zu einem leerstehenden Kloster. Gebäude und Stallungen waren von einer hohen Mauer umgeben. Das Tor stand am Anfang Tag und Nacht offen, und jeder konnte ein- und ausgehen, trotzdem fühlten sich die Solomons als minderwertige Menschen. Sie begaben sich sofort, nachdem sie sich in einer Ecke ein dürftiges Lager hergerichtet hatten, in das Judenviertel. Doch auch dort fanden sie keine Hilfe. Sie hatten hier weder Verwandte noch Bekannte, und das Judenviertel war genauso überfüllt wie die übrige Stadt Hanau.

Anstatt besser wurde es immer schlimmer, die tägliche Ration dünner Suppe und der trockene Kanten Brot wurden immer kleiner, denn viele Menschen kamen freiwillig aus der Umgebung, die vom Krieg, Hunger und den herumziehenden Heeren verwüstet und verbrannt war, und hofften auf ein sichereres Leben in der Stadt, wenigstens so lange, bis sich die Lage beruhigt hatte und sie wieder in ihre Dörfer oder

Bauernhöfe zurückkehren konnten. Auch diese mußten notdürftig verpflegt werden.

Im Sommer wurde es sehr trocken und die Wanzenplage im Kloster fast unerträglich. Schliefen die Leute aus Erschöpfung ein, wachten sie total zerstochen nach ein paar Stunden wieder auf. Die Wanzen fielen von den Decken und Wänden, als hätten sie sich mit dem feindlichen Heer draußen vor der Stadt verbündet. Manche Flüchtlinge schliefen daher unter freiem Himmel, doch auch hier wurden sie nicht verschont. Millionen von Mücken warteten schon darauf, um die schwitzenden, stinkenden Menschen zu martern. Jeder lechzte nach Regen, und jeder dachte, daß er in diesen Tagen das Schlimmste erlebte, was es gab. Doch es wurde noch schlimmer, denn statt des ersehnten Regens kam die Pest. Außer Läusen und Wanzen lebten in den alten Gemäuern auch Ratten. Immer wieder kam es vor, daß kleine Kinder von Ratten angefressen wurden. In diesem Jahr zählte man bis zum ersten August fünf Pestkranke. Sie wurden in einem abseits gelegenen Keller untergebracht und ihrem Schicksal überlassen. Am fünfzehnten August waren es schon siebzehn Tote, und mit jedem Tag kamen neue hinzu. Die Pest breitete sich über die ganze Stadt Hanau aus, und die Bevölkerung appellierte an den Stadtrat, worauf man das Kloster absperrte und niemanden mehr herausließ. Nun waren die Flüchtlinge dort endgültig eingesperrt, Gefangene, und ihr grausiger Mitgefangener war der Tod.

Die Pestleichen wurden in dem kleinen Klostergarten begraben, die lebenden Menschen schliefen zwischen den Gräbern, was immer noch besser war, als sich in den verseuchten Innenräumen aufzuhalten. Mitte August flaute die Pest im Kloster ab, doch in der Stadt wütete sie noch zwei Wochen weiter.

Erst im Winter wurde das Kloster wieder geöffnet, es wurden neue Bedürftige aufgenommen. Auch die Wanzenplage wurde in der kalten Jahreszeit besser. Die Menschen im Lager überstanden auch diesen

Winter, doch im folgenden Sommer belagerte Lamboy die Stadt Hanau, und so kam nach der Hungersnot bald auch wieder die Pest. Das Lager wurde erneut geschlossen.

Miriam wollte und konnte nicht mehr. Ihr schönes Haar war weiß geworden, ihre Zähne hatten sich gelockert, und ihr schöner Leib wurde immer wieder von Krankheiten ausgezehrt. Sie wünschte sich den Tod. Es war ihr gleichgültig, ob sie verhungern oder an der Pest sterben würde. Sie versorgte jeden Tag die Kranken und Sterbenden mit Wasser und verstand nicht, daß man sich an dieses unwürdige Leben klammern konnte. Sie mußte mit ansehen, wie junge, kräftige Männer dahinsiechten, und konnte ihnen nicht helfen.

Anfang November traf Sem den Jungen Johann, und es stellte sich heraus, daß beide von Gelnhausen kamen. Sem war eigentlich kein Mann, der zu Geschwätzigkeit neigte, doch er war verzweifelt und wußte nicht mehr weiter. Seine Frau würde diesen Winter nicht mehr überleben, und er hatte bemerkt, daß Johann schon öfter das Kloster verlassen hatte. Bald stellten sie fest, sie hatten gemeinsame Bekannte: Jakob und Julie. Als Sem von Johann erfuhr, daß Julie in Hanau war, bat er den Jungen, sie ausfindig zu machen. Und so kam es, daß die beiden Solomons mit Daniel de Lattres Hilfe eine kleine Wohnung im Judenviertel beziehen konnten. Für Miriam kam die Rettung im letzten Moment. Erst Monate später durfte sie das Bett verlassen. Doch sie wurde nie mehr die alte. In ihrem verhärmten Gesicht war nichts mehr von der einstigen Schönheit zu sehen. Sie war noch stiller geworden, kein Lächeln verzog ihren starren Mund. Es gab Tage, da wirkte sie so versunken, daß Sem um ihren Verstand fürchtete.

Für ihn hatte sich alles verändert. Er bekam von Daniel Werkzeug und Rohsilber und konnte seinen alten Beruf, den des Silberschmiedes, wieder aufnehmen. Einen kleinen Raum hatte er sich als Werkstatt eingerichtet, den er nur zum Essen verließ. Seine Arbeiten wurden von de Lattre gut bezahlt, und er hatte auch nach der Barrikade, als Hanau wieder frei war, kein Interesse, die Stadt zu verlassen. Er hatte hier Freunde und neue Geschäftsverbindungen und war bis auf die Sorgen um seine Frau ein zufriedener Mann.

Julie hatte sich in dem kleinen Haus in der Altstadt, das Daniel de Lattre ihr überschrieben hatte, gemütlich eingerichtet. Obwohl sich Daniel noch nie viel aus dem Gerede der Menschen gemacht hatte, fand er es besser, wenn Julie bis zur Hochzeit in einem anderen Haus lebte.

Madame Berta fühlte sich seit neuestem zu alt für abendliche Gelage mit Männern und Mädchen und hatte daher Daniel gebeten, er solle das „Blaue Haus" Orchidee und Antoine übergeben. Er stimmte zu, und Berta, die sich fortan wieder Barbara nannte, fand bei Julie eine Bleibe, zusammen mit Johann.

Die Kunde von der bevorstehenden Hochzeit sprach sich schnell herum und erregte einiges Aufsehen. Die Hochzeit sollte nach dem Fall der Barrikade gefeiert werden, und alle hofften, daß dieses Ereignis nicht mehr lange auf sich warten ließ.

An einem trüben regnerischen Vormittag machten sie Pläne: Julie für die Hochzeit und Barbara für die Einteilung der Lebensmittel, die Daniel einen Tag vorher hatte schicken lassen. Seit sie sich wieder ihren Kochkünsten widmen konnte, war Barbara ausgeglichener und ruhiger geworden. Die knappen Lebensmittel regten ihre Phantasie an, und an manchen Tagen, wenn sie etwas Leckeres auf den Tisch gebracht hatte, kam sie sich wie eine Künstlerin vor.

„Ramsay und der Advokat Clouzot werden meine Trauzeugen, was meinst du, Barbara, oder soll ich lieber den Freund von Daniel, Niklas van Geden, bitten?"

„Nimm eine Prise Pfeffer."

Julie schaute zur gleichen Zeit von ihrer Liste auf wie Barbara, sie mußten lachen. Barbara, in eines ihrer Rezepte vertieft, hatte gar nicht gehört, was Julie sagte.

„Hör mir doch mal zu, Barbara, und laß deine Speisen, sie werden nicht mehr, und wenn du noch so rechnest. Sag mir lieber, wen ich als Trauzeuge nehmen soll, Freund oder Advokat? Einer muß ein näherer Freud der Braut sein, und ich habe keinen. Da wäre nur Sem Solomon, aber der ist Jude."

„Wie wäre es mit Johann?"

„Nein, unmöglich."

„Dann mußt du doch den Niklas nehmen."

Nach der Trauung würden sie einen Empfang in Daniels Haus geben. Einen Empfang! Julie blickte schwärmerisch zur Decke, sie hatte sich zurückgelehnt und schwelgte in Zukunftsträumen. Dann schrieb sie ihre Gästeliste weiter.

„Barbara, weißt du, daß Daniel zum Rat der Stadt gehört? Die Ratsherren müssen wir auch einladen."

„Und wo macht ihr eure Hochzeitsreise hin? In den Kahlgrund oder nach Frankreich, auf das Hofgut Dimitris, deines Schwagers?" fragte Barbara bissig. Sie konnte es nicht leiden, wenn sich Julie zu sehr in rosige Zukunftsträume verlor. Wer weiß, dachte sie, was bis dahin geschah, noch lag Lamboy vor den Toren der Stadt und hatte alle Trümpfe in der Hand. Immer wenn Julie von der Hochzeit anfing, hatte sie ein ausgesprochen ungutes Gefühl.

Die Nacht war kalt und unfreundlich. Es hatte zu regnen begonnen. In dem schönen großen Haus in der Hanauer Neustadt küßte Orchidee Daniel auf die Wange und lehnte sich sekundenlang an ihn. Sie schien etwas sagen zu wollen, fand aber offensichtlich nicht die richtigen Worte. Dann straffte sie sich, zog die Kapuze über das schwarze Haar und eilte in den Regen hinaus zu einer wartenden Kutsche.

Niklas van Geden, der neben Daniel stand, sagte: „Ich hoffe, du weißt, daß sie nicht die richtige Partnerin für dich ist?"

Daniel schaute der Frau nach und antwortete: „Mach dir keine unnötigen Gedanken. Ich habe ihr, bevor du kamst, gesagt, daß ich Julie heiraten werde."

„Und wie hat sie es aufgenommen?"

„Sie hat mir keine Szene gemacht, wenn du das meinst."

„Das glaube ich dir aufs Wort. Trotzdem sei vorsichtig mit ihr, sie ist ein Vulkan, wenn sie explodiert, und du bist das Ziel, ist eine achtpfündige Kanonenkugel ein Fliegendreck dagegen."

Sie lachten beide über Niklas' Vergleich. Es wäre eine Lüge gewesen zu behaupten, daß Daniel in Orchidee nicht eine attraktive Frau sah. Sie war groß und schlank, hatte ein sicheres Auftreten, dabei wirkte sie sehr feminin. Ihre Handgelenke waren schmal und ihr Schwanenhals anmutig und fast zu zart, um die dikken glänzenden Haarflechten zu tragen, die sie kunstvoll aufgesteckt hatte. Orchidee war viel stärker, als sie aussah, andernfalls hätte sie all die Hindernisse und Herausforderungen nie überwinden können, die ihr wohl schon in die Wiege gelegt worden waren.

„Du bräuchtest sie nur zu fragen, nicht wahr, Daniel? Sie würde mit Freuden deine Frau. Die Stadt hätte monatelang Gesprächsstoff. Eine Dirne als Frau de Lattre!"

„Orchidee ist keine Dirne! Daß sie im 'Blauen Haus' lebt, ist Tarnung, das weißt du so gut wie ich."

„Ist die Familie ihres verstorbenen Mannes immer noch hinter ihr her?"

„Warum so neugierig, mein Freund? Wie wäre es, du würdest sie selbst fragen?"

„Sie würde mir nie antworten."

Nein, dachte Daniel später, nachdem Niklas gegangen war. Orchidee, die eigentlich Lisa d'Ozuine hieß, würde ihm auf diese Frage keine Antwort geben. Sie war der letzte Mensch, der einem Niklas van Geden Geheimnisse erzählen würde. Selbst er, Daniel, hatte damals Mühe gehabt, die Wahrheit aus ihr herauszubekommen. Eines Abends war sie mit dem Familienschmuck ihres kurz vorher an Altersschwäche verstorbenen Mannes zu ihm gekommen. Da man ihr den natürlichen Tod ihres Mannes nicht geglaubt und sie des Mordes und Diebstahls angeklagt hatte, war sie mit ihrem Kutscher Antoine hierher nach Hanau geflüchtet. Sie kannte de Lattre, er hatte früher mit ihrem Mann Geschäfte gemacht, und sie hoffte, er würde ihr helfen. Das tat er auch. Er verkaufte ihre Kutsche und brachte Orchidee und Antoine im „Blauen Haus" unter, wo sie nach seiner Ansicht am sichersten waren. Gut, es war nicht die allerfeinste Unterkunft, doch auf jeden Fall die abwechslungsreichste. Eigentlich war das „Blaue Haus" nur ein öffentlicher Salon. Die Mädchen waren zur Unterhaltung da, aber die prüde Gesellschaft sah natürlich etwas ganz anderes dahinter.

Orchidee war eine reizvolle, schöne Frau. Er mochte sie und machte ihr mit Vergnügen den Hof. Das hatte nichts mit seiner Beziehung zu Julie zu tun. Natürlich hatte es eine Zeit gegeben, in der er durch Orchidee ein Wechselbad der Gefühle erlebte. Doch das war alles schon lange her. Es hatte ihn nur verwundert, wie ruhig sie seine Verlobung mit Julie aufgenommen hatte. Möglicherweise hatte er sich auch getäuscht und die Kerzen hatten zu stark geflackert. Nein, dachte er, sie war eine Frau, die nie die Kontrolle über sich verlor.

Hier irrte Daniel de Lattre. Lisa d'Ozuine, genannt Orchidee, saß in ihrer Kutsche und biß vor Zorn in ihr Taschentuch. Dieser verdammte Esel de Lattre. Seine Pläne mit dem Gänschen Julie waren also weiter gediehen, als sie gedacht hatte. Mein Gott, was konnte sie nur tun, um diese Katastrophe zu verhindern? Solange sie Daniel kannte, hatte sie ihn begehrt, und nun kam ihr eine andere dazwischen. Ich werde sie vergiften, dachte sie empört. Dann fiel ihr ein, daß die Kräuterfrau drüben in Steinheim wohnte, und da saß Lamboy mit seinen Landsknechten. Sie raste vor Zorn, nicht im Traum hatte sie in dieser rothaarigen Dirne eine echte Konkurrenz gesehen. Sie würde dieses Flittchen mit dem unschuldigen Augenaufschlag vernichten. Sie hatte schon immer alles bekommen, was sie wollte, und Daniel de Lattre war der Mann, der ihr gehörte. Seit zwei Jahren war sie seine Geliebte, und das sollte sich ändern, sobald Hanau befreit wäre.

„Fahr schneller!" rief sie dem Kutscher zu, und ihre Stimme klang wie Eis.

Durch einen Zufall waren Frederic und Pat zu einem Wagen gekommen. Sie hatten sich wohnlich darin eingerichtet und verbrachten den Winter im Heerlager vor der Stadt Hanau. Es war der scheußlichste Winter, den er je erlebt hatte, behauptete Pat. Die Flucht, die Frederic nach seinem ersten Tag als Soldat geplant hatte, klappte nicht. Er mußte die Erfahrung machen, daß es viel leichter war, in eine Armee hinein- als wieder herauszukommen. Jeden Tag wurden Deserteure, die geschnappt worden waren, standrechtlich erschossen. Pat war überzeugt, daß er in diesem Krieg eher an Erkältung oder Hunger sterben würde als an einem Schuß.

Im Herbst war Lamboy mit fünftausend Mann zu ihnen gestoßen und kampierte drüben in Steinheim. Frederic und Pat wurden zum Brückenkommando abgerufen, mußten also jeden Tag an den Main und Steine schleppen. Zwar war dieser Abschnitt ziemlich ruhig, denn die Geschosse von den Wällen kamen nicht bis hierher, doch Pat maulte: „Verdammt, wenn ich Brückenbauer hätte werden wollen, hätte ich nicht in die Armee zu gehen brauchen."

Der einzige Trost waren die Wagen am Feierabend. Sie standen den ganzen Winter an der gleichen Stelle und waren durch den Schnee und Regen einen halben Meter tief ins Erdreich gesunken. Das hatte einen Vorteil, die Männer brauchten nicht mühsam hineinzuklettern, wenn sie am Abend müde vom Steineschleppen kamen. Doch andererseits, wenn sie einmal schnell flüchten müßten, würden sie den Wagen mit all ihrem Hab und Gut zurücklassen und nur ihr nacktes Leben retten können.

Frederic wurde durch ein Geräusch außerhalb des Wagens geweckt. Obwohl er nur wenige Stunden geschlafen hatte, war er sofort hellwach und wollte sich nicht mehr hinlegen, außerdem hatte er einen trockenen Mund. Er mußte unbedingt etwas trinken. Das Licht einer Laterne ermöglichte es ihm, einen Weg durch alle möglichen Möbelstücke, Waschschüsseln, Eimer und Waffen zu finden, ohne Lissi, sein Mädchen, und Pat zu wecken. Fröstelnd nahm er eine Decke und hängte sie sich um die Schultern. Er öffnete einen Spalt des Wagenverdecks und kletterte hinaus. Von dort warf er einen Blick auf die schlafende Frau. Im weichen Licht der Laterne sah sie wunderschön aus, wie sie so da lag, tief in ihren Pelzumhang vergraben, mit entspanntem Gesicht, leicht geöffneten Lippen und den dunklen Haaren. Ihr Anblick wärmte ihn mehr als die Decke um seine Schulter. Er suchte nach dem Krug, den sie gestern abend nur halbleer getrunken hatten. Hier draußen war alles dunkel, doch ein Stück weiter fiel schwaches Licht durch die Plane von Alfreds Wagen. Ob es schon soweit war? Vielleicht bekam Alfreds Frau Pauline heute nacht ihr Kind. Er horchte in die Dunkelheit, doch alles blieb ruhig. Wenig später erlosch die Kerze in Alfreds Wagen, und wieder legte sich Stille, nur von ein paar lauten Schnarchern unterbrochen, über das Lager.
Frederic ging wieder zum Wagen, er hatte nichts Verdächtiges entdeckt. Seine Füße verursachten ein platschendes Geräusch, als er in eine Pfütze trat. Das Wasser war eisig, er erschrak und hüpfte auf einen spitzen Stein. „Verdammt", fluchte er und suchte den Eingang des Wagens.
„Frederic?" Erschrocken fuhr Lissi hoch. „Frederic, was ist?"
Er drückte sie an sich und kroch zu ihr unter die warme Decke. Seine Gedanken wanderten zurück zum Anfang des Winters. Sie gingen jeden Tag über den Main nach Steinheim. Was heißt gingen? Frederic grinste in der Dunkelheit. Sie hangelten sich über

dicke Seile auf die andere Seite, und das alles wegen dem besseren Essen, das drüben aus einem großen Kessel kam. Ein Pfeifen der Männer machte ihn aufmerksam auf die Frau, die mit einem merkwürdigen Umhang aus Fell an einem Zelteingang stand und mit einem Offizier sprach. Sie war an diesem Tag mit dem Mansfelder Regiment von Aschaffenburg gekommen, wohnte mit einem Offizier in Steinheim und war auf der Suche nach ihrer Schwester. Doch das wußte Frederic noch nicht, er konnte sie nur von weitem bewundern, genau wie die anderen Soldaten auch. Vier Tage vor Weihnachten sah er sie zum zweiten Mal. Er stand in der Nähe seines Wagens neben einer fremden, üppigen Frau, deren widerliches Parfüm ihm in die Nase drang. Sie wohnt bestimmt in diesem Hurenwagen an der Straße, dachte er. Mit einem kurzen Blick bemerkte er ihre weißen Handgelenke, mit Fleischpolstern wie bei einer genudelten Gans und geschmückt mit zwei Silberarmbändern. Er schenkte ihr ein Lächeln. Sie erwiderte es, die Augen jedoch nicht auf sein Gesicht gerichtet, sondern auf seinen männlichsten Körperteil, der noch nie von einer Frau so hemmungslos angestarrt worden war, zumindest nicht bei der ersten Begegnung. Sie muß einmal schön gewesen sein, konstatierte Frederic, hatte immer noch leidenschaftliche schwarze Augen, und ihr Mund war vor vielen Jahren sicher verheißungsvoll. Sie hieß Püppchen, aber dieser Name paßte so gut zu ihr wie ein Schwein ins Himmelbett. Sie schob ihre dicken keulenförmigen Arme durch Frederics Arme und blinzelte ihm zu. Einige Männer wickelten eine Leiche in eine Decke und legten sie in eine Grube. Und mitten unter diesen Männern stand auf einmal das Mädchen wieder, den Fellumhang um die Schultern. Sie schaute zu ihm hin, mit großen Augen, als sie seine Begleiterin gewahr wurde. Er wurde wütend, daß sie ihn mit einer so auffälligen Fleischverkäuferin wie Püppchen sah. Er versuchte, sich mit einem Blick bei dem Mädchen einzuschmeicheln, doch ihr Gesichtsausdruck verriet, daß sie ihn verachtete. Trotz der Müdigkeit, die argwöhnen ließ, daß sie einige Ausschweifungen hinter sich hatte, strahlte ihr Gesicht eine lockere Frische aus.

„Wer ist das?" fragte er Püppchen und deutete auf das Mädchen.

„Das ist Lissi, nichts für dich, mein Großer, nur für Offiziere." Püppchens Augen sprühten Gift. Er wandte sich um, und Lissi gesellte sich zu einer Gruppe von Freunden.

„Komm, mein Schatz, wie suchen uns ein weiches Plätzchen." Püppchens Gurren brachte Frederic zur Raison. Um nichts in der Welt wollte er sich mit diesem Fettkloß herumtreiben. Pat kam ihm zu Hilfe und lotste ihn mit einer Ausrede zu seinem Wagen.

Am Abend darauf war sie plötzlich da, die Kleine mit dem Fellumhang, Lissi. Sie stand vor dem Wagen und redete mit Pat, hatte ein Kleiderbündel unterm Arm, anscheinend alles, was sie besaß. Pat führte sie zu Alfreds Wagen, und für Essen und Schlafen konnte sie bei Alfred und Pauline bleiben. Pauline, die ein Kind erwartete, war froh über die Hilfe. Sie verstand sich gut mit Lissi und freundete sich mit ihr an. Für Frederic war es erfreulich, abends nach Hause zu kommen und Lissi in der Nachbarschaft zu wissen. Er machte ihr den Hof, was ihr wohl gefiel. Als es kälter wurde, kostete es ihn nicht allzuviel Überredungskünste, Lissi zu bewegen, nachts bei ihm zu schlafen. Seit dieser Zeit war das Lagerleben für ihn bedeutend angenehmer.

Einige Wochen danach ging Lissi morgens fort, sie sagte nicht wohin und nahm auch ihren Pelzumhang nicht mit, obwohl es kalt war. Gegen Nachmittag kam sie zurück, sagte immer noch nichts, sondern machte sich an die Arbeit. Sie wusch Wäsche. Es war sehr schwer in den Wintermonaten, die Wäsche zu trocknen, man mußte jeden Sonnenstrahl ausnutzen.

Zwei Tage später saßen sie abends zu viert am Feuer und spielten Karten: Frederic, Pat, Alfred und der kleine Herbert, der so hieß, weil es im Lager noch einen großen Herbert gab. Pauline, Alfreds Frau, brachte ihnen einen Topf mit Krautsuppe, die es in sich hatte, und Frederic fragte sich, was wohl Lissi von seinem Knoblauchatem halten würde. Pat wandte sich zu Alfred und fragte: „Hat Pauline etwas gegen uns?"

„Wie kommst du denn darauf?"

„Ja", warf der kleine Herbert ein, „wenn mich jemand vergiften will, möchte ich auch gerne wissen warum. Apropos, drüben in Steinheim hat jemand einen hohen Offizier im Bett mit einem Bajonett abgemurkst."

„An der Stadtmauer sterben jeden Tag ein paar Soldaten, wer fragt nach denen?" sagte Alfred.

„Das eine ist Krieg, das andere Mord. Hat man den Täter schon?"

„Nein, ich glaube nicht", antwortete Frederic und mischte die Karten.

„Ich weiß nicht, könnte mir auch einen anderen Tod vorstellen, als mit einem Bajonett im Bett erstochen zu werden."

„O Gott, ist ja genau wie bei Julius Cäsar!" Der kleine Herbert, der sich gut in der Antike auskannte, war entsetzt.

„Was, Cäsar ist tot? Das arme Püppchen." Pat kannte nur einen Cäsar, und das war Püppchens Schoßhund aus dem Puffwagen an der Straße. „Gestern habe ich ihn noch gesehen, da hat der kleine Kerl einen Knochen ausgebuddelt, und jetzt ist er tot."

Alfred und Frederic grinsten. Pauline, die hinzugekommen war, schüttelte den Kopf. „Was hat der Hund von einer Dirne mit einem Mord in Steinheim zu tun?" fragte sie. Alfred nahm einen Schluck, rülpste laut und stieß ein langgedehntes Aaah aus. Danach zwinkerte er Frederic mit den Augen zu.

An jedem ersten Donnerstag im Monat kam ein Mainschiff mit Proviant. Für die hungrigen Männer war das stets ein Freudentag. Die Ankunft des Schiffes war eine so große Abwechslung in der Barrikadenzeit, daß sich selbst Frauen und Kinder näher an die Stadt wagten, als das normalerweise der Fall war. Frederic hatte seit dem Morgen Dienst an den Wällen, und Lissi wollte die Gelegenheit nutzen, zuerst ihn und dann das Schiff zu sehen. Sie hatten vor den Hanauern keine Angst, denn in letzter Zeit waren keine Ausfälle mehr vorgekommen. Sicher waren sie vom Hunger geschwächt und nicht mehr fähig, den Kaiserlichen Schwierigkeiten zu machen, dachte Lissi. Doch diesmal irrten sie alle. Plötzlich knatterte von den Wällen eine Feuersalve. Bei den Kaiserlichen, die absolut nicht mit einem Überfall gerechnet hatten, zeigten sich Verwirrung, Angst und Ratlosigkeit. Mehrere Reihen Infanterie waren angerückt, und an den Flanken näherte sich Kavallerie. Im ganzen waren es dreihundert Soldaten. In den Barrikaden hielten sich einige Frauen und Kinder auf, die wie Lissi ihre Männer und Väter besuchten. Alle schrien und liefen durcheinander. Lissi ergriff tapfer ihren Korb und wollte sich aus der Schußlinie bringen. Eine Frau mit drei Kindern begegnete ihr. „Papa ist weggelaufen", sagte das älteste Mädchen. „Er ist mit den anderen da drüben und hat uns allein gelassen." Sie begann zu weinen und sah Lissi bittend an.

„Wir müssen hier raus", antwortete Lissi, „keine Angst, das schaffen wir schon!"

Nicht weit von ihnen entfernt brannte ein Unterstand. Die Mutter der Kinder starrte mit offenem Mund auf das Feuer. Rauch quoll auf sie herab. In schneller Folge knatterte eine Salve nach der anderen. Von den Barrikaden kamen nun einzelne Schüsse und die Schmerzensschreie verwundeter Männer. Eine Kugel schlug dicht neben Lissis Füßen in den Boden. Sie schrie auf. Die Frau drehte sich um und drückte ihren Säugling an die Brust. „Was sollen wir tun?" fragte sie völlig verwirrt.

„Machen wir, daß wir hier rauskommen", schrie Lissi, nahm der Frau den Säugling ab und zerrte die beiden anderen Kinder samt Mutter hinter sich her. Eine zweite Kugel zischte heran und krachte in eine Kiste. Lissi betete, daß keine Munition in der Kiste war. Die Frau blieb stehen. „Um Himmels willen, geh!" rief Lissi und schlug der Frau auf die Schulter, um sie aus ihrer Erstarrung zu rütteln. Die Kinder heulten und wollten nicht laufen. Auf einmal hatte Lissi genug, sie gab jedem der Kinder eine Ohrfeige und die hörten vor Verblüffung sofort auf zu heulen. „Seid jetzt ruhig und kommt, los, alle beide. Hier, nimm deinen Bruder an die Hand und halte ihn fest." Sie gehorchten. Lissi gab der Frau den Säugling zurück, packte das Mädchen an der Hand und begann zu rennen. Das Mädchen wiederum zerrte den Bruder hinter sich her. Einige Minuten später waren sie gezwungen, hinter einem Steinhaufen Schutz zu suchen, weil Soldaten gegen die Barrikade vorrückten. Dort hockten noch andere Frauen, mit der gleichen Fassungslosigkeit im Blick wie Lissi.

Das Feuer wurde allmählich schwächer. Unten, an der Frontseite der Barrikade, stürmten die Soldaten die Wälle. Lissi und die Frau packten die Kinder und rannten los. Nicht mehr so nah an der Gefahr, fingen die wieder das Heulen an. Lissi fragte im Vorbeirennen verschiedene Leute: „Habt ihr Frederic oder Pat gesehen?" Sie schüttelten den Kopf und antworteten: „Die Männer sind alle vorne an der Front, an den Barrikaden."

Nachdem sie die Mutter mit ihren Kindern in Sicherheit gebracht hatte, machte Lissi sofort kehrt und lief zurück. Der Kampf war zu Ende, es war niemand mehr da, der Widerstand leisten konnte, diejenigen, die noch laufen konnten, waren geflohen. Die Verwundeten lagen dort, wo sie zusammengebrochen waren. Feindliche Dragoner stiegen ungehindert über die Wälle und über die toten Männer. Die Luft war erfüllt von Rauch. Mehrere Soldaten steckten mit

Pechfackeln die Unterstände in Brand. Das Prasseln und Zischen der Planen und Holzplanken übertönte das Schreien der Frauen und Kinder, die immer noch verwirrt und unter Schock stehend in den Barrikaden herumirrten. Lissi konnte Frederic nicht finden. Mühsam bahnte sie sich einen Weg durch Trümmer und am Boden liegende Männer. Sie bemühte sich, ihre Ohren vor dem Stöhnen der Verwundeten zu verschließen. Sie dachte nur an Frederic. Die Kavalleristen ritten nun ungehemmt umher, einer kam ihr so nahe, daß sie seinen Atem spüren konnte, als er vorbeipreschte. Sie beachtete ihn nicht. Als sie sich umdrehte, um die Barrikade zu verlassen, stolperte sie gegen die vorstehende Kante eines Grubenbrettes, das aus einem Schachteingang ragte. Ein Mann lag, mit dem Gesicht nach unten, in seinem Blut. Auf einem Haufen brennender Bretter lag ein anderer Mann eingeklemmt und rief ihr etwas zu. Das war Frederic! Sie hatte ihn wegen seines geschwärzten Gesichtes und der versengten Haare nicht erkannt. Plötzlich tauchte ein Soldat vor Lissi auf, in einer Hand eine Pistole, auf sie gerichtet. Lissi bückte sich blitzschnell, hob ein Bajonett auf, das einem Sterbenden gehört hatte, und rammte es mit einem unmenschlichen Schrei dem vor ihr stehenden Soldaten in die Brust. Aus seiner Pistole löste sich noch ein Schuß, doch er traf niemanden, und der Soldat brach sterbend zusammen. Die Frau trat mit einem Gesicht wie aus Stein gemeißelt zu Frederic. Der vordere Teil des Unterstandes war auf ihn heruntergefallen und hatte ihn so eingeklemmt, daß er sich nicht aus eigener Kraft befreien konnte. Die andere Seite brannte, doch weil das Holz feucht war, glimmte und verkohlte es nur, und es entstand ein fürchterlicher Rauch.
Lissi war es unmöglich, Frederic allein herauszuziehen. Sie wartete, bis die Hanauer wieder hinter ihren Mauern verschwunden waren, dann lief sie, so schnell sie konnte, und holte einige Männer, die Frederic vor-

sichtig aus den schwelenden Trümmern befreiten. Sie brachten ihn mit einer Trage in Sicherheit. Keiner wußte, wieviel Menschenleben dieser Überfall gekostet hatte, aber die schlimme Nachricht sprach sich rasch herum: Die Hanauer hatten es auf das Proviantschiff abgesehen, die Attacke auf die Schanzen der Kaiserlichen war nur eine Ablenkung gewesen, denn während alles sich auf das Durcheinander konzentrierte, von überall Soldaten kamen, entluden die Hanauer das Schiff mit allen Kisten und Fässern, trieben Rinder, Schafe und Ziegen weg. Auf den Wällen standen Ramsay, die Offiziere und Ratsherren der Stadt und beobachteten den Ausfall, als wären sie Zuschauer in einem Theater. Nach Einbruch der Dunkelheit hörten die gedemütigten kaiserlichen Soldaten den Spottruf der eingeschlossenen Hanauer, und nicht genug der Qual, mußten sie auch den Duft der gebratenen Ochsen riechen, was ihnen das Wasser im Mund zusammenlaufen ließ und ihre Kohlsuppe nicht schmackhafter machte.

Frederic hatte es böse erwischt: Die alte Wunde an seinem Bein war wieder aufgerissen, er hatte eine Rauchvergiftung, die ihn unablässig zum Husten reizte, und schlimme Brandwunden auf dem Rücken. Der Feldscher konnte nicht viel für ihn tun, deshalb sorgte Lissi dafür, daß er in den Wagen gebracht wurde, wo sie ihn selbst versorgte. Sie kochte ihm einen Sud, der seine Schmerzen betäubte und ihn in einen tiefen Schlaf sinken ließ. Sie konnte ihn nicht hinlegen, sonst wäre er erstickt, deshalb stopfte sie ihm alle Kleidungsstücke, die sie fand, hinter das Kopfteil, und so saß er in seinem Wagen, die Augen geschlossen und trotz seines fast bewußtlosen Zustandes vom Husten geschüttelt.

Endlich tauchte auch Pat auf. Er war von Kopf bis Fuß mit Schlamm verschmiert und stank fürchterlich, doch er war unverletzt. Er suchte sich ein anderes Hemd und eine Hose, sprach dabei nicht viel, und Lissi vermutete, daß er noch unter Schock stand.

Dann bat er Lissi um einen Eimer Wasser. „Geh zu Alfred, Lissi, und versuch, ob du irgend etwas machen kannst! Pauline ist völlig hilflos. Ich bleibe solange bei Frederic, damit er nicht erstickt."

Lissi verließ den Wagen. Es war dunkel und kalt, sie setzte sich auf ein Brett, das als Eingangsstufe diente, und nahm die Hände vors Gesicht. Sie war mit ihren Kräften am Ende und hätte schreien mögen, alles herausschreien, genau wie ihre Mutter damals schrie, als man sie abholte und in eine Anstalt sperrte. An so einem Tag wie heute kamen die Gespenster der Vergangenheit, um sie zu quälen, um sie daran zu erinnern, wer sie war und was sie war. Heute war dieser Dämon wieder in ihr erwacht, o mein Gott, dachte sie, den Dämon in sich niederkämpfend. Sie wußte genau, wenn sie es nicht schaffte, würde sie eines Tages in blindwütige Raserei verfallen, so wie es heute fast schon geschehen wäre. Sie nahm die Hände von den Augen und stand auf. Pauline weinte. Ausgerechnet diese Nacht hatte sie sich ausgesucht, um ihr Kind auf die Welt zu bringen. Glücklicherweise verlief die Geburt ohne Komplikationen, und Lissi konnte sich schon bald wieder um die Verletzten kümmern.

Zuerst um Alfred, den ein Bajonett an der rechten Seite verletzt hatte. Er war sehr unruhig und hatte große Schmerzen. Lissi säuberte seine Wunde und verband ihn. Alfred hatte Durst, und nachdem sie ihm etwas Wasser gegeben hatte, wartete sie, ob er sich übergeben würde. Doch es geschah nichts. Lissi wurde ruhiger, das Gefühl, Menschen helfen zu können, machte sie stolz und stark. Ihre Verzweiflung legte sich wieder. Sie schaute noch einmal nach den anderen Verwundeten. Frederic schlief, sein Husten war etwas besser geworden. Pat schnarchte vor sich hin. Lissi zog die Kleider unter Frederics Kopf und legte ihn etwas tiefer, deckte ihn bis zum Hals zu und löschte die Laterne. Danach ging sie zu Alfreds Wagen zurück, um die erste Nachtwache zu übernehmen.

*I*n Hanau wurde der Ausfall gefeiert. Er hatte zwar Tote und Verletzte, dafür aber auch Rinder, Schafe, Ziegen, etliche Säcke mit Mehl, Kraut und Salz sowie Wein und Schnaps gebracht. Zwei Ochsen wurden sofort geschlachtet und auf dem Marktplatz gebraten, damit die Kaiserlichen auch etwas zum Schnuppern hatten, wie sich die Leute schadenfroh erzählten. Während sich auf allen Plätzen die Bratspieße drehten, wurden Julie und Daniel mit der vornehmen Gesellschaft der Stadt von Ramsay in das Schloß des Grafen zu Hanau eingeladen. Der Kommandant wollte seinen Sieg über Lamboy feiern, und da er sich als Stellvertreter Philipp Moritz' ansah, hatte er sich das Schloß für seinen großen Triumph ausgeliehen.

Gegen Abend hatte es angefangen zu regnen, und auf der Freitreppe des Schlosses hatte sich der Schmutz der Hanauer Gassen angesammelt, so daß die Damen ihre Roben aus Samt und französischer Seide wie gewöhnliche Marktfrauen hochraffen mußten, um einigermaßen trocken aus dem Treppenhaus in den weiten Saal zu gelangen. Auf dem Schloßhof drängten sich die altmodischen Sänften, die man aus den Scheunen hervorgeholt hatte, denn kein privater Mann in der Stadt durfte noch ein Pferd besitzen. Daniel hatte seinen teuren Schimmel dem Kommandanten geschenkt. Außer diesem war nur noch die Kavallerie beritten.

Rechts und links der Freitreppe hingen große, stockfleckige Spiegel in dicken Goldrahmen, und die Ahnen auf den dunklen Bildern schauten in ihren hohen Spitzenkragen mit verkniffenen Gesichtern dem Treiben zu. An der Verfärbung der Stufen war zu erkennen, daß hier vor nicht allzu langer Zeit noch Läufer

441

gelegen hatten. Ob sie aus Gründen der Sparsamkeit oder der Schonung verschwunden waren oder im Zuge eines deutlich sichtbaren Verfalls, blieb ungeklärt. Julie störte dieses schäbig gewordene Dekor nicht im geringsten. Nichts konnte ihre gute Laune verderben. Der alte Spiegel warf ihr Bild zurück, er zeigte eine wunderschöne Frau mit hochgetürmten roten Haaren, in einem grünblauen Kleid, das mit seinen langen, engen Ärmeln, dem großen Dekolleté, der engen Taille und dem weitgebauschten Rock das Eleganteste war, was sie je gesehen hatte. Um ihrer äußeren Erscheinung noch ein Glanzlicht aufzusetzen, hatte ihr Daniel ein wunderschönes Armband und Ohrringe aus Diamanten und Saphiren geschenkt. Den Stoff für ihr Kleid hatte sie schon Wochen vorher bei dem Seidenhändler de Neuville ausgesucht, der ein großes Lager in der Neustadt hatte und froh war, nach langer Zeit wieder einmal ein Geschäft zu machen. Genäht wurde es von den beiden Schwestern de Beheigne, die sehr schnell arbeiteten. Ich muß den Demoiselles de Beheigne morgen meine Aufwartung machen und ihnen ein Geschenk mitbringen, dachte Julie, während sie an Daniels Arm zu den Damen hinübersah, die hinter bunten Fächern versteckt, jede Bewegung von Julie beäugten.

Orchidee, mit Niklas am Arm, wurde blaß, als sie Daniel und Julie kommen sah. Nur mit Mühe konnte sie ihren Haß und ihre Eifersucht verbergen. Den strahlenden Niklas, der gerade auf Julie und Daniel zugehen wollte, zog sie schnell in eine Nische.

Mißbilligend sah er die junge Frau an und brummte: „Was soll das?"

„Niklas, du bist unmöglich, weißt du, es gibt im Leben zwei Arten von Narren, jene, die nichts im Kopf, und jene, die zu viel Herz haben."

Niklas lächelte matt. „Und ich gehöre zu den Narren der zweiten Art, nicht wahr?"

„Du bringst es fertig, beide zu vereinen. Hast du immer noch nicht nachgedacht, wie du mir helfen kannst, diesen Irrtum aus der Welt zu schaffen?"
„Zufällig liebt de Lattre diesen Irrtum. Schau, Orchidee, kannst du nicht endlich einsehen, daß ich für dich kein Irrtum wäre? Merkst du nicht, meine Liebe, wie kindisch dein Unterfangen, deine Eifersucht ist? Es kann nur mit einer Blamage enden, und das alles wozu?"
„Lassen wir es sein, Niklas", erwiderte Orchidee gequält. „Du verstehst mich nicht, niemand versteht mich. Wir haben schon genug davon gesprochen."
„Na ja", wandte Niklas ein, „du kennst ja kaum ein anderes Thema."
Mit einem leichten Klaps ihres Fächers berührte sie seine Wangen und sagte: „Männer wie du werden Frauen wie mich nie verstehen, und alle Worte werden daran nichts ändern."
Obwohl nicht getanzt wurde, war die Luft im großen Saal bereits von Dunst und Staubschleiern durchzogen. Die vielen qualmenden Kerzen verursachten unter der abgeblätterten Stuckdecke eine Backofenhitze. Es roch nach Staub, Schweiß und zuviel Parfüm.
Kommandant Ramsay war mit dem Einsatz seiner ganzen gewichtigen Persönlichkeit davon überzeugt, ein guter Soldat und Stratege zu sein, und wußte, daß er eine Menge Glück gehabt hatte, als er nach Deutschland gekommen war. Er war ein gläubiger Christ, und es ging ihm seit Jahren gegen den Strich, daß der Zwist zwischen den Glaubensrichtungen zu einem elenden Krieg geführt hatte. Wenn sie ihn nur machen ließen, er würde das Werk der Gräfin Katherina Belgica fortsetzen, an den Stadtwällen und in den Herzen der Hanauer. Vielleicht konnte ihm im kleinen gelingen, was im großen nicht machbar war: alle Konfessionen unter einen Hut zu bringen.
Manchmal hatte er geglaubt, die Torflügel des Alters wären schon weit offen, doch an diesem Tag merkte er, daß sein Blut noch schnell durch die Adern rann.

Er war nicht mehr jung und noch nicht alt, aber an den verheißungsvollen Blicken der Damen gemessen waren seine fünfzig Jahre kein Alter. Ganz besonders mochte er diese kleine Rothaarige, die Braut von de Lattre. Ihre Art, die Wahrheit zu sagen und sich nicht hinter vornehmen Floskeln zu verstecken, gefiel ihm.

„Da seid Ihr ja!"

Sie sagten es beide zur gleichen Zeit und mußten lachen. Sie streckte ihm ihre Hände entgegen, und er ergriff sie mit Herzlichkeit. Sie dankte ihm ohne Koketterie für das wunderschöne Fest, so daß es ihm warm in der Brust wurde. Sie unterhielten sich eine Weile, und auf einmal fragte Julie: „Als Ihr klein wart, Herr Kommandant, als Ihr noch ein kleiner Junge wart, wovon habt Ihr geträumt, wonach habt Ihr Euch gesehnt?"

Er starrte sie verblüfft an.

„Ach", erklärte er trocken, „soweit ich mich erinnere, habe ich, solange ich klein war, immer nur eine Sehnsucht gehabt, nämlich nicht mehr klein, sondern groß zu sein."

Der Kommandant dehnte sich voll Behagen in seinem Brokatsessel und drehte am Stiel seines Weinglases. Hübsch, wie der geschliffene Kelch funkelte. Ramsay gab sich einem angenehmen, prickelnden Empfinden von erwartungsvoller Beschwingtheit hin. Wenn man in seinem Alter solchen Vokabeln gegenüber nicht so skeptisch gewesen wäre, dann hätte man sogar von einem eindeutigen Glücksgefühl sprechen können. Natürlich kannte er die Gründe. Zunächst einmal war es die wohlvertraute Luft der Gesellschaft, die er schon immer geliebt hatte. Nun ja und dann, man hatte wieder einmal etwas vollbracht. Er war nicht immun, die Schönheit der Damen hinterließ eine gefühlvolle Spur in seiner Seele. „Hast du eine Ahnung, wie groß Amerika ist?" hörte er Daniel zu Niklas sagen. Niklas schüttelte den Kopf, und Ramsay konnte sich nicht enthalten, ihm ins Wort zu fallen. „Wißt Ihr denn, was es da für Gefahren und Scheußlichkeiten gibt?" Es war ein Thema, das der Kommandant nicht liebte. Dieses Geschwätz über Amerika, das der Genuese vor rund hundertdreißig Jahren entdeckt hatte, als wenn im eigenen Land kein Platz wäre zum Aufbauen und zum Geschäftemachen. Hier brauchte man Männer wie de Lattre, mit seinen Verbindungen in andere Länder, seinem gescheiten und raffinierten Kopf. Ohne ihn würde es schwerfallen, Hanau zu dem zu machen, was er, Ramsay, wollte: eine Freie und Deutsche Handelsstadt. Er würde noch einmal mit Daniel sprechen müssen, aber heute wollte er sich den Spaß und Triumph nicht verderben lassen.

Es war dunkel, kein Stern blinkte am Himmel, die Wolken hingen tief über der Stadt. Der Abend war lang und anstrengend gewesen, und Julie konnte nur mit Mühe ein Gähnen unterdrücken. Daniel und sie gingen durch die Metzgergasse, am großen Rathaus vorbei und betraten das kleine Haus, das Julie seit Wochen bewohnte. Ohne die Augen von Daniel zu lassen, streifte sie ihre Handschuhe ab und lockerte ihr Kleid in der Taille. Daniel, der ein Fenster öffnete, bemerkte erst jetzt, daß sie ihn mit einem spöttischen Ernst forschend betrachtete.
„Was ist, mein Herz?"
„Warum war Ramsay so verärgert, als du mit Niklas über Amerika geredet hast?"
„Nun, ich glaube, Ramsay hat Angst, mich zu verlieren, ich habe ihm gegenüber mal eine Andeutung gemacht."
„Was für eine Andeutung, Daniel? Du hast doch nicht etwa vor, Hanau zu verlassen?" fragte Julie voll Schrecken.
„Nein, mein Schatz, das war alles nur ein Traum von mir. Doch ich muß sagen, diesen Traum nimmt jeder mit Angst und Schrecken auf. Warum eigentlich? Wäre es so verwegen?"
Julie schüttelte den Kopf und entgegnete: „Seit ein paar Monaten bemühe ich mich, hier in der Stadt

445

heimisch zu werden, soll das alles umsonst gewesen sein? Hast du denn vor nichts Angst, Daniel?"

„Doch, vor einem gewissen Christian dem Elsässer, dem ich seine Braut abgeworben habe. Ich hoffe, daß er mich solange am Leben läßt, bis ich ihm die Sachlage erklärt habe", antwortete er lachend.

„Und wem habe ich dich weggenommen, Daniel?" fragte Julie mit ernster Stimme. „Orchidee? Warum haßt sie mich so, ist es wegen dir?"

„Sie war einmal meine Geliebte, doch das ist sehr lange her, und ich habe ihr nie Hoffnungen gemacht, daß sie irgendwann meine Frau würde. Sie ist eine temperamentvolle Frau, mit Explosionsgefahr, wie Niklas sagen würde", sagte er lachend.

„Spotte nicht, Daniel, ich habe Angst vor ihr, auch Barbara will nicht viel von ihr wissen und meinte, wir sollen sehr vorsichtig sein."

Lange Zeit herrschte Schweigen, dann stand Julie auf und schloß das Fenster. Sie setzte sich wieder neben ihn und zog mit ihren Fingern zärtlich seine Lippen nach. „Bist du ganz sicher, daß du diese Frau nicht liebst?"

„O Julie", wehrte er sich gequält, „jetzt kommst du auch noch mit diesem Tratsch. Die Liebe, die große Liebe ... kein Mensch würde an Liebe denken, wenn nicht unentwegt darüber geredet würde."

Sie blickte zu Boden.

„So ist es doch", sagte er heftig.

Da sah sie ihn mit einem traurigen Lächeln an. In ihren Augen blinkten Tränen.

„Kleines sentimentales Mädchen, aber so ist es doch."

Sie ließ sich in seine Arme sinken, wie schon so oft. Doch als er sie fest an sich ziehen wollte, widerstand sie sanft und fragte leise: „Ist es dir noch nie in den Sinn gekommen, daß es gerade anders herum sein kann?"

„Was heißt das?"

„Es wird so viel von der Liebe geredet, weil so viel an sie gedacht wird."

„Von mir bestimmt nicht."
Sie schloß die Augen und sprach weiter: „Du bist ein Raubtier, ein Spieler und ein Gauner." Dabei warf sie sich über ihn. Doch als er sich leidenschaftlich der Glut des Augenblicks und ihren wilden Küssen hingab, glaubte er ein Schluchzen zu hören.

*D*rei Wochen nach dem Ausfall der Hanauer lagen Frederic und Pat eines Tages in der Sonne und unterhielten sich über ihre ausweglose Lage. Sie waren zwar beide überm Berg, wie man sagt, aber noch lange nicht gesund. Ein Gerücht ging um, daß es schon bald den großen Knall geben werde. Lamboy wartete Tag für Tag auf Verstärkung und hoffte immer noch, daß Hilfe aus der Pfalz kommen würde.

Gegen Abend erhielt Frederic Besuch aus Kesselstadt, vom Koch, den er und Pat beim Bau der Mainbrücke kennengelernt hatten. Der hatte von Frederics Verletzung gehört. Wie immer saßen die Männer ums Feuer, tranken und rauchten ihre stinkenden Pfeifen.

„Wenn wir wüßten, wie wir es anstellen sollen, würden wir alle abhauen", erklärte Pat. „Aber mit zwei kriegsverletzten Männern, zwei Frauen und einem Säugling ist das unmöglich."

„Warum versucht ihr es nicht auf legale Weise? Dann könnt ihr eure Sachen mitnehmen und braucht keine Angst zu haben, als Deserteure erschossen zu werden", entgegnete der Koch. „Kann mir nicht vorstellen, daß Lamboy scharf auf Kranke, Frauen und Kinder ist, ihr seid doch nur Ballast. Ich habe einen gekannt, der hat es auch geschafft, mit einem Papier von Lamboy. Ein Jahr später ist er dann leider an der Pest gestorben. Doch das kann euch auch in Hanau und woanders passieren."

„Daran habe ich noch gar nicht gedacht", überlegte Pat, „ein richtiger Entlassungsschein?"

„Probier's!" sagte der Koch, stand auf, um sich zu verabschieden, und verschwand Richtung Steinheim im Dunkeln.

Frederic war sehr schweigsam und nachdenklich. Dieser Koch hatte etwas erzählt, was ihn sehr erschüttert hatte. Es betraf Lissi. Er, Frederic, konnte sich noch genau daran erinnern, wie sie vor einiger Zeit am Feuer über die Ermordung des Offiziers in Steinheim gesprochen hatten. Der Koch hatte ihm nun erzählt, daß er Lissi an diesem Tag in Steinheim gesehen hatte. Er hatte sich gewundert, daß sie ohne ihren Pelz in der Gegend herumlief, wo es doch so kalt war. Die Nachricht, daß der Offizier Hermann Legender mit einem Bajonett erstochen worden war, ging wie ein Lauffeuer herum, doch alle Nachforschungen verliefen im Sande; niemand hatte etwas gesehen oder gehört. Aber der Koch, der mit vielen Soldaten zusammenkam, wußte, was wirklich im Lager vorging, und er fand heraus, daß Lissi auch noch von anderen gesehen worden war.

„Warum habt ihr alle geschwiegen?" fragte Frederic entsetzt.

„Tja", antwortete der Koch nachdenklich, „erstens verrät kein Soldat einen anderen, und Lissi ist so gut wie ein Soldat. Es gibt Männer, die kennen sie noch von früher, da hat sie mitgekämpft, so gut wie ein Mann, ja, was sag ich dir, besser, viel besser als ein Mann. Und zweitens war dieser Offizier ein Schwein. Ein richtiges Schwein. Hat die Männer schikaniert, bis sie nicht mehr konnten. Er war reif. Wenn es Lissi nicht getan hätte, wäre er einem Unfall zum Opfer gefallen. Deshalb haben alle geschwiegen und das Mädchen gedeckt." Damit war für den Koch die Sache erledigt, er wollte nur, daß Frederic das wußte, falls er Lissi loswerden wollte.

Es lag nicht in Frederics Natur, einen Menschen nach seiner Vergangenheit zu fragen, wenn er nicht von selbst damit herausrücken wollte. Lissi war nicht Julie, die ihm freiwillig ihr ganzes Leben erzählt hatte. Auch Julie hatte einen Menschen umgebracht, und noch nach vielen Jahren hatte das Entsetzen darüber in ihrem Gesicht gestanden, aber bei Lissi war das anders. Die ganze Zeit, seit er, Frederic, zur Untätigkeit verdammt war, hatte er Lissis Gesicht vor Augen, als sie mit grenzenlosem Haß dem Soldaten das Bajonett in die Brust stieß. Doch noch etwas hatte er gesehen, etwas, das ihn erschrocken die Augen schließen ließ, wenn er nur daran dachte: Sie hatte Vergnügen daran gehabt. Sie tötet aus Haß und Vergnügen, dachte er. Er war auch sicher, daß sie diesen Offizier getötet hatte. Die Frau, die er den ganzen Winter im Arm gehalten hatte, Nacht für Nacht, diese wunderschöne Frau, wer und was war sie wirklich? Er wußte es nicht, sie hatte ihm nie von ihrer Vergangenheit erzählt, und er hatte sie nie danach gefragt.

Pat erhielt tatsächlich sein Entlassungspapier. Er konnte es noch gar nicht fassen und rannte den ganzen Weg vom Steinheimer Schloß bis zum Lagerplatz. Lamboy hatte einen guten Tag gehabt und eingesehen, daß er mit Verletzten, Frauen und Kindern keine Schlacht gewinnen konnte. Von sich selbst behauptete Pat, daß er sich im vergangenen Winter zwischen Kinzig und Main ein schweres Rheumaleiden zugezogen hatte und kaum noch einen Muskel bewegen konnte. Somit war die Sache klar, und Pat bekam seinen Entlassungsschein.
Frederic, Pat, Alfred und die Frauen packten so schnell wie möglich ihr Hab und Gut zusammen. Den Wagen mußten sie stehenlassen, denn sie hatten keine Pferde. Der Abschied fiel allen nicht leicht. Zu viele Freunde mußten sie zurücklassen, und ob man sich je wiedersehen würde, war unwahrscheinlich.

Im Frieden von Prag (1635) machten fast alle protestantischen Reichsstände ihren Frieden mit dem Kaiser. Vor allem Kursachsen, das sich aus dem schwedischen Bündnis löste. Ein gemeinsames Ziel der Reichspolitik war es, die fremden Mächte aus Deutschland zu vertreiben. Der Kaiser vergaß den

Verrat der Hanauer im Jahre 1631 niemals, an dem man dem Kommandanten Brandis so übel mitgespielt hatte, genau wie Julie, die damals den Vater ihres Kindes verlor, diesen Tag nie vergessen konnte. Der Kaiser weigerte sich zeit seines Lebens, den Hanauer Grafen zu amnestieren und dessen Grafschaft in den Prager Frieden mit einzubeziehen. Die Landgrafschaft Hessen-Kassel schloß sich dem Prager Frieden ebenfalls nicht an, sondern blieb bis zum Kriegsende mit Schweden und Frankreich gegen den Kaiser verbündet.

Landgraf Wilhelm von Hessen-Kassel, der Schwager von Philipp Moritz, marschierte mit seiner Armee nach Hanau. Mit Kanonenschüssen kündigte er den Hanauern sein Kommen an. Zwei Tage später stieß noch eine schwedische Armee unter Lesley, einem Schwager des Kommandanten Ramsay, zu den Hessen, und es kam zu den ersten Gefechten. Die Belagerer wurden zu recht nervös, und von den Wällen beobachteten die Hanauer, daß es eine Veränderung unter den Feinden gegeben hatte. Lamboy ließ alles über die Mainbrücke herüberbringen, aber er hatte keine Chancen gegen die zwei zahlenmäßig überlegenen Armeen. Das ganze wurde an einem Vormittag durch den energischen Vorstoß der Schweden und Hessen entschieden, die Kämpfe vom Nachmittag und folgenden Tag waren blutige Einzelgefechte ohne Einfluß auf die bereits gefallene militärische Entscheidung. Nach zwei Tagen hartem Gefecht zogen die beiden Generäle mit ihrem Gefolge durch das Nürnberger Tor in die Stadt ein. Das war der 13. Juni 1635, an dem die fast einjährige Belagerung Hanaus beendet wurde. Lamboy zog sich mit seinen Soldaten an den Rhein zurück.

Die Hanauer jubelten und feierten die Befreiung mit einem Massenansturm auf den Marktplatz. Überall läuteten die Kirchenglocken.

Barbara brachte Julie einen Brief von de Lattre in den Salon. Darin forderte er sie auf, sich hübsch zu machen und in die Neustadt zu kommen, um mit ihm an der Messe in der Wallonischen Kirche und anschließend an der Begrüßung von Ramsay auf dem Marktplatz teilzunehmen.

Julie sah Barbara fragend an.

„Zieh das helle Baumwollkleid an, der Rock ist nicht allzu weit, was bei den vielen Menschen auf der Straße nicht so hinderlich ist wie ein überweiter Rock."

Barbara hatte recht. Auf den Straßen Hanaus herrschte ein lebhaftes Getümmel. Julie fiel es schwer, sich im Strom der Menge nicht vom Weg abdrängen zu lassen. Überall Hysterie, Rennen, Rufen, Schreien, Gestikulieren, Tränen, halbverhungerte Kinder. Sie war ergriffen vom Anblick der Menschenmassen, die durch die Straßen wogten. Die grenzenlose Verlassenheit auf den Gesichtern war verschwunden. Alles, was sie wollten, war Brot.

Obwohl Ramsay zur schwedischen Armee gehörte, wurde er geliebt und bewundert. Julie wurde genau wie alle anderen von Erregung ergriffen, als sie den Helden erblickte, der sich auf Daniels großem Schimmel in das Getümmel stürzte. Vor Begeisterung hoben ihn die Leute fast aus dem Sattel, und die donnernden Hochrufe brachten sein Pferd fast zum Scheuen. Aber er hatte nun mal die Gabe, sich ohne jede Spur von Herablassung unter das Volk zu mischen.

Ein munterer Trommler rief Julie zu: „Sie sprengen die Barrikaden, sie setzen die Barrieren in Brand!"

Auf dem großen Marktplatz in der Neustadt schrien die Menschen immer wieder Hurra, als sie die Generäle entdeckten. Die ganze Stadt war im Befreiungsfieber. Mitten in dem Gewühl packte jemand Julie von hinten an den Schultern. Sie fuhr herum und fand sich dem Trommler gegenüber. Hilfsbereit stemmte er seine Hände in ihren Rücken und schob sie durch das Gedränge. Sie kamen an einen ruhigeren Platz, wo sie einen Moment verschnaufen konnte. Ihr Dank an den Trommler ging jedoch im Getöse unter. Er winkte munter zum Abschied und verschwand. Julie wollte sich gerade aufs neue in die Menschenmenge werfen, da stand die Französin Suzanne Renant vor ihr, völlig aufgelöst und einem Nervenzusammenbruch nahe.

„Was ist, Suzanne?" fragte Julie entsetzt. „Was ist passiert?"

„Julie, mein Gott, Julie ... sie hat ihn umgebracht!"

„Wer hat wen umgebracht?"

„Das Mädchen aus dem 'Blauen Haus' hat Daniel de Lattre einen Dolch in den Rücken gestoßen, mitten auf dem Marktplatz."

Aus Julies Gesicht wich alle Farbe. Aber sie fiel nicht in Ohnmacht und wurde nicht hysterisch, sondern arbeitete sich sofort mit aller Kraft durch die Menschenmengen, die Französin im Schlepptau. Schweißgebadet, mit zerrissenen Kleidern, kam Julie am Haus de Lattres an. Langsam ging sie an den Menschen vorbei, die Daniel nach Hause gebracht hatten. Sie machten ihr mit ernsten Gesichtern Platz. Daniel war im kleinen Salon aufgebahrt. Er lag ganz locker und unverkrampft da, offenbar hatte er nicht viel gelitten. Julie spürte keinen Schmerz, nur eine große Leere und Kälte, die breitete sich über ihren ganzen Körper aus und ließ ihre Glieder steif werden. Mühsam hob sie die Hand und strich mit einer zarten Geste Daniel über die Lippen. Dann drehte sie sich um und verließ abrupt, ohne etwas zu sehen oder zu hören, das Haus. Sie ließ sich von dem Gedränge herumschieben, von einer Straße in die andere, ohne eigenen Willen. Menschen sprachen sie an, versuchten mit ihr zu scherzen und zu lachen, doch sie gab keine Antwort. Sie verstand nicht, was man zu ihr sagte, und es war ihr auch vollkommen gleichgültig. Irgendwie kam sie nachmittags zu ihrem Haus in der Altstadt zurück. Barbara hatte sich schon große Sorgen gemacht, denn das Geschehene hatte sich wie ein

Lauffeuer verbreitet. Sie nahm Julie in die Arme, zog sie aus und brachte sie wie ein Kind zu Bett. Julie wachte erst wieder auf, als es schon dunkel war. Das Fenster stand offen, und der Wind bauschte die Vorhänge auf. Die Nacht war ruhig, nur noch gelegentlich wankte ein Betrunkener nach Hause. Unerträglicher Schmerz legte sich langsam auf Julies Herz. War das die Nacht, die sie seit dem Mittag herbeigesehnt hatte? Der Wind wehte ihr die Haare in die Augen. Sie fühlte die Einsamkeit auf ihrem Weg, auf dem der Mann, den sie liebte, sich immer weiter von ihr entfernte.

Daniel de Lattre war einer der einflußreichsten Männer der Stadt gewesen. Und wie alle einflußreichen Männer hatte er viele Feinde gehabt. Daher bedeutete seine Ermordung eine Sensation, und es gab genügend Menschen, die sich darüber freuten. Da auch die Täterin bekannt war, betrachtete man jedoch das Verbrechen als Ausdruck primitiver Leidenschaft. Eine Gerichtsverhandlung, die dem Interesse an der Sache möglicherweise neue Nahrung zugeführt hätte, mußte entfallen, denn Orchidee, die nach der Tat sofort verhaftet worden war, hatte sich im Gefängnis erhängt. Man gab bekannt, daß sie sich wegen unerträglicher Gewissensbisse das Leben genommen hätte. Das befriedigte zwar die Öffentlichkeit, entsprach aber nicht der Wahrheit. Orchidee hatte nämlich, nachdem der Gefängniswärter ihr prophezeit hatte, daß sie am Ende der Gerichtsverhandlung auf alle Fälle öffentlich gehängt würde, selbst allem ein Ende gemacht. Aus Verzweiflung und um der Schmach zu entgehen, war sie dem Henker zuvorgekommen.

Drei Wochen nach Daniels Tod mußte Julie den Advokaten Clouzot aufsuchen, denn es gab Streit wegen des Erbes. Dimitri de Lattre war der rechtmäßige Erbe. Aber es existierte noch ein Onkel, Esaias de Lattre. Zu Lebzeiten Daniels waren die beiden große Feinde gewesen. Nun, da Daniel tot war, ließ der alte Onkel alle Geschäftspapiere aus dessen Haus entfernen, schickte die Dienstboten weg und versperrte das Tor. Außerdem klagte er auf Rückgabe des kleinen Hauses in der Altstadt, das, wie er sagte, Julie sich unrechtmäßig angeeignet hätte. Daniel hätte ihr das Haus geschenkt mit dem Gedanken, daß es nach seiner Heirat wieder sein Eigentum würde. Auch ein Diamanthalsband aus dem Familienschmuck forderte der Onkel zurück.

Vor ihrem Besuch beim Advokaten bat Julie daher Kommandant Ramsay um Unterstützung beim Rat der Stadt Hanau. Er setzte alles daran, daß sie dort gehört wurde. Auf seine Fürsprache hin erhielt Julie eine Bescheinigung, daß das kleine Haus ihr Eigentum war. Nur das Halsband, das angeblich zum Familienschmuck der de Lattres gehörte, mußte sie zurückgeben. Den anderen Schmuck, den Daniel extra für sie vom Juwelier Schellkens hatte anfertigen lassen, durfte sie behalten. Nach längerem heftigem Disput bestätigte der Juwelier Julies Angaben, und der große Rat war zufrieden.

Julie hätte diesem raffgierigen alten Kerl gern ihre Meinung gesagt zum Familienschmuck. Sie wußte nämlich genau, daß kein Vermögen mehr da gewesen war, geschweige denn irgendwelcher Familienschmuck, nachdem die Brüder de Lattre ihren Vater verlassen hatten und in allen möglichen Ländern herumgezogen waren. Alles, was Daniel besaß, hatte er sich selbst erarbeitet oder ergaunert, wie Barbara sagte, doch die redete es Julie aus, mit dem Onkel in Verbindung zu treten. Wahrscheinlich hätte er sie gar nicht empfangen.

Nach der unfreundlichen Unterredung mit dem Advokaten war Julie aufgebracht und konnte sich lange nicht beruhigen. Als sie nun allein in der Mietkutsche saß, kam sie sich schutzlos und lächerlich vor, gleichzeitig war sie wütend über die Ungerechtigkeit, die man ihr angetan hatte.

Am Abend dieses Tages kam Kommandant Ramsay zu ihr. Sein Besuch war wie Balsam für ihr wundes Herz. Ramsay empfand ein merkwürdiges Gefühl, das ihn zu dieser Witwe, die eigentlich keine war, trieb. Hätte man sich nach dem Grund dafür erkundigt, wäre ihm keine Antwort eingefallen. Doch glücklicherweise wurde sein Erscheinen fraglos begrüßt. Nach all dem Ärger der vergangenen Stunden erlöste ihn nun eine warme, einladende Frauenstimme aus seiner etwas grüblerischen Selbstbetrachtung.

„Kommandant Ramsay", sagte Julie, „nehmt meine Hand und erlaubt, daß ich Euch in mein Haus führe!"

„Madame Julie! Ich darf doch so sagen?" fragte er und ergriff ihre Linke. Die sanfte Berührung gefiel ihm. Ramsay schritt leicht und sicher auf dem kurzen gepflasterten Weg bis zur Haustür, die seine Gastgeberin als Zeichen des Willkommens offen gelassen hatte. Das Zimmer, in das sie ihn führte, war kühl und sauber, ein würziger Duft von getrockneten Kräutern erfüllte die Luft.

Ramsay schaute sich um und konstatierte: „Gemütlich habt Ihr es hier."

„Das ist mein Salon, nur für mich und meine Freunde. Madame Berta, die Ihr ja vom 'Blauen Haus' kennt, hat ihre eigenen Räume. Wenn es Euch nichts ausmacht, hier ein wenig zu warten, hole ich jetzt Hagebuttentee, mögt Ihr ihn?"

„Ja."

„Ich auch, fast lieber als alle anderen Sorten. Ich bleibe nicht lange weg."

„Madame Julie, ich bin gekommen, um noch einmal mein Beileid ..."

Er hatte noch nicht zu Ende gesprochen, da hörte er sie die Türe leise schließen. Sie entzog sich seiner Anteilnahme.

Ramsay fühlte sich sehr wohl bei Julie und blieb länger als eine Stunde. Er konnte seinen Freund de Lattre verstehen. Wäre er ein paar Jahre jünger, hätte er dieser bezaubernden Frau den Hof gemacht, dachte er. So aber konnte er ihr nur ein väterlicher Freund sein, und das war ihm ein großes Bedürfnis.

„Ich würde gerne einmal wiederkommen", sagte er galant beim Abschied.

„Und ich würde mich über keinen anderen Besuch mehr freuen", erwiderte Julie. Sie begleitete ihn zu seiner Kutsche.

In der Stadt rauschte und summte es geschäftig, doch nachdem Ramsay gegangen war, kam es Julie vor, als wäre die Nacht öde und leer. Sie ging zu Bett und ließ sich fröstelnd in ihre Kissen sinken. Sie war noch kein ganzes Jahr in dieser Stadt, hatte den Geliebten, den sie heiraten wollte, verloren, ein Haus und einen großen Mann als Freund gewonnen. Julies Gefühl der Leere hatte keine äußeren Ursachen, es kam von innen.

Wochen vergingen. Hatte Julie kurz nach Daniels Tod noch gedacht, daß ihr eine lange einsame Zeit bevorstehen werde, so hatte sie sich geirrt. Es verging kein Tag, an dem nicht ein Besucher an ihre Tür klopfte. Man ließ sie nicht allein und gab ihr keine Gelegenheit zum Grübeln. Da waren die Solomons, ihre alten treuen Freunde, die es Julie nie vergaßen, daß sie ihnen das Leben gerettet hatte. Nachdem Hanau wieder offen war, hatten sie Nachricht von ihren beiden Söhnen aus Frankfurt erhalten und würden sie bald wiedersehen. Johann hatte Arbeit als Lohnkutscher gefunden. Doch bevor er anfangen konnte, mußte er wochenlang die Kutsche reparieren und auf Hochglanz bringen. Nun war er über Tag weg, wie Barbara sagte, ein unnützer Esser weniger. Außer Ramsay kam von Daniels Freunden Niklas van Geden fast jede Woche und versuchte Julie aufzuheitern. Selbst die beiden Damen de Beheigne erschienen zum Tee und machten Konversation. Doch von allen waren Julie Suzanne und Simon Renant die liebsten Gäste. Simon war ein sehr beschäftigter Mann. Jetzt, nach dem Ende der Hanauer Belagerung, konnte er seinen Holzhandel wieder aufnehmen und war vom Morgengrauen bis in die Nacht auf den Beinen. Dafür hatte Suzanne mehr Zeit, auch wenn sie darüber jammerte, daß sie ihren Mann nur noch zum Schlafen sah. Julie mochte die quirlige Französin. Selbst Barbara, die am Anfang sehr skeptisch dreinschaute, wenn Suzanne bei ihnen in der Altstadt auftauchte, zählte sie neuerdings zur Familie. Durch Suzanne lernte Julie die Familie de Lattre erst richtig kennen, sie staunte, wieviel Suzanne doch aus dem Leben des sonst so verschlossenen Daniel wußte.

An einem naßkalten Wintertag saßen sie nachmittags am warmen Kamin und tranken Tee. Suzanne hatte es sich auf ihrem Lieblingsplatz, dem Schaukelstuhl, bequem gemacht. Barbara stickte an einer Tischdecke, und Julie stocherte in der Glut und legte ein Holzscheit nach.

„Weißt du, Suzanne, was mich betroffen macht, ist, daß keiner der drei Brüder de Lattre je Onkel Esaias erwähnt hat. Bei André und Dimitri kann ich es ja noch verstehen, aber bei Daniel?" sagte sie auf einmal.

„Sehr beliebt war der alte Herr nie", entgegnete Suzanne, „und doch glaube ich, hatte er viel Ähnlichkeit mit Daniel, vom Charakter her bestimmt. Aber der richtig tiefe Krach kam erst, wenn ich mich nicht irre, mit dem Eintreffen der Schweden."

Julie horchte auf. „Was hatte der Alte mit dieser Sache zu tun?"

„Das kann ich auch nicht sagen, ich weiß nur, was damals gemunkelt wurde. Nicht Daniel hätte Brandis betrunken gemacht und die Stadttore geöffnet, sondern Esaias."

Julie fragte betroffen: „Aber warum hat Daniel geschwiegen? Warum hat er diesen Verrat auf sich genommen?"

„Das weiß ich auch nicht", erwiderte Suzanne, „niemand weiß das richtig, wie gesagt, es war nur ein Gerücht."

„Wenn ich dich so erzählen höre, merke ich, wie wenig ich den Mann kannte, den ich heiraten wollte. Manchmal zweifle ich daran, daß er mich jemals geliebt hat."

„Was?" Suzanne war fassungslos. „Das ist der größte Blödsinn, den ich je von dir gehört habe, was meint Ihr dazu, Barbara?"

Barbara winkte ab. „Damit kommt sie mir immer wieder mal."

Suzanne fragte Julie: „Weißt du denn nicht, daß Daniel damals die Stadt verlassen wollte? Er hatte sich von uns schon verabschiedet, da kam dieser Mann und rief ihn zu der Schmiede. Wir haben uns wochenlang verwundert gefragt, wie sich ein Mann wie de Lattre so schnell verlieben konnte, in eine Frau, die ihm völlig unbekannt war. Er hat all seine Pläne über den Haufen geworfen und ist hiergeblieben."

„Er konnte nicht hinaus, da war doch die Barrikade."

Suzanne lachte. „Du bist ja auch hereingekommen, oder nicht? Glaubst du wirklich, Daniel hätte keinen Weg hinaus gefunden?"

Sie schwiegen, und jede der Frauen hing ihren Gedanken nach. Julie und Barbara, keine der beiden würde Suzanne erzählen, daß sich Julie und Daniel schon vorher einmal getroffen hatten. Das würde ihr Geheimnis bleiben.

„Was glaubt ihr, wenn ich nicht gewesen wäre, würde Daniel dann noch leben?"

„Nein", antwortete Suzanne und schaukelte heftig mit ihrem Stuhl. „Ich glaube, daß unser Leben vorbestimmt ist. Seine Zeit war abgelaufen, und wenn nicht Orchidee, dann hätte ihn vielleicht draußen vor der Stadt ein fremder Dragoner umgebracht."

„Sie muß ihn sehr geliebt haben", meinte Julie nachdenklich.

„Ja", stimmte Barbara zu und steckte eine Kerze an, denn es wurde langsam dunkel. „Wer kann schon in einen Menschen hineinsehen? Liebe, Haß, Eifersucht, alles liegt so dicht beieinander, ich glaube, daß Antoine der einzige ist, der um Orchidee wahrhaftig trauert."

Es polterte an der Tür, und dann erschien Simon, um Suzanne abzuholen. Barbara ging noch mit nach draußen und sagte später zu Julie: „Es wird heute nacht frieren, gut daß ich die Blumentöpfe hereingeholt habe. Wirst du mich morgen zum Markt begleiten?"

„Ja, das werde ich wohl, ich freue mich sogar. Seit wieder Bauern von draußen kommen, ist der Markt viel bunter geworden, wenn auch noch manches fehlt, es wird von Woche zu Woche besser."

Barbara legte ihre Tischdecke zusammen. „Ich denke manchmal", sagte sie, „je weniger die Menschen haben, um so mehr müssen sie ihren Kopf anstrengen, um weiterzuleben. Das macht sie richtig erfinderisch."

Ein heißer Tag ging zu Ende, als eine Schar erschöpfter Männer und Frauen an der Klosterruine von Wolfgang in der Bulau ankam: Frederic und Alfred, beide mit Krückstöcken und Rucksäcken, Pauline mit ihrem kleinen quengelnden Jungen auf dem Rücken, Lissi mit einem Bündel auf dem Kopf und Pat mit einem Holzkarren, der so voll beladen war, daß rechts und links die Schlafdecken auf dem Boden schleiften. Die Hitze staute sich auch noch am Abend in den zerfallenen Klostermauern. In der Mitte eines von Pferdehufen und Männerfüßen festgestampften Platzes stand ein Brunnen aus Sandsteinen mit einem verwitterten Wappen. Die Ruine war leer, doch der Geruch von Heu und Pferdeäpfeln hing noch in der Luft.

„Willkommen zu Hause", sagte Pat und ließ sich schwerfällig auf einen Heuhaufen fallen. Frederic und Alfred setzten sich vorsichtig an eine Mauer. Sie waren so müde, daß sie nicht einmal mehr sprechen wollten. Der Kleine hatte zu quengeln aufgehört, er spürte, daß die Erwachsenen ihre Ruhe brauchten. Eine Stunde später sah alles ganz anders aus. Pauline hatte einen einigermaßen geschützten Platz – das Dach darüber war durchlöchert – saubergekehrt, in einer Ecke Heu zusammengetragen und die Schlafdecken ausgebreitet. Ein Feuer brannte, und in einem großen Kessel brodelte eine dicke Suppe. Lissi stand am Brunnen und wusch Kleidungsstücke, die sie zum Trocknen über das niedrige Gemäuer legte.

„Hier werden wir die nächste Zeit bleiben", erklärte Pat, „was haltet ihr davon?"

„Sehr viel", grinste Frederic, „denn Alfred und ich können vorerst nicht weiter. Wir sind ganz schön fertig, ich dachte, ich komme nicht mal bis hierher."

Später am Feuer fragte Pauline: „ Pat, was hältst du davon, noch mal zurück zum Wagen am Lagerplatz zu gehen?"

„Was soll ich da? Ist doch nichts mehr zu holen", antwortete Pat.

„Doch, die Planen und Verdecke, alles, womit wir die Löcher im Dach hier abdecken könnten."

„Warum denn?" fragte nun auch Alfred. „Ist doch gut, wenn ein bißchen Luft hereinkommt."

„Ich mag es auch, wenn ich nachts die Sterne sehe", fügte Frederic hinzu.

„Ist schon gut, ihr sperrt dann eure Mäuler auf, wenn ein Gewitter kommt, und fangt den Regen auf."

Alle mußten lachen, den bestechenden Argumenten Paulines konnte niemand widersprechen. Sie aßen ihre Suppe, und jeder bekam danach noch eine Tasse von Paulines Gemischtem, das aus allen möglichen Kräutern und einem großen Teil Alkohol bestand. Das war das Beste daran.

Scherzend erkundigte sich Pat bei Pauline: „Du hast doch nichts dagegen, wenn ich erst ausschlafe, bevor ich mich auf den Weg mache?" Pauline gab ihm keine Antwort, sondern boxte ihn freundschaftlich in den Rücken. Sie kannten sich, zwischen ihnen gab es nie Probleme. Mit Frederic und Lissi war das anders. Pauline wollte unbedingt, daß Pat und Lissi zusammen zum alten Lager gingen, denn sie mußte mit Frederic über Lissi sprechen. Mit diesen beiden, die ihr sehr ans Herz gewachsen waren, stimmte etwas nicht. Schon seit dem Scharmützel, in dem die Männer verletzt wurden, hatten sich beide verändert und zogen sich auf irgendeine Weise in sich selbst zurück. Lissi, die nie sehr aufgeschlossen gewesen war, sprach nur noch das Notwendigste, und Frederic ging ihr aus dem Weg, wo er konnte, was bei diesem engen Zusammenleben nicht ganz einfach war.

Pauline war nicht die Frau, die sich in anderer Leute Angelegenheiten einmischte, doch bei diesen beiden fühlte sie sich wie eine Mutter. Bevor sie aus dem

Lager aufgebrochen waren, hatte sie Lissi zur Seite genommen und eindringlich befragt. Lissi war nichts anderes übriggeblieben, als die Wahrheit zu sagen. Es war eine Wahrheit, bei der Pauline die Haare zu Berge standen. Pauline war ein einfaches Bauernmädchen, als sie Alfred kennenlernte, das weder lesen noch schreiben konnte, und es wurde ihr nicht in die Wiege gelegt, einmal als Soldatenfrau quer durch Deutschland zu ziehen. Ihr kleines Anwesen, das von Generation zu Generation weitergegeben worden war, hätte auch sie und ihre Familie ernährt, wenn nicht die Armee darüber hinweggewalzt wäre und alles ausgelöscht hätte. Doch Pauline konnte ihr Leben retten, und das war sehr viel in diesen gräßlichen Zeiten. Eine Schlacht, Verwundete und Tote, das verstand sie, damit konnte sie umgehen, das hatte sie lernen müssen. Aber Lissis Geschichte? Einmal hatte sie, Pauline, sogar einen wütenden Mann beruhigt, der Püppchens Wagen in Brand stecken wollte, weil er sich, wie er sagte, bei einer Dirne die „französische Krankheit" geholt hatte. Solche Begebenheiten waren handfest und machten ihr wenig Angst. Aber bei Lissi, das war etwas anderes, Mysteriöses, nicht Greifbares. Mit solchen Menschen hatte sie noch nie zu tun gehabt, und das flößte ihr Furcht ein. Die größte Gefahr bei ihr ist, dachte Pauline, daß alle Werte umgekehrt werden. Aus Gut wird Böse, aus Liebe Haß.

Schon früh machten sich am Morgen Lissi und Pat auf den Weg Richtung Hanau. Pauline wartete Alfreds täglichen Spaziergang ab, und als er hinter den Mauerresten des Klosters verschwand, setzte sie sich zu Frederic in den Schatten und legte sich dabei das Kind an die Brust, um es zu stillen.

„Bald wird er laufen können und hat noch nicht einmal einen Namen", sagte Frederic.

„Er wird getauft, sobald wir an eine Kirche kommen, und dann bekommt er auch einen Namen. Ich muß mit dir sprechen wegen Lissi."

„Hast du sie deshalb mit Pat weggeschickt?"
Pauline sah ihn überrascht an. „Du hast etwas gemerkt?"
„Ich bin zwar verletzt und unnütz, aber ich kann noch hören und sehen", entgegnete Frederic und stopfte sich seine Pfeife.
„Ich habe mit Lissi gesprochen, wurde aber nicht schlau daraus. Sie hat von ihrer Mutter geredet, die eingesperrt werden mußte, von einem Onkel, der sie, Lissi, zu sich nahm und der ...", Pauline mußte schlucken, „... der sich an ihr verging. An einem achtjährigen Mädchen, ich konnte es kaum fassen. Sie hat von einem Kreis gesprochen, von schwarzen Kerzen, von Blut."
„Alles ein wenig verworren." Frederic sah in Paulines geweitete Augen, sah ihre Angst und ihr Entsetzen.
„Hast du das gewußt?"
Er schüttelte den Kopf. „Ich wurde zum erstenmal aufmerksam, daß etwas mit ihr nicht stimmt, als der Koch kam, kannst du dich daran erinnern? Er erzählte mir von einem Mord in Steinheim."
„Ach ja", Pauline nickte. Ihr fiel ein, daß die Männer davon gesprochen hatten.
„Der Koch hatte Lissi an diesem Tag gesehen, ohne Mantel, und es war sehr kalt."
„Sie wollte nicht erkannt werden", entgegnete Pauline, „aber das ist noch kein Beweis."
„Stimmt, du hast recht. Doch dann kam der Ausfall der Hanauer, ich war eingeklemmt und sah plötzlich Lissi, sie war ein paar Meter vor mir aufgetaucht, ich rief nach ihr, und da war auf einmal dieser Soldat ..."
Frederic erzählte, was er in Lissis Augen gesehen hatte.
Pauline ergriff wieder das Wort. „Nachdem ich mit Lissi gesprochen hatte, ging ich zu der alten Bindenwicklerin, die auch die Verwundeten gepflegt hat. Ich habe sie schon öfter im Wald Kräuter sammeln sehen, und ich glaube, sie ist so eine Art Hexe. Ich habe sie einfach nach diesen Sachen gefragt, und sie hat mir

das ganz vernünftig erklärt: Die Hexerei gehört zum heidnischen Glauben, der in irgendeiner Form überall verbreitet war, bis er vom Christentum überwuchert wurde. Die männlichen und weiblichen Priester der alten Religion wurden Hexen genannt. Sie waren weise Leute, die magische Riten kannten und zelebrierten. Wenn ich mich recht erinnere, sagte sie, diese Riten konnten für gute oder böse Zwecke gebraucht werden. Die Hexen hatten also die Macht zu nutzen oder zu schaden, zu heilen oder zu verderben. Böse Menschen, also böse Hexen, erkannten im Satan ihren Herrn. Weiße Hexen, also gute, verehrten die Erdgottheit, der heute noch jene Menschen huldigen, die von Mutter Natur sprechen. Mit gewissen Pulvern können Hexen in fremden Häusern die Atmosphäre völlig verändern. Und was denkst du nun über Lissi?" Fragend sah Pauline Frederic an.

„Der Mord an dem Offizier paßt nicht dazu."

„Richtig", bestätigte Pauline, „keine Hexe tötet mit dem Bajonett. Sie würde ein giftiges Tränklein brauen. Also komme ich zu dem Entschluß, unsere Lissi ist keine Hexe. Doch was ist sie dann? Wahnsinnig in ganz bestimmten Augenblicken, wenn sie sich bedroht fühlt." Sie nahm den Kleinen auf den Schoß, strich mit ihren kräftigen Fingern seine Haare glatt und gab ihm einen Kuß auf seine schmuddeligen Backen. Dann fuhr sie fort: „Ich denke, Lissi ist ein ganz armes Luder, vielleicht manchmal ein bißchen verwirrt, aber trotzdem ist es merkwürdig, daß ihr euch so voneinander abgewendet habt."

Frederic lachte. „Pauline, ich war schwer verletzt, wie kann man da sündige Gedanken haben?"

„Das hat damit nichts zu tun. Gerade ein verletzter Mann braucht die Nähe einer Frau, ihre Zärtlichkeit. Und was macht ihr? Jeder schläft in einer anderen Ecke. Ist das normal?"

„Als ich vor einem Jahr im Freigericht war, bevor ich zu euch kam, hatte ich es auch mit einer Frau zu tun, die angeblich eine Hexe war."

„Und wie war die?" erkundigte sich Pauline.

„Ich habe sie nur kurz gekannt, eine andere junge Frau hatte mich gebeten, ihr zu helfen. Sie war bestimmt keine Hexe, da bin ich mir ganz sicher. Ich habe damals mit noch zwei anderen die Soldaten überfallen, die sie zur Vernehmung führten, und sie einfach befreit."

„Hoffentlich war sie wirklich keine", seufzte Pauline, „sonst hast du noch eine mehr auf die Menschheit losgelassen."

Ein Geräusch klang durch die Stille des Tages. Alfred kam zurück und berichtete aufgeregt, ein ganzes Heer stehe nicht weit von ihrem Platz in Bereitschaft.

„Das sind vielleicht die Männer, auf die Lamboy so dringend wartet", vermutete Frederic.

„Nein, das sind keine Kaiserlichen", widersprach Alfred, „die brauchten sich nicht vorsichtig heranzuschleichen und Späher auszuschicken. Du wirst sehen, Frederic, die Hanauer bekommen Hilfe."

„Wo nur Pat und Lissi bleiben?" sagte Pauline. Sie machten sich nun ernsthafte Sorgen um ihre beiden Freunde.

Der Abend verging und die Nacht, die beiden waren immer noch nicht zurück. Am Morgen darauf lagen Pauline und Frederic hinter einem Gebüsch und beobachteten die vorbeiziehenden fremden Soldaten.

„Es wird gleich losgehen", flüsterte Frederic.

Pauline machte sich schwere Vorwürfe wegen Pat und Lissi. Ich bin schuld, wenn den beiden etwas passiert, dachte sie immer wieder, ich werde mir das nie verzeihen. All die Kriegsjahre hatte sie sich aus allem herausgehalten, nur diesmal wollte sie Schicksal spielen, und schon ging es schief.

Und dann kam der große Knall. Die Kanonen schossen aus allen Rohren, und das Echo brach sich in den Bäumen. Der Kleine schrie am Anfang, doch dann beruhigte er sich und schlief sogar. Ob wir jemals ohne diese schrecklichen Geräusche leben werden? überlegte Pauline. Ob es uns jemals vergönnt sein wird, ein Dach über dem Kopf zu haben, das auch ein Heim ist? Sie ging zu Alfred und kuschelte sich in seine Arme. Es war unnütz, über so etwas nachzudenken, seit langer Zeit schon war dort ihre Heimat, wo Alfred war, ihr Mann, auf den sie sich immer verlassen konnte.

Den ganzen Tag schon war Pat auf der Suche nach Lissi. Sie hatte ihn am Morgen verlassen, um alte Bekannte zu besuchen. Pat hatte die Wagenplane abgenommen und zu einem handlichen Paket aufgewickelt, das er weiter oben an der Straße über einen Zaun warf. Er aß bei Freunden zu Mittag und kam gegen Abend zurück. Lissi war immer noch nicht da, deshalb setzte er sich ans Feuer, trank etwas viel, legte sich aus Gewohnheit auf seinen Wagen und schlief die ganze Nacht tief und fest. Am Morgen spürte er jeden Knochen seines Körpers von dem harten Nachtlager, deshalb ging er zum Main und nahm ein Bad. Erfrischt kam er zurück, doch von Lissi fand er immer noch keine Spur. Vielleicht war sie allein zurückgegangen, dachte er und sprang über den Zaun, um seine Plane zu holen. Weil sie zu schwer zum Tragen war, band er einen Strick drum und zog sie hinter sich her. Er war nicht lange unterwegs, da ging das Getöse los. Pat ließ die Plane liegen und robbte, immer in Deckung bleibend, zu den nahen Bäumen. Er wußte genau, daß es Soldaten aus Hessen waren, und wenn die ihn erwischten, würde er mindestens als Kriegsgefangener enden. Auch Lamboys Männer würden ihn als Deserteur ansehen und erschießen. Es war also das beste für ihn, so unsichtbar wie möglich zu bleiben. Er hatte keinen schlechten Platz erwischt. Bis auf ein paar Querschläger spielte sich alles an den Barrikaden ab, und die lagen zu Glück ziemlich weit entfernt. Nachts lief Pat zum Kloster zurück, wo er todmüde auf einen Heuhaufen fiel.

Es war merkwürdig, obwohl sie so nahe am Kriegsschauplatz waren, blieben sie dort doch unbehelligt. Ab und zu kamen ein paar Dragoner in die Ruine, tränkten ihre Pferde und zogen wieder ab. Und jedesmal war es Pauline, als hätte man ihnen das Leben neu geschenkt. Ihre Stoßgebete konnte sie schon nicht mehr zählen. Sie dachte an Lissi und hoffte sie in Sicherheit. Es war das einzige, was sie tun konnte, hoffen und beten. Niemals wieder würde sie einen Menschen ohne Beweise verdächtigen. Nach zwei, drei Tagen war der militärische Spuk beendet. In der folgenden Zeit war Pat viel unterwegs. Er ging nach Hörstein und grub den Kasten mit Geld aus, den Frederic vor einem Jahr dort vergraben hatte. Zerlumpt und armselig gingen alle zusammen nach Hanau und kauften ein leerstehendes Haus. Es war das erste Haus, das Alfred und Pauline nach Jahren wieder bewohnten. Einige Möbel waren noch vorhanden, den Rest kauften sie dazu. Frederic und Pat bekamen darin jeder ein gemütliches Zimmer. Pat suchte immer wieder die ganze Stadt nach Lissi ab. Doch sie blieb verschwunden. Entweder sie war tot oder mit den Hessen oder Lamboy weitergezogen. Frederic tat es leid, daß er sich nicht mehr mit ihr hatte aussprechen können, doch nun war es zu spät, man konnte die Uhr nicht mehr zurückdrehen.

er Herbst war gekommen, hatte die Blätter an den Bäumen rot und gelb gefärbt und die Gluthitze des Sommers mit kühlen Nächten abgelöst. Auf dem Land konnte man den Wechsel der Jahreszeiten besser erleben als in der Stadt mit ihren hohen Häusern, deshalb verbrachten Julie und Barbara viele Stunden außerhalb Hanaus. Sie nahmen einen Korb mit Brot, Obst und Wein und setzten sich an den Main, der ruhig dahinfloß, als wären hier nicht vor ein paar Wochen noch Ströme von Blut geflossen. Zwar gab es ab und zu noch Schanzen und Barrikaden, doch die meisten waren zugeschüttet. Dem Ufer entlang standen einige verlassene Wagen, deren Räder halb im Erdreich steckten, umrankt von Brennesseln. Tiefe Furchen durchzogen die Wiesen und Hügel, Kanonenkugeln hatten große Löcher in die Erde gerissen. Kinder sprangen herum, hopsten in diese Löcher und spielten Krieg. Längst hatten sie die Hungersnot vergessen.

Hier und dort sah man Einarmige oder Männer auf Krücken, doch da konnte man diskret darüber hinwegschauen. Einmal in der Woche war großer Markttag. Es wurde verkauft, getauscht und gefeilscht. Man merkte den Hanauern an, daß sie wieder Lust am Leben hatten und daß sie den Krieg und die furchtbare Zeit der Barrikade schnell vergessen wollten.

Julie und Barbara schlenderten an den Marktbuden entlang. Ein scharfer Wind blies, und der Winter nahte schon. Sie winkten Simon Renant zu, der zwischen seinen Holzstämmen herumturnte. Während Barbara sich mit einem Kunden des „Blauen Hauses" unterhielt, stand Julie an einer Bude mit Bildern, Fußmatten und Korbwaren. Plötzlich stutzte sie. Ein kleines Bildchen hinter Glas, von einem schmalen Goldrahmen eingefaßt, erregte ihre Aufmerksamkeit: ein Reiher im Sumpf. Dieses Bild hatte sie schon einmal gesehen. Aber wo? Auf einmal fiel es ihr ein: in Jakobs Hütte. Und Frederic hatte es gemalt. Ja, sie hätte schwören mögen, dieser Reiher stammte von Frederic. Sie handelte mit dem Verkäufer einen Preis aus und erstand das Bildchen. Dann hatte sie es sehr eilig, nach Hause zu kommen. Barbara konnte nicht verstehen, daß sie mitten auf dem Platz ihren Bummel abbrechen mußte, um Julie zu folgen, die schon den Heimweg eingeschlagen hatte. Sie machte sich erst gar nicht die Mühe zu fragen, warum, sie kannte Julie lange genug und wußte, daß es einen dringenden Grund dafür geben mußte. Zu Hause nahm Barbara zögernd das Papierbildchen in die Hand. Es gab keine Signatur oder einen sonstigen Hinweis auf den Maler, und trotzdem war sich Julie ganz sicher, was den Maler betraf.

„Du hättest den Verkäufer fragen können", sagte Barbara.

„Natürlich", erwiderte Julie, „meine Güte, es wäre das einfachste gewesen. Ob ich noch mal auf den Markt gehe?"

„Aber ohne mich, meine Liebe, ich bin für so was nicht mehr jung genug. Was willst du eigentlich von ihm? Stell dir vor, du findest ihn wirklich?"

Barbara hat recht, dachte Julie, er hatte sie verlassen, und doch, sie wollte ihn wiedersehen. Sie zog sich einen wärmeren Umhang über und ging noch einmal den Weg zurück. Die Marktbude stand noch da. Sie suchte nach dem Verkäufer, fand ihn jedoch nicht, statt dessen stand eine Frau hinter der Bude und räumte die Ware in Kisten ein.

„Verzeihung, ich suche den Verkäufer des Marktstandes", sprach Julie die Frau an.

„Was wollt Ihr von ihm?" fragte diese mißtrauisch.

„Ich habe heute ein Bild von ihm gekauft und möchte gern etwas über den Maler erfahren."

„Was wollt Ihr wissen? Er ist ein einfacher Mann."

„Heißt dieser Mann Frederic?"

„Ja", antwortete die Frau zögernd, „Ihr scheint ihn wohl zu kennen?"

„Ich kenne ihn von früher, könnt Ihr mir seine Adresse geben?"

„Nein!"

„Und warum nicht?"

„Ich weiß nicht, ob ihm das recht wäre."

„Würdet Ihr ihm meine geben? Dann kann er mich aufsuchen, wenn er will."

„Na gut, Ihr seid aber hartnäckig."

Julie übergab ihr eine kleine Karte mit ihrem Namen und ihrer Adresse. Sie ging noch nicht nach Hause, sondern stellte sich auf Simons Holzplatz und beobachtete von dort, wie die Frau ihre Ware einpackte. Es dauerte ziemlich lange, und später kam ein anderer Mann dazu und packte die Ware auf einen zweirädrigen Karren. Endlich fuhren sie los, Julie folgte ihnen Richtung Altstadt, am Rathaus und an ihrem eigenen Haus vorbei. Zwischen Schloßmauer und Stadtmauer standen eine ganze Reihe schmaler, spitzgiebeliger Häuser. Sie waren uralt und für die ehemaligen Bediensteten des Grafen gebaut worden. Vor solch einem Haus hielt der Karren endlich an. Im Licht einer Laterne entluden drei Männer den Karren und trugen die Ware in das Haus. Der eine Mann war der Verkäufer des Bildes, und der andere war Frederic, das erkannte Julie mit einem Blick. Die Frau sprach auf Frederic ein, doch Julie konnte nichts verstehen. Gedankenversunken ging sie nach Hause. Vor ihrer Tür traf sie Niklas van Geden. „Ihr seid schon zurück?" rief sie erschreckt. Sie hatte ihn vollkommen vergessen.

„Seid gegrüßt, Julie! Ich habe Euch einen Brief mitgebracht. Verzeiht mir, doch ich bin heute abend eingeladen und muß mich noch umziehen."

„Ist schon gut, Niklas, vielen Dank für Eure Mühe. Ich hoffe, wir sehen uns demnächst."

„Mit Vergnügen, schöne Frau", entgegnete er und verschwand um die nächste Ecke.

Mit Herzklopfen stieg Julie die schwere Treppe ihres Hauses hinauf. Seit so langer Zeit die erste Nachricht von den Kindern. Vor zwei Wochen war Niklas aufgebrochen und hatte extra einen Umweg in Kauf genommen, um ihre Nachricht an die Kahlquelle zu bringen, und nun war er mit einer Antwort zurück. Sie ging in ihr Zimmer. Der Duft von Kerzen hing in der Luft. Im Kamin brannte ein Feuer und verbreitete gemütliche Wärme. Auf dem Tisch lag der Brief. Sie nahm ihn mit zittrigen Fingern, setzte sich in ihren Schaukelstuhl. Was mochte er bringen? Sie drehte ihn ein paarmal hin und her, bevor sie ihn schließlich öffnete. Christian hatte geschrieben, etwas steil und unbeholfen. Er teilte mit, den Kindern gehe es gut, er habe sogar einen Schulmeister gefunden. Eigentlich ein Arbeiter aus den Glashütten, aber es mache ihm Freude, die Kinder zu unterrichten. Sie brauche also keine Angst zu haben, daß sie unwissend aufwuchsen. Wenn in den nächsten Jahren die Landstraßen ruhiger seien, solle sie zu Besuch kommen. Noch seien sie zu unruhig, und er wolle sie nicht der Gefahr eines Überfalls aussetzen. Im Frühsommer habe de Lattre ihm einen Boten geschickt, der ihm Bericht erstattet habe, daß sie, Julie, noch lebe und demnächst heiraten werde. Zuerst sei er geschockt gewesen, daß es ausgerechnet de Lattre sein mußte. Doch dann habe er sich damit abgefunden. Sie sei eine erwachsene Frau, und er könne und wolle ihr keine Vorschriften machen. Deshalb habe er Katherine geheiratet, die schon eine ganze Zeit bei ihm lebe und den Haushalt übernommen habe. Katherine würde Anfang Januar ihr erstes Kind bekommen und freue sich schon sehr darauf. Sie lasse Julie ganz besonders grüßen und hoffe, ihre liebste Freundin bald wieder einmal in die Arme nehmen zu können. Durch Niklas van Geden habe er nun von Daniels Tod gehört. Es habe ihn sehr betroffen gemacht. Kein

Mensch habe so einen Tod verdient, auch nicht Daniel, obwohl er nicht gerade ein ausgesuchter Freund gewesen sei. Er wünsche Julie für ihr weiteres Leben alles Gute und hoffe, daß sie noch einmal glücklich werden würde.

Auch Jakob hatte ein paar Zeilen beigelegt. Mit steifen Fingern entfaltete Julie Jakobs Brief.

Liebe Julie!

Für Deine Nachricht über meine Freunde Sem und Miriam Solomon danke ich Dir sehr. Ich dachte, sie wären tot. Es tut mir leid für Dich, mein Mädchen, daß Du wieder einmal Pech hattest. Dieser Mann, Niklas van Geden, hat uns erzählt, daß Du ein Haus von de Lattre geerbt hast. Wie ich darüber denke, weißt du ja. Endlich, dachte ich, hast Du es begriffen und Deine Schäfchen rechtzeitig ins trockene gebracht. Als Du plötzlich in Meerholz verschwunden warst und Katherine allein ankam, dachte ich ... nein, eigentlich dachte ich nur einen Moment, Du könntest nicht mehr leben. Es war wirklich nur ein ganz kleiner Moment, dann wußte ich, Du wirst schon wieder auftauchen und sagen: Jakob, helft mir. Nun, Du weißt Bescheid, Jakob wird immer für Dich da sein. Das mit Christian und Katherine ist in Ordnung. Sie passen sehr gut zusammen. Es ist gut, wenn Kinder auf die Welt kommen, es wurde genug gestorben. Schade, daß Du und Frederic kein Paar geworden seid. Ich weiß, Du hast Dir alle Mühe gegeben, Deine Liebschaft vor mir zu verheimlichen. Ich habe es aber doch gemerkt. Du, liebe Julie, wirst nie etwas vor mir verheimlichen können, dazu kenne ich Dich viel zu gut. Ich weiß, auch Deine Trauer um Daniel wird vergehen. Eine Frau wie Du wird immer wieder den Schicksalsschlägen entgehen, denn Du bist stark, stärker, als Du denkst. Du wirst Deine Trauer abschütteln und Dich dem Leben und der Liebe stellen. Es würde mich nicht wundern, wenn nicht schon wieder ein neuer Mann in

Deinem Blut herumspuken würde. Laß ihn spuken und sieh zu, daß er nicht wieder ins Gras beißt.
Es grüßt Dich

Dein Jakob.

Julie lachte unter Tränen, es war gut, daß sie zuerst Christians und zum Schluß Jakobs Brief gelesen hatte. Hauptsache, den Kindern geht es gut, dachte sie. Christian und Katherine gönnte sie ihr Glück, obwohl ein kleiner Stachel bohrte. Nun hatte sie Christian für immer verloren. Einerseits war es schön zu wissen, daß irgendwo ein Mann wartete, doch jetzt war sie wirklich frei. Niemand konnte ihr Vorschriften machen, und sie brauchte kein schlechtes Gewissen zu haben. Doch diese Freiheit machte auch einsam. Was hatte sie? Was war sie? Eine ledige Frau, ohne Kinder, mit einem kleinen Haus in der Altstadt. Sie war nicht mehr ganz jung und auch noch nicht alt. Sie war zwar keine gute Partie, aber auf keinen Fall eine schlechte.

Im Kamin fielen die Holzscheite zusammen. Es knisterte an den Fenstern, und so merkte sie, daß es schneite. Der Schnee setzte sich in die Rillen der Butzenscheiben, und es sah weihnachtlich aus. Julie dachte an die Vergangenheit. Sie klammerte sich an die alten Zeiten. Die Vergangenheit hatte schon immer eine tröstende Wirkung auf sie gehabt. Es gab ihr ein Gefühl der Geborgenheit, davon zu träumen, daß auch vor ihr schon Menschen geboren wurden, geliebt haben und gestorben sind. Julie stand auf und legte die Briefe in eine kleine Schatulle. Dann öffnete sie das Fenster. Kalte Schneekristalle flogen ihr ins Gesicht. Sie schaute in die Richtung, wo sie Frederics Haus wußte. Jakob hatte recht. Morgen würde sie einen Plan vorbereiten und Frederic umgarnen. In Zukunft würde sie ihr Schicksal selbst in die Hand nehmen. Zwar konnte sie dabei auf die Nase fallen, aber was war schon dabei. Sie hatte zwei Hände zum Abstützen und zwei Füße zum Aufstehen. Sie war stark, Frederic mußte in Zukunft mit ihr rechnen. Sie lachte leise vor sich hin und genoß den kalten Wind und die weichen Schneeflocken.

Ebenfalls bei TRIGA – Der Verlag erschienen

Doris Riedel
Julies Heimkehr
Historischer Roman
2. Auflage

Rebellin und Rächerin, Geliebte und Mutter, Kameradin und Freundin: das alles ist Julie, die rothaarige schöne Julie. Trotz der Wirren und Schicksalsschläge des Dreißigjährigen Krieges ist sie zur Frau herangereift, die weiß, was sie will und oft genug tut, was sie will: eine Frau vorm Scheiterhaufen retten, den Mann ihrer Träume heiraten oder mit dem Hexenjäger in eiskalter Nacht ihren Sohn suchen. Natürlich kommen sie in Teufels Küche oder vielmehr auf den Platz der Wölfe ....

Julie liebt die Natur, vor allem die Wälder des Spessarts, aber sie liebt auch das Stadtleben in Hanau oder Gelnhausen. Zu allen und allem kehrt sie heim – am meisten zu sich selbst und zu ihrer großen Liebe.

Auch den zweiten Roman aus dem turbulenten Leben der Julie Schönborn hat die Autorin Doris Riedel mit Spannung und Humor gewürzt. Ein Lesestoff aus den Abenteuern der Geschichte.

Paperback. 432 Seiten. 15,80 Euro. ISBN 978-3-89774-127-0

Doris Riedel

Die Pasquillenmacher

Geschichte einer Spessartfamilie

2. Auflage

Am 18. Januar 1906 heiraten Anna und Fritz, und die Welt in ihrem kleinen Dorf am Rande des Spessarts ist noch in Ordnung. Von der folgenden wechselvollen Zeit bis in die Gegenwart erzählt der Roman –spannend, amüsant, authentisch.

Paperback. 324 Seiten. 14,50 Euro. ISBN 978-3-89774-412-7

Doris Riedel

Die Sarazenin

Historischer Roman

2. Auflage

Ein abenteuerliches Frauenleben zur Zeit der Kreuzzüge: Sadi Konrad von Ortenberg, lebenslange Geliebte Friedrich Barbarossas, trotzt den weiblichen Rollenvorschriften und wächst gleichwohl in sie hinein.

Paperback. 552 Seiten. 15,50 Euro. ISBN 978-3-89774-309-0

TRIGA – Der Verlag

Leipziger Straße 2 · 63571 Gelnhausen-Roth · Tel.: 0 60 51/5 30 00 · Fax: 0 60 51/5 30 37
E-Mail: triga@triga-der-verlag.de · www.triga-der-verlag.de